मनुष्य के रूप

मनुष्य के रूप

यशपाल

विप्लव कार्यालय, लखनऊ
की ओर से

लोकभारती प्रकाशन

विप्लव कार्यालय, लखनऊ
की ओर से

लोकभारती प्रकाशन
पहली मंजिल, दरबारी बिल्डिंग, महात्मा गांधी मार्ग
प्रयागराज-211 001

वेबसाइट : www.lokbhartiprakashan.com
ईमेल : info@lokbhartiprakashan.com

शाखाएँ : 1-बी, नेताजी सुभाष मार्ग, दरियागंज
नई दिल्ली-110 002
अशोक राजपथ, साइंस कॉलेज के सामने
पटना-800 006
1, अनमोल सोराबजी संतुक लेन, धोबी तलाव,
मरीन लाइंस, मुम्बई-400 002

संस्करण : 2009
वर्तमान संस्करण : 2024

बी.के. ऑफसेट
नवीन शाहदरा, दिल्ली-110 032
द्वारा मुद्रित

MANUSHYA KE ROOP
by Yashpal

ISBN : 978-81-8031-383-7

मूल्य : ₹ 895

जो साथी मानवता के विकृत रूप को स्वाभाविक अवस्था में लाने के लिये
आत्म-बलिदान और सर्वस्व अर्पण कर रहे हैं, उन्हीं सब साथियों को···

यशपाल

अनुक्रम

पहाड़ी सड़क पर

अंग्रेजी सरकार ने निश्चय कर लिया था कि पठानकोट से आगे पहाड़ी प्रदेश में भी रेल चलाई जाये। काँगड़े की पहाड़ों की पसलियों को चीर-चीर कर उन पर लोहे के रास्ते बना दिये गये। छोटे-छोटे इंजन अपने पीछे छोटी रेलगाड़ियाँ बाँधे, हाँफते, दम तोड़ते, छक-छक शोर मचाते और बहुत-सा धुआँ उगलते, लोहे के रास्तों से पहाड़ों के विशाल शरीरों पर कनखजूरों की तरह रेंगने लगे।

पहाड़ों की गर्वित प्रकृति ने मनुष्य के इस अहंकार और दुस्साहस का विरोध किया। जैसे भैंस सुध आने पर अपने शरीर पर रेंगने वाले कीड़ों को गिरा देने के लिये अपना शरीर थिरका देती है, वैसे ही यह विराट पहाड़ रेलगाड़ियों के रेंगने की सरसराहट अनुभव करके अपना शरीर हिला देने लगे। कभी पहाड़ का कोई भाग भरभरा कर लाइन पर आ गिरता या दरार फट जाती। लोहे की लाइनें और शहतीर कच्चे धागे की तरह तड़क जाते। सरकार ने अपनी रेल-लाइन को बैजनाथ से समेट कर नगरोटा तक ही सीमित कर लिया।

अब भी पठानकोट से कुल्लू-मणाली तक मुसाफिरों और माल का यातायात सवा दो सौ मील से अधिक दूरी तक, अधिकतर सड़क की राह मोटरों द्वारा ही होता है। सड़क यह ऐसी है कि यात्रियों को 'मोटर' लग जाती है। मैदानों के निवासियों के लिये 'मोटर लग जाना' एक पहेली हो सकती है परन्तु भुक्तभोगी के लिये नहीं। मोटर लग जाने की तुलना ऊंचे हिंडोले में बहुत देर तक लगातार झूलने के परिणाम से की जा सकती है।

इस सड़क में अधिकांश आड़ी चढ़ाइयाँ, फिसलती ढलवानें और कदम-कदम पर कोहनी के से मोड़ हैं। एक ओर हरियाली और फूलों से छाई चट्टानें ऊँचे किलों की दीवारों की तरह खड़ी हुई हैं। इन चट्टानों की चोटी देखने के यत्न में सिर से टोपी गिर जाती है। सड़क के दूसरी ओर पत्थरों से भरी पहाड़ी खड्डें या पचास-साठ हाथ की गहराई पर श्वेत झाग उगलती नीली धारायें हैं। सड़क के घूमते जाने के कारण कभी सामने, कभी दाहिने, कभी बायें और कभी पीछे पहाड़ों की चोटियों पर पड़ी बरफ ऐसे दिखाई देती जाती है जैसे धूप से बचने के लिये पहाड़ों ने सिर पर सफेद अँगौछे डाल लिये हों।

कहीं-कहीं सड़क के किनारे से छोटे-छोटे पहाड़ी खेत, चौड़े-चौड़े जीनों की तरह उतरते या चढ़ते चले जाते हैं। इन खेतों में या ढलवानों पर चरते पहाड़ी पशु, तेज चाल से चली जाती, घुरघुराती मोटरों की ओर कौतूहल से फैली, चमकती आँखें उठाकर स्तब्ध दृष्टि से देखते रह जाते हैं। कभी यह भेड़-बकरियाँ, छोटे कद की गायें या खच्चरें सड़क के किनारे बनी हुई मुँडेरें लाँघ कर सड़क पर आ जाते हैं और मोटरों से परिचय या

परिहास करने के लिये क्षण भर मोटरों के सामने झिझक जाते हैं। यह पशु मोटरों को और मोटर ड्राइवर इन पशुओं को भाँप चुके हैं। पल भर को मोटर से आँखें मिलाईं, झिझके सहमे, जरा सींग दिखाये; मोटर ने जरा घुड़की देकर तनिक-सी राह काट ली और वह पशु मुँडेर फाँद कर खेत या ढलवान में कूद जाते हैं।

सड़क से दिखाई देने वाले इन दृश्यों का आनन्द मुसाफिर प्रायः नहीं ले पाते। वे चक्कर खाती मोटर की चाल से चकराता हुआ सिर दोनों हाथों से थामे, कपड़े का छोर मुँह पर दबाये रहते हैं, उनके रोम-रोम सिहरते रहते हैं। यदि मोटर दाहिने या बायें एक इंच भर जगह भी चूक जाये तो उनका कहीं पता भी न चले। वे यह सफर जोखिम में पूरा करते हैं। नित्य ही इन सड़कों पर चलने वाले मोटर ड्राइवरों की क्या अवस्था होती होगी? वे अपनी चौकस, स्थिर दृष्टि सड़क पर जमाये; कोई गीत गुनगुनाते या सिगरेट फूँकते-पीते चले जाते हैं। उन्हें इसका अभ्यास हो गया है।

धनसिंह प्रायः डेढ़ बरस से इस सड़क पर मोटर चला रहा था। जाड़े के दिन थे। वह दोपहर से कुछ पहले कुल्लू से चला था। 'मण्डी' पार करके वह अपेक्षाकृत सीधी ढलवाँ सड़क पर 'बैजनाथ' की ओर निश्चिन्त, केवल अभ्यस्त सावधानी से चला जा रहा था। उसकी अपलक और स्थिर दृष्टि सड़क पर लगी हुई थी। सड़क तेजी से उसकी लारी के पहियों के नीचे से फिसलती जा रही थी जैसे मशीन के पहिये पर पट्टा फिसलता जाता है। मोटर के स्टियर पर टिकी उसकी उँगलियाँ, सड़क की अवस्था के अनुसार स्टियर को गति दे देतीं और संभल जाती थीं।

सड़क के बायीं ओर फैली हुई घाटी के किनारे-किनारे मोटर पहाड़ियों की पसलियों पर से चली जा रही थी। घाटी की हरियाली जाड़े-पाले से पीली पड़ कर पीली-सुनहरी आभा ले चुकी थी। सूर्य ढल रहा था जैसे घाटी की पश्चिम सीमा पर रखे हुए, चीड़ के पेड़ों से छाई पहाड़ियों के तकियों पर अपना सिर टिका देना चाहता हो। धनसिंह को केवल नौ मील आगे, बैजनाथ तक ही पहुँचना था। सवारियों की चें-चें और चख-चख की कोई चिन्ता न थी। लारी में आलू की बोरियाँ लदी थीं।

धनसिंह का सहायक, लारी का क्लीनर कर्मू लारी के पिछवाड़े आलुओं की बोरियों में घोंसला बनाकर लेटा हुआ था। वह मुँह ऊपर उठाये, कानों में उँगलियाँ दिये, गले की पूरी शक्ति और हृदय के उच्छ्वास से एक पहाड़ी झिंझोटी अलाप रहा था :—

"दिलां दियां कुण्डियां खुलाई कने बो,
प्रीता दियां रीतां भुलाई कने बो
दित्ता बिछोड़ा बंदिया जो।"
(मन के किवाड़ों की साँकल खुला करके)
प्रीत की रीतें भुला करके,
दिया बिछोड़ा दासी को रे।

कर्मू की आवाज सुरीली थी और उसमें दर्द भी था। लारी की थिरकन से उसमें कम्पन भी आ रहा था। लारी की चाल और इंजन का शब्द साज बनकर गीत के लिये ताल दे रहे थे। ऊँचे स्वर से गाये गीत का अधिकांश स्वर गाड़ी की तेज चाल के कारण पीछे उड़ जाता था। धनसिंह को गीत कोमल होकर दूर घाटी में से आता हुआ सुनायी दे रहा था। धनसिंह के हाथ स्टियर पर, पाँव ब्रेकों को छूते हुए, आँखें उड़ती हुई सड़क पर,

कान गीत के स्वर में और मन गीत के विषय में डूबा हुआ था। उसकी सतर्क दृष्टि में तरलता और चेहरे पर मग्नता का भाव था।

सड़क पर मोटर के सामने कुछ बकरियाँ और मेंमने दिखाई दिये। धनसिंह की उँगलियों ने स्वतः भोंपू बजा दिया। बकरियाँ और मेमने कुछ मटके और सड़क की मुँडेरों की ओर हो गये परन्तु दो छोटे-छोटे मेमने सहसा अपनी दोनों टाँगें उठाकर फिर मोटर के सामने कूद आये। उनके ऊपर छाया की तरह आ गिरी एक औरत।

यंत्र की स्वाभाविकता और अचूक फुर्ती से धनसिंह का हाथ क्लच और पाँव ब्रेक पर जा पड़े। गाड़ी अपनी गति के प्रवाह में अलंघ्य बाधा पाकर सड़क पर उछल कर खड़ी हो गयी। गाड़ी का पुर्जा-पुर्जा चर्रा गया। धनसिंह के रोम-रोम से पसीना छूट गया। औरत गाड़ी के मडगार्ड का धक्का खाकर गिर पड़ी थी। एक छटपटाते मेमने की टाँगें अब भी उसके हाथ में थीं और दूसरा मेमना उछल कर सड़क पार की चट्टान पर खड़ा होकर, इस खेल में प्रसन्न होकर, मिमिया रहा था। औरत ने हाथ के मेमने को सुरक्षित देख उसे छोड़ दिया। उठने के यत्न में उसने आँचल संभाल कर ड्राइवर की ओर देखा।

धनसिंह का क्रोध उबल पड़ा था। आँखों में खून उतर आया। दायें हाथ से गाड़ी का दरवाजा खोल, सड़क पर कूदकर वह गाड़ी के सामने पहुँचा। बड़ी कठिनाई से उसने अपनी फड़कती हुई बाँहों को औरत को पीट देने से रोका। आखिर औरत जात थी; परन्तु गालियाँ उसके मुख से कितनी ही निकल गयीं·····तेरी माँ·····फाँसी लगवायेगी हमें? बहन·····तू फालतू है घर में?' क्रोध में वह कितनी ही गालियाँ बक गया।

वह स्त्री एक हाथ से चोट खायी कमर को दबाये और दूसरी बाँह सिर को चोट की आशंका से बचाने के लिये उठाये आतंक से फैले हुए नेत्रों से मौन धनसिंह की ओर देखती रही। धनसिंह अपनी विवशता में खीझ गया। वह इतनी भयंकर शरारत करने वाले व्यक्ति को पीट कर अपना क्रोध भी न उतार सका।

जवान स्त्री या लड़की की आसमानी रंग की बड़ी-बड़ी तरल आँखें मूढ़ता से स्थिर हो गई थीं। घबराहट के कारण साँस गहरी और जल्दी चल रही थी। उभरे हुए सीने फटे हुए कुर्ते से झाँकने लगे थे। लड़की को घबराहट में सीना आँचल में छिपा लेने की भी सुध न रही थी। उसकी इस मूढ़ता ने धनसिंह के उफनते हुए क्रोध को छींटा मारकर बैठा दिया।

कर्मू सहसा गाड़ी रुकने के झटके से गिरते-गिरते बचा था। वह भी उतरकर सामने आ गया। जवान लड़की को यों भयभीत, उघाड़ी और खोयी हुई अवस्था में देखकर खीसें निकालकर धनसिंह को सम्बोधन किया—"वाह उस्ताद, खूब माल है।" और लड़की को पुचकारने के लिए उसने होंठों से सीटी बजा दी। धनसिंह भी हँस पड़ा।

धनसिंह ने लड़की को सम्बोधन किया—"तेरे बाप को तेरे लिये मर्द नहीं मिलता तो यों ही किसी के साथ चल दे! हम गरीबों का गला क्यों कटवाना चाहती है चुड़ैल!" धनसिंह लड़की को समझाने के लिये पहाड़ी बोली में बोल रहा था।

लड़की चोट से स्तम्भित हो जाने के कारण धनसिंह की क्रुद्ध और तीव्र दृष्टि से भी संकोच न कर पाई थी। अब अपनी बोली में बात सुन कर और कर्मू का संकेत समझकर

उसने घिसे-फटे, मैले कुर्ते से झाँकते अपने शरीर के उभार को आँचल में छिपा लिया और उसकी लम्बी-लम्बी पलकें, आँखों की जल मिले कच्चे दूध की सफेदी पर झुक गयीं, संकोच से गर्दन भी झुक गयी।

कर्मू ने अपनी कुचेष्ट फिर दोहराई। धनसिंह भी हँस कर बोला—"भागवाने, अब उठ! सड़क छोड़ घर जा !......नहीं ता गाड़ी में बैठ जा, तुझे भी ले चलूँ!"

लड़की चोट से काँपती हुई उठी और सड़क किनारे मुँडेर के पास चली गयी। धनसिंह गाड़ी में बैठ गया। उसने मोटर का स्विच और स्टार्टर दबाये। इंजन ने संकेत का कोई उत्तर नहीं दिया।

"ले भाई कर्मू!" धनसिंह ने क्लीनर को पुकारा, "आ गयी मुसीबत! शायद बैटरी के तार टूट गये!" धनसिंह फिर मोटर से उतरा। इंजन का पर्दा खोलकर देखने लगा।

कर्मू ने लड़की की ओर संकेत कर सुझाया—"अरे भाई, खूबसूरत औरत की नजर बुरी होती है। आदमी हलाक हो जाता है। यह तो लोहे की मोटर ही है, देखा न, इंजन मचल गया है!"

धनसिंह ने लड़की की ओर देखा—"यह क्या जादू कर दिया कालिका माई? अब रात यहीं काटनी पड़ेगी तो कुछ चना-चबैना, रोटी का टुकड़ा खाने को देगी या ऐसे ही मारेगी?"

लड़की कुछ जवाब न दे सिर झुकाये सड़क पार करके समीप की चट्टान के साथ की पगडंडी से ऊपर चढ़ गयी और दृष्टि से ओझल हो गयी।

धनसिंह इंजन का पर्दा खोल कर कभी एक पुर्जे को टटोलता कभी दूसरे को। मोटर ऐसे निस्पन्द थी जैसे हृदय की गति रुक जाने या फेफड़ा फट जाने से कोई जीव निश्चल हो जाता है। धनसिंह अपनी पूरी समझ और योग्यता से इंजन को ठीक करने का यत्न कर रहा था।

क्लीनर कर्मू अपना धूल से भरा सिर खुजा कर बड़बड़ाने लगा—"रात आ रही है। इस वक्त पीछे से कोई मोटर भी तो नहीं आ रही। तुमने मुझे 'मण्डी' में खाना भी नहीं खाने दिया। दो पैसे के आलू लेकर पानी पी लिया था। मेरे पास कम्बल भी नहीं है।"

धनसिंह ने उसे डाँट दिया—"क्या बक-बक कर रहा है। पम्प लाकर कनेक्शन में हवा दे।"

धनसिंह मोटर के नीचे चित्त लेटकर देखने लगा कि गाड़ी के न हिल सकने का कारण क्या था? उसने वहीं से पुकारा—"भाई कर्मू, मारे गये! अरे रीढ़ ही टूटी पड़ी है। यूनीवर्सल जाइंट टूट गया है साली का।"

धनसिंह चित्त लेटा हुआ सरक कर बाहर आया। सब यत्न व्यर्थ थे। उसने गहरी साँस ली और कमर पर हाथ रखकर खड़ा हो गया—"अब?"

सामने थकावट से निस्तेज सूर्य घाटी की सीमा पर खड़े चीड़ के जंगलों के पीछे फिसल रहा था और विश्राम के लिए छाया और अन्धकार की चादर अपने शरीर पर खींच रहा था। नीचे फैली विस्तृत घाटी श्यामल हो गयी थी। केवल ऊँचाई पर से गुजरती सड़क पर सूर्य की अन्तिम, फीकी-फीकी, झिल-मिल सी किरणें शेष रह गयी थीं।

धनसिंह ने चिंनित और गम्भीर स्वर में कहा—"भाई कर्मू, मैं तो मालिक का गाड़ी छोड कर जा नहीं सकता। शाबाश बहादुर जवान, तू चला जा। तू भूखा भी है, यहाँ रात में जाड़े से परेशान होगा। पैसे नहीं हैं तो मैं देता हूँ। यहाँ से दो मील आगे सड़क पर 'पटोला' की दुकान है। वहाँ कुछ खा लेना। तेरे जैसे जवान आदमी के लिए क्या है; जरा लम्बे कदम रखना चला जा। बस, आठेक मील होगा। दो घण्टे की मार है। बैजनाथ में खबर दे दे, यूनिवर्सल जाइंट टूट गया है और इंजन में भी खराबी आ गयी है। सुबह पहली सर्विस में बैजनाथ से मिस्त्री को भेज दें। इधर पीछे मण्डी से तो कल तड़के पाँच बजे तक कोई सर्विस नहीं आयेगी।"

कर्मू खीझ और क्रोध में भुनभुनाता हुआ बैजनाथ की ओर चला गया। धनसिंह सड़क पर अकेला रह गया। सूर्य अस्त हो चुका था। मैदानी देशों की भांति पहाड़ों में सूर्यास्त और रात के बीच का संधिकाल देर तक नहीं चलता। घाटी से उठा अँधेरा शीघ्र ही आकाश पर भी छाता है।

धनसिंह को प्यास अनुभव हुई। वह सड़क के सिवा उस इलाके से बिल्कुल अपरिचित था। सड़क के दायीं ओर छोटी सी चट्टान दीवार की तरह खड़ी थी और ऊपर वृक्षों के अतिरिक्त कुछ दिखायी नहीं देता था। बायीं ओर घाटी में खेत बड़े-बड़े, चौड़े जीने की भाँति दूर तक उतरते, फैलते चले गये थे और दूर की पहाड़ियों पर चढ़ गये थे। घाटी की यह अंजली कई खेतों में गेहूँ की अधपकी फसल सँभाले थी। कई खेत खाली पड़े थे। दायीं ओर की चट्टान से एक पगडंडी उतर कर सड़क को पार करके बायीं ओर खेतों में उतर गयी थी लेकिन कहा नहीं जा सकता था कि दोनों ओर की बस्तियाँ कितनी-कितनी दूर हैं।

घाटी में पैठते जाते अँधेरे में दूर धुआँ-सा उठता दिखाई देने से बस्ती का आभास होता था लेकिन धुँधलेपन के कारण दूरी का अनुमान करना कठिन था। पहाड़ों में जो चीज एक पहाड़ी से सामने दूसरी पहाड़ी पर पुकार की पहुँच में दिखायी देती है, पगडंडियों की राह दो कोस दूर हो सकती है। धनसिंह ने उस अनिश्चित स्थान की ओर जाने का विचार छोड़ कर चट्टान की ओर की पगडंडी पर चढ़ कर देखना ही उचित समझा।

धनसिंह चट्टान पर चढ़ कर पगडंडी पर आगे बढ़ा। पगडंडी बाँस की एक झाड़ी के पीछे घूम गयी। आगे घनी झाड़ियाँ थीं। धनसिंह ने सोचा, आगे बढ़े या नहीं। झाड़ियों की ओट से एक स्त्री सिर पर घड़ा रखे आती दिखायी दी। स्त्री का चेहरा आँचल से ढका हुआ था। उन पहाड़ों में स्त्रियाँ परिवार के परिचितों से या अधिक बड़ी स्थिति के लोगों के प्रति आदर प्रकट करने के लिए पर्दा करती हैं परन्तु धनसिंह उस अँधेरे में घूँघट का प्रयोजन समझ न सका। कुछ कदम समीप आने पर स्त्री के चेहरे से आँचल हट गया। दो कदम और समीप होने पर, धनसिंह ने स्त्री के कपड़ों से पहचान लिया, मोटर के आगे गिरने वाली जवान लड़की ही थी। उसके सिर पर टिका घड़ा औंधा था।

"हम तो प्यास के मारे पानी माँगने चले थे, तेरा तो घड़ा ही औंधा है।" परिचय के आधार पर धनसिंह बोला।

"किस्मत ही औंधी है, घड़ा क्या!" लड़की ने उत्तर देकर गहरी साँस खींच ली।

धनसिंह ने आत्मीयता और व्यथा भरा उत्तर पाकर और लड़की के स्वर में आँसुओं की आर्द्रता अनुभव करके उसके चेहरे की ओर ध्यान से देखा और पूछा—"रो रही हो? ......बहुत चोट आ गयी क्या?"

धनसिंह की समवेदना ने लड़की के किसी तरह सँभाले हुए दुःख के घड़े को ठेस लगा दी। दुख का घड़ा ढुलक पड़ा। लड़की ने चेहरा फिर आँचल से ढँक लिया और चुप खड़ी रह गयी। धनसिंह ने उसकी शरीर की थिरकन और सिसकियों को पर्दे में से भी भाँप लिया। मोटर ड्राइवर का रूखा व्यवहार सहानुभूति में बदल गया और उसका स्वर भीग गया—"भली लोग मुझे क्या मालूम था कि तू यों सामने आ जायेगी...... मैंने तो तेरे लिये मोटर तोड़ कर रख दी!"

लड़की ने आँखें पोंछ कर आँचल चेहरे पर से हटा लिया। वह रुलाई को वश में करने के लिये होंठों को दाँतों से दबाये थी। वश का बाँध टूट जाने पर बोल पड़ी—"परदेसिया, तुझे ही मुझसे क्या बैर था? अच्छी भली चलती मोटर रोक दी, झगड़ा मिट जाता रोज़-रोज का।" रुलाई का वेग बढ़ जाने से उसने अपना चेहरा फिर आँचल में छिपा लिया।

लड़की के रोने का शब्द भिंचे हुए होंठों और आँचल में दबा हुआ था परन्तु धनसिंह अनुभव कर रहा था कि लड़की फूट-फूट कर रो उठी थी। लड़की कई पल मुँह ढके रुलाई रोकने का यत्न करती हुई सिसकती रही। धनसिंह के मन से ड्राइवर का छेड़खानी का भाव बिलकुल जाता रहा था। उसे स्वयं विह्वलता और विकलता अनुभव हो रही थी। हृदय प्यास से सूखे हुए गले तक उमड़ा आ रहा था परन्तु समझ नहीं पा रहा था कि कहे क्या? उसने पूछ लिया—"पानी यहाँ कहाँ मिलेगा, बड़ी प्यास लगी है!"

लड़की ने गले से मुँह तक उमड़ आये आँसुओं का बड़ा सा घूँट भर और आँचल से आँखें पोंछ कर उत्तर दिया—"पानी पियोगे, मैं पानी के लिये ही तो आ रही हूँ!"

लड़की पगडंडी पर आगे बढ़ गयी। धनसिंह उसके पीछे हो लिया। लड़की के पीछे चलते धनसिंह के हृदय में सहानुभूति और कौतूहल उमड़ रहे थे परन्तु शब्दों का मार्ग न पा रहे थे। लड़की चट्टान से नीचे उतरी, मोटर के समीप सड़क पार की और नीचे के खेतों की ओर जाने लगी। धनसिंह ने पूछा—"पानी यहीं दे दोगी या बावड़ी पर चला आऊँ?"

लड़की ने पीछे की ओर घूम कर उत्तर दिया—"चाहे यहीं दे दूँगी, चाहे बावड़ी पर आ जाओ। कौन लोग हो तुम?"

धनसिंह काँगड़े जिले का ही था। प्रश्न का अर्थ समझने में उसे दुविधा नहीं हुई। उत्तर दिया—"खरी जात है भली लोग, राजपूत हूँ।"

"तो फिर क्या है, हम भी राजपूत ही हैं। बर्तन दे दो भर लाऊँगी।"

"बर्तन ही तो नहीं है। चलो चलता हूँ, घड़े में ओट लगाकर डाल देना। अंजली से पी लूँगा।"

पाँच कदम की चौड़ाई का पहला खेत लाँघ कर दूसरे खेत में उतरते ही धनसिंह ने पूछ लिया—"भली लोग, इतना क्यों रो रही थी! ऐसा ही क्या दुख है?"

लड़की ने उत्तर देने के लिए पीछे घूम कर नहीं देखा परन्तु संध्या के सन्नाटे में उसके हृदय से निकले निःश्वास का शब्द धनसिंह को सुनायी दे गया। वह बोली—"दुःखों का

क्या है; जो दुनिया में बोझ होते हैं उनका ऐसा ही हाल होता है। और क्या; मौत भी तो दुनिया में अच्छे-भलों को ही चुनती है।'

अपने प्रश्न के उत्तर में यह पहेली सुनकर धनसिंह कुछ समझ नहीं सका। शरीर की उठान और चेहरे के कच्चेपन से वह लड़की क्वाँरी ही जान पड़ती थी परन्तु उस जिले में इतनी उम्र की लड़की प्रायः क्वाँरी दिखायी नहीं पड़ती।

''माँ-बाप के ही घर में तो हो न!'' धनसिंह ने स्थिति का सूत्र पाने के लिए पूछा।

''माँ-बाप ने तो अपने टके सीधे कर लिये। उनकी बला से, बछिया कसाई के हाथ पड़े तो और ब्राह्मण के हाथ पड़े तो, अपने भाग्य से!'' लड़की ने और अधिक गहरी साँस लेकर कहा, ''माँ-बाप के घर में सदा ही कौन बैठा रहता है पर इतना तो होता है कि सुख-दुख में कोई चार दिन मायके भी हो आता है। यह लोग समझते हैं कि इन्होंने चार सौ रुपये में पशु खरीदा है। जीता है तो काम इनका और मर जाये तो चाम इनका। जब तक हाड़-गोड़ चलते हैं, कैसे छोड़ दें? माँ-बाप भी किस जोर पर कुछ कह सकते हैं। उन्होंने गठरी बाँध कर टके नहीं लिये?''

लड़की कहती गयी—''हम दो बहनें एक भाई थे। बाप मरा कहा तो करता था, बड़ी बेटी को लडके के लिये बहू से बट्टे (बदले) में दूँगा और छोटी कन्यादान के पुण्य में पर बड़ी बहन के पिछले जन्म के अपने अच्छे कर्म थे। वह शादी से पहले ही बीमार होकर मर गयी। मैं कमबख्त तब छोटी थी, बट्टे लायक थी ही नहीं। भाई के ब्याह के लिये बाप को खेत 'मियाँ' (अमीर राजपूतों) के यहाँ रेहन रख कर तीन सौ उधार लेना पड़ा। भाई का ब्याह कैसे न करता! माँ हमारी बचपन में मर गयी थी। घर का काम कौन करता! तुम जानते हो, बेटी का क्या भरोसा। बहू तो है ही पराये घर के लिये। बहू तो घर में लानी ही थी और फिर उस कर्जे से खेत छुड़ाने के लिये मुझे बेचता न तो करता क्या?'' आगे चलती लड़की विरक्ति के स्वर में कहती जा रही थी, जैसे अपने भाग्य के अतिरिक्त उसे और किसी के प्रति उलाहना न था। पीछे चलता धनसिंह हुङ्कारा भर कर सुनता जा रहा था।

वे दोनों बावड़ी पर पहुँच गये। लड़की घड़ा बावड़ी की जगत पर रख कहती गयी—''ब्याह कर लाया था, बस छह महीने बाद ही भरती होकर लाम पर चला गया। नवें महीने चिट्ठी आकर गिरी कि गोली लग कर मर गया। एक लड़की गोद में आयी थी, दैव ने वह भी छीन ली! बड़ी-छोटी जेठानियाँ मुझे पहले भी नहीं झेलती थीं। वे दोनों बट्टे में आयी हैं। उन्हें कुछ कहे तो वहाँ अपनी लड़कियों पर न बीते? मैं हूँ खरीदी हुई; और अब राँड! हड्डियाँ काम में भी टूटती हैं और मार से भी। मर्दों से कहने की बात तो नहीं है पर सारे बदन पर नील पड़े हुए हैं। क्या कहूँ, यहाँ तो गाड़ी के नीचे आकर मरते-मरते बची।'

लड़की के घुटने के ऊपर बालिस्त भर सुत्थन फट गयी थी। गोरी-गोरी जाँघ दिखायी दे रही थी। लड़की ने शरीर को छिपाने के लिये कपड़े को समेट लिया और बोली—''यह कपड़ा फट गया था। जरा टाँके लगाने बैठी थी। अन्दर-बाहर जाना होता है। मर्दों की नजर पड़ने से शरम लगती है। बड़ी ने इतनी जोर से कोख में लात मार कर गाली दी—जनने वालों का कफन सीने बैठ गयी है, पानी तेरी माँ लायेगी? तुम जानते हो अब तक बकरियाँ चरा रही थी। बकरी चराने न जाऊँ तो बकरी का दूध जाये और मार भी

खाऊँ। आस-पास के छोकरे भी तो राक्षस हैं। थन में मुँह लगाकर दूध पी जाते हैं। चराने जाऊँ तो गाली देती हैं कि काम से टहलने का बहाना करके यारों को मिलने जाती है। सब तरह मरन है।.........हाय तुम्हें पानी तो दिया ही नहीं; बातों में भूल गयी। घड़ा धोकर देती हूँ।'' लड़की मन में संचित दुख बह जाने से सांत्वना पाकर विलम्ब होने की बात को भूल गयी थी।

धनसिंह बावड़ी की जगह पर झुककर बैठा हुआ लड़की की बात तन्मयता से सुन रहा था। वह भी प्यास को भूल गया था—''हाँ पीता हूँ पानी।'' उसने हामी भरी।

लड़की ने अपना आँसू भरा मुँह धोया, घड़ा धोकर भरा और घड़ा जगत पर रख एक हाथ की अंजली से धार बाँध दी। धनसिंह ने जगत से नीचे उकड़ूँ बैठकर दोनों हाथों की अंजली से पानी पी लिया।

अँधेरा घना होने का समय आ गया था परन्तु घाटी कालिमा में न डूबकर कोहरे में से छनते दूधिया प्रकाश से भर गयी। दक्षिण-पूर्व की ओर पहाड़ी पर पूर्णिमा के बाद की रात का, लगभग पूरा पर ठोकर खाया हुआ सा चन्द्रमा प्रकट हो गया था। लड़की का मुख धुलकर गोरा निकल आया था। खंजन के जोड़े जैसे दो नेत्र चमक गये थे। उसने एक दीर्घ श्वास ले स्वगत कहा—'चल रे मना!' और भरे घड़े की ओर बढ़ गयी।

धनसिंह ने पूछा—''यहाँ राजपूतों की बस्ती है?'

''कुछ घर राजपूतों के हैं, ब्राह्मणों और घिरथों के भी हैं।'' लड़की ने अपनी ओढ़नी की खूँट को गोलाई में लपेट कर गेंडुली बनाते हुए उत्तर दिया, ''लेकिन बस क्या पूछते हो, कैसे लोग हैं?''

धनसिंह ने विस्मय प्रकट किया—''क्यों, भले आदमी नहीं क्या?''

लड़की ने सिर हिलाकर उत्तर दिया—''बदमाश, बड़े बेशरम! तमाशा ढूँढ़ते हैं। अपनी घर की औरत को राह-बाट में किसी से बात करते देख लें तो उसका मूँड काट लें और दूसरों की औरतों से खेलना चाहते हैं। नम्बरदार का छोकरा है। अभी मसें भी नहीं फूटी हैं। मैं चीड़ के जंगल में ईंधन बीन रही थी पास आकर सीटी बजाने लगा। मैं हँस दी कि लड़का है, कोई बात नहीं। वह तो आकर हाथ पकड़ने लगा, बोला—अठन्नी ले लो! मैंने उलटे हाथ का थप्पड़ दिया। दाँतों से खून आ गया। हाय चलूँ। बहुत देर हो गयी। जाकर देखूँ, आगे रोने को और क्या है! जरूर बिगड़ेंगी, क्या कर रही थी इतनी देर तक? हाय मर गयी, बड़ी तो आटा सानने के लिये पानी बिना बैठी होगी। कह दूँगी अँधेरा और सूना था, जरा नहा लिया!'' धनसिंह की ओर देखकर उसने कहा, 'हाँजी' तो कहाँ तक करे कोई!''

लड़की घड़ा उठाने के लिये झुकी तो धनसिंह ने उठ कर कहा—''लाओ न; सड़क तक पहुँचा दूँ। तुझे चोट भी लगी होगी!''

लड़की ने मुस्कराहट से इनकार में सिर हिला दिया और अभ्यास के चातुर्य से दोनों हाथों को घड़े के मुँह में डाल, हथेलियाँ की पीठें मिला, एक झकोरे से घड़े को घुटनों की ऊँचाई तक उठा लिया। पाँव बावड़ी की जगत पर रख कर घड़े को अपने घुटने पर टिका लिया। दोनों हाथ घड़े के मुँह से फिसल कर गोलाई पर आ गये। दूसरे झकोरे में घड़ा अनायास ही उसके सिर पर पहुँच गया।

''तेरा नाम क्या है?'' धनसिंह ने पूछ लिया।

चाँदनी सीधी लड़की के मुख पर पड़ रही थी। उसका मुख मुस्करा उठा। 'सोमा' उसने उत्तर दिया और चलते-चलते बोली—"तुम बहुत भले लोग हो जी! दो बरस में कोई भी मुझसे ऐसे नहीं बोला। तुम्हारा भला हो, तुम्हारे घर कहाँ हैं जी?"

"हमीरपुर तहसील में, बड़सर के थाने के पास।" धनसिंह ने बता दिया।

पहाड़ी ढलवानों पर चीड़ के जंगलों में साँय-साँय करती हवा घाटी में बहने लगी थी। धनसिंह ने माघ के जाड़े की सिहरन अनुभव की। उसने लड़की के पीछे-पीछे चलते एक सिगरेट सुलगा ली और धुआँ छोड़कर बोला—"बहुत जाड़ा होगा, रात सड़क पर काटनी है।"

"जी।" सोमा ने उत्तर दिया, "हतभागों के साथ कोई भलाई करता है तो परमेश्वर भी नाराज हो जाता है। देखो न, इसीलिये तुम्हारी मोटर तोड़ दी और क्या?'

"ऐसा क्यों कहती हो!" धनसिंह ने सिगरेट का धुआँ भरा साँस छोड़कर पिघले हुए स्वर में कहा। नित्य मार और लांछन के आतप से बिलबिलाती रहने वाली सोमा उस समय धनसिंह के आगे-आगे चलती हुई सहानुभूति और सांत्वना का आश्रय अनुभव कर रही थी। सड़क अभी तक समीप के टीले और उस पर खड़े पेड़ों की छाया में थी परन्तु धनसिंह और सोमा के कमर से ऊपर के भाग पर चाँदनी पड़ रही थी। धनसिंह ने सड़क पर आकर पूछा—"अच्छा, यहाँ पास-पड़ोस में कहीं खाने को कुछ मिल जायगा? आटे के दाम दे देंगे।"

सोमा के इनकार से हाथ हिलाते हुए उत्तर दिया—"ना जी, यहाँ सड़क किनारे के लोग तो राक्षस हो गये हैं। परदेसी भी ऐसे ही आते हैं। जो देखते हैं उठा ले जाते हैं। कहते हैं, पहले चोरी सुनी ही नहीं थी। अब तो खेत में लौकी, तुरई, कद्दू, बैंगन, दाड़ी (अनार), केला कुछ हो ही नहीं पाता। चोरों के हाथ लगने से पेड़ कंजिया गये हैं।"

सोमा एक हाथ से सिर पर टिके घड़े को सहारा दिये पगडण्डी पर चढ़ने को मुड़ गयी। धनसिंह ने पूछा—"तुम्हारा घर दूर है?"

"दूर क्या?" सोमा ने चट्टान के ऊपर दिखाई देते पेड़ों की ओर हाथ उठा कर उत्तर दिया, "यही तो है। टीले के ऊपर पेड़ों के पीछे। मोटर सुनाई देती रहती है। यह क्या, भैंस रंभाती सुनायी तो दे रही है। जाकर मरी को दुहूँ। वे रानियाँ तो मेंहदी रचाये बैठी रहती हैं। मँझली के लड़के ने हग कर ढेर लगा दिया है। उसके कपड़े धोने को हैं। बूढ़ा ससुर खौं-खौं करता रहता है। छोटा जेठ पल्टन में है, बड़ा भागसू की कचहरी में नौकर है। अब चलूँ।" सोमा ने घूम कर धनसिंह से पूछा, 'ओढ़ने को कपड़े तो होंगे। जाड़ा लगे तो आग जला लेना जी। अच्छा मैं चलूँ!"

पगडण्डी पर चढ़ती सोमा को पीछे से धनसिंह ने फिर पुकारा—"बड़ी चटक चाँदनी है। अब तू इधर क्या आयेगी·····सो जायेगी!"

पीछे लौट कर देखे बिना ही सोमा ने उत्तर दिया—"जी कहाँ! अभी कहाँ मरने की फुर्सत है!" और चली गयी।

धनसिंह सड़क पर अकेला रह गया। उसने सिगरेट से कश खींच-खींच कर कई बार लारी की परिक्रमा की। जाड़े में सड़क पर रात बिताने की खिन्नता उसके मन में न थी। पहाड़ों पर ड्राइवरी करने वालों के लिये सड़क पर रात बिताने का कष्ट बहुत बड़ी बात

नहीं होती। वे ऐसी परिस्थिति को सुअवसर बना लेने के ढंग भी जानते हैं। ऐसे ही दो अवसरों की याद धनसिंह को आयी, जब उस्ताद जमाल के साथ पालमपुर के पास एक रात 'गद्दियों' की सुरा पीते और उनका नाच देखते बितायी थी और दूसरे अवसर पर गूजरों के पड़ाव से दूध लेकर खूब खीर खायी थी।

संध्या की घटना उसकी कल्पना में बार-बार घूम जाती थी। मेमने को बचाने के लिए मोटर के आगे आ गिरी घबड़ायी हुई लड़की का स्तम्भित चेहरा और भय से फैली हुई आँखें। अँधेरे में उसका फूट-फूट कर रोना। धुल कर चाँदनी में चमकता उसका गोरा मुख। लोच और लचक से उसका घड़ा उठा लेना! उसकी सरल-सीधी बातें—'जो तुम बड़े भले लोग हो, दो बरस से कोई मुझसे ऐसे नहीं बोला।' सोमा के यह शब्द बार-बार याद आ जाते और मन में एक मिसरी सी घोल देते : इस मिठास में इस विचार से कसैलापन आ जाता कि उसने सोमा से झूठ बोला था वह राजपूत था।

धनसिंह जब भी यह झूठ बोलता था, एक खटक उसके मन में रहती थी। जन्म उसका राजपूत माँ-बाप से नहीं घिर्थ (कहार) घर में हुआ था। जन्म से उसका काम ब्राह्मण, राजपूत, खत्री, सूद और कायस्थ की सेवा करना था। उसे उनके समान आसन पर बैठने और उनसे बराबरी के नाते बात करने का अधिकार नहीं था। अपना नाम उसे धनसिंह नहीं धन्ना या धन्नू बताना चाहिये था लेकिन उसका मन अपनी क्षुद्रता को अपने शरीर में कहीं अनुभव न करता था। अपनी क्षुद्रता उसे केवल दूसरों के अहंकार में और अपने माँ-बाप के निधन होने में अनुभव होती थी। यह झूठ वह एक विद्रोह में बोलता था; अपने ऊपर लादे गये क्षुद्रता के अपमान और दमन को अस्वीकार करने के लिये और ऊँची जात वालों की समानता और बराबरी में बैठ सकने के लिये। इस समय भी उसके मन में वही अनुभूति और भावना थी कि इस लड़की की आँखों में नीचा न जँचे? उसका यह मानसिक विद्रोह, इस विद्रोह के कारणों और परिस्थितियों की स्मृति को, उसके बीते हुए जीवन की याद दिला देता था।

धनसिंह का बाप कभी लाहौर में और कभी अमृतसर में नौकरी करता था और कमा कर घर में रुपया भेजता रहता था। पिता रुपया भेजता तो डाकखाने से डाकिया रुपया लेकर आता था। कभी-कभी पिता का पत्र भी आता था। वह पत्र डाकिया ही पढ़कर सुना देता था। डाकिये को दूध और चिलम पिलाकर खातिर की जाती थी। उसकी माँ बचपन में बीमारी से मर गई थी। धनसिंह को उन बीते दिनों की बातें, माँ की लाड़ली ममता की धुँधली स्मृति और फिर ताई के कठोर व्यवहार की याद आती थी। तीन-चार छोटे-छोटे खेत थे। खेतों को ताऊ जोतता बोता था।

बाप के कहने से ताऊ उसे पढ़ने के लिए भेजने लगा था। ताऊ को यह अच्छा न लगता लेकिन धन्नू का बाप रुपये भेजता था इसलिये उसकी बात मानी जाती थी। स्कूल उसके घर से दो मील से भी अधिक दूर था। वह तीन बरस स्कूल जाता रहा पर कभी दो महीने पढ़ने जाता और तीन महीने न जा सकता। नये सिरे से पढ़ने लगता, ऐसे ही चलता रहा। उसका ताऊ और ताऊ के दो लड़के अपने खेत जोतते और पास-पड़ोस के लोगों के खेत भी बटाई पर जोतते थे। मकान की दीवारें मिट्टी की और छप्पर फूस का था। उनके खेत मियाँ (कुलीन राजपूत) बजरसिंह के थे। पड़ोस में ही मियाँ का पत्थर का, स्लेट की छत से छाया मकान था। वे लोग मियाँ बजरसिंह के कर्जदार थे। धनसिंह

बचपन में भी मियाँ के यहाँ से बुलावा आने पर उनके यहाँ पानी भरने, कभी लकड़ी ढोने या दूसरे कामों के लिये जाया करता था।

धनसिंह का बाप लाहौर में मर गया। रुपया आना बन्द हो गया। उसका बड़ा भाई (ताऊ का लड़का) 'गठेड़ा' गाँव के सूदों के यहाँ नौकर हो गया। कर्ज न दे सकने के कारण मियाँ बजरसिंह ने उसके घर की कुर्की करवा ली। कुर्की के लिए पटवारी और पुलिस के दो सिपाही आये थे। उसकी ताई के शरीर पर दो-चार चाँदी के गहने थे। तायी ने बहुत रो-रो कर दिये। घर में से पीतल के बर्तन, एक भैंस और छत की धन्नी पुलिस के सिपाहियों ने उतरवा कर मियाँ के हवाले कर दी। इसके बाद धनसिंह का ताऊ मियाँ की जमीन से उठकर नत्थे साह की जमीन पर बस गया और उसकी खच्चरें हाँकने की नौकरी करने लगा।

धनसिंह की ताई अपने दोनों लड़कों के घर छोड़ भाग जाने से दुखी रहती थी और धनसिंह को गाली देती रहती थी—"मरा जवान लक्कड़ हो गया है चौदह बरस का! काम का न काज का।........अपने पेट के जाये छोड़ गये और यह मरा गले पड़ा है!"

कखड़ा गाँव के बल्ले सूद ने धन्नू को अपने यहाँ नौकर रख लिया। वह बल्ले सूद के यहाँ दो बरस से कुछ कम रहा था परन्तु उसकी स्मृति बहुत स्पष्ट थी। लोगों का विश्वास था कि बल्ले के पास बहुत रुपया था परन्तु बल्ले के व्यवहार और रंग-ढंग से अमीरी प्रकट नहीं होती थी। घृणा से लोग उसे कंजूस और सूद-कसाई कहते थे और आदर से 'मैलासाह' पुकारते थे, अर्थात् वह दिखावे की परवाह न करके कामकाज में मैला-कुचैला बना रहता था। बल्ले के कपड़े उसके जवान नौकर नजरसिंह से कहीं अधिक मैले रहते थे।

नजरसिंह होशियारपुर और काँगड़ा से बल्ले की दूकान का सामान खच्चरों पर ढोने का काम करता था। नजरसिंह कसीदेदार और काँच के टुकड़े जड़ी गोल टोपी और कान (कालर) लगी सफेद कमीज पहिनता था। कमीज पर लाल धागे की सिलाई चमकती रहती थी और चाँदी के जंजीरदार बड़े-बड़े बटन सामने दिखाई देते रहते थे। वह काली गबरून का चूड़ीदार पायजामा पहनता था। उसके जूतों पर कड़वा तेल लगा रहता था। गाँव के लोग उसे शहर का 'जन्टरमैन' पुकारते थे।

बल्ले साह की टोपी का रंग मैल और चिकनाई के कारण पहिचाना नहीं जा सकता था। यही हाल उसके कुरते का था। पायजामा पहने उसे किसी ने सख्त जाड़े में भी नहीं देखा था। कमर में केवल पड़तनी (घुटनों तक का अँगौछा) रहती थी। पाँव में जूता और सिर पर साफा वह केवल कचहरी या बारात में जाने के समय लोक-लाज से पहनता था।

बल्ले साह की दूकान में प्रायः सभी कुछ था; किसानों के हथियार बनने के लिये लोहे से लेकर, नमक, कपड़ा, शीशा, कंघी, सौंफ और अजवायन तक। उसका मुख्य व्यवसाय किसानों को रुपया सूद पर देना था। सूद में वह प्रायः ही उनकी फसल का अच्छा बड़ा अंश या घी सस्ते दामों में खरीद लेता था और खच्चरों पर लदवा कर नादौन, होशियारपुर की मंडियों में भेज देता था। उसका मकान दो मंजिला, पत्थर की भारी-भारी दीवारों का, स्लेट की छत से छाया हुआ था। इस मकान में बल्ले एक बुभुक्षित और सन्त्रस्त बिल्ली के समान जान पड़ता था उसकी रूप-रेखा में समृद्धि का कोई

चिह्न न था। केवल उसके कानों में सोने की छोटी-छोटी परन्तु मोटी और ठोस मुर्कियाँ पड़ी हुई थीं। मुर्कियों के बोझ के कारण कानों के छेद खिंच कर फटे जा रहे थे इसलिये बल्ले ने सूत के डोरे डालकर इन बालियों को कान के ऊपर सम्भाल लिया था। उसके शरीर की त्वचा और हाथ-पाँव कोमल थे। उन पर रुखाई और कठोरता नहीं थी।

बल्ले के मकान के भीतर बड़ा-सा आँगन था। उसकी स्त्री, लड़कियाँ और बहू गाँव की दूसरी स्त्रियों से अधिक और अच्छे कपड़े पहनती थीं। उनके शरीर पर जेवर भी थे। गाँव की दूसरी स्त्रियाँ केवल चाँदी के ही गहने पहनती थीं। इस घर की स्त्रियों की नाक पर अठन्नी के बराबर चौड़ी सोने की लौंग, कान और गले में भी दो-तीन चीजें सोने की थीं। लेकिन उनके कपड़े, सुत्थनें, कुरते और ओढ़नियाँ चिकनाई और धुएँ से काले रहते थे। वे कुछ पर्दा भी करती थीं। यदि बावड़ी के अतिरिक्त कहीं और जाना होता तो सुत्थनों पर भारी लहँगे भी पहिन लेतीं और घूँघट काढ़ लेती थीं। वे बावड़ी से पानी का घड़ा तो कभी-कभी ले आती थीं परन्तु दूसरी स्त्रियों की भाँति घास काटने न जाती थीं।

धन्नू को बल्ले ने दो रुपये माहवार और रोटी-कपड़े पर नौकर रखा था। वेश-भूषा में धन्नू अपने मालिक से अधिक भिन्न था। बल्ले समय मिलने पर हल जोतने के सिवा दूसरे प्रायः सभी काम अपने हाथ से कर लेता था। खाने में घर के लोग जब गेहूँ की खमीरी रोटी और भात खाते थे, धनसिंह को मक्का की रोटी मिलती थी। घर के प्रायः सभी काम—औरतों के कपड़े धोने के अतिरिक्त क्योंकि पहाड़ में ऐसा काम कोई मर्द कर ही नहीं सकता—धन्नू करता था। चौके का काम भी जब दाल-भात की रसोई बनती, उसे न छूने दिया जाता था क्योंकि यह कच्ची रसोई समझी जाती थी और धन्नू की जात नीची थी।

बल्ले साह का बड़ा लड़का धनपतराय धर्मशाला के कालिज में पढ़ता था। जब वह छुट्टियों में घर पर आकर रहता, नित्य हजामत करके सफेद-सफेद कपड़े पहनता था। उसने कानों से सोने की मुर्कियाँ भी उतार दी थीं। वह उस गाँव और घर में ऐसा जान पड़ता था जैसे कोई सफेद बगुला कहीं से उड़ कर गन्दी तलैया की कीच में आ बैठा हो। धनपतराय कसरत करता था और जंगलों में सैर करके जंगली फूलों को देखता था। उसकी इन बातों पर गाँव के लोगों को विस्मय होता कि विश्राम और सुख छोड़कर जान-बूझ कर शरीर को कष्ट देता था। सभी का विश्वास था कि वह जल्दी ही डिप्टी साहब बन जायगा। घर की स्त्रियाँ, माँ-बहनें और उसकी बहू भी उससे डरती थीं। उसके घर में रहने पर वे प्रायः चुप रहती थीं।

धनपतराय कालिज चला जाता तो घर में बल्ले और धन्नू के अतिरिक्त तीसरा मर्द, बल्ले साह का छह बरस का छोटा लड़का गजपत रह जाता। लड़कियाँ और बहू धन्नू से हँसती और मजाक भी करती रहती थीं। धनपतराय की बहू धन्नू को नाम लेकर नहीं पुकारती थी क्योंकि वह उसके पति का भी नाम था। वह धन्नू को सदा 'ओ' और 'ए' की पुकार लगा कर या गाली देकर—'बरा मरजाणा, खसमखाणा' कह कर ही पुकारती थीं। यह परिहास धन्नू को भी अच्छा लगता था। बहू और बल्ले की बड़ी लड़की कभी धन्नू को कुछ ऐसी बातें कह देती या ऐसे संकेत कर देती कि वह समझ न पाता। लड़कियाँ एक दूसरी को ठेल-ठेल कर खूब हँसतीं। वे धन्नू से अक्सर पूछतीं—"तू ब्याह कब करेगा। कैसी लाड़ी (बहू) लायेगा? लाड़ी से क्या कहेगा? क्या करेगा?"

जाड़े की एक रात में बहू ने चौके का काम समाप्त कर धन्नू को रोटी देने के लिए पुकारा। उस धन्नू को 'ले मरजाणा' प्यार से गाली दे कर बची हुई गेहूँ की खमीरी रोटी दी। रोटी पर घी भी लगा हुआ था। बहू चूल्हे की आग के समीप बैठी खा रही थी। धन्नू नित्य के अभ्यास से चौके से कुछ दूर हट कर दीवार के सहारे उकड़ूँ बैठ गया था।

बहू बोली—"मरे जाड़ा नहीं लगता? जरा आग के पास हो जा।"

धन्नू चूल्हे की ओर बहू के समीप खिसक आया। बहू हँसी की बातें कर रही थी। कभी अपने मायके की बात कहती और कभी उसे बता रही थी कि तू ब्याह करेगा तो अपनी लाड़ी के लिये ऐसा-ऐसा कपड़ा जेवर बनवाना। धन्नू खाना खा कर चौके के बर्तन मलने लगा। बहू उससे बातें करती बर्तन मलवाने लगी। बहू दूध में जामुन लगाने लगी तो धन्नू से बोली—"थोड़ा दूध पी ले! चौके में आ जा, दे दूँ।"

धन्नू कटोरे में दूध लेकर पी रहा था। उसी समय बल्ले साह ने उसे दो-तीन आवाजें दीं—"कहाँ मर गया? चिलम में आग दे जा।"

धन्नू उत्तर देना चाहता था पर बहू ने रोक दिया—"चुप रह, यह मरा बूढ़ा तो दिन भर चिल्लाता ही रहता है।" बहू ने अपनी छोटी ननद लच्छो को पुकार कर कह दिया, "कह दे, पानी नहीं था, घड़ा लेकर बावड़ी पर गया है।"

बहू ने धन्नू से पूछा—"सुन, तेरी बहू तुझसे नाराज हो जायेगी तो क्या करेगा? मारेगा कि प्यार करेगा?"

"मारूँगा।" धन्नू ने घूँसा दिखाकर कहा।

"मरा तू! ऐसा नहीं कहते!" बहू ने मुस्कराकर समझाया, "बहू मर जायगी तो क्या करेगा?"

"दूसरी ब्याह लूँगा!"

"धत्!" बहू ने आत्मीयता से डाँटा, "ऐसा नहीं कहते? बहू को प्यार से मना लेना।....तुझे प्यार करना आता भी है?"

"नहीं।" धन्नू ने सिर हिला दिया। वह शरीर में मधुर उष्णता और उत्तेजना अनुभव कर रहा था। दिये और चूल्हे की आँच के प्रकाश में बहू का चेहरा गुलाबी और आँखें अधमुँदी हो रही थीं। उसने कहा, "मैं तुझे बताऊँ?"

"हाँ बताओ!" धन्नू ने मुख से कुछ न बोल हामी भर ली।

"यहाँ आ!'

बहू दीवार के समीप खड़ी थी। धन्नू उसके समीप बढ़ गया। बहू ने उसके कन्धों पर हाथ रख कर उसकी ओर मुख उठाया। धन्नू के हाथों ने बहू को स्वयं समेट लिया। उसी समय रसोई के दरवाजे से बल्ले की गालियों का चीत्कार सुनायी दिया। बल्ले का हुक्का और फिर एक भारी चैला धन्नू के कन्धे को छीलता हुआ उसके पीछे दीवाल से जा लगा।

बहू चिल्लाकर रो उठी—'हाय, मर गया मुझे पकड़ रहा था। मैं रो रही थी......"

धन्नू बल्ले को रसोई के दरवाजे से ढकेल कर भाग गया। उसने पीछे से पकड़ो-पकड़ो की आवाजें सुनीं परन्तु वह सिर पर पाँव रख कर भागता गया। वह आठ मील दूर सुजानपुर में जाकर रुका और तीसरे दिन काँगड़े पहुँच गया। धन्नू ने कई महीने मोटर

के अड्डे पर कुलीगीरी की। फिर तीन बरस तक क्लीनर रहा और फिर उस्ताद मजहरखाँ की कृपा से ड्राइवर बन गया।

धनसिंह लड़कपन से ही स्त्रियों को धूर्त बिल्ली की तरह समझता था जो धीमे मीठा बोलती हैं, ओट में रहती हैं, चोरी करती हैं और मौका लगने पर नोच लेती हैं। अनुभवी और बुजुर्ग लोगों से भी उसने यही सीखा-सुना था—उनसे चौकन्ने, सावधान रहना चाहिये। ड्राइवर के जीवन में यदि उसे कभी स्त्री की संगति का अवसर मिला भी था तो उसने उसे सदा काँटों की झाड़ी समझकर सावधानी से काम लिया था। मर्दों की भाँति स्त्रियों से भी वह उनके सामाजिक स्तर के अनुसार आदर या उपेक्षा का व्यवहार करता था परन्तु स्त्री-मात्र के प्रति उसकी धारणा अविश्वास की थी। लेकिन यह सोमा कितनी सीधी, कितनी दुखी थी, उसमें कपट नहीं था।

सड़क पर खूब चटक चाँदनी फैल गयी थी। धनसिंह कुछ देर अपनी लारी की प्रदक्षिणा करता रहा। फिर वह सड़क की मुंडेर के एक बड़े पत्थर पर बैठ गया। ठंडी सरसर करती हवा थी। वह सिकुड़-सिमट कर सड़क पर रात बिताने की बात सोचने लगा। उसका मन जीवन की बीती बातों की ओर उड़ जाता था। पहले तो उसने ठंड की परवाह न की। सर्दी से रोमांच होने लगा तो सोचा गाड़ी के भीतर जा बैठे। भूख भी मालूम हो रही थी। भूख के कारण जाड़ा अधिक मालूम हो रहा था। उस दोपहर वह और कर्मू दोनों ही कुछ नहीं खा सके थे। वह भूख को भुलाने की चेष्टा कर रहा था। उसने अपनी सीट के नीचे से कम्बल निकाला और ओढ़ कर अपनी सीट पर बैठ गया। मन बहलाने के लिये वह कर्मू से सुना गीत गुनगुनाने लगा।

वह गीत किसी गोरी का विरह अलाप था—परदेसिया तुमने ही मेरे मन के किवाड़ों की साँकल खोली। तुम्हीं से मेरा मन लगा। परदेसिया, मेरे नैनों ने आधी आयु तक तुम्हारे नैनों को देखने की प्रतीक्षा की। शेष आयु मेरे नैन तुम्हारे नैनों को देख पाने के लिये बरसते रहेंगे। ओ परदेसिया, सावन में आकाश और पृथ्वी जल के तारों से बँधे होते हैं और मैं तुम्हारी प्रतीक्षा उघाड़े में खड़ी उस बरसात को खुशी से सिर पर झेलती हूँ। मुझे दुख तब होता है जब सास टोकती है कि तू बाहर क्यों खड़ी है। परदेसिया, जब जाड़े की ऋतु में शीत के तीरों से बिंध कर चीड़ के पेड़ भी सिर धुन-धुन कर, सी-सी कर रोते हैं तब तुम्हारी प्रतीक्षा में मैं राह पर खुशी से खड़ी रहती हूँ। मुझे शूल तब लगती है जब सास कहती है, अरी बाहर क्यों खड़ी है, कपड़े ओढ़ कर बैठ!

धनसिंह को कल्पना में दिखायी देने लगा—दुखिया, भोली सोमा बरसात और सर्दी में प्रतीक्षा कर रही है। परदेसी वह स्वयं है। गीत उसके लिये वास्तविकता बन गया। उसके हृदय में गीत का भाव इतना गहरा चुभ गया कि वह और गुनगुना न सका, चुप हो गया। एक बार फिर संध्या की घटना और सोमा से सुनी बातें उसकी आँखों और कानों में सजीव हो गयीं। दीर्घ श्वास लेकर वह सोचने लगा, सुबह वह पानी के लिये बावड़ी पर आयेगी तभी फिर मिलना होगा। धनसिंह का ध्यान अपनी कल्पना से जरा उचटा तो भूख अधिक तीव्रता से अनुभव हुई। सोचा, क्यों न कुछ आलू भूनकर खा ले! समय भी कटेगा और तापने को आग मिलेगी। वह गाड़ी से बाहर निकल आया। चाँदनी में उसने ईंधन के लिये इधर-उधर आँखें दौड़ायीं। चाँदनी की झलमलाहट से चकाचौंध थी परन्तु स्पष्टता न थी। वह सड़क किनारे जिस टहनी या घास-फूस पर हाथ डालता,

हरी लचीली और ओस से तर मिलती। चलेरी (चीड़ के वन) में ईंधन मिल सकता था परन्तु वह दूर था। वहाँ तक जाये और पीछे से कोई आलू की बोरी उठा ले जाये तो……? आग जलाने का यह प्रयास छोड़कर वह फिर कम्बल ओढ़ कर लारी में आ बैठा। मन में आशा होती कि कर्मू से खबर पाकर शायद बैजनाथ से इसी समय कोई लारी आ जाय।

धनसिंह भूख को भुला नहीं पा रहा था। भूख का ध्यान केवल उसी समय हटता जब वह सोमा की बात सोचने लगता। उसकी आँखें बारम्बार उस पगडण्डी की ओर उठ जातीं जिस पर से सोमा टीले की ओट में गई थी। उसने सोचा, नींद तो आ नहीं रही। एक बार उस के घर तक हो आयें तो क्या है! परदेसी ड्राइवर के तौर पर सहायता माँगेगा। कुछ नहीं मिलेगा, न सही; सोमा को तो देख आयेगा। सहसा ख्याल आया, यदि बैजनाथ से रात में ही लारी आ जाय तो सोमा से मिल भी नहीं पायेगा। उसे यह तो कहना ही था कि जाते-जाते समय कभी मिला करे। सोमा को इतनी बात कह देना धनसिंह को अत्यन्त आवश्यक जान पड़ने लगा। उसे आशंका होने लगी, शायद बैजनाथ से लारी अभी आ जायेगी, ऐसे अवसरों पर सड़क के पड़ोस की बस्तियों में जाकर सहायता के लिये पुकारने में ड्राइवरों को संकोच नहीं होता परन्तु उस समय दूसरा प्रयोजन होने से धनसिंह को दुविधा हो रही थी।

धनसिंह दुविधा को दबाकर पगडण्डी की ओर चल दिया। कुछ ही कदम चलकर वह उस जगह पहुँच गया जहाँ सोमा उसे पगडण्डी पर रोती हुई मिली थी। वह कुछ और आगे बढ़ा। बाँसों के झुरमुट दिखाई दिये, फिर आड़े-तिर्छे, तीन छप्पर, मिट्टी की दीवारें दिखायी दीं। धनसिंह ने सोचा, न जाने और घर है उसका? याद आया, सोमा ने कहा था—"पहला ही छप्पर!"

कहीं कोई प्रकाश नहीं दिखायी दे रहा था। उपलों और चीड़ की लकड़ी के धुएँ की गन्ध वायु में भरी थी। मक्का की रोटी कोयलों पर सिकने की सोंधी गन्ध भी आ रही थी। लोग अभी जाग रहे हैं, धनसिंह को सांत्वना हुई।

पहले छप्पर का आँगन पत्थर की टेढ़ी-मेढ़ी सिलों से मढ़ा हुआ था, चारों ओर घनी बाड़ से घिरा था। चारों ओर शहतूत और ओश के पेड़ थे। धनसिंह सहम-सहम कर कदम उठा रहा था। खयाल आया—ऐसी अवस्था में कोई आदमी या कुत्ता उसे देखे तो चोर समझेगा। उसने खाँस कर आहट की।

आँगन के द्वार पर खड़ी हुई दुशाखी लकड़ी में बाँस की अर्गला लगी हुई थी। धनसिंह ने बाँस को खटखटा कर पुकारा—"अरे घर वालो, जागते तो हो!"

"कौन है भाई?" स्त्री के कण्ठ ने प्रश्न किया।

"परदेसी मुसाफिर हैं, सड़क पर मोटर टूट गई है।"

"तो होगा भाई, यहाँ कोई हाट-दूकान नहीं है………।" स्त्री उत्तर दे रही थी कि एक बूढ़े का स्वर बोल उठा, जाओ, भाई जाओ! यहाँ कोई सराय-दूकान नहीं हैं। खूब जानते हैं, ऐसी परदेसी मुसाफिरों को। चोरी बदमाशी छोड़ दूसरा काम नहीं। खेत में फल-फसल, तरकारी न छोड़ें, घरों में औरतें न छोड़ें……।" बूढ़े को खाँसी आ गयी।

धनसिंह निराश हो मिट्टी से पुती दीवार में दो दरवाजों के अन्धकार की ओर देख रहा था। एक दरवाजे में उजाला दिखायी दिया और दूसरे ही क्षण हाथ में जगनू (चीर

की लकड़ी की मशाल) थामे सोमा आती दिखायी दी। धनसिंह का हृदय उछल पड़ा परन्तु पीछे से सुनाई दी ललकार से सोमा के कदम रुक गये। बहुत तीखे और ऊँचे स्वर में दूसरी स्त्री ने डाँटा—"तू कहाँ जा रही है चुड़ैल चौका छोड़कर? पराये मर्द की गन्ध आयी कि टुकड़े पर कुतिया की तरह लपक पड़ी।"

ललकार से एक बच्चा नींद से चौंककर चिल्ला कर रो पड़ा।

"देख रही थी कौन है।" सोमा ने उत्तर दिया।

"हाँ, तू ही है न घर की सबसे बड़ी पुरखिन; बेशरम कहीं की? हाय देखो तो, कितनी मुश्किल से बच्चे को सुलाया था। हल्ला करके जगा दिया। मुसीबत कर दी मेरी जान को। अपने पेट को तो डायन निगल गई। दूसरों के देखे नहीं जाते। दैव समझे इस चुड़ैल से!"

सोमा ने घूमकर धनसिंह की ओर देखा और चुपचाप लौट गयी। बूढ़ा खाँसता हुआ कुछ कहता जा रहा था परन्तु उसे सुनने और समझने की चिन्ता धनसिंह ने न की। वह अपनी मूर्खता के लिये खिन्न होकर लौट पड़ा; व्यर्थ में बेचारी को गालियाँ सुनवायीं।

धनसिंह कम्बल में शरीर लपेट कर और घुटने समेटकर गाड़ी में अपनी सीट पर लेट गया। बाहर चाँदनी में आकाश से घना कोहरा झड़ रहा था। चटकीली चाँदनी दूधिया-धुँधली हो गयी थी। वह फिर वही बात सोचने लगा, वहाँ जाकर क्यों मूर्खता की।·····सुबह तो सोमा पानी लेने आती ही। दूसरा ध्यान आया, शायद कर्मू बैजनाथ कभी का पहुँच चुका होगा। खा-पी कर वे लोग लारी लेकर चले होंगे तो आया ही चाहते होंगे! नौ ही मील तो है। घण्टे भर में आ जायें या सुबह ही आयें! सवारियाँ होतीं तो जरूर इसी समय आते!·········मण्डी की ओर जाते समय सोमा से मिलने के लिये यहाँ रुका करूँगा? बावड़ी तो यहाँ है ही, इंजन में पानी डाल लिया करूँगा परन्तु कितनी देर के लिये? दस मिनट तो रुक सकूँगा। ऊपर-नीचे दोनों तरफ गेट का टाइम लगता है।·······कितनी भली औरत है बेचारी! कसाइयों के पंजे में फँसी हुई कैसे मुसीबत के दिन काट रही है। उसका इन लोगों के यहाँ है क्या? क्यों रहे इन लोगों के पास? मैं उसके लिये सब कुछ करने के लिये तैयार हूँ। मेरा भी अपना दुनिया में कौन है? धनसिंह को बड़सर के टप्पे में अपना घर याद आया जो उजड़ चुका था, जहाँ से पुलिस के सिपाहियों ने उसके घरों के लोगों को निकाल दिया था लेकिन उसका ताऊ भी तो उसका नहीं था जैसा सोमा के ससुराल वाले। पर मर्द का क्या है; उसके लिये दुनिया पड़ी है औरत तो ऐसा कर नहीं सकती। बेचारी मर्द के आसरे बिना रह नहीं सकती।·····मैं क्या मर्द नहीं हूँ, मैं उसे आसरा दूँगा।

कोहरा बहुत घना हो गया, सर्दी बढ़ गई। धनसिंह की श्वास मोटर के काँच के पर्दे पर जम गई। काँच धुँधला हो गया। बाहर देखने से आँखों में भी जाड़ा लगता था। ठंडे श्वासों से कलेजा भीतर तक सिहिर जाता था। धनसिंह ने मुँह पर भी कम्बल ढाँप लिया और आँखें मूँद कर वही बातें सोचने लगा। अपने मर्द होने और स्त्री को आसरा देने की बात से उसे अपने ब्याह का ख्याल आया। परिचित लोगों को मालूम होता कि वह अभी तक कुँआरा है तो उन्हें विस्मय होता, उस पर दया आती। उस जिले में किसी अच्छे-भले आदमी की इतनी आयु तक कुँआरा रह जाना साधारण बात न थी; या तो आदमी में कोई खोट हो या उसका दुर्भाग्य! विवाह के लिये धनसिंह को विशेष उत्साह नहीं था

परन्तु अविवाहित होने के तिरस्कार की कलख कभी-कभी मन में उठ आती थी। इस कलख को वह धनपतराय की बहू की बात याद करके मन से दूर कर देने की चेष्टा करता था। जो मर्द घर में औरत की रखवाली नहीं कर सकता उसकी औरत भलीमानस नहीं रह सकती।·· ·····ड्राइवर खलील सच कहता है—जर, जोरू, जमीन जोर की, नहीं और की! ड्राइवर को ब्याह से क्या फायदा? ड्राइवर का घर क्या?

धनसिंह का दृढ़ विश्वास था, स्त्री को सती-साध्वी होना चाहिए परन्तु स्त्रियाँ बिल्लियों की तरह छिपकर दूध और गोश्त चुरा-चुराकर खाती हैं और देखने में सीधी और चुप बनी रहती हैं—अमीरों की स्त्रियाँ अपने मजे के लिये और गरीबों की लालच से! साथी ड्राइवरों से रोज ही वह ऐसे किस्से सुनता था और देखता भी रहता था।·····मन चाहे तो क्या औरत मिल नहीं सकती! फिर उससे नाता बाँधकर अपनी बेइज्जती क्यों कराये? अपनी बेइज्जती कराने से दूसरे की बेइज्जती करना अच्छा! सब से बड़ा भेद था, विवाह के लिये अपने घर-बार, कुल का पता देने की जरूरत थी। धनसिंह वह सब प्रकट करके, फिर से घिर्थ बनकर दूसरों की दृष्टि में गिरना नहीं चाहता था। सड़कों से दूर टेकरियों से छिपे अपने जन्म स्थान को छोड़कर वह उस अपमान से भी छूट चुका था। उसे फिर क्यों अपनाये ?

परन्तु सोमा में दगा न था, कितनी सीधी और भोली। दुनिया में उसका कोई अपना नहीं और न धनसिंह का था। न इस बात में फिर से घिर्थ बनने का भय था। कम से कम उससे प्यार रखने में।········ऊँघ आ जाने से धनसिंह के विचार तरल से होते जा रहे थे। नींद के कुहासे में सोमा की छवि तैरती हुई दिखाई दे रही थी—रोती हुई, आँचल आँखों पर रखे और वह अपने हाथ से सोमा के आँसू पोंछ रहा था। वह मुस्कराने लगी, ··········'जी, तुम बड़े भले लोग हो जी!·········जी!········जी········ओ जी, सो गये क्या? ओ जी परदेसिया! आधी नींद में धनसिंह निश्चय नहीं कर पा रहा था कि स्वप्न की कल्पना थी या सचमुच की पुकार? फिर सुना—"जी! ओ जी, परदेसिया देखो तो!"

धनसिंह ने कम्बल से मुँह उघाड़ लिया और घूम कर मोटर की खिड़की से देखा, सचमुच सोमा खड़ी थी।

"जी, सो गये थे क्या?" सोमा ने आँचल के छोर में बँधी, सोंधी-सोंधी महकती हुई एक पोटली धनसिंह की ओर बढ़ा कर कहा, "जी, तुम यों ही आये और गालियाँ सुनीं। मैं तो कह ही गई थी कि यह लोग बड़े राक्षस हैं। भला द्वारे आये परदेसी-पाहुने को भी कोई भूखा रखता है? मैं तो रोटी लेकर आती ही। तभी तो भैंस दुह कर उठी तो मैंने पड़िया की रस्सी खूँटे से निकाल दी कि उसे ढूँढ़ने के लिये मुझे जरूर भेजेंगे।"

धनसिंह सोमा की ओर देखता रहा। उसने अपना हाथ बढ़ा कर उनके कन्धे पर रख दिया। सोमा इस स्पर्श से सिमिट गई जैसे शीत से ठिठुरती पीठ पर पानी की धार पड़ गई हो। धनसिंह ने देखा, उसके कपड़े पाले से तर हो रहे थे। धनसिंह ने मोटर का दरवाजा खोल दिया और धीमे से कहा—"पाले में खड़ी है, भीतर आ जा!"

"अब चलूँ, मर गई उस पड़िया को भी देखूँ!" सोमा ने सिकुड़ कर उत्तर दिया।

"नहीं पल भर को आओ!" धनसिंह ने आग्रह किया।

"जी नहीं, अब जाने दो न!" सोमा के कदम मोटर की ओर बढ़े और पीछे हटने की दुविधा में लड़खड़ा गये।

"मेरी कसम!" धनसिंह ने आग्रह किया।

सोमा का हृदय गल गया—"हाय" कसम क्यों लेते हो जी, दैव तुम्हें रखे। तुम बड़े भले लोक हो जी।" उसने कहा और धनसिंह को कसम से बचाने के लिए सोमा का हाथ आसीस के लिये उठ कर धनसिंह के सिर की ओर बढ़ गया।

धनसिंह ने सोमा को मोटर में अपने बराबर बैठा लिया और उसे आधा कम्बल ओढ़ाने लगा। सोमा घबरा गई। उसने सिमट कर विरोध किया—"नहीं जी, मुझे शीत नहीं लगता।.....तुम्हीं कपड़ा लो।"

धनसिंह माना नहीं। उसने अपनी बाँह सोमा की पीठ पर रख दी। सोमा पाले से भीगे कपड़ों में सिकुड़ी जा रही थी परन्तु उस पाले से अधिक तीखा उसे धनसिंह का सामीप्य लग रहा था।

सोमा ने समझाया—"जी नहीं, ऐसा नहीं करते!" परन्तु प्रयत्न करने पर भी धनसिंह से दूर न हट सकी।

"सोमा, एक बात मानोगी?" धनसिंह ने उसके कान में पूछा।

"क्या जी?"

"मानोगी?"

"तुम बड़े भले लोग हो जी, कहो न!"

"मेरे साथ चलोगी?"

सोमा पहले चुप रह गई। धनसिंह ने प्रश्न दोहराया तो रो पड़ी। धनसिंह का हृदय बैठ सा गया। उसने सोमा के समीप झुककर व्याकुलता भरे स्वर में पूछा—"नाराज हो गई, क्यों?"

सोमा ने आँचल से आँखें पोंछते हुए सिर हिला कर रुँधे हुए गले से उत्तर दिया—"जी तुम बड़े भले हो जी, मेरी जान बचाई तुमने। मैं कहाँ जाऊँगी? मैं तो यहाँ ही मरूँगी। दैव मुझे जल्दी उठा ले!" सोमा रुलाई दबाकर सिसकियाँ लेने लगी। धनसिंह अपनी पगड़ी के छोर से उसके आँसू पोंछ रहा था। सोमा के आँसू रुकते नहीं थे। वह धनसिंह से हटी रहने की बात भूल गई। ससुराल की कटुता और निर्दयता उसे शरण के लिये धनसिंह की छाया में धकेले दे रही थी।

"रो मत सोमा, मेरे सिर कि कसम! रोएँ तेरे दुश्मन!.......रोओ तो मुझे खाओ!" धनसिंह ने उसका सिर अपने सीने पर दबा लिया। सोमा कसम के भय से गले में उठे क्रन्दन और आँसुओं के वेग को पी गई। उसका शरीर शिथिल होकर धनसिंह की बाँहों में आ गया। धनसिंह ने एक गहरा श्वास लेकर सोमा को अपनी रक्षा के आलिंगन में दबा लिया। सचेत होने पर सोमा आलिंगन से छूटने के लिये विरोध में सिहर उठी, "जी नहीं, ऐसे नहीं!" परन्तु विरोध न कर सकी। कुछ देर वे दोनों वैसे ही बैठे रहे।

सोमा ने धनसिंह की बाँहों से छूटते हुए कहा—"जी, अब चलूँ।" वह उठ खड़ी हुई। धनसिंह ने उसे सहारा देकर मोटर से उतारा और पगडण्डी तक उसके साथ गया। सोमा ऊपर चढ़ गई तो धनसिंह ने दबे स्वर से पुकार कर पूछा, "सुबह तो पानी लेने बावड़ी पर आओगी न?"

सोमा ने सिर झुकाकर आश्वासन दे दिया।

धनसिंह फिर कम्बल में लिपट कर मोटर में बैठ गया। कुछ समय बाद ध्यान आने पर उसने धीरे-धीरे मक्का की रोटी और गुड़ खा लिया और फिर कोहरे और धुंध से भरी चाँदनी में बड़े-बड़े धब्बों की तरह दिखाई देते वृक्षों और पहाड़ियों की ओर दृष्टि किये सोचता रहा। उसे बैजनाथ से सहायता के लिये मोटर आने की चिन्ता न रही। वह चाहता था, मोटर अभी न आये तो अच्छा। उसे झपकी नहीं आई। बार-बार अतीत जीवन की सम्पूर्ण भूमिका में उस संध्या की घटना मस्तिष्क में कौंध जाती और सम्पूर्ण जीवन की सार्थकता सोमा की सहायता करने और उसे प्यार करने में जान पड़ने लगी। उसे लग रहा था, सोमा ने उसी के लिये जन्म लिया था और उसी की प्रतीक्षा कर रही थी, भगवान की इच्छा अनजानी राहों में पूरी होती है।

धनसिंह ने सोचा, सोमा ने उसी के लिये जन्म लिया था······पुरुष उसी स्त्री को प्यार करना चाहता है, उसी स्त्री के लिये अपना जीवन अर्पण कर देना चाहता है जो संसार में केवल उसी के लिये हो। जो केवल उसे ही पहचाने यही बात पुरुष की दृष्टि में स्त्री का प्रेम है। अतीत की स्मृति से धनपत की बहू के प्रति; होशियारपुर में उस्ताद मजहर की दोस्त रण्डी गुलाबो के प्रति जितनी ही तीव्र घृणा उसके मन में उठ रही थी उसकी प्रतिक्रिया में वह सोमा के सीधे और भोलेपन को अपने जीवन का सर्वस्व समझ रहा था।

चाँदनी में कोहरा और धुंध खूब गहरा, बिल्कुल ठोस हो गया। कोहरे की उज्ज्वलता मिट कर उसमें सफेदी आ गई। धनसिंह की आँखें निरन्तर खुली रहीं परन्तु वह उस परिवर्तन के प्रति बेख़बर था। दूर से मोटर की गुर्राहट सुन कर उसने पीछे सड़क पर दूर पहाड़ों की बगलों में छिपते, प्रकट होते आग के गोले से दिखाई दिये। यह मण्डी से सुबह चार बजे चलने वाली गाड़ी थी। धनसिंह ने सोचा, कम्पनी ने बैजनाथ से मण्डी में फोन कर दिया हो तो यही गाड़ी उसकी गाड़ी को अपने पीछे बाँधकर ले जायगी, पर सोमा अभी नहीं आई।

पीछे से आती मोटर का प्रकाश धनसिंह की लारी पर आ पड़ा। मोटर समीप आकर रुकी। ड्राइवर ने बताया कि बैजनाथ से फोन तो आया है पर अभी अँधेरा है और वह सवारी गाड़ी है, बोझ अधिक हो जायगा। घंटे भर बाद माल की लारी ट्रक आकर उसे खींच ले जायगा। धनसिंह को सन्तोष हुआ और चिन्ता भी की तब तक सोमा आ जायगी या नहीं! कोहरे में से चाँदनी का पीलापन छट कर सफेदी आ गई थी और उसमें ओस की बूँदें लटक रही थीं। धनसिंह की दृष्टि निरन्तर टीले की ओर पगडण्डी पर लगी थी। मन में आशंका थी, शायद सोमा देर से आये! उसे लग रहा था, सबेरा बहुत जल्दी हो रहा है।

पौ फट रही थी। सोमा सिर पर औंधा घड़ा रखे पगडण्डी पर से उतरती दिखाई दी। धनसिंह मोटर से कूद गया। सोमा के समीप जाने पर बोला—"आ गई!" और उसने सोमा की आँखों में देखा। अब सोमा की आँखें पानी मिले कच्चे दूध की भाँति नीलंगू नहीं, गुलाबी और कुछ उभरी हुई थीं। रात भर की अनिद्रा और रोना उनमें भरा था। वह धनसिंह की ओर देख कर चुप रही। काँच के बड़े-बड़े मनकों जैसे दो आँसू पलकों से लटक गये। वह रुकी नहीं, सड़क पार कर बावड़ी की ओर बढ़ती गई। धनसिंह ने रोककर पूछा, "चलेगी मेरे साथ!"

सोमा के आँसू बह गये—"जी मुझे तो यहीं मरना है। जी मैं राह देखा करूँगी, फिर भी आना। तुम बड़े भले लोक हो जी!"

धनसिंह कुछ कह न सका। सोमा आँचल से आँसू पोंछती बावड़ी की ओर चली गई। धनसिंह ने उस ओर कदम बढ़ाया ही था कि फिर दूर मोटर का प्रकाश दिखाई दिया, एक के पीछे एक, तीन मोटरें चली आ रही थीं। धनसिंह मोटर के पास ही रुक गया।

एक खाली लारी धनसिंह की मोटर के पास आकर रुक गई। सरदार बसाखसिंह ड्राइवर ने पूछा, हुआ क्या? कैसे हुआ? उसके धनसिंह की मोटर को गालियाँ देते हुए अपनी गाड़ी से लोहे की साँकल निकाली और धनसिंह को लारी को अपनी गाड़ी के पीछे बाँध लिया। धनसिंह को होशियार रहने के लिये कहा और उसे खींचकर ले चला।

धनसिंह बार-बार बावड़ी की ओर देख रहा था। पूर्व से उठते सूर्य की पहली किरणें घाटी पर छाई हुई ओस की मसहरी को बेंध रही थीं। उसे सिर पर घड़ा लिये, पगडण्डी पर लौटती सोमा की छाया भी दिखाई दी परन्तु बसाखसिंह उसे खींचे लिये जा रहा था.....।

●

ससुराल के स्नेह

यों तो सोमा का जीवन वैसे ही चल रहा था जैसे कि अब तक चला आया था परन्तु उसकी अनुभूति में परिवर्तन आ गया था। अब पशु की भाँति जो सामने आता, विचारे बिना सहते जाने का भाव न रहा था। कोई उसके दुःख की चिन्ता करता है, यह विचार उसके दुख की अनुभूति को और गहरा बनाने लगा था। अब अपने दुख के प्रति मन में विरोध भी उठने लगा जैसे आदमी पीठ के पीछे सहायक के होने पर, आगे से पाये धक्के का सामना करने का साहस अनुभव करता है।

धनसिंह ने सोमा से चली चलने के लिए अनुरोध किया था। वह बात सोमा ने स्वीकार नहीं की थी। वह उसके लिये तैयार नहीं थी क्योंकि वह बात ठीक नहीं थी परन्तु धनसिंह की बात उसके लिये बहुत बड़ा सहारा बन गयी थी। यह बात उसके दुख में सहायक होने की इच्छा थी।

सोमा का घर सड़क के समीप ही था। वह जब कभी दूर से मोटर की गुर्राहट सुनती, सड़क पर आकर धनसिंह ड्राइवर को पहचानने का यत्न करती परन्तु वह 'भला लोक' न दिखायी देता। दिखायी देते थे, लुच्चे ड्राइवर। जैसे कि ड्राइवर प्रायः होते हैं; जो उसकी कातर आतुरता देख कर आँखों से, होंठों से कुचेष्टा का इशारा कर देते थे। मुँह की सीटी बजा देते या मुस्करा देते थे। सोमा कभी पल भर बैठ पाती तो सोचने लगती—क्या वह मेरे इनकार से बुरा मान गया? आया नहीं!

सास ने सोमा को एक डलिया मक्का पछोर कर पनचक्की से आटा पिसवा लाने के लिये कहा था। पहाड़ों में बरसात अधिक होने के कारण छतें ढलवाँ होती हैं। ढलवाँ छत के नीचे प्रायः एक ओर धन्नी डाल कर चीड़ के तख्ते बिछा दिये जाते हैं। इस जगह में घर का अनाज और दूसरा सामान रखा रहता है। सोमा उसी जगह बैठ कर छाज से मक्का पछोर रही थी। सास अपने वृद्ध शरीर को जरा विश्राम देने के लिए नीचे चटाई बिछाकर लेट गयी थी। छाज में मक्का के दानों की खड़खड़ाहट और छाज की फटकार की फटाफट नियमित ताल से चल रही थी। इस संगीत से सास को नींद आ गयी। ससुर किसी काम से बाहर गया था। सास की आँख लग गयी देख बड़ी और मझली दोनों बहुएँ पल भर पड़ोस में बैठ आने के लिये निकल गयी थीं। बड़ी बहू जाते-जाते अपनी काँथर और सुई-डोरा सोमा के सामने रख गयी थी कि मक्का पछोर कर उसमें चार डोरे डाल दे।

सोमा ने सोचा, पनचक्की पर से लौटने में देर होगी और 'बड़ी' बिगड़ेगी। इस विचार से वह मक्का पछोर कर काँथर में टाँके लगाने लगी थी। इसी बहाने कुछ देर बैठ भी ले। फिर तो सिर पर पाँच पसेरी की डलिया उठा कर घाटी में सवा मील चढ़ाई-उतराई पर जाना-आना था। ऐसे निराले में बैठ पाती तो उसे बड़ा सन्तोष मिलता, वह

परदेसी ड्राइवर की बात सोचती रहती। एक-एक करके आठ दिन बीत गये थे पर वह फिर नहीं आया था।

सोमा ने ससुर के खाँसने की आवाज से समझा, बूढ़ा आ गया था। बुढ़िया को लेटी देख कर और घर सूना समझ कर बूढ़ा बड़बड़ाने लगा—"जाने सबको मौत पड़ गयी है। इतना भी नहीं कि किवाड़ ही उड़का देतीं, कुत्ता-बिल्ली तो न घुसे।" सोमा तख्तों की फाँकों से आहट पाती रही। बूढ़े ने चूल्हे में से उपले की आग लेकर चिलम भरी और गुड़गड़ी लेकर आँगन में मकान की दीवार के साथ मिट्टी के चौतरे पर बैठ कर तम्बाकू पीने लगा।

"केहर मियाँ राम-राम!" सोमा ने आँगन से आवाज सुनी।

सोमा के ससुर की आवाज ने उत्तर दिया—"पाँव छुये साह जी, आओ बैठो!........ अरे कोई है कि सब मर गये! मन्नू साह को बैठने के लिये मोढ़ा दो न!"

मन्नू साह उम्र में सोमा के ससुर से दो-चार बरस छोटा होगा। बहुएँ उससे पर्दा करती थीं। सोमा ससुर की पुकार से सिर का आँचल खींच कर उठने को हो रही थी कि नीचे से सास की पुकार सुनायी दी। सास मन्नू साह का नाम सुन जाग उठी और पाहुने को भीतर ही पुकार रही थी।

साह ने बुढ़िया की पुकार से भीतर आकर कहा—"मियांणी राम-राम!" और कुशल-मंगल पूछने लगा। ससुर भी गुड़गुड़ी लिये भीतर चला आया। केहर ने साह की जात का ख्याल करके गुड़गड़ी में से बाँस की नाली निकाल ली और गुड़गुड़ी साह की ओर बढ़ा दी, "लोह साह जी पियो, बड़ा अच्छा आ रहा है। घर के खेत का तम्बाकू है।"

मन्नू खत्री जगह-जगह का घी-अनाज बटोर कर रोजगार करता था और लेन-देन भी चलाता था। केहरसिंह के घर से भी घी ले जाता था। केहर ने उससे तीन सौ रुपये सूद पर ले रखे थे। मन्नू प्रायः आकर सूद में घी ले जाता। बड़ी और मँझली दोनों ही बहुएँ मन्नू से जलती थीं और पीठ पीछे उसे गाली देती रहती थीं। साह के मारे उनके बच्चे दूध नाम-मात्र को ही पाते थे। सब का सब जमा कर घी बनाने में निकल जाता था। घर के लोगों को मिलती थी केवल छाछ। मन्नू घी ले जाते समय ऐसी मीठी बातें कर जाता कि मानो केहर की सेवा कर रहा हो, अपने लाभ के लिये कुछ नहीं।

बुढ़िया को मोढ़ा ढूँढ़ते देखकर मन्नू ने उस तकल्लुफ पर बहुत आपत्ति की और सादगी से घर की लिपी हुई धरती पर बैठते हुए बोला—"अरे तुम क्यों झमेला कर रही हो मालकिन! बहुएँ कहाँ हैं? बच्चे तो ठीक हैं! छोटी कहाँ है?"

"मरी वे चुड़ैलें!" बुढ़िया ने दोनों हाथ पसार कर उत्तर दिया, "मुझे तो पल भर आराम नहीं मिलता। छोटी को तो मैंने कहा था कि मूठ भर मक्का पिसा लाना। शाम के लिए आटे की चुटकी भी नहीं है, देख लो चंगेर में! जरा आँख लगी थी कि दूसरी दोनों पड़ोस में निकल गयीं और अब दिया बले से पहले लौटेंगी नहीं!"

"साह जी भाई क्या करें! देखते हो न, कैसे समय आ गये हैं?" केहर ने साह के आने का अभिप्राय अनुमान करके क्षमा-सी माँगी, "अब की तो ब्याज के लिये रुकना पड़ेगा।"

मन्नू ने गुड़गुड़ी केहर को लौटाते हुए बुढ़िया को उत्तर दिया—"देखो न बझियाणी (मालकिन) भाभी, मियाँ की बातें! ब्याज का नाम भी किस हरामखोर ने लिया है! मैं तो

ऐसे ही चला आया कि मियाँ से मिला नहीं। देख आऊँ, बच्चों का क्या हाल है। अपने ही कलेजे के टुकड़े हैं। तुम तो जानती हो; क्यों भाभी!''

''साह जी तुम्हारा ही आसरा है।'' बुढ़िया ने उत्तर दिया, ''काश्तकार की गर्दन सदा ही साह के हाथ मे है। हमारे लिये तो साह जी तुम्हीं परमेश्वर हो।''

''कुछ भी तो इधर बचा न होगा?'' मन्नू ने पूछा, ''लगनों के दिन हैं न, आना दो पैसे तेज ही जा रहा है। मैं तो मियाँ के यहाँ से सदा तेजी में ही लेता हूँ कि तुम्हें दो पैसे बन जायँ। तुम जानती हो मालकिन, घुटने तो पेट की तरफ ही मुड़ते हैं, क्यों?''

''कहाँ बच पाता है साह जी!'' बुढ़िया बेबसी में हाथ फैलाकर बोली, ''दैव तुम्हारा भला करे, बच्चों वाला घर है। कभी दो-ढाई सेर हो गया तो हो गया और इधर तो भूरी भैंस भी सूख रही है, कुछ निकलता ही नहीं।''

मन्नू ने गुड़गुड़ी से दूसरी बार दम ले गुड़गुड़ी केहर को लौटा कर कहा—''बड़ा असली तम्बाकू है मियाँ, बस तुम पियो!'' और रहस्य के स्वर में बोला, ''मुरली की बात सुनी!''

''हाँ छोकरी ब्याह दी है न! सुना है, लड़का बड़ी पक्की उम्र का है, तिहाजू (तीसरा ब्याह) है।'' केहर ने धुएँ से खाँसकर और गुड़गुड़ी फिर साह की ओर बढ़ाकर उत्तर दिया।

''हाय लड़की भी तो स्यानी है। उसकी समरेढ़ों के (सम-वयस्काओं के) दो-दो हो चुके।'' बुढ़िया होंठों पर हाथ रख कर बोली।

मन्नू ने गुड़गुड़ी घुटने पर टिका ली। रहस्य की बात कहने के लिये केहर की ओर सरक गया। हलका-सा कश खींच कर बुढ़िया को सम्बोधन किया—''हाँ तो क्या है मालकिन, तुम जानती हो, मुरली ने गिन कर छह सौ लिये हैं। अरे लड़की तो है ही पराये घर की धरोहर। तीन सौ तो मेरे ही देने थे पर है भला आदमी। खुद ही आकर बोला—''ले लो साह जी, इसी जनम में ले लो। तुम्हारा देना है, अगले जनम में एक के दो-दो देने होते हैं। तुम जानती हो मालकिन, मेरा तो चार पैसे का लेन-देन ही भले आदमियों से चलता है।''

बुढ़िया ने माथा ठोंककर कहा—''अरे तो भला हो साह जी तुम्हारा, हमने भी तो इस कुलच्छनी के गिनकर चार सौ दिये थे। तीन सौ तो तुमसे ही लिये थे। अभी तक सूद भर रहे हैं, पेट काट-काटकर! मेरे शेर जैसे लड़के को भी खा गई।'' बुढ़िया ने दुख की स्मृति में अपनी सूखी आँखें आँचल से पोंछ लीं। बुढ़िया अपने युवा पुत्र के लिए बहुत रोई थी। उसका विश्वास था कि वह प्रसंग आते ही फिर आँखों में आँसू आ ही गये होंगे, ''हुई भी थी तो क्या, लड़की! वह भी छह महीने में ही मर गई, मुसीबत देकर। हमारे भाग्य ही खोटे हैं साह जी!''

सोमा ऊपर तख्तों पर बैठी दम रोके सुन रही थी। साह गुड़गुड़ी से होठ लगाये विचारपूर्ण स्वर में बोला—''लड़की तो पराये घर की अमानत है लेना-देना दुनिया का है ही। पर भाई, विधवा बहू तो जिन्दगी का जंजाल है।'' मन्नू ने आवाज धीमी करके केहर की ओर झुक कर कहा, ''आस-पास गाँवों में सौ तरह के लोग हैं मियाँ, सब भले थोड़े ही हैं! कहीं जवान विधवा को कुछ हो जाय तो नाक और कटे, जनम बिगड़े। नहीं तो गले में चक्की का पाट तो बँधा ही है। तुम कहो मालकिन, बुरा कहा मन्नू ने?''

"क्या बुरा कहा तुमने साह, होता नहीं है क्या दुनिया में ?" बुढ़िया ने स्वीकार किया, "सच पूछो तो मेरा तो कलेजा काँपता रहता है। वह है भी तो संडी की संडी। मैं तो कहती हूँ, मायके ही जा मरे। यहाँ अपनों का ही पेट नहीं भरता!"

"तो एक बात कहूँ?" मन्नू ने बहुत धीमे से सुझाया। ऊपर बैठी सोमा का कलेजा धक-धक कर रहा था। सुन पाने के लिये साँस रोककर उसने कान तख्तों की साँध पर रख दिया। साह ने कहा, "गले का बोझ भी कटे और कुछ कर्ज भी हल्का हो!"

"हूँ।" केहर ने गुड़गुड़ी से होंठ हटा मन्नू की ओर देखा। बुढ़िया भी दोनों हाथों में ठुड्डी थामे मन्नू की ओर देखने लगी। मन्नू ने बताया, "मंडी में एक पंजाबी ठहरा हुआ है। ढाई-तीन सौ तो मामूली बात है।"

मौन को बुढ़िया ने तोड़ा—"हाय तुम्हारा भला हो साह जी, हमने तो चार सौ भरा हुआ है।" उसने होंठों पर हाथ रखकर लम्बी साँस ली।

"सुनो तो बझियाणी की बातें!" मन्नू बुढ़िया की सरलता पर हँसकर बोला, "कहाँ क्वाँरी लड़की कहाँ विधवा! मैं तो कहूँगा, बिखरा हुआ घी है, जितना बटुर जाय!"

केहर हल्के-हल्के कश खींचता सोचता रहा। मन्नू ने कहा—"कहो तो बात मैं तय करा दूँगा? मुझे उसमें क्या है? तुम्हारा जितना भला हो जाय। गाँव में कह देना, मायके भेज दिया है।"

केहर ने कुछ देर सिर झुकाये सोच घर वाली की ओर देखा—"पर उसे मण्डी कैसे ले जायेंगे?"

"लो सुनो मियाँ की बातें!" मन्नू ने हँस दिया, "कहना, तेरे मायके से बुलावा आया है। लौटकर गाँव में भी यही कह देना। अरे, विधवा का क्या है? जैसी ससुराल में वैसी मायके में!"

सोमा के लिये सुनते रहना असह्य हो रहा था। सिर में चक्कर आ कर आँखों के आगे अँधेरा छाने लगा। मन्नू जाने के लिये अपनी चादर सँभाल कर उठ गया। केहर उनसे बात करता हुआ आँगन से बाहर जा रहा था। पीछे से बुढ़िया ने पुकारा—"कहाँ जा रहे हो? मैं जरा पड़ोस में जाकर बहुओं को पुकारती हूँ। ऐसी चुड़ैलें हैं, जब देखो तब ब्राह्मणों के छप्पर में जा बैठती हैं।"

"यहीं जरा सड़क तक साह को छोड़ आऊँ।" केहर उत्तर देकर चला गया।

सास ने किवाड़ उड़का दिये कि कुत्ता न भीतर घुस आये और बड़बड़ाती हुई बहुओं को पुकारने चल दी। सोमा के प्राण बचे। यदि सास जान जाती कि सोमा ने उनकी बातें सुन ली हैं तो सौ बहाने से उसे गालियाँ देती, मारती, पीटती। वह तुरत छाजन से उतरी और मक्का की डलिया सिर पर रखकर जल्दी-जल्दी आँगन से निकल पगडंडी से घराट (पनचक्की) की ओर उतर गयी। उसके कानों में मन्नू साह, ससुर और साह की बातें गूँज रही थीं।

सोमा का कलेजा धड़क रहा था और आँखों में बार-बार मोटे-मोटे आँसू छलक आने से सँकरी, पथरीली राह में ठोकरें लग जाती थीं। हाय, बैरी मुझे बेच देंगे? जाने किसके हाथ बेच देंगे! मुसलमान के हाथ, किसी कमीन (नीच जाति) के हाथ। जो खरीद कर ले जायेगा, जाने क्या-क्या करेगा? इससे तो गले में फंदा लगा कर मर जाती तो भला था। परदेसी ड्राइवर के साथ ही चली जाती! वह फिर आया भी तो नहीं! वह भी क्या बुरा

मान गया? मुझे तो परमेश्वर की मार है। हाय, कहाँ मर जाऊँ! सोमा इन्हीं विचारों में पनचक्की पर पहुँच गयी।

समीप पूरब की ओर की टेकरी पर से 'मुर्की' गाँव का लड़का बदल भी पिसान लेकर घराट पर आया हुआ था। सोमा की दृष्टि उसकी ओर नहीं गयी। बदल उसकी ओर घूर-घूर कर मुस्करा रहा था। समीप आकर बोला—"ओहो, मियाँणी रो रही है? क्या डलिया बहुत भारी है?"

दूसरे गाँव की बुढ़िया ब्राह्मणी मथरी समीप बैठी थी। उसने सहानुभूति से कहा—"गरीब विधवा को तो रोना ही रोना है? परेशान करें, खाने को न दें।"

मथरी के साथ की दूसरी स्त्री ने अपने दुख से आँख पर आँचल रखकर कहा—"अब क्या है; पहले गाँव में एकाध विधवा होती थी। अब इस लाम (लड़ाई) से तो जिला ही विधवाओं से भर गया है। पहले लाम के बाद आर्य (आर्य-समाजी) विधवा ब्याह कराने लगे थे। अब देखें क्या होता है? मेरे दोनों लड़के दो राँड़ें छोड़कर चले गये।" वह ऊँचे स्वर से रोने लगी थी परन्तु पिसान की अपनी बारी आ गयी देखी तो सोमा के पास से उठकर चक्की की ओर चली गयी।

बदल ने सोमा के और समीप आकर कहा—" मियाँणी को रोटी की कमी है? इसे घी-शक्कर की चूरी में डुबो दें! यह तो बात ही नहीं करती!"

सोमा कुछ उत्तर न देकर बुढ़िया के समीप सरक मुँह आँचल में छिपा कर बैठ गयी। बुढ़िया को क्रोध आ गया। उसने एक बड़ा सा पत्थर उठाकर बदल पर फेंक दिया और गाली दी—"अभी नाड़ी सूखकर गिरी नहीं, हरामजादा चला है छिनरा करने!" और ऊँचे स्वर में सब को सुनाकर कहा, "बुरा हो इस लाम का, सरकार ने गाँव-गाँव से मर्द चुन लिये हैं। अब बदमाशों को भी किसी का डर नहीं रहा जो इनके दाँत तोड़ें।"

सोमा पनचक्की से लौटते समय भी अपने भाग्य को कोसती आ रही थी—मुसीबत से बचाने के लिये भगवान ने एक भला आदमी भेजा था, उसकी बात मैंने न सुनी। दिन बुरे आते हैं तो ऐसा ही होता है। घर लौटने पर सास ने उसकी ओर देखा तो पूछा—"तुझे क्या हुआ है? रो कैसे रही है?"

सोमा ने टाल दिया—"ऐसे ही सुबह से सिर दरद कर रहा है।"

बड़ी बहू बोल उठी—"हाँ हड्डियों में मक्कारी घुस जाती है तो ऐसे ही बहाने सूझते हैं। सेर भर पिसान क्या पिसा लाई, बहाने करने लगी।"

दूसरे दिन दोपहर में सोमा आँगन के कोने में बैठी बर्तन मल रही थी। केहर मकान की दीवार से पीठ लगाये जगत पर बैठा हुक्का गुड़गुड़ा रहा था इसलिए सोमा ने चेहरे पर घूँघट खींच लिया था। केहर ने घर के भीतर किसी काम में उलझी बुढ़िया को सम्बोधन कर पुकारा—"ओ घरवाली; फिर क्या कहना है, उस बात के लिए?"

"किस बात के लिये?" भीतर से सास ने पूछा।

"किस बात के लिये?" अरे क्या सो रही है? कल दोपहर को मन्नू साह कमेठा से संदेश दे गया था कि नहीं!" केहर ने खीझ से घरवाली को याद दिलाते हुए कहा।

सोमा के कान खड़े हो गये। कमेठा में उसका मायका था। उसके साथ मन्नू साह का नाम! भीतर से सास ने उत्तर दिया, "उसमें क्या सोचना है। भले आदमियों ने

लड़की को बुलाया है तो कैसे इनकार करोगे? उसका बाप जग (पूजा) कर रहा है। जग कोई रोज-रोज थोड़े ही होता है। जग में बेटे-बेटियों को बुलाया ही जाता है। कैसे इनकार करोगे?''

मँझली बहू ने बड़ी बहू को सुना कर आपत्ति की—''बड़े आये जग करने वाले। बेटियाँ बेच कर जग करते हैं, बड़े धर्मात्मा हैं। हमें तो मायके का आँगन देखे दो बरस हो गये; वही बड़ी सुलच्छनी है न !''

बड़ी ने आशंका में झमक कर कहा—''दिन भर पानी भरना और खेतों में मैला ढोना तो मेरे बस का है नहीं!''

''जब देखो बड़बड़ाया करती है। घर का काम है तो क्या छोटी ने ही ठेका लिया हुआ है। उसमें क्या जी-जान नहीं है? क्या उसका मायका नहीं है? कोई बुलायगा तो कैसे नहीं जायगी?'' ससुर ने बहुओं को डाँटा।

बूढ़े के समर्थन में सास भी बोल उठी। सास-बहुओं में जोर की कलह उठ खड़ी हुई। सोमा घूँघट में काँपती हुई बर्तन मलती रही। आज पहली दफे उसके हृदय से अपनी दोनों जेठानियों के लिये आशीर्वाद की पुकार निकली थी—तुम्हारा भला हो मेरी बहनो! तुम्हारा सुहाग अचल रहे! तुम्हारे बच्चे जियें! मुझे न जाने दो! मुझे बचाओ! यहीं मरने दो! मैं तुम्हारी सब गुलामी करूँगी!

जब सास-बहुओं का झगड़ा बहुत बढ़ गया और गाली-गलौज तक नौबत पहुँची तो सास ने एक लकड़ी उठाकर मँझली बहू की पीठ पर दे मारी। मँझली चिल्ला-चिल्ला कर रोने और सास को कोसने लगी। बड़ी मकान के भीतर खिसक गई। सास ने झगड़े का फैसला करके इस प्रकार अपना निर्णय ससुर को सुना दिया—''इन कलमुँहियों का क्या है? बकने दो इनको! छोटी क्या इनके मायके से आई इनकी बाँदी है? जी, तुम दो-चार दिन में उसे पहुँचा देना।''

सोमा का हृदय चिल्ला रहा था—मैं नहीं जाऊँगी, मैं नहीं जाऊँगी, मेरे बाप ने मुझे बेच दिया। अब तुम बेचना चाहते हो। मुझे खाने को न दो। मैं ऐसे मर जाऊँ सो अच्छा है परन्तु मैं बिकूँगी नहीं। यह धोखा है। मैं नहीं जाऊँगी। परन्तु ससुर के सामने क्या बोलती? वह भीतर जाकर चौका लीपने लगी। उसका दिल घबरा रहा था और कलेजा मुँह को आ रहा था। बड़ी कठिनाई से रुलाई रोके हुए थी।

सोमा तीसरे पहर भैंस और पड़िया को हाँककर पानी पिलाने बावड़ी की ओर चल दी। सोचा, भगवान शायद आज ही उस भले परदेसी को भेज दें। उसने बहुत देर तक सड़क के किनारे के खेतों में ठहर कर मोटरों के गुजरने की प्रतीक्षा की। पहले बैजनाथ की ओर की मोटरें आयीं और फिर मण्डी की ओर से। सोमा ने गर्दन उठा-उठा कर, आँखों पर हाथ रख-रखकर ड्राइवरों को पहचानने का यत्न किया। उसके इस ढंग से ड्राइवर मुस्करा कर, बोलियाँ बोल कर, सीटियाँ देकर और आँख के इशारे करके मोटरों की तेज चाल से सोमा की आँखों में धूल झोंक कर निकल गये। सोमा को 'भला लोक' ड्राइवर नहीं दिखायी दिया।

सोमा अत्यन्त आतुरता से मोटरों के गुजरने के समय नित्य सड़क पर प्रतीक्षा करती और छिप-छिप कर रो लेती। सास-ससुर में नित्य ही उसके मायके जाने की बात होती। जेठानियाँ ताने मारतीं—'रानी के बाप के यहाँ जग है। रानी के लिये मायके से डोली

आयेगी।' मझेरा गाँव की पाँच घर की बस्ती में सब लोग जान गये थे कि सोमा के मायके में जग होने को था।

सोमा सोचती—क्या जेठानियों से सच बात कह दे! परन्तु वे क्या सहायता करेंगी? सास से कह देंगी तो वह उल्टे उसकी हड्डियाँ तोड़ेगी।.........जब कोई गले में रस्सी बाँधकर उसे ले जाने लगेगा तो देखा जायगा, दैव मालिक है। कभी-कभी दुखी होकर यह भी सोचती—यहाँ ही क्या सुख पा रही हूँ? यही कौन भले लोग हैं? मुझे खरीदकर क्या कोई बकरे की तरह काट कर मेरा मांस खा जायेगा? सिर काट ले तो और अच्छा है, झगड़ा मिट जाय परन्तु औरतों को काट कर खाते थोड़े ही हैं। आगे सोचने का साहस न था।.....ससुराल मे कम से कम मेरी पत तो बची है। विधवा को जो खरीदेगा वह भला आदमी तो होगा नहीं। ब्याह के लिए क्वाँरी को खरीदने की बात है पर मैं तो विधवा हूँ। मेरा जो होना था, हो चुका। अब तो केवल बरबादी है। विधवा को तो मुसलमान ही खरीदेगा। इससे तो मर जाना अच्छा है।

सास उसका चेहरा देख बार-बार पूछ लेती—"मरी, तुझे क्या है? बुखार तो नहीं हो रहा?" सोमा का बदन छूने पर कुछ बुखार भी मालूम हुआ। सास ने और भी पूछ-ताछ की और कहा, "गुड़-सौंफ उबाल कर पी ले, सोंठ फाँक ले।"

"कुछ नहीं जरा सिर में दर्द है।" सोमा टाल जाती।

सास ने सोमा को सुना कर सहानुभूति से ससुर को कहा—"जी, छोटी को तुम एक दो दिन में कमेठा छोड़ आओ। बेचारी का जी भी अच्छा नहीं है। जरा हवा-पानी बदल जायेगा। बेचारी ब्याह कर आयी है, तब से मायके गयी भी तो नहीं।"

सोमा मन ही मन अपने भाग्य को कोसने लगी।

× × ×

धनसिंह से हुई मोटर दुर्घटना का मामला बहुत उलझ और बढ़ गया। यहाँ तक कि वह मामला मालिकों और ड्राइवरों में और स्वयं ड्राइवरों के बीच में झगड़े का कारण बन गया। पंचायतें हुईं और अनेक बखेड़े हुए।

ड्राइवरों का कहना था—एक तो सफर बहुत लम्बा है। सड़क टेढ़ी-मेढ़ी ऊँची-नीची और खराब है, उस पर लड़ाई के कारण नयी मोटरें और नये पुर्जे आ नहीं रहे थे। घिसा हुआ सामान बार-बार टूटता ही है।

मालिकों का ख्याल था—ड्राइवर बड़े बेपरवाह हो रहे हैं। समझते हैं नौकरी की कमी नहीं है। कम्पनी की नौकरी नहीं तो दूसरी बीसियों जगह हैं। कुछ नहीं तो लाम पर ही चले जायेंगे। फौज में ड्राइवरों की भरती अच्छी तनख्वाह पर खूब हो रही थी। पिछले महीनों में ट्रांसपोर्ट कम्पनियों को मरम्मत पर हजारों खर्च करने पड़ रहे थे। कम्पनी मैनेजरों ने मिलकर यह उपाय सोचा था कि दुर्घटना यदि ड्राइवर की बेपरवाही से हो तो मरम्मत का आधा खर्च ड्राइवर की तनख्वाह से किश्तवार काट लिया जाये।

ड्राइवरों में दो दल थे। एक दल मियाँ कुन्दनसिंह और मोहसिन खाँ का, दूसरा उस्ताद मजहर का। कुन्दनसिंह और मोहसिन ड्राइवरों की हर बात पर कम्पनी से झगड़ने के लिये तैयार हो जाते थे। उस्ताद मजहर को यह पसंद नहीं था। वह साधारणतः गिरोहबन्दी से दूर रहता था। उसका कहना था, मालिक और नौकर का क्या झगड़ा!

जिस का नमक खाया, उससे लड़ाई कैसी! मालिक कमायेगा तो नौकर को भी देगा, कमायेगा ही नहीं तो देगा कहाँ से! यह खुदा का इंसाफ है कि कोई मालिक है और कोई नौकर। खुदा ने मालिक को परवरिश के लिए और नौकर को खिदमत के लिये बनाया है। उसके इंसाफ में क्या दखल? इंसाफ है क्या चीज जो झगड़ेगा! सब्र से काम लेना चाहिये।

मजहर का कोई खास दल नहीं था। वह दलबन्दी में पड़ना भी नहीं चाहता था। वह मालिकों का पुराना आदमी और खैरख्वाह था। उसकी सिफारिश का ख्याल किया जाता था। जो सिफारिश करना चाहता, वही मजहर के दल का हो जाता था। धनसिंह मजहर की गाड़ी पर क्लीनर रह चुका था। उसी से उसने काम सीखा था और उसी की सिफारिश से वह ड्राइवर बन गया था। मजहर के प्रति आदर के कारण वह कुन्दनसिंह और मोहसिन खाँ की मिसकोट (पंचायत) से दूर ही रहता था परन्तु इस मामले में मैनेजर साहब ने उसकी तनखाह से दस रुपये माहवार काटने का हुक्म दे दिया तो उसे कुन्दनसिंह की शरण में जाना पड़ा।

मियाँ कुन्दनसिंह ने कम्पनी की माँ-बहन को भारी-भारी गालियाँ देकर कहा—"माँ के खसम ऐसा जुल्म कैसे कर सकते हैं? दो दिन के लिए लाइन पर गाड़ियाँ बन्द करा दें तो साले साठ क्या, साठ हजार के तले आ जायँ परन्तु यूनियन के दूसरे ड्राइवर धनसिंह के लिये झगड़ा करने के लिये तैयार नहीं थे क्योंकि वह यूनियन का मेम्बर नहीं था और उसने बोधराम ड्राइवर की छुट्टी के मामले में साथ नहीं दिया था।

चार-पाँच दिन यों ही बीत गये। झगड़े के कारण धनसिंह को ड्यूटी नहीं दी जा रही थी। उसका नागा हो रहा था। धनसिंह घबरा गया कि कहीं नौकरी से ही न जाय। धनसिंह मजहर के पास जाता तो वह गम्भीरता से उपदेश देता–"बेटा, मालिक से झगड़ा करना खुदा के इंसाफ से मुनकिर होना है। अल्लाह सब देखता है। सब्र करो। मालिक से माफी माँगकर उसकी सजा बर्दाश्त करो। खुदा इंसाफ करेगा। मालिक के दिल में रहम देगा!" धनसिंह का मन यों अपमान निगल जाने के लिए तैयार न होता।

मियाँ कुन्दनसिंह ने धनसिंह को घबराते देखा तो उल्टा गाली देकर फटकारा— "साले बहन····अगर तूने जाकर कम्पनी से माफी माँगी तो तुझे काटकर खड्ड में फिकवा दूँगा; कहीं पता भी न चलेगा। रोज तेरी मोटर का एक्सीडेण्ट करवाऊँगा। बहन के खसम, दूसरे ड्राइवरों के गले पर छुरी चलवायेगा। आज तू दबा, कल दूसरे दबेंगे। हम लोग कहीं के न रहेंगे।"

कुन्दनसिंह ने अपनी मूँछें ऐंठकर कहा—"अगर तुझे इस मामले में सजा हो जाय तो यह पेशा बसे मुड़वा दूँगा। यूनियन को तू क्या समझता है? सौ आदमी इकट्ठे हो जायँ।" कुन्दनसिंह ने मुट्ठी बाँधकर दिखाई, "तो पहाड़ को धकेल दें।" कम्पनी साली तो हमारी कमाई खाती है। माँ के खसम मालिक तो लुगाइयों को लेकर बिस्तर में पड़े रहते हैं। जान हथेली पर रखे, बरसात में गिरते पहाड़ों पर से आदमियों को तो हमीं ढोते हैं। मैंने इस कम्पनी में नौकरी की थी तो छह मोटरें थीं। सिर्फ छह, समझे बेटा! अब एक सौ साठ हैं। कहाँ से आ गईं ये? मालिकों की······में से? साले, यह कुन्दनसिंह का खून पसीना है।" उसने अपना सीना ठोका, "तेरी माँ का·····साले यह तेरी कमाई है! और अकेला-अकेला ड्राइवर क्या है? जैसे गँडेरी चूस कर फेंक दो। तेरी बहन का·····

खबरदार जो साथियों के साथ दगा किया! बेटा, हौंसला रख!'' धनसिंह सान्त्वना और सन्तोष से कुन्दनसिंह की गालियाँ सुनता रहा जैसे शरण की सान्त्वना पा रहा हो और फिर यह गाली थोड़े थी, यह तो मियाँ जी के मन में चुभी बातें थीं।

ड्राइवर बाबूलाल धनसिंह की उम्र का ही था। उसने तसल्ली दी—''क्यों घबराता है यार! कम्पनी की माँ की ऐसी-तैसी! भरती खुली हुई है। मेरा भाई भरती में है। जब चाहे तुझे भरती करवा दूँ। खाना-वर्दी मुफ्त और पैंतालिस रुपये जेब में डाल लेना!''

ड्राइवरों की पंचायत में कामरेड भूषण भी पहुँचा। उसने धनसिंह को समझाया—''साथी, तुम यूनियन का भरोसा रखो। बाबूलाल के चक्कर में मत आना। यह दोनों भाई जवानों को फौज में भरती कराकर कमीशन खाते हैं। इनसे पूछो, फौज में बहुत आराम है तो तुम खुद क्यों नहीं भरती हो जाते? जो लोग गये हैं, खून के आँसू रो रहे हैं। हम विदेशी सरकार की मदद क्यों करें? सरकार और मालिक एक हैं। अंग्रेज हम पर गोलियाँ चलायें, हमें लूटें, हम इनके लिए आपनी जानें दें! तुम्हीं बताओ, सरकार ने तुम्हारे ही साथ क्या भलाई की है? सरकार है क्या? आज मालिक से झगड़ा हो जाये सरकार अपनी पुलिस लेकर मालिक की तरफ हो जायगी।''

धनसिंह को सलाह देने वाले इतने हो गये कि वह परेशान हो गया। इन सबसे तो भला कुन्दनसिंह था जो सलाह-वलाह कुछ नहीं, सीधा हुक्म देता था। उसके कहने से ड्राइवरों की पंचायत इकट्ठी हुई। बोधराम और उसके दूसरे साथियों ने कहा—''जिन लोगों ने पहले हमारा साथ नहीं दिया हम उनके लिये क्यों मरें?''

धनसिंह को भी गुस्सा आ गया। वह उठ खड़ा हुआ बोला—''मियाँ जी, रहने दीजिए! मेरे लिए कोई न मरे! मैं अपनी राह देख लूँगा।''

भूषण और कुन्दनसिंह ने बीच बचाव किया। भूषण ने मजदूरों और मेहनत करने वालों की एकता पर बल दिया। दो ड्राइवर मान ही नहीं रहे थे। कुन्दनसिंह ने भूषण की बाँह खींचकर उसे बैठा दिया और गाली देकर बोला—''इन माँ······को मैं समझाऊँगा। कौन माँ का खसम यूनियन का मालिक बनता है; बोले मेरे सामने! यूनियन सब ड्राइवर भाइयों की है। यूनियन को तुम क्या समझते हो? यूनियन नौकर की मालिक से लड़ाई का मोर्चा है, समझे! जब मालिक जुल्म करता है तब यूनियन बनती है। सब मालिक जुल्म करते हैं, जैसे सब घोड़े घास खाते हैं, समझे! जो अपनी बहन के खसम मालिकों की······में घुसते हैं वो मजूदरों के दुश्मन हैं। जो साले समझते हैं कि मालिक हमारा बाप है, मालिक को अपनी माँ का खसम बनाने वालों पर भी जब मालिक जुल्म करता है तो वो भी यूनियन में आ जाते हैं और अपने भाइयों से गद्दारी छोड़कर ईमानदार भाई बन जाते हैं। कौन माँ······है जो मजदूरों का भाई बनने से रोकना चाहता है, आये मेरे सामने!······कौन है जो चाहता है कि हमारे मजदूर भाई मालिक की······में घुसे रहें? खड़ा हो जाय ऐसा बेईमान!''

कोई खड़ा नहीं हुआ।

कुन्दनसिंह ने ललकारा—''बस ठीक है, सब भाई एकमता (सहमत) है। धनसिंह की तनख्वाह कोई नही काट सकता। जो मालिकों का मुखबिर यहाँ बैठा हो वह जाकर अपने

बापों से कह दे कि धनसिंह की तनख्वाह कटेगी तो हड़ताल हो जायेगी। लाइन पर एक गाड़ी नहीं चलेगी।''

बंसीलाल ड्राइवर ने उठ कर कहा—''भाइयो, मियाँ जी की बात और कामरेड की बात हम सबने मानी लेकिन मालिक चालाकी कर रहे हैं। मैनेजर का कहना है कि धनसिंह की गाड़ी का एक्सीडेण्ट इसलिए हुआ कि वह बेपरवाही से गाड़ी चला रहा था। वह बकरी चराने वाली औरत से मजाक कर रहा था। यह बयान मैनेजर के सामने कर्मू क्लीनर ने दिया है। पंचायत इसका भी फैसला करे।''

धनसिंह ने खड़े होकर कहा—''कर्मू मेरे सामने आकर गंगाजली उठा कर कह दे। मैं गंगाजली उठा कर कसम खाता हूँ, यह झूठ है।''

मोहसिन ने उठकर कहा—धनसिंह सड़क पर ऐसी कमजाती करेगा तो यूनियन उसे सौ जूते मारेगी लेकिन मालिकों के सामने हम एक हैं।''

पंचायत ने फैसला किया कि जब तक कर्मू पंचायत से माफी नहीं माँगेगा, उसे कोई ड्राइवर अपनी गाड़ी पर क्लीनर नहीं रखेगा।

मैनेजर साहब समझदार आदमी थे। हवा देखकर उन्होंने विस्मय प्रकट किया यह सब क्या झगड़ा है। हमने तो केवल धनसिंह की बदली काँगड़ा-कुल्लू लाइन से हटा कर पठानकोट-धर्मशाला लाइन पर की है क्योंकि वहाँ की सड़क खराब है और इस लाइन का पुराना ड्राइवर गुलजारी आ गया है।

धनसिंह जुर्माने से तो बच गया लेकिन उसकी सड़क बदल गयी। वह उसे अच्छा न लगा। मण्डी की ओर जाने का अवसर न रहने से सोमा को देख पाने का अवसर न रहा परन्तु लाइन बदलने की शिकायत कैसे करता? मालिक की मरजी, चाहे जहाँ काम ले! चाकरी क्या और नखरा क्या! यह कहना मुश्किल था कि उस पर जुल्म हुआ है। सब ड्राइवर बीहड़, उजाड़ सड़कों की अपेक्षा 'पठानकोट-काँगड़ा' और 'पठानकोट धर्मशाला' लाइन को ज्यादा पसन्द करते थे। दोनों सिरों पर अच्छे बड़े शहर होने से खाने-पीने, ठहरने और दिल-बहलाव की सुविधा रहती थी; जरूरत की सब चीजें मिल जाती थीं। जाहिल, पसीने से गन्धाती सवारियों की अपेक्षा फैशनेबल और सभ्य लोगों से सरोकार होता था। कुछ दिलचस्पी भी रहती थी परन्तु धनसिंह बदली से संतुष्ट नहीं था। वह मन ही मन घुटता रहता था।

पठानकोट और धर्मशाला में कई कम्पनियों और लाइनों के ड्राइवर इकट्ठे होते थे। मोटरें छूटने के समय से पहले जाड़े के घाम में इकट्ठे होकर मूँगफली खाते या सिगरेट फूँकते हुए गप्पबाजी करते थे। बातचीत का विषय सड़कों पर हुई घटनायें, कुछ पढ़े-लिखे ड्राइवरों द्वारा अखबार में पढ़े लड़ाई के समाचार, यूनियन के झगड़े या सवारियों में आती-जाती स्त्रियाँ होती थीं। ड्राइवर अमीर स्त्रियों को देखकर दबे स्वर में उनके रूप, शरीर, कपड़ों और व्यवहार की आलोचना करते थे और गरीब स्त्रियों की चर्चा निर्भय होकर। ऐसी बातचीत के लिये उनके अपने सांकेतिक शब्द थे। किसी बहुत अमीर जान पड़ने वाली रोबीली स्त्री को देखते तो कह देते—'रोल्स' आ रही है। किसी मोटी या भारी औरत को देखकर कह देते—'हटजा-हटजा, ट्रक आ रहा है' किसी का नाम हवाई जहाज रख लेते। किस को 'ढाबे की घोड़ी' और किसी को 'बार की भैंस' कह देते। किसी लड़की को पतंग या कनकौवा बताते और डोर काटने, खींचने और थामने के लिए

आवाजें कसते। धनसिंह भी ऐसी आलोचना में भाग लेता था लेकिन अब उसे यह अच्छा न लगता। सोचता, ऐसे कोई सोमा का मजाक करे तो?

× × ×

धनसिंह को नण्डी-बैजनाथ की सड़क पर किसान लड़की से आशनाई का किस्सा ड्राइवरों में फैल गया था। उधर गाड़ी ले जाने लाने वाले प्रायः सभी ड्राइवर उस लड़की को सड़क किनारे प्रतीक्षा में खड़ा देख चुके थे। वे धनसिंह से मजाक करने लगे—"कहो बेटा, बड़े भगत बनते हो! हम लोग तो आँखें ही सेंक कर रह जाते हैं, तुम हाथ भी सेंकते हो!" कोई कहता, "असली शिकारी है। उड़ती चिड़िया गिरा ली।" दूसरे पूछते, "कसम से सच कहना दोस्त, रात कैसी बीती थी?" और कुचेष्टा पूर्ण संकेत करने लगते।

यासीन ने कहा—"दोस्त, कहो तो साली को एक रोज माल के ट्रक में डाल कर बोरियों में छिपा कर ले आऊँ?"

पहले तो धनसिंह झेंप कर चुप रह जाता था लेकिन फिर वह चिढ़ने लगा। ड्राइवर गुरचरन ने अधिक अश्लील मज़ाक कर दिया तो वह उसे मार बैठा। इस पर दूसरे ड्राइवर बिगड़ गये—"यह साला मारने वाला कौन होता है? वह मादर······क्या इसकी घरवाली है? हम बहन······मज़ाक भी नहीं कर सकते? यह साला वहाँ रात काट आया और हम बात भी नहीं कर सकते? यह कौन उसे भाँवरे डाल कर डोली में बैठा कर लाया है? कौन मादर······ ड्राइवर मजाक नहीं करता? हमने इस बहन···के लिये मालिकों से लड़ाई सिर ली, यह बड़े 'राजा संसारचन्द्र' हो गये कि बकरी चराती पहाड़िन से आँख क्या लग गई, उसे रानी बना बैठे! अरे भाई, तुम्हारी माँ-बहन को, घर की औरत को हम कुछ कहें तो गुनहगार हैं। ड्राइवर लोग ऐसे मुँह-आँख पर पट्टी बाँधने लगें, हर बात से डरने-परवाह करे लगें तो दो रोज में मर जायँ। यह भी कोई जिन्दगी है बहन···! गाँव-घर से दूर, सुबह यहाँ तो शाम को दो सौ मील परे। हर वक्त धूल-गर्द, न वक्त का खाना न सोना। अपनी औरत की शक्ल देखे महीनों बीत जाते हैं और मादर······दुनिया भर की हूरों-परियों को ढोते फिरते हैं। दिलों पर छुरियाँ चल जाती हैं। बहन······दो बातें बोल कर दिल हलका कर लेते हैं और क्या!"

ड्राइवर ब्लाकीराम भी हमीरपुर की तहसील का रहने वाला था। आयु में वह धनसिंह से लगभग बीस बरस बड़ा था। दूसरे ड्राइवरों को उसे परेशान करते देखता तो बीच-बचाव कर देता। एकान्त में उसने भी धनसिंह के कन्धे पर हाथ रख कर समझाया—"छोटे भाई, यह सब पागलपन है। इश्क का मर्ज पालना गरीब ड्राइवर के बूते की बात नहीं है। ड्राइवर का क्या है, वह तो मौसमी पंछी है। हर वक्त जान जोखिम में। नशे और औरत के बस में होना गलती है। वक्त है, फुर्सत है, पैसा है, तफरीह कर लो पर फँसो नहीं! जर, जोरू, जमीन को वही सम्भाल सकता है जो जम कर इन पर बैठ जाये। ड्राइवर इन्हें कैसे सम्भालेगा? वह तो उड़ता पंछी है, पंछी! जो चोंच भर दाना-पानी मिल जाये, वही उसके भाग्य का! पंछी तो तभी उड़ सकता है जब उसके पर खुले और साबित रहें, जाल में नहीं फँसे। एक बार चाहे जितना खिला दो, लुटा दो लेकिन उम्र भर का रोग नहीं पालना। हमने बाल धूप में सफेद नहीं किये हैं, समझे भैया! यहाँ घर की, बाजार की, गाँव का, शहर की सब देखे बैठे हैं। सब शराब की तरह मजा देती

हैं, समझे! जब तक अपने बस में रहो, उसका मजा है। जब उसके बस में हो गये बरबाद हो गये।''

धनसिंह सोचता—नौकरी छोड़ कर लाम पर चला जाय लेकिन फिर सोमा कहाँ मिलेगी?

धनसिंह पठानकोट से तीसरे पहर की सर्विस लेकर धर्मशाला जा रहा था। नूरपुर में सवारियों के उतरने-चढ़ने के लिये गाड़ी रोक वह सड़क किनारे की दूकान से एक गिलास लस्सी पीने लगा। अपने कन्धे पर किसी का हाथ अनुभव करके उसने घूम कर देखा, मण्डी-लाइन का ड्राइवर बाबूलाल था।

''सुनो तो!'' बाबूलाल धनसिंह का हाथ पकड़ कर एक ओर ले गया और बोला, ''तेरी मोटर का एक्सीडेण्ट पालटा से परे वाली हल्की चढ़ाई पर हुआ था? जहाँ टीले पर एक आमले का पेड़ और बाँस की झाँड़ियाँ हैं?''

धनसिंह ने हामी भर ली।

बाबूलाल ने बताया—''मालूम होता है, वह लड़की या तो किसी मुसीबत में है या पागल हो गई है। हमेशा सड़क किनारे दिखाई देती है। मोटरों में झाँकती रहती है। कुछ रोई-रोई सी, खोई-खोई-सी जान पड़ती है। भैया, नाम तो नहीं बताऊँगा लेकिन ऐसे भी गुण्डे बदमाश हैं जो उसे उड़ा लाने की सोच रहे हैं। सलाह कर रहे हैं कि उसे मण्डी ले जायें या धर्मशाला ले आयें। भैया, यह बुरी बात है। साले, हरामी चार दिन उससे खेलेंगे और फिर बेच देंगे। तुमसे क्या पर्दा, साला बिहारी और अफजल यह तिकड़म कर रहे हैं इसीलिये बिहारी अपनी ड्यूटी माल की लारी पर लगवाने की फिक्र में है। मेरा नाम तो बताना नहीं। बस, तुझे कह दिया कि इंतजाम कर ले।''

धनसिंह के लिये आगे मोटर संभालना कठिन हो गया। जैसे-तैसे धर्मशाला पहुँचा। गाड़ी अड्डे पर छोड़कर कम्पनी के दफ्तर में गया और चार दिन की छुट्टी की दरख्वास्त दे दी। धनसिंह एक घण्टे तक कभी इस पाँव पर और कभी उस पाँव पर बोझा दिये प्रतीक्षा करता रहा लेकिन मैनेजर ने उसकी ओर ध्यान नहीं दिया। आखिर धनसिंह बोला—''हुजूर छुट्टी चाहिए।''

''क्यों?'' मैनेजर ने कागजों पर नजर लगाये हुए पूछा।

''कल सुबह गाँव जाना है, जरूरी काम है।''

''नौकरी है कि तमाशा है?'' मैनेजर ने धनसिंह की ओर देखा, ''शाम को आकर सरकार हुक्म दे रहे हैं कि कल सुबह छुट्टी चाहिये। तुम्हारा काम जरूरी है, कम्पनी का काम जरूरी नहीं है। मियाँ जी, यहाँ सौ रुपये की ठुक जायगी। नोटिस होता है छुट्टी का। मालूम नहीं है?''

''जनाब क्या मालूम था, घर से खबर आ जायगी।'' धनसिंह ने खुशामद की।

''ऐसी छुट्टी चाहिए तो एवजी दो।'' मैनेजर फिर काम में लग गया।

''साहब, मैं कहाँ से एवजी ला सकता हूँ! अभी पठानकोट से आया हूँ तो घर पर बीमारी की खबर मिली है। किसी को क्या मालूम कि बीमारी आ पड़ेगी।''

''सिर मत खाओ जी, एक दफे जवाब दे दिया। देखते नहीं हो, कुल्लू तक की पचास गाड़ियों का हिसाब पड़ा है। तुम्हारा ही काम जरूरी हो गया। तुम्हारे ही तो टुकड़े खाते हैं। आ गये बड़े साहब बनकर जरूरत वाले।'' मैनेजर ने फिर धनसिंह की ओर

नहीं देखा। धनसिंह आधा मिनट खड़ा रहा और फिर दाँत पीसकर बाहर निकल आया। समीप की दुकान पर मोहसिन खाँ अपनी पगड़ी के शमले में काँच का गिलास थामे चाय सुड़कता हुआ शमशुल से बात कर रहा था। धनसिंह ने रुआँसे होकर शिकायत की— ''क्यों खाँ साहब किसी के घर बीमारी हो जाय तो छुट्टी नहीं मिलेगी?''

''क्या बात है?'' मोहसिन ने पूछा।

धनसिंह ने मैनेजर से हुई बात और उसके एवजी के तकाजे की बात सुनाई। शमशुल ने मजाक किया—''अबे तेरी घरवाली ही कहाँ है जो घर में बीमार हो गई!

मोहसिन खाँ ने खुद ही दूसरों को सुनाकर जवाब दिया—''मादर····घरवाली नहीं है तो इसका घर तो है। बहन····आखिर क्या यह आसमान से गिरा था। जहाँ आदमी पैदा होता है, वही घर होता है।'' उसने धनसिंह की ओर देखा, ''क्यों रे, बहानेबाजी है कि मादर·····सच बात है? मियाँ, तुझ पर रंग चढ़ रहा है। उस रोज मोटर का यूनिवर्सल जाइन्ट तोड़ लाया शेर। कम्पनी की···में सवा सौ का डंडा कर दिया। आज छुट्टी चाहिये बिना एवजी के। साला एक ही हरामी है।'' मोहसिन आत्मीयता से हँस पड़ा।

धनसिंह ने बहुत विनीत स्वर में उत्तर दिया—''खाँ साहब, यह तो मजूबरी है। इसमें कोई क्या कर सकता है?''

''पर भाई एवजी तो चाहिए। मादर···कम्पनी साली बिना आदमी के मोटर अपने···· से चलाएगी? इनकी माँ····यह साले कम्पनी वाले स्पेयर भी तो नहीं रखते!'' मोहसिन ने समझाया।

''है तो स्पेयर।'' शमशुल ने टोका।

''तो किसकी जगह काम कर रहा है? कौन है छुट्टी पर?''

शमशुल ने अपनी मूँछों पर ताव देकर कहा—''हमारी जगह।''

''तू छुट्टी जा रहा है! तुझे क्या काम है?'' मोहसिन ने पूछा।

''उस्ताद, है एक काम; बहुत जरूरी है।'' शमशुल ने आँखें मटकाईं।

मोहसिन ने चाय का खाली गिलास अलग रख कर पगड़ी के शमले से मूँछे पोंछते हुए पूछा—''आखिर मालूम तो हो क्या जरूरी काम है?''

''उस्ताद तबीयत कुछ परेशान है।'' शमशुल मुस्कराया। शमशुल के पीछे खड़ा हरनाम मुस्कराकर बोला, 'उस्ताद, बता दूँ इसे क्या काम है?''

शमशुल ने धमकाया—''साले चुप! तुझे क्या मालूम? मेरा प्राइवेट काम है। उस्ताद, यह झूठ बोलता है। इसे नहीं मालूम।''

मोहसिन ने हरनाम की ओर देखा।

''उस्ताद, यह बटाले वाली मीरन रंडी के यहाँ जा रहा है। आज मण्डी से देशी शराब की बोतल ले आया है।'' हरनाम ने भंडा फोड़ दिया।

शमशुल ने अत्याचार का विरोध करने के स्वर में दुहाई दी—''ईमान की कसम उस्ताद, यह झूठ बोल रहा है, इसे नहीं मालूम।''

मोहसिन चार-पाँच भारी गालियाँ एक ही साँस में बक गया, ''तेरी माँ का·······'' मालेज (भत्ता) बहुत जुड़ गया है! हरामी रंडीबाजी करेगा! अबे हरनाम, निकाल ला

साले की बोतल! साला रंडी को पिलायेगा। उसकी माँ·····! वे तो साले तुझे पी जायगी। एक भाई की मदद नहीं करेगा, अपनी कमाई रंडी को देगा। साले, आतिशक लग जायगा फिर उस भैन·····चेतू की तरह हाथ में थामे फिरना!''

शमशुल हाय-तोबा करता रह गया। मोहसिन खाँ के इशारे पर हरनाम और जवाहर ने उसकी बोतल निकाल ली।

मोहसिन ने धनसिंह को आश्वासन दिया—''बेटा, घबराओ नहीं। कह दो साले मैनेजर से, मोहसिन खाँ एवजी कर लेंगे। यह साला शमशुल करेगा, एक चक्कर हम लगा देंगे। परसों ब्लाकी का रेस्ट है, परसों वह कर देगा। भला आदमी है बेचारा पर बेटा तुम कहीं हफ्ता न लगा देना, नहीं तो मियाँ कुंदनसिंह से कान खिंचवाऊँगा समझे!''

धनसिंह ने रात भर सोच-सोचकर अपनी योजना बनाई—डाकखाने में उसके सत्तर रुपये थे लेकिन रात में उन्हें निकलवा नहीं सकता था। उसने दो-दो, पाँच-पाँच करके बीस रुपये ड्राइवरों से उधार ले लिये और कुल मिलाकर चालीस रुपये कर लिये। दूसरे दिन सुबह ही वह दूसरी कम्पनी की बैजनाथ तक जाने वाली गाड़ी में रवाना हो गया। इस गाड़ी के दो घंटे बाद उसकी अपनी कम्पनी की सीधी पठानकोट-कुल्लू सर्विस की गाड़ी जाती थी। वह सोचता जा रहा था, मोटरें गुजरने के समय सोमा सड़क पर आती है। वह कुछ पहले ही पहुँच जायगा और वह उसे मिल जायगी। अगर उसने चलने से इंकार किया तो वह अपने सिर की कसम देकर कहेगा—तू जान, अब तो मरना-जीना तेरे साथ ही है।

धनसिंह जिस गाड़ी में बैजनाथ तक गया उसका इंजन ठीक न था इसलिये गाड़ी बैजनाथ आधा घण्टा लेट पहुँची। वह तुरन्त पैदल पालटा की ओर चल दिया। वह तेज चाल से चला जा रहा था। सड़क के इस भाग में सड़क सँकरी होने के कारण मोटरें एक समय एकतरफा चलती हैं। पहले मंडी से बैजनाथ की ओर और फिर बैजनाथ से मंडी की ओर की मोटरें आ रही थीं। सड़क पहाड़ों की बगलों में घूम-घूमकर जाती है इसलिए किसी स्थान पर आँख सड़क पर केवल कुछ ही कदम देख पाती है और किसी स्थान से कई मील तक, बेपरवाही से पड़ी रस्सी की तरह दिखाई देती है।

सामने से मोटर आ रही थी। धनसिंह धूल और परिचित आँखों से बचने के लिए खेतों में उतर गया। मोटरें गुजर जाने के बाद फिर सड़क पर चढ़ आया। चढ़ाई के कारण उसे पसीना आ रहा था। डेढ़ घण्टे से चल रहा था। अब बैजनाथ से चलने वाली मोटरों के ऊपर की ओर जाने का समय हो रहा था। यदि उसकी मोटर लेट न आई होती तो अब तक वह मझेरा पहुँच गया होता। वह और तेज चलने लगा। बार-बार आँखों पर हाथ रखकर ऊँचाई पर उस टीले को पहचानने का यत्न करता। टीला दिखाई देने लगा था परन्तु जगह अभी दो मील से कम दूर न थी। सड़क साफ दिखाई दे रही थी और उस पर चूने से पुते फर्लांगों के पत्थर धूप में चमक रहे थे। पीछे से आती मोटरों के इंजनों की गूँज सुनाई देने लगी। वह और भी तेज चलने लगा। उसकी साँस फूल रही थी, माथे का पसीना बह-बह कर उसके पाँव जूतों में चकचकाने लगे थे।

पीछे से दौड़ी चली आती मोटर समीप पहुँच रही थी। सामने सड़क पर टीले के नीचे उसे एक स्त्री भी दिखाई दी। स्त्री आँखों को धूप से बचाने के लिए हाथ की ओट किये

उसी की ओर मोटरों को देख रही थी शायद उसे वह भी दिखाई दे रहा हो। यदि उसका आना जानती तो पहचान भी लेती। धनसिंह का मन चाह रहा था, आवाज देकर पुकार ले। आवाज इतनी दूर पहुँच न सकती थी और उचित भी न था। धनसिंह हाँफ रहा था। वह और तेज चलने लगा। एक मोटर धूल उड़ाती हुई समीप से गुजर ही गई। मोटर, मोटर है और आदमी, आदमी। मोटर लोहे के फेफड़े से गैस का साँस लेती है। रक्त-मांस के फेफड़े से साँस लेने वाला आदमी उसकी बराबरी कैसे करे? कुछ अन्तर से और मोटरें आईं और धनसिंह की निर्बलता पर धूल फेंकती उसे पीछे छोड़ गईं। वह सदा मोटर पर आता-जाता था, पैदल चलतों पर ऐसे ही धूल फेंकता था, अपने असली सामर्थ्य को भूला हुआ। सड़क भीतर की ओर मुड़ गई। अब धनसिंह को टीला दिखाई नहीं दे रहा था। उसका हृदय आशंका से धक-धक कर रहा था। मोटरें गुजर जायेंगी तो सोमा लौट न जाये। घर चली जायेगी तो वहाँ कैसे जा सकेगा?

धनसिंह आड़ में से गुजरने वाली सड़क के भाग पर से फिर खुले में आया तो मोटरें टीले से बहुत दूर आगे जा चुकी थीं। सड़क पर उठा धूल का गुबार भी हवा के झोंकों से साफ हो गया था। सोमा अब वहाँ नहीं थी। आड़ में होने के कारण धनसिंह यह भी न जान सका कि सोमा किस ओर गयी थी, घर की ओर या बावड़ी की ओर। अब और तेज चलना व्यर्थ था। धनसिंह की गति शिथिल हो गयी। तेज चाल के कारण उसे प्यास भी लग आयी थी। कदम-कदम चलता वह सोचने लगा, सोमा के फिर सड़क की ओर आने या पानी के लिये बावड़ी पर आने तक वह कहाँ प्रतीक्षा करेगा? बावड़ी पर जाकर पानी पियेगा और सड़क पर पेड़ों के नीचे प्रतीक्षा करेगा।

धनसिंह बावड़ी के समीप पहुँचा तो 'थप-थप, थप-थप' की आहट बावड़ी से सुनाई दी। समझा, कोई स्त्री लकड़ी की मोंगरी से पीटकर कपड़े धो रही है। स्त्री को अपने आने से सावधान करने के लिए उसने खाँस दिया और फिर गर्दन ऊँची करके देखा। एक जवान स्त्री शरीर को मैली सी ओढ़नी में लपेटे एक कंधे पर सिर डाले, अनमने भाव से धीरे-धीरे भीगे मैले कपड़ों को पीटती जा रही थी और दूसरे हाथ की अंजली से उन पर बावड़ी का पानी उलीच रही थी। स्त्री के सिर के केश उलझे हुए थे, झुका हुआ चेहरा दिखाई नहीं पड़ रहा था।

स्त्री ने धनसिंह की खाँसी और जूतों की आहट नहीं सुनी। स्त्री को इस अवस्था में देखकर धनसिंह सकुचाया, फिर जोर से खाँस कर स्त्री को शरीर का कपड़ा सम्भाल लेने की सूचना दी। मोंगरी से कपड़े पीटने के शब्द के कारण स्त्री ने यह चेतावनी भी न सुनी। वह फिर से खाँसने को था कि ख्याल आया, सोमा ही तो नहीं? कंधों और शरीर के आकार से सोमा ही तो जान पड़ती है। धनसिंह की आँखें, कान, नाक सभी उत्तेजित हो गये और उसके कदम पृथ्वी पर जोर से आहट कर उठे।

सोमा सहसा चौंकी। उसकी आँखें आने वाले की ओर उठीं। वह क्षण भर को सहमी और फिर पहचान कर उसका चेहरा गुलाबी और आँखें तरल हो गयीं। वह अपनी ओढ़नी में बिलकुल सिमट गयी। लाज से अपना सिर घुटनों में छिपा लिया।

धनसिंह एक छलांग में बावड़ी की जगत से पानी के किनारे आ पहुँचा और सोमा के उलझे केशों पर हाथ रखकर भरे हुए गले से उनसे पुकारा—"सोमा!"

सोमा ने काँपकर कहा—"जी कपड़े नहीं पहने हैं, हाय कोई और आ जायगा।"

धनसिंह ने कपड़ों की ओर देखा और समझा। ढेर से भीगे हुए मैले कपड़े एक परात में पड़े थे और दो-तीन सोमा की मोंगरी की मार खा रहे थे। पहले वह अपने पहनने के कपड़े धो रही थी कि उन्हें घाम में डाल दे। जब तक शेष कपड़े धोयेगी, इसके अपने कपड़े सूख जायँगे।

"तो पहन ले न जल्दी से।" धनसिंह बोला।

"यह तो धो दिये हैं। धूप में डालूँगी, सूखेंगे जरा तो पहनूँगी।" वह अपने में ही सिमटी हुई थी। कछुये की तरह जरा गर्दन उठाकर उसने समझाया और उसी साँस में कह गयी, "जी, मैं तुम्हारी बड़ी राह देखती रही।"

"मैं आ गया।"

"जी, तुम बड़े भले लोक हो! तुम जरा आड़ में हो जाओ मैं यह कपड़े सूखने के लिये फैला दूँ।" धनसिंह गहरी साँस लेकर मजनू के पेड़ों की ओर चला गया। सोमा ने अपने गीले कपड़े बावड़ी की जगत के तपे हुए पत्थरों पर फैला दिये और शेष कपड़ों को धोना छोड़कर बावड़ी के कोने में सिमट गई।

धनसिंह बावड़ी में लौट आया और सोमा से कुछ अन्तर पर पानी के पास बैठ कर, अंजलियों से जल पीकर दबे स्वर से बोला—"तुझे लेने आया हूँ।"

सोमा ने सिर झुकाये जल की ओर देख कर उत्तर दिया—"जी, ससुर तो मुझे मण्डी में बेचने के लिये ले जाना चाहता है। मन्नू साह से उसने सलाह कर ली है।" उसकी आँखों में आँसू छलक आये, "इसीलिये मैं तुम्हें टेर रही थी।"

धनसिंह विस्मय से सोमा की ओर देखता रहा। पल भर सोच कर वह बोला—"छोड़ इन मरे कपड़ों को। कपड़े जरा अठर जायें तो झट से पहन ले और चली चल। खेतों-खेत खड्ड की राह उधर उतर चलें। सड़क पर लोग तुझे जानते होंगे। पालटा से आगे मोटर पर बैठ जायेंगे।"

सोमा ओढ़नी की खूँट से आँसू पोंछने लगी। उलझे हुए केशों से भरा उसका सिर सिसकियों से हिलने लगा।

धनसिंह ने आकुल स्वर में कहा—"सोमा, मैं तुझे लेकर ही जाऊँगा। जान दे दूँगा तेरे लिये। इन कसाइयों के हाथों में तुझे न रहने दूँगा।"

सोमा कुछ कह न सकी। वह वैसे ही रोती रही। धनसिंह ने फिर कहा, "अब उठ समय न खो, चल दे! तीसरे पहर मंडी से लौटती कोई गाड़ी पालटा से नीचे पकड़ लेंगे।"

"जी मैं कहाँ जाऊँगी?" सोमा ने असहाय होकर कहा।

"दूसरे के हाथ बिकेगी, मेरे ही साथ चल!" कलेजे की धड़कन से धनसिंह का स्वर काँप रहा था।

सोमा उठ खड़ी हुई। बावड़ी की जगत पर फैले अपने कपड़े समेट कर मजनू के झुर्मुट में चली गयी और दो मिनट में भीगे बोझल कपड़े पहने आ गई। वे दोनों बावड़ी से बहते नाले के किनारे-किनारे खड्ड की ओर उतर गये।

धनसिंह उस स्थान से परिचित न था। सोमा आँचल से आँखें पोंछ-पोंछ कर राह बनाती चल रही थी। धूप और हवा से उसके कपड़े सूख गये। पालटा से आधी फर्लांग

आगे जाकर वे सड़क पर आ गये। बिना राह के ऊबड़-खाबड़ चढ़ाई पर तेजी से चढ़ने के कारण दोनों हाँफ गये थे। उसी समय मण्डी की ओर से जाती मोटरों की गूँज सुनाई दी। उस स्थान पर एक सड़क एक टीले का चक्कर काट कर घूम गई थी। इसलिये पीछे से आती मोटरें दिखाई न देती थीं। सड़क पर टीले की छाया पड़ रही थी। वहीं वे साँस लेने के लिये ठहर गये थे। धनसिंह ने सोमा के चेहरे पर छलका हुआ पसीना और उसकी तेज चलती साँस देख कर कहा—"मोटर पर चढ़ लें।" उसने सोचा भी वर्ना पैदल वे लोग रात से पहले किसी तरह बैजनाथ नहीं पहुँच सकेंगे।

पहली मोटर समीप आई तो धनसिंह ने राह चलते मुसाफिर की तरह हाथ उठा कर मोटर को रुकने का संकेत किया। वह मोटर उसकी ही कम्पनी की थी। धनसिंह सहम गया परन्तु वह हाथ उठा चुका था और मोटर रुक रही थी। उसने सामने के काँच में से ड्राइवर को पहचानने का यत्न किया। वह सड़क के बाईं ओर होने के कारण सवारी की आड़ में बैठे ड्राइवर को देख न सका। मोटर कुछ कदम पर जाकर रुक गई। वह मोटर की ओर बढ़ा तो मियाँ कुन्दनसिंह को स्वयं मोटर से उतर अपनी ओर आते देखा।

धनसिंह ने सहम कर कहा—"मियाँ जी, सवारी की जगह चाहिए।"

मियाँ ने धनसिंह की ओर बेंधती दृष्टि से देखा और गाली देकर पूछा—"यह औरत कौन है?"

धनसिंह ने उत्तर दिया—"मियाँ जी भाभी है मेरी, इसे साथ लेकर घर जाऊँगा।"

कुन्दनसिंह ने ज़रा आवाज दबा कर कहा—"माँ के······हमें बनाता है। बहन······के इसीलिये बहाने से घर पर बीमारी की छुट्टी ली थी। दूसरे तेरी जगह एवजी देकर मरें और तू माँ का छिनरा करता फिरे। इसी करतूत में मोटर तोड़ी थी बहन······हरामी के पिल्ले!"

"उस्ताद··········" धनसिंह सफाई देना चाहता था कि लेकिन कुन्दनसिंह ने डाँट दिया, चुप माँ के······अपने बाप को सिखाता है! खबरदार किसी मोटर पर पाँव रखा! साले टाँग काट दूँगा। दूसरे ड्राइवरों को फँसायेगा? चला जा पैदल अपनी इस अम्मा को लेकर, और छोड़ कर आ इसके घर!"

दो मोटरें एक के पीछे एक चली आ रही थीं। मोटरों को चाल धीमी करते देखकर कुन्दनसिंह ने हाथ से उन्हें निकल जाने का इशारा किया और धनसिंह की कोई सफाई न सुनकर अपनी मोटर की ओर चल दिया। दूसरी कई मोटरें और चली गईं, धनसिंह को सवारी के लिये इशारा करने का साहस न हुआ। स्वयं उसका दिल डूबता जा रहा था। सोमा को उसने समझाया—"यहाँ गाड़ियों में जगह नहीं मिलेगी। बैजनाथ से मोटर में बैठ जायेंगे।"

सोमा चुपचाप धनसिंह से एक कदम पीछे उसके साथ चलने लगी।

धनसिंह और सोमा सड़क पर पाँच मील तक चल चुके थे। सूर्य पश्चिम की ओर पहाड़ियों के पीछे छिप गया। शीघ्र ही अँधेरा घना हो गया। ठंडी हवा तेजी से चलने लगी। चलने के कारण दोनों के पसीना आ रहा था। पसीने से तर कपड़ों में हवा बिंधने से कँपकँपी सी छूट जाती। अँधेरा हो जाने के कारण धनसिंह को संदिग्ध दृष्टियों का भय न रहा। कँकरीली सड़क पर इतनी दूर से नंगे पाँव चुपचाप चली आती सोमा के लिए उसका मन पिघल-पिघल जाता। वह उसे बार-बार न घबराने और थकावट की चिन्ता न

करने के लिये तसल्ली दे रहा था। सोमा ने हाँफते-हाँफते अपने ससुर और मन्नू साह के षड्यन्त्र की बात व्योरेवार सुना दी और आँखें पोंछकर कहा—"तुम बड़े भले लोक हो जी, तुम्हारा ही सहारा है। चाहे मारो, चाहे जिलाओ।"

धनसिंह ने धर्मशाला, कुल्लू और पठानकोट में अंग्रेजों और दूसरे बड़े लोगों को अपनी स्त्रियों की बाँह पकड़े, हाथ में हाथ डाले सहारा देकर साथ चलते देखा था। यह देखकर उसके हृदय में गुदगुदी होती थी। वह दूसरे ड्राइवरों के साथ मिलकर उस दृश्य पर अश्लील मजाक करके किलकारी मारता था परन्तु इस समय सहानुभूति, कर्त्तव्य और अधिकार की भावना से उसने सोमा को उसी प्रकार सहारा देने का यत्न किया। सोमा इससे सकुचा गयी। सिमिट कर उसने कहा—"जी, ऐसा नहीं करते। तुम बड़े भले लोक हो जी।"

धनसिंह ने उसे पुचकार कर समझाया—"भलिये, इसमें क्या डर है? कौन देखता है! तू थक गयी है, जरा सहारा ले ले।" परन्तु सोमा से बन न पड़ा। उसे इस प्रकार चलने में असलट लगती थी। अपनी लजाई हुई आँखें अँधेरे में धनसिंह की ओर झपका कर और सिमट कर उसने कहा, "ना जी" और परे हटकर अधिक तेज कदमों से धनसिंह के बराबर चलने लगी।

बैजनाथ 'पुन' और 'बिनया' खड्डों के बीच ऊँची फैली उपजाऊ टेकरी पर बसा हुआ है। पुन खड्ड के पुल से ऊपर चढ़ाई में मोटर को सड़क चक्कर दे-दे कर जाती है परन्तु पैदल मुसाफिर पत्थरों की बनी सीढ़ियाँ चढ़ जाते हैं। धनसिंह और सोमा हाँफते हुए सीढ़ियों पर चढ़ रहे थे। अन्धकार, सुनसान और ठंडी हवा को चीरता हुआ बैजनाथ के थाने से घड़ियाल के बजने का स्वर सुनायी दिया, सात बज रहे थे। दूर से तेज चाल से चले आने के कारण और फिर लम्बी सीढ़ियाँ चढ़ने से सोमा और धनसिंह दोनों ही बहुत हाँफ गये। तीखी ठंडी हवा में भी उनके माथे से पसीना बह गया। धनसिंह ने अपनी थकावट से अधिक सोमा का खयाल करके कहा—"पल भर बैठ लो!"

दूर नीचे खड्ड के सफेद पत्थरों से भरें, बरसात में बहने के लिये चौड़े पाट में सिकुड़ी, सिमटी, 'पुन' की जलधारा कल-कल कर रही थी। ऊँचाई पर पास-पड़ोस की चेलियों (चीड़ के जंगलों) से सरसराती वायु बह रही थी। सीढ़ियों की उस ऊँचाई पर धनसिंह और सोमा भी सिमटे-सिकुड़े एक-दूसरे को छूते हुए बैठे थे। धनसिंह के सामीप्य और स्पर्श से सोमा अब भी सकुच रही थी और यह भी जानती थी कि अब वही तो एकमात्र सहारा था। कुन्दनसिंह की कड़वी फटकार की स्मृति धनसिंह के मस्तिष्क को बेंध रही थी परन्तु सोमा को बगल में पाकर एक प्रकार की सफलता और उत्तरदायित्व अनुभव कर रहा था। अपनी इस सफलता और पूर्णता के लिये वह सब कुछ करने के लिये तैयार था।

"सुनो!" धनसिंह ने सोमा को सम्बोधन किया। सोमा ने झुका हुआ सिर हिलाकर हामी भरी कि सुन रही है, "आगे पास ही बाजार है। खाने के लिये मिल जायेगा। तू बहुत थक गयी है। रात यहीं सराय में रह जायेंगे या किसी दूकान पर चार पैसे किराया देकर खाटें ले लेंगे और सुन, बाजारों के लोग अच्छे नहीं होते। कोई पूछेगा तो यही कहूँगा कि हम 'मर्द-जणास' (पति-पत्नी) हैं, समझ गयी! तू भी यही कहना समझी न!"

सोमा को इस बात से रोमांच हो आया पर उसने सिर झुका कर हामी भर ली। अब यह बात बुरी भी नहीं लगी। वह और कह भी क्या सकती थी?

"घर हमीरपुर की तहसील, बड़सर के थाने में बताना। हम लोग यहाँ मण्डी में रिश्तेदारी में गये थे। यहाँ से मोटर में पालमपुर होकर घर लौट रहे हैं।" धनसिंह ने समझा दिया। दोनों बाजार की ओर चल दिये।

बाजार में कुछ मकानों से धुँधला प्रकाश फैल रहा था। दूकानें प्रायः बन्द हो चुकी थीं। कुछ दुकानों से लालटेन या मिट्टी के तेल की ढिबरियाँ जल रही थीं। धनसिंह और सोमा अधिक दूर नहीं बढ़ पाये थे कि सड़क पर टहलते, लम्बा कोट पहने एक आदमी ने धनसिंह को टोक कर पूछा—"कौन हो, कहाँ जा रहे हो?"

धनसिंह समझ गया—पुलिस का सिपाही था। एक नजर भर उसने सिपाही के चेहरे को देखा, कभी सड़क ड्यूटी पर उसे देखा था या नहीं! पहचान न पाने पर संतोष से उत्तर दिया—"मुसाफिर हैं मालिक!"

"मुसाफिर!" सिपाही ने गहरी नजर से, समीप की दुकान से आते लालटेन के प्रकाश में धनसिंह के चेहर की ओर देखा, "कैसे मुसाफिर? इस वक्त कहाँ से आ रहे हो?"

"मण्डी से।"

"मण्डी से? बड़ी मंजिल मारी है भाई! औरत को लेकर चल रहा है, कोई गठड़ी-मुठड़ी, दुजका-उजका (पीठ पर लदा हुआ बोझ)?"

"जमादार साहब ऐसे ही चले आये। सामान साथ के आदमी के हाथ मोटर में दे दिया है।" धनसिंह ने सोच कर कहा, "पीछे गाँव में रिश्ते में मिलना था मोटर से उतर गये थे।"

"हूँ।" सिपाही ने अविश्वास से पूछा, "यह औरत कौन है?"

सोमा धनसिंह की ओट में खड़ी थी। जमादार ने धनसिंह को बाँह से पकड़ एक ओर हटा दिया! सोमा पर लालटेन का प्रकाश पड़ने पर उसे ध्यान से देखा। आँखों पर प्रकाश पड़ने से सोमा ने उस ओर पीठ कर ली और माथे का आँचल नीचे खींच लिया। सिपाही ने धनसिंह को फिर एक बार सिर से पाँव तक जाँचा और उसके कोट-पायजामे की ओर ध्यान देकर प्रश्न दोहराया—"तू बड़ा जंटलमैन है, क्या करता है?"

"धर्मशाला में नौकर हूँ!"

"नौकर? कैसा नौकर है भाई?"

"ऐसे ही हुजूर, एक पंजाबी बाबू के यहाँ चाकरी करता हूँ।"

"यह कौन है?"

"अपनी घरवाली है हुजूर!"

"यहाँ रात कहाँ काटोगे? कोई रिश्तेदार यहाँ भी है?"

"जी नहीं, कहीं दूकान में, सराय में कहीं पड़े रहेंगे हुजूर!"

"ऐसी बात है तो आओ, हमारे साथ ही आओ। थाने में आराम की जगह मिल जायगी।"

''नहीं हुजूर!'' धनसिंह ने हाथ जोड़ कर कहा, ''हुजूर की मेहरबानी है, यहीं कहीं पड़े रहेंगे। गरीब आदमी हैं।''

''गरीब आदमी हो, थाने में गरीब ही जाते हैं। अमीर आदमी कब जाते हैं, चलो दोनों!'' सिपाही ने हाथ में थमी छड़ी से हुक्म दिया।

धनसिंह पुलिस की शक्ति और व्यवहार से परिचित था। उस इलाके में वह अधिक नहीं आया था। केवल पूस के महीने से ही वह आलुओं की ढुलाई में इस सड़क पर लारी चला रहा था परन्तु पठानकोट काँगड़ा, कुल्लू, धर्मशाला और होशियारपुर की लाइनों पर अढ़ाई बरस ड्राइवर का रोजगार करके वह पुलिस से परिचित हो चुका था। पुलिस ड्राइवरों से ऐसे ही खेलती है जैसे बिल्ली अपने वश में आये चूहे को जब चाहे दबोच लेती है, जब चाहे छोड़ देती है। कानून क्या? पुलिस की मर्जी और हुक्म कानून है। कहने को भले ही राज अंग्रेज का था परन्तु राज था पुलिस का।

होशियारपुर के अड्डे पर सिपाहियों का हर ड्राइवर से एक रुपया माहवार बँधा हुआ था। ऐसे ही पठानकोट, काँगड़ा और धर्मशाला में भी। नहीं तो हर बात में चालान और कम्पनी वाले अपनी मोटर का चालान पसन्द नहीं करते। कम्पनी वाले स्वयं भी सदा पुलिस की पूजा करते हैं लेकिन वह बख्शीश और इनाम समझा जाता है। ड्राइवर को सलामी देनी होती है। जमादार को रुपया माहवार देने से इनकार का मतलब है, लारी महीने में चार दिन चालान में खड़ी रहे। कभी तेज चलाने का कसूर, कभी दाहिने होने का, कभी बोझ अधिक लाद देने का। बोझ अधिक न हो तो भी यदि सिपाही जाँच के लिये खड़ा कर ले तो दिन भर टूट जाय। पुलिस से बचकर आदमी जा कहाँ सकता है? यहाँ बल या साहस का सवाल नहीं। हाथ छुड़ाकर, धक्का देकर, मार-पीट करके भाग जायेगा तो कितनी दूर? दस मील, बीस मील, सौ मील? पुलिस तो उससे आगे भी है। पुलिस है कहाँ नहीं? पुलिस के कोप से बचने का एक ही उपाय है, दीनता और अपनी कमाई से उनकी पूजा। यूनियन वालों ने कई बार कहा कि पुलिस को कोई ड्राइवर पैसा न दे परन्तु दिये बिना गुजारा कैसे चले? वे मण्डी से आते समय या मण्डी जाते समय हर बार शराब की तलाशी के लिये मोटर रोक लेंगे!

धनसिंह बेबस होकर सिपाही के साथ चला जा रहा था और सोमा सिर झुकाये उसके पीछे-पीछे थी। सोमा को पुलिस से कभी सरोकार नहीं पड़ा था परन्तु फिर भी वह जानती थी कि सिपाही (पुलिस) और थानेदार जो चाहे कर सकते हैं, उनसे बड़ी शक्ति कोई नहीं। भगवान हैं, परन्तु उन्हें कभी देखा नहीं। जैसे गाय को हाँक कर या रस्सी गले में बाँध कर ले जाने से बछड़ा स्वयं पीछे-पीछे चलता है, वैसे ही सोमा धनसिंह के पीछे-पीछे चल रही थी।

धनसिंह का दिल धड़क रहा था परन्तु वह प्रकट में साहस बनाये था। वह सिपाही की खुशामद करता जा रहा था—''जमादार साहब, मेरी सास सख्त बीमार है इसलिये मैं अपनी औरत को लेने मण्डी गया था। मेरा पहुँचना बहुत जरूरी है। आप मण्डी में, हमीरपुर में तहकीकात कर लीजियेगा हमें जाने दीजिये।''

सिपाही ने भी तसल्ली दी—''कोई बात नहीं। घबराने की क्या बात है। थानेदार साहब के सामने कह देना। हम तो भाई नौकर हैं। हमारे बस में क्या है?'' दूसरा उपाय न देख कर धनसिंह ने कहा, ''जमादार साहब, आप मालिक हैं। मैं बहुत गरीब आदमी

हूँ। सरकार, गरीब की इज्जत मिट्टी में मिल जायेगी।'' जेब से दस रुपये का नोट निकाल कर सिपाही के हाथ में दे दिया।

जमादार हँस दिया—''वाह रे, बड़ा भोला है। दस रुपये में औरत भगा ले जायगा।'' उसने नोट लेने से इनकार कर दिया। धनसिंह की जेब में जो कुछ था जमादार को भेंट कर दिया। जमादार ने उसे दो गालियाँ देकर डाँट दिया, ''अबे····· किसे उल्लू बनाता है?''

धनसिंह के मन में आया कि सिपाही का गला दबा दे या समीप पड़े पत्थरों से उसका सिर तोड़ दे परन्तु इतना कर लेने पर भी बच न सकता था। सिपाही केवल साढ़े तीन हाथ का एक आदमी ही तो नहीं होता, वह तो सरकार है। धनसिंह ने अपनी टोपी उतार कर सिपाही के पाँव पर रख दी। शक्ति और सत्ता के सामने आत्म-समर्पण कर दिया परन्तु सिपाही पिघला नहीं।

धनसिंह अकेला होता तो उस अँधेरे में भाग खड़ा होता परन्तु सोमा को कैसे छोड़ जाता! सिपाही के साथ-साथ उन लोगों ने थाने के फाटक में प्रवेश किया। धनसिंह को जान पड़ा, वह और सोमा मनुष्य के लिये बनी 'चूहेदानी' में जा फँसे थे जहाँ से निकल सकने का कोई उपाय न था। उसके मन ने एक बार चेतावनी दी कि उस पिंजरे में पाँव न रखे परन्तु सोमा के साथ जाना आवश्यक था। अपमान, मारपीट और जेल की आशंका से उसका हृदय काँप रहा था।

थाने के चौड़े आँगन में सामने बरामदा था। बरामदे में एक पलंग पर स्थूलकाय दारोगा साहब, शरीर पर कम्बल डाले लेटे हुए एक बड़ा-सा नेचा गुड़गुड़ा रहे थे। पलंग के समीप एक अँगीठी में कोयले दहक रहे थे। पलंग के दोनों ओर दो स्टूलों पर हरिकेन लालटेनें प्रकाश फैला रही थीं। ड्यूटी का सिपाही दारोगा की पिंडलियाँ सहला रहा था।

दारोगा ने आराम के समय सिपाही को एक औरत और मर्द को लिये थाने में आते देखा तो माथे पर त्योरियाँ पड़ गईं। गले में भरी हुई चरबी से घरघराते स्वर में, गाली से पूछा—''यह मादर·····हरिराम इस वक्त क्या बला पकड़ लाया?''

हरिराम ने धनसिंह और सोमा को आँगन में ही खड़ा कर दिया और बरामदे से नीचे ही खड़े होकर दारोगा साहब को सलूट किया और फिर पलंग के समीप जाकर धीमे स्वर में बोला—''हुजूर, यह राँधड़ (राजपूत) पट्ठी (नवयुवती) को भगाये लिये जा रहा है?''

दारोगा साहब लेटे रहे। नेचे से धीमे-धीमे कई कश लेकर सुस्त-सी आवाज में पूछा—''पट्ठी है कि खांखड़ (बेकाम प्रौढ़ा)?''

''हजूर, बिलकुल नई पठोरी (अनव्याही) है। कहता है, मेरी जणास हुजूर, उसके नाक में न बुलाक है न कील। अभी ताजी राँड हुई लगती है। मर्द लड़ाई पर मरा होगा। मर्द के मरने की खबर सुनी और साली भाग चली।''

सिपाही की बात सुनकर धनसिंह के हृदय की गति बढ़ गई।

दारोगा साहब के पाँव दबाने वाले सिपाही ने आगन्तुकों की ओर घूमकर ऊँचे स्वर में पुकारा—''यहाँ आ जाओ, बरामदे में!''

सोमा धनसिंह की आड़ में खड़ी थी। धनसिंह बरामदे की ओर बढ़ा तो सोमा भी उसके पीछे-पीछे गई और फिर उसकी आड़ में सिर झुकाये खड़ी रह गई ।

दारोगा साहब ने धनसिंह को सम्बोधन किया—"यह औरत कौन है?"

"मेरी घरवाली है हुजूर!"

"हूँ, कौन लोग हो?"

"हुजूर राजपूत हैं!"

"इसके नाक का बुलाक कहाँ गिर गया?"

"हुजूर", धनसिंह अटक कर बोला, "हुजूर साह के यहाँ गहने (गिरवी) रख दिया है, गरीब आदमी हैं हुजूर!"

"अबे इसे ही गिरवी रख देता, देखें!" दारोगा साहब ने धनसिंह की ओर करवट बदली।

सिपाही नफीस ने स्टूल पर से लालटेन उठा ली। उसने धनसिंह को बाँह से पकड़ कर एक ओर हटा दिया और लालटेन सोमा के चेहरे के पास कर दी।

सोमा ने लज्जा और झेंप से मुँह फेर कर माथे का आँचल चेहरे पर खींच लिया।

"अरे, ऐसे शरमायेगी तो कैसे चलेगा?" दारोगा साहब बोले, "देखें तो सही है कौन!"

नफीस ने सोमा की पीठ पीछे से ओढ़नी खींच ली। सोमा ने सिर उघड़ जाने से लाज के मारे मुँह हाथों में छिपा लिया और बैठ गयी। सिर घुटनों में छिपा लिया। धनसिंह अपने आप में न रह सका। उसने एक जबर्दस्त घूँसा नफीस की गर्दन में मार दिया। लालटेन नफीस के हाथ से छूटकर दूर जा पड़ी और टूट गयी।

हरिराम, नफीस और जवाहर तीनों सिपाही धनसिंह पर टूट पड़े। उसे डंडों और जूतों की मार से आँगन में गिरा दिया। सोमा चीख मार कर धनसिंह की रक्षा के लिये आगे बढ़ी। नफीस ने उसे गाली देकर कलाई से पकड़कर पीछे धकेल दिया।

दारोगा साहब के हुकुम से धनसिंह की मरम्मत करके उसे हवालात में बंद कर दिया गया। बरामदे में बैठी सोमा आंचल से मुँह ढके सिसकती रही। इस घटना से दारोगा साहब की तबीयत खिन्न हो गयी थी। पंजाब से उनकी बदली अभी हाल ही में इस इलाके में हुई थी। उनका परिवार अभी पंजाब में ही था। उनका मन न लगता था। जब खिन्न होते तो इस इलाके को कोसने लगते और बहुत सी पी लेते इस घटना से उनका मन बिगड़ गया। खिन्न स्वर में बोले—"माँ के·····ने तबीयत खराब कर दी। यह इलाका ही साला भैन····ऐसा है, निरा बीयाबान! न कोई तफरीह, न कोई सोसायटी!"

सिपाही जवाहर ने खुशामद में समर्थन किया—"हुजूर, पंजाब के क्या कहने! यह तो बड़ा गरीब मुल्क है।"

"छह बजे शाम से तो भैन····यहाँ रात पड़ जाती है, करे क्या आदमी? दिन सोकर काटो तो रात नहीं कटती। साले जवाहर, तू यह बोतल भी क्या लाया है? भैन····निरा पानी! साले ठेकेदार को कल पकड़कर लाओ, पानी मिलाकर बेचता है।"

जवाहर ने सफाई दी—"हुजूर के सामने ही मोहर तोड़कर डाट खोली थी। हुजूर, विलायती में वह बात कहाँ? विलायती वाले साले पानी के पैसे लेते हैं। हुजूर, देसी खिंची हुई की क्या बात है कि मादर······घूँट गले के नीचे उतरे और आदमी गुब्बारा हो जाये।'

करीम ने दारोगा साहब की खिन्नता के प्रति सहानुभूति में कहा—"जवाहर, हुजूर के लिए थोड़ी और डाल दे न!" दारोगा साहब ने इनकार न किया। जवाहर मुंशीखाने से बोतल उठा लाया।

दारोगा साहब सोमा की ओर देख कर बोले—"अरी, अब बस करके रोती ही जायेगी? हो गया····रोना! अच्छा, तेरे आदमी को मिला देंगे मादर····रोना बंद कर!" उन्होंने अँगड़ाई लेकर हरिराम को आँख से संकेत किया, "हरिराम, तू समझा इसे! पानी-वानी दे, मुँह धुला। कुछ खाती-पीती हो तो खिला-पिला दे। जरा उधर ले जाकर समझा-बुझा, कब तक रोती रहेगी?"

हरिराम सोमा को बाँह से थाम कर पुचकारता हुआ बरामदे से परे ले गया।

जवाहर ने लालटेन की रोशनी में दारोगा साहब को दिखाकर गिलास में उड़ेली और उनकी इच्छानुसार पानी मिलाकर गिलास उनके हाथ में दे दिया। दारोगा साहब ने घूँट भर कर कहा—"यह नेचा भी तो कमबख्त सो गया है, इस भैन····को भी जरा जगा दे।" वे फिर उस उजाड़ इलाके को कोसने लगे।

करीम दारोगा साहब के जिले का होने के कारण मुँहलगा था। खुशामद में बोला—"हुजूर, तमाम इलाका राँडों से भर गया है। इस महीने यह तीसरा केस है। हुजूर, पंजाब में भी औरत का क्या अकाल है! जाट ऐसी-ऐसी औरतें भगा कर ले जाते हैं हुजूर कि कोई भला आदमी देखे तो मुँह फेर ले लेकिन बस यही एक औरत है कि कुछ समझ में आई है।······यहाँ का आदमी हुजूर कुछ अजीब है। जंग से नहीं डरता, भेड़-बकरी की तरह भरती होकर लाम पर जाता है। लेकिन सरकार एक घुड़की से इनका पेशाब खता हो जाता है।"

दारोगा साहब ने एक बड़ा सा घूँट निगल कर कहा—"तू नहीं समझता, यहाँ का आदमी डरपोक नहीं है, बेवकूफ है। भैन······तोप से नहीं डरता कानून से डरता है; क्योंकि कानून को समझता नहीं।"

"हुजूर पठान को देखिये, साला किसी से नहीं डरता!"

"वह दूसरी बात है। उधर का आदमी जरायमपेशा है। उसकी जिन्दगी जुर्म पर है। सूखा इलाका है। लूट-मार, चोरी न करे तो करे क्या? यहाँ का आदमी अमन चाहता है इसीलिये बहन···· डरता है। गुण्डा कभी नहीं डरता, सफेदपोश हमेशा डरता है।"

नफीस नेचा ताजा कर ले आया था। कश ले दारोगा साहब ने कहा—"अब कुछ ठीक है। नफीस, जा तू अब आराम कर! आज रौंद में किसकी ड्यूटी है?"

हरिराम ने अपनी ओर ध्यान आकर्षित करने के लिए सलूट करके कहा—"हुजूर!"

दारोगा ने उसे उत्तर दिया—"हूँ, ठहर जा।"

सिपाही जवाहरसिंह मुंशी ड्यूटी पर था। वह भी दीवार के साथ पीठ लगाये बैठा जम्हाइयाँ ले रहा था। उसकी ओर देखकर दारोगा साहब बोले—"क्या आदमी हैं इस इलाके के? सूरज डूबा नहीं कि जंगली जानवरों की तरह माँद में घुस जाना चाहते हैं, जाओ मुंशी, तुम भी जाओ!"

"हुजूर, आराम नहीं करेंगे?" जवाहर ने पूछा।

"आराम कहाँ है ?" दारोगा बोले, "यहाँ पड़े हैं, घर जाकर भी पड़े रहना है।"

हरिराम ने सोमा को मुँह धुला कर उसे बरामदे के एक कोने में बैठा दिया था। वह घुटनों में सिर झुकाकर ईंटों के फर्श पर दृष्टि लगाये चुप बैठी थी। सिसकी से उसका शरीर हिल जाता था। उसकी ओर संकेत करके जवाहर ने कहा—"हुजूर, यह यहीं रहे कि हवालात में बन्द कर जाऊँ? इन लोगों का इन्दराज कल की तारीख में ही हो जायगा हुजूर ?"

"हो जायगा।" दारोगा ने उपेक्षा से उत्तर दिया, "करीम बैठा है, कर देगा या कल हो जायगा।" जवाहरसिंह ने हवालात की चाबियाँ स्टूल पर लालटेन के समीप रख दीं और झुक कर सलाम करके चला गया।

अगले दिन दारोगा साहब दोपहर के बाद थाने में तशरीफ ले आये। रपट लिखाने के लिये पाँच-सात आदमी बैठे हुए थे। मुंशी ने समीप आकर कहा—"हुजूर, उस लड़की का ससुर केहर राजपूत मझेरा गाँव से चौकीदार को साथ लेकर रपट लिखाने आया है। कहता है, कल दोपहर से उसकी विधवा बहू लापता है।"

"क्या कहता है?" दारोगा साहब ने प्रश्न किया।

"हुजूर, मैंने कहा, कुछ खर्च करो तो सिपाहियों को तहकीकात के लिये दौड़ायें। मैंने पूछा, किस पर शक है तो कहता है, जेवर लेकर भागी है। मैं गरीब आदमी हूँ। मेरे लड़के सरकार में नौकर हैं। बस दो रुपये दिखा रहा है।" दारोगा साहब ने सुनने की स्वीकृति में हुंकारा भरा और दूसरे काम में लग गये।"

दिन भर प्रतीक्षा करके सूरज डूबते समय केहर ने पाँच रुपये रपट लिखवाई दी। उसका बयान लिख लिया गया। उसे हिदायत मिली कि तहकीकात की जायेगी और कुछ पता लगने पर उसके लिये सम्मन भेज दिया जायगा। तीसरे दिन सबेरे धनसिंह और सोमा के पकड़े जाने की रपट रोजनामचे में लिखी गई।

× × ×

केहरसिंह पाँच दिन बाद थाने से सम्मन पाकर बैजनाथ की तहसील में हाजिर हुआ। धनसिंह और सोमा को तहसीलदार साहब के इजलास में पेश किया गया। धनसिंह के हाथों में हथकड़ियाँ थीं। धनसिंह को देख कर सोमा रो पड़ी और सोमा को देख कर धनसिंह की आँखों में आँसू आ गये। धनसिंह के चेहरे पर सात दिन की हजामत ठोड़ी पर लिये था। उसका रंग पीला पड़ गया था, जैसे बीमार जंगली चूहा हो। सोमा ऐसी दुबली और पीली हो गई थी जैसे लम्बे फाके और बुखार के बाद उठी हो। मुद्दई केहरसिंह ने उसे पहचान लिया। केहरसिंह की पैरवी के लिये एक मुख्तार साहब बड़ी-सी पगड़ी बाँधे, आँखों में काजल लगाये और बन्द गले का कोट पहने हाजिर थे।

केहरसिंह ने बयान दिया कि उसकी बहू घर का जेवर लेकर भागी थी। बहू को उसने छह सौ रुपये में खरीदा था। गवाही के लिये मन्नू साह मौजूद था। उसे एक रुपया सफर और खुराक खर्च देकर तलब किया गया था।

केहर का दावा था, अभियुक्त ने उसकी बहू को भगा करके उसकी इज्जत बिगाड़ी है। उसे बिरादरी में शामिल होने के लिये पाँच सौ रुपया खर्च करके जग करना पड़ेगा।

अदालत उसे अभियुक्त से हर्जाना दिलाये। सोमा को वह घर वापिस ले जाने के लिये तैयार नहीं था क्योंकि उसका ईमान बिगड़ चुका था।

पुलिस को सोमा पर दया आ गई थी। उन्होंने उसे समझा दिया था कि धनसिंह को बचाना चाहती है तो बयान दे दे कि ससुर के घर में उस पर मार पड़ती थी और खाना नहीं मिलता था। पिछली रात सास-ससुर ने उसे मण्डी ले जाकर बेच देने का फैसला किया था। इस डर से जब वह सुबह बावड़ी से पानी लेने के लिये गई तो भाग निकली। धनसिंह उसे सड़क पर मिल गया था। उसने धनसिंह से मण्डी का रास्ता पूछा था और उसके साथ-साथ मण्डी चली गई। उसने धनसिंह को ससुर के घर की अपनी मुसीबत बतलाई तो धनसिंह ने हमदर्दी से कहा—मेरे घर चली चल। वहाँ बड़ी-बूढ़ी औरतें भी हैं। तू उन्हीं के साथ रहना। एक रात दोनों मण्डी की सराय में रहे थे, फिर बैजनाथ आ गये थे। पुलिस के सिपाही ने दोनों को देखा और थाने में ले गया। वह ससुर के साथ नहीं जायगी चाहे काट कर उसके टुकड़े कर दिये जायँ।

धनसिंह और सोमा को गिरफ्तार करने वाले सिपाही हरिराम ने बयान दिया—"थाने में इत्तला थी कि मझेरा गाँव से एक राजपूत की विधवा बहू भागी है इसलिये मैं रौंद की ड्यूटी पर बहुत चौकस था। रात पड़ने के बाद मैंने मुजरिम को एक औरत के साथ आते देखा। औरत की नाक में गहना न होने से मुझे ख्याल हुआ कि वह बेवा है। मुजरिम से मैंने औरत के बारे में सवाल किया। जब उसने बेवा को अपनी घरवाली बताया तो मुझे शक हो गया और मैं दोनों को थाने ले गया। बाद में राजपूत केहरसिंह को इत्तला दी गई और उसने अपनी बहू को पहचान लिया। गिरफ्तारी के वक्त मुजरिम या औरत के पास कोई रकम या गहना नहीं पाया गया। मुजरिम की जेब में मुतफर्रिक खरीज मिला कर दो रुपया साढ़े नौ आने था जो थाने में जमा कर दिया गया।"

अदालत के सामने सोमा के बयान में मण्डी जाने की बात सुनकर धनसिंह समझ गया कि यह पुलिस की सिखाई हुई बात थी। सिपाही हरिराम ने हवालात में उसे भी ऐसा बयान देने के लिए कहा था और समझाया था कि वह ऐसा बयान देने से ही छूट सकता है, नहीं तो सात बरस की सजा हो जायेगी।

सोमा के बयान से यद्यपि यह साबित नहीं हुआ कि धनसिंह बेवा को उसके घर से बहका कर लाया था फिर भी अदालत के सामने इस बात का काफी सुबूत था कि अभियुक्त ने राह चलती औरत को बहकाया था। भागने वाली औरत की इत्तला उसने मण्डी के थाने में नहीं दी बल्कि चोरी से उसे भगाये लिये जा रहा था। खासकर थाने में अपना गलत हुलिया देने से उसकी बदनीयत का सुबूत मिलता था। अदालत ने रहम करके उसे सिर्फ छह महीने की सजा दे दी।

अदालत के सामने समस्या थी कि कम आयु विधवा को किसके हवाले करे? सोमा ने कहा—चाहे हँसिये से उसका गला काट दिया जाये, वह मायके नहीं जायेगी। जिस बाप ने उसे बेच दिया था उसके यहाँ नहीं जायेगी। न वह ससुर के घर जाने को तैयार थी। ससुर भी उसे घर लिवा ले जाने के लिये तैयार न था। सोमा धनसिंह के ही साथ जाना चाहती थी। उसने रो-रोकर कहा कि उसे धनसिंह के साथ ही जेल भेज दिया जाये। नादान औरत कानून नहीं जानती थी, बिना सजा पाये कोई जेल नहीं भेजा जा सकता। जेल में मर्द और औरत एक साथ नहीं रह सकते। वह अदालत की दीवार से सिर पटक-पटक कर रोती रही।

आर्यसमाज के मंत्री चौधरी निर्भयराम का जिले भर में नाम था। उन्होंने बीसियों भगाई हुई स्त्रियों की रक्षा की थी; कइयों को वापिस उनके घर पहुँचाया था, कइयों को बदमाशों के चंगुल से बचाकर विधवाश्रम में पहुँचाया था, कुछ विधवाओं के विवाह वैदिक रीति से करा दिये थे। अदालत ने चौधरी निर्भयराम को बुलवाकर सोमा का प्रबन्ध कर देने के लिये कहा।

सोमा कुछ समझ नहीं सकी कि अदालत का न्याय क्या है। जिस मनुष्य के साथ वह जाना और रहना चाहती थी, अदालत और लोग उसके साथ जाने से रोकते थे। जिसे वह जानती-बूझती नहीं थी, उसके साथ जाने के लिये उसे मजबूर किया जा रहा था। सोमा ने माथे पर हाथ रखकर और गहरा साँस लेकर समझ लिया, जो कुछ वह चाहती है, नहीं हो सकता! इससे पूर्व उसके लिये चाहने का कोई अवसर ही नहीं आया था और न उसने चाहने का साहस ही किया था। पर परिस्थितियों ने उसे चाहने-चुनने के लिये विवश कर दिया जो उसने चाहा या चुना है, वही करेगी; चाहे जो हो। उसे अदालत, पुलिस, चौधरी, निर्भयराम सब पर सन्देह था कि लोगों ने मिलकर उसे बेच डाला है। वह धनसिंह को छोड़कर चौधरी जी के साथ जाने के लिये तैयार न थी परन्तु जब पुलिस के सिपाही धनसिंह को रस्सी में बाँधकर मोटर में बैठाकर धर्मशाला ले गये और वह रोती-पीटती सड़क पर खड़ी रह गयी तो चौधरी जी के साथ चले जाने के सिवा और उपाय न था।

चौधरी निर्भयराम ने सोमा के सिर पर हाथ रखकर पुचकारा और बेटी सम्बोधन करके साथ ले गये। वे सोमा को फूट-फूट कर रोते देखते तो सांत्वना देते, बेटी ऐसे क्यों घबराती हो; छह महीने की ही तो बात है। छह महीने छह दिन में काट जाते हैं। धनसिंह कहीं दूर थोड़े ही जा रहा है। यहीं धर्मशाला में रहेगा। छह महीने बाद आ जायगा। जब सोमा को कुछ शांत देखते तो समझाने लगते—बेटी, ऐसे जिन्दगी खराब करने से क्या फायदा? मर्दों के पीछे भागना भले घर की लड़कियों का काम नहीं होता। हम किसी अच्छे रसे-बसे भले आदमी से तेरा ब्याह करा सकते हैं। उन्होंने पंजाब के एक स्कूल मास्टर की, जिसकी पहली स्त्री दो बच्चे छोड़कर मर गयी थी, तारीफ और जिक्र किया। सोमा इस प्रस्ताव से रोने लगी तो उन्होंने दो-अढ़ाई सौ पाने वाले किसी स्टेशन मास्टर की बात की जिसके पास काफी जायदाद भी थी। उन्होंने सोमा को समझाया, पंजाब के लोग पहाड़ के लोगों की तरह संकीर्ण नहीं हैं। यहाँ शरीफ और अमीर विधवाओं का भी विवाह होता है। सोमा रोने लगी और बोली, विधवा का विवाह कभी सुना ही नहीं। जो बात उसकी जात में कभी नहीं हुई वह कैसे करे?

चौधरी निर्भयराम ने सोमा के रहने का प्रबन्ध काँगड़े के एक दूसरे आर्यसमाजी सज्जन लाला गोपीचन्द सर्राफ के यहाँ कर दिया था। लालाजी ने भी सोमा को पहली भूल भुलाकर विधवा विवाह करके धर्म से रहने का उपदेश दिया। उन्हें आशा थी कि लड़की कुछ दिन में राह पर आ जायगी परन्तु उनके घर की स्त्रियों ने सोमा का घर में रहना कठिन कर दिया। वे ऐसी पतित स्त्री को पानी का घड़ा या कोई दूसरी चीज न छूने देती थीं।

लाला जी ने घर की स्त्रियों को समझाया, जो हो यह लड़की हिन्दू है। इसे घर में नहीं रखेंगे तो वह किसी मुसलमान के हाथ पड़ जायगी, धर्म से जायगी और जात से

भी। लेकिन उनके घर की बूढ़ी स्त्रियों को शेष हिन्दू स्त्रियों के जाति-धर्म की अपेक्षा अपने व्यक्तिगत स्वर्ग और पुण्य से ही अधिक प्रयोजन था। उन्होंने सोमा को अपने यहाँ न रहने दिया।

चौधरी निर्भयराम ने सोचा, धर्मशाला जिले का मुख्य स्थान होने और वहाँ पढ़े-लिखे पंजाबियों की बस्ती होने के कारण काँगड़े की अपेक्षा अधिक शिक्षित और उदार लोगों की जगह थी। सोमा के लिए धर्मशाला में किसी भले गृहस्थ के यहाँ कुछ समय के लिये प्रबन्ध हो जाय। फिर या तो उसका विवाह करा देंगे या पंजाब के किसी विधवाश्रम में भेज दिया जायगा। चौधरी साहब, लाला गोपीचन्द और दूसरे हिन्दू समाज सेवक सोमा के मुसलमानों या ईसाइयों के हाथ जा पड़ने की आशंका से चिन्तित थे लेकिन कोई हिन्दू सद्गृहस्थ भागी हुई औरत को अपने घर में जगह देने के लिये तैयार न था। आखिर एक उदार वकील साहब के यहाँ, जहाँ छूत-छात की असुविधा न थी, उसे रखा गया।

पास-पड़ोस की स्त्रियाँ सोमा को देखने के लिए कौतूहल से इकट्ठी होने लगीं। वे एक दूसरी को सुनाकर, भय और आतंक से हाथ फैलाकर कहतीं—'हाय मैं मर गयी, कैसी दिलेर औरत है; अपनी मरजी के मर्द के साथ जाने को कहती है?' कोई लाज से नाक पर हाथ रख कर कहती, 'मर जाये ऐसी बेहया! यह भी क्या औरत है!' कुछ जेल जाने वाले मर्द की औरत को देखने के लिए आ जातीं। वकील साहब एक ही मास में इस तमाशबीन भीड़ से घबराने लगे। उन्होंने कह दिया, उनके घर में जवान लड़कियाँ हैं। उनके लिये भागी हुई स्त्री की संगत अच्छी नहीं।

धनसिंह के जेल से छूटने में चार मास शेष थे। सोमा दो मास तक उपदेश पाकर भी धनसिंह को छोड़ कर विधवा विवाह करके भली औरत बन जाने के लिये तैयार न हुई। समाज के हित और सदाचार की चिन्ता करने वाले सज्जनों ने सोचा—बदमाश ड्राइवर धनसिंह के छूटते ही यह औरत फिर उसके पास चली जायगी, व्यर्थ बावेला होगा। उचित यही होगा कि उससे पहले ही इसे पंजाब के किसी विधवा-आश्रम में भेज दिया जाये। प्रश्न यही था कि पंजाब जाने वाला ऐसा कोई विश्वासपात्र व्यक्ति हो जो सोमा को सुरक्षित आश्रम में पहुँचा दे।

चौधरी जी धर्मशाला में कोतवाली बाजार के मोटरों के अड्डे के पास से गुजर रहे थे। उनकी नजर कामरेड भूषण पर पड़ी। उसे सम्बोधन कर चौधरी जी ने पूछा—"कहो क्या नीचे (पंजाब) जा रहे हो?"

अपने पिता के मित्र और सम्मानित चौधरी जी को देख कर कामरेड ने न तो अपने हाथ का सिगरेट ही फेंका और न काँगड़े की प्रथा के अनुसार गुरुजन के चरण स्पर्श के लिए झुकने का कष्ट उठाया। उसने पूछ लिया—"कहिये चाचा जी, क्या कुछ काम है?"

भूषण के रूखे व्यवहार के बावजूद चौधरी जी भूषण को विश्वास-योग्य व्यक्ति समझते थे। वे जानते थे, भूषण का सम्बन्ध पंजाब आने-जाने वाले लोगों से रहता था। उन्होंने भूषण को सोमा की सम्पूर्ण कहानी कह सुनायी और उसे किसी तरह लाहौर या फिरोजपुर पहुँचा देने के लिए प्रबन्ध करने का अनुरोध किया।

"वह कहाँ जाना चाहती है?" भूषण ने पूछा।

''वह कहाँ जाना चाहती है!'' चौधरी जी परेशानी से बोले, ''वह तो उसी बदमाश के पास जाना चाहती है। वह चार महीने में जेल से छूटेगा। उससे पहले ही यह यहाँ से चली जाये तभी कल्याण है। यहाँ उसे रखें भी तो कहाँ?''

''तो जाने दीजिये न उसी के पास!'' कामरेड को इतनी निर्लज्ज बात कहते भी संकोच न हुआ। चौधरी जी ने दुखी होकर कहा, ''तुम लोगों का समय आया है तो यही हुआ करेगा परन्तु हम लोग तो ऐसा अनाचार नहीं देख सकते। यहाँ उसे चार महीने रखेगा कौन? कोई भला आदमी ऐसी सरकश औरत को अपने परिवार की स्त्रियों में कैसे रख सकता है!''

चौधरी जी की खिन्नता की अवहेलना करके भूषण ने आग्रह किया—''चाचा जी, जो मर्द-औरत एक साथ रहना चाहते हैं, उन्हें .जबरदस्ती दूर रखियेगा तो वे मिलने की चेष्टा में बदमाश बनेंगे ही। उन्हें एक साथ रहने दीजियेगा तो बदमाशी खत्म हो जायेगी! आखिर उसे किसी मर्द के हवाले करियेगा ही! जिसे वह चाहती है, वही क्या बुरा है?''

''अरे भाई ब्याह भी तो कोई चीज है।'' चौधरी जी ने अपनी छड़ी का सहारा लेकर समझाया, ''आखिर हमारे ऋषियों और शास्त्रों ने कुछ सोच-समझ कर ही तो यह सब बनाया था!''

''उसी से ब्याह कर लेगी!'' कामरेड ने बात काट दी और पूछा ''तब तक उसके ठहरने के लिये इन्तजाम कर दूँ?''

चौधरी जी के चेहरे पर सन्देह और विस्मय का भाव देख, उनके कुछ कह सकने से पहले ही कामरेड ने कहा—''लाला ज्वालासहाय की कोठी पर प्रबन्ध करा दूँ? वे सम्मानित बुजुर्ग हैं। उन पर तो विश्वास कीजियेगा?''

●

भद्र समाज

लाला ज्वालासहाय सरोला धर्मशाला में रहने वाले पंजाबियों में चोटी के आदमी थे। उनका ठेकेदारी का कारोबार जिले भर में फैला हुआ था। जंगल के लकड़ी के ठेके, पुल और सड़क बनाने के ठेके, युद्ध के समय विदेश से आये युद्ध के कैदियों के कैम्प बनाने के ठेके, सभी काम वे करते थे। स्वयं वे मध्यम स्थिति के मध्ययुगी पंजाबी व्यापारी के ढंग से ही रहना पसंद करते थे परन्तु उनकी सन्तान ने पश्चिमीयता और आधुनिक विचारों और जीवन का ढंग अपना लिया था। चार पुत्रों के पश्चात एक ही कन्या उनके घर हुई थी और बहुत ही लाड़ली थी। मनोरमा लाहौर कालेज में एम० ए० में पढ़ रही थी और विलायत जाने का अरमान रखती थी।

मनोरमा पतलून पहने नंगे सिर, बड़े कुत्ते को चमड़े की रस्सी से थामे, लाठी लिये सूनी सड़कों पर सैर करती फिरती थी। धर्मशाला के पहाड़ी लोग उसकी आलोचना नहीं करते थे। अपने जिले और बिरादरी की किसी लड़की को इस रूप में देखकर शायद पहाड़ी लोग उसका सिर काट लेने के लिये तैयार हो जाते परन्तु मनोरमा की वे प्रशंसा करते थे, लड़की कितनी साहसी है। किसी से नहीं डरती। यह बहुत कुछ वैसे ही था जैसे अंग्रेजी राज्य में दूसरे के पुत्र को देश-भक्ति के लिये जेल जाते या फाँसी चढ़ते देखकर भारतवासी उसके नाम की जय पुकारते थे और स्वयं अपनी संतान को ऐसा करते देखकर दुख और विवशता से माथा पीट लेते थे।

मनोरमा, मनोरमा की माँ और उसकी भाभी बाजार में एक साथ निकलती तो सामाजिक परिवर्तन की तीन पीढ़ियाँ एक साथ दिखाई देती थीं। माँ जी काले रेशम का भारी लहँगा पहने, सिर पर मलमल के दो दुपट्टे जोड़ कर ओढ़े और आधे बालिस्त का घूंघट खींचे पाँव में स्लीपर पहने चलतीं। ज्वालासहाय जी के बैरिस्टर पुत्र की पत्नी रेशमी साड़ी का आँचल सिर पर रखती परन्तु बिना घूँघट के और नीची एड़ी का जूता पहनती। लड़की मनोरमा नंगे सिर, गर्दन पर भारी जूड़ा सम्भाले, ढीली पतलून पहने और कन्धे से बटुआ लटकाये दिखाई देती।

भूषण और मनोरमा का लाहौर से ही परिचय था। भूषण काँगड़ा जिले का रहने वाला था और कालेज की शिक्षा के लिये लाहौर में रहता था। चार वर्ष पूर्व जब मनोरमा के बैरिस्टर भाई जगदीशसहाय और भूषण बी० ए० में पढ़ रहे थे, मनोरमा भी कालिज में दाखिल हो गई थी। भूषण और जगदीश में विचारों की एकता और मित्रता थी। दोनों कम्युनिस्ट विचारों का प्रचार करते थे। इधर-उधर से पुस्तकें लाकर विद्यार्थियों को पढ़ाते थे और कभी मार्क्सवाद की व्याख्या के लिए क्लास भी लगाते थे। भाई की संगति से मनोरमा भी इन क्लासों में सम्मिलित होती थी।

जगदीश बी० ए० पास करके विलायत चला गया था। भूषण लाहौर में ही एम० ए० में पढ़ता रहा। उसका मनोरमा से मिलना-जुलना जारी रहा। मनोरमा विद्यार्थी संघ (स्टुडेंट फेडरेशन) में भाग लेती थी। लाला ज्वालासहाय लड़की को इस उग्रता के लिये चेतावनी भी देते रहते और मन ही मन उसके साहस और योग्यता के लिये प्रसन्न भी होते थे।

भूषण ने दर्शन-शास्त्र में सम्मान सहित एम० ए० पास किया था। बैंक में क्लर्क की नौकरी कर ली थी। वह बैंक की नौकरी और कम्युनिस्ट पार्टी का काम साथ-साथ करने लगा। दोनों काम एक साथ चल नहीं पा रहे थे।

१९३९ में योरुप में युद्ध छिड़ गया। भारत के अंग्रेज शासकों ने भारत को भी युद्ध में घसीट लिया। राजनैतिक रूप से सचेत भारतीय अंग्रेज सरकार के इस निर्णय का विरोध कर रहे थे। भूषण को बैंक के काम की अपेक्षा भारत को युद्ध में घसीटे जाने का विरोध करना अधिक आवश्यक जँचा। वह नौकरी छोड़ कर राजनैतिक काम में लग गया।

काँगड़े के देहात में रहने वाले, भूषण के माता-पिता लड़के को यथासाध्य लौहार में पढ़ा कर आशा बाँधे थे कि पढ़ाई समाप्त करने पर लड़का बहुत बड़ा अफसर बन जायगा। लड़के ने सोलह वर्ष तक पढ़कर बैंक में पचहत्तर रुपये की नौकरी पायी तो उनका दिल टूट गया था; लड़के ने यह नौकरी भी छोड़ दी तो माँ-बाप ने उसे बिलकुल निकम्मा और आवारा समझ लिया। सरकार की नौकरी और सेवा करके ही लोग बड़े बनते थे, उसका विरोध करने का परिणाम और क्या होता?

मध्य श्रेणी के गृहस्थ नागरिकों पर जीविका और परिवार के निर्वाह की सैकड़ों जिम्मेदारियाँ रहती हैं। भूषण और उसके साथियों को देश की आजादी और युद्ध-विरोधी आन्दोलन चलाने के लिये केवल विद्यार्थी समाज ही मिल सकता था। उस सिलसिले में वह मनोरमा से मिलने के लिये सरोला साहब के बँगले पर जाता रहता था। मनोरमा युद्ध-विरोधी संघर्ष में अधिक भाग न ले सकने पर भी भूषण का बहुत आदर और विश्वास करती थी।

जगदीश सहाय सरोला इंग्लैंड से बैरिस्टर बनकर लौट आये थे। भूषण को उसके लौटने पर एक कर्मठ साथी का सहयोग मिलने की आशा थी परन्तु अब बैरिस्टर को लाहौर की अस्वास्थ्यकर सड़कों की धूल फाँकना और असंस्कृत भीड़ से कंधे रगड़ना पसन्द न था। इंग्लैंड में रहते समय जगदीश सरोला ने जीवन के जिस नये पहलू और बौद्धिक सन्तोष का परिचय पाया था उसका प्रभाव गहरा पड़ा था। उसके विचार समाजवादी सिद्धांतों और दर्शन की भूलभुलैया में गहरे उतर गये थे। वह सार्वजनिक काम की अपेक्षा ट्राट्स्की और लेनिन के विचारों की तुलना करने में ही अधिक संतोष पाता था। वह दोनों कार्यक्रम और तर्क की तुलना करता था। यह बहस ही उसके लिये काफी थी।

जगदीश समझने लगा था कि कम्युनिस्टों के कार्यक्रम में विचार स्वतंत्रता की जगह शब्द-प्रमाण (**Dogmatism**) ने ले ली है। उनके व्यवहार में विश्लेषण की कमी उसे बहुत अखरती थी। उसे खेद था कि इस देश के कम्युनिस्ट उनके गहरे अध्ययन की कद्र नहीं करते थे। मनोरमा को आन्दोलन से सहानुभूति प्रकट करने या उसमें भाग लेने से प्रकट

रूप में वह न रोकता परन्तु अपनी राय दे देता—"क्या है, बेसमझी है; शक्ति का अपव्यय है·····।"

जगदीश के व्यवहार में परिवर्तन देख कर भूषण ने उसके यहाँ आना-जाना बहुत कम कर दिया था। जो कुछ मेल-मिलाप शेष था, वह विचारों के साम्य के कारण नहीं केवल पुरानी मित्रता के नाते। वह मित्रता भी बैरिस्टर सरोला की शालीनता, भूषण के प्रति सहृदयता के बावजूद फीकी पड़ती जा रही थी। भूषण की दृष्टि में उन बातों का विशेष मूल्य न था, उसे उनका आनन्द लेने का समय न था। भूषण से सामना होने पर मनोरमा उसे न आने के लिये उपालम्भ देती। भूषण जाता भी तो जगदीश से विवाद में उत्साह न दिखाता; सिर हिला कर हूँ-हूँ करता रहता और सिगरेट को बिना पिये ही राखदानी में झाड़ता रहता। तर्क में मनोरमा की सहानुभूति भाई की अपेक्षा भूषण के प्रति रहती थी। बैरिस्टर का विश्वास था, मनोरमा की उस सहानुभूति का कारण तर्क की अपेक्षा भूषण के प्रति आदर ही था।

यह तो सम्भव न था कि इक्कीस बरस की कुमारी लड़की के घर में रहते उसके विवाह की चिन्ता न की जाती परन्तु मनोरमा को एम० ए० तक पढ़ा कर और इतनी आयु तक स्वच्छंद रहने देकर, अब उसका विवाह केवल अपने निर्णय से कर देने का अधिकार माता-पिता खो चुके थे। अब केवल चिन्ता करते रहना ही उनके हाथ की बात रह गयी थी।

जगदीश विलायत चला गया था। भूषण एम०ए० में पढ़ रहा था और मनोरमा एम०ए० में थी। भूषण ने बहुत योग्यता से बी०ए० पास किया था। उसे आशा थी कि उतनी ही योग्यता से एम०ए० पास करके वह किसी भी कालेज में अध्यापक की जगह पा लेगा। प्रोफेसर के जीवन में धन अधिक न सही, सम्मान और आराम तो है। आदमी सही सीढ़ी पर कदम रख लेने पर निश्चय ही दैन्य-दारिद्र्य की बाढ़ से सुरक्षित जगह में पहुँच सकता है। उस आशा की उमंग में भूषण ने झिझकते-झिझकते अपना अनुराग शब्दों, दृष्टि और व्यवहार से मनोरमा के सम्मुख प्रकट किया था। बचपन से अंग्रेजी स्कूलों में पढ़ी हुई मनोरमा मित्रता के उस भाव से न आशंकित हुई थी और न सहसा उसमें बह ही गयी थी।

भूषण को एम०ए० पास कर बैंक में पचहत्तर रुपये की नौकरी करनी पड़ी तो उसके विचारों और व्यवहार में कटु परिवर्तन आ गया। वह स्वयं शोषण का शिकार हो रहा था, उसके लिये शोषण के विरुद्ध संघर्ष और समाजवाद हार्दिक उदारता और बौद्धिक विहार का साधन न था। उसके जीवन को निष्फल बना देने वाली व्यवस्था के प्रति सामूहिक संघर्ष के अतिरिक्त उसके लिये और सब कुछ व्यर्थ था। भूषण 'आत्मसम्मान' की भावना के कारण 'ईर्ष्या' से घृणा करता था परन्तु वह जगदीश से अपनी तुलना किये बिना न रह सका। उस सब अन्याय का आधार क्या था? समाज में अवसर का वैषम्य! उसने जीवन की मधुर महत्वाकांक्षाएँ छोड़ दी थीं और मनोरमा से मित्रता की आशा भी।

भूषण बहुत दिन न आया तो मनोरमा को बहुत खला। सन्देह हुआ कि क्या भूषण जैसा आदमी भी दगा दे जायेगा? निर्मला और सत्या उन दिनों फेडरेशन में बहुत भाग ले रही थीं। मनोरमा ने सोचा, क्या भूषण से भी ऐसी शंका की जाये? इसमें उसे अपना ही अपमान अनुभव हो रहा था।

कुछ दिन मनोरमा ने मान किया और फिर निश्चय कर लिया कि बात स्पष्ट हो जाना ही बेहतर है। कुछ दिन की प्रतीक्षा के बाद भूषण सड़क पर मिला। मनोरमा ने तुरन्त गाड़ी रुकवा दी और पूछ लिया—"आप कहाँ रहते हैं?" शब्द तो इतने ही थे परन्तु उसकी दृष्टि ने बहुत कुछ कह दिया।

मनोरमा भूषण को गाड़ी में अपनी कोठी ले गयी। भूषण ने मनोरमा को कोई स्पष्ट वचन नहीं दिया था परन्तु आत्मसम्मान के कारण वह अपने गत अनुराग की भावना से इनकार भी नहीं कर सकता था। मनोरमा ने जो मौन अभियोग उस पर लगाया था उसकी सफाई देना आवश्यक था। भूषण ने जैसे अस्पष्ट संकेत से अनुराग प्रकट किया था उसी के अनुकूल सफाई भी दी।

"......सिद्धान्त की अपेक्षा व्यक्तिगत अनुभूति प्रबल होती है। मेरे स्वप्न टूट चुके हैं। अपने भ्रम और भूल को सत्य प्रमाणित करने के लिए और बड़ी भूल करने की अपेक्षा भूल को भूल स्वीकार करके उसे समाप्त कर देना ठीक है। मेरी स्थिति के लोग जैसे भी हो, केवल गुजारा करने की फिक्र करते हैं। मैं समाज की मौजूदा व्यवस्था में अपने और अपने जैसों के लिए कोई स्थान नहीं पाता। कुचले जाकर भी जिंदा रहने में कोई सन्तोष नहीं समझता। मुझे जीवन का अवसर न देने वाली व्यवस्था के विरुद्ध मैं प्राणपन से लड़ूँगा। तुम समझती हो मेरा मूल्य पचहत्तर रुपया माहवार है! वह अंग्रेजी में बोल रहा था और उसकी आँखें चमक रही थीं, कुछ भीगी और गुलाबी सी, "पचहत्तर रुपये माहवार में क्या जीवन हो सकता है? मैं अपने आपको धोखा नहीं देना चाहता और न किसी दूसरे को!"

मनोरमा भूषण की बात को परिस्थिति से विवश अनुराग की ईमानदारी नहीं तो और क्या समझती?

मनोरमा और भूषण बात कर रहे थे तो सूर्यास्त हो गया था। वे कोठी के सामने लान में बैठे थे। बैरिस्टर सरोला भूषण को देखकर उधर आ गये। पीठ उसकी ओर होने के कारण भूषण और मनोरमा उसे देख नहीं पाये थे।

"मुआफ करना, मैं आ सकता हूँ?" आवाज सुन उन लोगों ने होंठों में सिगार दबाये बैरिस्टर को देखा।

"हाँ-हाँ जरूर!" भूषण ने कहा। बैरिस्टर के आ जाने से संकुचित न हो कर वह कहता चला गया, "वास्तव में यह झगड़ा श्रेणियों का है। मैं निर्धन साधनहीन श्रेणी से हूँ। इस दृष्टि से मैं आप लोगों की श्रेणी का शत्रु हूँ।"

बैरिस्टर मुस्कराकर उन लोगों के समीप बैठ गया। उसने सिगार से एक लम्बा कश खींचकर छोड़ दिया। बढ़िया तम्बाकू की महक से भरे धुएँ की फुफकार में शराब की मीठी-तीखी गन्ध भी थी। सरोला ने अंग्रेजी में कहा—"भूषण, तुम्हारी बात के मूल तत्त्व को मैं सामाजिक रूप से मानता हूँ परन्तु हम-तुम भले आदमी हैं। धर्म-युद्ध के नैतिक नियम हम लोगों में निभ सकते हैं। यह केवल प्राकृतिक संयोग है कि हम लोग विरोधी मोर्चों में हैं। इसकी जिम्मेदारी हम-तुम पर नहीं, समाज पर है। हम अपने-अपने ढंग से समाज की व्यवस्था से लड़ सकते हैं; आपस में क्यों लड़ें? क्यों मन्नो!"

मनोरमा ने भाई के आ जाने से अपने आपको वश में कर लिया था। गर्दन पर झूलते जूड़े को हिलाकर मुस्कराहट से उत्तर दिया—"मैं इनकी युद्ध के लिए चुनौती को स्वीकार नहीं करती।"

बैरिस्टर ने एक और लम्बा कश खींचकर अपनी बात का समर्थन किया—"बिलकुल ठीक, यही तो सहृदयता है।"

सहृदयता के इस आक्रनण से भूषण के माथे पर बल पड़ गये—"इस कोठी के वातावरण में, "उसने कोठी की ईमारत की ओर संकेत से उत्तर दिया, "सहृदयता निभ सकती है," उसने कोठी के एक ओर नौकरों के लिए बनी कोठरियों की ओर उँगली उठायी, "शायद वहाँ नहीं निभ सकेगी। वहाँ केवल भय है। इस सहृदयता के मूल में क्या है? समाज में जो अच्छा है, वह सब छीनकर तुम लोगों के भद्र-समाज की रचना कर ली गयी है। जैसे कश्मीर या कुल्लू के किसी सेबों के बाग के सब वृक्षों से फलों में रूप, रस और गन्ध के तत्त्व किसी क्रिया से खींचकर दस-पाँच गमलों से पौधे सजा लिये गये हों। शेष भाग निस्सार होकर, सड़कर, जलकर, विरूप, निशक्त और निष्प्रभ हो जाये। भद्र श्रेणी के सम्पन्न गमलों में सजा हुआ, सहृदयता से महकता हुआ आपका समाज अपने आप में चाहे कितना सन्तुष्ट हो परन्तु समाज के लिए वह असह्य अन्याय है।"

बैरिस्टर ने उँगलियों में थमे सिगार से एक और लम्बा कश खींच कर कहा—"दोस्त, तुम्हारी कटु उपमा जमी नहीं। तुम एक बात भूल रहे हो। यह भद्र-समाज, समाज के क्रमशः विकास की एक आवश्यक श्रृंखला है। यह भद्र-समाज, समाज संस्कृत का संरक्षक है। बाग के जल जाने पर जो दस-पाँच नमूने के गमले शेष रहेंगे, वही नये समाज के लिये कलमें और बीज देंगे, समझे !"

नहीं-नहीं, हमें पूरे समाज को अवसर देना है।" भूषण ने आग्रह से कहा, "दस-पाँच गमलों की प्रशंसा से पूरे बाग की दुरवस्था सह्य नहीं हो सकती। लेनिन ने कहा है, हमारी संस्कृति तुम्हारे समाज की संस्कृति से अधिक विकसित होगी।"

बैरिस्टर ने आग्रह किया—"लेनिन ने यह भी कहा है कि आज की पूँजीपति श्रेणी की संस्कृति में बहुत कुछ सुन्दर है, उपादेय है। वह सब कुछ सर्वहारा की संस्कृति में सम्मिलित रहेगा। फिलहाल हम विश्व संस्कृति के धरोहर को संभाले हैं।"

भूषण ने टोक दिया—"यह धरोहर की रक्षा नहीं, लूट है।"

बैरिस्टर और भूषण की बहस बहुत अधिक राजनैतिक हो गयी। बैरिस्टर बार-बार कह रहा था—"तुम हिन्दुस्तान के बाहर जाकर देखो तो समझोगे। भारत में तो अभी औद्योगीकरण ही नहीं हुआ, यहाँ अभी सर्वहारा समाज का क्रान्ति के योग्य विकास ही नहीं हुआ। यहाँ क्रांति केवल अन्तर्राष्ट्रीय परिस्थिति के आधार पर ही हो सकेगी। इंग्लैंड में समाजवादी क्रांति के परिणाम में ही भारत में क्रांति हो सकेगी। तुम लोग इस समय नाजीवाद से लड़ने वाली इंग्लैंड की प्रजातंत्रात्मक शक्ति का विरोध कर रहे हो, यह भारी भूल है।"

भूषण ने फिर विरोध किया—"इंग्लैंड प्रजातंत्र के लिए नहीं, नाजीवाद की साम्राज्य लिप्सा के विरुद्ध अपने साम्राज्य की रक्षा के लिए लड़ रहा है। उसका साम्राज्य क्या है, हमारा शोषण। हम अपनी मुक्ति के लिए लड़ रहे हैं।"

मनोरमा के लिए अपनी बात कहने का अवसर न था। चुप रहने के अतिरिक्त और उपाय भी न था। वह उठी और अपने कमरे में जाकर लेट गई थी। कुछ देर बाद भूषण चला गया। मनोरमा ने अपनी खिड़की से देखा। वह विवश थी। भोजन के लिए उठने

का उत्साह न रहा। यदि वह भोजन से इनकार करता तो व्यर्थ में लम्बी-चौड़ी सफाई सबके सामने देनी पड़ती।

मनोरमा आधी रात तक दोनों हाथ सिर के नीचे रखे छत पर दृष्टि लगाये उस समस्या पर विचार करती रही। यह जानकर कुछ आश्वासन अवश्य हुआ कि भूषण ने उसे किसी 'दूसरी' की तुलना में ठुकराया नहीं था, उसका अपमान नहीं हुआ था परन्तु भूषण को उससे दूर करने वाली खाई उसके अनुमान से कहीं बड़ी थी। मनोरमा ने बहुत सोचा और निश्चय किया कि उसके जीवन की धारा स्वाभाविक रूप से जिस राह पर बहनी चाहिए थी, उस राह में भूषण ने अड़चन लगाई है। वह उस रुकावट से परास्त होकर, कायरता से जीवन का मार्ग बदलेगी! यह अपने जीवन को नष्ट. नहीं करेगी। वह अपने जीवन को सफल बनायेगी। समय आने पर जो उचित होगा वही करेगी।

मनोरमा ने अपनी उदासी को वश में कर लिया। नियम से पढ़ती और घूमने जाती। सार्वजनिक कार्य में उसका सहयोग कम हो गया था। बैरिस्टर को वह आन्दोलन मूर्खता जान पड़ता था। बैरिस्टर से मतभेद के कारण भूषण उसके यहाँ आता नहीं था। मनोरमा सोचती जब मुझे बुलाया नहीं जाता, मेरी श्रेणी स्थिति के कारण मुझ पर विश्वास नहीं तो क्यों किसी के पीछे भागूँ !

भूषण अपने जिले में अपनी पार्टी का संगठन जमाने के लिए धर्मशाला में रहता था। मनोरमा से मुलाकात होने पर एक दो बार उसके यहाँ गया था। कभी सड़क पर मिल जाते तो एक दूसरे से कतराते नहीं थे। भूषण का व्यवहार था, जो हो गया सो हो गया और मनोरमा का—तुम जानो!

एक दिन दोपहर बाद भूषण ने मनोरमा के समाज के अत्याचार के प्रमाणस्वरूप सिसकती हुई सोमा को लाकर उसके समाने खड़ा कर दिया। मनोरमा समाज के अत्याचार का प्रतिकार अपनी उदारता से करने के लिए प्रस्तुत हो गई। भूषण ने मित्रता का अनुचित लाभ न उठाने के लिए स्पष्ट कहा— "तुम माँ जी से पहले ही बात कर लो। बाद में कुछ झंझट हो तो क्या लाभ?"

मनोरमा ने अपने भारी जूड़े को हिलाकर कहा—पूछूँगी तो वे दस बातें समझाकर एतराज करेंगी। इसे रख लूँगी तो मुनमुना कर रह जायेंगी।" हुआ भी वही।

मनोरमा ने सोमा को कोठी के एक कमरे में टिका दिया तो माँ जी झुँझला उठीं— "मन्नो, तेरी अक्ल को क्या हो गया है? न किसी से पूछती है न ताछती है! किसी बदनाम और निर्लज्ज औरत को घर मैं कैसे रख सकते हैं! क्या हमें दुनिया में नहीं रहना! तेरे पिता जी से कहती हूँ..... ।"

मन्नो ने इस अत्याचार के विरोध में चेहरा फुलाकर कहा—"क्या कर लेगी दुनिया? क्या निर्लज्जा की है उसने? आजकल लड़कियों से पूछे बिना कौन भला आदमी उनकी शादी करता है? दुनिया तो सती पार्वती को पूजती है। क्या किया था पार्वती ने? उसने भी जिद्द की थी कि शिवजी से ही विवाह करूँगी। इसी जिद्द में जल कर मर गई। यह लड़की क्या अनर्थ कर रही है? बस यही न कि वह गरीब है।"

माँ जी चुप रह गईं। लाला जी और माँ जी दोनों का ही विश्वास था, उनकी संतान दुनियादारी में चाहे जितनी कच्ची थी, विद्वान, बुद्धिमान और ईमानदार थी। सोमा के दुख से मुर्झाये, बीमार से चेहरे को देखकर माँ जी का भी कलेजा पसीज गया।

सोमा को यह घर और परिवार एक दूसरा ही संसार लगा। मन्नो बीबी स्वयं उसकी आयु की, उसके जैसे शरीर की ही स्त्री थी परन्तु ऐसी स्त्री सोमा ने पहले कभी नहीं देखी थी। मन्नो उसकी चिंता ऐसे करती थी जैसे माँ बीमार बच्चों की खबरदारी करती है।

सोमा, मझेरा ने भाग आने के बाद पुलिस के हाथ में पड़ गई थी। बाद में काँगड़ा और धर्मशाला के समाज में वह अपनी अवस्था कुत्तों से घिरी हुई कातर बकरी की तरह अनुभव कर रही थी। उस घर में उसने वह देखा और अनुभव किया जिसकी आशा स्वप्न में भी नहीं कर सकती थी। सोमा अपने आपको घृणा और दुख के ही योग्य समझने लगी थी। यहाँ उसे सहानुभूति और दया दिखाई देती थी। उसका दुर्भाग्य वहाँ अपराध और घृणा की बात न थी। उस घर में किसी को किसी चीज या पैसे की भी चिंता नहीं थी। सोमा को उस घर में यदि ईर्ष्या का आभास कहीं मिलता था तो नौकरों—जग्गू, मोहना और नौकरानी जीवाँ में। सोमा इसकी सहज ही उपेक्षा कर सकती थी।

सोमा को बचपन से ही कठिन श्रम और सदा काम करते रहने का अभ्यास था। वह कुछ न कुछ करती रहती थी, नौकरों के काम में भी हाथ बँटाती रहती। इस कारण माँ जी की करुणा और विश्वास उसके प्रति और भी अधिक उमड़ने लगा। उन्होंने उसे कुछ पुराने कपड़े दे दिये थे। मन्नो उसे साफ और ढंग से पहनने के लिए स्नेह से टोकती रहती थी। सोमा सोचती—अमीर लोग सचमुच देवता होते हैं। गरीब कितने कमीने होते हैं इसीलिए तो दैव उन्हें दुख देता है।

भूषण ने सोमा को मनोरमा के यहाँ टिका दिया था। अपनी संरक्षिता की अवस्था जानने के लिए कोठी पर जाकर पूछ-ताछ कर लेता था। मनोरमा ने सोमा की समस्या पर भूषण से बात की। यह समस्या उनकी अपनी बात के लिये पर्दा बन गयी। बातों में मनोरमा का मन भर गया। परिवार के लोगों को अपना उदास चेहरा और भीगी आँखें दिखाना उसे पसन्द न था। उसने भूषण से कहा—"चलो वहीं बात करेंगे।"

मनोरमा और भूषण मकलोटगंज की चढ़ाई पर चढ़ते जा रहे थे। भूषण तटस्थता से बोल रहा था। एक ऐसे आरोप का उत्तर दे रहा था जिसे अस्वीकार न कर सकता था। मानता था कि उसने मनोरमा से प्रणय के मार्ग पर चलने का प्रस्ताव किया था। सफाई थी, जीवन के जिस नक्शे को लेकर उसने इस मार्ग की इच्छा की थी, वह नक्शा भ्रान्ति प्रमाणित हो गया।

मनोरमा यह सच्चाई नहीं मानना चाहती थी तो वह क्या करे?

भूषण ने कहा—"सहृदयता जीवन की शोभा है। यह लड़की हमारे समाज के जीवन की परिस्थितियों और व्यवहार से पृथक स्वतन्त्र वस्तु नहीं है। तुम्हारे परिवार में उसे इस कारण जगह मिल सकी क्योंकि न तो तुम अभाव से पीड़ित हो और न तुम्हारी स्थिति किसी के दो बातें कह देने से गिर सकती है।"

मनोरमा एक दीर्घ निःश्वास लेकर चुप रही। उसने अनुभव किया—भूषण दिन-प्रतिदिन रूखा और कटु होता जा रहा था। कम्युनिज्म के श्रेणी-संघर्ष के द्वेष ने उसके हृदय को झुलसा दिया था।

भूषण कहता गया—"तुम सहृदयता और न्याय का समर्थन करने का गौरव अनुभव कर सकती हो। साधनहीनों के लिए क्या यह सम्भव है? जो जीवन यातना और आतंक

से सूख रहा है, उसमें उदारता के अंकुर कैसे फूटें? हम लोग पहले जी तो पायें!" भूषण 'हम लोग' कह कर अपने आपको मनोरमा से और मनोरमा के 'भद्र-समाज' से पृथक कर लेता था।

मनोरमा गहरा-साँस लेकर मौन रह गयी। वह और अधिक अपमान नहीं चाहती थी।

भूषण बोला "तुम्हारे जैसा लावण्य और बुद्धि इस लड़की में या सर्वसाधारण में हो भी कैसे? तुम्हारा लावण्य और सौजन्य तुम्हारे परिवार में कई पीढ़ी का निखार है। जैसे बुढ़िया गुलाब के पेड़ को विशेष सुविधा की परिस्थितियों में रख कर उसमें कलम पर कलम लगाती जाये लेकिन क्या शेष सब समाज सोमा ही बना रहे? केवल सहृदयता का मोहताज बना रहे?"

"बस बहुत हो गया; अब रहने दो!" मनोरमा ने बात काट दी।

भूषण को कड़वी बातों और उसकी रुखाई के बावजूद उसके मुख से मनोरमा के बारे में कुछ ऐसे शब्द निकल जाते थे कि मनोरमा एकान्त में उन्हें गुप्त धन की तरह गिनती और याद करती रहती थी—"तुम्हारी बुद्धिमत्ता, तुम्हारा लावण्य, तुम्हारा साहस, तुम्हारा सौजन्य·····" कटुता और निराशा के बावजूद मनोरमा को विश्वास था, एक दिन भूषण के आत्मदमन की ऊष्णता अवश्य शान्त होगी।

यदि मनोरमा के माता-पिता के सामने भूषण का नाम उनकी कन्या के लिए वर के रूप में आता तो वे उसे कभी स्वीकार नहीं कर सकते थे। उनकी दृष्टि में मनोरमा के लिए दूसरे अनेक लड़के थे परन्तु मनोरमा को दूसरों का व्यक्तित्व कुछ जँचता ही न था। पुरुष तो वही है जिसके सम्मुख नारी झुक सके। मनोरमा सोचती—हाय, यदि मैं उसकी जिद्द पूरी कर सकूँ! और कल्पना में अपना एक चित्र घूम जाता—गरमी के मौसम में धर्मशाला के पहाड़ पर, फुहारों से भीगे वातावरण में गरम कपड़े पहन कर, अच्छी-अच्छी पुस्तकें पढ़ने और वेल्वेट कार्ड की स्लैक (पतलून) पहन कर, एलसेशियन कुत्ता साथ लेकर पहाड़ी सड़कों पर घूमने के बजाय वह बहुत मामूली-सी साड़ी और चप्पल पहने, बगल में कागजों का बंडल लिए धूप में लाहौर की सड़कों पर घूम रही है। उसके चेहरे पर सड़क से उड़ी महीन धूल जमी हुई है। चेहरे पर पसीना बहने से स्थान-स्थान पर से धूल बह कर उसका गोरापन प्रकट हो रहा है। इसी अवस्था में वह पार्टी के आफिस में जाती है। जहाँ बहुत से कामरेड शोर मचा कर बहस कर रहे हैं। कहीं कपड़े बदलने के लिए भी एकान्त नहीं है लेकिन वह ऐसी आवश्यकता ही अनुभव नहीं करती। दिन भर कपड़े ही बदलते रहने से अधिक जरूरी दूसरे काम होंगे।······जैसे निर्मला पार्टी के लिए चन्दा माँगने के लिए उसके पास आती है, वैसे ही वह भी दिन भर पार्टी के काम से घूमेगी। पार्टी का साहित्य बेचेगी। जब वह लौटेगी, भूषण भी थैला लिए लौटेगा। वह कहेगा—"यू आर टायर्ड मन्नो!" (तुम थक गयी हो मन्नो) और वह मुस्कराकर उत्तर देगी—"नाट एटाल!" (नहीं तो) अपने इस चित्र से उसे कर्मठता और शक्ति का अभिमान अनुभव होता परन्तु भूषण तो कभी इस शर्त पर भी आश्वासन नहीं देता था।

लाला जी की कोठी में चार मास बिता कर सोमा ने नये अनुभव प्राप्त किये थे। सुविधा और आराम के जीवन से सोमा के रूप और व्यवहार से धूप, पाले और आँधी में पले जंगली पौधे की कड़ाई और रुखाई दूर होने लगी थी। उसकी मुद्रा और दृष्टि से

'चकित आतंक' का भाव दूर होने लगा था। वह बाग में उगाये गये पौधे के समान कोमल होने लगी थी। उसका व्यवहार संकुचित और संयमित होने लगा था। मनोरमा की देख-भाल में नित्य स्नान और बदले हुए कपड़ों से वह दूसरी ही स्त्री जान पड़ती थी। वह काम में लगी रहती थी। मनोरमा सहानुभूति के स्वर में उसे काम-काज के लिये परेशान न होने को कहती और सांत्वना देती रहती। वह सोमा की व्यथा की गहराई को अनुभव करने की चेष्टा करती थी।

सोमा प्रेम के साहसपूर्ण काण्ड की नायिका थी। मनोरमा सोचती, क्या उसके जीवन में भी यही होने को है? मनोरमा को सोमा की व्यथा में प्रेम के दुख और त्याग का मिठास जान पड़ता था। सोमा के जीवन के करुणापूर्ण नाटक को वह कल्पना में और भी दुखान्त रूप दे देती—यदि इसका साथी कभी भी जेल से न छूटे, यदि वह जेल जाने की अपेक्षा दुर्घटना में मर गया होता? सोमा प्रेम के परिणाम और मूल्य में जीवन भर वैधव्य और सन्ताप लिये बैठी रहती! परन्तु यह कितना बड़ा त्याग! यदि इसे दो रोटी की ही तलाश होती तो इसे यों बिसूरने की क्या जरूरत थी? अशिक्षित और अर्ध सभ्य होकर भी इसमें चरित्र की महत्ता है। यह मनुष्य की न्याय और औचित्य की भावना ही तो है।

सोमा के संकोच करने पर भी मनोरमा उसे जबरदस्ती पलंग या सोफा पर बैठा लेती और उसकी आप बीती पूछती रहती। सोमा को उन बातों से संकोच होता था। वह बातें जानकर लोगों ने उससे घृणा की थी परन्तु मनोरमा का व्यवहार दूसरा था। मनोरमा उसे अपने समीप खींच, उसके कंधे पर स्नेह से हाथ रखकर पूछती—"तुम्हें यह बातें याद करके सुख और अभिमान नहीं होता?" सोमा चकित सी उसकी आँखों में देखती मौन रह जाती।

मनोरमा ने पूछा—"यदि धनसिंह न आये तो क्या तुम और कहीं दूसरे आदमी से ब्याह कर लोगी?" सोमा का सिर झुक गया। आँखों से आँसू टपक पड़े। आँचल से आँसू पोंछकर उसने सिर हिलाकर इनकार कर दिया।

मनोरमा ने उसे समझाने के लिये पूछा—"यदि धनसिंह न आये, वह तुम्हें भूल जाये तब भी तुम उससे प्रेम करती रहो, यही कितना बड़ा सुख और सन्तोष है।"

सोमा फूट-फूट कर रो पड़ी—"हाय मैं कहाँ रहूँगी क्या करूँगी?"

मनोरमा सोमा का हाथ अपने हाथ में थामे पलंग पर आड़ी लेट गई और छत की ओर दृष्टि लगाये सोचती रही—प्रेम सुख है या दुख, सन्तोष है या अभाव? प्रेम-पात्र को पाये बिना तो प्रेम अभाव ही है, अभाव में सुख क्या? वह उसी प्रकार सोचती रह गई। सोमा कब उठ कर चली गई, उसे जान न पड़ा। मनोरमा सोमा को ऐसे स्नेह करती थी, ऐसे उसका मूल्य आँकती थी जैसे भक्त अपना मूल्य न जानने वाले, चिंता न कर सकने वाले ठाकुर की भक्ति करता है।

कई दिन बाद भूषण फिर सोमा की बाबत पूछ-ताछ के लिए आया। मनोरमा ने अशिक्षित लड़की की सद्भावना का और उसकी बुद्धि तथा सुघड़ता का बखान करके समवेदना से पूछा—"यदि जेल से छूटने के बाद उस ड्राइवर का पता न चला तो इस लड़की का क्या होगा?"

भूषण ने सिगरेट का धुआँ छोड़कर उत्तर दिया—"अगर वह आदमी डर जाय या अन्य किसी कारण से वापिस न आये तो लड़की के लिये समस्या वास्तव में विकट हो

जायगी।····शायद समय बीतने पर, मन का अवसाद हल्का हो जाने पर कहीं कोई दूसरा मुनासिब आदमी मिलने पर इसका विवाह हो जाना ही ठीक है। वह किसी पुरुष का गृहस्थ चलाने के अतिरिक्त निर्वाह के लिये और क्या कर सकती है?''

मनोरमा को भूषण की यह रूखी, कारोबारी ढंग की बात भली न लगी उसने कहा—''क्यों, तुम ऐसी बात क्यों सोचते हो? क्या प्रेम स्वयं कुछ भी नहीं है? यदि कोई व्यक्ति एक आदर्श को निबाहना चाहे तो उसे क्यों गिराया जाय?''

भूषण ने पूछ लिया—''वह क्या आदर्श को पूर्ण करने के लिये घर से निकली थी। घर में जीवन सम्भव न था, वह जीना चाहती थी इसलिये घर से निकली थी। प्रेम उसे घर से निकालने में सहायक हुआ। प्रेम तो जीवन में सहायक वस्तु है जीवन में अड़चन बनकर प्रेम चल नहीं सकता।''

मनोरमा ने विरोध किया—''अनेक उदाहरण ऐसे हैं कि व्यक्ति प्रेम के लिये जीवन को उत्सर्ग कर देते हैं। तुम्हारे विचार में वह सब पागलपन है, मूर्खता है, अस्वाभाविक और अप्राकृतिक है।'' मनोरमा के स्वर में कुछ कटुता आ गयी जैसे वह भूषण से किसी अपमान का प्रतिकार ले रही थी।

भूषण ने उस कटुता को लक्ष्य किया, उसकी अवज्ञा नहीं की और तिरस्कार भी नहीं किया। संयत स्वर में उत्तर दिया—''सब चीजों की तरह जीवन में प्रेम की गति भी द्वन्द्वात्मक है। प्रेम जीवन की सफलता और सहायता लिये है। यदि प्रेम बिलकुल छिछला या थिथला रहे तो वह असंयत वासना-मात्र बन जाता है और यदि जीवन में प्रेम या आकर्षण का विवेक से संयम न हो तो यह जीवन के लिये घातक भी हो सकता है। जल को देखते हो! उसमें से ऊष्णता बिलकुल निकल जाय तो वह बर्फ बन जाता है, उसमें गति नहीं रहती। ऊष्णता एक सीमा से अधिक बढ़ जाय तो वह भाप बनकर उड़ जाता है।''

''उड़ जाता है तो उड़ जाय। निरर्थक जीवन से लाभ भी क्या है?'' उदासी से मनोरमा ने उत्तर दिया।

भूषण ने सिगरेट सुलगा लिया—''उड़ ही जाय तब भी एक बात है; जैसे इस लड़की की जिन्दगी! इसका धनसिंह से प्रेम कुछ घटनाओं का परिणाम है और कुछ घटनाओं का कारण भी है। यदि इसका पति जिन्दा होता, शायद यह प्रेम हो ही न सकता और होता तो तुम्हें उससे सहानुभूति न होती। प्रेम जीवन में शरीर की अनुभूति और आवश्यकता से पृथक क्या वस्तु है?''

भूषण ने कुछ सोचकर फिर कहा—''विरह की प्रबल वेदना में प्राण दे देना एक बात है परन्तु जब प्रेम नित्य जीवन में असह्य स्थिति पैदा करने लगता है तो वह जीवन का बाधक होकर स्वयं समाप्त हो जाता है, उसकी जगह घृणा पैदा हो जाती है। एक सत्य घटना कहूँ?''

मनोरमा ने हामी भरी।

भूषण सुनाने लगा—''मेरा एक परिचित है। एक लड़की से वह स्नेह करता था। लड़की के माता-पिता उससे विवाह करने के लिये तैयार नहीं थे। लड़की ने इस अत्याचार के विरोध में ज़हर खा लिया था। आखिर विवाह हो गया। छह बरस बीत चुके हैं। लड़का कुछ भला आदमी नहीं है। लड़की का अब यह हाल है कि पति के साथ रहने की

अपेक्षा कुएँ में गिरकर मरने के लिये तैयार है। लड़के का व्यवहार इतना बुरा है कि उसका नाम सुनकर लड़की को दौरा हो जाता है। मैं किसी व्यक्ति से चाहे जितना प्रेम करूँ परन्तु उस व्यक्ति से मुझे प्रतिदिन संकट मिले तो मेरे मन में उसके प्रति विरक्ति पैदा हुए बिना नहीं रह सकती। यदि सोमा अत्यन्त कष्ट में न होती और धनसिंह की सांत्वना इसकी असहाय अवस्था में एकमात्र अवलम्ब न होती तो क्या यह उससे प्रेम करती? धनसिंह इसके जीवन का भौतिक अवलम्ब है।''

मनोरमा चुप रह गयी। उसे जान पड़ा, भूषण संकेत कर रहा है कि हम परस्पर कभी एक या सहायक नहीं हो सकते। उस रात भी उसने बहुत देर तक जाग कर सोचा और निश्चय किया—अपना अपमान क्यों कराऊँ!

× × ×

धर्मशाला की जिला जेल से छूटते समय धनसिंह उतना ही लज्जित, असहाय और हतोत्साह था जितना कि जेल में बन्द होते समय। उसके हाथों की हथकड़ियाँ और उसे बन्द रखने वाली दीवारों के बन्ध तनोदूर हो गये थे परन्तु संसार में उसे कोई मार्ग दिखाई नहीं दे रहा था। उसे बदमाश और सज़ायाफ्ता बनाकर, उससे विश्वास और आदर का अधिकार छीन कर उसे जेल से निकाल दिया गया था। वह कहाँ, किसके पास जा सकता था। उसके लिए जेल से स्वतंत्रता ऐसी ही थी जैसे एक चिड़िया के पंख तोड़ कर बिल्लियों के सामने पिंजरे से बाहर फड़फड़ाने के लिये छोड़ दिया जाये। दगाबाज, बदमाश का कलंक पाकर नौकरी के लिये अब फिर कम्पनी में जाना सम्भव नहीं था। यह किस्मत ही तो थी। जो अपमान के लिये ही पैदा हुआ है, सम्मान कैसे पा जाये! वह भी दूसरे घिर्थ लड़कों की तरह घर में बना रहता, किसी घिर्थ लड़की से उसका ब्याह हो जाता। उसने राजपूत बनकर राजपूतनी से ब्याह करने की बात सोची थी।……ब्लाकी चाचा तो कहते ही थे, औरत का फन्दा बुरा होता है।

धनसिंह दगा करना नहीं चाहता था। यदि उसने दगा करने का विचार किया होता तो इतना लज्जित न होता, और फिर अधिक चतुरता से दगा करने की बात सोचता परन्तु लोग तो उसे दगाबाज ही समझेंगे! परिचितों को क्या मुँह दिखायेगा? सोमा ही उसका विश्वास कर सकती थी। लोग सोमा को जाने कहाँ ले गये होंगे और उसके मन का भी क्या पता?……औरत तो औरत!

धनसिंह एक-दो को नहीं, ऐसे कई ड्राइवरों और दूसरे आदमियों को जानता था जिन्होंने पराई स्त्रियों के साथ, वेश्याओं के साथ सभी कुकर्म किये थे। ऐसे लोगों को समाज से कोई भय न था क्योंकि उन्होंने उस अपराध में जेल नहीं काटी थी। वह स्वयं जेल काट कर बाहर निकल रहा था। जेल में बिताये छह महीने उसने कटु मानसिक वेदना में बिताये थे। उसे पुलिस पर क्रोध था। पुलिस ने उसे जीवन भर परेशान किया था। उसके बचपन में पुलिस ने उसका घर छीनने में मियाँ बजरसिंह का साथ दिया था। मोटर चलाते समय पुलिस चालान करने की धमकी से रिश्वत लेती थी, पुलिस ने थाने में उसे पीटा था और सोमा से उसे मण्डी ले जाने का झूठा बयान दिलाया था। यदि सोमा मण्डी जाने की झूठी बात न कहती तो उसे सजा न होती। थाने में पाँच दिन तक पुलिस ने न जाने सोमा के साथ क्या किया होगा? सोमा अब जाने कहाँ है?

कई बार जेल कटे हुए और कई मुकदमे झेले हुए जेल के अनुभवी साथियों ने धनसिंह से कई बार शर्त बदकर कहा था—"यह हो ही नहीं सकता कि हवालात में औरत को पुलिस खराब न करे। माद······पुलिस वाले अपनी सगी माँ को नहीं छोड़ सकते।" साथी कैदियों ने धनसिंह से जिरह करके समझाया—"जिस समय औरत का ससुर रपट लिखाने आया, तुम लोग थाने में थे। पुलिस ने उसे क्यों टाल दिया? पुलिस ने तुम्हारे मंडी जाने का किस्सा क्यों गढ़ा? तुम्हारे और औरत के थाने में पहली दो रातें रहने की बात पुलिस क्यों गायब कर गई? पुलिस ने तुम्हारी गिरफ्तारी ससुर की रपट के बाद क्यों दिखाई इतना नहीं समझते?' और उन्होंने धनसिंह को यह भी समझा दिया, "बेटा अब जेल से छूटकर 'दुनिया में' जाओगे तो तुम्हारा 'नम्बर' साथ जायगा। पुलिस हमेशा तुम्हारी निगरानी रखेगी समझे! जहाँ तक बने शुरू में ही कन्नी काट जाना। नहीं तो बेटा, महीने भर में फिर यहीं आ जाओगे।"

सोमा के साथ पुलिस के दुर्व्यवहार की कल्पना से धनसिंह का खून खौल उठता था। सोमा ने मण्डी जाने की झूठी बात कह कर उसे जेल करवा दी थी। उसे सोमा पर भी बहुत क्रोध आता परन्तु अदालत में सोमा के रोने की याद से वह क्रोध टिक न पाता। अदालत ने सोमा को चौधरी निर्भयराम के सुपुर्द कर दिया था। धनसिंह ने सोचा, चौधरी के घर जाकर उसका पता लेगा। यदि पुलिस ने उसे खराब किया होगा तो वह जाकर उस थानेदार का कत्ल कर देगा अबकी बार कोई उसे पकड़ नहीं सकेगा। तब तो सोमा के कारण स्वयं थाने चला गया था। जेल के अनुभवी साथियों से उसने भागने, पुलिस से बचने के बीसियों उपाय सीख लिए थे। सबसे बड़ी बात उसने सीख ली थी, अपराधी से घृणा करने वाले, स्वयं अपराध करने वाले समाज की चिन्ता न करना।

धनसिंह जेल से छूटकर अपने निश्चय के अनुसार चौधरी निर्भयराम का पता लगाने के लिये जा रहा था। वह सतर्क था कि यथा-सम्भव कोई पूर्व परिचित उसे न देख पाये। बाजार में सहसा उसे अपने नाम की आवाज सुनाई दी। उसने घूमकर देखा कामरेड भूषण थे। परिचित को देखते ही धनसिंह का मन लानत-मलामत सुनने की आशंका से संकुचित हो गया परन्तु भूषण की मुद्रा में वह बात न थी।

भूषण ने धनसिंह के कन्धे पर हाथ रखकर कहा—"मैं तुम्हारी राह देख रहा था, कब आये? क्या मिलने-जुलने के लिए कम्पनी के दफ्तर जा रहे हो?"

धनसिंह जेल से निश्चय करके आया था कि अपने मन की बात किसी से नहीं कहेगा। उत्तर दिया—"नहीं ऐसे ही, अभी तो आया हूँ।"

"तो क्या काँगड़े जा रहे हो?" भूषण ने पूछा।

धनसिंह प्रश्न का अभिप्राय समझा। उसने टालने के लिए कहा—"देखिये, अभी क्या कहूँ?"

काँगड़ा में चौधरी जी के यहाँ जाना चाहते हो न?" भूषण ने पूछा और उसके उत्तर की प्रतीक्षा किये बिना ही बताया, "लड़की वहाँ नहीं है।"

धनसिंह के चेहरे पर निराशा दिखाई दी। भूषण ने उसके कंधे पर हाथ रख दिया—"आओ, कुछ खाओगे? चाय पी लो, फिर चलते हैं।"

धनसिंह को जेल के छः मास में मिठाई और फल खाने की इच्छा कई बार हुई थी इसलिये नहीं कि इन चीजों का उसे बहुत शौक था, केवल इसलिए कि यह चीजें वहाँ

देखने के लिए भी न मिलती थीं। उसने सोचा था, रिहाई के बाद ऐसी चीजें मन भरकर खायेगा परन्तु कामरेड ने कुछ खाने का अनुरोध किया तो धनसिंह को कुछ अच्छा न लग रहा था। वह सुनना चाहता था, सोमा कहाँ है। उसका क्या हुआ?

दुकान से बाहर आकर भूषण रहस्य के धीमे स्वर में बोला—"सुनो लड़की यहीं धर्मशाला में लाला ज्वालासहाय सरोला की कोठी में है। बहुत आराम से है। चलो मिला दूँ। अब तुम्हें खूब समझ-बूझ कर चलना है, समझे! जो हो गया, हो गया।"

धनसिंह सरोना साहब की कोठी पर जाकर सोमा से तीन-चार दिन मिला। यह मिलना कोठी के बरामदे में होता था जहाँ नौकर-चाकर या दूसरे व्यक्ति उन्हें दिखाई देते रहते थे। धनसिंह को सोमा और सोमा को धनसिंह कुछ बदले हुए से जान पड़ते थे। धनसिंह पथराया सा लगता था। चेहरे पर गुस्सा मालूम होता था। सोमा देखकर सहम जाती थी।

धनसिंह को भी सोमा बिलकुल बदली हुई लगी। उसमें शहरीपन सा आ गया था। चेहरे पर उदासी लिए उसका रंग पहले से अधिक साफ आँखें और अधिक गहरी हो गई थीं।

धनसिंह के मन में जो प्रश्न सबसे ऊपर उठ रहा था उसे दबाकर उसने पूछा—"कैसे रही, बड़ी तकलीफ हुई होगी?"

"जी तुम आ गये तो सब ठीक है। जेल में सिपाहियों ने और तो नहीं मारा?"

सोमा की आँखें भीग गईं।

"तुम्हें पुलिस वालों ने परेशान किया होगा?" धनसिंह ने गम्भीर स्वर में पूछा।

सोमा सिर झुकाये चुप रही।

धनसिंह के प्रश्न दोहराने पर उसकी आँखों में आँसू आ गये—"जी अब बीत गयी का क्या रोना। तुम्हारे साथ उन्होंने क्या नहीं किया! मैं तो रो-रोकर मर गयी। कहते थे कि चिमटा लाल करके तुम्हारा बदन नोच लेंगे। मैंने बहुत हाथ जोड़े, राक्षसों के पाँव पड़ी कि मुझे जो करना हो कर लें, तुम्हें न सतायें। तो अब उसका क्या रोना? तुम्हें जिंदा देख लिया, सब पा लिया।"

उस स्थान पर अधिक बात कर सकना सम्भव न था। धनसिंह का खून खौल रहा था परन्तु वह कुछ निश्चय भी न कर पा रहा था। वह सोमा के शब्दों के अनेक अर्थ लगाने का यत्न करता रहा। क्या पुलिस ने इसे भी मारा-पीटा है? या? वह सोचता कि बदमाश पुलिसवालों ने मुझे मारने की धमकी सोमा को क्यों दी होगी? क्या उसे डराकर बस में किया होगा? उन लोगों ने यह किया है तो मुझे इस औरत से क्या मतलब? वह सड़क पर घूमते हुए मन ही मन बैजनाथ जाकर थानेदार हरीराम, करीम और नफीस को कत्ल करके पंजाब भाग जाने की कल्पना करने लगा। उसे अपने जीवन का कोई और प्रयोजन दिखायी न देता था।

सोमा प्रायः चार मास लाला ज्वालासहाय सरोला की कोठी पर रह चुकी थी। धीरे-धीरे उसकी कहानी लालाजी तक भी पहुँच गयी थी। उन्हें विश्वास हो गया था कि लड़की बुरी नहीं है, बेचारी बद-किस्मत है। धनसिंह को वे भला और विश्वास योग्य मानने के लिए तैयार न थे। ऐसे आदमी के हाथ में अपनी दस-पन्द्रह हजार की गाड़ी

बल्कि अपनी जान सौंपना उन्हें बुद्धिमानी न जान पड़ती थी परन्तु मन्नो ने कहा कि मैं तो उसे कह चुकी हूँ।

लालाजी ने धनसिंह को खाली बैठे ही पन्द्रह दिन की तनख्वाह खामुखाह दी। फिर पन्द्रह दिन उससे इधर-उधर के काम कराते रहे परन्तु मनोरमा को जब भी अकेले या माँ जी के साथ नीचे बाजार तक भी जाना होता, वह धनसिंह को ही गाड़ी चलाने के लिए पुकार लेतीं।

कुछ ही दिन बाद मनोरमा पर धनसिंह और सोमा की जिम्मेदारी और भी गहरी आ पड़ी। पुलिस भूषण को युद्ध का विरोध करने के अपराध में दूसरे दो और कामरेडों के साथ गिरफ्तार करके लाहौर ले गयी थी। मनोरमा को भूषण की गिरफ्तारी से बहुत दुख हुआ परन्तु मुख से कुछ न कह सकती थी।

सरोला साहब की कोठी ऊँची जगह पर थी। वहाँ केवल एक ही गाड़ी के लिये गैराज था। शेष गाड़ियों और लारियों के लिये एक फर्लांग नीचे, कोतवाली बाजार के समीप गैराज थे। वहीं कुछ कोठरियाँ नौकरों के लिये भी थीं। मनोरमा ने एक कोठरी धनसिंह और सोमा को दिलवा दी।

धर्मशाला में अगस्त की झड़ियाँ लगी हुई थीं कोठरी में उन लोगों के सम्मिलित जीवन की पहली रात आयी। सोमा ने रसोई तैयार की। दोनों ने खायी। दोपहर से लगी बारिश बरसती जा रही थी। धनसिंह ने सोमा से फिर बैजनाथ के थाने में पुलिस से व्यवहार की बात पूछी। सोमा ने उत्तर दिया—"हाय जी, सब तो कह दिया। अब वही याद कराकर क्यों दुखी करते हो!"

धनसिंह बिगड़ उठा—"तू चालाक हो गयी है। बातें छिपाती है। बात छिपाये तो मेरा मरे का मुँह देखे!"

सोमा काँप उठी। रो-रोकर उसने कहा—"कहा तो मैंने, जब उन्होंने धमकाया कि नहीं मानोगी तो चिमटा लाल करके तुम्हारा बदन नोचेंगे तो मैंने कहा कि मेरा चाहे जो करें, तुम्हें न छुये। मुझे छुआ तो मैं रोने लगी। प्यास से मेरा गला सूख रहा था। एक आदमी लोटे में पानी लाया। कड़वा-कड़वा और शराब की जैसी बू। कहने लगे, यहाँ की बावड़ी में पत्ते सड़ गये हैं। पानी पिया तो सिर चकरा गया।.....जागी तो रोती रही।"

धनसिंह का सिर घूम गया। वह उठ खड़ा हुआ और लम्बी साँसें लेकर बोला..... "इसीलिये छिपा रही थी तू? मुझे अब तुझसे कोई मतलब नहीं। मैं उस थानेदार का कत्ल करके पानी पीऊँगा। अपना धर्म-ईमान तू जान!"

धनसिंह चलने लगा तो सोमा उसके पाँव से लिपट गयी। धनसिंह ने उसे डाँटा, गाली दी। सोमा ने पाँव न छोड़ा तो उसे पीटा और खूब पीटा। सोमा अपनी पूरी शक्ति से धनसिंह के पाँव पकड़े थी और कहे जा रह थी—"मुझसे मतलब नहीं है तो मुझे खत्म करके जाओ! जाना है तो पहले मेरा गला काट के जाओ!" धनसिंह ने विवश होकर सिर दीवार पर पटक लिया और स्वयं भी बहुत देर तक रोता रहा।

धनसिंह दीवार से पीठ टिकाये बैठा रहा और सोमा उसके पाँव की बेड़ियों के रूप में, पाँवों को जकड़े रही। पाँव जरा भी हिलते देखती तो पूरी शक्ति से पिंडलियों तक सीने से चिपटा कर जकड़ लेती। धनसिंह ने छूटने के लिये उसे घूसों से पीटा। चोटों से

सोमा के कन्धे और कमर दरद कर रहे थे। सोमा ने दरद की चिन्ता न की। इस संघर्ष में धनसिंह शिथिल हो गया। दीवार से सिर टिकाये सोचता रहा, इसका क्या करूँ? इसे किसके आसरे छोड़ जाऊँ? दुनिया तो जैसी है, इसे परेशान ही करेगी...... लालाजी क्या कहेंगे? भूषण जी क्या कहेंगे?

धनसिंह ने सोमा के हाथ अपने पाँवों से हटाते हुए आश्वासन दिया—"अच्छा कह दिया, नहीं जाऊँगा।"

सोमा ने आँसुओं से विरूप चेहरा और लाल आँखें धनसिंह के मुँह की ओर उठाकर पूछा—"जी मेरे सिर की कसम।"

धनसिंह ने हानी भरी।

सोमा ने फिर आग्रह किया—"जी अब मुझे छोड़कर जाना हो तो पहले मेरा गला काट देना नहीं तो नें रस्सी का फन्दा लगा लूँगी।"

× × ×

बारिशें बहुत अधिक हो रही थीं। लालाजी प्रायः बाहर न जाते थे। धनसिंह की ड्यूटी उनकी कार पर ही थी। लालाजी बहुत आवश्यकता से कहीं जाते भी तो बरसात के कारण रात में सफर न करते। रात बाहर ही रह जाते थे। ऐसी अवस्था में सोमा रात के समय कोठरी में अकेली आशंका से टहलती रहती।

धनसिंह लाल ज्वालासहाय सरोला के यहाँ अपना काम बहुत मुस्तैदी से कर रहा था। इधर-उधर कहीं न जाता। अपने घर पर रहने के लिये उसे काफी समय मिलता था परन्तु वह सोमा से बहुत कम बोलता। बोलता भी तो केवल काम की बात, दो टूक। न वह उसे छूता, सुख-दुख की बात करता था जैसे उससे परहेज सा कर रहा हो। सोमा ने इस व्यवहार की कोई शिकायत न की। कभी वह सोचती, इनका स्वभाव ही ऐसा होगा। परन्तु आदमी कभी तो हँसता है। उस दिन तो और तरह की बातें की थीं। यही, मन में दुख है। वह भी चुप और उदास सी बनी रहती। कभी यह ख्याल भी आता कि ससुराल से आ गयी पर क्या बना, दूसरे के सिर बोझ ही तो हूँ। बेचारा भला लोक है जो झेल रहा है। ऐसे विचारों से बचने के लिये वह दिन भर किसी न किसी काम में लगी रहती। खाली बैठने की आदत उसे यों भी न थी।

कभी बारिश न होने पर मनोरमा की माँ उसे काम-काज के लिये कोठी में बुला भेजती या अपने यहाँ से पुराने लिहाफों की रुई या ऊन उसके घर भिजवा देती। एक चर्खा भी उन्होंने उसके यहाँ भिजवा दिया था। धर्मशाला के चौमासे की अनवरत झड़ी लगी रहती और सोमा अपने घर के भीतर चर्खे की घूँ-घूँ से माँ जी के लिये सूत या ऊन कातती रहती या अपनी रसोई की तैयारी में लगी रहती। उसका जीवन धीरे-धीरे चलने वाले काठ के कोल्हू जैसा था।

लाला जी कुछ दिन के लिये लाहौर गये थे। धनसिंह को गाड़ी लेकर कहीं जाना न होता था। पानी भी जोर से पड़ रहा था। वह कोठरी में चारपाई पर लेटा बारिश की ओर दृष्टि लगाये जाने क्या सोच रहा था। सोमा खाट के सिरहाने की ओर बैठी किसी काम में लगी थी। धनसिंह को अपने सिरहाने सिसकी का शब्द सुनायी दिया। घूमकर उसने देखा, सोमा एक हाथ खाट की पटिया पर रखे, मुँह आँचल में छिपाये रो रही है।

"क्या बात है" धनसिंह ने पूछा।

"जी तुम बड़े उदास रहते हो। मेरा तो जो होना था हो गया। तुम अपनी घर वाली को ले आओ। तुम्हारा दिल लगेगा। तुम सुखी रहो। सबसे बोलते हो, मुझसे ही दुखी हो!" सोमा ने सिसक-सिसककर कहा।

"मैं तुझे क्या कहता हूँ?"

"तुम बड़े भले हो जी, दैव तुम्हारा भला करे। पहले तुम कितनी अच्छी तरह बोले थे। मेरा तो पहले भी क्या था? मैं तो राँड़ हूँ, पर तुम क्यों बिसूरते हो!" सोमा फूट-फूटकर रो दी।

धनसिंह के मुँह से निकला—"लोगों ने तेरे साथ बुरा किया, तेरा क्या कसूर है?"

धनसिंह मन ही मन लज्जित हो गया कि यह बात उसे क्यों न सूझी। उसने सोमा का हाथ पकड़ कर कहा—"पागल रोती क्यों है!" और उसे खींचकर खाट पर बैठा लिया।

सोमा और भी अधिक वेग से रोने लगी।

धनसिंह ने पुचकार कर विह्वल स्वर में कसम दी—"रोये तो मुझे खाये!" और बताया, "मेरा भी दुनिया में तेरे सिवा और कोई नहीं!" वह उसे पुचकारने लगा।

सोमा ने घबराकर टोका—"हाय, देखो तो किवाड़ खुले हैं।"

उस दिन दोनों में महीने भर से चली आयी दूरी मिट गयी। धनसिंह ने सोमा को अपनी खाट पर बैठाकर सलाह की—"सुन तो, आर्यों वाला ब्याह कर लें, चौधरी जी करा देंगे।"

सोमा लजा गयी—"मैं तो तुम्हारी ही हूँ, राँड़ों का कहीं ब्याह होता है?"

धनसिंह ने गम्भीर स्वर में आपत्ति की—"क्या कहती हो; क्या मैं मर गया हूँ? मैं मरूँ तो अपने को राँड़ कहना!"

सोमा ने उसके सिर की बला अपने ऊपर लेकर दैव को याद किया।

सितम्बर का महीना आ गया। धर्मशाला के चेहरे पर छाये रहने वाले मेघ टूट-टूट कर वायु में उड़ गये। शरत की ठण्डी हवा ने उन्हें जमा देने के लिये बर्फानी चोटियों की ओर फेंक दिया। धर्मशाला में धूप खिलखिलाने लगी। सोमा के दिल में भी धूप खिलखिला उठी थी। मनोरमा बीबी की कालेज की छुट्टियाँ समाप्त हो गई थीं और वह लाहौर चली गई थी। जाने से पहले उन्होंने सोमा को मिलने के लिये बुलाया था। धनसिंह ही उन्हें कार में पठानकोट ले गया था। यह विदाई सोमा को बहुत खली थी, जैसे माँ से बिछुड़ रही हो।

सोमा धर्मशाला आई थी तो दोपहर में या संध्या समय पड़ोस में या कभी कोठी पर गाना सुनाई देने लगता था। हर समय गाना सुनाकर उसे विस्मय होता था। उसे पता लग गया—फोनोग्राफ होता है। सोमा को गीतों के स्वर तो अच्छे लगते थे परन्तु गीतों के शब्द वह समझ न पाती। हाथ काम में उलझे रहने पर भी उन गानों को समझने का यत्न करती और कभी-कभी मनोरमा बीबी से सुने हुए या ग्रामोफोन से सुने हुए गीतों के पद गुनगुनाने लगती। एक रोज ऐसे ही कोठी से आया सूत अटेरते समय वह गाने लगी। सोमा ने आहट पाकर घूमकर देखा दो आदमी उसके दरवाजे के बाहर खड़े उसका गाना सुन रहे थे। वह लज्जा से मर गई। उसके मायके या ससुराल में कोई स्त्री खुले खेतों में

भी गाती रहती तो कोई ख्याल भी नहीं करता था। उस दिन उसने समझ लिया कि शहरों में गरीबों की भली स्त्रियाँ ऊँचे स्वर से नहीं गातीं।

सोमा के हाथ कभी ही खाली रहते होंगे। काम करते रहना उसका स्वभाव ही था। मायके और ससुराल में वह उपले थापने, धान कूटने, अनाज ढोने, पानी भरने, घर भर के बर्तन मलने, कपड़े धोने और जानवर चराने या खेती का काम करती थी। अब पानी, उसके घर पर नल से आ जाता था। आटा, धनसिंह पिसा-पिसाया बाजार से ला देता। खेती के नाम पर दो-चार पौधे घर के दरवाजे के सामने लगा दिये थे। केवल दो व्यक्तियों के चौके-बर्तन का काम संक्षिप्त सा था। सोमा धूप में बैठकर कोठी पर सीखी कुछ बुनाई, सिलाई करती रहती। पहले उसे चार-छः दिन के पहने कपड़े मैले नहीं मालूम होते थे। अब सरोला साहब के घर के प्रभाव से वह कपड़ों को चौथे-पाँचवें धो डालती। इसके अतिरिक्त उसने अपने शरीर को सँवारने का भी काम सीख लिया था।

मन्नो बीबी या दूसरी स्त्रियों को देखकर सोमा को भी इच्छा हुई थी कि अपने केशों को उन्हीं की तरह बाँधे परन्तु साहस न हुआ था। लजा गई थी; बड़े आदमियों की नकल छोटे आदमियों को शोभा नहीं देती। धनसिंह ने विलायती साबुन ला दिया था। पहाड़ की ठंडी खुश्क हवा से गाल फटने लगते तो चेहरे पर कुछ चिकनाई लगाना जरूरी हो जाता। ससुराल में वह सास की नजर बचाकर घी की हाँड़ी में से उँगली भर कर मुँह पर मल लेती थी। धनसिंह ने क्रीम और पाउडर ला दिये थे। दूसरे लोगों की ही भाँति धनसिंह को भी अपनी स्त्री को सजाने का शौक था। सोमा चिकनी, कोमल और लचीली होती जा रही थी। पास-पड़ोस के मर्द गुजरते समय उसकी ओर घूरते तो उसे आशंका अनुभव होती। उसने कोठरी के दरवाजे पर एक चिक लगवा ली थी। धूप में बैठना होता तो सड़क की ओर खाट खड़ी करके राह चलने वालों से आड़ कर लेती थी। भले घर की स्त्रियों की यही राह थी।

× × ×

पहाड़ों में गरमियों के आरम्भ में यातायात बहुत बढ़ जाता है। पंजाब से लोग आने लगते हैं और धर्मशाला की उजड़ी-उजड़ी औंघाती-सी बस्ती सजग होकर किलकिलाने लगती है। सन् १९४२ में युद्ध के कारण जिले में बहुत से कैम्प खुल गये थे। रंगरूटों या छुट्टी पर आये सिपाहियों के मारे सब ओर खाकी वर्दी पहने लोग दिखाई देते थे। इन सिपाहियों को जीवन में न आशा थी, न कोई जिम्मेदारी, न किसी का लिहाज-मुरव्वत। यह लोग मौत की परवाह न करने के ख्याल में उचित-अनुचित की परवाह भी छोड़ बैठे थे। इन लोगों की उच्छृङ्खलता से धर्मशाला में भले घर की स्त्रियों के लिये हाटबाजार में निकलना सम्भव नहीं रहा था। मेम और साहब लोग के दर्जे की स्त्रियों से यह सिपाही डरते थे। गरमी के आरम्भ में ही मनोरमा बीबी लाहौर से आ गई थीं। उनके साथ छोटी भाभी, भाभी के दो बच्चे और बैरिस्टर जगदीश सरोला भी आ गये थे। कोठी पर काम बहुत बढ़ गया था। धनसिंह को दिन भर बाहर रहना पड़ता और कभी-कभी रात में भी।

एक साँझ सोमा ने धनसिंह से कहा, "जाने कैसे-कैसे लोग आ गये हैं! रात को आकर दरवाजा खटखटाते हैं और बुरी-बुरी बातें कहते हैं। मुझे बहुत डर लगता है। तुम रात को बाहर न रहा करो।"

धनसिंह सोच में पड़ गया। विवशता से बोला—"पराई नौकरी में क्या बस! मैं शाम तक न आऊँ तो तू कोठरी में ताला लगा कर रात में कोठी पर चली जाया कर। दिन में भी बाहर मत बैठा कर। अपनी इज्जत अपने हाथ होती है। यह सिपाही और ट्रकों के ड्राइवर तो जानवर हैं और हजारों हैं; किस-किस से लड़ेंगे।"

बरस पूरा होकर फिर अगस्त की झड़ियों के दिन आ गये थे। धनसिंह ने सुबह नौ बजे आकर कहा—"मैं लालाजी को लेकर लाहौर जा रहा हूँ। रात को तो मैं लौट नहीं सकूँगा। तुम्हें ऊपर पहुँचा आऊँ?"

सोमा ने उत्तर दिया—"अभी चली जाऊँगी तो घर का सब काम रह जायगा। रात भी वहीं रहना होगा। कई दिन बाद धूप निकली है; कुछ कपड़े धो लूँ। मैं दोपहर बाद आप ही चली जाऊँगी।"

अपने घर का काम छोड़कर कोठी के काम में उलझी रहना सोमा को अच्छा न लगता था। अब कोठी पर काम भी बहुत बढ़ गया था। मन्नो बीबी और स्वयं लाला जी को छोड़कर कोई व्यक्ति ऐसा न था जिसका एक न एक काम सोमा को न करना पड़ता हो। वह लज्जा के मारे किसी से कह भी न सकती कि उसका अपना पाँव भारी हो रहा था। चौथा मास लग गया था। माँ जी बीनने-बटोरने के कामों को सफाई से कराने के लिए उसकी प्रतीक्षा करती रही थीं।

मनोरमा की छोटी भाभी बैरिस्टर जगदीश सहाय सरोला की पत्नी पूर्णरूप से बैरिस्टर साहब की प्रतिक्रिया थीं। शरीर से फैली हुई, गति में मन्द। उनके दोनों बच्चों, तारा और भूपी को केवल सोमा ही वश में कर सकती थी। इन बच्चों के लिये कोई न कोई कसीदा या बिनाई सोमा के हाथों में बनी रहती। सोमा कोठी पर रहती तो बच्चों को खिलाने-पिलाने और उनके कपड़े बदलवाने का काम भी उसे ही करना पड़ता था। शुरू में सोमा ने चाव और दुलार से अपना दिल बहलाने के लिए यह काम स्वयं ही कर लिया था, अब इस कारण उसे घर लौटने में बहुत देर हो जाती थी। और तो और, बैरिस्टर साहब का गुस्सा सम्भालने का काम भी सावित्री भाभी सोमा से लेने लगी थीं जैसे सोमा को अपने घर की कोई चिन्ता ही न थी।

बैरिस्टर साहब स्वभाव से कुछ तीखे ही थे। सफाई और कायदे की कुछ बातें विलायत से ऐसी सीख आये थे कि सावित्री भाभी निबाह न पाती थीं। उनका खास बहरा ऊधमसिंह छुट्टी पर था इसलिये उनकी चाय तथा कपड़ों की व्यवस्था में गड़बड़ी रहती और वे चिढ़ते रहते; कोठी के जाहिल नौकरों को बात-बात पर डाँटते रहते। सोमा एक तो उनकी नौकर न थी, दूसरे लेडी! उसका लजाना-सकुचाना और आँखें नीचे झुकाये सौम्य रूप उन्हें पसन्द था। उसके हाथों से हुए अल्हड़पन को भी वे मुस्करा कर सह जाते थे।

सावित्री भाभी और माँ जी को यह अच्छा उपाय बैरिस्टर साहब को वश में करने का मिल गया था। उन्होंने सोचा—जब तक वह मुँह लगा कमबख्त ऊधमा छुट्टी पर है, यही सही। सोमा दोपहर बाद कोठी पर होती या धनसिंह की गैरहाजिरी में रात कोठी पर बिताती तो बैरिस्टर साहब को शाम की चाय और सुबह की चाय (बेड-टी) सोमा को ही पहुँचानी पड़ती थी।

धनसिंह लाला जी को लेकर लाहौर जा रहा था। पठानकोट में मालूम हुआ कि पी० डब्ल्यू० डी० के चीफ इंजीनियर साहब वहीं आये हुए थे। लाला जी की उनसे मुलाकात हो गई और लाहौर जाना आवश्यक न रहा। वर्षा थमी हुई थी और समय भी था। लाला जी ने धनसिंह को धर्मशाला लौट चलने के लिए कहा।

धनसिंह गाड़ी लेकर धर्मशाला में कोठी पर पहुँचा तो संध्या के साढ़े आठ बज चुके थे। अँधेरा हो चुका था। कोठी के गैराज में दूसरी गाड़ी बन्द थी। लाला जी की गाड़ी को उसे नीचे के गैराज में छोड़ना था। उसने नौकर बदलू से सोमा को खबर भिजवाई। सोमा कहीं भीतर उलझी हुई थी।

धनसिंह को भूख सता रही थी। उसने सोचा, सोमा कब घर पहुँचेगी और खाना खायेगी। इससे अच्छा है, बाजार से खा ले और जाकर सो रहे। कोठी के चौकीदार से उसने सोमा को कहला दिया, देर हो गई है, कोठी पर ही रहे। सुबह आकर लिवा ले जायगा। वह गाड़ी लेकर बाजार की ओर उतर गया। बाजार में रामजी की दूकान पर, जहाँ दूसरे ड्राइवर खाना खाते थे, उसने खाना खाया और गाड़ी गैराज में बन्द करके अपनी कोठरी में खाट पर जा लेटा।

धनसिंह को थकावट से झपकी आ रही थी। उसे किवाड़ों पर कुछ आहट जान पड़ी। पहले तो उसने उपेक्षा की कि बाहर हवा होगी लेकिन मुँह से सीटी बजाने का शब्द और कुछ बात भी सुनाई दी। धनसिंह को सहसा याद आया, सोमा कहती थी कि रात में बदमाश लोग दरवाजा खटखटाते हैं। उसने सोचा आज सालों···को ठीक करूँगा!

सीटी और आहट फिर सुनाई दी।

धनसिंह आहट बचाकर खाट से उठा और उसने किवाड़ों की साँध में से कान लगाकर सुना। बाहर से कोई कह रहा था—"अरे बीबी जान, किवाड़ खोल दे। गरीबों से भी दो बातें कर ले। बड़े-बड़े आदमियों तक तेरी पहुँच है तो क्या हुआ? हम भी तेरे आशिक हैं। हमारे रुपये क्या खोटे हैं; क्या हमारे नोट में काँटे लगे हैं? यह ले दस रुपये!"

किवाड़ की संधि में से एक कागज खिसक कर आता दिखाई दिया।

धनसिंह समझ गया, उसे बाहर गया समझ कर बदमाश उसकी घरवाली को परेशान करने आये थे। आवाज़ उसे कुछ पहचानी सी लगी। उसने पहचाना, 'धौली-धार' कम्पनी के ड्राइवर शमशुल और जग्गी थे। उसका खून खौल उठा। मन में कहा—अच्छे मौके से आये तुम। आज बहन······को समझूँगा।

बाहर से सीटी और कुचेष्टापूर्ण संकेत सुनाई दे रहे थे और साथ ही शराब की उबकाई पैदा करने वाली तीखी गन्ध किवाड़ की संधि में से भीतर आ रही थी। धनसिंह ने कोने में रखा लोहा बँधा डंडा उठा लिया और झटके से किवाड़ों की साँकल खोल दी। बदमाशों के सँभल पाने से पहले ही वह दोनों हाथों में डंडा उठा कर दोनों पर टूट पड़ा।

एक दबी सी आवाज में 'हाय!' एक आदमी चक्कर खाकर गिर पड़ा, दूसरा भागा परन्तु लड़खड़ाकर गिर पड़ा। धनसिंह ने उसके भी सिर पर दो डंडे भरपूर जोर से मारे और लौटकर पहले गिर पड़े आदमी को भी तीन-चार चोटें और लगा दीं।

धनसिंह हाँफता हुआ अपनी खाट पर बैठ गया। पल भर बाद ही उसे ख्याल आया, कहीं ज्यादा चोट तो नहीं आ गयी! बहन····दरवाजे पर ही पड़े हैं। यह बुरा हुआ!

रात के सन्नाटे में ठंडी तेज हवा फरफराहट से बह रही थी। पड़ोस से कुत्तों के भोंकने की आवाजें आ रही थीं। आकाश पर कुछ बादल भी थे, चन्द्रमा नहीं था। बाज़ार की सड़क पर बिजलियाँ जल रही थीं। उनके कारण अन्धकार बहुत घना नहीं था। धनसिंह ने समीप गिरे आदमी के पास जाकर देखा, सिर से बहुत-सा खून बहकर आस-पास की ज़मीन अँधेरे में काली दिखायी दे रही थी। झुक कर देखा, जग्गी था। श्वास चलता नहीं जान पड़ा। धनसिंह घबरा गया। दूसरे आदमी के सिर के समीप की ज़मीन खून से काली हो रही थी।

धनसिंह के क्रोध का उफान गायब हो गया। क्रोध के स्थान पर दिल भय से डूबने लगा, अब क्या होगा? उसका विचार उन लोगों को मार डालने का नहीं था। मर गया, तो जैसे एक वैसे दो! गिरफ्तार, जेल, फाँसी! वह काँप उठा। मन को शांत करके सोचने का यत्न किया कि लाशों को उठाकर दूर खड्ड में फेंक आये लेकिन दोनों रास्तों पर बस्तियाँ पड़ती थीं, खून से तर ज़मीन का क्या करेगा? खोद डाले? इतने में कोई आता-जाता देख लेगा तो? इन लोगों की लाशें मिलेंगी, जाँच-पड़ताल होगी!

भाग जाने के अतिरिक्त और उपाय न था। धनसिंह का शरीर भय से काँपने लगा। लाठी, छुरे का भय नहीं, पुलिस और सरकार का भय था; जिससे कोई बचाव नहीं था।·····सोमा को खबर दे आये?·······घबरा जायगी। कोठी पर शोर मच जायेगा।····· जिन्दा रहेगा तो फिर आन मिलेगा। इस समय तो किसी तरह पुलिस से जान बचे। उसने कोठरी के भीतर जाकर सब रुपये ले लिये और आत्मरक्षा के लिए लोहा बँधा डंडा हाथ में ले लिया।

धनसिंह सड़क से बचता, पगडंडियों से उतरता काँगड़े की ओर चल दिया।

× × ×

सोमा को लाला जी के लौट आने की खबर उस समय मिली जब वह बदलू से चौका उठवा रही थी। सोचा, धनसिंह बाहर उसका इन्तजार कर रहा होगा। उसने और भी जल्दी की परन्तु शिथिल शरीर भाभी-बीबी जी ने उसे पुकार लिया—''बड़ी प्यारी बहन है सोमा, लाला जी आ गये हैं। तरकारियाँ तो हैं ही, दो फुलके उनके लिये तू अपने हाथ से उतार दे, इतने में बदलू लाला जी के लिए गरम पानी रख देगा।''

सोमा लाला जी के लिए फुलके सेंक कर निकली तो धनसिंह उसे सुबह ले जाने का सन्देश छोड़कर जा चुका था। सोमा को बहुत बुरा लगा—सुबह भूखे ही गये थे, अब आये हैं तो बाजार में खायेंगे। सचमुच अमीर आदमी दूसरों को कुछ नहीं समझते हैं। उसने सोचा कि बूढ़े माली को साथ लेकर चली जाये परन्तु संकोच में रह गई कि माँ जी और भाभी कहेंगी, बड़ी बेसब्री है। उन लोगों से वह घर की पुरखिनों की भाँति आदर और संकोच करती थी।

सोमा के लिए रात कोठी में ठहरने का मतलब था—सुबह बैरिस्टर साहब और मन्नो बीबी को 'बेड टी' उनके कमरों में देकर जाये। दोनों ही सुबह जल्दी, छः बजे उठ जाते थे। धनसिंह सुबह छः-साढ़े छः बजे से पहले क्यों आता इसलिये सोमा को उसमें कोई आपत्ति न थी। वह बहुत जल्दी उठती थी।

मनोरमा और बैरिस्टर दोनों चाहते थे कि चाय बिस्तर के पास रख कर उन्हें जगाया जाये। मनोरमा को तो सोमा पुकारे बिना, बाँह हिलाकर जगा देती थी। बैरिस्टर साहब के कमरे में जाते उसे संकोच होता था, पुकारती तो कैसे? वह प्याली में चम्मच खटका कर उन्हें जगा देती और उनके आँख खोलते ही भाग जाती। बैरिस्टर साहब की आँखें खोलते ही भोलेपन और संकोच की यह अदा रिझा देती। कह देते 'लवली'! उस दिन सोमा को भागते देखकर बैरिस्टर साहब ने कहा—"मिसेज सिंह, एक प्याला चाय बना जाओ।" स्वयं सिगरेट सुलगाने लगे।

सोमा मिसेज सिंह पुकारे जाने से शरमाती थी। मनोरमा भी इसे कभी-कभी मिसेज सिंह पुकार लेती थी परन्तु वह दूसरी बात थी। सोमा पलकें झुकाये चाय बनाने लगी। बैरिस्टर साहब को सन्तुष्ट कर लेना इस घर में विशेष सुघड़ता का प्रमाण समझा जाता था। सोमा इस सफलता में गर्व भी अनुभव करती थी। सोमा ने साँस रोके चाय का प्याला बना दिया और बाहर बरामदे में जाकर दम लिया।

सोमा ने नीचे बाजार से कोठी की ओर आती पगडंडी और सड़क पर दृष्टि दौड़ाई कि शायद लेने आते हों। सोचा, भाभी जी और बच्चों के उठने से पहले चली जाय तो अच्छा है नहीं तो कोई न कोई काम उसे उलझाने के लिए निकल आयगा। धनसिंह उन्हें दिखाई न दिया। अभी काफी सबेर भी थी। सूर्य पूर्व की ओर अभी उठा ही था।

सोमा सोच रही थी, जल्दी आ जाते तो अच्छा था। खाली हाथ क्या बैठती; वह मनोरमा के कमरे में जाकर उसका खाली पलँग सहेजने लगी। सूर्य चढ़ गया परन्तु धनसिंह नहीं आया। बरामदे में खड़ी होकर सड़क और पगडण्डी की ओर देखते रहना अच्छा नहीं मालूम होता था, कोई देखेगा तो क्या कहेगा? सोमा पल भीतर जाती और पल बरामदे में आती।

बड़ी चटकीली धूप निकल आई थी। आकाश रात भर साफ रहा था। वनस्पति पर गहरी ओस पड़ी थी। कोठी की छत से ओस की बूँदें टपक रही थीं। बरसात की धुली हुई गहरी हरियावल सुनहरी धूप में चमक रही थी। बादलों के टुकड़े बरसने का काम छोड़, ऊँचे उड़कर पहाड़ियों पर लोट-लोट कर खेल रहे थे। निम्न श्रेणी की स्त्रियाँ घड़े लिये घरों के समीप नलकों या बावड़ियों की ओर आती-जाती दिखाई दे रही थीं। भले घर की स्त्रियाँ बरसात की अप्राप्य धूप देखकर के सीले हुए सामान को धूप में छत पर रखने का आयोजन कर रही थीं। कोठियों में रहने वाली स्त्रियाँ गुदगुदे पलँगों पर अँगड़ाइयाँ लेकर नौकरों को पुकार रही थीं। सोमा का मन छटपटा रहा था, वह भी जाये और घर को सम्भाले पर धनसिंह आ नहीं रहा था।

बच्चे जाग उठे। भूपी अपनी चाबीदार मोटर हाथ में लेकर सोया था। वही मोटर लिये वह सोमा के घुटने से आ चिपका—"माछी (मौसी) इछे तला दो!"

सोमा ने उसे गोद में उठा लिया और सड़क और पगडण्डी की ओर देखती रही। उसका मन खिन्न होने लगा था। ध्यान उधर से हटाने के लिए वह भूपी के मुँह-हाथ धोने चली गई।

आठ बज गये। धनसिंह नहीं आया। भाभी ने सोमा को पुकारा—"जरा भूपी को दूध पिला दे और तो किसी की सुनता ही नहीं।"

सोमा सोच रही थी, क्या 'ये' सुबह ही कहीं ड्यूटी पर चले गये। उसे इस ज्यादती पर क्रोध आ रहा था। भूपी को दूध पिला देना सरल काम न था। वह एक घूँट पीता

और पूरी कोठी का चक्कर लगाता था। दूसरा घूँट पीता और मोटर में चाबी दिलवाकर उसे चलवा कर देखता था। नौ भी बज गये। सोमा खिन्न हो गई। उसने बदलू और माली से पुछवाया—रात कहीं सुबह ही ड्यूटी पर जाने के बारे में कुछ कह तो नहीं गये थे? अब वह चाह रही थी कि अकेले ही जाकर अपना घर झाड़े-बुहारे। मन की खिन्नता के कारण माँ जी या भाभी जी से कुछ पूछ न पाई। जाने से पहले दीपा का फ्राक बदल कर उसके सिर में कंघी करके फीता बाँध रही थी कि बदलू ने आकर घबराहट से कहा—''धनसिंह की लाड़ी (बहू), बाहर थाने के सिपाही आये हैं। दारोगा भी हैं। तुझे बुला रहे है।''

सोमा ने अवाक् फैली हुई आँखों से उसकी ओर देखा। मुख से 'क्या?' भी न निकला। हाथ से दीपा के सिर में बाँधने का फीता गिर गया। वह सुन्न रह गई।

पुलिस कोठी पर आकर सोमा को बुला रही थी। कोठी में हलचल मच गई। भाभी ने घबराकर सोमा से पूछा—''क्या हुआ? धनसिंह कहाँ है? क्या सुबह आया नहीं? क्या कहीं मोटर की टक्कर लग गई? किसी को चोट लगी है?……हाय, क्या बात है? पुलिस वाले क्या कहते हैं?''

माँ जी अपने हाथों दही से मक्खन निकाल रही थीं। सुना तो सने हुए हाथों से उठ आई। उन्होंने भी इस घटना का कारण पूछा और कह बैठीं—''भाई वह तो खतरनाक आदमी है। मैं तो पहले ही डरती थी। क्या कोई जेल-वेल की बात तो नहीं है? जाकर लाला जी को खबर दो या जगदीश (बैरिस्टर) से कहो।''

मनोरमा ने सोमा के कंधे पर हाथ रखकर पूछा—''बता तो सही, क्या बात है?''

सोमा रो पड़ी—''आप जानती हैं, मैं कल शाम से यहाँ ही हूँ। मुझे तो मालूम भी नहीं रात कब आये और क्या कह गये? सुबह से राह देख रही थी।''

मनोरमा ने चिन्ता से कहा—''तू यहीं बैठ, मैं भाई से कहती हूँ।''

बैरिस्टर साहब ने आकर सोमा को सलाह दी—''मिसेज सिंह पहले हम पुलिस से बात कर लें तभी तुम बयान देना। तुम पुलिस के साथ जाना नहीं। एक दफे पुलिस के हाथ पड़ जाओगी तो फिर निकलना कठिन हो जायगा।''

सोमा घुटनों में सिर दबाये बैठी रोती रही। पुलिस के हाथ पड़ने से तो वह प्राण दे देना अच्छा समझती थी।

बैरिस्टर सरोला ने दारोगा से बात की। दारोगा से मालमू हुआ कि धनसिंह की कोठरी के सामने एक लाश पाई गई है और दूसरा आदमी भी चिंताजनक हालत में घायल पाया गया है। दोनों के सिर फटे हुए हैं। धनसिंह की कोठरी का दरवाजा खुला था और वह लापता है। दारोगा तहकीकात के लिए सोमा को कोतवाली में ले जाना चाहता था।

बैरिस्टर सरोला ने दारोगा से दलील की; मिसेज सिंह कल शाम से इस कोठी पर हैं। रात धनसिंह जिस समय लाला जी को लेकर आया था जल्दी में यहाँ से चला गया था उसकी मुलाकात अपनी स्त्री से नहीं हुई थी। क्या कहा जा सकता है कि धनसिंह ने यह कत्ल किया है या हमला करने वालों में से दो चोट खाकर गिर गये और बाकी लोग धनसिंह को मारकर उसकी लाश उठा ले गये हैं! मिसेज सिंह इस बारे में क्या कह सकती हैं? बैरिस्टर ने कहा—''हम भी बैरिस्टर हैं। आप कानूनन तहकीकात कीजिये।

कानून की मदद करना हमारा फर्ज है लेकिन मिसेज धनसिंह को आप हिरासत में नहीं ले सकते। उससे तहकीकात कर सकते हैं। वह शरीफ औरत है। मिस्टर धनसिंह हमारे गैरेज का मैनेजर है। अगर आपको मिसेज धनसिंह के फरार हो जाने की आशंका है तो हम उन्हें गाड़ी में बैठाकर आपके साथ डिप्टी-कमिश्नर के बगले पर ले जाने के लिये तैयार हैं। वे कहें तो हम जमानत देने के लिये तैयार हैं। आप क्या जमानत चाहते हैं? आप जो सवाल मिसेज धनसिंह से पूछना चाहें हमारे सामने पूछ सकते हैं। जब उनकी हाजरी की जरूरत हो, हम जिस अदालत में या जिस मजिस्ट्रेट के सामने अदालत का हुक्म हो, उन्हें पेश कर देंगे।''

बैरिस्टर सरोला की सलाह से मनोरमा ने भीतर जाकर सोमा के हाथ-मुँह धुलाकर कंघी की और उसे अपने कपड़े पहनाकर उसे दारोगा के सामने ले आयी। उसके आने पर बैरिस्टर एक महिला के प्रति सम्मान के लिये कुर्सी से उठकर खड़ा हो गया। दारोगा को उसके साथ उठना पड़ा। बयान देने के लिये सोमा को कुर्सी पर बैठाया गया। उसके एक ओर मनोरमा बैठी और दूसरी ओर बैरिस्टर स्वयं बैठा था।

दारोगा बड़ी नम्रता से, मिसेज सिंह कहकर सोमा को सम्बोधन कर रहा था। दारोगा ने परेशानी पैदा करने वाली कोई बात नहीं की बल्कि सोमा के दुख से दुखी होकर, उसके पति मिस्टर धनसिंह को ढूँढ़ने और पूरी सहायता करने का आश्वासन दिया।

सोमा का केवल यह ही बयान था कि धनसिंह रात में बाहर रह जाता है तो उसे घर में अकेली होने के कारण डर लगता है। ऐसी अवस्था में वह रात में सदा ही कोठी पर आ जाती है। सब लोग गवाह थे कि ऐसा एक ही बार नहीं हुआ, सदा ही होता था। वह पिछली संध्या सूर्य छिप जाने से पहले ही कोठी पर आ गयी थी। इसके बाद उसे धनसिंह के बारे में पुलिस से ही सूचना मिली थी।

सोमा ने बैरिस्टर और मनोरमा की सहायता से जैसे-तैसे पुलिस के सामने बयान दे दिया परन्तु उसके होश-हवास ठीक नहीं रहे थे। उसके पेट में बहुत जोर का दरद उठ रहा था। वह समझ रही थी उसे कैसा दरद था; पर किससे कहती। वह माँ जी और भाभी से डरती और सकुचाती थी और मनोरमा क्वाँरी लड़की थी। उसे पिछले वर्ष जिस कमरे में मनोरमा ने टिका दिया था वहाँ अब दोनों बच्चे सोते थे। दरद के मारे उसके मुख से चीखें निकल जाना चाहती थीं। वह दुपट्टे का आँचल मुँह में दबाये कभी इस दीवार से पीठ सटा कर बैठती, कभी उस दीवार से। मनोरमा ने देखा तो उसे कंधे से सहारा देकर अपने कमरे में ले गयी। वह कुछ समझ नहीं पा रही थी। उसने माँ जी और भाभी को बुला लिया।

माँ जी और भाभी ने आपस में धीमे-धीमे से बात की और मनोरमा को कहा—''मन्नो तू दूसरे कमरे में चली जा या इसे दूसरे कमरे में पहुँचा दे।''

''इसे यहीं रहने दीजिये।'' मनोरमा स्वयं बाहर निकल गयी।

बैरिस्टर जगदीश ने मामला भाँप कर लाला जी के मुंशी को हुक्म दे दिया—तुरन्त लेडी डाक्टर को गाड़ी पर लिवा लाये।

संध्या होते-होते सोमा का चार मास का गर्भ गिर गया। वह मुँह छिपाये, हृदय और शरीर की वेदना से रो रही थी। मनोरमा बार-बार आकर उसके सिर पर हाथ रख कर सांत्वना देती। उसे बार-बार सोमा के पास देख कर भाभी ने दबे स्वर से डाँट

दिया—"कैसी लड़की है; तुझे कहा तो है कि तू रहने दे। यह तेरी समझ का काम नहीं है।"

मनोरमा कोठी के दूसरी ओर चली गयी, बरामदे में पड़ी हुई कपड़े की कुर्सी पर बैठ गयी। विवशता में दोनों हाथों का तकिया बना कर सिर के पीछे दबा लिया। आकाश साफ था, मनोरमा की स्थिर दृष्टि 'त्रियूड' की बर्फानी चोटियों पर थी। पहाड़ की श्वेत चोटियाँ सूर्यास्त की किरणों से गुलाबी हो रही थीं। वे चोटियाँ अप्रैल में, बर्फानी दीवार सी दिखायी देती थीं। बरसात में पहाड़ियों पर बहुत सी बरफ पिघल चुकी थी। फिर भी सूर्य की किरणों को प्रतिबिम्बित करने के लिये यथेष्ट हिम मौजूद था। बर्फानी चोटियाँ और उन पर मँडराते मेघों के टुकड़े गुलाबी हो रहे थे। मनोरमा सूर्यास्त की उस छटा को देखने के लिये बीसियों बार उस स्थान पर बैठ चुकी थी।

मनोरमा गत वर्ष, भूषण की गिरफ्तारी से पहले उसी स्थान पर बैठ कर अपने जीवन के भविष्य की बात सोचा करती थी। यहीं बैठकर उसने निश्चय किया था कि वह लेखक बनकर अपने जीवन को आत्मतुष्ट बना लेगी। वहाँ बैठकर ही उसने कल्पना की थी कि सूर्य और पृथ्वी के एक भाग का वियोग भी कितने सौन्दर्य की सृष्टि कर देता है। प्रेम के विश्वास में विरह का दुख हृदय के धन के रूप में सुरक्षित रखा जा सकता है। वह सोचती थी, बेचारी सोमा की कल्पना सीमित है। वह दुख के अन्तर्तम में निहित सुख को नहीं पहचानती। प्रत्येक संध्या नये सूर्योदय का आश्वासन लेकर आती है, यही तो जीवन है!

मनोरमा उस संध्या यहाँ बैठकर सोच रही थी—नारी के लिए प्रेम का परिणाम रक्त है! हृदय का रक्त अथवा शरीर का रक्त! पुरुष केवल ठोकर मारकर चला जाता है। भूषण भी, धनसिंह भी! निर्लिप्त होकर पश्चिम में जा छिपने वाला सूर्य भी! पृथ्वी अपनी मार्मिक व्यथा से अपना रक्त फैला रही है। यही नारी का भाग्य है और यही उसका गौरव भी है।

उस घटना के बाद मनोरमा और बैरिस्टर ने सोमा को कोठी से नहीं जाने दिया। सोमा स्वयं भी जाने के लिए इच्छुक न थी। पुलिस के दोनों रूप उसने देखे थे, बैजनाथ के थाने में जहाँ वह पलंग पर लेटे हुए दारोगा के सामने खड़ी काँप रही थी और कौतूहल के लिए उसके सिर का आँचल खींचकर, उसके चेहरे पर लालटेन का प्रकाश डाला जा सकता था; जहाँ उसके रोने और इनकार का कुछ अर्थ न था। उस थाने की कोठरियों में बिताई पाँच रातों की याद उसके जीवन की सबसे भयंकर स्मृति थी। सोमा उसे एक दुस्वप्न मानकर भुला देने की चेष्टा करती रहती थी।

पुलिस का दूसरा रूप—सोमा कुर्सी पर बैठी थी, दारोगा साहब सामने खड़े थे। ऐसे बात करते थे कि उसी के नौकर हों, और माफी माँग रहे हों। यह केवल मनोरमा और बैरिस्टर सरोला की कृपा थी, वर्ना वह स्वयं क्या थी! उसकी स्थिति तो ऐसी ही थी जैसे मिठाई खाने के बाद दोने को मरोड़कर फेंक दिया जाये! यदि उस रात वह कोठरी में ही होती और पुलिस उसे पकड़कर हवालात ले जाती तो उसका क्या होता? धनसिंह के बिना जीवन असम्भव था परन्तु धनसिंह के बिना हवालात के जीवन में और बैरिस्टर साहब या मनोरमा की छाया के जीवन में अन्तर था; सोमा यह अनुभव किये बिना न रही।

सोमा यह भी जानती थी कि उस सब झंझट से लालाजी और माँ जी खिन्न थे। उन्होंने कहा भी था, खामुखा, अफसरों से झंझट लेना ठीक नहीं। सोमा जवान औरत है। लोग हजारों किस्म की बात बनायेंगे लेकिन मनोरमा और बैरिस्टर लोगों की, विशेष कर अपनी स्थिति से नीचे के लोगों की बातों की परवाह ही क्या करते थे? नीची स्थिति के या मध्यम श्रेणी के लोग उनकी आलोचना भी क्या करते? निम्न श्रेणी के लोग अपनी स्थिति के लोगों की उच्छृङ्खलता और अनाचार को नहीं सह सकते। बड़े लोगों के लिए वे दूसरे ही नियम और आदर्श समझते हैं। राह में कोई किसी पर मुट्ठी भर धूल फेंक दे तो उसे नहीं सहा जा सकता लेकिन आँधी से सेरों धूल हमारे सिर और आँखों में आ पड़े तो केवल अपने भाग्य को दोष देकर रह जाते हैं, आँधी का विरोध नहीं करते।

सोमा बहुत उदास रहती थी और सोचती थी कि वह बिना किसी अधिकार के उन लोगों की दया पर पड़ी थी। उस दया का अधिकार पाने के लिए और अपना दुख भुलाये रहने के लिए वह प्रति क्षण किसी न किसी काम में लगी रहती थी। भाभी भी उसके गुण की प्रशंसा किये बिना न रह सकतीं। भाभी के लिए तो सोमा मानो भगवान की कृपा थी। मनोरमा इस बात पर बिगड़ती रहती थी। उसने कई बार सोमा को बर्तन मलते समय बाँह से पकड़ कर उठा लिया और हाथ से बाल्टी और मैले कपड़े छीनकर पटक दिये। उसके मैले कपड़े जबरदस्ती उतरवा कर पहनने के लिये अपने कपड़े दिये और कहा; तुम नौकर नहीं हमारी मेहमान हो।

सोमा के आँखों में आँसू आ जाते। मेहमान कोई कितने दिन तक रहता है? और फिर मेहमानदारी बराबरी के लोगों में ही होती है।

मनोरमा सोमा का जी बहला रखने के लिए प्रायः उसे अकेले न बैठने देती, अपने पास बैठा लेती। उससे पढ़ने के लिए आग्रह करती। मनोरमा के जीवन और समस्याओं से सम्बन्ध रखने वाली बातों को समझ पाना सोमा के लिए सम्भव न था। मनोरमा ऐसे बात करने की चेष्टा करती कि सोमा समझकर उसमें मन लगा सके। कभी मनोरमा घूमने के लिये साथ चलने के लिये कहती। सोमा की अपनी कोई इच्छा या राय न थी। वह कातर दृष्टि से मनोरमा की ओर देखकर कह देती, जैसा आप कहें। मनोरमा प्रत्येक बात में सोमा की स्वीकृति से, किसी भी बात में उसके आपत्ति या एतराज न करने से खिन्न हो जाती।

सोमा पहले भी मनोरमा का आदर करती थी लेकिन तब यदि मनोरमा उसे सैर के लिए साथ चलने के लिए कहती तो सोमा को लज्जा और हँसी आ जाती थी। गरीब, छोटे आदमी कब सैर करते हैं? उसने कभी सैर न की थी, न किसी को करते देखा था। दिल बहलाना भी एक काम होता है, यह उसे मालूम न था। उसने शादी-ब्याह में स्त्रियों को गीत गाते देखा था, स्वयं भी गीत गाये थे परन्तु वह तो बहुत जरूरी काम था। विशेष अवसरों पर दूसरे काम छोड़कर भी गीत गाने का काम करना पड़ता था।

मनोरमा को सोमा का रूप और छवि बहुत भाती थी। एक दिन उसका छरहरा बदन देखकर बैरिस्टर के सुझाव से मनोरमा ने अपनी तरह साड़ी पहनने के लिए कहा था। सोमा लाज से मर गयी, हाय! उसका चेहरा लज्जा से सुर्ख हो गया, यह भी कोई पहरावा है कि नीचे से बिलकुल खुला!.........मर जाये तब भी नहीं पहन सकती।

सोमा यह भी नहीं सोच सकती थी कि मनोरमा निर्लज्ज थी। वह मानती थी कि बड़े लोगों की बात दूसरी थी लेकिन धनसिंह की फरारी के दिन पुलिस के सामने जाने के

लिए उसे मनोरमा ने साड़ी पहना दी तो उसने कुछ भी एतराज न किया था। अब उसे न तो लाज और संकोच की फुर्सत थी और न अपने मन से अच्छा-बुरा या उचित समझने की। उसे जो कुछ कहा जाता, निबाह देती थी। यही बात मनोरमा को दुखी कर देती थी और वह सोमा पर झल्ला उठती। सोमा कृतज्ञता में आँखें पोंछ लेती।

बैरिस्टर सरोला भी सोमा को सांत्वना देते रहते—"मिसेज सिंह, घबराओ नहीं, मालूम होता है, कोई झगड़ा हो गया होगा। धनसिंह ने इरादे से तो कत्ल किया नहीं होगा। कुछ दिनों में मामला दब जायेगा। धनसिंह लौट आयेगा, तब तक तुम यहाँ अपना ही घर समझो।"

अक्टूबर के सुनहले दिन धर्मशाला में फिर आ गये; नीला आकाश, जगह-जगह फूल, वायु में एक प्राण-पोषक स्फूर्ति। अदालतें छुट्टियों के बाद खुल गयी थीं। उन लोगों के लाहौर चले जाने की बात उठती रहती थी परन्तु पहाड़ में स्वास्थ्य के लिए यही ऋतु विशेष लाभकारी समझी जाती है इसलिये पहाड़ से लौटने की बात परसों-नरसों पर टलती जा रही थी। बैरिस्टर ने मनोरमा को समझाया कि उन लोगों के चले जाने के बाद माँ जी और लाला जी का क्या पता; सोमा को रखें या जंजाल समझ कर उसे अपना प्रबन्ध कर लेने के लिए कह दें? मनोरमा ने कहा, नहीं हम उसे साथ लाहौर ले जायेंगे।

मनोरमा की भाभी शरीर से भारी और शिथिल होने के कारण सोमा के परिश्रमी स्वभाव और उसकी निर्दोष गरीबी के प्रति बहुत अनुरक्त हो गयी थीं। उनके लिए दोनों बच्चों को संभालना और इतनी बड़ी जंजालपूर्ण गृहस्थी की देख-रेख करना सम्भव न था। सोमा को वे देख और समझ चुकी थीं। उन्होंने अपने ढीले शरीर पर छोटी सी गर्दन से जुड़े भारी चेहरे को हिलाकर कहा—"हाय, उसके बिना बच्चे कैसे रहेंगे। सदा उसी को याद करते रहेंगे! मैं अकेली क्या-क्या देखूँगी? सोमा तो हमारे साथ जायेगी ही। यहाँ उसे क्या करना है?"

परायी लड़की की बला अपने सिर सहेज लेना माँ जी और लाला जी को बुद्धिमानी न जान पड़ी परन्तु जब सारा घर सोमा को लाहौर ले जाने के लिए आतुर हो उठा तो उन्होंने भी कहा, हम क्या कहें; तुम सभी लोग समझदार हो। सोच-समझकर जैसा उचित समझो करो।

सोमा से किसी ने राय नहीं ली। दबे-दबे बात कई बार उठती रही कि सोमा भी मन्नो, भाभी जी और बच्चों के साथ लाहौर जायेगी।

पहाड़ में अब सोमा का कोई अपना न रह गया था। पहाड़ से वह केवल दुखद स्मृतियाँ साथ लेकर जा रही थी, फिर भी अपना देश छोड़ते समय, ज्यो-ज्यों मोटर पहाड़ से नीचे उतरती जा रही थी, सोमा का मन डूबा जा रहा था। वह सबकी आँख बचाकर खूब रोई।

सोमा अपना देश छोड़कर जा रही थी। उसका संसार बदल रहा था। देश से एक बार पाँव उखड़ जाने पर, जाने फिर कहाँ जाकर पाँव टिक पायेंगे। परन्तु वह करती क्या? संसार के आतंक के आतप से वह मन्नो बीबी और बैरिस्टर साहब की छाया में ही शरण पा रही थी। समय के परिवर्तन से उस छाया का स्थान बदल जाने पर, उसके साथ सोमा का स्थान भी बदलना अनिवार्य था।

●

जेल से बच कर जेल में

समुद्र तल से सात हजार फुट ऊँची, बादलों से छिपी रहने वाली धर्मशाला की बस्ती से धनसिंह अँधेरी रात में पगडंडियों की राह ऐसी तेजी से उतरता चला जा रहा था जैसे पहाड़ की ढलवान् से उखड़कर लुढ़कता जाने वाला पत्थर नीचे चला जाता है; जिसे राह देखने, पहचानने की कोई आवश्यकता न हो। धनसिंह आन्तरिक प्रेरणा से, स्वयं ही निश्चित राह से निश्चित स्थान की ओर चला जा रहा था। राह में उसने दो-तीन बार खड़े होकर पीछे घूमकर देखा। पीछे कोई नहीं आ रहा था लेकिन इस सांत्वना से उसकी गति में अन्तर नहीं आया। जिस शत्रु से वह भाग रहा था, उसकी पहुँच और शक्ति की सीमा न थी। सरकार और पुलिस पाँच क्या पचास मील दूर तक अपनी बाँह फैलाकर उसकी गर्दन दबोच ले सकती थी। प्रति क्षण उसे जान पड़ रहा था, सरकार और पुलिस की शक्ति का अदृश्य हाथ उसकी गर्दन को छूना ही चाहता है। वह और भी वेग से भागता जा रहा था।

धनसिंह अपने और अपनी स्त्री के सम्मान पर चोट से बौखला उठा था। उसने अपने सम्मान की रक्षा के लिये, अपने अपमान का बदला लेने के लिये भय की परवाह न की थी। शमशुल और जग्गी दो थे, वह अकेला था। उनके पास छुरे हो सकते थे लेकिन वह डरा नहीं था। अब उनके मर जाने पर वह उनसे डर रहा था। अब सरकार उनकी ओर थी। सड़क से जाना सुविधाजनक अवश्य होता परन्तु उससे राह ड्योढ़ी-दुगुनी हो जाती।

धनसिंह काँगड़ा की बस्ती से बचकर निकल गया। जगह-जगह उसकी गन्ध या आहट पाकर कुत्ते भौंकने लगते थे। वह बस्तियों से दूर रहता। धनसिंह को उस समय जंगल के रीछों, बाघों और भेड़ियों से भय न था। उसे भय था आदमी से परन्तु जंगलों और खोहों में छिपे रहकर उसका निर्वाह कैसे हो सकता था? वह मनुष्य था। उसे अपने प्रत्येक काम के लिये मनुष्यों की आवश्यकता थी।

अगस्त मास था पर धनसिंह के सौभाग्य से उस रात वर्षा नहीं थी। आकाश में तारे खिल रहे थे। कभी-कभी हल्के बादल तारों को पल भर ओट में करके चले जाते थे। हवा में नमी और ठंडक थी परन्तु धनसिंह तेज चल रहा था। उसके शरीर से पसीना बह रहा था। प्यास के कारण वह दो बार कल-कल करते पहाड़ी सोतों के किनारे रुका और पानी पी कर फिर चल दिया। ऊँचे पहाड़, फिर नीचे पहाड़, पहाड़ियाँ वह उतरता चला जा रहा था। हवा में ठंडक कम होती जा रही थी।

धनसिंह को पहाड़ों में छिपकर प्राण बचा सकने की कोई सम्भावना न जान पड़ती थी। जगह-जगह गिने-चुने आदमी और परिवार। वह लोग दस-बारह कोस के पड़ोस में प्रत्येक व्यक्ति को उसके परिवार और काम को जानते थे। किसी भी नये व्यक्ति को

देखते ही वे चौंकते थे, यह कौन है, यहाँ क्यों आया है? धनसिंह को इस प्रश्न से भय था। ड्राइवरी के लाइसेंस के रूप में धनसिंह का नाम-धाम और हुलिया, उसके फोटो सहित उसकी जेब में मौजूद था। एक जगह सिगरेट जलाते समय उसने अपनी पहचान को जला दिया। अपने परिचय का अस्तित्व मिटा देना आवश्यक था।

सूर्योदय के समय धनसिंह बरसात के कारण खूब भरी हुई और शरबती हो गयी व्यास नदी की धार के किनारे चट्टान पर खड़ा था। दूसरी ओर सामने देहरा-गोपीपुर का कस्बा और थाना था। धनसिंह थाने की ओर न जाकर होशियारपुर जाने वाली सड़क पर चलता गया। बरसात के मौसम में इन सड़कों पर मोटरों का आना-जाना स्थगित हो जाता। पहाड़ प्रायः रेतीले हैं। नदी-नालों पर पुल नहीं है। धनसिंह चलता ही गया। उसके घुटने और पाँव थककर जड़ हो गये थे परन्तु वह चलता ही जा रहा था। सड़क पर जगह-जगह खच्चरों पर माल ढोने वाले या छोटी-मोटी गठरी उठाये मुसाफिर मिल जाते थे। कुछ यात्री अपने मुकदमों की पेशी के लिये इस या उस तहसील में जा रहे थे। मुकदमों के कागज टीन की ढक्कनदार नाली में सुरक्षित इनके हाथ या बगल में थमे थे। कागजों को वे स्वयं पढ़ या समझ नहीं सकते थे। इन कागजों में उनके भाग्य की समस्यायें थीं परन्तु उसे इन लोगों के वकील, अदालत या पुलिस ही पढ़ सकते थे। यह लोग उस निर्णय के सम्मुख विवश थे।

कुछ मुसाफिर लम्बे, तगड़े जवान थे। वे खूब सँवार कर ऐंठी हुई नोकीली पगड़ी बाँधे थे। यह अंग्रेजी फौज के डोंगरे सिपाही थे, कुछ अवकाश पर घर आ रहे थे, कुछ अवकाश से लौट रहे थे। छुट्टी पर आने वालों के चेहरे प्रसन्न और लौटने वालों के उदास दिखायी पड़ते थे। युद्ध चल रहा था। घर से जाते समय सिपाहियों के मन में आशंका रहती थी, लौट कर आ सकेंगे या नहीं! यह लोग सड़क के किनारे ऊँची उठी हुई मक्का और धान की फसलों को ममताभरी उदास आँखों से देखते जाते थे। वे अपने खेतों में ऐसी ही फसलें खड़ी छोड़ कर जा रहे थे। छुट्टी के समय में उन्होंने अपने खेत जोत कर फसल बो दी थी। उनके चले जाने पर घर के लोग फसल काटेंगे। फसल बोते समय उनके शरीर मिट्टी, कीचड़ और खाद से लथपथ हो जाते थे।

सिपाही छावनी में जाकर बूट और वर्दी पहनेंगे, मोटर पर सवार होकर बन्दूक और मशीनगन चलायेंगे लेकिन मिट्टी और फसल का मोह और मैल-पसीने, घी-दूध से गंधाते बीवी-बच्चों का मोह उनके कदमों को शिथिल कर रहा था। उनके गाँव में दीन जीवन था, सेना में रोबदार मौत का भय था। उस भय के बावजूद वे लोग छावनी में लौटने के लिये विवश थे। घर में जीवन रक्षा के लिये मौत की नौकरी आवश्यक थी। उन्हें रुपया चाहिये था जो उनके खेतों की जमीनें नहीं दे सकती थीं, सेना की नौकरी देती थी घर आकर भी वे लोग सरकार के आतंक से घर से लौट रहे थे। सरकार का आतंक कितना कड़ा और कठोर था। धनसिंह भी इसी आतंक से भागा जा रहा था।

धनसिंह लगातार बीस घण्टे तक छियासठ मील चल कर दूर होशियारपुर में पहुँच गया। थकावट से उसके शरीर का पुर्जा-पुर्जा बिखरा जा रहा था। इच्छा हो रही थी, कहीं लेट जाये। उस शहर से वह परिचित था। उस लाइन पर कुछ मास मोटर चला चुका था। मोटर के अड्डे पर कोई परिचित मिल सकता था इसलिए उधर नहीं गया। मन को वश में करके उसने कुछ खाना खाया। लेटने के लिए धर्मशाला में पहुँचा। चार पैसे में

चारपाई किराये पर लेकर लेट गया। पहाड़ों के नीचे आकर धनसिंह का शरीर गरमी से पसीज रहा था। श्रम करने पर जैसे पसीना बह कर शरीर हल्का हो जाता है, वैसे नहीं। शरीर पर तेल-सा फैल गया था। आस-पास मुसाफिर प्रायः उघाड़े बदन खाटों पर लेटे थे और पंखी या अँगोछा हिला कर गरमी और मच्छरों से बचने का यत्न कर रहे थे। स्त्रियाँ इस गरमी में भी ढकी हुईं और कपड़ा ओढ़े लेटी हुई थीं।

धनसिंह को गरमी से दम घुटता जान पड़ रहा था। उसका सिर घूम रहा था। थकावट की पिड़ान से उसे नींद नहीं आ रही थी। उसका सिर घूम रहा था—कल उसी समय, उसने उन दोनों बदमाशों को मार गिराया था। पुलिस उसे धर्मशाला, काँगड़ा, पठानकोट या हमीरपुर में ढूँढ़ रही होगी। वह बच कर निकल गया था। अगर पकड़ा जाता तो इस समय हवालात में बन्द होता। उसे बैजनाथ में लगभग इसी समय पकड़े और ले जाकर थाने में बन्द कर दिये जाने की बात याद आ गयी। वहाँ उस पर पड़ी मार की अपेक्षा सोमा के साथ हुआ दुर्व्यवहार ही उसे अधिक याद आया। वह सोच रहा था, यदि अब वह थानेदार मिल जाय तो एक बार उस जुल्म का बदला उससे अच्छी तरह ले ले। उस बहन······ ···ने मुझे आदमी नहीं समझा था।

धनसिंह को सोमा की याद आयी, अगर वह पुलिस के हाथों में पड़ गयी तो क्या होगा? उसने भाग कर अपनी जान बचा ली तो क्या फायदा? इससे तो कहीं अच्छा होता कि सोमा को अपनी आड़ में लेकर पुलिस से लड़ता हुआ मर जाता। बैजनाथ के थानेदार की वीभत्स मूर्ति उसे बार-बार याद आ रही थी। वह थानेदार पहाड़ी देश को गालियाँ दे रहा था। यह है उस थानेदार का देश! जहाँ दम घुटा जा रहा है! धनसिंह का मन चाहा, उड़ कर फिर धर्मशाला की ठण्डक में पहुँच जाये। वहाँ आदमी साँस तो ले सकता है।

एक आदमी की आवाज कुछ देर से उसके कानों में आ रही थी। आदमी अब और ऊँचा बोल रहा था। धनसिंह करवट लेकर उसकी बात सुनने लगा। वह आदमी फौज और लड़ाई की बात सुना रहा था—सेना में सुख की बातें। पूरी वर्दी और बूट मुफ्त में मिलते हैं, खाने के लिये गोश्त-दूध और मेवे मिलते हैं, सारी तनख्वाह जेब में। वहाँ खूबसूरत औरतें हैं, खूब आकर बात करती हैं।

एक अधेड़ उम्र आदमी उससे उलझने लगा—''तूने लाम देखा है कभी? तू रंगरूट भरती कराकर कमीशन खाता है। हमने 'फ्रांस' और 'मसोपोटामा' की लाम देखी है, तीन-तीन दिन पानी नहीं मिला। खच्चर मार-मार कर खाये······!''

आस-पास बैठे लोग इन दोनों के झगड़े पर हँस रहे थे।

सराय के फाटक से चार आदमी भीतर आ गये। दो के हाथ में लालटेन थीं, एक बिजली की बत्ती लिए था। एक के हाथ में रजिस्टर था। वे लोग घूम-घूमकर मुसाफिरों को देख रहे थे और उनके नाम पूछ-पूछकर रजिस्टर में दर्ज करते जा रहे थे।

सेना के सुखों की कहानी सुनने वाले आदमी ने इन लोगों के पास जाकर फर्याद की—''हवलदार साहब यह देखिये, यह बागी आदमी है। लोगों को फौज में भर्ती होने से बरगलाता है।''

धनसिंह ने पहचाना, यह लोग मामूली कपड़े पहने पुलिस के आदमी थे। क्या उसी की तलाश में आये थे? उसका दिल धक-धक करने लगा।

पुलिस के आदमियों ने धनसिंह की ओर ध्यान नहीं दिया। वे फौज में भर्ती होने से लोगों को बहकाने वाले आदमी से उलझे हुए थे। अधेड़ आदमी अपनी सफाई दे रहा था कि वह ३६ नं० डोगरा रैफल में सिपाही है। उसने अपने कागज दिखा दिये। पुलिस वालों ने उसे बग़ावत फैलाने के अपराध में साथ चलने के लिये कहा।

धनसिंह प्रत्यक्ष में उपेक्षा से लेटा हुआ पुलिस वालों की बातें ध्यान से सुन रहा था। उसने समझ लिया कि वे लोग सेना से भागे हुए सिपाहियों और सियासी (राजनैतिक) बदमाशों की तलाश कर रहे थे।

धनसिंह सुबह नींद से उठा तो उसके शरीर के सब जोड़ दर्द कर रहे थे। वह बाजार में घूमने चला गया। पुलिस को देखकर उसका मन घबराने लगता था। पुलिस की वर्दी यहाँ भी वैसी ही थी जैसी कि धर्मशाला और काँगड़े में थी।

धनसिंह सोच रहा था, उसे कोई काम तो करना होगा। उसे एक काम आता था, मोटर चलाना। होशियारपुर में उसे पहचानने वाले मिल सकते थे। उसका जिला यहाँ से था ही कितनी दूर, मोटर पर कुछ घंटे का रास्ता। उसने निश्चय किया, कहीं दूर चला जाये तभी निश्चिन्त हो सकेगा। वह सोचता-सोचता स्टेशन की ओर चला जा रहा था। कहाँ जाये; लाहौर, अमृतसर? अमृतसर और लाहौर तक वह ज्वालासहाय की मोटरें ले जा चुका था। उसके लिए सबसे सुरक्षित स्थान वही था जहाँ वह कभी न गया था।

बीस घण्टे लगातार पैदल चलने के बाद गाड़ी में बैठे-बैठे सफर करना धनसिंह को सबसे बड़ा सुख जान पड़ा। पहली सांत्वना उसे यही थी कि वह आशंका से दूर चला जा रहा था। सोमा की चिन्ता थी, उसका क्या होगा? विश्वास था, लालाजी और खासकर मनोरमा बीबी अवश्य उसकी सहायता करेंगे। मन्नो बीबी ने पहले भी उसकी सहायता की थी। वह क्या कर सकता था! उस डिब्बे में एक स्त्री अपने मर्द के समीप बैठी थी। लोगों के सामने संकोच के कारण दोनों आपस में बातचीत नहीं कर रहे थे और करते भी थे तो बहुत धीमे से। धनसिंह सोच रहा था, यदि वह सोमा को ले आता तो ऐसे ही साथ ले जाता परन्तु उसे कहाँ ले जाता? स्वयं तो वह सराय में ही निर्वाह कर लेगा लेकिन सोमा को देखकर पुलिस वाले कदम-कदम पर टोकते।

गाड़ी में बैठे लोगों में दो व्यक्ति खद्दर के कपड़े पहने थे और अखबार पढ़ रहे थे। उन्होंने आपस में बातचीत शुरू की, अंग्रेज लड़ाई में हार रहे हैं। जापानी बढ़े आ रहे हैं इसलिये अंग्रेज सरकार ने घबराकर कांग्रेस के लीडरों को पकड़कर जेल में डाल दिया है परन्तु अंग्रेजों को निकाल देने का आन्दोलन रुक नहीं सकेगा।

धनसिंह धर्मशाला में भी युद्ध में अंग्रेजों के हारने की खबरें सुना करता था। सभी लोग चाहते थे, अंग्रेज हार जायें। लालाजी सरकार से लाखों रुपया कमा रहे थे लेकिन उनके घर में भी अंग्रेजों की हार से सब लोग प्रसन्न थे। अंग्रेजी सरकार और पुलिस के अत्याचार से सभी लोग दुखी थे। स्वयं अंग्रेजों का सामना कर सकने का सामर्थ्य न होने के कारण सब यही चाहते थे कि जर्मनी और जापान अंग्रेजों को मार कर हिन्दुस्तान को स्वतन्त्र करा दें। दूसरी ओर लाखों लोग अंग्रेजों की नौकरी करके उनका काम और सहायता भी कर रहे थे। यह लोग ऐसा न करते तो निर्वाह कैसे करते?

कामरेड भूषण ड्राइवरों को चुपके-चुपके समझाया करता था कि जालिम अंग्रेज सरकार की नौकरी करना अपने पाँव पर कुल्हाड़ी मारना है जैसे पेड़ की लकड़ी लकड़हारे

की कुल्हाड़ी में दस्ता बनकर स्वयं पेड़ों को कटवा देती है। धनसिंह केवल एक बात जानता था, अंग्रेज सरकार और पुलिस जालिम थी। सबसे ज्यादा जालिम पुलिस, और पुलिस ही सरकार थी।

जालन्धर पहुँच कर धनसिंह को लाहौर से देहली जाने वाली गाड़ी में बैठना पड़ा। गाड़ी में भीड़ बहुत थी। अधिकांश गाड़ियों में खाकी वर्दी पहने सिपाही बैठे थे। उन गाड़ियों में घुसने का साहस दूसरे लोग न करते थे सिपाही जहाँ चाहते, घुस आते। साधारण मुसाफिरों ने ठसाठस भरी गाड़ियों में जगह न थी, फिर भी लोग उन्हीं में घुसना चाहते थे। पहले से बैठे लोगों और नये आये लोगों में झगड़ा होता लेकिन यदि सिपाही उन गाड़ियों में भी बैठने के लिये आ जाते तो उन्हें कोई न रोकता। धनसिंह बड़ी कठिनाई से एक गाड़ी में घुस पाया। वह मन ही मन खिन्न था, लोग सिपाहियों से इतना डरते क्यों हैं? डरें कैसे न, वे सरकारी आदमी हैं।

गाड़ी चलने पर सब लोग जैसी जगह मिल गयी, सन्तुष्ट होकर आपस का झगड़ा भूल कर बातें करने लगे। बात लड़ाई के ही बारे में थी। लोग अखबारों में पढ़ी बातों पर कल्पना का रंग चढ़ा कर सुना रहे थे, बर्मा में अंग्रेज हार गये हैं।······कलकत्ते में जापानी बम पड़े हैं।······कांग्रेस के नेताओं की गिरफ्तारी के विरोध में जगह-जगह बलवे हो जाने की खबरें। धनसिंह चुप बैठा था परन्तु इन बातों में उसे आशा की किरणें दिखायी दे रही थीं। सरकार हार जाये, राज बदल जाये। पुलिस का डर नहीं रहेगा। वह फिर धर्मशाला में लौट कर सोमा के साथ रह सकेगा।

धनसिंह सोमा के पास धर्मशाला पहुँचने की बात सोचता हुआ दिल्ली पहुँच गया। स्टेशन पर और स्टेशन के सब ओर पुलिस ही पुलिस दिखायी दे रही थी। धनसिंह ने किसी से राह नहीं पूछी। दूसरे मुसाफिरों के साथ चलकर वह समीप ही एक खूब चौड़े बाजार में पहुँच गया। दुकानें प्रायः बन्द थीं। लोग छोटे-छोटे झुण्डों में बातचीत कर रहे थे। सब ओर हथियारबन्द पुलिस चौकसी पर खड़ी थी या गश्त कर रही थी। अभी एक ही दिन पहले बीस घण्टे तक चलने और फिर रेल में सिमिट कर बैठे रहने की थकावट से धनसिंह बहुत शिथिल था। चाहता था, कहीं जरा लेटे और शरीर को सीधा करे।

धनसिंह ने एक दुकान के सामने बैठे आदमी से धर्मशाला का पता पूछा। धर्मशाला समीप ही थी। यह धर्मशाला उसके पहाड़ी देश की धर्मशालाओं या सरायों की तरह न थी कि जो आये एक ओर लेटने भर को जगह साफ करके लेट जाये। जहाँ एक ओर, खच्चर, गधे या बैल बँधे रहते हैं और आदमी भी विश्राम करते हैं। यह धर्मशाला लाल पत्थर की आलीशान इमारत थी। फाटक की छत पर नजर उठायें तो सिर से टोपी खिसक जाय। फाटक में तख्त पर दरी बिछाये रजिस्टर और कलम-दावात लिये एक मुंशी जी बैठे थे।

मुंशी जी ने धनसिंह को टोक दिया—"ए, कहाँ घुसे जा रहे हो?"

"मुसाफिर हूँ, टिकूँगा!"

"कहाँ से आ रहे हो?"

"होशियारपुर, पंजाब से!"

मुंशी जी ने धनसिंह को सिर से पाँव तक जाँचा। उसके परेशान चेहरे को भाँपा—"अकेले ही हो?"

"हाँ"

"सामान; न कोई गठरी-बिस्तरा न बक्सा?"

"कुछ नहीं है।"

मुंशी जी ने कुछ सोचा—"नहीं, जगह खाली नहीं है, बाहर जाओ।"

धनसिंह धर्मशाला के विस्तृत आँगन और चौड़े बरामदों में खाली जगह देख रहा था। एक ओर नल से गिरती पानी की मोटी धार में एक आदमी 'हरि' नाम जपते-जपते नहा रहा था परन्तु मुंशी जी के इनकार कर देने के कारण धनसिंह को लौट जाना पड़ा था।

धनसिंह बाजार की ओर चल पड़ा। एक ढाबे (तन्दूर) से आती रोटी की सोंधी सुगन्ध ने उसे आकर्षित किया। खाने बैठ गया। बहुत देर तक ढाबे पर बैठा रहा। फिर उठकर बन्द बाजारों में छितराई हुई, निरुद्देश्य भीड़ में घूमने लगा। भोजन के बाद शरीर में अधिक भारीपन लगा। वह घंटाघर के समीप एक बन्द दुकान के समीप बातचीत करते लोगों के पास ही दूसरी बन्द दुकान के तख्तों से पीठ सटाकर बैठ गया और बातचीत सुनने लगा।

बातचीत उनकी भाषा में नहीं हो रही थी परन्तु काँगड़ा, पठानकोट और धर्मशाला में जगह-जगह के मुसाफिरों से व्यवहार पड़ते रहने के कारण वह अधिकांश बातें समझ रहा था। गाड़ी में सुनी हुई बातें ही यहाँ भी थीं—सब लीडरों का पकड़ लिया जाना और जापान की जीत। नगर में हड़ताल लीडरों के गिरफ्तार किये जाने के विरोध में थी। कुछ मालूम नहीं था कि सरकार लीडरों को कहाँ ले गयी थी? कोई कहता, गाँधी जी को विलायत ले गये हैं। नेहरू जी को अफ्रीका ले गये हैं। कोई कहता, कांग्रेस ने खुली लड़ाई का हुक्म दे दिया है। कोई कहता बिना हथियारों के कैसे लड़ेंगे? जापान ही इन सालों की खबर लेगा। उसका विरोध दूसरे ने किया, तुम देखना सही क्या-क्या होता है?

सनसनी थी कि पुलिस और फौज जुलूस को रोकेगी और कांग्रेस जरूर जुलूस निकालेगी। दिल्ली के लीडरों के भी गिरफ्तार कर लिये जाने की खबरें थीं। धनसिंह यह सब सुन रहा था और सोच रहा था, रात कहाँ बितायेगा?

इन्कलाब-जिन्दाबाद के नारे सुनायी दिये। यह शब्द देश के पहाड़ों से लेकर समुद्रों तक भारतवर्ष की सब भाषाओं में एक हो चुका था। लोग चौंके, जिस ओर से नारों का शब्द आया था उसी ओर दौड़ पड़े।

"इन्कलाब जिन्दाबाद! अंग्रेज सरकार का नाश हो! महात्मा गाँधी की जय!" और भी नारे सुनायी दिये। तिरंगा झंडा लिये एक टोली घण्टाघर की ओर चली आ रही थी। पुलिस ने तुरंत जुलूस को घेर लिया। पुलिस के अफसर ने हुक्म दिया और भीड़ पर लाठियाँ पड़ने लगीं। बहुत से लोग भाग गये लेकिन कुछ लोग लाठियों की परवाह न करके नारे लगाते रहे—"इन्कलाब जिन्दाबाद! लीडर छोड़े जायें! अंग्रेजी सरकार का नाश हो!

नारे लगाने वाले लोग नारे लगाते हुए लाठियों की मार सह रहे थे। परन्तु आस-पास घिर जाने वाले लोगों से निहत्थों का मार खाना चुपचाप न देखा गया। वे पुलिस पर

पत्थर फेंकने लगे। धनसिंह भी उत्तेजित हो उठा। उसने पुलिस को सदा अत्याचार करते देखा था। वह पुलिस को गरीब का शत्रु समझता था। वह आगे बढ़कर आया। उसे जो कुछ मिला उठाकर मार खाने वालों की सहानुभूति में पुलिस पर फेंकने लगा।

अब तक पुलिस के दो दस्ते एक ओर खड़े थे। यह लोग भी भीड़ पर टूट पड़े। उसी समय गोली चलने की आवाजें आयीं। भीड़ लाठी की चोट का जवाब पत्थर से देने के लिए तैयार थी। लाठी केवल जख्मी करती है परन्तु गोली प्राण ले लेती है।

भीड़ भाग निकली धनसिंह भी भागा, डरकर नहीं; लड़ाई में आगे बढ़ना और भागकर बचना दोनों बातें होती हैं। बन्दूक लिये आदमियों का सामना पत्थरों से करते समय भागना और बचकर पत्थर मारना उसने कायरता नहीं समझी। धनसिंह सामना करने के लिये फिर लौटा लेकिन कन्धे पर लाठी खाकर गिर पड़ा।

धनसिंह को गिरफ्तार कर लिया गया। बहुत से लोग गिरफ्तार किये गये थे। धनसिंह को भी उनके साथ खड़ा कर दिया गया। गिरफ्तार लोग नारे लगा रहे थे— 'इन्कलाब-जिन्दाबाद! अंग्रेजी सरकार का नाश हो! हमारे लीडरों को छोड़ दो!' धनसिंह भी नारे लगाने लगा

जाली से मढ़ी काले रंग की बसें आयीं। गिरफ्तार लोगों को बसों में बन्द करके हवालात पहुँचाया गया। धनसिंह हवालात में बन्द हो गया परन्तु वह भयभीत न था। उसके साथ बत्तीस आदमी और थे। ऐसे आदमी, जो पुलिस को डाँट देते थे : हम क्या आदमी नहीं हैं!......यहाँ गरमी है, यहाँ हवा नहीं है। हम खुली हवा में रहेंगे।

संध्या तक कई जगहों से गिरफ्तार किये गये और बहुत आदमी आ पहुँचे थे। उनकी संख्या पचहत्तर से अधिक हो गयी थी। गिरफ्तार लोगों का हुलिया तथा अता-पता लिखा गया। अधिकांश गिरफ्तार लोगों ने नाम, बाप का नाम, घर का पता पूछे जाने पर एक ही उत्तर दिया—"इन्कलाब-जिन्दाबाद!"

यह उत्तर धनसिंह के लिये बहुत बड़ी सहूलियत थी। उसने भी प्रत्येक प्रश्न के उत्तर में 'इन्कलाब-जिन्दाबाद' का नारा लगा दिया। संध्या समय उसे और उसके साथियों को दिल्ली जेल मे पहुँचा दिया गया।

धनसिंह पुलिस के हाथ पड़ने, हवालात और जेल जाने के भय से सोमा को छोड़कर जान की बाजी लगा कर भागा था। उसे कहीं आश्रय न मिला। आखिर वह हवालात और जेल में ही जाकर टिका परन्तु अब हवालात और जेल के भय से उसका हृदय काँप नहीं रहा था। वह औरत भगाने वाला और कातिल अपराधी न था बल्कि वीरता और बलिदान के जोश से सीना फुलाये, गुलामी और अत्याचार के विरुद्ध लड़ने वाला सैनिक था।

× × ×

धनसिंह को जब धर्मशाला की जेल में बंद किया गया था, उसे अनुभव हुआ था कि सरकार ने हाथ-पाँव बाँध कर उसे अन्धे कुएँ में डाल दिया। दिल्ली जेल में वह गर्व से सिर ऊँचा उठा कर, सरकारी अफसरों को अवज्ञा की दृष्टि से देखता था। इस बार जेल में बन्द होना उसकी विजय और सरकार की पराजय थी। धर्मशाला जेल में वह जंजीर बँध कर मार खाये हुए कुत्ते की तरह जेल के वार्डरों की धमकी और मार-पीट से सहमता रहता था। दिल्ली जेल में उसके साथी जेल के अफसरों की परवाह नहीं करते थे बल्कि

उन्हें डाँट देते थे। जेल के अफ़सर भी इन लोगों से तू-तड़ाक न कर आदर से बात करते थे।

धनसिंह और उसके साथियों को कैदियों की पोशाक—आधी बाँहों, गोल गले के ऊँचे से कुरते और टखने से ऊँचे पायजामे पहनने के लिये दिये गये। उन कपड़ों पर मोटी लाल धारी पड़ी हुई थी। पोशाक एक सी होने पर भी नैतिक अपराधियों (इख़लाकी कैदियों) और राजनैतिक अपराधियों (सियासी कैदियों) में अन्तर स्पष्ट मालूम हो जाता था। राजनैतिक कैदियों के चेहरों, बोलचाल, व्यवहार में निर्भीकता थी, नैतिक कैदियों की हर बात में लज्जा और दीनता।

जो लोग एक बार जेल की सजा पाकर दुबारा अपराध करके जेल में आते हैं उन्हें 'दुबारा' (हैबिचुअल) कहा जाता है। यह लोग पक्के और घुटे हुए बदमाश समझे जाते हैं। इन्हें दूसरे 'इकबारा' (केजुअल) कैदियों से, जिनके सुधार की आशा की जाती है, अलग रखा जाता है । 'दुबारा' के कपड़ों पर काली या नीली धारी रहती है। उन लोगों को देखकर धनसिंह सोचता था, यदि उसके भी पहले जेल की सजा पाने की बात यहाँ के लोगों को मालूम हो जाये तो वह भी दुबारा बना दिया जायगा। धनसिंह ने अपना वह रहस्य किसी पर प्रकट न किया।

धनसिंह जेल में दूसरे राजनैतिक कैदियों की ही तरह रहता था। जन्म, देश और भाषा से भिन्न दूसरे राजनैतिक कैदियों के साथ वह उद्देश्य की एकता से एक हो गया था। कुछ ही दिनों में वह उन लोगों के साथ आत्मीयता अनुभव करने लगा। वह जेल के अधिकारियों का सामना करने में आगे बढ़कर रहता था। उसके साथी उसका विश्वास करते थे और चाहने लगे थे। दिल्ली जेल में उसे चक्की पीसते, रस्सी बटते समय पहाड़-सा दिन काटना दूभर हो जाता था। राजनैतिक कैदी जेल के अफसरों की कोशिश और धमकियों के बावजूद जेल के किसी काम में मेहनत करने के लिये तैयार न थे। इस पर भी उनके लिये समय बोझल न होता था।

राजनैतिक कैदियों की बुद्धि और प्रयत्न जेल के अधिकारियों की आँख बचा कर बाहर से अखबार, बीड़ी-तम्बाकू, चीनी और दूसरी चीज मँगाने में लगे रहते थे। कुछ लोगों ने चोरी से ताश मँगा लिये थे और ताश खेलते रहते थे। कुछ किस्सा-कहानी, गप्प या कपड़े धोने में समय काट देते थे। कुछ लोग पुस्तकें पढ़ते रहते थे। जेल के अधिकारी लगभग पौने दो सौ राजनैतिक कैदियों के एकमत होकर चलने से कुछ घबराये रहते थे। बखेड़े से बचने के लिये साधारणतः उनकी बातें मान लेते, जेल के कानून की अवज्ञा होने पर भी उपेक्षा कर देते थे। वह स्थिति देखकर धनसिंह को सन्तोष और विजय की अनुभूति होती थी, इसे वह धर्मशाला जेल में सही हुई दुर्गति का बदला समझता था। जेल के अफसर राजनैतिक कैदियों में जरा भी मतभेद देखते ही सम्पूर्ण सज्जनता भूलकर दमन और सख्ती दिखाने के लिये तैयार हो जाते थे। किसी को बेड़ी, किसी को एकान्त (तन्हाई) कोठरी को सजा देने लगते थे।

राजनैतिक कैदियों में परस्पर मतभेदों और झगड़ों की भी कमी न थी। सामूहिक रूप से उनका जेल अफसरों से झगड़ा चलता रहता था। आपस में भी राजनीति और कांग्रेस के काम के बारे में बहस होती रहती थी। बहस कभी-कभी मार-पीट तक पहुँच जाती थी। धनसिंह ऐसी बहस की गहराई नहीं समझ सकता था इसलिये प्रायः चुप रह जाता था।

धनसिंह ने जेल में अपने संकट से रक्षा पाई। राजनैतिक कैदियों की संगति में वह ऊब से बचता था। बहुत कुछ सीखने का अवसर था परन्तु उसे जब भी एकांत मिलता, वह सोचने लगता—छह मास बाद जेल से छूटकर वह क्या करेगा? सोमा का क्या हुआ होगा? उसे क्या वह ऐसे असहाय छोड़कर भुला देगा?

जेल की चारदीवारी लाँघ कर जैसे समाचार भीतर आ रहे थे, उनसे धनसिंह के प्रश्नों का समाधान स्वयं ही हो जाता था। समाचार आ रहे थे कि अंग्रेज बर्मा में हार गये हैं। नेता सुभाषचन्द्र बोस आजाद-हिन्द सेना को लेकर भारत को स्वतंत्र कराने के लिये आ रहे हैं। महीने-दो महीने की बात है। यू०पी० में, बिहार में और दक्षिण भारत की ओर अंग्रेजों के विरुद्ध बगावतें हो रही हैं। रेलें उखड़ गयी हैं, थाने जला दिये गये हैं। सब ओर हिन्दुस्तानियों की अपनी सरकार कायम हो रही है।

धनसिंह का मन छटपटा कर रह जाता—ऐसे समय यदि काँगड़ा जिले में होता तो बैजनाथ का थाना फूँककर उस दुष्ट थानेदार से बदला लेता। उसे और उसके अनेक साथियों के हृदय उत्साह से उछल रहे थे कि उन्हें जेल की सजा पूरी नहीं करनी पड़ेगी। किसी भी दिन दिल्ली की जनता आकर जेल के फाटक तोड़ उन्हें स्वतंत्र कर देगी। धनसिंह सुखमय कल्पना में खो जाता कि वह सीधा काँगड़ा की ओर चल देगा।

अंग्रेजी जानने वालों का आदर भी अधिक था। कभी-कभी दिल्ली के आस-पास के गाँवों के जाट साथी या कुछ ऐसे कार्यकर्ता जो अंग्रेजी नहीं जानते थे, अंग्रेजी में बोलने का विरोध करने लगते थे। रोहतक का भूरे सिंह पुराना कार्यकर्ता था। ग्रामीण जनता में उसका बहुत प्रभाव था। वह खंजड़ी बजा कर हरियाना की बोली में अंग्रेजों से विद्रोह के गीत गाता था, जनता झूम उठती थी और किसी बड़े से बड़े नेता की सभा से अधिक भीड़ लग जाती थी। भूरे सिंह अंग्रेजी में बहस होने पर खिन्न होकर डाँट देता था—"ये क्या गिट्ट-पिट्ट करो हो जी! सिद्धे-सिद्धे अपणी बोल्ली में बोल्लो, हमारी भी समझ माँ आवे। अपणे भाइयाँ तें किस बात का पर्दा है जी! जणता ही हमारी बात नई समझेगी ताँ क्याँ अंग्रेजों के समजाणे खातिर अंग्रेजी माँ गिट्ट-पिट्ट मारो हौ!"

धनसिंह भी अंग्रेजी नहीं समझता था। उसे भूरे सिंह की बात बहुत जँचती थी। वह भी हिन्दुस्तानी में बात करने का आग्रह करता था लेकिन हिन्दुस्तानी में बहस होने पर भी वह अधिक न समझ पाता। सबसे ज्यादा बहस करते थे, कम्युनिस्ट साथी।

धनसिंह को अपने रसे-बसे साथियों की उपेक्षा स्वराज्य की आवश्यकता कहीं अधिक थी। वह उसी आशा पर जी रहा था। अंग्रेजी राज का मतलब उसके लिए जीवन भर का घर से निकाला और सोमा से जुदाई थी और पकड़े जाने का मतलब आयु भर की जेल होती या फाँसी। अंग्रेजों के पराजय और स्वराज्य के लिये उसकी उत्सुकता पागलपन बन जाती थी। वह समाचारों के लिये बावला हो जाता था। वह राजनैतिक कैदियों के हाते के बाहर जाने-आने वाले कैदी नम्बरदारों से समाचार पूछता और उर्दू का अखबार पाने के लिये सब कुछ करने के लिये तैयार हो जाता।

जेल के कायदे से सी-क्लास के कैदियों को अखबार नहीं दिया जाता था। परन्तु राजनैतिक कैदियों के हाते में अखबार पहुँच ही जाता था। राधे चौधरी अखबार के बहुत शौकीन थे। वे जेल के अफसरों और अपने साथियों को दिखा देना चाहते थे कि सरकार चाहे जो कर ले, उनका अखबार बन्द नहीं कर सकती। मकान उनका दिल्ली में ही था।

जेल के वार्डरों से उनकी साँठ-गाँठ रहती थी। वे वार्डरों को एक रुपये पर चवन्नी कमीशन देकर जेल में चोरी से रुपया मँगवा लेते थे और रुपये के जोर से जो चाहे जेल में मँगवा लेते थे। बीस-पच्चीस रुपया माहवार पाने वाले जेल वार्डरों को जो कैदी महीने में तीस-चालीस रुपये खिला देता, वह कैदी उनके लिये मालिक से कम न था। अखबारों में जेल होने वाली ज्यादतियों के समाचार छप रहे थे इसलिये अफसर अखबार जेल में न पहुँचने देने के लिये विशेष सतर्क थे। कई दिन तो राधे चौधरी को, इकन्नी का अखबार जेल में मँगवाने के लिये दो-दो रुपये देने पड़े परन्तु वे अपनी आन की रक्षा के लिए उसमें भी नहीं झिझके।

कुछ कम्युनिस्ट जेल में कई मास पहले से बन्द थे। इन लोगों ने अपनी साँठ-गाँठ अलग से जमा रखी थी। कम्युनिस्ट अखबारों और किताबों के बिना रह नहीं सकते थे। जब राधे चौधरी का अखबार न आ सका था तब भी कम्युनिस्टों का अखबार आ गया था। किसी तरह यह खबर जेल दफ्तर में पहुँच गयी थी और राजनैतिक कैदियों की बारिक के हाते के जमादार को बदल दिया गया। उसकी जगह जेल के सबसे सख्त और ईमानदार जमादार निहालसिंह को ड्यूटी पर लगाया गया।

शाम हो रही थी। जेल के कारखानों में काम बन्द होने की घंटी बज चुकी थी। उस समय जेल के कारखानों में काम करने वाले नैतिक कैदी और कम सजा पाये, मेहनत करने के लिये जेल से बाहर जाने वाले कैदी हातों में वापिस लौटते थे। इन लोगों से खबरें मिलती थीं। राधे चौधरी का अखबार दो दिन से न आया था। धनसिंह परेशान हो इन कैदियों की प्रतीक्षा में बारिक के सामने टहल रहा था और जंगलेदार फाटक से सड़क की ओर टकटकी लगाये था।

कम्युनिस्ट राजनैतिक कैदी दीवानचन्द ने धनसिंह के समीप आकर कहा—"ठाकुर, आज बड़ा गजब हो जायगा।"

"क्या?" धनसिंह ने पूछा।

"दो दिन से चौधरी का अखबार नहीं आ पाया। आज हमारा अखबार भी जरूर पकड़ लिया जायेगा। अगर हमारा अखबार पकड़ लिया गया तो फिर जेल में अखबार नहीं आ सकेगा और जेल की खबर आना-जाना भी बन्द हो जायगी।" दीवान ने चिंता से कहा।

"कैसे?" आशंका से धनसिंह ने पूछा।

दीवानचन्द ने धनसिंह को एक ओर ले जाकर बताया—"सुना है, यह जमादार निहालसिंह भंगियों के पीपे की भी तलाशी ले लेता है। इनमें तीन नम्बर हाते में भंगी के पीपे में से बीड़ी के बंडल पकड़वाये थे इसीलिये इसे यहाँ भेजा गया है। किसी से कहना नहीं, हमारा अखबार कुन्दन मेहतर लाता है। अगर वह पकड़ा गया तो फिर सियासी कैदियों का कागज का एक पुर्जा भी नहीं आ-जा सकेगा! अपना आदमी नहीं पकड़ा जाना चाहिये!"

"तो फिर?" धनसिंह ने पूछा।

दीवानचन्द उँगलियों से इशारे करके धनसिंह को समझाता रहा। एक ओर खड़े नम्बरदार की ओर भी उसने संकेत किया।

कारखानों और दूसरी जगहों में काम करने वाले कैदियों की कमानें (दल) हातों में लौट रही थीं। जमादार निहालसिंह दो नम्बरदारों की मदद से एक-एक कैदी की बगलें और कमरबन्द के चारों ओर की जगह टटोल-टटोल कर और कुछ से पायजामा-लँगोटी उतरवाकर तलाशी ले रहा था। नित्य तलाशी के नियम के बावजूद कैदियों के पास कोई न कोई आपत्तिजनक वस्तु निकल ही रही थी, किसी कैदी के पास लोहे की तेज की हुई पत्ती या जेबी उस्तरे का ब्लेड, किसी के पास खाने-पीने की तम्बाकू। यह सब चीजें जमादार एक नम्बरदार के हवाले करता जा रहा था।

भंगी कमान तलाशी की प्रतीक्षा में खड़ी थी। इस कमान का पहला आदमी कुन्दन मेहतर आगे बढ़ा। सहसा हाते में बहुत विकट चीख सुनायी दी—"मार डाला! मार डाला!" और दिखायी दिया, दुबला-पतला दीवानचन्द भय से सिर पर पाँव रखकर भाग रहा था और धनसिंह एक नम्बरदार से छोटा डंडा छीनकर गाली बकता हुआ उसका पीछा कर रहा था। धनसिंह के पीछे एक नम्बरदार दौड़ा। दूसरी ओर से दीवानचन्द को बचाने के लिए वाजिद चिल्लाता हुआ बीच में आ गया और जोर-जोर से चिल्लाने, पुकारने और धमकाने लगा।

"क्या है? क्या है?" पुकारते हुए कई दूसरे राजनैतिक कैदी भी आ गये।

जमादार निहातसिंह फाटक पर तलाशी का कम छोड़कर सीटी बजाता हुआ घटनास्थल की ओर दौड़ पड़ा। उसे जेलर की हिदायत थी कि राजनैतिक कैदियों पर सख्ती करने का अबसर बनाने का यत्न करे। उन्हें दंगाई और बदमाश साबित करे। जमादार की सीटी से सब ओर सीटियाँ बजने लगीं और जेल के फाटक पर लटका हुआ घंटा टन! टन! बज उठा।

"पगली! पगली! पगली हो गयी?" का शोर मच गया।

कैदी बारिकों में बन्द हो जाने के लिए दौड़ने लगे! भंगी कमान भी अपने पीपे, कनस्तर उठाकर भीतर आ गयी। पाँच-सात मिनट में पूरे जेल के ढाई हजार कैदी तालों में बन्द हो गये।

राजनैतिक कैदियों की बारिक में सनसनी फैल गयी। राधे चौधरी और उनके साथियों ने कहा—"अगर साले कम्युनिस्टों ने धनसिंह को सजा दिलाई तो उनकी खबर ली जायगी।"

कई लोग बोलने लगे—"सालों को कम्बल डालकर ठीक किया जाय!"

"इन लोगों का बायकाट किया जाय!"

सुपरिन्टेन्डेंट साहब, जेलर और दूसरे अफसर शान्ति की व्यवस्था करने के लिये बन्दूकें लिये सिपाहियों के साथ राजनैतिक कैदियों की बारिक के समाने आ गये। धनसिंह, दीवानचन्द और वाजिद को पेशी के लिये साहब के सामने बुलाया गया। धनसिंह, वाजिद और दीवानचन्द को हथकड़ियाँ पहना दी गयी थीं। घपले में धनसिंह को दो-तीन जगह चोट भी आ गयी थी।

साहब को जेलर ने समझा दिया था कि यह कम्युनिस्ट और कांग्रेसी कैदियों का झगड़ा था। साहब ने सान्त्वना देने के स्वर में धनसिंह की ओर इशारा करके दीवानचन्द से पूछा—"इस बदमाश ने तुमको मारा है?"

दीवानचन्द ने उत्तर दिया—"नहीं, मुझे किसी ने नहीं मारा है।"

साहब ने होंठ सिकोड़कर दीवानचन्द की ओर क्रुद्ध दृष्टि से देखा और फिर होंठ सिकोड़कर पूछा—"तुमको इसने मारा?"

असिस्टेंट जेलर आगे बढ़कर बताने लगा कि धनसिंह दीवानचन्द को मार रहा था। नम्बरदार के रोकने पर धनसिंह ने नम्बरदार का डंडा छीन लिया और नम्बरदार को भी मारा और दीवानचन्द के पीछे भाग रहा था। धनसिंह ने वाजिद को भी मारा और नम्बरदार किरपा के रोकने पर उसे भी मारा। कई दूसरे कांग्रेसी कैदी भी नम्बरदारों को मारने के लिये दौड़े थे। झगड़े में सबको पहचानना कठिन था।

साहब ने मामला सुन लिया परन्तु दीवानचन्द या धनसिंह से कोई प्रश्न नहीं किया। उन्होंने अंग्रेजी में जेलर से कह दिया—"यह लोग बहुत घुटे हुए हैं। इन्होंने आपस में समझौता कर लिया है।"

असिस्टेंट जेलर ने राय दी—"हुजूर, इस समय तो यह लोग समझौता कर रहे हैं लेकिन बारिक बन्दी के बाद रात में मारपीट कर सकते हैं। हुजूर का हुक्म हो तो इन तीनों को तनहाई कोठरियों में भेज दिया जाय।"

दीवानचन्द ने आपत्ति की—"साहब, आप राजनैतिक कैदियों को बदनाम करने के लिये खामुखा दंगे का इलजाम लगा रहे हैं। हम लोग कसरत के लिए कबड्डी खेल रहे थे। नम्बरदारों ने हम पर डंडा चलाना शुरू कर दिया। यह सब इस जमादार की शरारत है। जेलर ने इसे यहाँ हम लोगों को परेशान करने के लिये भेजा है। जब यह जमादार इस हाते में आता है, कोई न कोई फिसाद खड़ा हो जाता है। झूठा इलजाम लगा कर हम लोगों की बेइज्जती की जा रही है। आप मुनासिब फैसला करें नहीं तो हम शहर के अधिकारियों के पास शिकायत करेंगे।"

साहब क्रोध प्रकट करने के लिए बिना कुछ उत्तर दिये लौट पड़े। कुछ कदम जाकर उन्होंने जेलर से कहा—"इन लोगों को साथ रहकर आपस में लड़ने-झगड़ने दो। कोई वारदात होगी तो बाहर अदालत में मामला भेजकर इन्हें सजा कराना ही ठीक होगा।"

हाते में यों हल्ला मचाकर भी राजनैतिक कैदियों के बिलकुल सजा न पाने से जेल का दबदबा बिलकुल समाप्त हो जाता इसलिये साहब ने दीवानचन्द, धनसिंह और वाजिद को दो-दो दिन अकेले कोठरी में बन्द रहने की सजा दे दी थी।

राजनैतिक कैदियों के हाते की बारिक में दूसरी उत्तेजना फैल गयी। कम्युनिस्ट जैराम और सोशलिस्ट अर्जुनलाल ने कहा, दीवानचन्द और धनसिंह साफ कह रहे हैं कि उनमें कोई झगड़ा नहीं हुआ तो उन्हें सजा किस बात की दी जा रही है? जेल वाले इस तरह हमारा अपमान करेंगे तो हम सब भूख हड़ताल करेंगे।

इस प्रश्न पर राजनैतिक कैदियों की सभा की गयी। राजनैतिक बंदियों में सबसे अधिक आदर सोमनाथ जी का था। नगर में भी उनका मान था। वे कांग्रेस के पुराने नेता और कार्यकर्ता थे। उनके घर पर काफी सम्पत्ति थी परन्तु दरिद्रों के दुख से कातर होकर उन्होंने तपस्या का जीवन अपना लिया था।

सरकारी हुक्म से सोम बाबू को 'ए' क्लास दिया गया था परन्तु यह उनके सिद्धांत के विरुद्ध था! उन्होंने 'सी' क्लास में ही रहने का निश्चय कर लिया था। जेल में वे भोजन नहीं करते थे। अपने खर्च पर दो सेर दूध और कुछ फल मँगवा लेते थे। मिल के

सूत से बना जेल का कपड़ा भी नहीं पहनते थे। शुद्ध खद्दर का केवल एक अँगोछा कमर में लपेट कर पर्श्मीने का शाल ओढ़े रहते थे और दिन भर तकली से सूत कातते रहते थे या पढ़ते रहते थे। चोरी से मँगवाया हुआ अखबार पढ़ना वे अनैतिक समझते थे। केवल खबरें सुन लेते थे।

लोगों के बहुत अनुरोध करने पर सोम बाबू भी सभा में आये थे। नौजवान साथी अर्जुनलाल और जैराम के भूख हड़ताल के प्रस्ताव के पक्ष में थे। वे जेल वालों द्वारा अपमान के विरुद्ध लड़ना चाहते थे लेकिन राधे चौधरी उस प्रस्ताव के विरुद्ध थे। उनका कहना था, इस अपमान का बदला लेने के लिये जेलर को गालियाँ देकर उसे पीटना चाहिए। हम स्वयं भूखे क्यों मरें? राधे चौधरी ने खड़े होकर कहा—"लुगाइयों की तरह रूठने से क्या होना है कि हम खाना नहीं खायेंगे! ऐसे तो उल्टे सरकार का अनाज बचता है।" उन्होंने वजनी गाली देकर कहा, "कोई हमें सजा दे तो हम साले का सिर तोड़कर रख दें! हम तो नेताजी की बात मानते हैं। हम लड़कर अपना हक लेंगे।"

राधे चौधरी के साथ ठण्डाई पीने वाले चार-पाँच आदमियों का गिरोह रहता था। वे लोग मालिश करके कसरत करते थे और महात्मा गाँधी और नेताजी की जय पुकारते थे। बाहर से मिठाई और तम्बाकू मँगाकर खाते-पीते रहते थे। वे सब उनका समर्थन कर रहे थे।

जैराम और अर्जुनलाल ने समझाना चाहा कि साहब या जेलर को गाली देकर पीटने से स्थिति सुधरेगी नहीं, बल्कि बिगड़ेगी। जेल वालों को हम पर लाठी-चार्ज करने का बहाना मिल जायगा और जनता भी हमें दंगाई समझेगी। भूख हड़ताल कायरता नहीं है। यह सत्याग्रह का हथियार है जो महात्मा गाँधी ने हमें दिया है।"

राधे चौधरी के साथी ताली बजाकर हो! हो! करके शोर मचाने लगे—'लूलू है! लूलू है!' इस पर भी अधिकांश नौजवान जेल में अपमान न सहने के लिये भूख हड़ताल की माँग कर रहे थे। वे चाहते थे कि उनके नेता सोम बाबू उनकी ओर से साहब को भूख हड़ताल का नोटिस दें। सोम बाबू ने यह स्वीकार न किया तो अर्जुनलाल और जैराम नोटिस देने के लिये तैयार हो गये परन्तु उनका अनुरोध था कि सोम बाबू भी हड़ताल में साथ दें तो अच्छा हो।

सोम बाबू कम्युनिस्टों और सोशलिस्टों की चालाकी समझ गये थे। वे जानते थे कि ये लोग सदा ही उनका प्रभाव घटाने की तिकड़म करते रहते थे। उन्होंने समझाया—"यदि जेल वाले अपने नियम के अनुसार हमें कोई दण्ड देते हैं तो हमें दण्ड को शांति से सह लेना चाहिये, यही हमारा आत्मिक बल है। अत्याचार को बढ़ लेने देने से ही उसका नाश होता है। गीता में लिखा है, जब धर्म की अत्यन्त ग्लानि हो जाती है तभी भगवान की शक्ति अवतार लेकर न्याय की स्थापना करती है। हमें यदि अनशन करना है तो जेल वालों के विरोध में नहीं करना चाहिये बल्कि आत्मिक शुद्धि के लिये करना चाहिये। गाँधी जी कभी विरोध में उपवास नहीं करते, सदा प्रायश्चित में ही उपवास करते हैं। हमें जेल अफसरों और सरकार का हृदय परिवर्तन प्रेम से करना चाहिये। आप लोगों का व्यवहार हिंसा का है। आप जेल वालों को डराना चाहते हैं। गाँधी जी की आज्ञा है कि हम लोग जेल में जाकर तपस्या करें। जेल के नियमों का पालन करें परन्तु आप लोग चोरी से अखबार मँगाते हैं।"

अर्जुनलाल ने टोक दिया—"बाबू जी, यदि जेल में अत्याचारी नियमों को मानना है तो जेल से बाहर ही क्यों कानून तोड़ा जाये! अंग्रेज सरकार का नियम है कि सब हिन्दुस्तानी वफादर गुलाम बने रहें। आप इसी नियम को मानिये। स्वराज्य क्यों माँगते हैं आप? स्वराज्य की माँग सरकार का विरोध ही है। हम सरकार से माँग करेंगे कि हमें अखबार मिले; न मिलने पर विरोध में भूख-हड़ताल करेंगे। हम जानवर नहीं, आदमी हैं।"

सोम बाबू ने संयम से उत्तर दिया—"यदि आप लोग गाँधी जी की आज्ञा के विरुद्ध आचरण करेंगे तो मैं पत्र लिखकर महात्मा जी को और सब नेताओं को इस बात की सूचना दे दूँगा कि आप लोग कांग्रेस के मेम्बर होने लायक नहीं हैं। आवश्यकता होगी तो मैं जेल वालों के प्रति आपके इस अन्याय के पश्चात्ताप में आमरण अनशन करूँगा। जब भी हिन्दुस्तानियों ने अंग्रेजों और सरकार के प्रति हिंसा और अन्याय का व्यवहार किया है, महात्मा गांधी ने सदा उपवास द्वारा उसका प्रायश्चित किया है। मुझे भी ऐसा ही करना होगा।"

जैराम, अर्जुनलाल और वाजिद सोम बाबू को उत्तर देना चाहते थे परन्तु राधे चौधरी के आदमियों ने जोर से नारा लगा दिया—'महात्मा गाँधी की जय!' उन्होंने किसी को बोलने नहीं दिया। कोई कुछ कहना चाहता तो वे जोर से महात्मा गाँधी की जय के नारे लगाने लगते। उन्होंने खुले आम धमकी दी, "जो साला स्तालिन के बेटों के कहने से अनशन करेगा उस पर कम्बल डाला जायगा।"

'कम्बल डालना' जेल में पिटाई का खास ढंग होता है जिसमें पिटने वाले का साँस रुककर तकलीफ अधिक होती है और मार खाने वाला यह भी नहीं जान पाता कि उसे मार कौन रहा है। हड़ताल न हो सकी। धनसिंह को दिल्ली जेल में कभी इतना कष्ट न हुआ था जितना इस घटना से। वह चाहता था, राधे चौधरी से दो-दो हाथ करके उसकी खबर ले परन्तु दीवानचन्द, अर्जुनलाल और वाजिद ने उसे मना कर दिया कि जेल वालों के सामने राजनैतिक कैदियों की छीछालेदर करना ठीक नहीं होगा। धनसिंह सोमबाबू के त्याग के कारण उन पर श्रद्धा करता था। अब उसके मन में इच्छा होती कि जाकर उसके मुँह पर थूक दे।

राजनैतिक कैदियों के हाते में फूट पड़ गई। जेल वालों ने उन पर सख्ती शुरू कर दी। जिन मामूली कायदों के भंग होने की जेल वाले उपेक्षा कर देते थे अब उनके लिये राजनैतिक कैदियों को सजायें दी जाने लगीं और राजनैतिक कैदियों को चक्की तथा रस्सी बँटने का काम करना पड़ा।

दीवानचन्द ने धनसिंह को समझा दिया था कि अपना अखबार आने तथा उस दिन का रहस्य किसी को न बताये। राजनैतिक कैदियों के हाते में भी कई मुखबिर हैं।

हाते में फूट और अफसरों की सख्ती बढ़ जाने से दीवानचन्द का अखबार आना भी रुक गया था। धनसिंह को यह कमी बहुत खलती थी। बाहर से देश में विद्रोह फैलने, अंग्रेजों के जापानियों से हारकर भागने की खबरें मिलना बन्द हो जाने से उसे ऐसा जान पड़ता था कि स्वराज्य का खुलता हुआ द्वार सहसा बन्द हो गया हो। उसके भावी जीवन की आशा और सोमा से फिर मिलने की आशा मिटने लगी।

अखबार वाली घटना से धनसिंह, दीवानचन्द और वाजिद आदि का मित्र बन गया था। जेल में आते ही यह जानकर कि वे लोग कम्युनिस्ट कामरेड थे, धनसिंह को भूषण के सहानुभूतिपूर्ण व्यवहार की याद से उनकी ओर कुछ आकर्षण हुआ था। वह जानता था, कामरेड लोग मजदूरों के मददगार होते हैं परन्तु जेल में आकर उसने सुना कि कम्युनिस्ट जापानियों के खिलाफ हैं, जो हमारे दुश्मन अंग्रेजों से लड़ रहे हैं और कम्युनिस्ट रूस से हुक्म मिलने के कारण अंग्रेजों के सहायक बन गये हैं। धनसिंह को वह सब भेद अर्जुनलाल ने समझाया था।

अर्जुनलाल पर धनसिंह की विशेष श्रद्धा थी। उसने अर्जुनलाल को चाँदनी चौक में जमकर लाठियाँ खाते देखा था। अर्जुनलाल खूब पढ़ा-लिखा था। अर्जुनलाल ने उसे बताया था कि वह पहले कानपुर के मजदूरों में काम करता था और दिल्ली की मिलों में मजदूरों का नेता था। कम्युनिस्टों से उसका इसी बात पर झगड़ा हो गया था कि वे लोग अंग्रेजों से मिल गये थे और कांग्रेसियों को गिरफ्तार करवा रहे थे। उसने धनसिंह को कम्युनिस्टों की लम्बी-चौड़ी बातें और दलीलें सुनने से मना कर दिया था और आश्वासन दिया था कि यदि छह मास में स्वराज्य न हो गया तो वह उसे अपने साथ ले जाकर क्रांति के काम में भाग लेने का अवसर देगा।

राधे चौधरी के पेट में दर्द रहने लगा था। वे कुछ दिन जेल के अस्पताल में रहे और फिर रिहा कर दिये गये। हाते में फिर से एका हो गया था। अखबार फिर चोरी-चोरी आने लगा था। अब और भी उग्र खबरें आ रही थीं। जापानी पूरा बर्मा जीतकर आसाम पर पहुँच गये थे। बंगाल में कई जगह और कलकत्ते में भी बम पड़ने के समाचार थे। कैदी बहुत उत्साहित हो गये कि अंग्रेज जापानी सेना और आजाद हिंद सेना की मार से भागने ही वाले हैं। उन लोगों को जेल से आजाद हो जाने की आशा हो गयी।

अर्जुनलाल और धनसिंह के छूटने का समय आ रहा था। समाचार मिला कि गांधी जी ने उपवास आरम्भ कर दिया है। उपवास के कारण लोग समझ नहीं पाये थे। दीवानचन्द, वाजिद आदि कम्युनिस्ट छूट चुके थे परन्तु उनके कुछ चेले पीछे रह गये थे। उन्होंने बताया कि गांधी जी, अंग्रेज सरकार द्वारा कांग्रेस पर हिंसा का आरोप लगाने के विरोध में उपवास कर रहे हैं। हम तो पहले ही कहते थे कि यह तोड़-फोड़ का आन्दोलन कांग्रेस का नहीं था, कांग्रेस नेता ऐसी मूर्खता कैसे कर सकते थे कि दुश्मन सिर पर खड़ा हो और वे दुश्मन का सामना करने की अपनी शक्ति नष्ट कर दें? यह तो सब अंग्रेज नौकरशाही की धूर्तता थी। नेताओं की गैरहाजिर में जनता को दमन से भड़का दिया और मनमानी करने के लिये बहाना ढूँढ़ लिया। सोशलिस्ट इस चाल से मूर्ख बन गये।

नौजवान लोग इन बातों से विचलित होने लगे। उन्हें जान पड़ा कि उनका आन्दोलन में भाग लेकर जेल आना मूर्खता ही थी। गाँधी जी इसे पसन्द नहीं करते थे। धनसिंह भी खिन्न रहने लगा। खिन्नता का सबसे बड़ा कारण था कि वह फिर गुलाम देश और अंग्रेजों की अमलदारी में ही जेल से रिहा हो रहा था। अपने पहाड़ पर जाकर सोमा से मिलने की कोई आशा नहीं थी।

× × ×

अर्जुनलाल और धनसिंह जेल से छूटे तो सब ओर आतंक और निरुत्साह छाया हुआ था। जनता महात्मा गाँधी के उपवास के कारण मूढ़ सी बनी हुई थी। साधारणतः लोग

यही समझ रहे थे कि महात्मा गाँधी ने उपवास इसलिये किया है कि जेल से छूटकर फिर आन्दोलन चला सकें। सरकार ने निरंकुश दमन से जनता को आतंकित कर दिया था। स्वतंत्रता का आन्दोलन या कोई सरकार विरोधी प्रदर्शन कहीं दिखायी नहीं देता था। सामूहिक और सार्वजनिक आंदोलन और प्रदर्शन दब चुके थे परन्तु अंग्रेज सरकार के प्रति घृणा जनता के हृदयों में अधिक गहरी बैठ गयी थी। सरकार के प्रत्येक काम में जनता को संदेह होता था और उसे सब ओर सरकार की निर्बलता दिखायी देती थी। सरकार ने अन्न की कमी के कारण, लूट-मार हो जाने की आशंका दूर करने के लिये, राशनिंग की व्यवस्था कर दी। जनता का विश्वास था कि सरकार लड़ाई के लिये अन्न बटोरने के प्रयोजन से उन्हें कम भोजन दे रही थी।

जनवरी मास में जापानी हवाई जहाज रात में आकर कलकत्ते में तीन बार बम फेंक चुके थे। दिल्ली में सरकारी इमारतों को रेत के बोरों और पर्दा दीवारों से ढँक दिया गया था। जगह-जगह बम के आक्रमण से बचने के लिये शरण स्थान बना दिये गये थे। बड़े-बड़े शहरों को, आकाश से गिरे बमों का निशाना न बनने के लिए सरकार ने रात में उजाला कम करने की आज्ञा दे दी थी और दुश्मन के हवाई जहाज सिर पर पहुँच जाने के समय नगरों में तुरंत बिलकुल अंधकार कर देने की भी व्यवस्था कर दी थी। कभी-कभी 'ब्लैक-आउट' (पूर्ण अंधकार) का अभ्यास और परीक्षण किया जाता था। जनता को इसमें सरकार की भीरुता दिखायी देती थी। जनता, जनता की रक्षा के लिये जारी की गयी इन सरकारी आज्ञाओं की अवहेलना करती थी और उन्हें इससे संतोष होता था। जनता के हृदय सरकार के प्रति घृणा से जल रहे थे परन्तु वह घृणा दबी हुई थी।

अर्जुनलाल, धनसिंह को लेकर देहली में अपने मित्रों और परिचितों से मिलने गया था। नौजवान लोग गत अगस्त-आन्दोलन को फिर से चलाना चाहते थे। अर्जुनलाल एक समाजवादी नेता के पास गया था। उन्होंने अपनी बीमारी बताकर असामर्थ्य प्रकट कर दिया। गाँधीवादी नेताओं ने सलाह दी—अभी प्रतीक्षा करो! गाँधी जी पर विश्वास रखो! गाँधी जी उपवास के बाद सरकार से पत्र-व्यवहार करेंगे तभी मार्ग निश्चय होगा।

दिल्ली के रेल मजूदरों में अर्जुनलाल का खासा प्रभाव था। जेल से छूटने के बाद वह स्थिति समझने के लिये मजदूरों की बस्तियों में गया। वहाँ कम्युनिस्टों ने प्रभुत्व जमा लिया था। अर्जुनलाल के जेल जाने से पहले तक कम्युनिस्ट पार्टी गैरकानूनी थी। कम्युनिस्ट मजूदर-सभा और दूसरे कई संगठनों की आड़ में ही काम करते थे। अब वे खुला प्रचार कर रहे थे। एक नयी 'रेडिकल डेमोक्रेटिक पार्टी' भी बन गयी थी। यह पार्टी लाल झंडा लेकर अंग्रेजों की सेना में भरती होने का प्रचार कर रही थी। यह पार्टी अंग्रेजों को प्रजातंत्र का रक्षक बताकर उन्हें युद्ध में पूरी सहायता देने की सलाह दे रही थी।

कम्युनिस्ट जापान के आक्रमण के समय दुश्मन का मुकाबिला ढीला न होने देने के लिये, मजदूरों को किसी भी प्रकार हड़ताल न होने देने की सलाह दे रहे थे और सरकार से अपने देश की रक्षा के लिये, युद्ध में सहयोग देने के लिये अवसर की माँग कर रहे थे। जनता एक ही सा झंडा लेकर चलने वाली इन दोनों पार्टियों में भेद न समझ पाती और अंग्रेजों की सहायता की पुकार लगाने वालों के प्रति घृणा करने लगी थी।

कांग्रेस समाजवादी नेता प्रायः फरार थे। उनकी खोज लगाने में अर्जुनलाल को दो दिन लग गये। अर्जुनलाल खर्च की तंगी से भी परेशान था। युद्ध के पहले वह बारह

आना रुपये में दिन काट लेता था अब महँगाई के कारण डेढ़-दो रुपये में कुछ न बनता था। रुपये का अठारह सेर बिकने वाला अनाज चार सेर के भाव से बिक रहा था।

एक रात अर्जुनलाल और धनसिंह ने बहुत धीमे स्वर में बोलता आजाद हिंद रेडियो सुना। रेडियो पर समाजवादी नेताओं ने सलाह दी; जैसे भी हो अगस्त ४२ की क्रांति को जारी रखा जाये जापान आ रहा है। वह अंग्रेजों के पाँव उखाड़ देगा। उसी समय भारत आजाद होगा। हमें मार खाते हुए अंग्रेजों को धक्का देकर अपना राज लेना है। जनता को समझाओ, सरकार से असहयोग करे। किसानों को समझाओ, सरकार को फौज के लिये और राशन के लिये अन्न न दे। इससे सरकार के विरुद्ध विद्रोह होगा। जनता के विद्रोह और जापान की मार के बीच अंग्रेज सरकार समाप्त हो जायेगी। गाँवों में आंदोलन करो। यदि गाँवों से मिलों के लिये कच्चा माल और फौजों के लिये अन्न और सिपाही नहीं मिलेंगे तो अंग्रेजी सरकार सात दिन भी नहीं चल सकेगी।

'सैगों' रेड्यिो से सुभाष बाबू का संदेश सुनाया गया—"भारत की करोड़ों ग्रामीण जनता इस समय क्रांति का मार्ग दिखाने वाले नवयुवक नेताओं की प्रतीक्षा कर रही है। भारतीय पुलिस और सेनाओं में इस समय अंग्रेजों के विरुद्ध घृणा और विरोध का ज्वालामुखी धधक रहा है। वे केवल जनता द्वारा बगावत शुरू करने की प्रतीक्षा कर रहे हैं....."

दारुण परिस्थितियों में विकट संघर्ष चल रहा था। देश के भाग्य का निर्णय होने का समय था परन्तु दिल्ली के नागरिक या तो निराशा में सिर लटकाये हुए थे या सब कुछ भूलकर किसी तरह मन बहला रहे थे। बाजारों में जाने कहाँ से पैसा बरस रहा था। रुपये की कीमत गिर गयी थी और लोग ऐसे खर्च कर रहे थे कि रुपया पड़ा मिल गया हो। सिनेमाघरों के आगे ऐसी भीड़ होती जैसे कुम्भ के अवसर पर तीर्थस्थानों में होती है।

अर्जुनलाल और धनसिंह को सरकार के दमन के सामने सिर झुका देने वाले लोगों के प्रति घृणा थी। 'आजाद हिन्द' रेडियो का संदेश सुन कर उनके दिल उत्साह से फूल गये। उन्होंने देहातों में जाकर क्रांति का कार्यक्रम चलाने का निश्चय किया।

अर्जुनलाल ने धनसिंह को समझाया—देहात में काम करना अधिक सरल होगा और वहीं काम की जरूरत है। भारत के गाँवों में अभी मनुष्यता और हमारी प्राचीन संस्कृति बाकी है। किसानों में अतिथिसत्कार का भाव भी है। वहाँ शहर की सी अवस्था नहीं है कि सब अपना ही पेट भर रहे हैं। जहाँ जायेंगे, दो रोटी और छाछ का लोटा मिल ही जायगा। उसने दिल्ली के आस-पास आंदोलनों में काम किया था। वह धनसिंह को गाँव के अनुभव सुनाता रहा। खुफिया पुलिस उनका पीछा न कर सके इसलिये वे लोग रात के समय मथुरा के लिये चलने वाली गाड़ी से दिल्ली से निकले। उनका विचार हाथरस जिले के देहात में जाने का था। उस देहात से अर्जुनलाल का कुछ परिचय था।

अर्जुनलाल कुछ दिन हाथरस की मंडी में मुनीमी का काम कर चुका था। उसे व्यवसाय में रुचि भी थी। धनसिंह को लेकर वह मंडी गया। अनाज के आने का मौसम न था परन्तु मंडो में काफी सरगर्मी थी। सरकार के एजेण्ट गल्ला खरीद रहे थे और नगरों के थोक व्यापारी उनसे भी तेज भाव पर खरीद रहे थे। अर्जुनलाल को यह भी मालूम हुआ कि व्यापार के लिये अच्छा अवसर है। सरकार शहरों में राशनिंग के लिये और फौज

के लिये जिस भाव गल्ला मिलेगा खरीदेगी; यह सोचकर खत्तीदार लोग खूब खरीद रहे थे। बैसाख और जेठ के सौदे और भी तेजी के हो रहे थे।

अफवाह थी कि मण्डियों में लोग कांग्रेस के प्रभाव के कारण सरकार को माल नहीं दे रहे इसलिये सरकार देहातों में अफसरों के जोर से गल्ला खरीदवा रही थी। अर्जुनलाल ने धनसिंह को समझाया—इस समय देहात में जाकर सरकार को गल्ला देने के विरुद्ध प्रचार करना चाहिये ताकि सरकार की आर्थिक जड़ कट जाये। अर्जुनलाल और धनसिंह सिधेरा गाँव की ओर चल दिये। वे लोग मुँह-अँधेरे ही पैदल चल दिये थे। खेतों में फसल घुटनों तक उठ आयी थी। कच्ची सड़कों की धूल घुटनों तक चढ़ रही थी। जाड़े की धूप असह्य न थी परन्तु प्यास से गला सूख रहा था। वे लोग ईख के खेतों में से पगडण्डी पर सिधेरा की ओर चले जा रहे थे। सामने से पगड़ी बाँधे एक किसान आता दिखायी दिया।

किसान ने नये लोगों को देखकर पूछा—"अरे ओ सहरियो, कहाँ को जाय रहे हो?"

"गाँव में जायेंगे।" अर्जुनलाल ने उत्तर दिया।

"सो तो दीखेइ है, कौन के जाय रहे हो? कौन हो तुम?" किसान का स्वर कड़ा हो गया।

"दद्दा," अर्जुनलाल ने उत्तर दिया, "बिगड़ते क्यों हो! समझ लो तुम्हारे ही द्वारे जा बैठें। हमारा कौन अपना, कौन पराया। कांग्रेसी आदमी हैं। देश की बात कहने आये हैं।"

किसान ने लाठी के सिरे से लौट जाने का संकेत करके कहा—जाओ, जिधर ते आये हो। नहीं तो मेरे सिर आदमी की हत्या देते हो। बहुत देखे हैं तुम्हारे जैसे टोपी वाले कांग्रेसी बनिये। देहातिन को नोंच-नोंच खाय डारो तुमने। आज किसानन को खरे दामों चार पैसे बनावन को वक्त आयो है तो उल्टी पट्टी पढ़ावन चले आये। लौट जाओ। सिर फोड़ डारेंगे गाँव में पाँव धरो तो!"

अर्जुनलाल ने विस्मय और भय भी अनुभव किया। फिर भी साहस कर बोला। "दद्दा, बिगड़ते काहे हो। आठ मील पाँव पैदल चलकर आये हैं। कहीं लोटा भर पानी तो पी लेने दो, भूख भी लगी है। दो रोटी खाकर चले जायेंगे। नाराज होते हो तो लेक्चर नहीं देंगे।"

बूढ़ा नहीं माना। उसने फिर धमकी दी—"गाँव की तरफ कदम बढ़ायो तो पाँव तोड़ दउँगो!" उसने लाठी से इशारा किया, "चले जाओ पूरब लांग 'मसुरिया' में। वहाँ तुम्हारे जैसे कांग्रेसी बहुत भरे हैं।"

अर्जुनलाल के मिन्नत-चिरौरी करने पर भी बूढ़े ने उन्हें गाँव की तरफ कदम न रखने दिया तो लौटना पड़ा। पगडंडियों से मील भर चलकर सड़क पर आ गये और इक्के पर जलेसर पहुँचे। कस्बे में जो कुछ मिला खाकर पानी पिया। रात धर्मशाला में काट दी। अगले दिन फिर वे दोपहर के समय खा-पीकर दिहात में जाने के लिये निकले। संध्या होते-होते वे जगवाड़ा में पहुँचे। यहाँ भी गाँव के बाहर ही एक लठैत ने उनका स्वागत किया। लठैत बाइस बरस का जवान लड़का था। अर्जुनलाल ने उसे समझाया—"हम तो घर-बार छोड़कर तुम्हारे ही लिए जोखिम झेल रहे हैं। चाहते हैं गाँव के लोग आजाद हो

जायें। किसानों को कोई लगान न देना पड़े। जमींदार का जुल्म नष्ट हो। तुम हमारा ही सिर फोड़ने को फिर रहे हो!"

नौजवान कुछ पिघला। उसने कहा—"सड़क पार खेतों में मढ़ैया है, उसी में आकर छिप जाओ। अँधेरा पड़े मैं आऊँगा तब बात होगी। है, उसी में जाकर छिप जाओगे तो हल्ला हो जायेगा। आगरे के पास कुछ लाइन-वाइन उखड़ी है, हल्ला हुआ है। तब से तहसीलदार ने गाँव वालों का ही पहरा लगा दिया है कि कोई गैर आदमी आये तो गाँव में घुसने नहीं पाये। गाँव में कोई गैर देखा जायगा तो ताजीरी-पुलिस बैठ जायगी। गाँव पर जुर्माना पड़ेगा। सब लोग घबराये हुए हैं।"

नौजवान रात पड़ने पर एक लोटा हाथ में लिए आया। उसने चदरे में से दो रोटियाँ भी निकाल कर उन लोगों को दीं। लोटे में दूध था। नौजवान ने बताया—वह गाँव में दिशा जाने का बहाना करके लोटा हाथ में लेकर आया था। लाइन पर रात में टूंडला से सिपाहियों की रौंद चलती है। तहसीलदार ने बताया है कि पूरब में जहाँ-जहाँ लाइन उखाड़ी गयी है, लोगों ने पुलिस को परेशान किया है, वहाँ सरकार ने गाँव फूँक दिये हैं। लोग डरे हुए हैं। किसान सभा के लाल झंडे वाले दो आदमी भी आये थे। उन्हें लोगों ने घेर कर पुलिस के हवाले कर दिया।

अर्जुनलाल ने विश्वासोत्पादक ओजस्वी ढंग से नौजवान को समझाया—"अब डरने की बात नहीं है। देश के आजाद होने का समय आ गया है। जापान नेता जी की सहायता कर रहा है। नेता जी हिन्दुस्तान की सीमा पर आजाद हिन्द सेना को लेकर आ पहुँचे हैं। तुम लोग सरकार को गल्ला देना बिलकुल बन्द कर दो।"

नौजवान ने टोककर कहा—"अजी, लाल झंडे वाले किसान-सभा के लोग तो कहते थे कि खत्ती भरने वाले बनियों को गल्ला मत दो। यह गरीबों का पेट काट रहे हैं। इन लोगों ने बंगाल को भूखा मार दिया है। फौजें अपने देश को बचाने के लिये जापानियों से लड़ रही हैं। उनके लिये सरकार को अन्न बेचो। गल्ला नहीं दोगे तो शहर के मजदूर भूखे मर जायेंगे। कपड़ा और दूसरी चीजें कौन बनायेगा?"

अर्जुनलाल ने उत्तर दिया—"लाल झंडे वाले कम्युनिस्ट रूस के दलाल हैं। रूस अंग्रेजों से मिल गया है तो लाल झंडे वाले भी सरकार से मिल गये हैं। जापान हमारा दोस्त है। वह नेता जी की मदद कर रहा है कि हिन्दुस्तान आजाद हो जाय। अंग्रेज अब जाने की तैयारी कर रहे हैं इसलिए उन्होंने देश से सब सोना-चाँदी समेट कर निरे नोट चला दिये हैं। नोट लेकर सरकार को गल्ला दोगे तो फूटी कौड़ी हाथ नहीं लगेगी। अंग्रेज चले जायेंगे तो उनके नोट चीथड़े बन जायेंगे। देसी फौजें कांग्रेस से मिल गयी हैं। नेता जी के साथ पाँच लाख हिन्दुस्तानी सिपाही अंग्रेजों के खिलाफ लड़ रहे हैं। फौजी तो इंतजार कर रहे हैं कि देहात के लोग पहल करें तो वे हथियार लेकर उसकी तरफ हो जायें।"

हेमन्त के जाड़े में मड़ैया के झीने छाजन के नीचे कपड़ों के बिना रात काटना कठिन था। नौजवान ने बताया, रात के चौथे पहर हाथरस से गाड़ी टूँडला जाती है। मीठवाली का स्टेशन सड़क के रास्ते तीन मील है। सड़क रेल की लाईन के साथ-साथ गयी है। बहुत से मुसाफिर उस गाड़ी से टूँडला जाते हैं। अँधेरा पाख है लेकिन आधी रात के बाद चाँद निकल आयेगा। इधर से मुसाफिर निकलेंगे, तुम भी साथ हो लेना।

नौजवान के चले जाने के बाद अर्जुनलाल कुछ निराश सा हो गया। थकावट से उसका शरीर चकनाचूर हो रहा था। उसने धनसिंह से कहा—"अभी तो कानपुर चलें। वहाँ दूसरे लोगों से मिलकर ही कुछ तय करेंगे।"

अँधेरा खूब घना था और जाड़ा बहुत कड़ा। अर्जुनलाल और धनसिंह दबे स्वर में बातें करते स्टेशन की ओर जाने वाले मुसाफिरों की प्रतीक्षा करते रहे। आधी रात के बाद सड़क पर मुसाफिरों के कदमों की आहट सुनायी दी।

धनसिंह चलने के लिए उतावली में उठ खड़ा हुआ—"ठहरो!" अर्जुनलाल ने समझाया, "हम लोगों को यों मड़ैया से निकलता देखकर ये लोग हमें चोर समझ कर कहीं चिल्ला न पड़ें, या कहीं लट्ठ ही दे मारें! इन्हें निकल जाने दो। इनके पीछे-पीछे चलेंगे।"

सड़क पर चार मुसाफिर आ रहे थे। तीन मर्द और उनके साथ एक औरत थी। दो मर्दों ने जाड़े से बचने के लिये भूरे रंग की रजाइयों ओढ़ी हुई थीं और एक ने सफेद रंग की दोहर। औरत भी कोई रंगीन कपड़ा ओढ़े थी। इन लोगों से बीस-पच्चीस कदम पीछे आहट किये बिना वे दोनों सड़क पर निकल आये। दोनों दिल्ली से भूरे रंग की हल्की शाल साथ लेकर चले थे, वही ओढ़े थे।

हेमन्त के कोहरे भरे आकाश में तारे टिमटिमा रहे थे। सड़क पर घना अँधेरा था, कालिख सी बरस रही थी। अँधेरे में वृक्ष और भी काले जान पड़ते थे। सिर पर मँडराता झीना कोहरा और नीचे सड़क की धूल ही कुछ धूसर जान पड़ रही थी। सड़क किनारे की झाड़ियाँ भी स्पष्ट दिखायी नहीं देती थीं। अर्जुनलाल और धनसिंह से आगे-आगे चलने वाले मुसाफिर भी चलती-फिरती अस्पष्ट छाया जान पड़ रहे थे। सफेद चदरे की दोहर ओढ़े आदमी, मैले चूने से पुते हदबन्दी के ऊँचे खम्भे की तरह सामने चला जाता जान पड़ रहा था।

जाड़े की तीखी हवा की सर्दी से ध्यान बटाने के लिए अर्जुनलाल और धनसिंह आपस में बातचीत करते जा रहे थे। सहसा अर्जुनलाल ने पूछ लिया—"वे कौन लोग हैं? सड़क के बायीं ओर धरती से ऊँचाई पर बनी हुई रेल की लाइन पर से कुछ छायायें सड़क की ओर उतरती दिखायी दीं।

धनसिंह ने अर्जुनलाल की बाँह थामकर कहा—"सिपाही जान पड़ते हैं?" वे दोनों सड़क किनारे के एक पेड़ के नीचे छाया में से गुजर रहे थे। सिपाहियों की गाली और धमकी सुनायी दी, "चलो लाइन पर।"

अर्जुनलाल और धनसिंह पेड़ की छाया में ही ठिठक गये और एक बड़ी झाड़ी की ओट में हो गये। रेल की लाइन सड़क से चालीस कदम से अधिक दूर न थी। मुसाफिर आगे-आगे और सिपाही उनके पीछे-पीछे लाइन की ओर जाने लगे। वे लोग लाइन पर पहुँचे थे कि बहुत जोर से बन्दूकें दगने के धमाके हुए। तीन गोलियाँ चलीं। चीखों की आवाजें आयीं। दो गोलियाँ और चलीं।

अर्जुनलाल और धनसिंह साँस रोके, झाड़ी के पीछे दुबके, एक-दूसरे का कन्धा पकड़े, धड़कते हृदय से, आँखें फाड़ कर देख रहे थे। रोने का शब्द सुनाई दिया। औरत का गला था। सिपाहियों के हँसने की आवाजें सुनायी दीं।

एक सिपाही ने ऊँचे स्वर में परिहास कर पश्चिमी पंजाब की बोली में कहा—"हरामज़ादी, तू क्यों रो रही है? तेरे लिए तो पाँच साँड़ मौजूद हैं। चुप रह, शोर मचायेगी तो सरकार का एक कारतूस और खर्च करायेगी।"

दूसरे सिपाही और जोर से हँस पड़े।

अर्जुनलाल सिपाहियों की बातचीत समझ न सकता था। धनसिंह उस ओर कान लगा कर समझने की कोशिश कर रहा था। सिपाही हँस रहे थे—"अरे यार, फिजूल ही परेशान हुए, तीनों के पास कुल सत्रह रुपये निकले।"

एक अधिक ऊँची आवाज सुनायी दी—"सुनो भाई, यह माल गनीमत है। खुर्शेद के पास जमा रखो! कल खुर्जे से पाँच बोतलें आयें।"

दूसरे ने गाली देकर कहा—"यहाँ लाइन पर पड़े इसी से वक्त कटेगा।"

"अरे सालों की कमर टटोलो। यह लोग कमर में रुपया बाँधते हैं।"

सिपाही उस औरत के बारे में अश्लील परिहास करने लगे। एक सिपाही ने माचिस जला कर अपने मुँह की ओर उठायी। होंठों में सिगरेट थामे उसका चेहरा धनसिंह को अत्यन्त भयानक लगा। उसके बाद उसने दूसरे सिपाहियों को भी सिगरेट दिये। सिपाही सिगरेट के कश खींचने लगे। जान पड़ रहा था, मारे गये आदमियों की चिताओं पर चिनगारियाँ दहकने लगी हों।

वृक्षों के शिखर उजले होने लगे। ऊँचाई पर बनी रेल की लाइन पर खड़े सिपाहियों के चेहरे दिखायी देने लगे। एक सिपाही ने अपनी राइफल जमीन पर पटक दी और झगड़ते हुए सिपाहियों के स्वर से ऊँचे स्वर में कहा—"झगड़ने की कोई बात नहीं है। लाटरी डालो, जिसका नम्बर निकल आये।"

चाँदनी सिपाहियों के शरीर पर उतरती आ रही थी। उनकी वर्दियाँ दिखायी देने लगी थीं। एक सिपाही ने अपनी राइफल लाइन के सहारे टिका दी और गोली खाकर गिरे हुए दो देहातियों के शरीर पर से रजाइयाँ झटक कर उतारने लगा। रजाइयाँ लेकर वह लाइन से उतर कर उस झाडी की ओर चला आ रहा था जहाँ अर्जुनलाल और धनसिंह दुबके हुए थे। इन दोनों ने साँस दबा सिर झुका लिये।

झाड़ियों के बीच खाली जगह में सिपाही ने एक के ऊपर एक दोनों रजाइयाँ बिछा दीं। वह लौटकर गया और लाइन के पास बाँहों में सिर छिपाये बैठी औरत को बाँह से पकड़ रजाइयों की ओर खींचने लगा।

औरत हाथ जोड़कर रोने लगी। सिपाही ने जोर से कहकहा लगा कर गाली दी और धमकाया—"अभी गोली मार दूँगा······को।" दूसरे सिपाही ने उस गाली की नवीनता पर कहकहा लगा दिया।

सिपाही औरत को बाँह से खींचकर रजाइयों पर ले आया। चाँदनी में औरत के गालों पर बहते आँसू दिखाई दे रहे थे। सिपाही ने बिलखती हुई औरत को बाँहों में उठाकर झाड़ियों में बिछी रजाई पर डाल दिया। रजाई का बिस्तरा अर्जुनलाल और धनसिंह से केवल तीन कदम के अंतर पर था। औरत के ठुसक-ठुसक कर रोने और सिपाही के बदहवासी में बड़बड़ाने की आवाजें इन लोगों के कानों तक आ रही थीं।

धनसिंह का शरीर बर्फीली सरसराती हवा में भी पसीना-पसीना हो रहा था। सुने जाने के भय से वह अर्जुनलाल से कुछ कह भी न सकता था। शरीर में असह्य विकलता,

तमतमाहट और ग्लानि अनुभव हो रही थी। साँस घुट रही थी। उसने अर्जुनलाल की बाँह दबायी। अर्जुनलाल के देखने पर उसने सिपाही की ओर संकेत से अपना गला दोनों हाथों में पकड़कर सिपाही को मार देने और औरत को छुड़ाने का प्रस्ताव किया।

लाइन पर खड़े सिपाही ऊँची आवाज में अश्लील मजाक कर रहे थे—"अबे नौशेर के बच्चे, हमारी भी बारी का खयाल रखना। साले, खबरदार! पहले सब लोग एक-एक बार जाएँगे! जल्दी कर बे। नहीं बनता तो आकर तेरी कमर पर एक लात दूँ!"

अर्जुनलाल ने उन लोगों की ओर संकेत कर उँगलियों से बन्दूक चलाने का इशारा किया—वे लोग गोली मार देंगे।

औरत को पकड़ कर लाने वाला सिपाही गाली देता हुआ झाड़ियों में उठ खड़ा हुआ और पतलून को कमर में कसता हुआ लाइन की ओर चला गया। लाइन की ओर से दूसरा सिपाही 'मेरी बारी' चिल्लाता हुआ इस ओर दौड़ पड़ा। इसी तरह एक के बाद एक पाँचों सिपाही आये। औरत की हाय-हाय की पुकारें धीमी होती जा रही थीं।

पाँचवाँ आदमी अभी लौट नहीं पाया था कि लाइन पर खड़े सिपाही चिल्ला उठे—"अबे कासिम, रौंद आ रही है। साले जल्दी कर!"

लाइन पर पूरब की ओर एक बड़ा तारा सा चमका। बहुत तेज टार्च के प्रकाश की तिकोन बढ़ती चली आ रही थी।

कासिम पतलून सम्भालता हुआ लाइन की ओर भाग गया। सिपाही अपने ब्रानकोट और पेटियाँ कसने लगे। कुछ मिनट बाद लाइन पर एक ट्राली आकर ठहरी। पाँचों सिपाहियों ने मुस्तैदी से लाइन में खड़े होकर ट्राली पर बैठे अफसरों को सैल्यूट दिया।

ट्राली पर से दो अफसर उतरे, एक अंग्रेज और दूसरा हिन्दुस्तानी था। दोनों अफसरों के हाथों में बिजली की लम्बी-लम्बी टार्चें थीं। टार्च जलाकर अफसरों ने आपस में संक्षिप्त सी बात की।

हिन्दुस्तानी अफसर ने सिपाहियों से पूछा—"क्या मामला हुआ?"

एक सिपाही ने एक कदम बढ़कर जवाब दिया—"हुजूर, यह बदमाश लोग लाइन का पेंच खोलता था। हम लोग उधर रौंद पर गया। एक खम्भा परे से गोली मारा।" अंग्रेज अफसर टार्च का प्रकाश लाइन के आस-पास डालकर देख रहा था। टार्च के प्रकाश की तीखी त्रिकोण उस झाड़ी की ओर घूमती आ रही थी जहाँ धनसिंह और अर्जुनलाल छिपे हुए थे। वह तीखा प्रकाश उनकी आँखों में काँटों की तरह चुभ रहा था। वे झाड़ियों में और भी नीचे दुबक गये। दोनों अफसर इस झाड़ी की ओर उतर आये।

धनसिंह और अर्जुनलाल के हृदय धड़क रहे थे। अंग्रेज अफसर झाड़ियों और ढेलों को रौंदता हुआ उसी ओर बढ़ता चला आ रहा था। दोनों के शरीर पर पसीना छलक आया। जान पड़ा, उन्हें भी लाइन पर ले जाकर गोली से उड़ा दिया जायगा। धनसिंह ने हाथ की उँगलियों के मुक्के कसकर निश्चय किया। अफसर का कदम उनकी झाड़ी पर पड़ते ही उसकी नाक पर पूरे बल से घूँसा मार देगा और पूरी शक्ति से भाग जायगा। पीठ पीछे से गोली मार दी जाये लेकिन वह यों प्राण नहीं देगा।

अंग्रेज अफसर और उसके पीछे-पीछे हिन्दुस्तानी अफसर झाड़ी की ओर आ रहे थे। उनकी टार्चों का प्रकाश झाड़ी से बढ़ कर धरती पर बिछी रजाई पर था। झाड़ी में दुबके

हुए धनसिंह को दिखाई दे रहा था, रजाई पर औरत चित्त पड़ी थी, गहरी नींद में थी या बेहोशी में; या मर चुकी थी। स्त्री की बाँहें फैली हुई थीं, लहँगा कमर से ऊपर उलटा हुआ था।

अंग्रेज अफसर ने स्त्री के शरीर पर निगाह पड़ते ही आँखें फेंर लीं और टार्च का प्रकाश दूसरी ओर कर दिया। हिन्दुस्तानी अफसर ने टार्च बुझा दी। दोनों अफसरों में बहस सी हो रही थी। अंग्रेज की आवाज ऊँची और क्रुद्ध जान पड़ती थी। हिन्दुस्तानी अफसर लम्बी बात कह कर उसे समझा रहा था, जवाब दे रहा था।

दोनों अफसर लौट गये। अंग्रेज अफसर गुस्से में थूकता जा रहा था। लौट कर वह कुछ न बोल ट्राली पर बैठ गया। हिन्दुस्तानी अफसर ने सिपाहियों को हुक्म दिया—"तुम लोग अभी एकदम इधर से मार्च करके स्टेशन को जायेगा। लाइन पर खबरदारी रखेगा। सुबह की गाड़ी से टूँडला पहुँच कर स्टेशन का दफ्तर में रिपोर्ट करेगा।"

अफसर ने जेब से एक नोटबुक निकालकर कुछ लिखा पर्चा फाड़ कर टोली के नायक को दे दिया—"यह कागज दफ्तर में देगा।" सिपाही चुस्ती से एक लाइन में हो गये। राइफलें उनके कन्धों पर पहुँच गयीं और एक साथ बाँह और कदम उठाते हुए पूरब की ओर चल दिये। हिन्दुस्तानी अफसर भी ट्राली पर बैठ गया। ट्राली की मोटर का इंजन गुर्राया। ट्राली तेजी से आगे चल दी।

अर्जुनलाल और धनसिंह झाड़ी के पीछे से उठ कर खड़े हो गये। उनके शरीर के जोड़ इतनी देर तक दबे रहने से सुन्न हो रहे थे। शरीर की जकड़न खोलने के लिये उन्होंने पीठ और गर्दन सीधी करके अँगड़ाई ली। सामने रजाई पर बेसुध पड़ी औरत दिखायी दी। उनके सिर लज्जा से झुक गये और अँगड़ाई दब गयी। संकोच में एक दूसरे से आँखें चुराये रहे। दोनों ही सोच रहे थे, इस बेचारी का क्या करें? यों ही कैसे छोड़ जायें परन्तु स्त्री की ओर देखने और उसे छूने का साहस न हुआ।

स्त्री के रुँधे हुए गले से आह शब्द निकला, कुछ काँखने की सी आवाज आयी। स्त्री ने आधी करवट ली। लहँगा संभाल कर सिमिट गयी। कोहनी के सहारे गर्दन उठा कर चारों ओर देखा।

अर्जुनलाल ने साहस कर भर्राई आवाज में कहा—'भैया, चलो तुम्हें घर पहुँचा दें।"

औरत जोर से रो उठी।

अर्जुनलाल ने उसे सांत्वना देकर उसके घर पहुँचा देने की बात दोहराई पर स्त्री सिर पर हाथ मार कर फूट-फूट कर रो उठी—"हाय मैं मर गयी, मैं कहाँ जाऊँगी! मैं तो अब यहीं मरूँगी उन नासपीटों को लेकर।"

अर्जुनलाल और धनसिंह बेबस थे। औरत को यों छोड़कर जाते न बनता था। वहाँ ठहरते तो क्या करने के लिये! लाइन पर गाड़ी के आने का समय हो रहा था। बेबसी में होंठ दाँतों से दबाये, आँखों से आँसू रोके सड़क पर आकर तेजी से स्टेशन की ओर चलने लगे। गाड़ी के माथे की रोशनी दूर से दिखायी दे गयी। वे स्टेशन की ओर दौड़ पड़े। कठिनता से वे गाड़ी में बैठ पाये।

टूण्डला स्टेशन से सिपाहियों की दो स्पेशल ट्रेनें तैयार पूर्व और पश्चिमी जाने के लिये खड़ी थीं। स्टेशन खाकी वर्दी पहने लोगों से भरा हुआ था। धनसिंह को इनमें से

प्रत्येक व्यक्ति देश का खूँखार हिंस्रक जान पड़ रहा था। उसका मन क्रोध से उबल रहा था।

टूण्डला में गाड़ी में भीड़ बहुत बढ़ गयी। अर्जुनलाल और धनसिंह भीड़ में दबे बैठे थे और मुसाफिर भीतर धँसे आना चाहते थे। खिड़की में से किसी ने दो-तीन बार पुकारा—"पण्डित, ओ पण्डित! अर्जुन भाई, अरे पहचानना ही नहीं चाहते। अरे हम हैं महफूज। जगह करो हमारे लिये!"

अर्जुनलाल ने हाथ बढ़ा कर महफूज को खिड़की से भीतर खींच लिया। पहले से ही कष्ट में बैठे हुए लोग इस पर आपत्ति करने लगे। अर्जुनलाल ने उन्हें चुप कराने के लिये कहा—"अरे भाई जानते हो, यह सरकारी आदमी हैं। चाहे तो हम सब को उतरवा दे।"

"सी०आई०डी० होगा।"

"अब यों जूतियाँ मारोगे दोस्त!" महफूज ने अपने रूखे केशों पर हाथ रखकर कहा।

"क्या बात करते हो!" अर्जुनलाल हँस दिया, "कब आये देवली से? कैसी कटी?"

"अमा यार, अपना क्या है बाहर थे तो सरकार से लड़ते थे, जेल में रहे तो लड़ते रहे। अब भी सी०आई०डी० वाले पीछे-पीछे चल रहे हैं।" आस-पास बैठे लोगों ने भी ध्यान दिया और धनसिंह ने भी।

अर्जुनलाल फिर हँस दिया—"पुलिस खामुखाह तुम्हारे पीछे है। तुम तो जंग में अंग्रेजों की मदद कर रहे हो। कहते हो पीपल्सवार है।" महफूज ऊँचे स्वर में बोला, "है तो कहते हैं। अंग्रेजों की मदद तो तुम्हारा गाँधी भण्डार करता है जो फौज को कम्बल सप्लाई कर रहा है। हम तो कहते हैं, जापानियों से अपने देश की रक्षा करो। हम तो कह रहे हैं, लड़ाई हमारी है। हमारे नेताओं को जेल से छोड़ो, हम खुद जापान से लड़ेंगे। अंग्रेज तो मुल्क को बरबाद कर रहे हैं, वे लड़ ही नहीं पाते।"

राजनैतिक बहस शुरू हो गयी। अर्जुनलाल ने उत्तेजित होकर कहा—"तुम कहते हो लड़ाई में अंग्रेजों का साथ दो, लो सुनो!" उसने गत रात देखी घटना कह सुनायी।

धनसिंह चुपचाप सुन रहा था। उसे बार-बार ख्याल आ रहा था, रेडियो पर नेताजी ने कहा था कि हिन्दुस्तानी फौजें अंग्रेजों से बगावत करके देश की ओर से लड़ने के लिये तैयार हैं। अर्जुनलाल भी देहात में यही समझकर आ रहा है। यही है हिन्दुस्तानी फौज की देशभक्ति। उसका ध्यान बहस से उचटकर पहाड़ों में बिछुड़ गयी सोमा की ओर चला गया; उस रात यदि मैं उन बदमाशों को मार न देता।........सोमा कोठरी में ही होती, गलती से किवाड़ खोल देती तो सोमा पर क्या बीतती?

घटना के समय धनसिंह अंग्रेज और हिन्दुस्तानी अफसर की बहस अंग्रेजी न जानने के कारण समझ नहीं पाया था। अर्जुनलाल उत्तेजना में बहस भी सुना गया—"अंग्रेज अफसर हिन्दुस्तानी सिपाहियों की हरकत से नाराज होकर उन्हें वहीं सजा देना चाहता था। हिन्दुस्तानी अफसर उनकी हिमायत कर रहा था कि महीना भर से वे लाइन पर पड़े हैं। यदि यह लोग देहात की जनता से भाईचारा निबाहने लगेंगे तो स्थिति वश से बाहर हो जायेगी। यह लोग भी बागियों के साथ मिल जायेंगे।"

महफूज ने पूछ लिया—"यही है तुम्हारी क्रांति की तैयारी; अब कहो!"

एक बूढ़े ने सिर हिलाकर कहा—भाई और जो कहो; अंग्रेज इंसाफ करता है।''

महफूज ने विरोध किया—''अंग्रेज अगर इंसाफ करने वाला होता तो दूसरे मुल्क पर क्यों काबिज रहता? आप लोगों के दिमाग पर कब्जा रखने के लिये और आप लोगों के मन में अपनी इज्जत और एतबार बनाये रखने के लिये वह ऐसा इंसाफ दिखाता है। आप अंग्रेजों के गुलाम कुत्तों के सलूक से हिन्दुस्तानियों के कैरेक्टर का अन्दाजा लगाते हैं। वल्लाह, क्या अक्ल है आपकी! यह फौज ऐसे जुल्म इसलिये करती है कि वह अपने आपको जनता का नहीं, जनता पर जुल्म करने वाले का नौकर समझती है।''

महफूज ने अर्जुन्लाल के कंधे पर हाथ रखकर पूछा—''इसी फौज के भरोसे पर आप ४२ में अंग्रेजों से बगावत करने चले थे?''

अर्जुनलाल दूसरी बातें करने लगा। उसने दिल्ली जेल के किस्से और महफूज ने देवली कैम्प के किस्से सुनाये। धनसिंह मौन बैठा रहा।

कानपुर में अर्जुनलाल तीन दिन धनसिंह को लिये घूमता रहा। कानपुर में उसने अपने आरम्भिक राजनैतिक कार्य के दिन बिताये थे। कांग्रेस की ओर से म्युनिसिपैलिटी के चुनावों में भाग लिया था। यहाँ उसके बहुत परिचित थे। बहुत भरोसे से वह कानपुर आया था परन्तु वह भरोसा निराशा में बदलता जा रहा था।

कानपुर में पुलिस का जाल दिल्ली की अपेक्षा कम न था। कांग्रेस के कुछ कर-धर सकने वाले लोग गिरफ्तार हो चुके थे या फरार थे। अफवाह गरम थी कि कम्युनिस्ट कांग्रेसियों को पकड़वा रहे हैं। अर्जुनलाल मोती भाई के यहाँ पहुँचा। सन् ३८ के म्युनिसिपल चुनाव में उसने मोती भाई की बहुत सहायता की थी। मोती भाई जब तक अपनी आढ़त पर अर्जुनलाल के नाम से दो-एक सौदे करके उसकी कुछ सहायता कर देते थे। उसी आसरे अर्जुन्लाल निश्चिन्त होकर राजनैतिक काम करता रहता था। दिल्ली में रामू भाई के यहाँ उसे मोती भाई ने ही लगवा दिया था।

मोती भाई ने उस समय की शहर की दशा ख्याल करके अर्जुनलाल और उसके साथी को जगह देने से इन्कार कर दिया—''जिसे देखो हमें खाये जाता है। बाहर तो सब चौपट हो गया है। सरकार ने सब काम चौपट कर दिया है। तुम लोगों को चाहिये, गाँवों में जाकर किसानों को सरकार से असहयोग करने के लिये कहो। यह तोड़-फोड़ कांग्रेस का काम नहीं है। इसी से तो गाँधी जी अनशन कर रहे हैं।''

अर्जुनलाल और धनसिंह मोती भाई के यहाँ निराश होकर लाठी-मौहाल की राह जा रहे थे कि एक दूसरे आढ़ती मिल गये जो शहर कोतवाल की महफिल में आते-जाते रहते थे और कांग्रेस से गुप्त सहानुभूति भी रखते थे।

अर्जुनलाल ने उन्हें 'जयराम जी' कह पुकार लिया। वे कुछ सकपकाये और फिर अर्जुनलाल को धनसिंह से जरा परे ले जाकर बोले—''भले आदमी, तुम यों फिर रहे हो, पुलिस तुम्हें ढूँढ़ रही है''

अर्जुनलाल ने कहा—''मैं अभी परसों तो आया हूँ। कुछ बात भी नहीं हुई। क्या वारंट है?''

''वारंट न भी हो, कोतवाल के यहाँ तुम्हारा जिक्र हो रहा था कि शहर में हो। कांग्रेसी हो, हड़ताल-वड़ताल करवाते रहे हो। कानपुर तुम्हारे लिए ठीक नहीं है।''

कहाँ चले जायें?·····अभी दिल्ली जेल से आ रहे हैं।''

"अरे कहीं चले जाओ, बम्बई चले जाओ। जब तक दिन अच्छे नहीं हैं, कुछ रोजगार ही कर लो, मौला है। बम्बई में हमारे अपने आदमी हैं। उनकी आढ़त पर चले जाओ।"

"फिर मिलूँगा आप से।" इधर-उधर देख कर अर्जुनलाल ने कहा।

"घर पर तो आना मत। बम्बई में शेखमेनन स्ट्रीट में ६९ नम्बर है। उनका नाम जगजीवन भाई है। तुम निकल जाओ कानपुर से। यहाँ आबोहवा ठीक नहीं हैं, समझे!' और वे आगे-पीछे देखते हुए चले गये।

अर्जुनलाल तिलक हाल में ठहरा हुआ था। सोचा, वहाँ न लौटना चाहिये पर जाय तो कहाँ! गलियों में से होकर वह एक पुराने परिचित के यहाँ कर्नलगंज में जाना चाहता था, गली के मोड़ पर मिल गया गणेश। वह साइकिल ठेल कर चला आ रहा था। ऐसे समय कम्युनिस्ट से मुलाकात होना अर्जुनलाल को अच्छा न लगा परन्तु सामना हो गया था। गणेश ने अर्जुनलाल के गले में बाँह डाल दी—"कहो दोस्त!"

गणेश से अर्जुनलाल का पुराना मजाक था। दोनों ने १९३५ की हड़तालों में साथ काम किया था और फिर चुनाव में एक-दूसरे के खिलाफ भी लड़े थे।

अर्जुनलाल ने पूछा—"कहो भाई, स्तालिन का कोई खत आया? अब कौन फ्रंट बदलने का हुक्म आया है?"

गणेश ने उत्तर दिया—"तोजो का खत आया है कि अंग्रेजों को निकाल कर जापानी हुकूमत कायम कराने में जितने सोशलिस्ट, कांग्रेसी मदद करेंगे, सबको थानेदारी या राशनशाप की परमिट दी जायेगी।"

"और जो कम्युनिस्ट कांग्रेसियों को गिरफ्तार करवा रहे हैं, उन्हें अंग्रेज तहसीलदारी देंगे।"

"किस साले ने किस मादर······को गिरफ्तार कराया है! गणेश ने अर्जुन का हाथ अपने हाथ में दबा कर और मुँह उसके कान के पास ले जाकर कहा, "कल सब-इंस्पेक्टर चौबे तुम्हें पूछ रहा था। हमने कहा, हमसे मतलब, वह बोला, अरे साहब शहर में आ गये हैं, आपसे न मिलेंगे। और फिर हरामी कहता है, उन दिनों तो वे लोग आपको गालियाँ दिया करते थे, न जाने कितनों को देवली भिजवा दिया। अपने लिये कहने लगा, हम तो सबको एक सा समझते रहे, आँख बचा जाते थे कि क्यों परेशान करें।

"मैंने साले को डाँटा, हम तुम्हें खूब जानते हैं। दूसरों से कहते हो, कम्युनिस्ट कांग्रेसियों को पकड़वाते हैं। हमसे कहते हो, कांग्रेसी कम्युनिस्टों को पकड़वाते हैं, कहो तो तुम्हारे धान जी जहाँ छिपे हैं, मिलवा दूँ·········मिलोगे?"

"हाँ मिल लेंगे।" अर्जुनलाल ने कहा और सोचा, मिल लें उनसे शायद काम की कोई राह निकल आये।

गणेश अर्जुनलाल को चार कदम एक ओर ले गया और पता बता कर कहा—"वहाँ उनका नाम लेना। कहना 'दाउजू' से काम है" अर्जुनलाल ने गणेश की सायकिल ले ली। धनसिंह को गणेश के साथ जाने के लिये कह दिया और स्वयं दूसरी ओर चला गया।

धनसिंह गणेश के साथ चुपचाप गली-गली चला जा रहा था। गणेश ने जेब से दो बीड़ियाँ निकाल कर कहा—"कामरेड, बीड़ी पियो!" धनसिंह को बीड़ी देकर पूछा, "तुम इनके साथ ही हो! दिल्ली से ही आये हो! दिल्ली में क्या हाल है?"

"वहाँ भी ऐसा ही हाल है। अब अंग्रेज से तो कोई लड़ता नहीं, आपस में ही लड़ रहे हैं। लीडर कहीं कोई मिलता नहीं। आपके एक साथी दीवानचन्द हमारे साथ जेल में थे।" धनसिंह ने निरुत्साह से उत्तर दिया।

"अच्छा; दीवानचन्द को जानते हो? वह यहीं हैं। इलाहाबाद गये हैं; दस-पन्द्रह दिन में आयेंगे। अब तुम्हारा क्या ख्याल है; पर अभी जेल से ही आ रहे हो। कुछ दिन देख-समझ लो। धनसिंह ने बीड़ी समाप्त करके कहा, "हाँ, अर्जुन भाई जैसे कहेंगे।"

अर्जुनलाल लौटकर आया तो और भी उदास था।

गणेश ने पूछा—"क्यों? बात क्या हुई दाउजू से?"

"कहते हैं, अभी गाँधी जी का उपवास समाप्त हुआ है। जब तक उनका सरकार से पत्र व्यवहार न हो ले, प्रतीक्षा करना ठीक होगा। कहते हैं, तब तक दिहात में जाकर सरकार को गल्ला न बेचने का प्रचार करो।" अर्जुन ने उदासी से उत्तर दिया।

गणेश बोला—"ठीक है, कानपुर की हालत देख ही रहे हो। गल्ले के लिये चाहे जिस दिन लूट-मार हो जाये। तुम शहर में और गल्ला न आने दो, लूट-मार मच जाये, आसाम में सामान न पहुँचे, जापानी बढ़े चले जायें। कलकत्ते में तीन बार बम गिर चुके हैं। पूरब से चालीस लाख आदमी भाग कर आया है। कल यहाँ बम गिरेगा तो कहाँ जायेंगे? अंग्रेज एक मरेगा और हिन्दुस्तानी दस हजार। बर्मा ने जापानियों का स्वागत किया था। जब से जापानी आये हैं, वहाँ मार्शल-ला लगा है। जनता भाग-भाग कर जंगलों में जा छिपी है और अब अपने प्राण बचाने के लिये लड़ रही है लेकिन वहाँ के पूँजीपति अब जापान की खुशामद में हैं। तुम्हारे सिंहानियाँ, गुप्ता, बिड़ला भी इन्तजार में हैं कि तोजो को सबसे पहले सलाम करें।"

अर्जुनलाल बहुत दुखी था। एक चटाई बिछाकर चुपचाप लेट गया। सो गया या चिन्ता करता रहा। गणेश उसकी बगल में लेट कर खुर्राटे लेने लगा। धनसिंह दूसरी चटाई पर लेटा था। उसे अपना जीवन निराश्रय और बरबाद जान पड़ रहा था। कुछ कर सकने के द्वार सब ओर से बन्द थे। अत्याचार का विरोध करने पर सरकार और पुलिस का दण्ड। सरकार और पुलिस से लड़ने के लिये कोई सहारा नहीं। लोग सरकार से लड़ना नहीं, खेल खेलना चाहते थे। उसके तो जिन्दगी-मौत का सवाल था। वह सोमा को छोड़ आया था। उसके बिना सोमा की क्या हालत हुई होगी? रेलवे लाइन पर रात में देखी घटना उसकी स्मृति में सजीव हो गयी। सोमा के साथ भी यदि ऐसा ही हो? यदि वह समीप होती तो उसकी रक्षा में अपनी जान तो दे सकता।

धनसिंह ने सोचा, पिछली रात वह क्या कर सका? उसका हृदय लज्जा और ग्लानि से भर गया। वह तो तैयार था, अर्जुनलाल ने रोक लिया था। उसका मन अर्जुनलाल से फट गया। यह डरपोक आदमी है, यह लीडर है छोटा लीडर और दूसरे बड़े लीडर हैं। छिपे बैठे हैं कि गिरफ्तार न हो जायें। यह लड़ेंगे क्या? सबको अपनी-अपनी जान की पड़ी है। आराम से जो हैं साले!

धनसिंह को फिर सोमा की याद आ गयी, सरोला साहब के यहाँ थी। यदि लाला जी ने झगड़े में पड़ने के डर से उसे निकाल दिया हो! गुजारा कैसे करती होगी! बदमाश उसके पीछे पड़ गये होंगे! मैं यहाँ छिप-छिप कर कौन बहादुरी कर रहा हूँ। दिन में अर्जुनलाल के साथ मूलगंज से गुजरा था। वहाँ छज्जों पर बैठी बेरौनक, चीथड़ा सी

औरतों के चेहरे याद आने लगे। उनमें से कितनों के आदमी उन्हें छोड़ आये होंगे? क्या करतीं बेचारी?''

सुबह धनसिंह की नींद खुली तो गणेश गायब था। अर्जुनलाल चुपचाप चिन्ता में बैठा था। धनसिंह को जगा देखकर अर्जुनलाल ने कहा—''धनसिंह भाई। अब यों चल नहीं सकेगा। हम दो-चार रोज के लिये देहात अपने घर जायेंगे और फिर सोचा है, बम्बई निकल जायें। यहाँ फिर से जेल में जा बैठे तो क्या लाभ? हम अकेले में कर भी क्या लेंगे? अब तुम भी कहीं नौकरी-चाकरी कर लो। कानपुर में काम की कमी नहीं है। तुम्हें यहाँ पहचानता भी कौन है!''

अर्जुनलाल उठ खड़ा हुआ—''हमारे देहात के लिये बस सुबह ही जाती है। तुम्हें जरूरत हो तो लाठी-मोहाल में मोती बाबू से मिल लेना। हमने तुम्हारी बाबत उनसे कह दिया है।'' उसने कुर्ता उठाकर बंडी की जेब से पाँच-पाँच रुपये के दो नोट निकालकर धनसिंह की ओर बढ़ा दिये। लो, तब तक यह काम आयेंगे। दो-चार दिन में कुछ कर ही लोगे।'' अर्जुनलाल अधिक बात किये बिना मकान के तंग जीने से उतर गया।

धनसिंह के आँखों में आँसू आ रहे थे, उन्हें होंठ काटकर पी गया। अर्जुनलाल के दिये रुपये लेने में उसे अपमान अनुभव हुआ परन्तु लिये बिना चारा नहीं था। उस दूर देश में उसे अर्जुनलाल का ही भरोसा था। अर्जुनलाल उसे ऐसे छोड़कर चल दिया जैसे लम्बी कठिन राह में थक जाने पर कोई व्यर्थ बोझ को फेंक दे। धनसिंह के हाथों में शक्ति थी और हृदय में साहस भी परन्तु हाथों के सामर्थ्य और हृदय के साहस से अवसर के बिना क्या हो सकता था? इस समय यह रुपया ही भोजन, आश्रय और कहीं आने-जाने में सहायक हो सकता था।

धनसिंह कोठरी से उठकर दीवान से घिरे आँगन के फर्श पर बैठ गया। फाल्गुन की पीली-पीली धूप और फरफराती हवा थी, जैसा मौसम काँगड़ा में बैसाख-जेठ में होता है। आस-पास ऊँचे-ऊँचे मकान थे। फड़फड़ाहट की आहट सुनकर धनसिंह ने गर्दन फेर कर दायीं ओर देखा। बगल की ऊँची छत पर एक स्त्री भीगी धोती को नीचे लटका कर सिलवटें निकालने के लिये झाड़कर सूखने डाल रही थी। दीवार के ऊपर दिखायी देते स्त्री के शरीर पर बेपरवाही से पड़े धोती के आँचल के अतिरिक्त और कुछ न था।

धनसिंह ने अपने पहाड़ी देश में स्त्री को ऐसी बेपर्दगी की अवस्था में कभी नहीं देखा था। वह स्त्री दीवार पर कोहनी टिकाये झुककर नीचे के आँगन में देख रही थी। निगाह ऊपर करने से धनसिंह को स्त्री के आँचल के नीचे से दो खूब उभरे स्तन दिखायी दे जाते थे। उसकी आँखें झुक गयीं। उसे जान पड़ा, स्त्री किसी से बात कर रही थी, बातचीत धनसिंह समझ न पाया। दूसरी आवाज भी स्त्री की ही जान पड़ती थी। ऊपर देखना उसने उचित न समझा। समीप ही पट्ट-पट्ट पानी गिरने का सा शब्द हुआ। उसने उधर देखा, पीक थी। वह एक ओर हट गया।

धनसिंह ने अपने ऊपर मजाक की खिलखिलाहट सुनी तो क्रोध में आँखें ऊपर उठे बिना न रह सकीं। देखा, धोती सूखने डालने वाली के साथ एक और युवा स्त्री थी। दोनों दीवार पर कोहनियाँ टिकाये पान चबाती हुई उस पर हँस रही थीं। धनसिंह के मन में हुआ उन्हें फटकार दे परन्तु ऊपर उघड़े हुए चार स्तनों के कारण उसकी नजर झुक गयी। घृणा से दाँत पीसकर चुप रह गया।

एक स्त्री ने उसे सुनाकर कहा—"जाने कहाँ से निगोड़े, रँडुये इकट्ठे हो गये हैं मुहल्ले में! बदमाश हैं। न जाने कहाँ से रोज नये-नये चले आते हैं!"

दूसरी ने कहा—"भले लोग होते तो औरतें न होतीं इनके साथ, बदमाश तो हैं ही।"

स्त्री के मुख से गाली और छेड़खानी सुनकर धनसिंह का ड्राइवर का अभ्यास जाग उठा। ललकारना चाहता था, यहाँ आओ तो बताऊँ परन्तु परिस्थिति, परदेश से घिरे होने का ध्यान आ गया, होंठों पर आ गयी बात होंठों में ही रह गयी। वह तिलमिला कर रह गया। वहाँ बैठकर अपमान सहना उसके लिए सह्य न था। वह उठा और जीने से नीचे उतर गया!

बाजार में आकर धनसिंह की इच्छा हुई कुछ खाने-पीने की जगह देखे। यह भी सोच रहा था कि रहेगा कहाँ? उस बड़े शहर में वह किसके सहारे रहेगा? अर्जुनलाल भरोसा देकर साथ लाया था परन्तु उसे छोड़ कर चला गया था। धनसिंह का तो घर-बार था नहीं; जो था उनसे वह बिछुड़ चुका था। ख्याल आया कि कम्यनिस्टों के साथ हो ले परन्तु अर्जुनलाल ने उन लोगों से बचे रहने के लिये कहा था कि वे लोग अंग्रेजों के एजेन्ट बन गये थे।

अर्जुनलाल धनसिंह का साथ छोड़ गया था, उसकी बात पर धनसिंह को श्रद्धा न रही परन्तु कम्युनिन्टों से वह आशा क्या करता? अर्जुनलाल ने बड़े-बड़े लोगों से अपने सम्बन्ध और उन पर अपने प्रभाव की बातें की थीं, कांग्रेस वालंटियर सेना में भरती करा देने का आश्वासन दिया था। धनसिंह ने देखा कि कम्युनिस्टों के यहाँ तो लेटने के लिये खाटें भी नहीं थीं। उनसे वह क्या आशा करता।

धनसिंह मन कड़ा कर सेठ मोती भाई के यहाँ लाठी-मोहाल में पहुँचा। अनुनय के स्वर में अर्जुनलाल का संदेश दिया कि जरूरत के समय सेठ जी अवश्य मदद करेंगे। बताया, वह आन्दोलन के लिये छः मास कांग्रेस की जेल काट कर आया था। उसे कोई नौकरी मिल जाय।

सेठ जी बोले—"कुछ लिखे-पढ़े तो हो नहीं कि मुनीमी या क्लर्की कर लो। तुम्हारी कोई जमानत या जान-पहचान भी नहीं है कि दरबानी, चौकीदारी ही दिला दें। नौकरी करनी है तो सरकार की करो। कांग्रेस की तो उल्टे मदद करनी चाहिये। भगवान ने तुम्हें अच्छा-भला शरीर दिया है। बाजार में काम की क्या कमी है, कुछ दिन पल्लेदारी ही कर लो! कांग्रेस में काम करने वाले सभी नेता हो जायें तो कैसे काम चलेगा!"

धनसिंह मोती बाबू के यहाँ से चुपचाप लौट पड़ा। उस अपमान से उसे उतना ही क्रोध आया जितना कि उसके मन में बैजनाथ के थानेदार के प्रति था। वह आजादी का सैनिक बनना चाहता था। उसे कहा गया, बोझ ढोने वाला कुली बन जाये या सरकारी नौकरी कर ले।

धनसिंह दिन भर कानपुर के बाजारों में घूमता रहा। भीड़ के कारण कन्धे से कन्धे छिलते थे। सिनेमाघरों के सामने कुम्भ के मेले जुटे हुए थे। सभी लोग प्रसन्न और अपने काम में व्यस्त थे। अंग्रेजों के विरुद्ध आजादी के लिये बगावत का जो चित्र दिल्ली जेल में उसकी कल्पना में बन गया था, सब मिथ्या प्रमाणित हो रहा था। वह रात के बारह

बजे तक घूमता रहा। रात काटने का प्रश्न सामने था। केवल एक जगह थी, कम्युनिस्टों के अड्डे पर चला जाये और चटाई पर जा लेटे।

धनसिंह को नींद नहीं आ रही थी, शिथिल निश्चेष्ट पड़ा था। एक ओर गणेश और उसके आगे कासिम लेटे हुए थे। कासिम बता रहा था, वह आर्डनेन्स फैक्टरी में भरती हो गया था। किसी साले ने कोई तहकीकात नहीं की थी। सरकार को आदमियों की भूख थी, चाहे लाख भरती हो जाते। गणेश ने पुकार लिया—''कामरेड।''

''जी।'' धनसिंह ने उत्तर दिया।

''क्या करने का विचार है?''

कुछ सोच कर धनसिंह ने उत्तर दिया—''चाहता हूँ, कहीं नौकरी मिल जाये। ड्राइवर का काम जानता हूँ।''

''लाइसेन्स है?''

''नहीं, लाइसेन्स तो नहीं है।''

''पंजाब में भी क्या काफी तोड़-फोड़ हुई है? अखबार में तो कुछ नहीं आया?''

''मालूम नहीं। मैं तो अर्जुनलाल के साथ दिल्ली जेल में था।''

''तुम दिल्ली में ही थे। वहाँ के पंजाब-पार्टी के कामरेडों को जानते हो ? पंजाब में हमारा किसान फ्रन्ट अच्छा है?''

''मैं किसी को नहीं जानता।''

''नौकरी करनी है तो लाइसेन्स लेना होगा। कह देना चोरी हो गया।''

''पुलिस के पास जाना ठीक नहीं।''

''क्या कुछ मामला है?'' गणेश ने धनसिंह की ओर करवट लेकर पूछा और कहा, ''तो कौन तुम्हारा फोटो लिये बैठा है। दूसरा नाम बता देना या अभी कोई और नौकरी कर लो । सवाल यह है कि करना क्या चाहते हो?''

''मैं कुछ पढ़ा-लिखा नहीं हूँ।'' धनसिंह ने कहा।

धनसिंह के स्वर की करुणा के कारण गणेश दूसरी बातें करने लगा। गणेश कुछ मिनट में सो गया। धनसिंह ने निश्चय किया—किसी की बातों में न आकर अपने ही मन से चलेगा।

धनसिंह अगले दिन सुबह राह पूछता-पूछता छावनी जा पहुँचा। नाप की लाठी हाथ में लिये एक भरती वाला मिल गया। धनसिंह ने उससे पूछा—''भरती का दफ्तर कहाँ है?''

''भरती होगे?''

''ड्राइवरी में भरती होंगे।''

''लाइसेन्स है?''

''सामान के साथ चोरी हो गया।''

''उस आदमी ने धनसिंह की ओर एक सिगरेट बढ़ा दिया। खुद भी सिगरेट सुलगाकर बोला—''हम सब करा देंगे। बोलो क्या दिलाओगे?''

धनसिंह मुस्करा दिया—''बाबू, सुना है भरती होने का इनाम मिलता है, तुम हमसे माँग रहे हो उल्टे। हम खुद हो जायेंगे?''

उस आदमी ने धनसिंह को सिर से पाँव तक देखा—"पंजाबी हो न, तभी। खुद ही हो जाओगे; उस्ताद लाइसेन्स नहीं है। बीस झगड़े होंगे, तहकीकात होगी पुलिस घर तक पहुँचेगी, समझे उस्ताद! तुम्हारी जेब से थोड़े ही माँग रहे हैं। इनाम में से दस रुपये देना।"

धनसिंह ने स्वीकार कर लिया।

आदमी ने पूछा—"अफसर लाइसेन्स के लिये पूछेंगे तो क्या कहोगे?"

"सच कह देंगे, रेल में असबाब के साथ चोरी हो गया।"

"अमा, इतने सीधे हो तभी भर्ती होने पंजाब से कानपुर आये हो। रास्ते में भला कोई जगह थी। हमें सिखाने चले। यहाँ रोज ही यह काम है। जाने कितने फरारों को भरती करा दिया है।"

धनसिंह की आशंका हुई परन्तु प्रकट में मुस्करा दिया—"भैया, हम धोखा नहीं कर रहे हैं। तुम अपने दस नहीं, पन्द्रह ले लेना। लाइसेन्स खो गया है तो क्या करें?"

"तुम कहना कलकत्ते में नौकरी कर रहे थे। कहना, टैक्सी चलाते थे, समझे! कहना, गाँव जा रहे थे कि कमाई घर वालों को देकर भर्ती होंगे। राह में सब कमाई और लाइसेन्स चोरी हो गया।"

धनसिंह ने अनुमति में सिर हिलाया।

"कौन जिला है तुम्हारा?"

"होशियारपुर।"

"कौम?"

"राजपूत।"

"ठीक, तो समझ गये?"

"हाँ।"

●

प्रतिष्ठित लोग

सोमा, बैरिस्टर सरोला साहब, उनकी पत्नी और मनोरमा बीबी, भूपी और दीपा के साथ लाहौर आ गये। सोमा धनसिंह की फरारी के बाद अढ़ाई मास लालाजी की कोठी में रही थी। पिछले वर्ष भी वह चार मास रही थी और जीवन के एक नये, प्रतिष्ठित ढंग का परिचय पा चुकी थी। लाहौर की कोठी में आकर उसने कुछ और देखा। धर्मशाला की कोठी में नये और पुराने का मेल था। परिवार के ढंग और व्यवहार पर, एक सीमा तक लाला जी और माँ जी का नियन्त्रण था। लाहौर की कोठी में मालिक लाला जी नहीं, बैरिस्टर साहब थे। यहाँ नया ढंग ही अधिक था। पुराना ढंग बहुत कम, केवल भाभी के आस-पास ही था। व्यवहार और वातावरण में एक प्रकार की स्वच्छन्दता थी।

बैरिस्टर साहब और मनोरमा सोमा को लाहौर अपने साथ मेहमान के रूप में ले आये। वे उसे आदर से उठाये रहते। सोमा अपने दुर्भाग्य, लज्जा और साहब तथा मन्नो बीबी के प्रति कृतज्ञता के बोझ से दबी रहती थी। साहब उसके आराम और आदर का ख्याल रखते थे, सोमा उनके घर तथा परिवार के प्रति अपने कर्त्तव्य का। सोमा सरोला परिवार की व्यवस्था में अपनी स्थिति के अनुसार नौकर की जगह रहना चाहती थी। उसके विचार में वही उसका स्थान था। साहब और मनोरमा उसे बाँह से खींच कर मेहमान बनाकर घर के आदमी के तल पर ले आना चाहते थे। इस संघर्ष में सोमा को अपने तीव्र दुःख का बोझ हल्का जान पड़ता था।

कार्तिक मास बीत रहा था। लाहौर में लोग कहते थे, मौसम अच्छा हो गया है परन्तु सोमा के लिये बहुत गरमी थी। वह दिन भर पसीना-पसीना रहती और आँचल से चेहरा पोछती रहती। एक दिन संध्या समय साहब और मनोरमा चाय के लिये बरामदे में बैठे थे। सोमा चाय की ट्रे लाकर प्याले बना रही थी। मनोरमा ने उसकी ओर देखकर मुस्कराकर कह दिया—"हाय, देखो तो इस गरमी में यह कैसे निखरती जा रही है?"

"हाँ, जितनी बार आँचल से मुँह पोछती है रंग खुलता जाता है।" साहब ने समर्थन कर दिया।

सोमा का चेहरा लज्जा से गुलाबी हो गया। उसने केटली ट्रे में रख दी। वह चाय बनाना छोड़, सिर झुकाये चली गई परन्तु लज्जा से उसको क्रोध और अपमान नहीं, हृदय में एक पुलक और गुदगुदी सी ही अनुभव हुई। मुस्कान भी आ गई। उसे बैरिस्टर साहब के सामने होने में संकोच होने लगा। बैरिस्टर साहब कुछ न कुछ कहते ही रहते थे। मनोरमा उनके समर्थन में मुस्करा देती थी। सोमा भी कैसे न मुस्कराती। उनकी किसी बात की अवहेलना करना कैसे सम्भव था। कुछ ही दिन बाद फिर संध्या समय बैरिस्टर और मनोरमा सिनेमा जाने के लिए तैयार होकर चाय पी रहे थे। सोमा चाय दे रही थी। मनोरमा ने कह दिया—"यह ढंग से कपड़े पहने तो कितनी अच्छी लगे।"

"इसे भी सिनेमा ले चलो।" साहब ने अंग्रेजी में कहा, "देखना कैसे चौंकेगी, मजा आयेगा।"

मनोरमा को मन में उठी बातें दबा देने का अभ्यास न था। वह उठ खड़ी हुई— "सोमा, सोमा बहेन!" मनोरमा सोमा को हाथ से पकड़ रसोई से अपने कमरे में खींच ले गई। सोमा कुछ समझी नहीं थी परन्तु जब मनोरमा ने अपनी अलमारी खोलकर एक साड़ी, ब्लाउज निकाल कर काउच पर फेंक दिये और कहा, 'जल्दी से कपड़े बदलो!' तो सोमा घबरा गई।

सोमा ने हाथ जोड़कर कहा—"हाय नहीं भैन जी यह मुझे नहीं आता। आपके पाँव पड़ती हूँ।"

"ह्वाट नानसेन्स (क्या पागलपन)!" मनोरमा ने प्यार से डाँट दिया और स्वयं उसके कपड़े बदलने लगी। सोमा सिकुड़ कर घुटनों में सिर छिपाकर बैठ गई। मनोरमा झमक उठी। वह क्रोध में कमरे से चली जा रही थी तो सोमा ने कातर स्वर में क्षमा माँग ली।

मनोरमा लौटकर स्नेह से बोली—"तुम तो पागल हो। सारी दुनिया क्या कपड़े नहीं पहनती?"

सोमा ने विनय से कहा—"मैं सलवार पहन लूँगी।" साड़ी उसने एक ही बार, धर्मशाला में पुलिस के सामने ले जाये जाते समय, आधी बेहोशी की हालत में पहन ली थी परन्तु उस पोशाक में चलना-फिरना उसके लिये सम्भव न था। धर्मशाला में पंजाब और देश की स्त्रियों को साड़ी पहने देखकर पहाड़ी बिरादरी की स्त्रियाँ ठोड़ी पर उँगली रखकर आलोचना करती थी—"हाय, यह भी कोई पहनावा है, नीचे से बिलकुल खुला। हाय रे, कैसी बेशर्मी!" सोमा अपने लिये इसे असम्भव ही समझती थी।

मनोरमा ने सोमा की बात मान ली। सोमा ने कपड़े बदल लिये परन्तु नौसिखियापन न छिपा। मनोरमा ने जरा पाउडर और काजल लगा लेने के लिये इशारा किया। सोमा के लिये और मुसीबत हो गयी। वह धर्मशाला की अपनी कोठरी में इन चीजों का थोड़ा-बहुत उपयोग करती ही थी। धनसिंह के लिये शृंगार करके उसे संतोष होता था। अब किसके लिये करती! मनोरमा ने उसे सिर पर आँचल रखे बिना, सिर उठाकर बेधड़क चलने के लिये कहा तो और मुसीबत हो गयी। सोमा रुआँसी हो रही थी। साहब के सामने आकार तो वह जैसे बिलकुल जमीन में गड़ गयी।

बैरिस्टर ने हँस कर कहा—"यह क्या तमाशा है?"

मनोरमा ने अपने प्रयत्नों में विफल होकर कहा—"अच्छा रहने दे।"

भाभी भी बरामदे में आ गयी थीं, उन्होंने प्रसन्न होकर कहा—"हाय अच्छी तो लगती है, इसे भी ले जाओ न!"

मनोरमा ने अस्वीकृत में सिर हिला दिया और भाई के साथ चली गयी।

मनोरमा और साहब के चले जाने के बाद सोमा फूट-फूट कर खूब रोई। उसके साथ कैसा अत्याचार हो रहा था पर यह प्यार और आदर ही तो था। सोमा कृतज्ञता में उन लोगों के लिये प्राण दे देना चाहती थी।

कोठी का कोई नौकर मैले कपड़े पहने दिखायी देता तो साहब को अपना अपमान जान पड़ता था। बहरे ऊधमसिंह की नजर साहब के पुराने कपड़ों पर रहती थी। ड्राइवर बरकत खुद ही छैला था। सोमा यों भी कुछ मैली न रहती थी परन्तु कभी उदासी या

काम-काज की उलझन में उसके कपड़े मैले या मसले हुए दिखायी देते तो साहब मिसेज सरोला से उलझ पड़ते—"इसके लिये घर में दो कपड़े नहीं हैं? इसे बच्चों के साथ रहना पड़ता है, वे क्या सीखेंगे?"

मिसेज सरोला अपने शिथिल स्वभाव से उत्तर दे देतीं—बदल लेगी परन्तु सोमा लज्जा से मर जाती कि उसकी वजह से भाभी जी को बात सुननी पड़ी परन्तु सोमा दिन भर घर के काम-काज में कपड़ों की कलफ और इस्त्री कैसे बनाये रखती! घर का सब काम तो वही देखती थी। भाभी जी की प्रकृति थी कि जितना काम कोई दूसरा कर दे, अच्छा। कुछ दिन उनकी तबीयत यों खराब थी फिर वैसे खराब रहने लगी। भूपी और दीपा की बारी भी ऐसा ही हुआ था। दूसरे ही महीने से उन्हें पानी भी न पचता था।

माँ जी घर पर नहीं थीं। सब जिम्मेदारी सोमा पर ही थी। चाबियों का गुच्छा भी सोमा के पास ही रहता था। मनोरमा को इन सब बातों से कुछ मतलब न था। पहले उसे कालिज से समय नहीं बचता था। अब थोड़ी-बहुत 'सोशल लाइफ' और 'पब्लिक वर्क' था। नमक-तेल का हिसाब और धोबी की धुलाई लिखने के लिये ही तो उसने एम०ए० पास किया था।

साहब का प्रायः सभी काम 'बेड टी' से लेकर रात सिरहाने पीने के लिये जल रखने तक, उनके कपड़ों की संभाल और कमरे की सफाई सोमा पर ही आ पड़ी थी। यदि साहब चाय मेहमानों के साथ दफ्तर में लेते तो ऊधमसिंह की ड्यूटी रहती थी। घर में मनोरमा के साथ या अकेले लेते तो सोमा स्वयं ट्रे लाती थी। ऐसे समय साहब कह देते—"आओ, तुम भी पी लो।" और उसके लिये एक कुर्सी लाने की आज्ञा दे देते। मनोरमा उनका समर्थन कर देती परन्तु सोमा के लिये साहब और मनोरमा के बराबर कुर्सी पर बैठ जाना सम्भव न था।

भाभी जी के लिये साहब के साथ चाय पर बैठना न रुचिकर था न सुविधाजनक। उन्हें चाय का कसैला स्वाद सुहाता नहीं था। वे जुकाम हो जाने पर दवाई के तौर पर ही दूध में चाय डालकर पी लेती थीं। अपने फैलते जाते अस्वस्थ शरीर को खुश्की और कमजोरी से बचाने के लिये उन्हें चाय की अपेक्षा दूध और लस्सी ही अधिक पसन्द करते थे। कुर्सी पर सिमिट कर और टँग कर बैठने में उन्हें असुविधा भी होती।

बैरिस्टर कभी मनोरमा के न रहने पर भी सोमा से अपने साथ चाय पीने का आग्रह कर बैठते और कह देते, चाय और शराब अकेले पीनें में मजा नहीं देती। सोमा शरम से मर जाती। उसका रोम-रोम सनसना उठता। निरुत्तर सिर झुकाये खड़ी साहब के लिये प्याली तैयार कर देती परन्तु मुस्कराना तो पड़ता ही। प्याली में चाय आवश्यकता से कुछ अधिक या कम हो जाती, दूध की एक आध बूँद प्याले के बाहर गिर जाती और चीनी के कुछ दाने बिखर जाते।

सोमा जानती थी, साहब को फूहड़पन बुरा लगता था परन्तु उसके हाथ से चूक हो जाने पर साहब हँस देते थे। साहब का ऐसा व्यवहार सोमा को बहुत बोझ मालूम होता था। कभी साहब के स्वर में एक गहराई सी अनुभव होती। सोमा को पसीना आ जाता, हाथ-पाँव शिथिल और अवश से होने लगते। चेहरे पर गुलाबीपन आ जाता। वह कहीं छिप जाना चाहती और किसी काम में हाथ लगा देती। भूपी या दीपा को पकड़ कर उनके कपड़े बदलाने लगती परन्तु मन जम न पाता।

सोमा जानती थी, वह सुन्दर थी साहब को वह अच्छी लगती थी। मन्नो बीबी बड़े लोग हैं, कितनी पढ़ी-लिखी हैं। रंग गोरा है परन्तु खूबसूरत तो नहीं हैं। होंठ जरा मोटे हैं, आँखें जरूर अच्छी हैं। माथा कितना ऊँचा है। भाभी के चेहरे पर भोलापन है, अच्छी लगती हैं पर कितनी फैल गयी हैं; कपड़ों से बाहर बिखरी रहती हैं और सदा ही बीमार।

....अच्छी लगने में कितना भय था और अभिमान भी। धर्मशाला में उसकी कोठरी के आस-पास से आने-जाने वालों को, रात में उसकी कोठरी के दरवाजे पर आकर शरारत करने वालों को भी वह कितनी अच्छी लगती होगी। उसका क्या परिणाम हुआ? ....मझेरा के नम्बरदार के छोकड़े को भी वह अच्छी लगती थी। उसने छोकरे को कैसे उल्टे हाथ का थप्पड़ मार दिया था। अब वह किसी को थप्पड़ मार सकती थी। बैजनाथ के थाने में उनके चेहरे के पास लालटेन उठाकर देखा गया था, वह थानेदार और सिपाहियों को अच्छी लगी थी। ऐसे खयाल से रक्त जमने लगता था। साहब को अच्छी लगने के विचार से जो मधुर बेचैनी अनुभव होती वह भय और आशंका में बदल जाती थी। फिर सोचती—साहब तो भले आदमी हैं, कितने दयालु हैं।

सोमा को धनसिंह की याद सताने लगी। वह उदास हो जाती। वह किसी से कुछ कह भी न सकती थी। मनोरमा उसे उदास देखकर भाँप जाती, उसके हाथ का काम छुड़ा कर अपने कमरे में खींच ले जाती। तीन-चार बार उसे सिनेमा भी ले गयी थी। पहली बार मनोरमा के और साहब के साथ बाहर जाने के लिए कहा जाने पर तो झगड़ा-सा हुआ था वह फिर नहीं हुआ। साहब के साथ न होने पर सोमा को संकोच भी न होता था।

मनोरमा सोमा को अपने कमरे में ले जाकर अपने साथ काउच या पलँग पर लिटा कर बात करने लगती। आश्वासन देती कि धनसिंह धर्मशाला से भाग आया होगा। छः महीने बीत गये हैं। यह जगह वह जानता ही है। किसी भी दिन यहाँ आ जाये....।

मनोरमा घर में बात करती तो किससे? भाभी उसकी समवयस्क अवश्य थीं परन्तु स्वभाव से चुप और आत्मतुष्ट। तिस पर वे अपने आपको विवाहित और दो बच्चों की माँ समझती थीं और मन्नो को केवल क्वारी लड़की। जब दिल भर आता तो वह सोमा को भी ले बैठती। मनोरमा ने ऐसी आंतरिकता में, भाई के प्रति सहानुभूति और भाभी के प्रति विरक्ति में सोमा से कह दिया—भाई तो एक दूसरी लड़की को चाहते थे। वह इन्हें चाहती थीं। माँ जी ने यह सम्बन्ध ढूँढ़ निकाला। भाभी के घर के लोग पुराने ख्याल के हैं। बस एक बार लड़की दिखाने को राजी हुए। भाई उस समय चेहरे पर ही रीझ गये। जब आयी थी, दुबली-पतली देखने में बहुत खूबसूरत लगती थी लेकिन चेहरा ही तो सब कुछ नहीं होता। भाई से दो बात भी तो नहीं कर सकती। आठवीं जमात तक पढ़ी है। घर वालों ने कहा था, घर पर अंग्रेजी पढ़ा रहे हैं। शरीर तो देखो? बच्चे दो जरूर हो गये हैं, लेकिन कभी इन लोगों को आपस में बात करते नहीं देखा।

बैरिस्टर साहब कोर्ट जाते जरूर थे परन्तु प्रैक्टिस उनकी विशेष नहीं थी। जो मुकदमे मिल जाते, उन्हें अच्छा निबाहते थे परन्तु मुवक्किल बहुत कम आते थे। मुवक्किलों को आकर्षित करने के ढंग उन्हें अपमान जनक जान पड़ते थे। जजों के सामने जी हजूरी उन्हें सुहाती न थी। उनकी अकड़ निभे जा रही थी क्योंकि प्रैक्टिस न चलने पर भी आर्थिक कठिनाई की चिन्ता न थी।

लाला जी चाहते थे, जगदीश सहाय भी दोनों बड़े भाइयों की तरह व्यवसाय करे। जो बरक्कत व्यवसाय में है, बैरिस्टरी में नहीं हो सकती। बड़े से बड़े बैरिस्टर क्या हैं, व्यवसाइयों का ही तो पैसा खाते हैं परन्तु जगदीशसहाय को व्यवसाय के क्षेत्र के कुचक्र सुहाते न थे। वे चाहते थे सम्मान थे, रोबदाब से रहना परन्तु युद्ध के दौरान में घर का व्यवसाय अधिक बढ़ गया था। पिता जी लगातार धर्मशाला में रहते थे। बड़े भाई कृष्णसहाय कलकत्ते में, मँझले भाई विष्णुसहाय कराची में काम सँभालते थे इसलिए लाहौर में व्यवसाय का काम जगदीश को देखना पड़ता था। यों तो लाला ज्वालासहाय के पुराने विश्वासी मैनेजर पंडित लज्जाराम सब काम सँभालते थे। बैरिस्टर का काम था नजर रखना लेकिन पिछले तीन माह से उन्होंने स्वयं भी एक ठेका ले लिया था।

क्लब में ह्विस्की पीते हुए जगदीश के मित्र मेजर बासू ने खिन्नता प्रकट की। मिसेज बासू घुड़दौड़ में चार हजार हार आई थीं, मेजर की तनख्वाह केवल दो हजार थी। माहवारी खर्च इससे कम नहीं था। मेजर चाहता था, बैरिस्टर कुछ मास के लिए चार हजार उधार दे दे। उधार की आवश्यकता की जिम्मेदारी मिसेज बासू पर थी इसलिए जगदीश सज्जनता दिखाने के लिये स्वयं उत्सुक था। ह्विस्की का घूँट भरते हुए वह सोच रहा था, रकम काफी है……मिसेज बासू की ओर नजर गयी तो मुस्करा कर कह बैठा—"कुछ तो कहना ही होगा!"

मिसेज बासू अपनी भूल के लिए संकुचित थीं। लजाकर अंग्रेजी में बोलीं—"मैं बहुत ही अनुगृहीत हूँ।"

मेजर बासू ने आश्वासन पाकर अपना गिलास मेज पर रख दिया और धीमे स्वर में कहा—"तुम इतने बड़े व्यवसायी के पुत्र हो, तुम स्वयं कुछ क्यों नहीं करते? ऐसा अवसर तो सदा बना नहीं रहेगा।"

मेजर बासू लाहौर छावनी में डाक्टरी सामान की खरीद और बँटवारे के हाकिम थे। बीसियों लोग उनके पीछे-पीछे घूमते रहते थे परन्तु जगदीश ने इतनी आंतरिकता के बावजूद उनसे कभी कोई ऐसी बात न की थी।

"मुझसे क्या बन पड़ेगा?" जगदीश ने अनिच्छा प्रकट की।

मेजर बासू जगदीश की ओर झुक कर बोले—"तुम बिल्ली की आँतें सप्लाई कर दो।……दो-अढ़ाई लाख रुपये का आर्डर कल ही दे सकता हूँ।"

"दो-अढ़ाई लाख रुपये की बिल्ली की आँतें?" जगदीश हँस दिया, "बिल्लियाँ मारना मेरे बस का नहीं। इतनी बिल्लियाँ शायद देश भर में भी न मिलेंगी। बिल्ली की इतनी आँतों का क्या होगा?"

मेजर ने धीमे-धीमे समझाया—"जख्मों के सीने के लिए बिल्ली की आँत काम में आती है। इस समय विलायत से आ नहीं रहीं, बल्कि ब्रिटेन हमसे माँग रहा है।"

"पर इतनी आँतें आयेंगी कहाँ से?"

"उसका वजन कम और दाम ज्यादा है। और कुछ भी हो, जो चीज आँत जान पड़े, सप्लाई कर दो।"

"लेकिन जख्मों में ऐसी खतरनाक चीज पहुँचने से कितने आदमी मरेंगे!" जगदीश ने आपत्ति की।

"पागल हो तुम! तुम क्या समझते हो मुझे परमेश्वर का भय नहीं है? ऐसा पाप मैं कर सकता हूँ? आँत गोदाम में आ जायेंगी। तुम्हारा बिल पंद्रह दिन के भीतर अदा हो जायेगा। वह आँत गोदाम से अस्पताल नहीं भेजी जायगी। नहीं समझे? गोदाम में आँत के बंडल बेकार हो जायेंगे। उन पर तेजाब गिर सकता है। मैं उसे कंडेम करके अपने सामने जलवा दूँगा। तुम चाहे सड़ी हुई सुतली ही सरेश में भिगोकर सप्लाई कर दो लेकिन कायदे से। इसमें दस प्रति सैकड़ा स्टाफ का होगा। यह तो रोज का कारोबार है।"

जगदीश 'सोचूँगा' कहकर क्लब से लौट आया था। रात में सोचा अधिक रुपया न कमा सकने के कारण दोनों भाइयों की नजर में उसकी स्थिति कुछ नहीं है। उसका यह सरल उपाय हो सकता है। एक बार सफल आरम्भ हो तो काम चलता जाता है। जगदीश न दूसरे दिन फोन पर, मेजर बासू को स्वीकृति दे दी। आँत बटोरने का प्रबन्ध पंडित लज्जाराम के सुपुर्द हो गया। बाद में जगदीश ने कई ठेके, पट्टियाँ और दूसरे सामान सप्लाई करने के ले लेए। काम बहुत सरल था। जमानत जमा करके बड़े ठेके अच्छे भाव पर ले लेना और छोटे-छोटे ठेकेदारों को कम रेट पर बेच देना। पाँच लाख के ठेके में पाँच फी सैकड़ा बच जाता तो क्या बुरा था। अपने को तो कुछ परेशानी थी नहीं। संयोग ने उन्हें व्यवसायी बना दिया था।

बैरिस्टर जगदीश को संध्या डिनर के लिए क्लब में जाना था। सोमा ने काला सूट, सूट के साथ की कफ़दार कमीज, मोजे-जूते सब उनके कमरे में पलंग पर रख दिये थे। जगदीश संध्या विलम्ब से लौटा था। जल्दी-जल्दी कपड़े बदलने लगा। कमीज बदलकर देखा, कमीज के कफ में बटन नहीं था। कलफ लगे कफों में एक हाथ से बटन लगाना सहल न था।

जगदीश झुँझला उठा—"कपड़े किसने रखे हैं? लिंक नहीं लगाये?" प्रकट में यह झुँझलाहट भाभी या ऊधमसिंह पर थी परन्तु करती तो सब कुछ सोमा ही थी। सोमा साथ के कमरे में ही कुछ कर रही थी कि साहब किसी जरूरत से पुकारें तो उन्हें परेशानी न हो।

सोमा ने साहब की झुँझलाहट सुनी तो झेंप से मर गयी। साहब कमीज पहन चुके थे और एक हाथ से बटन अटाने का प्रयत्न कर रहे थे। साहब की मदद करने के लिए सोमा समीप पड़ा दूसरा बटन उठाकर उनकी दूसरी बाँह के कफ में लगाने लगी। साहब के सीने के इतने समीप खड़े होने से सोमा के हाथ काँप रहे थे।

जगदीश की झुँझलाहट काफूर हो गयी। अपनी झुँझलाहट पर झेंप अनुभव हुई। सोमा को सांत्वना देने के लिए वे मुस्करा दिये और अपनी दूसरी बाँह उसकी कमर पर रख दी। सोमा के हाथ से कमीज का कफ छूट गया। वह लड़खड़ा गयी। जगदीश ने उसकी बाँह थाम ली और कमर से सम्भाल लिया। सोमा का सिर उसके सीने पर गिर पड़ा।

जगदीश ने उसकी ठोड़ी उँगली से ऊपर उठा कर पूछा—"क्या हो गया है?"

सोमा की आँखें मुँद गयीं और माथे पर पसीनें की बूँदें छलक आयीं।

"पागल हो, घबराने की क्या बात है? जगदीश ने दबे स्वर में कहा।

जगदीश की साँस तेज और गला भारी हो गया था, सोमा ने यह अनुभव किया। उसका कम्पन स्वयं रुक गया। उसने आँखें खोल दीं। साहब उसे कुछ और ही से दिखायी

दिये। उसने इतने समीप से उन्हें कभी नहीं देखा था। साहब ने अधीर होकर होंठ उसके होंठों पर रख दिये।

सोमा की आँखें फिर मुँद गयीं। उसने साहब के गले में बाँहें डाल दीं और सिर साहब के सीने पर रख कर गहरी साँस ली।

उस घटना के बाद सोमा ने दो दिन उदासी और चिन्ता में बिताये। वह मन ही मन अपने आपको बहुत धिक्कार रही थी—यह तू क्या कर बैठी? उसे धनसिंह की याद आती रही। विशेष कर उस बात की, धनसिंह बैजनाथ के थाने की बात सुनकर दारोगा का कत्ल करने के लिए तैयार हो गया था। सोमा उसके पाँव की बेड़ी बन गई थी। तब धनसिंह ने अपना सिर दीवार से फोड़ लिया था और सोमा को बुरी तरह से पीट डाला था। धनसिंह के हाथों खायी उस मार पर उसे कितना अभिमान था, उसकी स्मृति कितनी मधुर थी। साहब का एक चुम्बन स्वीकार करके उसने सब पर कालिख पोत दी थी, परन्तु साहब को भी कैसे नाराज कर देती? साहब ने उसके लिये क्या नहीं किया था? उसका बदला वह कैसे देती? वह साहब के घर का काम करती थी पर उतना तो सभी नौकर करते हैं। सोमा ने अपने मन को समझाया, उनकी कृपा के बदले में उसके पास तो सिवाय इनकार न कर सकने, उन्हें नाराज न करने के और कुछ नहीं।.......जो खो गया, उसे कब तक रोये? रोते रहने से हाथ क्या लगेगा?

× × ×

पहाड़ जाने की बात बार-बार उठती थी परन्तु बैरिस्टर जगदीश सहाय के लिये व्यापार और बहुत चले जाते रुपये के उत्साह में पहाड़ जाना सम्भव न हो रहा था। धर्मशाला से माँ जी बार-बार लिख रही थीं, बच्चों को ही भिजवा दो। जगदीश नये शुरू किये कारोबार को कैसे छोड़ देता। सोमा को साथ लेकर जाता तो माँ जी और लाला जी की नजरों से डरते-डरते प्राण संकट में आ जाते। मनोरमा को भी उस वर्ष पहाड़ जाने का विशेष उत्साह न था।

गरमी से मिसेज सरोला को बहुत कष्ट हो रहा था, परन्तु वह अकेली क्या करतीं? पाँचवाँ मास लग गया था। उनकी अवस्था ऐसी हो गयी थी कि बिस्तर से उठना ही कठिन था। पूरा घर सोमा के ही सिर था। घर को तो सोमा बहुत दिनों से सँभाल रही थी परन्तु अब उसके व्यवहार से नौकर का दैन्य मिटता जा रहा था।

सोमा पहले काम करती थी, अब प्रायः कराने लगी थी। दूसरे नौकरों से अनुरोध करने के बजाय हुक्म देने लगी। वे लोग भी जान गये थे, बीबीजी की बात एक बार टल भी जाय, सोमा बीबी की नहीं टल सकती।

मनोरमा ने धर्मशाला में सोमा को कुछ पढ़ना-लिखना सीख लेने के लिये उत्साहित किया था। समीप बैठाकर कुछ सिखाता भी था। सोमा को उसमें लज्जा जान पड़ती थी। अब सोमा को घर के प्रबन्ध में ऊधमसिंह या ड्राइवर को बुलाकर धोबी के कपड़ों का या दूसरा हिसाब लिखाने में अपमान जान पड़ता था और साहब उसे जैसा देखना चाहते थे वैसा बनने के लिये भी पढ़-लिख सकना जरूरी था।

सोमा ने उपाय भी खोज निकाला था। दीपा और भूपी कन्वेन्ट के अंग्रेजी स्कूल में पढ़ने जाते थे। सोमा ने बच्चों के लिए घर पर भी एक मास्टर लगा लिया था। वह समीप

बैठकर देखती रहती कि मास्टर ठीक से पढ़ाता है या नहीं! एक ही महीने बाद वह जैसे-तैसे धुलाई का और दूसरे हिसाब स्वयं लिखने लगी।

दिन बीतते गये।

जगदीश ने अभ्यास के अनुसार सोमा को मिसेज सिंह कहकर सम्बोधन किया। सोमा ने देखा, कोई देख नहीं रहा था। उसने मुस्करा कर अपने पतले लाल होंठों के आगे उँगली रखकर कह दिया—"नो डियर, सोमा!" वह लज्जा और हँसी से दोहरी हो गयी। सोमा की ऐसी ही बातों से जगदीश बिल्कुल लुट गया था। मिसेज सरोला की अवस्था ऐसी थी कि कोठी में होना जगदीश के लिये केवल परेशानी का ही कारण हो सकता था। सोमा को साहब की इस अवस्था पर दया आती थी। यों सोमा का अपना कमरा था परन्तु साहब उसे अपने कमरे से काफी रात बीतने से पहले न जाने देते थे।

सोमा साहब के मुख से अपनी छवि और सुघड़पने की सराहना सुनती तो नशा सा हो जाता। मालिक के मुख से ऐसी सराहना सुनने से बड़ा सुख और क्या हो सकता था! यह नशा शराब की नशे की भाँति कुछ घण्टे नहीं, बल्कि आठों पहर बना रहता था। सोमा अब जैसे-तैसे शरीर ढकने के लिये जल्दी-जल्दी कपड़े लपेट न लेती थी। वस्त्रों से अब स्थिति और शरीर की शोभा की चिन्ता प्रधान होती। साड़ी के किनारे या दुपट्टे को शरीर के दबाव और उभार के विचार से बैठाती थी। अपने सुघड़पन का अभिमान बढ़ गया। वह अमीर घरों की मोटरों में घूमने वाली स्त्रियों के कीमती कपड़ों से ढके लद्द-बद्द शरीरों से अपनी शरीर की तुलना करती और साहब की बात याद आ जाती—खुशबूदार, जरक-बरक कपड़ों में लिपटी कूड़े की गठरियाँ हैं। किस्मत की भूल से अमीरों के घर पैदा हो गयीं, दूसरे अमीरों के यहाँ उन्हें ससुराल मिल गयी। इन नशे से सोमा के स्वर और व्यवहार में अधिकार की ध्वनि आ गयी थी। अब वह मनोरमा के साथ सिनेमा या बाजार जाती तो उसकी नौकर नहीं, बहिन या भाभी की स्थिति से व्यवहार करती थी।

सोमा को केवल भाभी जी ही नाम से पुकारने थीं। साहब उसे पुकारते ही नहीं थे। नौकरों से उसका उल्लेख सोना बीबी कह कर करते थे। मनोरमा सोमा को बहिन कहती थी, बच्चे मौसी पुकारते थे। नौकर भी सोमा बीबी जी या मौसी जी कहने लगे थे।

सोमा घर का काम भय और चिन्ता से नहीं, ममता और अधिकार से करती थी। अब नौकरों को डाँट भी देती थी। घर के नौकर प्रायः पुराने थे, माँ जी के रखे हुए। वे सोमा को भी नौकर ही समझते थे। वह तनखाह नहीं लेती थी तो क्या? नौकर उसे साहब की रखैल समझते थे। मालिक की खैरख्वाही में सोमा की डाँट-फटकार उन्हें सह्य न थी परन्तु बेबस थे। भाभी जी से शिकायत करते तो वे नौकरों को ही हरामखोर समझती थीं। घर की सुव्यवस्था उनकी आँखों के सामने थी।

घर का सौदा नौकर लाते थे। उसमें सोमा को सौ नुक्स दिखायी देते थे और बेईमानी का भी सन्देह होता था। सोमा पहले दो बार, मनोरमा को कार में साथ लेकर घर का सौदा लेने बाजार गयी। मनोरमा को वह झंझट पसन्द न था। अकेली ही बटुआ लेकर कार में बाज़ार जाने लगी। उसका बटुआ घर का बटुआ था, काफी भारी रहता था। आरम्भ में भाभी जी और सब चाबियाँ सोमा को सौंप कर रुपये-पैसे की चाबी अपने हाथ में रखती थीं लेकिन यह झंझट भी अब उन्हें अनावश्यक जान पड़ा। घर का रुपया भी सोमा के पास रहने लगा।

सोमा ड्राइवर बरकत के सामने ही आयी थी। बरकत चुस्त, सुडौल और उमंग भरा नौजवान था। सिनेमा और गजलों का शौकीन। यहाँ तक कि कभी साहब या घर की स्त्रियों को गाड़ी में सिनेमा ले जाता तो उनके सिनेमाघर में चले जाने पर गाड़ी को चाबी से बन्द कर स्वयं भी आठ आने का टिकट लेकर भीतर जा बैठता। खेल समाप्त होते ही, उनसे पहले गाड़ी के पास आ खड़ा होता। तितली जैसी मूँछें, सिनेमा ऐक्टरों जैसी लम्बी कलमें, कनपटियों तक भरे-भरे बाल। वर्दी पहनना उसे अच्छा न लगता था कार भी इस अदा से चलाता कि स्वयं मालिक हो। उसके सिगरेट पीने में, चलने-फिरने में, हर हरकत में अदा थी।

बरकत ने सोमा को रूप, रंग, व्यवहार और स्थिति में आता परिवर्तन देखा था। उसी के कारण बाजार में सौदा लाने का लाभदायक काम बरकत के हाथ से निकल गया था। वह मन में सोचता, साहब की रखैल बन गयी है तो क्या, है तो नौकरानी ही। वह उससे मुस्कराकर बात करने की कोशिश करता। उसे कार में ले जाता तो निस्संकोच व्यवहार दिखाने के लिए कोई गजल गुनगुनाता रहता। सोमा को यह भला न लगता था परन्तु उपेक्षा के अतिरिक्त चारा न था। अपमान को समझना, अपमान को स्वीकार करना था।

बरकत जानता था, घर में सोमा की चलती थी। उसे दिलफेंक औरत समझता था। यदि वह उसकी ओर झुक जाती! दुनिया (सिनेमा) में क्या ऐसा नहीं होता? आखिर थी तो उसी की हैसियत की, साहब की रखैल बन गयी थी। किस बात पर उसे दबा सकता!......एक बार मुस्कराकर इसे देख भर ले, फिर राह निकल आयेगी।

एक दिन बाजार में सोमा एक दुकान पर काम समाप्त करके गाड़ी की ओर लौटी तो बरकत गाड़ी का दरवाजा खोल कर अदा से सलाम कर मुस्करा दिया और कह दिया—"सरकार, जरा गरीबों का भी खयाल रहे!"

बरकत विनय से दो-चार रुपये बक्शीश माँग लेता तो सोमा दे डालती। जान गयी थी, नौकरों से इज्जत इनाम-इकराम देते रहने से ही मिलती है। सोमा आदर का रस पा चुकी थी परन्तु बरकत के व्यवहार में आदर नहीं शरारत थी। सोमा के माथे पर त्योरियाँ पड़ गयीं—"क्या बकता है!" उसने डाँट दिया, 'जो कहना हो साहब से बोलो।"

बरकत सहम गया। दाँत पीस कर सोचा—देखा जायेगा।

× × ×

गत वर्ष जाड़े के आरम्भ में मनोरमा परिवार के साथ धर्मशाला से लाहौर आयी थी तो कुछ ही दिन बाद भूषण अपने साथियों के साथ जेल से छूट गया था। अढ़ाई वर्ष पूर्व कम्युनिस्ट युद्ध में सहयोग का विरोध करने के कारण अंग्रेज सरकार के क्रोध के पात्र थे। जून १९४१ में जर्मनी ने रूस पर आक्रमण कर दिया था और जापान भारत की ओर बढ़ने लगा था। कम्युनिस्ट अंग्रेजी साम्राज्यवाद के विरुद्ध थे परन्तु जर्मनी और जापान के फसिज्म को उससे भी बड़ा शत्रु समझते थे। जर्मनी के पराजय और रूस की विजय से उन्हें अन्तर्राष्ट्रीय क्षेत्र में, समाजवादी प्रजातंत्र शक्ति के सबल होने की आशा थी।

कम्युनिस्ट शिथिल होते हुए अंग्रेजी साम्राज्य के स्थान पर जापान के बढ़ते हुए साम्राज्य का आ जाना अधिक घातक समझते थे। वे भारत की प्रजा को जापानी बमों का

शिकार नहीं बनाना चाहते थे। उन्होंने अंतर्राष्ट्रीय परिस्थिति में परिवर्तन के कारण अपनी नीति में परिवर्तन कर लिया था। वे अपने देश और समाजवाद की रक्षा के लिए उस युद्ध को जनता का युद्ध मानकर आत्मरक्षा के लिए युद्ध में सहयोग की सलाह देने लगे थे। सरकार ने अधिकांश कम्युनिस्टों को जेलों से छोड़ दिया था। इस कारण अंग्रेजों से घृणा करने वाली अंग्रेजों के संकट से संतुष्ट होने वाली जनता कम्युनिस्टों से घृणा करने लगी थी।

भूषण मनोरमा की कोठी पर न आया था। मनोरमा ने मन में तर्क किया—जेल से छूटने वाले व्यक्ति के प्रति सहानुभूति प्रकट करने के लिये उसका स्वयं भूषण से मिलने जाना ही अधिक युक्तिसंगत होगा। इस बात पर भूषण यह नहीं कह सकेगा कि वह उसके पीछे पड़ी है। वह जिस समय पार्टी आफिस में पहुँची, भूषण अपने साथियों को पार्टी की नयी नीति की सफाई दे रहा था। उसे मनोरमा से बात करने की फुर्सत न थी। मुस्कराकर पूछ लिया—"आप कैसी हैं, जगदीश भाई का क्या हाल है? सोमा का क्या हाल है? आज मैं बम्बई जा रहा हूँ, लौटकर कोठी पर आऊँगा।"

भूषण ने अपना वायदा चौदह मास बाद पूरा किया। आते ही उसने बधाई दी—"मैंने पत्रों में तुम्हारे दो तीन लेख देखे हैं। तुम्हारी कलम में जोर है लेकिन तुम्हारे विचार उलझे हुए हैं, आइडियाज कनफ्यूज्ड हैं। तुम पार्टी पेपर नियमित रूप से नहीं पढ़ती हो न! राय की डेमोक्रटिक पार्टी की लाइन और हमारी लाइन में जो अन्तर है, वह तुम्हारे लेखों में स्पष्ट नहीं होता। हम चर्चिल गुट के समाजवादी बन जाने में विश्वास नहीं करते। कम्युनिस्ट यह विश्वास नहीं करता कि परिस्थितियाँ स्वयं क्रांति कर देंगी; कभी नहीं। मनुष्य का संगठित प्रयत्न स्वयं एक आवश्यक परिस्थिति है। हमें फासिज्म का सामना करना है और अपने लिये राष्ट्रीय आत्म-निर्णय का अधिकार भी लेना है। हमारा काम दोहरा है।"

मनोरमा भूषण से अढ़ाई वर्ष बाद मिलने के समय पार्टी लाइन का उपदेश सुनने की आशा में न थी और भूषण ने उसके लेखिका के आत्मसम्मान पर भी चोट कर दी। एक तरह से यह कृतघ्नता भी थी। जब वह पार्टी आफिस में भूषण से मिलने गयी थी तो भूषण साथियों को 'नयी थीसिज' समझा रहा था। मनोरमा जो कुछ थोड़ा-बहुत सुन सकी थी, उसी के आधार पर कम्युनिस्टों को गालियों से बचाने के लिए उसने ये लेख लिखे थे। भूषण ही कह रहा था कि यह लेख गलत था।

मनोरमा ने अपना रूमाल उँगलियों पर लपेटते हुए होंठ दबाकर कहा—"मैंने तुम्हारी पार्टी के हुक्म से नहीं लिखा। मुझे जो ठीक जँचा, लिखा है। इससे बहुत से कांग्रेसी लोग नाराज हैं। तुम्हारी पार्टी भी नाराज हो सकती है। मैं चाय मँगाती हूँ।"

भूषण ने मनोरमा का उत्तर अनसुना करके पूछ लिया—"हाँ, उसका सोमा का क्या हाल है और धनसिंह की कुछ खबर मिली?"

मनोरमा ने सोचकर उत्तर दिया "ठहरो, बुलाती हूँ।" वह पलभर भीतर जाकर लौट आयी।

भूषण बात करने लगा—"इस वर्ष तुम लोग पहाड़ नहीं गये? बम्बई में यह महीने बहुत खराब होते हैं। धर्मशाला की बहुत याद आती थी।"

दो-तीन मिनट बाद एक रूपवती भद्र महिला सिलाइयों पर ऊन की कोई चीज बुनते हुए कमरे में आ गयी। युवती कलफ लगी सफेद साड़ी पहने थी। मुद्रा अधिकार पूर्ण और निस्संकोच थी। महिला को नमस्कार कर भूषण अपने हाथ के अखबार देखने लगा। ''सुनो'' मनोरमा ने कहा ''पहचाना नहीं, कामरेड भूषण हैं।''

भूषण ने दृष्टि उस ओर उठायी। महिला अत्यन्त संकुचित और विक्षिप्त हो गयी थी। उसने संकोच से भूषण को नमस्ते कर दी।

नमस्ते का उत्तर देकर भूषण ने मनोरमा की ओर देखा। मनोरमा मुस्करा दी—''आपने भी नहीं पहचाना?''

''सोमा?'' विस्मय से भूषण ने पूछा।

सोमा का चेहरा झुक गया। वह उठकर चली गयी। भूषण कुछ पल के लिए मौन विस्मय में रह गया। फिर उसने पूछा—''धनसिंह कहाँ है?''

मनोरमा ने संक्षेप में धनसिंह की फरारी की कहानी सुना दी।

भूषण कुछ पल मौन रहकर बोला—''याद है, एक दिन इस स्त्री का जीवन उस आदमी के बिना सम्भव नहीं था। अब यह दूसरी दुनिया में है। शायद तुम्हें याद होगा, मैंने कहा था—प्रेम केवल जीवन का पूरक है।''

मनोरमा को याद था—आकाश में बादल घिरे थे। तेज ठण्डी हवा के झोंकों से वस्त्र उड़ रहे थे। वृक्षों के पत्तों की खड़खड़ाहट के कारण सुन पाना कठिन था, फिर भी हृदय बिंध गया था। सुनकर वह विवश थकावट से चट्टान पर बैठ गयी थी। मनोरमा को याद आ गया, अपनी वह विवशता और भूषण का अपने कार्य के महत्व का अहंकार। मनोरमा मौन रह गयी।

भूषण ने विचार प्रकट किया—''हो सकता है धनसिंह कभी न लौटे। जान का भय बड़ी चीज होती है या उसे कोई दूसरी औरत मिल गयी हो जो उसके जीवन में अधिक सहायक हो।''

मनोरमा ने एक तीखी चोट अनुभव कर होंठ दबा लिये।

भूषण कहता गया—''यदि धनसिंह आज लौट आये तो शायद यह उसे झेल भी न सके। इसे उससे विरक्ति होने लगे। यह करती क्या है?'' भूषण जिस परिणाम पर पहुँचने के लिये यह तर्क कर रहा था, मनोरमा को भला न लगा।

''ठीक है, अपना निर्वाह कर रही है।'' मनोरमा ने टाल दिया।

भूषण उसकी विरक्ति को लक्ष्य न कर बोला—''एक अवस्था में आकर औरत के लिये जिस किसी से विवाह करके निर्वाह कर लेना सम्भव नहीं रहता। शादी न करनी हो तो अपनी जीविका के लिये स्त्री को भी कुछ काम करना ही पड़ेगा। फिलहाल दो ही काम हैं स्त्रियों के लिये हमारे समाज में, अध्यापिका बन जाये या डाक्टर। इसे नर्स के काम की ट्रेनिंग दिलवा दो। अपने पाँव खड़ी हो जाये। फिर चाहेगी तो विवाह भी कर लेगी।''

धर्मशाला में भूषण ने 'व्यावहारिक प्रेम' का जो उपदेश दिया था उसका प्रसंग आरम्भ हो जाने पर मनोरमा ने समझा, सोमा के नाम से यह सब उपदेश उसे ही दिया जा रहा था। उसने भूषण की ओर देखे बिना उत्तर दिया—''क्यों चिंता करते हो, अनुभव स्वयं राह दिखा देता है।''

भूषण ने सिगरेट सुलगा लिया—"मैं तो व्यावहारिक बात कर रहा हूँ।"

मनोरमा को और भी खल गया। "तो तुम्हारे गले तो कोई पड़ नहीं रहा" उसके मुख से निकल गया।

भूषण चुप रह गया। झेंप छिपाने के लिये मुस्कराने का यत्न कर सिगरेट से दो कश खींचे और उठ खड़ा हुआ—"अभी तीन हफ्ते यहीं हूँ, फिर मिलूँगा।" भूषण की विदाई की नमस्ते के उत्तर में मनोरमा मुस्कान का सौजन्य भी न निबाह सकी। उसने केवल हाथ जोड़ दिये।

मनोरमा का मन बहुत उदास हो गया था। वह न कोई पुस्तक ढूँढ़ कर पढ़ने बैठ गयी, न उसने सोमा को ही बातचीत करने के लिये पुकार लिया। सोमा से क्या बात करती? वह सोमा को लेकर कही गयी बातों पर ही सोच रही थी; क्या यह वास्तव में भैया से प्रेम करती है? पहले मनोरमा ने सोचा था, भैया सोमा से प्रेम करते हैं। भाभी से भैया की शादी उसे एक सामाजिक अन्याय ही जँची थी परन्तु इधर चार मास से भैया की मिसेज बासू के प्रति अनुरक्ति देखकर मनोरमा का मन ग्लानि से भर गया था। वह इस परिणाम पर पहुँच गयी थी कि भैया प्रेम को खेल समझते हैं। मनोरमा ने भाई की इस निर्बलता का उत्तरदायित्व भाई के प्रति पक्षपात के कारण, अपने माता-पिता पर डाल दिया था। उन लोगों ने जगदीश का विवाह गायत्री से न होने देकर इस विषय में उसे अस्थिर बना दिया था।

परन्तु सोमा?....सोमा धनसिंह से तो प्रेम करती ही थी। अब क्या भैया से भी सचमुच उसी प्रकार प्रेम करने लगी?....क्या यह सम्भव है? ....क्या हृदय यों बदल सकता है?....या सोमा को आश्रय और कृपा का मूल्य देना पड़ रहा है?....सोमा अपने आपको देकर आश्रय का मूल्य चुका रही है या प्रेम के मूल्य में ही वह अपने आपको दे रही है?

मनोरमा के विचार में सहसा कौंध गया, सभी स्त्रियाँ आश्रय का मूल्य, प्रेम का मूल्य अपने शरीर से चुकाती हैं। आत्म-तुष्ट प्रेम तो वही है जो मूल्य में आश्रय न माँगे। प्रेम के मूल्य में जीवन भर का आश्रय पा लिया या कुछ रुपये। प्रेम करने का अधिकारी वही है जो आश्रय न माँगे, जो अपने पाँव पर खड़ा हो। भूषण अपने पाँव पर खड़े होने की बात ठीक ही कहते थे। मनोरमा अपने विषय में सोचने लगी, बाइस वर्ष की अवस्था में एम०ए० पास करके भी तो वह अपने पाँव खड़ी नहीं हो सकी थी। सिद्धान्त रूप से जो बात सोमा के लिये ठीक थी, वही बात उसके लिये भी थी।

मनोरमा ने निश्चय कर लिया था, केवल आश्रय के लिये विवाह नहीं करेगी। सोमा उसके सामने थी। जाने या अनजाने में सोमा और क्या कर रही थी! परन्तु सोमा उसे अत्याचार के रूप में तो नही सह रही थी। कानूनी और सामाजिक अधिकार उसे चाहे न था लेकिन भाभी की अपेक्षा भैया के लिये सोमा कहीं अधिक सन्तोष का कारण थी। मनोरमा के मन में सोमा के लिये आदर समाप्त हो चुका था, केवल करुणा रह गयी थी। वह स्वयं ही वह तर्क करने लगी, समाज चाहे जो कहे लेकिन समाज के पास सोमा की स्थिति का समाधान क्या था? क्या सोमा का कोई मित्र भी नहीं हो सकता था? भैया का और उसका सम्बन्ध और क्या था। लेकिन सोमा भैया के टुकड़ों पर थी। यदि इतनी बात न होती तो सोमा समाज को मुँहतोड़ उत्तर दे सकती थी।

मनोरमा ने संध्या समय सोमा को अपने कमरे में बुला लिया। भूषण से सहसा मिलने पर सोमा को अपने अतीत की स्मृति से गहरा मानसिक आघात लगा था। दोनों ही उदास थीं। सोमा अब संकोच से जरा पीछे हट कर नहीं बैठती थी और न मूक रह कर सुनती रहती थी। अपनी समझ के अनुसार बातचीत में प्रत्युत्तर देती थी।

मनोरमा ने कहा—"धनसिंह का क्या पता है; अब आये न आये? कौन जानता है, जिन्दगी किसे कहाँ ले जाये।"

सोमा ने गहरी साँस ली। मनोरमा कहती गयी—"लेकिन लम्बी उम्र काटने के लिये साधन तो आदमीं के पास होना ही चाहिये।"

मनोरमा ने बताया वह स्वयं जीविका के लिये आत्मनिर्भर होना चाहती थी। पिता जी उसमें बाधा डालते रहे थे परन्तु वह निश्चय अपने पाँवों पर खड़ी होगी। उसने सोमा को सलाह दी—तुम नर्स का काम क्यों न सीख लो? जानती हो, एक लड़की विद्या कौल नर्स का काम कर रही है। महीने में ढाई-तीन सौ कमा लेती है।"

सोमा ने उत्तर दिया—"ठीक है भैन जी, परन्तु औरत मजदूरी करके पेट भरे तो उसकी क्या जिन्दगी है। औरत तो घर सम्भालती ही भली लगती है।"

मनोरमा चुप रह गई। वह कैसे कह देती कि इस घर को सम्भालने का हक तुमको नहीं है। यही बात सोमा ने मनोरमा के नौकरी करने का विरोध करने के लिये कही थी। अब सोमा उसके लिये और अपने लिये एक ही नियम और बात समझने लगी थी। अपने आपको दीन समझने का संस्कार सोमा के मन से दूर हो गया था। मनोरमा क्या कहती?

मनोरमा की लिखने की ओर रुचि थी। उसने कुछ कहानियाँ लिखी थीं और लेख भी। उसकी कल्पना में लेखक बनने का आदर्श था, जिसमें कीर्ति, निर्वाह का साधन और आत्मसंतोष की सभी आशायें पूरी हो सकती थीं। बैरिस्टर जगदीश ने मनोरमा की लेखक बनकर निर्वाह करने की महत्त्वाकांक्षा की बात सुनी तो हँस कर कह दिया था—यदि तुम इस देश में लिख कर जीविका कमा सकोगी तो तुम रवि ठाकुर बन जाओगी। मनोरमा इस परिहास से हतोत्साह नहीं हुई थी।

भूषण की बात ने उसका दिल तोड़ दिया था—क्या वह इतनी नासमझ थी कि जन-विरोध की परवाह न कर जिस बात के समर्थन के लिये लिखे, उसे ही धक्का पहुँचाये! इससे अच्छा था न लिखना और वह उन लोगों की ओर से क्यों लिखे? ऐसे अन्याय की अनुभूति से मनोरमा के मन ने हथियार डाल दिये। सोचा, लेखक बनने की महत्वाकांक्षा छोड़कर अपने निर्वाह के लिये अध्यापिका का काम कर ले। उसने किसी से राय लिये बिना दो स्थानीय महिला कालिजों में नौकरी के लिये प्रार्थना-पत्र भेज दिये थे।

चन्दे से चलने वाले किसी भी कालिज के लिये लाला ज्वालासहाय की लड़की का सम्बन्ध हो सकना संस्था के लिये सुअवसर था। मनोरमा को १५० रु० मासिक पर पढ़ाने के लिए निमंत्रण मिल गया।

जगदीश ने आपत्ति की—"तुम्हें पढ़ाने का शौक है या समय नहीं कटता तो अवैतनिक काम कर लो। तुम्हारा नौकरी करना लालाजी को कभी सह्य न होगा।"

मनोरमा ने उत्तर दिया—"यह आपका श्रेणी अहंकार है। पढ़ाकर जीविका कमाना तो लज्जा का काम नहीं है।"

बैरिस्टर ने स्वीकार किया—"श्रेणी है तो उसके प्रभाव भी हैं। इस महिला कालिज से तुम साल में १८०० रु० तनखाह पाओगी। लाला जी उसे ५००० रु० वार्षिक की सहायता देते हैं। यह परिहास नहीं तो क्या है? तुम अपने पिता के आत्म-सम्मान पर चोट करके अपना आत्मसम्मान बनाना चाहती हो?"

जगदीश ने मनोरमा के नौकरी कर लेने की सूचना लालाजी को दे दी थी। लालाजी और माँ जी का भी विरोध भरा पत्र आ गया। मनोरमा ने दाँत पीस लिये। आँखों में आँसू आ गये परन्तु उसने आँसुओं को गिरने नहीं दिया।

मेजर बासू और मिसेज बासू मसूरी गये हुए थे। जगदीश को मिलिटरी के एक ठेके के सम्बन्ध में मेजर बासू से मिलना आवश्यक था। जगदीश ने मनोरमा से कहा—"दशहरे की छुट्टियाँ हैं। इस वर्ष हम लोग पहाड़ नहीं गये। एक सप्ताह के लिये मसूरी चली चलो।"

मनोरमा के लिए लाहौर में विरक्ति के अतिरिक्त अनुरक्ति का कोई कारण न था। सोमा से वैसे भी वह क्या बात करती और अब सोमा घर भर को सँभालने का अधिकार और संतोष लेकर आत्मतुष्ट थी। बात करने का अवसर या प्रवृत्ति उसे यों भी कम थी। भाभी के चारों ओर नर्सों और डाक्टरनियों का वातावरण था—एक नये मानव के आने की तैयारी के उत्साह की अपेक्षा कष्ट और चिन्ता ही अधिक जान पड़ रही थी।

मनोरमा को सहेलियों के प्रति अधिक आकर्षण न था। अब उसे उनसे मिलने में संकोच होने लगा था। उसकी सभी सम-वयस्काओं के विवाह हो चुके थे। अब वे कुछ बुजुर्गों की मुद्रा लेकर मनोरमा से बात करती थीं और मनोरमा का विवाह अब तक न होने के प्रति करुणा दिखाती थीं, जैसे मनोरमा परीक्षा में पास न हो सकी हो। लाहौर से कुछ दिन के लिये बाहर जाने का प्रस्ताव उसे बहुत भला लगा।

हैदरअली सुतलीवाला से बैरिस्टर जगदीश का परिचय विलायत से लौटते समय बम्बई में हुआ था। इसके कुछ दिन बाद सुतलीवाला शेयर के व्यवसाय के सम्बन्ध में एक सप्ताह के लिये लाहौर आया था और बैरिस्टर का अतिथि रहा था। बम्बई लौटकर उसने बैरिस्टर और मनोरमा को धन्यवाद के सहृदयतापूर्ण पत्र लिखे थे। जगदीश की सुतलीवाला से पर्याप्त आत्मीयता हो गई थी। मनोरमा भी सुतलीवाला को बहुत सज्जन और सहृदय व्यक्ति समझती थी। बीच के समय में कोई पत्र-व्यवहार न हुआ था परन्तु मसूरी में सहसा एक-दूसरे को एक ही होटल में पाकर तीनों ही उल्लसित हो उठे थे।

मेजर और मिसेज बासू सेवाय होटल में थे। जगदीश और मनोरमा भी वहीं ठहर गये थे। इसी होटल में हैदरजी सुतलीवाला भी ठहरा था। मेजर बासू का समय प्रायः अंग्रेज अफसरों की संगति में कटता था, जगदीश का समय मिसेज बासू की संगति में। मनोरमा को सुतलीवाला की ही संगति मिलती थी। केवल विनोद और विश्राम के लिये मसूरी आने वाले लोगों की भाँति सुतलीवाला के लिये प्रत्येक समय विनोद का ही न था। वह मसूरी में इकट्ठे हुए अमीर लोगों में अपना पत्ती-बिक्री (शेयर की दलाली) का व्यवसाय करने आया था। शेयर खरीद सकने वाले अमीर आदमियों को भोजन पर निमंत्रण देना और उनके निमंत्रण स्वीकार करना सुतलीवाला के व्यवसाय का अंग था। मनोरमा सुतलीवाला की व्यस्तता और परिश्रम के लिये आदर अनुभव करती थी। सुतलीवाला मनोरमा के साथ घूमने और भोजन के समय साथ देने का भी अवसर निकाल लेता था।

जगदीश, सुतलीवाला से आत्मीयता से बात करता था और उसके सामने ही मनोरमा से उग्र समाजवाद या कम्युनिज्म का मजाक करने से भी न चूकता था। सुतलीवाला का परिचय कम्युनिज्म और सोशलिज्म की पेचीदा भाषा से न था परन्तु वह सोशलिज्म की भावना के प्रति सहानुभूति प्रकट करता था। वह अपना ही उदाहरण देकर कहता—"मैं पूँजी के शोषण के अत्याचार से कैसे इनकार कर सकता हूँ? मैं स्वयं पूँजी एकत्र करके पूँजीपतियों को दे रहा हूँ। पूँजीपतियों के इस लाभ में मेरा अंश या मेहनताना कितना होता है! पूँजीवाद का सबसे बड़ा शत्रु स्वयं पूँजीवाद है। संचय की और अधिकार समेटने की प्रवृत्ति ही पूँजिपतियों की संख्या कम करती जा रही है। बड़े पूँजीपति के मुकाबिले में छोटा पूँजीपति मिटता जा रहा है। पूँजीवाद के विरोधियों की संख्या बढ़ती जा रही है।"

सुतलीवाला मनोरमा की सुविधा और पसन्द का विशेष ध्यान रखता था। उसके साथ रहने पर यदि अभ्यासवश सिगरेट मुख में ले लेता तो उसे सुलगाये बिना रख लेता। मनोरमा ने कई बार कहा—"तम्बाकू का धुआँ सूँघने का मुझे काफी अभ्यास है। मुझे उससे कुछ असुविधा नहीं होती; आप पीजिये।"

सुतलीवाला कह देता—"अधिक नहीं तो इतना तो मुझे आपके प्रति करना ही चाहिये कि जो चीज आवश्यक नहीं है, उसे आपके ख्याल से रहने दूँ।"

एक बार सुतलीवाला भूल से सिगरेट होंठों में ले उसे केस में वापिस रख रहा था तो मनोरमा ने स्वयं दियासलाई जला दी—"अच्छा मैं कहती हूँ आप पीजिये, मेरे कहने से ही सही।"

जगदीश सुतलीवाला की सौजन्यता, व्यवहार-कुशलता और सभी बातों की प्रशंसा करता था। मनोरमा जगदीश के अभिप्राय के प्रति मन में शंका कर रही थी। मसूरी से चलने से एक दिन पहले जगदीश ने स्पष्ट ही उससे पूछा—"सुतलीवाला के बारे में तुम्हारी क्या राय है? उसने मुझसे स्पष्ट तो नहीं कहा लेकिन कुछ संकेत अवश्य किया है। मेरे विचार में तो यह बात बहुत उचित होगी। मैं जानता हूँ, पिता जी और माँ जी जाति-पाँति के संस्कार के कारण विरोध करेंगे लेकिन तुम्हारे भविष्य से खिलवाड़ नहीं किया जा सकता। तुम गम्भीरता से सोचना।"

मनोरमा ने उस समय तो इनकार में सिर हिला दिया था परन्तु सोचा भी—भूषण और सुतलीवाला, दोनों दो भिन्न संसारों के व्यक्ति थे। सुतलीवाला बहुत सज्जन, संस्कृत और सुस्वरूप था पर भूषण में साधारण मनुष्य के अतिरिक्त कुछ अन्य भी था। इस तुलना से वह उदास हो जाती थी। जगदीश और मनोरमा लाहौर लौट गये। सुतलीवाला को अभी मसूरी में सप्ताह भर और रहना था। मनोरमा और सुतलीवाला की विदाई बिना किसी अर्थ-संकोच के ही हुई थी।

× × ×

मनोरमा सुबह ही मसूरी से लौटी थी। संध्या समय बाहर के कमरे में बैठी अपना एक स्वेटर ठीक कर रही थी। बरामदे में आहट सुन कर उसने आँखें उठायीं, भूषण था और उसके साथ थी महिला कालिज की अध्यापिका सुखदा, खद्दर की साड़ी पहने। मनोरमा ने पिछली मुलाकात के समय भूषण के प्रति किये व्यवहार को धो डालने के विचार से उन्हें विशेष स्वागत से बैठाया। भूषण गम्भीर था।

"मुझे विश्वास है, तुम मेरा आशय अन्यथा न समझोगी," भूषण बैठते हुए बोला। सुखदा की उपस्थिति में इस प्रकार बात आरम्भ होने से मनोरमा चौंकी। भूषण ने पूछा, "तुम कालेज में अवैतनिक काम कर रही हो?"

मनोरमा ने हामी भरी।

"तुमने कालेज नें अवैतनिक काम आरम्भ किया है। उसका परिणाम यह हुआ है कि दशहरे की छुट्टियाँ अरंभ होने के दिन कालेज कमेटी ने सुखदा को उसकी नौकरी समाप्त कर देने का एक मास का नोटिस दे दिया है। उनका काम मुफ्त हो तो वे किसी को व्यर्थ तनख्वाह क्यों दें!"

मनोरमा खेद प्रकट करना चाहती थी परन्तु भूषण बोलता गया—"तुम्हारा तो केवल शौक पूरा हो रहा है, इस बेचारी की रोजी जा रही है। यह 'वैकाई' में भी नौकरी नहीं कर सकती क्योंकि पुलिस जानती है कि इसके दोनों भाई पार्टी मेम्बर हैं और पूरा समय पार्टी का काम करते हैं।"

मनोरमा ने सुखदा से कहा—"आप चिन्ता न कीजिये। ऐसा अन्याय नहीं होने दूँगी। मैं आज ही कालिज के सेक्रेटरी को स्वयं काम न कर सकने की सूचना भेज दूँगी। यह भी लिख दूँगी कि आपके प्रति अन्याय के विरोध में काम छोड़ रही हूँ।"

भूषण ने सुखदा से कहा—"ठीक है न, अब तुम जा सकती हो।"

मनोरमा ने टोका—"वाह, इतनी जल्दी क्या है? बैठिये न!" उसने सुखदा की ओर देखा, "चाय मँगा रही हूँ।"

भूषण ने सुखदा की ओर से उत्तर दिया—"जाने दो, इन्हें एक आवश्यक काम है।" सुखदा चली गयी।

भूषण सन्तोष और उत्साह से बोला—"तुम्हें अवैतनिक ही काम करना है तो कुछ और अधिक उपयोगी काम करो। एफ०ए० की लड़कियों को पढ़ाने का काम तो कोई भी बी०ए० पास लड़की या औरत कर सकती है। तुमने बहुत काफी अध्ययन किया है, तुममें योग्यता है।'

"बताइये क्या करूँ?' मनोरमा ने विवशता प्रकट की।

"मेरे विचार में तुम्हारे लिये लिखने से अच्छा दूसरा काम नहीं है।"

"क्या लिखूँ? रोज-रोज क्या लिखूँ?"

"प्रान्तीय पार्टी एक साप्ताहिक पत्र निकाल रही है। उसमें समय दो।" भूषण आत्मीयता के अधिकार से बोला।

"मैं पार्टी लाइन ठीक से समझती नहीं।" मनोरमा ने विवशता से कहा।

"मूल बात तो तुम समझती हो," भूषण ने समझाया, "परन्तु नित्य की समस्याओं का परिचय उनके आंतरिक पारस्परिक संबंधों सहित न होने से तुम्हारे दृष्टि से अनेक पहलू छूट भी जा सकते हैं या उनका अनुपात ठीक नहीं हो पाता। वस्तुओं का अनुपात बदलने से चीज ही बदल जाती है। ईंट, पत्थर और सीमेंट से मीनार बन सकती है और कुआँ भी बन सकता है। संपर्क में आते रहो और समस्याओं का सम्यक परिचय हो तो वह बात न होगी। पेपर में कामरेड जावेद भी हैं।"

"तैयार हूँ, कब से आऊँ मैं!" मनोरमा ने उत्सुकता से पूछा।

"कल सुबह नौ बजे आओ। इस सप्ताह का अंक तैयार हो रहा है, कुछ हो भी गया है।" भूषण ने उत्तर दिया।

मनोरमा कालिज छोड़कर पार्टी आफिस में जाने लगी। उसके घर से मैक्लोड रोड काफी दूर थी इसलिये मनोरमा घर से भाई के साथ गाड़ी में जाती थी। बैरिस्टर कचहरी में या अपने कारोबार के दफ्तर में उतर जाता और ड्राइवर बरकत मनोरमा को मैक्लोड रोड पर ले जाता। मनोरमा गाड़ी से प्रायः चौराहे पर ही उतर जाती थी। शेष चालीस-पचास कदम पैदल जाती थी। लौटते समय टाँगे पर आ जाती। गाड़ी वह प्रायः पार्टी आफिस के सामने न ले जाती। फटे हाल नौजवानों की संगति में उसकी चमचमाती, बड़ी कार बेमौका और संकोच का कारण होती थी।

एक-एक लेख लिखने के लिये पेपर-कमेटी में लम्बी-लम्बी बहसें होती थीं। कामरेड जावेद पार्टी के निर्णयों के अनुसार लिखता था और मनोरमा को भी वैसे ही लिखने के लिये कहता था। मनोरमा उससे बहस करने लगती। जावेद प्रायः ही उत्तर देता—"कामरेड, तुम अभी तक १९३९ और १९४० की लाइन पर सोच रही हो, यह १९४४ है।" इस प्रकार लिखना मनोरमा को लिखने का आनन्द और सन्तोष न देता था। इससे उच्छ्वास की पूर्ति न होती, यह केवल निर्देश का पालन था।

पाँचवें अङ्क के समय अखबार में पृष्ठ बढ़ाने का प्रस्ताव पेश होने पर आर्थिक समस्या आ खड़ी हुई। पार्टी के एकाउन्टेंट ने आपत्ति कर दी कि पिछले मास अखबार की तीन हजार प्रतियाँ साप्ताहिक छापने में साढ़े पाँच सौ रुपये से अधिक खर्च हो चुका था। उसने हिसाब सामने रख दिया—"१३० रु० छपाई, १२० रु० ब्लाकों की बनवाई, २५० रु० कागज और ८० रु० का डाक खर्च, ४५ रु० कामरेड जावेद, जगराम और नरसिंह की मजदूरी। कामरेड मनोरमा मजदूरी नहीं लेती। दो सौ कापी प्रचार के लिये मुफ्त दी गई है। फायदे से तो ४० रु० बच जाना चाहिये था लेकिन जिलों में जो कापियाँ गई हैं, उनका मूल्य नहीं आया। बिक्री का कुल २०० रु० मिला है। आप खर्च और बढ़ाना चाहते हैं, कहाँ से पैसा दूँ? मुझे अखबार फण्ड में १००० रु० दिया गया है। इस हिसाब से केवल एक महीना अखबार और निकलेगा।" तय हुआ कि कीमत न बढ़ा कर और फण्ड इकट्ठा किया जाय। जिलों में मूल्य तुरन्त भेजने के लिये सर्कुलर भेजे जायें।

जगराम ने हिसाब में ४५ रु० के खर्चे पर आपत्ति की। जावेद, नरसिंह और उसका खर्चा अखबार के नाम क्यों डाला गया था। वे लोग दूसरे फ्रंट पर भी तो काम कर रहे थे। मनोरमा को सबसे तीखी बात लगी—संपादक और मैनेजर की तनखाह पन्द्रह-पन्द्रह रुपये मासिक। उसके महीने भर के काम की मजदूरी १५ रुपये! उस काम की मजदूरी पन्द्रह रुपये थी, जो काम समाज और देश की व्यवस्था बदलने के लिये किया जा रहा था। उस अखबार के प्रतिद्वन्द्वी अखबारों में वैसे काम के लिए डेढ़ सौ से पन्द्रह सौ रुपये तक मजदूरी थी और वे लोग उतना समय देकर उतने परिश्रम से काम कर नहीं सकते थे। गर्व से उसका सीना फूल उठा।

मनोरमा को त्योहारों पर भाइयों से काफी रुपया मिलता था। आवश्यकता होने पर और भी मिल जाता था। वह सब रुपये उड़ा देती थी। पिछले वर्ष से मन की स्थिति गंभीर रहने के कारण उसने कोई नया कपड़ा या चीज नहीं खरीदी थी। पिछली ही चीजें इतनी पड़ी थीं। कई साड़ियाँ तो उसने सोमा को दे दी थीं—बहिन तुझे पसन्द है, तू ही

पहन ले, मुझे अब यह अच्छी नहीं लगतीं। उसके पास दो सौ रुपये थे; यह उसने अखबार फण्ड में दे दिये।

मनोरमा ने अपनी मेज पर एक पत्र खुला पड़ा पाया। पत्र भाई के नाम था परन्तु उसको मेज पर रखा जाने का अभिप्राय था कि वह भी पढ़ ले। पत्र सुतलीवाला का था। बहुत संयत भाषा में मित्र की बहिन से विवाह का प्रस्ताव था। पत्र पढ़ कर मनोरमा के हृदय की गति बढ़ गई। वह आँखें मूँदे पलंग पर लेट गई। कल्पना में सुतलीवाला और भाई से सुने बम्बई के वर्णन और सिनेमा में देखे बम्बई के चित्र तैरने लगे। भाई को उसने कुछ न कहा परन्तु वह बात प्रतिक्षण मन और कल्पना में उग्र रहती। मनोरमा पार्टी के अखबार में काम करने जाती और सोचती रहती—इस काम का वैसे जीवन से क्या मेल होगा? परन्तु पार्टी के अखबार का काम तो जीवन का स्थायी काम नहीं है। यह भी ख्याल था कि बैरिस्टर भैया तो परम्परा और रूढ़ि कुछ नहीं मानते परन्तु पिता जी, माता जी और दूसरे दोनों भाई क्या यह स्वीकार करेंगे? उसके लिये जीवन में जो भी मार्ग दिखाई देता है, उस पर ही ताला लग जाता है।

× × ×

बैरिस्टर जगदीश सहाय की तीसरी सन्तान के जन्म के समय माँ जी धर्मशाला से न आ सकीं। कलकत्ते और कराची से दोनों भाभियाँ भी न आ सकीं। युद्ध के कारण व्यापार की स्थिति ऐसी थी कि किसी का भी अपने कारोबार की गद्दी से एक दिन के लिये भी हिलना हजारों-लाखों पर पानी फिर जाना था परन्तु लड़के के नामकरण के समय सभी लोग आये थे। सबसे पहले माँ जी ही आई थीं।

माँ जी के घर लौटने पर सोमा ने भी उनके पाँव छुए। माँ जी ने उसे आशीर्वाद तो दे दिया परन्तु दबे स्वर में मनोरमा से पूछ लिया—"यह कौन है मन्नो? धनसिंह की बहू सोमा कहाँ है?" लाहौर से बहू और मन्नो के पत्रों में बार-बार सोमा की प्रशंसा पढ़कर उन्होंने मन में कई वायदे किये थे, लाहौर लौटने पर उसे इनाम देने का विचार था।

मनोरमा हँस पड़ी—"वाह, माँ जी पहचाना नहीं। सोमा ही तो है!" घर में सोमा का अधिकार और शासन देख कर माँ जी की सफेद केशों से ढकी खोपड़ी में विकलता तो हुई परन्तु चुप रह गयीं। तीसरे दिन अन्य लोग भी आ पहुँचे, कोठी भरपूर हो गई। सोमा को देख कर सभी पूछते थे यह कौन है। उत्तर पाकर विस्मय प्रकट करते—नौकरानी या मालकिन।

सोमा स्वयं भी असुविधा अनुभव कर रही थी और यह यथासम्भव सिमटी रहती थी परन्तु वह पुनः पुरानी सोमा कैसे बन जाती! जगदीश से बात करने का समय ही न मिलता था। पल भर के लिये उससे मिल पाई तो कहा—"लोग मुझे सह नहीं रहे हैं, कुछ दिन के लिये मुझे कहीं भेज दो।"

जगदीश ने होंठ सिकोड़ कर कह दिया—"उँह, डैमिट (भाड़ में जायँ)!"

जगदीश ने पुत्र जन्म की खुशी में भाभियों, अपनी पत्नी, बहिन सभी को उपहार देने के लिये साड़ियाँ खरीदने का निश्चय किया था और यह काम मनोरमा को सौंप दिया था। मनोरमा भाभियों से, खास तौर पर बड़ी भाभी के स्वभाव से डरती थी। उस पर पक्षपात और स्वार्थ का आरोप न लगे, इस विचार से उसने सभी के लिये एक दाम की,

एक ही रंग की, एक से ही किनारे की साड़ियाँ खरीद ली थीं। मन में सोचा था—सब एक सी ही साड़ियाँ पहनेंगी तो अच्छा भी लगेगा और सब एक सी जान पड़ेंगी।

साड़ियाँ सबसे पहले बड़ी भाभी (मिसेज कृष्णसहाय) के सामने रखी गयीं। मनोरमा और मिसेज जगदीश भी मौजूद थीं। सभी साड़ियाँ एक सी देखकर बड़ी भाभी को सुहाया नहीं। बोलीं—"तुम लोग अपने चाव पूरे करो, हमने तो बहुत ओढ़-पहन लिया। अब क्या है, इस उम्र में!" और फिर साड़ियों के रंग और किनारे देखते-देखते साड़ियों को गिन लिया। "यह तो पाँच साड़ियाँ हैं!" उन्होंने पूछा।

"सोमा के लिये भी होगी न।" मिसेज जगदीश ने धीमे से कह दिया।

बड़ी बहू के माथे पर त्योरियाँ पड़ गईं। क्रोध से दम फूल गया। समीप खड़ी अपनी छोटी लड़की को हुक्म दिया—"जगदीश को बुलाओ!"

बैरिस्टर ने आकर पूछा—'क्या है भाभी?"

मिसेज कृष्णसहाय ने पाँचों साड़ियाँ उठाकर उसके ऊपर फेंक दी—"मैं क्या तुम्हारी नौकरानी हूँ? तुम मेरे लिये और अपनी नौकरानी के लिये एक-सी साड़ियाँ लाये हो? तुम्हारी यह मजाल!"

बड़ी बहू क्रोध में उचित-अनुचित भूल कर बकती गईं—"कमाने के नाम पर पैसा कमाने की हिम्मत नहीं। दूसरों की कमाई पर गुलछर्रे उड़ायें और उन्हीं की बेइज्जती करें!"

जगदीश का भी खून खौल गया। बड़ी भाभी ऐसी बेहूदगी पहले भी कई बार कर चुकी थीं और जगदीश को चुपचाप सहनी पड़ी थी परन्तु अब अवस्था दूसरी थी। उसने भाभी की ओर क्रोध भरी निगाह डालकर चुनौती दे दी—"जबान सम्भाल कर बोलिये! कौन है मुझे खिलाने वाला? अपने घर में जैसा चाहूँगा दूँगा-लूँगा। किसी का नौकर नहीं!"

कोठी में कोहराम मच गया। माँ जी और मँझली बहू भागी हुई आयीं। भद्र महिलायें अस्त-व्यस्त अवस्था में हाथ उठा-उठा कर, चिल्ला-चिल्लाकर बोलने लगीं। नौकर दरवाजों की आड़ में खड़े होकर सुनने लगे। केवल सोमा नहीं आई। वह झगड़े के आरम्भ में ही जाकर अपनी कोठरी में दुबक गई थी।

अवसर देख कर नौकरों की भी जबानें खुलने लगीं। उनके भी बयान किये जाने लगे। उस समय जो न कहा और न सुझाया गया, वही गनीमत। बड़ी बहू की आवाज बार-बार कड़क उठती थी—"इसी बेइज्जती के लिये हमें बुलाया गया! बड़े इल्म वाले बनते हैं।"

माँ जी की आवाज भी सुनाई दे जाती थी—"हाय मैं वहाँ दूर थी, क्या जानती थी कि यह सब हो रहा है।"

छोटी बहू के भारी-भरकम शिथिल शरीर के गले से निकली महीन आवाज भी सुनाई दे जाती थी—"हाय मैं सीधी-सादी क्या जानती थी कि मेरी ही जड़ों पर कुल्हाड़ियाँ चल रही हैं।"

मनोरमा ने दो एक बार अपनी विद्या के अधिकार से सबको समझाने का यत्न किया और साड़ियाँ खरीदने की जिम्मेवारी अपने ऊपर ली। बड़ी बहू ने उसे फटकार दिया—"बनने को अधेड़ उम्र तक क्वारी बनती है लेकिन दुनिया के सब चरित्रों में दखल है।

शर्म नहीं आती, भाई की दूती बनी है। एक दूसरे के कर्मों पर पर्दा डालो·······जो चाहो करो। हमारी मिट्टी क्यों खराब कराते हो!"

मनोरमा पड़ोस की कोठी में एक सहेली के यहाँ जा बैठी थी। दो घंटे बाद भी संग्राम शान्त न हुआ देखकर अपने कमरे का दरवाजा बंद कर पुस्तक पढ़ने लगी। झगड़ा बहुत बढ़ गया था। कृष्ण सहाय लाला जी के पास पहुँचे और जगदीश सहाय को बुलवाया। उधमसिंह उन्हें बुलाने पहुँचा तो देखा कि बैरिस्टर गाड़ी में कोठी से बाहर चले जा रहे थे।

जगदीश ने कोठी से बाहर सड़क पर आकर सोचा—कहाँ जाये; क्लब? ऐसी मनोवस्था में ठीक से बातचीत कर सकना सम्भव न था। वह माल रोड पर चला गया और एक सूने बार में बैठ गया। सामने मेज पर ह्विस्की-सोडा का गिलास बुदबुदा रहा था, वैसे ही बुलबुले उसके मन में उठ रहे थे—कैसे जाहिलों से वास्ता पड़ा है! अच्छी-भली साड़ी इनकी नजरों में इसलिये गिर गई कि नौकरानी के लिये भी उसी के साथ की साड़ी ली गई है! वाह रे अहंकार!

मानसिक उत्तेजना में जगदीश ने डबल पेग का आर्डर दिया था। क्रोध से गला सूखता अनुभव होने के कारण गिलास को सोडे से भी पूरा भर लिया था। तीन-चार घूँटों में ही गिलास आधा हो गया और माथा कुछ गमगमा गया। जगदीश को कल्पना में बड़ी भाभी सामने खड़ी दिखाई देने लगीं। कोठी में यह कुछ नहीं कह सका था, अब परिणाम का भय न होने के कारण कल्पना में कहने लगा—नौकरानी! क्या तुम्हारी नौकरानी?····· नौकरानी के मुकाबले में अपनी तमीज देखो! आईना लेकर नौकरानी के मुकाबिले में अपनी शक्ल देखो! तुम्हारे पास ऐसी कौन बेहतर चीज है? तुम्हारे माँ-बाप ने तुम्हारे लिये एक मर्द फँसा दिया है नहीं तो तुम्हें कोई बर्तन धोने को भी न रखता। पैसे का गुरूर? जैसे और कोई पैसा कमाना नहीं जानता। जब तक खयाल नहीं किया था, नहीं किया; अब देखेंगे।·····यह मेरा घर है, यहाँ तुम फैसला और हुक्म देने वाली कौन हो? मुँह लगना है, अपने आदमी के मुँह लगो; तुम्हारा लिहाज होगा उसे। मुकाबला करने चली है सोमा से! कहाँ गोबर का छोत कहाँ हाथी दाँत का खिलौना!·····बड़ी सती बनती है!·····अरे तुम्हें पूछता ही कौन है·····वाह रे श्रेणी अहंकार!

जगदीश को याद आ गया—मनोरमा के नौकरी करने की बात पर घर में कितना झगड़ा हुआ था—उस समय उसने श्रेणी के विचार का समर्थन किया था। सोचने लगा—कितना अन्याय है इन लोगों का मुझ पर! मुझे अपने विचारों के विरुद्ध आचरण करना पड़ता है। इन लोगों को सामाजिक चोरी से इकट्ठे किये हुए रुपये का इतना गुरूर है। गरीब इनसे दबते हैं, पर मैं क्यों दबूँ? जो कुछ इनकी करतूत है, मैं भी करके दिखा सकता हूँ बल्कि इनसे अधिक; इनके दिमाग तो है नहीं।

जगदीश ने शेष आधा गिलास समाप्त करके घड़ी देखी सात ही बजे थे। उस जगह अकेले और बैठे रहना अच्छा न लगा। वह नहर की ओर से माडल-टाउन होते हुए ठंडी हवा में दस मील का चक्कर लगा कर फिर दूसरे बार-रेस्तोरां वलेरियो जा बैठा, और ह्विस्की के एक पेग के लिये आर्डर दे दिया। उसे घर लौटने की न इच्छा थी, न साहस था। खाना वहीं खा लिया। खाने के बाद वलेरियो में नाच शुरू हो गया था। उस रात लेट नाइट डांस (आधी रात से बाद तक का नाच) था।

जगदीश ने विलायत में नाच सीखा था। नाच में दिलचस्पी भी लेता था परन्तु उस समय वह एक ओर बैठा था। उसकी निगाहें नाच की ओर थीं परन्तु मन अपनी समस्याओं में डूबा था। आरकेस्ट्रा पर नाच की गत बज रही थी। नाच के समय हाल में लाल प्रकाश हो जाता था। एक नाच समाप्त होने पर दूसरा नाच आरम्भ होने से पहले दो मिनट के लिये श्वेत प्रकाश रहता। प्रायः सब लोग नाच की पोशाक में थे, पुरुष काले सूट पहने और स्त्रियाँ रंग-बिरंगी पोशाकों में थीं। मेमें कंधों से नीचे दूर तक शरीर को दिखाते हुए गाउन पहने थीं, भारतीय महिलायें साड़ियाँ और नीची काट के ब्लाउज। उनकी पीठें उघड़ी हुई थीं। रीढ़ पर कमर की ओर गहरी होती हुई नाली साड़ी में छिप जाती थी। बाँहें, कंधे और छाती दोनों स्तनों की संधि के स्थान तक उघड़े हुए थे।

भारतीय महिलाओं के ऊँचे ब्लाउज से पेट झलक मार जाता था और यूरोपियन महिलाओं के स्कर्ट बगलों में खुले होने के कारण पिंडलियाँ झलक जाती थीं। इनमें से किसी का त्वचा का वास्तविक रंग दिखाई न देता था। सब पाउडर से ढँकी हुई थीं। उनके होंठ, भँवें सब नकली विलायत से आई बोतलों के पदार्थों से रँगे हुए थे। ऐसा दृश्य जगदीश को प्रायः नाच के लिये उत्तेजित कर देता था परन्तु उस समय उसका मन न हुआ। वह उनकी ओर देखकर सोच रहा था—सोमा इन सबसे कितनी अच्छी है। काश उसे यहाँ लाकर इन लोगों को दिखा सकता।

जगदीश को अकेले बैठे देखकर मिसेज गुर्टू ने पूछा—"क्या बात है?" मिसेज वाइली ने भी उसे नाचने के लिये निमंत्रित किया परन्तु जगदीश ने ड्रेस और तबीयत ठीक न होने के लिये क्षमा माँग ली। उसने सिगार सुलगा लिया और एक पेग ह्विस्की और मँगाकर सामने रख लिया। वह अपनी झुँझलाहट और उलझन से छूट नहीं पा रहा था; किस मुसीबत के साथ उसका विवाह कर दिया गया था। वैसी स्त्री को साथ लेकर भली सोसायटी में भी नहीं जा सकता था। स्त्री है या भैंस? सोमा होती तो वह अच्छी से अच्छी महफिल में रानी जान पड़ती!....जाने यह लोग कितने दिन ठहरेंगे और उसे कितना परेशान करेंगे? मैं इन लोगों की क्या परवाह करता हूँ? परन्तु उसे घर लौटने का साहस न हो रहा था। अभी दस ही बजे थे।

जगदीश को नशे के बोझ से लेटने की इच्छा हो रही थी। नशे की विवशता में सोमा उसके शरीर को ममता से सम्भाल कर जो सुख देती थी, उसका अभाव खटक रहा था परन्तु कोठी लौट जाने का साहस नहीं हो रहा था। वह अपने प्रति ग्लानि अनुभव करने लगा—मैं मूर्खों और कुसंस्कारों में फँसे मिथ्याभिमानी लोगों से डरता हूँ।......सोमा इन लोगों के अत्याचार से पिस जायेगी।......पूरा समाज पिस रहा है।......प्रकट में स्वतंत्र होकर भी मैं पिस रहा हूँ।......इस व्यवस्था की असंगति और खोखलापन समझता हूँ, इसके विरुद्ध, परन्तु असमर्थ और निर्बल हूँ, मेरे समझने से लाभ क्या? लेनिन ने ठीक ही कहा है—'कर्म बिना सिद्धान्त मिथ्या और निष्फल है।' मैं केवल विचारक हूँ, कर्मठ नहीं; नहीं तो समाज को बदल देता।......कितना निर्बल और निकम्मा हूँ; दुख यह है कि मैं समझता हूँ।

जगदीश रात के दो बजे नाच समाप्त होने पर कोठी पर लौटा। फाटक पर बैठे चौकीदार के अतिरिक्त सब लोग सो गये थे। सन्नाटा था। सोमा के कमरे तक जाने का साहस उसे न हुआ। मुँह लपेट कर बिस्तर में लेट गया। सुबह सोमा ने प्याली में चम्मच

खटका कर उसे नहीं जगाया। ऊधमसिंह अपने दिन लौटे जानकर स्वयं ही चाय बना लाया था। जगदीश ने उसे हजामत के लिये गरम पानी लाने के लिए कह दिया, दूसरी कोई बात न की। वह सुबह ही कपड़े पहनकर घर से निकल गया।

सोमा रात भर अपने कमरे में दुबकी हुई कोठी में मचे हुए कोहराम की गूँज सुनती और रोती रही। वह क्या कर सकती थी? साहब के सिवा उसका और कौन था। साहब से पूछे, बात किये बिना वह कुछ नहीं कर सकती थी परन्तु साहब से मिलती या बात करती तो कैसे? सोच रही थी, साहब होंगे कहाँ? उठकर कुछ पता ले परन्तु कोठरी से निकले कैसे?

आधी रात में झगड़े की गूँज कम हुई तो सोमा को ड्राइंग रूम के क्लाक से बारह बजने की टन-टन सुनाई दी, एक का घण्टा भी सुनाई दिया परन्तु लोगों के धीमे-धीमे बात करने की आवाजें भी आती रहीं। वह सोच रही थी, साहब बाहर गये होंगे तो भी लौट आये होंगे। उन्होंने न मुझे बुलाया, न खबर ली। वह साहब के पास जाने का साहस कैसे करती? कोई देख लेता!

सोमा को रात आँखों पर आँचल रखे बीत गई। दिन चढ़ आया था; धूप खूब निकल आई थी परन्तु सोमा को अपनी कोठरी से निकलने का साहस न हुआ। सब कुछ वही था; वही कोठी, वही लोग परन्तु कुछ घन्टे में सब कुछ कितना बदल गया था? जगदीश के दफ्तर या कचहरी जाने का समय हो चुका था वह उससे मिल नहीं सकी थी।

नौकर बसन्ता सोमा के कमरे में आया और रुखाई के बोला—"माँ जी ने कहा है, अपने कपड़े ले लो और मोटर में चली जाओ। मोटर बाहर खड़ी है।"

सोमा ने रो-रोकर सूजी हुई, आँसू भरी आँखें बसन्ता की ओर उठा कर पूछा—"कहाँ चली जाऊँ?"

"मैं क्या जानूँ?" बसन्ता चला गया!

सोमा फूट-फूट कर रो उठी......हाय, कहाँ चली जाऊँ? क्या इसीलिये मुझे पहाड़ से लाये थे? कहाँ चली जाऊँ? अपने क्या कपड़े ले लूँ? मेरा अपना क्या है जो ले लूँ? बटुये पर नजर पड़ी। उसमें घर के लगभग तीन सौ रुपये थे। वे भी उसके न थे। साहब को बुलवाऊँ; पर कैसे? साहब तो कचहरी चले गये होंगे? उन्होंने एक बार भी मेरी सुध न ली!

बसन्ता फिर आया—"जल्दी करने को कह रहे हैं।"

सोमा ने दबे स्वर में विनय की—"भाई जरा साहब को बुला दे।"

"साहब कभी का गया।" बसन्ता ठहरा नहीं।

बाहर से मोटर के हार्न का शब्द बार-बार सुनाई दे रहा था कि वह जल्दी करे। बड़ी बहू की कड़क सुनाई दी—"क्या गई नहीं अभी?'

दाई जीवाँ आई और बोली—"जल्दी करो, बड़ी बीबी नाराज हो रही हैं।"

सोमा डरी, बड़ी बहू ने बाँह पकड़ कर निकलवा दिया तो क्या होगा? चार दिन में उन्हें बहुत कुछ समझ गई थी। रुलाई के वेग को होंठों से दबाकर जैसे बैठी थी उठ खड़ी हुई और बाहर मोटर की ओर चल दी।

बरकत ने सोमा को ड्योढ़ी में आते देखकर अपनी जगह पर बैठे-बैठे हाथ पीछे बढ़ाकर पीछे की सीट का दरवाजा खोल दिया। कायदे के मुताबिक गाड़ी से उतरा नहीं। सोमा बैठ गई तो उसने वैसे ही लापरवाही से दरवाजा बन्द कर दिया। मोटर चल दी।

मोटर बँगले से कुछ ही कदम आगे बढ़ी थी। सोमा ने रुआँसे स्वर में पुकारा—"भाई!"

बरकत ने घूमकर देखा। उसके माथे पर त्योरी थी—"क्या है?"

सोमा की आँखों से आँसू टपक पड़े—"कहाँ ले जा रहे हो?"

"स्टेशन।"

"कहाँ जाने के लिये?"

"जहाँ कहो।" गाड़ी धीमी करके बरकत ने उत्तर दिया, "माँ जी ने पचास रुपये दिये, जहाँ का टिकट कहो खरीद दूँ। बाकी रुपये तुम्हारे। अल्ला-अल्ला खैर सल्ला।" बकरत गाड़ी तेज कर रहा था।

"सुनो भाई।" सोमा ने हिचकी लेकर पुकारा।

"क्या?" बरकत ने घूमकर देखा।

"जरा साहब के दफ्तर में ले चलो।"

बरकत के स्वर से रुखाई दूर हो गयी। उसने कुछ विवशता से कहा—"माँ जी का तो हुक्म है कि स्टेशन पर छोड़ आओ। तुम अच्छी मुसीबत कर रही हो।"

"हाथ जोड़ती हूँ।"

"तुम्हें दफ्तर ले जाऊँ और कहीं साहब मुझे ही कच्चा खा जायँ!"

"मेरी खातिर, एक बार!" सोमा गिड़गिड़ाई, "तुम्हारे पाँव पड़ती हूँ।"

बरकत ने अगले मोड़ से गाड़ी घुमा दी और एक मकान के सामने गाड़ी रोककर बोला—"मैं जाकर साहब को खबर देता हूँ।"

बरकत ने लौटकर कहा—"साहब दफ्तर में नहीं है, इजलास पर गये हैं।"

"हाय, दो मिनट ठहर जाओ!"

"बैठा तो है हरामजादा! कहता है—कह दो, नहीं हैं।" बरकत झल्लाया।

सोमा फूट-फूटकर रो उठी। गाड़ी तेजी से स्टेशन की ओर चल दी। स्टेशन के समीप जाकर बरकत ने फिर पूछा—"हाँ, कहाँ का टिकट लूँ?"

सोमा रोती रही, बोली नहीं। बरकत ने गाड़ी रोक दी और पूछा—"बोलोगी भी कुछ कि रोती ही रहोगी?"

"कहीं का नहीं। सोमा ने मुँह ढके सिसकते हुए उत्तर दिया।

"तो फिर गाड़ी में ही रहोगी। कहाँ पहुँचा दूँ; कोई जगह है?"

"कोई नहीं।" सोमा आँचल से मुँह ढके रही।

"आखिर मुझे तो गाड़ी कोठी पर पहुँचानी है।"

"मुझे कहीं नदी पर या जङ्गल में पहुँचा दो।" सोमा ने उत्तर दिया।

"वहाँ क्या करोगी?"

"मरूँगी।"

बरकत ने क्षण भर सोच, गाड़ी चालू करके एक ओर घुमा दी। एक सूने स्थान पर रुककर सोमा को पुकारा—"सुनो!"

"हूँ।" सोमा हिचकियाँ ले रही थी।

"मेरे साथ चलोगी?"

सोमा ने पल भर सोचा और सिर झुका कर हामी भर ली।

बरकत ने प्रश्न किया—"जहाँ कहूँगा?"

सोमा ने गर्दन के संकेत से स्वीकार किया।

"तो फिर मरने की क्या जरूरत है। दुनिया में बहुत जगह और बहुत मौका है। सुनो, कुछ रुपया तायी हो?"

"नहीं।"

"क्यों? तुम्हारे पास ही तो रुपया रहता था?"

सोमा ने आँचल से मुँह ढके ही उत्तर दिया—"रुपया मेरा नहीं था। उनका रुपया नहीं लूँगी।"

"मानते हैं तुम्हें!" बरकत ने आदर से कहा, "हो पानीदार। अच्छा तुम्हें एक जगह कुछ देर के लिये ठहरा दूँ।" बरकत गाड़ी को दिल्ली दरवाजे की ओर शहर के भीतर ले गया और एक छोटे से मकान के सामने खड़ी कर दी। बोला—"तुम यहाँ ठहरो। मैं दो घण्टे में लौट कर आता हूँ। गाड़ी कोठी पर पहुँचा कर और रुपया लेकर आता हूँ। बेईमान कहीं मेरे नाम गाड़ी चोरी का ही वारन्ट न कटा दे।"

"आओगे तो.....? कितनी देर में ?" सोमा ने कातर स्वर में पूछा।

बरकत ने सीना ठोककर कहा—"यह गरीब का कौल है, अमीरों की बात नहीं जिसमें खतरे और नुकसान का ख्याल हो। जब कह दिया तो आयेंगे! हर हालत में बशर्ते जिन्दगी। खुदा हाफिज।"

●

गृहस्थ की मरीचिका

बैरिस्टर जगदीश और मनोरमा ने बड़ी भाभियों का अपमान करने के लिए षड़यन्त्र करके उनके लिए और नौकरानी सोमा के लिए एक जैसी साड़ियाँ खरीद ली थीं! उस घटना के परिणाम में जो कोहराम मचा वह केवल सोमा को ही घर से बाहर निकाल कर समाप्त नहीं हुआ।

पत्नियों में मनमुटाव से भाइयों के हृदय फट गये। पिता के सिर पर रहते ही बँटवारे की बातें होनी लगीं और इस प्रसंग को लेकर झगड़े होने लगे। मनोरमा का मुँह खुलते ही बड़ी और छोटी दोनों भाभियाँ बरस पड़तीं। घर की बेटी के सम्मान का भी विचार उनकी जिह्वा को संगम में न रख सकता। उसकी आयु इतनी अधिक हो जाने का लांछन, उसके अकेले घूमने का लांछन, जाने कहाँ-कहाँ लम्बे-लम्बे पत्र लिखने का लांछन। बड़ी भाभी और छोटी भाभी दोनों सिर हिला-हिला हाथ फैला कर बार-बार कहतीं किसी इज्जतदार घर में ऐसी उम्र की लड़की क्वारी नहीं देखी!

मनोरमा के लिए ऐसे वातावरण में घर में रहना असम्भव था। अखबार के काम के लिए पार्टी के दफ्तर में चली जाती तो यह उसकी आवारागर्दी और चरित्रहीन का प्रमाण बन जाता। मनोरमा ने दो बार जवाब देने की भूल की परन्तु वाक-युद्ध में ऐसी परास्त हुई कि घंटों रोती रही। अपने कमरे से बाहर निकलने का भी साहस उसे न रहा। वह अखबार के काम के लिए पार्टी आफिस भी न जा सकती थी।

मनोरमा को सोच-सोचकर एक ही उपाय सूझा। उसने सुतलीवाला को तार दे दिया—''प्रस्ताव मंजूर है। विवाह दो सप्ताह के अन्दर हो जाये।'

मनोरमा ने सब बात का व्योरा एक पत्र में लिखकर भाई को दे दिया। वह कोठी से मुक्ति पा जाने के लिये इतनी व्याकुल हो गयी थी कि उसने भाई को लिख दिया कि अब एक दिन भी घर में रहना उसके लिये सम्भव न था। सिविल मैरेज का प्रबन्ध पहले से कर लिया जाये। सुतलीवाला तुरन्त उसे लेकर बम्बई लौट सके।

जगदीश घर की स्थिति से चिन्तित और खिन्न था। उसने मनोरमा से बात की—''तुमने तार देकर बहुत उतावली की। पहले पिता जी और दूसरे लोगों से राय ले ली होती।''

मनोरमा ने आँसू भरे गले से सिर झुकाये उत्तर दिया—''आप उन लोगों को कह दीजिए मेरे लिये इस घर में जगह नहीं रही है। राय का सवाल ही क्या है। अदालत को सात दिन पहले सूचना दे देना जरूरी है, वह आप दे दीजिये आपसे न हो तो मैं स्वयं कर लूँगी।''

घर में एक बार और कोहराम मच गया। लालाजी की अवस्था वैसे ही हो गयी जैसे मेघनाद की शक्ति के आघात से लक्ष्मण जी की हो गयी थी। माँ जी अलग विलख रही थीं। उन्हें सांत्वना देने वाला कोई नहीं था।

माँ जी के मन में तीन भाइयों की अकेली बहिन के ब्याह के जाने क्या-क्या अरमान थे। वे बरसों से कितने ही गहने और दूसरी चीजें समेट-समेट कर रखतीं आ रही थीं कि मन्नो के दहेज में काम आयेंगी। मन्नो ब्याह के लिये ही तैयार नही होती और अब उसने यह गुल खिला दिया। उन्होंने छाती और कोख पीट ली। वे अपनी कोख को गालियाँ देने लगीं।

मझली भाभी ने इस अभूतपूर्व अनाचार से खिन्न होकर दोनों उँगलियाँ दोनों गालों पर रखकर कहा—"हाय मैं मर गयी, जुल्म देखो! यहाँ तीन बच्चे हो गये अब भी मर्दों से बात करते कलेजा काँप जाता है। हमारा ब्याह हुआ था तो डोली पर चढ़ जाने तक मालूम नहीं था कि कहाँ जा रही हैं। आजकल की लड़कियों को देखो, तार देकर शादी करती हैं।"

लाला ज्वाला सहाय विवश थे। इस अवसर को लड़की के विवाह का समारोह समझते या लड़की के भाग जाने का कलंक? ऐसी अवस्था में किसे निमंत्रण देते, किसे मुँह दिखाते लड़की एक विधर्मी पारसी के साथ चली जा रही थी।

रात में बड़ी बहू और मँझली बहू ने मंत्रणा की। दोनों बड़े भाइयों ने आपस में परामर्श किया। बात को बढ़ाकर ज्यादा छीछालेदर करने से फायदा नहीं था। बिना पूछे राय देने का क्या मतलब होता! लड़कियों का विवाह जैसे होते हैं, अगर मनोरमा का विवाह उसी तरह होता तो लाला जी पचास-साठ हजार देते ही, बीस-पच्चीस हजार ऊपर से भी खर्च होता। भाइयों को भी पाँच-पाँच, छह-छह हजार देना ही पड़ता। माँ जी तो फ्रेयर रोड की कोठी मन्नो को दहेज में देने का निश्चय किये हुए थीं। उस कोठी का किराया अलग ही रखाती थी। यह घर की सम्पत्ति में से ही तो जाता। जब लड़की अपनी इच्छा से, जो उसे अच्छा लगा कर रही थी। कोई बच्चा तो है नहीं, बालिग उम्र है; यों ही सूटकेस लेकर चल दे। उससे तो यही अच्छा है। लाज जितनी भी ढकी रहे।

दूसरे दिन मँझली बहू ने घोषणा कर दी—ब्याह क्या हो रहा है, ब्याह तो हो ही चुका है! बस लोगों से कह देना बाकी है। मर्द कोठी में आकर इसके साथ रह गया है। मसूरी में साथ सैरें होती रहीं। यहाँ तो यह चलन था कि छाज छलनी को ढके और छलनी छाज को पर्दा करे! हम लोग तो परदेस में बैठ कमा-कमा कर भेजने के लिये हैं। भैया ने घर में डाल रखी थी, बहिन ने भी टिका रखा था। हम लोग न आते तो चलता ही रहता। ब्याह तो हो चुका है।

तय हो गया कि ऐसे सम्बन्धियों और परिचितों को निमंत्रण देने से क्या लाभ जो आकर आलोचना ही करेंगे। मनोरमा के तार के उत्तर में सुतलीवाला ने तारीख लिख भेजी थी। केवल दो ही सप्ताह का समय बीच में था। भाइयों-भाभियों की इच्छा थी कि वे ऐसे मौके से पहले ही चले जायें। सभी लोग पूछेंगे लड़की को क्या दिया गया परन्तु सम्पत्ति और कारोबार के बँटवारे का प्रश्न भी था, उसकी अवहेलना कर सकना उनके लिए सम्भव न था।

मिस्टर सुतलीवाला निश्चित तारीख पर अपने दो मित्रों के साथ बम्बई से आ गया। मजिस्ट्रेट को कोठी पर बुला लिया गया। पंद्रह मिनट में और पंद्रह रुपये में लखपती की लड़की का विवाह हो गया। इससे बड़ा अपमान सम्मानित हिन्दू के लिए और क्या हो सकता था।

मनोरमा की विदाई के समय भाभियों और भाइयों की आँखों में भी आँसू आ गये। दहेज कुछ नहीं था। केवल मनोरमा के सामान के आठ बक्से थे। बक्सों को स्टेशन पर भेज कर बुक कर दिया गया। पाँच बक्सों में मनोरमा के कपड़े और तीन में उसकी पुस्तकें थीं।

चलते समय पिता जी ने ग्यारह हजार का एक चेक और भाइयों ने ग्यारह-ग्यारह सौ के चेक उसे थमा दिये, यही दहेज था। मनोरमा ने चेकों की ओर देखे बिना लेकर बटुये में डाल दिया। वह गम्भीर और उदास थी परन्तु उसकी आँखें खुश्क थीं। भीतर जाकर माँ जी से मिली भूपी, दीपा और नये बच्चे कमल को चूम लिया। भाइयों-भाभियों की आँसू भरी आँखों से उसने आँखें नहीं मिलायीं।

सुतलीवाला बम्बई मेल के छूटने तक अपने नये सम्बन्धियों के साथ प्लेटफार्म पर ही खड़ा रहा। वह विनय और नम्रता की मूर्ति था। उसने इतने बड़े सम्मानित परिवार से अपना सम्बन्ध होने के लिये बार-बार कृतज्ञता प्रकट की। उनकी लड़की के लिये आदर-आराम का विश्वास दिलाया। प्रत्येक सम्बन्धी को बम्बई आने का निमंत्रण दिया। उसका गोरा रंग, सुघड़ शरीर और विनय देखकर सभी को सांत्वना थी; लड़की को वर बुरा नहीं मिला।

मनोरमा गाड़ी के भीतर चुप बैठी थी। गाड़ी चलने पर उसने दोनों हाथ जोड़कर सब लोगों को नमस्ते कर दी।

सुतलीवाला के दोनों मित्रों ने वर-वधू के संकोच और सुविधा के विचार से अपने लिये फर्स्ट क्लास के दूसरे डिब्बे में जगहें रिजर्व करवाई थीं परन्तु दूसरे मुसाफिरों के लिये इतना शिष्टाचार दिखाना सम्भव न था।

रात के दस बजे थे। गाड़ी लाहौर स्टेशन की सीमा से बाहर होते ही ऊपर के बर्थ के दोनों मुसाफिर नींद की तैयारी करने लगे। सुतलीवाला ने मनोरमा के समीप बैठकर स्नेह से उसकी पीठ पर हाथ रखकर मुस्कराकर उसके आराम और आवश्यकता की बात पूछी।

पुरुष के निस्संकोच, अधिकार पूर्ण स्पर्श से मनोरमा की आँखें मुँद गईं। उसने मुस्कराकर धन्यवाद दे दिया। प्रणय से आतुर सुतलीवाला उसके कदमों के लिये हथेलियाँ बिछाये था। मनोरमा का बिस्तर ठीक करने में, बक्स से रात में कपड़े निकालने में सहायता कर रहा था। सुतलीवाला का हाथ बार-बार छू जाने से मनोरमा को मधुर रोमांच हो आता था। उसके साँस का स्पर्श, कंधों और गर्दन पर मनोरमा के शरीर में बिजली दौड़ा देता था। सुतलीवाला ने आगे बढ़कर उसके लिये गुसलखाने का दरवाजा खोल दिया।

मनोरमा के पास रात में सोने के लिये पहनने के अंग्रेजी ढंग के कुरते-पाजामे और गाउन थे परन्तु वह उन्हें कभी पहनती न थी। कभी शुरू में शौक किया था। सुतलीवाला के साथ पहले सफर में उन कपड़ों को पहनने लगी तो ख्याल आया, इन कपड़ों में कैसी लगूँगी? उसे गुसलखाने के शीशे में, उन कपड़ों में अपना शरीर बहुत प्यारा लगा। उसने

कंघी से बाल भी ठीक किये और चेहरे पर पाउडर का हाथ भी फेर लिया। अब सुन्दर लगना आवश्यक था। वह गुसलखाने से निकली तो संकोच से गर्दन झुक गई।

सुतलीवाला अपने बिस्तर पर बैठकर प्रतीक्षा कर रहा था। मनोरमा बिस्तर पर लेट गई। सुतलीवाला ने मुस्कराकर पूछ लिया—"अब रोशनी की जरूरत है?"

मनोरमा ने सिर हिला दिया। रोशनी बुझ गई।

मनोरमा को अपने माथे पर सुतलीवाला के हाथ का स्पर्श और होंठों पर उसके होंठों का स्पर्श अनुभव हुआ और कान में सुनाई दिया—'गुडनाइट'।

निर्णय, अधिकारपूर्ण चुम्बन! मनोरमा के अछूते अनुभवहीन ओठों पर कटी हुई मूछों की रोमांचक चुभन। उफ कितना तीखा मधुर रोमांच! मनोरमा की बाँहें उठने के लिए तड़पकर रह गईं, पीठ बल खाकर रह गई।

गाड़ी में अँधेरा था। केवल गुसलखाने के दरवाजे पर भीतर की रोशनी से चमकता हुआ उज्ज्वल नीला, गोल दाग दिखाई दे रहा था जैसे सफर की उस छोटी-सी दुनिया की रात के लिये खिलौने का चन्द्रमा बना दिया हो। मनोरमा आँखें मूँदे अपने बिस्तर पर पड़ी थी। फर्स्ट क्लास के बर्थ के स्प्रिंग उसे गाड़ी को चाल के साथ झुला-झुला कर कह रहे थे—'सोजा, सोजा राजकुमारी सोजा!'

गाड़ी की तेज चाल द्रुत ताल से कह रही थी—सोजा-सोजा सोजा-सोजा सोजा-सोजा।

मनोरमा सो नहीं रही थी, सोना चाहती भी न थी पर जाने वह कब सो गई।

मनोरमा की नींद खुली। तेजी से चलते हुए बिस्तर में नींद खुलने का अनुभव। विवाहित जीवन का पहला प्रभात। उसने सुतलीवाला के बर्थ की ओर लज्जा से देखा। वह गम्भीर निद्रा में था। गोरे-गोरे माथे पर कोमल लटें लहरा रही थीं। कितना सुन्दर दिखाई दे रहा था वह, वह उसका था। मनोरमा ने निश्चित विश्राम की अँगड़ाई का सुख अनुभव किया। ऊपर के मुसाफिर गाढ़ निद्रा में सोये हुए थे। मनोरमा ने सोचा, दूसरे लोगों के उठने से पहले कपड़े बदल ले। वह फुर्ती से उछल कर बिस्तर से उठी। जरूरी सामान और कपड़े लेकर गुसलखाने में चली गई। क्या पहने, निश्चय करने में काफी समय लगा, बालों को यत्न से सँवारने में भी काफी समय लगा।

मनोरमा तैयार होकर अपनी जगह बैठ गई थी। सुतलीवाला की आँखें खुलीं। उसकी 'गुडमार्निंग' की मुस्कान कितनी मीठी थी। मनोरमा चाहती थी, पति के लिये आवश्यक सामान निकालने में सहायता दे परन्तु उसे कुछ मालूम ही न था कि पति के बक्स में कहाँ क्या रखा था। उसने ऐसा काम कभी किया न था, बीमार के सिवा कभी किसी की सेवा न की थी।

रेलगाड़ी में दूसरे युद्ध के समय की भीड़ थी। फर्स्ट क्लास में भी सूनापन और एकान्त मिलना सम्भव न था। मनोरमा चाहती थी, उन दोनों के सिवा गाड़ी में और कोई न होता····यह लम्बा सफर कब समाप्त होगा? कब बम्बई पहुँचेंगे?

सुतलीवाला उसके समीप बैठकर बात करने लगा—'तुमसे मिलने के पहले अवसर पर ही मन ने कह दिया था, विवाह मेरा होगा तो तुम्हीं से!"

सुतलीवाला मनोरमा को लाहौर में पहली मुलाकात की बातें याद दिलाने लगा। फिर गम्भीरता से कहा—"तुम्हारे परिवार के लोगों को प्राचीन परम्परा और संस्कारों में विश्वास

और अभ्यास होने के कारण अभी हमारे विवाह से बहुत संतोष नहीं है परन्तु समय से उनका यह व्यवहार बदल जायगा और वे लोग हमारी सहायता कर सकेंगे।''

बातचीत अंग्रेजी में हो रही थी। मनोरमा ने उत्तर दिया—''उस बात को जाने दीजिये।'' और अपना बटुआ खोल कर कलम और चारों चेक निकाल लिये। चेकों पर पीछे लिख दिया—हैदरजी सुतलीवाला को अदा किया जाय। और दस्तखत कर दिये—मनोरमा।

मनोरमा ने चारों चेक सुतलीवाला के हाथ में दे दिये। सुतलीवाला ने मुस्कराकर कहा—''इसकी क्या जरूरत थी?''

''सब कुछ तुम्हारा ही है।'' मनोरमा ने कह दिया।

सुतलीवाला ने मनोरमा को बताया कि उसके परिवार के लोग भड़ोच में हैं। बम्बई में व्यवसाय के प्रयोजन से वह अकेला ही रहता है। घर में काम-काज के लिये एक नौकर है। उसने समझाया, बम्बई औद्योगिक शहर है। वहाँ प्रायः ही लोग तंग जगह में गुजारा करते हैं। बम्बई में, मनोरमा की लाहौर की कोठी की तरह आठ-दस कमरे लेकर रहना सम्भव नहीं। वह मालावार हिल पर एक छोटे से बंगले की ऊपर की मंजिल में रहता था। उसके पास केवल तीन कमरे थे। इतने का ही किराया सौ रुपया देता था।

मनोरमा को तीन कमरे कुछ कम नहीं जान पड़े। सोमा, छोटी जगह को सम्भाल कर और सजा कर रख सकेगी। परिवार के दूसरे लोग नहीं हैं तो क्या; वे दोनों अपने प्रेम नीड़ में निर्विघ्न, निस्संकोच रहेंगे।

× × ×

सुतलीवाला मनोरमा को अपने फ्लैट में पहुँचा कर तुरन्त थोड़ी देर के लिये बाहर चला गया था। बरामदे के सामने फैला हुआ निस्सीम समुद्र गहराइयों से ढलमल कर रहा था। मेघों के छितराए हुए, लालिमा लिये टुकड़ों को नीचे दबा हुआ अग्निपिंड की भाँति वेग से चकराता हुआ आतुर सूर्य समुद्र में समाधि ले रहा था। फ्लैट के कमरे गुलाबी प्रकाश से भरे हुए थे। अपने घर में, पति के साथ पहली रात्रि आ रही थी। रसोई में बावर्ची उसके आदेश से खाना बना रहा था। वह तीनों कमरों को सम्भाल कर सजा चुकी थी। प्रत्येक कमरे में कई-कई बार हो आई थी। सेज-कमरे को सजाने में उसका शरीर लज्जा से पुलक-पुलक जाता था। कमरे में दो बड़े-बड़े पलंग थे.....।

प्रातः उठने के समय मनोरमा को शरीर में अनिद्रा की थकान, खिन्नताभरी शिथिलता और आत्मग्लानि-सी अनुभव हो रही थी। जैसे उसकी स्वच्छता पर व्यर्थ धब्बा लग गया हो। सुतलीवाला ने लज्जित से स्वर में कहा था—''कुछ दिन से मेरी तबियत ठीक नहीं है, मैं दवाई लूँगा।''

मनोरमा को सुतलीवाला की बात भली न लगी थी। बार-बार उसके मन में ख्याल बदलने और बाल सँवार लेने की भी इच्छा न हुई।

सुतलीवाला का व्यवहार बहुत विनीत था। मनोरमा उतना उचित व्यवहार न कर पाने से कुण्ठा और लज्जा अनुभव करने लगती थी। कुण्ठा में सोचती, ऐसी क्या बात है; बार-बार वह बात कहने की क्या जरूरत है। उसने सोचा, घर के काम में मन लगाये पर करने के लिये क्या था? नौकर सब कुछ करता ही था, कर ही रहा था। वह कोई पत्रिका या पुस्तक लेकर पढ़ने बैठ जाती।

सुतलीवाला सुबह नाश्ता करके चला जाता था। डेढ़ बजे भोजन के लिये आता, कभी नहीं भी आ पाता। मनोरमा का मन पढ़ने में न लगता। दिन में नींद का अभ्यास न था। सुतलीवाला संध्या अपने काम से लौट चाय पीने के बाद मनोरमा को गाड़ी पर घुमाने ले जाता। क्रिकेट क्लब में या सिनेमा या डांस में भी ले जाता। कभी खाना भी बाहर ही हो जाता। वे आधी रात तक लौटते।

मनोरमा को पढ़ने के लिये बहुत समय था परन्तु उसका मन न लगता था। नये स्थान में परिचय न होने के कारण वह कहीं जा भी न सकती थी। सुतलीवाला ने उसे राय दी, शापिंग (बाजार) कर आया करो। मनोरमा सोचती, जरूरत किस चीज की है? उसे समय काटना कठिन हो रहा था। सोचती, क्वाँरे जीवन में वह कौन अभाव था जो अब पूरा हो रहा है? सुतलीवाला ने उससे विवाह का प्रस्ताव क्यों किया?.....दूसरी लड़कियाँ विवाह के बाद कैसी हँसी भरी, गुदगुदाई-सी जान पड़ती हैं.....जैसे कोई रहस्य उनके होंठों पर आकर फूट जाना चाहता हो परन्तु वह केवल प्रवंचना की ग्लानि अनुभव कर रही थी। क्वाँरी होने से वह क्यों कर दयनीय थी, क्यों..........कैसे.........? मनोरमा ने सोचा—पति के काम-काज में कुछ भाग ले।

सुतलीवाला ने हँस कर समझाया—"मेरा काम ऐसा है कि मैं ही कर सकता हूँ। किसी पूँजी वाले को यह समझना कि तुम अमुक काम में पूँजी लगा दो, दूसरे की मार्फत नहीं हो सकता। आदमी की थाह लेनी होती है, उसका स्वभाव देखना होता है। कल जिस आदमी को क्लब में साथ ले गया था, उस आदमी को मैं एक फिल्म में दो लाख रुपया लगाने के लिए जोतना चाहता हूँ। अब तक मैं दूसरों की फिल्में बेचता रहा हूँ, अब मैं स्वयं फिल्म बना कर बेचना चाहता हूँ। पूँजी उन लोगों की होगी और अक्ल मेरी.....।

सुतलीवाला अनुभव कर रहा था, रेल में सफर करते समय मनोरमा उसके समीप सिमिट आने के लिये आतुर थी पर अब उसमें शिथिलता आ गई थी। कारण वह समझता था। पंजाब के जलवायु में और भिन्न वातावरण में पनपी वह लड़की उसकी अपेक्षा कहीं अधिक स्वस्थ थी। उसने यौवन की पूर्ण सुरक्षित शक्ति लेकर गृहस्थ बसाये बिना गृहस्थ भोगने की चेष्टा में शारीरिक रूप से शिथिल होकर केवल वासना और शौक लिये रह गया। विवाह बुढ़ापे की बढ़ती चली आती संध्या के लिये एक घर बसाने की योजना थी।

सुतलीवाला मनोरमा को सभी तरह की संगतियों में ले जाता था। युवकों और युवतियों से मिलाता था। वह मनोरमा का मन बहलाने के लिये आतुर था परन्तु मनोरमा जिस प्रकार के वातावरण की अभ्यस्त थी, वह उसे न मिलता था। पार्टियों और क्लबों में शेयरों और घुड़दौड़ की बातें होती थीं, स्त्रियों की गोठिष्यों में जिन लोगों और प्रसंगों की चर्चा होती थी, उन्हें भी वह नहीं जानती थी।

सुतलीवाला पहली रात की अपनी अस्वस्थता के कारण मनोरमा के सम्मुख एक लज्जापूर्ण ग्लानि अनुभव कर रहा था। मनोरमा को बहलाने के प्रयत्नों का कुछ संतोषजनक फल नहीं हुआ था। विवाह के बाद तीसरा सप्ताह बीत रहा था। संध्या वह मनोरमा को सिनेमा ले गया उसके बाद नाच में ले गया। उस संध्या सुतलीवाला बहुत ही विनीत और विनोदी जान पड़ रहा था। घर लौटकर मनोरमा कपड़े बदल कर सो जाना चाहती थी।

मनोरमा को अपने पलंग पर लेट जाने का आयोजन करते देखकर सुतलीवाला लज्जा और संकोच से बोला—"उस दिन मेरी तबियत ठीक नहीं थी, उस बात को भूल जाओ।" वह उसके पलंग पर बैठ गया। मनोरमा को अपमान की चोट सी लगी। वह बाहर बरामदे में जा बैठी।

सुतलीवाला ने अपमान अनुभव किया परन्तु उसने धैर्य से मनोरमा को समझाना चाहा। मनोरमा रोने लगी। निष्फल होकर सुतलीवाला चुपचाप लेट गया। मनोरमा का व्यवहार उसे असह्य अपमान जान पड़ा। वह कुछ कड़वी बात कह बैठा। मस्तिष्क में पत्नी द्वारा अपमान की जलन और शरीर में औषध की उत्तेजना उसे बेचैन कर रही थी। वह बहुत कठिनाई से बहुत देर बाद सो पाया। सुबह उठकर मनोरमा से बोला नहीं। सात ही बजे तैयार होकर नौकर को जीने में बुलाया और कह दिया—'मेम साहब से बोल देना, हमें जरूरी काम है, नाश्ता दफ्तर में करेंगे। शाम को आयेंगे।"

मनोरमा बहुत शिथिल और उदास थी। विवाह करके उसने क्या पाया····? कितनी बड़ी भूल···कितना बड़ा धोखा····! उसने केवल चाय पी ली, खाया कुछ नहीं। नहा-धोकर कपड़े बदलने के लिये भी उत्साह न था। घर में बैठे रहना भी खल रहा था। घर ऐसा पिंजरा मालूम होता था, जो उसे दबोच रहा हो। उठी, कपड़े बदले और सड़क पर जा कर समुद्र की ओर चल दी। मालाबार-हिल पर अमीर लोगों के बँगलों और कोठियों से बच्चे स्कूल जाने के लिये निकल रहे थे, खूब सुथरे और प्रसन्न। उन्हें देखकर ख्याल आया—यह है गृहस्थ जीवन परन्तु मैंने जिस गृहस्थ में कदम रखा है, वह है केवल धोखा!

मनोरमा समुद्र के किनारे कैंडी बीच पर पहुँच गई। कुछ बूढ़े समुद्र के किनारे बाँध पर बैठे जाड़े की धूप में पश्चिम से आती स्वस्थ वायु का सेवन कर रहे थे। वह भी समुद्र के किनारे बाँध पर बैठ गई और सोचने लगी, क्या करे? गृहस्थ जीवन का माधुर्य तो उसके लिये था नहीं, व्यर्थ प्रवंचना में फँस गई। कालिज में पढ़ाने का काम कर लेती तो अच्छा था। लाहौर में अखबार में कुछ दिन काम किया था, कितना अच्छा लगा था। पन्द्रह रुपये मासिक पर काम! भूषण बात रूखी करते हैं परन्तु उनके हृदय में व्यक्ति के प्रति विश्वास और आदर है। उनके साथ धूल और धूप में पैदल घूमने और लड़ाई-झगड़े में भी अपमान और हीनता नहीं मालूम होती। समीप आते-जाते हम लोग इसलिये दूर हट गये कि वे मुझे धोखा नहीं देना चाहते थे।

मनोरमा धूप में झिलमिलाते नीले समुद्र की ओर एकटक देखती सोच रही थी—भूषण को अपने परिश्रमी, कर्मठ और सहनशील होने का अभिमान है। वह एक उद्देश्य के लिये लड़ रहे हैं। उन्होंने समझा, मैं केवल पैसा चाहती हूँ, कोठी, कपड़े और मोटरें! उनके पास ये चीजें होतीं तो क्या इसी में उलझ जाते? दूसरों को ऐसा क्यों समझते हैं? उन्होंने मुझे कितने धक्के दिये, कितनी बार अपमान किया। उस दिन धर्मशाला में सोमा की बात लेकर····पर उनके रूखेपन में, धक्का देने में भी ईमानदारी थी। भूषण का गेहुँआ रूखा-सा चेहरा, दुबला, कड़ा शरीर मनोरमा की कल्पना में आ गया और सुतलीवाला का गोरा-गोरा मुलायम चेहरा उसे गिजगिजा सा दिखाई देने लगा। अपने शरीर के प्रति घृणा से उसकी इच्छा हुई कि थूक दे। सोचा—उन्हें मुझ पर विश्वास ही नहीं था। कभी उन्हें दिखा देगी कि मैं इन सब चीजों को लात मार सकती हूँ।

मनोरमा को याद आया, भूषण बम्बई में ही तो है। 'पीपल्सवार' और 'लोकयुद्ध' यहीं तो छपते हैं। खेतवाड़ी मेनरोड उसे याद आ गया। दोनों अखबारों का चन्दा इसी पते पर भेजा था। लाहौर के अखबार में काम करते समय इस दफ्तर से पत्र-व्यवहार होता रहता था। याद आया सुतलीवाला संध्या समय आने के लिए कह गया था, जब भी आये। मनोरमा ने सोचा, यहाँ बैठकर अपना मातम मानने में क्या रखा है? वह समुद्र किनारे बाँध से उठ खड़ी हुई। वह कम्युनिस्ट पार्टी के दफ्तर की राह नहीं जानती थी। सोचा, टैक्सी वाले तो सब राहें जानते हैं। मुख्य सड़क पर आते ही एक खाली टैक्सी दिखाई दी। टैक्सी इशारा पाते ही समीप आ गई। गाड़ी में बैठ कर मनोरमा ने कहा—"खेतवाड़ी मेन रोड।"

मनोरमा ने सोचा, यदि भूषण इस समय दफ्तर में न हो! वह दफ्तर में काम करने वाले कई आदमियों के नाम जानती थी। वे नाम प्रायः ही अखबारों में छपते रहते थे। खैर जगह तो देख आये।

टैक्सी वाले ने मालाबार हिल से बिलकुल दूसरी तरह की जगह और बाजार में आकर कहा—"यह खेतवाड़ी है, कहाँ जायेगा?" मनोरमा ने आस-पास सब कुछ अपरिचित देख कर कहा, "रामभवन, कम्युनिस्ट पार्टी।"

"लाल बावटा?" मराठे टैक्सी वाले ने पूछा और कुछ आगे बढ़ कर एक बड़े सफेद मकान के सामने फुटपाथ के साथ टैक्सी खड़ी कर दी। मकान की ड्योढ़ी में चक्करदार चौड़ा जीना था। जीने के समीप एक नौजवान स्टूल पर बैठा था। कुछ लोग आ-जा रहे थे। मौन व्यस्तता दिखाई पड़ती थी। मनोरमा ने नौजवान से पूछा—"आफिस ऊपर है?"

"आप किससे मिलेंगी?" नौजवान ने पूछा।

"कामरेड भूषण से।"

"क्या काम करते हैं?"

"अखबार में।"

"किस अखबार में, कौन डिपार्ट में हैं....?" नौजवार ने डोरी से लटके कागजों में से एक पुर्जा फाड़ कर मनोरमा को दे दिया, "लिख दीजिये।"

मनोरमा को विस्मय हुआ, क्या इतना बड़ा दफ्तर है कि भूषण को भी सब लोग नहीं जानते? वह नहीं जानती थी कि भूषण खास काम करता था। कुछ सोच कर उसने पुर्जे पर अंग्रेजी में लिखा—"लाहौर के कामरेड भूषण से मिलना चाहती हूँ। मनोरमा।"

स्टूल पर बैठे नौजवान ने समीप ही कागजों के बंडल बाँधते दूसरे नौजवान को पुकार कर मराठी में कुछ समझाया और कागज दे दिया। वह साथी जीना चढ़ कर ऊपर चला गया। मनोरमा अपना बटुआ बाँहों में दबाये प्रतीक्षा में खड़ी रही।

नौजवान ने स्टूल से उठ कुछ झिझक कर मनोरमा से कहा—"आप यहाँ बैठिये, ऊपर आदमी भेजा है।"

"धन्यवाद, आप बैठिये, मुझे तकलीफ नहीं है।" मनोरमा ने कह दिया। ऊपर से कई आदमी आये और कई ऊपर चले गये। नौजवान ने केवल दो को टोका। आने-जाने वाले प्रायः नौजवान-कामरेड लोग ही थे परन्तु लाहौर के कामरेडों की अपेक्षा अधिक साफ-सुथरे। मनोरमा प्रतीक्षा में सड़क की ओर देख रही थी कि परिचित स्वर सुना—

"हैलो कामरेड!" भूषण की आवाज थी। भूषण मुस्कराता हुआ जीने से उतर रहा था। कलम अब भी उसकी उँगलियों में था, "कब आई?" उसने विस्मय से पूछा।

मनोरमा ने मुस्कराने का यत्न किया।

"तुम फोन कर देती। कब आई; कैसे आई? घर के और लोग भी आये हैं, जगदीश हैं?" भूषण ने उत्सुकता प्रकट की।

"आप कैसे हैं?" मनोरमा ने मुस्कराकर पूछा।

भूषण कुछ थका हुआ और कमजोर दिखाई दे रहा था। मनोरमा ने ईर्ष्या अनुभव की, इसे काम करने का कितना अवसर है।

"आओ, ऊपर आओ!" भूषण मनोरमा को अपने साथ ऊपर ले गया। एक मंजिल, दूसरी मंजिल, तीसरी मंजिल। जीने से सब कमरों में, मेजों पर काम करते आदमी दिखाई दे रहे थे। टाइप राइटर खट-खटा रहे थे।

भूषण ने कहा—"आओ, हमारे कमरे में चलो।" फिर सोचकर बोला, "अच्छा, कामनरूम में आओ।"

अच्छा बड़ा कमरा। दीवार पर सफेद कपड़े पर बना हँसिये-हथौड़े का लाल चिह्न। मार्क्स और लेनिन के चित्र। एक कोने में खूब बड़ा रेडियो आहिस्ता-आहिस्ता बोल रहा था। उसके पास बैठा एक व्यक्ति कलम और कागज लिये नोट ले रहा था। दूसरी ओर बैठा नौजवान अखबार देख रहा था। भूषण और मनोरमा की ओर किसी ने ध्यान न दिया। भूषण ने मनोरमा को एक आरामकुर्सी पर बैठा दिया और अपना प्रश्न दोहराया—"कब आई?"

"महीना हो रहा है।"

"हैं, मिली नहीं?"

"मिलने के लिये ही तो आई हूँ।"

"एक महीने बाद। फोन भी नहीं किया। बहुत व्यस्त थीं? कहाँ ठहरी हो?"

"मालाबार-हिल।"

"पता बताओ मैं आऊँगा।"

"नेपियर रोड पर लुकमानजी स्ट्रीट, १७ नं० के ऊपर का फ्लैट।"

"यह नहीं बताया कैसे आयी।"

"यहाँ क्या बहुत से दफ्तर हैं।" मनोरमा ने बात बदली, "आपका तो पता पाना मुश्किल हो गया था।"

"हाँ आओ तुम्हें दिखाऊँ।" भूषण उत्साह से बोला और उठ खड़ा हुआ। उसी समय एक लड़की एक फाइल हाथ में लिए आई। वह फाइल उसने भूषण की पीठ पर पटक दी, "यह लो" लड़की ने अंग्रेजी में कहा, "खुद तो गप्प लड़ा रहे हो। जानते हो, कल रात आठ बजे मशीन पर बैठी थी, ऊब उठी हूँ; एक साथ १७६ पृष्ठ! दो दिन पहले दे देते तो क्या था?"

भूषण ने उसे उत्तर दिया—"तुम सचमुच भूतनी हो! जानती हो मुझे लिखने में चार दिन और रातें लगी थीं। अभी एक बजे मुझे यह रिपोर्ट पी० बी० को देनी है।"

मनोरमा उस नौजवान लड़की की ओर देख रही थी; साँवला-सा रंग, चेहरे पर थकावट का रूखापन, बड़ी-बड़ी आँखों में अनिद्रा के लाल डोरे, घुँघराले रूखे केश उलझे हुए। उसे चिन्ता नहीं थी कि उसका आँचल कहाँ गिर रहा था। लड़की ने मनोरमा की ओर ध्यान नहीं दिया था।

भूषण ने परिचय कराया—"यह हमारी लाहौर की कामरेड मनोरमा है। यह मद्रास के सागर तट की मछली पारो।"

पारो ने बन्द मुट्ठी उठा कर मनोरमा की ओर अभ्यर्थना में मुस्करा दिया। मनोरमा ने भी लाल नमस्कार से उत्तर दिया।

भूषण ने कह दिया—"पारो देखा, हमारे पंजाब की लड़कियाँ कितनी सुन्दर होती हैं?"

"हूँ" पारो ने मनोरमा की ओर देख कर भूषण से प्रश्न किया, "पन्द्रह घण्टे तक बराबर टाइप कर लेती हैं?"

"पन्द्रह, बस! वह करेंगी तीस घण्टे तक!" भूषण ने उत्तर दिया।

"मैं बहत्तर घण्टे करूँगी। जानते हो, मैं स्ताख्नोवाइट हूँ। अच्छा कामरेड," पारो ने मुस्कराकर मनोरमा से कहा, "आप दूर से आई हैं, अपनी भूमि के मित्र से बात कीजिये।" वह चली गई।

भूषण मनोरमा को बरामदे में लाकर दिखाने लगा—"यह 'पीपल्सवार' के कमरे हैं। वह मराठी 'लोक युद्ध' व 'कौमी जंग' गुजराती 'लोक युद्ध' का कमरा नीचे है। आर्गेनाइजेशन के दफ्तर ऊपर हैं। हमारा रिसर्च ब्यूरो भी ऊपर है। वह फोटो डिपार्टमेंट है। यह कमरा सेक्रेटरी का है। उधर दूसरे कामरेडों के कमरे हैं जिनका यहाँ सदा रहना जरूरी है। जो लोग विवाहित हैं और जिनकी पत्नियां भी काम करती हैं, उन्हें एक-एक कमरा दिया गया है। बाकी लोग एक साथ रहते हैं। बहुत से लोग समीप ही 'रेड-फ्लैग' हाल में रहते हैं। कुछ साथी अँधेरी में रहते हैं। कुछ लोगों ने अपने मित्रों के यहाँ प्रबन्ध कर लिया है।"

पुकार सुनाई दी—"कामरेड भूषण! तुम्हें कामरेड बी० टी० बुला रहे हैं।

भूषण ने क्षमा माँगी—"जरा बैठो, मैं अभी आता हूँ। आज पी० बी० की मीटिंग में यह रिपोर्ट पेश होगी, शायद उसी के लिये बुलाया है। मैं इसे देकर आता हूँ। तुम यह अखबार देखो। अभी आता हूँ।"

रेडियो के पास बैठा व्यक्ति अपने कागज समेट उठ खड़ा हुआ। भूषण ने उससे पूछा—"कोई खास खबर?"

"चलता है, कुछ खास नहीं।"

मनोरमा अखबार उलटने-पलटने लगी। पार्टी दफ्तर का वातावरण उसे सजीव और संतुष्ट मालूम हो रहा था। बिना कपड़ा बिछी मेजों पर काम करते लोग अपनी इच्छा से, उत्साह से काम करते जान पड़ते थे। भूषण को गये दस मिनट हो गये थे। फिर घड़ी देखी, पन्द्रह मिनट हो गये। मनोरमा अपने हृदय से उठती गहरी साँस को दबाकर सोच रही थी—यदि लाहौर के अखबार में काम करते-करते यहाँ आ जाती? यहाँ लोग कितने खुश हैं। पारो कितनी आत्मनिर्भर और उत्साह भरी है। दूसरे कमरों में काम करती और

लड़कियाँ भी दिखाई दे रही थीं। ख्याल आया····यदि भूषण ने उसका साथ दिया होता! ····लेकिन यह बात वह मुँह से कैसे कहती?

मनोरमा ने फिर घड़ी देखी, बीस मिनट बीत गये थे। उसने सोचा—इन लोगों को फुर्सत कहाँ, मैं चलूँ····आ जायें तो कहकर जाऊँ।····यहाँ आकर कुछ काम करने लगूँ। संध्या समय लौट जाया करूँगी।····वह क्या कहेगा, हम लोग कितने अलग-अलग मालूम होंगे।

संध्या सुतलीवाला के साथ क्लब, पार्टी, होटल, शराब, ब्रिज, रेस की बातचीत, जगमग साड़ियाँ और कठिन मेकअप। यहाँ दिन बिताने के बाद वैसी संध्या कैसी लगेगी; कैसा मेल होगा? सुतलीवाला आपत्ति करेगा परन्तु उसका और मेरा मेल है क्या····'मेल' की बात सोचकर उसका मन घृणा से भर गया।

भूषण चालीस मिनट बाद आया और बहुत क्षमा माँगने लगा—"हिन्दुस्तान भर के यूनिट्स की रिपोर्ट है····।"

भूषण ने अपनी घड़ी की ओर देखा—"'बारह पैंतालिस। तुम्हारे खाने का क्या होगा? आओ हमारे साथ खाना खाओ। हमारे कम्यून में जितने कम खर्च पर जैसा अच्छा खाना मिलता है, बम्बई में कहीं नहीं मिलेगा। तुम-खाकर देखो, पंजाबी रसोई से जरा भिन्न है लेकिन तुम्हें अच्छा लगेगा। ठहरो, मैं 'माई' को कह दूँ नहीं तो वह डाँटेगी। एक मिनट।"

भूषण फिर चला गया। मनोरमा फिर मार्क्स की दाढ़ी की ओर नजर किये अपनी बात सोचने लगी। भूषण लौट आया—"दस मिनट में घण्टी बजेगी।" उत्साह से उसने कहा, "यदि कामरेड जोशी खाने के लिये आये तो तुमसे परिचय हो सकेगा लेकिन वह कमरे से शायद ही निकलें। उनके लिए खाना वहीं दे दिया जाता है शेष सब लोग डाइनिंग हाल में आते हैं।"

घंटी बजी। भूषण मनोरमा को डाइनिंग-हाल में ले गया। बड़ा-सा कमरा। लाल फर्श पर टाट की पट्टियाँ बिछी हुई थीं। एक ओर आलमोनियम की तश्तरियाँ, कटोरे, मग और गिलास ठठेरे की दुकान की तरह सजे हुए थे। सब लोग एक-एक तश्तरी, कटोरा और गिलास या मग लेकर बैठते जा रहे थे। आपस में बातचीत, हँसी-मजाक का शोर था जैसे कालिज की आधी छुट्टी में विद्यार्थी स्वच्छन्द हो रहे हों। सब जगहें भर गईं। अभी बहुत से लोग शेष थे। 'माई' (अधेड़-आयु की स्त्री) निरीक्षक की तरह खड़ी थी। माई ने कहा—"'अब बाकी साथी दूसरी बार!" तीस-चालीस जवानों में छह सात युवतियाँ भी थीं परन्तु कोई संकोच या परेशानी नहीं थी।

भूषण और मनोरमा जोशी की प्रतीक्षा में जगह पाने से रह गये थे। पारो जल्दी-जल्दी आई। भूषण को देखकर बोली—"साथी, मुझे बड़ी भूख लगी है।" भूषण ने कह दिया—"'यू मिस्ड द बस (अब गाड़ी निकल गई)। अब भीतर जाओगी तो 'माई' मारेगी।"

पारो ने कमरे में झाँका और मुँह बनाकर उत्तर दिया—"'तुम्हें कौन जगह मिल गयी!"

"तो फिर एक ही साथ चलेंगे।"

"तुम्हारे साथ तो कभी नहीं, चाहे दस बार पिछड़ना पड़े।"

"मुझे भी जल्दी नहीं है, देखा जायेगा!" भूषण ने मुस्कराकर कहा।

"देख लेना!" पारो ने अँगूठा दिखा दिया।

परिहास से मनोरमा का मुर्झाया दिल भी मुस्करा उठा।

पारो ने मनोरमा को सम्बोधन कर भूषण की ओर संकेत दिया—"'कामरेड, यह आदमी बहुत परेशान करता है। एक तो इसकी लिखावट ऐसी है कि पूछो नहीं, फिर कांग्रेस, कान्फ्रेन्स, कमेटी, कम्पनी की जगह सिर्फ 'क' लिख देगा। टाइप करें कि इसका अर्थ लगायें! रिपोर्ट लिखता है कि महाभारत लिखता है। एक गलती हो जाये तो सब का सब दुबारा टाईप कराता है। जोशी का बोलना और इसका लिखना एक जैसा। यह लोग तो इशारे करते हैं। अरे जोशी आ रहे हैं।"

भूषण और मनोरमा ने घूम कर देखा, ठिगना-सा व्यक्ति, खद्दर के ढीले-ढीले खाकी निक्कर, कमीज पहने और मोटे शीशे के चश्मे में मिचमिची आँखें। चेहरे पर दो दिन की हजामत। मनोरमा को अपनी उदासी में भी इस व्यक्ति को देखने का कौतूहल था, जो देश भर की पार्टी का केन्द्र बना हुआ था।

भूषण को देखकर जोशी ने कुछ कहा। मनोरमा समझ नहीं पायी।

भूषण ने उत्तर दिया—"मैंने सब पूरा करके दे दिया है।"

भूषण ने मनोरमा का परिचय कराया—"'यह कामरेड मनोरमा हैं। हमारे लाहौर के अखबार में इन्होंने काफी काम किया है।"

"अब क्यों नहीं करतीं?" जोशी ने मुस्कराकर पूछा।

मनोरमा उत्तर न दे सकी।

"बम्बई में कब आयीं?" जोशी ने उसे सम्बोधन किया।

"लगभग महीना हुआ।" मनोरमा ने उत्तर दिया।

"यहाँ आप क्या करती हैं?" जोशी ने उत्तर न पाकर प्रश्न दोहराया।

"पति के साथ आयी हूँ।" मनोरमा ने होंठ काटकर मुस्कराने का यत्न किया।

"क्या?" भूषण की आँखें विस्मय से चमक उठीं, "कब?"

"महीना भर हुआ।" मनोरमा ने जोशी को उत्तर दिया।

"तुम तो नयी दुल्हन नहीं जान पड़तीं।" जोशी मनोरमा की पीठ पर बुजुर्ग की तरह हाथ रखकर हँस दिया।

"तुमने खबर भी नहीं दी।" भूषण ने शिकायत की।

मनोरमा का मुस्कराने का यत्न असफल रहा।

जोशी ने फिर हँस कर कहा—"'तुम नहीं जानतीं, पार्टी मेम्बरों के विवाह में भी दखल रखती है।"

"यह मेम्बर नहीं थी लेकिन मेम्बर के बराबर ही थी।" भूषण ने सफाई दी।

"ओह!" जोशी ने क्षमा माँगी, 'तो अब आप बम्बई में हमारे साथ काम करेंगी। समय पर मेम्बर भी बन जायँगी। किससे विवाह हुआ है आपका?"

"एच० बी० सुतलीवाला।"

"पारसी जैन्टलमैन, कौन सुतलीवाला?" जोशी ने भूषण की ओर देखा।

"मैं नहीं जानता।"

भोजन के लिये जोशी ने मनोरमा को अपने समीप बैठाया और उससे लाहौर के बारे में, लाहौर के साथियों के बारे में उसकी व्यक्तिगत राय पूछता रहा। मनोरमा के परिवार के बारे में भी प्रश्न किये। अपने घर की बात छोड़कर दूसरी बात करने में मनोरमा को कोई आपत्ति न थी। जोशी स्वयं उसके और उसके घर के बारे में पूछने लगता तो मनोरमा का हाथ भोजन पर रुक जाता।

जोशी बोला—"यह खाना तुम्हें अच्छा नहीं लग रहा, पंजाबी हो न?" जोशी ने माई को पुकार लिया, "माई, मेहमान के लिये थोड़ा दही नहीं है?"

मनोरमा के इनकार करते रहने पर भी उसके सामने कटोरी में दही रख दिया गया। खाना बुरा न लगने पर भी वह खा नहीं पा रही थी और छोड़ देना उचित न था। किसी तरह उसने निगल लिया।

"हम लोग अपने खाने के बर्तन स्वयं धोते हैं।" जोशी ने अपने बर्तन उठाते हुए कहा, "परन्तु मेहमानों के लिये यह नियम नहीं है। लाओ, तुम्हारे बर्तन मैं धो दूँगा।"

मनोरमा लजा गई—""नहीं-नहीं" उसने विरोध किया।

भूषण ने उसके हाथ से बर्तन ले लेने की चेष्टा की। वह अत्यन्त परेशानी और संकोच में बर्तनों को पीठ पीछे कर रही थी। उसके पीछे से पारो ने बर्तन छीन लिये। उसके बहुत विनय करने पर भी पारो ने बर्तन न दिये, उत्तर दे दिये—"एक दिन तुम्हारे घर खाना खाने आऊँगी, तब तुम्हारी बारी होगी।"

भोजन के बाद भूषण मनोरमा को फिर कामन-रूम में ले गया। वही एक कमरा था जहाँ दूसरों के काम में विघ्न डाले बिना उसे बैठाया जा सकता था। मनोरमा सोच रही थी कि अब वह चले।

भूषण ने कहा—"पी० बी० के सामने मुझे रिपोर्ट पेश करनी है। दो घन्टे लगेंगे।"

"अच्छा मैं चलूँ।" मनोरमा बोली।

"जरूरी काम है?"

"कुछ भी नहीं।" मनोरमा ने उदासी से कह दिया।

भूषण ने अनुरोध किया—"अगर ठहरो तो मैं तुम्हें छोड़ आऊँगा। आज मुझे तीन-चार घन्टे अवकाश है। सुनो, शादी की मिठाई नहीं खिलाओगी?"

मनोरमा का हृदय कह रहा था—अपनी मौत की मिठाई। परन्तु भूषण उत्साह में कहता गया—"तुमने हमारी लाइब्रेरी नहीं देखी! दो घन्टे तो वहाँ तुम्हें जान भी न पड़ेंगे। तुम वहाँ बैठो, फिर साथ चलेंगे।"

भूषण ने लाइब्रेरी की अध्यक्ष मिसेज आपटे से मनोरमा का परिचय करा दिया।

मिसेज आपटे ने पूछा—"आप पुस्तकों की तालिकायें देखेंगी या कोई खास पुस्तक किसी विषय पर चाहें तो मैं पढ़ने के लिये निकाल दूँ?"

मनोरमा तालिकाओं का रजिस्टर लेकर उलटने-पलटने लगी लेकिन सोचती जा रही थी अपनी ही बात—शादी की मिठाई, अपनी मौत का जलसा। मर कर भी जिन्दा रह जाना और क्या होगा। यहाँ बैठी हूँ परन्तु सुतलीवाला की पत्नी होने का वैज्ञानिक और सामाजिक पिंजरा यहाँ भी मुझे बाँधे हैं। हममें सामान्य क्या है? पत्नी हूँ किस बात के लिये? उसका मन घृणा से भर गया।

मनोरमा सोच रही थी, भूषण जिस आत्मीयता से आज मिला है ऐसे तो केवल कालिज में बात करता था।.....कैसे फट गया था.....मेरी किस्मत थी, नहीं तो मैं आज वहाँ होती? पारो उसकी मित्र है। उसे पारो पर भरोसा है, मुझ पर न था। व्यर्थ बकता है—हमारे पंजाब की लड़कियाँ कितनी सुन्दर होती हैं....तुम्हारे लिये तो पारो ही सुन्दर है। यह जो कुछ कर रही है, क्या मैं नहीं कर सकती? मेरा दिल रखने के लिये कह दिया, मैं तीस घन्टे काम कर सकती हूँ कभी तुमने मुझे अवसर दिया? क्योंकि मैं धनी परिवार में पैदा हुई हूँ इसीलिये तुमने मुझे अपना शत्रु समझ लिया?.....पन्द्रह हजार ही था तो भी उसमें तुम तो पन्द्रह वर्ष काट सकते थे और वहाँ ह्विस्की, क्लब, रेस और पेट्रोल में बरस भी न चलेगा। वह रुपया बरबाद ही होगा, होने दो! कुएँ में गिर चुकी हूँ, उससे राह नहीं है। शादी की ढिठाई; अगर इस शादी का अर्थ जानते!

तीन घन्टे पूरे हो चुके थे। मनोरमा सोचने लगी, भूषण को शायद अभी फुर्सत न हो, वह चले। थकावट अनुभव हो रही थी। काठ की बेंच पर बिना किसी सहारे के बैठी-बैठी वह थक गई थी। किसी पत्र-पत्रिका में मन न लग रहा था। सोच रही थी, मिसेज आपटे से कहकर चली जाये परन्तु मिसेज आपटे चश्मे के गोल-गोल काँच रजिस्टर से ऊपर उठाती ही न थी। फिर घंटी बजी। लोगों के हँसने-बोलने की धीमी-धीमी सी आवाजें आने लगीं। मिसेज आपटे बिना कुछ कहे उठ कर चली गई।

''आप ही कामरेड मनोरमा हैं?'' किसी ने पुकारा।

मनोरमा ने घूमकर देखा—''जी।''

स्थूल शरीर अधेड़ व्यक्ति पंजाबी में बोला—'''आप के लिये चाय लाया हूँ।'' उसने आलमीनियम का मग मनोरमा के सामने रख दिया। ''भूषण को कुछ देर होगी, बस आध घन्टे भर। लाहौर में आपका मकान किस जगह है? मैं लाहौर कई बार गया हूँ। आप वहाँ हमारे अखबार में काम करती थीं? बम्बई में किसी पंजाबी को देखने से बड़ी खुशी होती है। सुनिये, यहाँ का पानी अच्छा नहीं है। खाने को क्या मिलता है? दूध बारह आने सेर, वह भी पानी, बिल्कुल पानी। हमारे यहाँ का तो पानी भी दूध है, यहाँ का दूध भी पानी। भूषण भी सदा बीमार रहता है। देखती हो, यहाँ हाथ-हाथ भर के आदमी हैं लेकिन दिमाग अच्छा है इन लोगों का।''

पंजाबी साथी प्रसन्नता से चमकती आँखों से कितनी ही बातें एक साँस में पंजाबी में कह गया—''अच्छा अब चलूँ, फिर मिलेंगे ही। मैं यहाँ उर्दू एडीसन में काम कर रहा हूँ।''

भूषण आधे घन्टे में आ गया—''क्या बताऊँ देर हो गई। रिपोर्ट में कई बातें रह गई थीं लेकिन बी० टी० को जानती हो, वह मजदूर आन्दोलन की जन्मपत्री घोटे बैठा है। अच्छा, अब चलें। यहाँ से बस में मैरीन ड्राईव चलें, वहाँ से घूमते हुए मालाबार हिल चले जायँगे। तुम तो पैदल खूब चल लेती हो। धर्मशाला में चलती थी।'' भूषण हँस दिया। मनोरमा स्वीकृति में मौन रही।

भीड़ से भरी बस में वह भूषण के साथ बैठी। सड़क पहचानी हुई थी। कई बार सुतलीवाला के साथ कार में उधर से गई थी। भूषण बार-बार पूछ रहा था—''अच्छा सुनाओ, फिर कैसे हुआ। सब बताओ। बैरिस्टर का क्या हाल है? हाँ, वह सोमा! धनसिंह लौटा?''

मनोरमा ने केवल अन्तिम बात का उत्तर दिया—''धनसिंह नहीं लौटा?'' और कह दिया कि बस की खड़खड़ाहट में सुन नहीं पा रही।

''तुम्हें बस में बैठने की आदत नहीं है, यहाँ हो जायगी।'' भूषण ने कहा।

पैदल लौटते समय मनोरमा ने सोमा के साथ बीती घटना संक्षेप में सुना दी। भूषण ने सहानुभूति से मुस्कराकर कहा—''उस स्त्री का जीवन भी एक समस्या है।'' फिर गंभीर होकर बोला, 'हमारी सामाजिक समस्या का यह एक उदाहरण है। शायद बरकत उसे ले गया होगा लेकिन बरकत उसका क्या करेगा? बरकत के लिये वह बहुत भारी होगी। एक बार ऊँचे उठ जाने पर फिर नीचे कैसे बैठ पायेगी? वह दूसरी ओर गिर सकती है, लेकिन पहली राह पर नहीं लौटेगी। हो सकता है, यहीं बम्बई में ही हो! भागने वालों के लिये दो ही जगह हैं, बम्बई या कलकत्ता।''

''घर की अवस्था तुम्हारे रहने लायक न रही थी।'' भूषण ने समर्थन किया।

''हाँ।''

''ऐसी हालत में तुमने शादी कर ली?''

मनोरमा चुप रही।

''मि० सुतलीवाला से परिचय कहाँ हुआ?·····लाहौर में रहते थे?'' मनोरमा ने सिर हिला दिया।

''भला आदमी है; तुम खूब संतुष्ट हो न?''

मनोरमा सिर झुकाये चुप रही।

''तुम बेमतलब संकोच कर रही हो। इसमें लज्जा की क्या बात है?''

मनोरमा सिर झुकाये चुप रही। भूषण लाहौर के दूसरे लोगों की बाबत पूछने लगा और मनोरमा उत्तर देती गई।

भूषण ने पूछा—''थक गई हो तो बस में चलें?''

''नहीं।'' मनोरमा ने सिर हिलाकर इनकार कर दिया।

दोनों पैदल चलते 'तीन बत्ती' पहुँच गये। मनोरमा ने ऊपर बाग में चलने की इच्छा प्रकट की। 'हैंगिंग गार्डन' में जाकर दोनों एक बैंच पर बैठ गये। सूर्य अस्त हो चुका था। कालिमा लिये नीले समुद्र पर पश्चिम की ओर सूर्यास्त के लाल मेघों की छाया फैली हुई थी। पीछे की ओर पहाड़ी के नीचे बम्बई शहर खिलौनों की बड़ी भारी दुकान की भाँति फैला हुआ था। हैंगिंग गार्डन प्रायः खाली हो चुका था।

भूषण ने पूछ लिया—''तुमने अपने विवाह और पति के विषय में कुछ नहीं बताया!·····कैसे निभ रही है?''

मनोरमा के आँसू बह आये, आंचल से मुँह ढाँप लिया।

भूषण स्तब्ध रह गया—''मुझे बहुत खेद है मन्नो!'' उसने अंग्रेजी में कहा, 'रहने दो, मैं कुछ नहीं पूछूँगा।''

मनोरमा को और भी जोर से रोना आ गया। भूषण ने तीन बरस बाद उसे 'मन्नो' कहकर पुकारा था। वह उसे मिस सरोला या मनोरमा जी पुकारने लगा था। मनोरमा को वह सदा गाली जैसा लगता था।

"गार्डन बन्द होने का समय हो रहा है, अब चलें।" भूषण ने उसका ध्यान बँटाने के लिए कहा।

मनोरमा ने आँसू पोंछ लिये और आँसू से भीगे रूमाल को छिपा लिया। लौटते हुए उसने संकोच से पूछा—""तुम्हें बुरा तो नहीं लगा?"

"क्यों?"

"मुझे रोना आ गया।" मनोरमा ने मुस्कराने का यत्न किया।

"वह मेरी गलती थी। चलो, तुम्हारे मकान पर पहुँचा दूँ। मुझे भी लौटना है।"

"पारो राह देखती होगी?" मनोरमा ने चिढ़ाने के लिये कहा।

"वह चुड़ैल अपने प्रेमी वैंकटा को चिट्ठी लिख रही होगी। दो बार इनके विवाह की तारीख नियत हो चुकी है परन्तु वैंकटा को छुट्टी ही नहीं मिलती। वह ट्रावनकोर में फँसा हुआ है।"

"क्या?" मनोरमा ने विस्मय प्रकट किया, "कम्युनिस्ट भी शादी करते हैं!"

"क्यों?" वैसे ही भूषण ने उत्तर दिया, "कम्युनिस्ट आदमी नहीं हैं?"

"अच्छा, यह क्या नई पार्टी लाइन है?"

भूषण हँस दिया—"तुम मजाक कर रही हो परन्तु कम्युनिस्टों के लिये क्रांति, कांग्रेसी स्वराज्य के संघर्ष का एक या दो वर्ष का कार्यक्रम नहीं कि स्वराज्य के बाद ही विवाह करने की प्रतिज्ञा कर लें या स्वराज्य होने तक नमक न खायें, जूता न पहनें। संघर्ष और क्रांति को जीवन भर निबाहने के लिये जहाँ तक संभव हो, जीवन को साधारणतः स्वस्थ और प्राकृतिक बनाये रखना जरूरी है।"

"यह कब से समझ में आ गया?" मनोरमा का स्वर रूखा था।

"सब कुछ समझ-बूझ कर तो कोई पैदा नहीं होता। पूर्ण ज्ञानमय तो भगवान ही हैं और उनसे कम्युनिस्टों का परिचय नहीं है।" भूषण ने परिहास का उत्तर वैसे ही स्वर में दिया।

वे तीन बत्ती पर लौट कर नेपियर रोड की ओर घूम गये। नेपियर रोड से रहीमतुल्ला स्ट्रीट की ओर। मनोरमा सोच रही थी, सुतलीवाला आ गया होगा। शायद भोजन के लिये प्रतीक्षा में ह्विस्की पी रहा होगा। क्या कह कर परिचय करायेगी?

बैरे ने बरामदे में कुर्सियाँ लगा दी थीं। मनोरमा ने पूछा—"साहब नहीं आया?" बैरे से इन्कार सुन कर उसने शान्ति अनुभव की।

भूषण बरामदे में कुर्सी पर बैठ कर बोला—"बहुत सुन्दर जगह है। कितना अच्छा दृश्य है! तुम्हें बहुत चलना पड़ा, थक गई होगी।"

"नहीं तो। खाना मँगाऊँ, खा लो।"

"खा लें? लेकिन कम्यून में माई को खबर नहीं दी है, वह डाँटेगी। चलो डाँट खा लेंगे। वह तो डाँटती ही रहती है।" भूषण हँस दिया।

मनोरमा ने बैरे को पुकार कर कहा—"खाना लगाओ। साहब भी खायेंगे।"

बैरे ने धीमे से पूछा—"ड्रिंक?"

मनोरमा ने प्रश्न से भूषण की ओर देखा।

"नहीं-नहीं, मुझे नहीं चाहिये। तुम लेती हो तो ले लो।" भूषण ने उत्तर दिया।

"पागल हैं!" मनोरमा हँस दी, "वो लेते हैं।"

खाने के बाद मनोरमा ने कहा—"आपको पहुँचा आऊँ?"

"क्या?" भूषण ने विस्मय से पूछा, "इतनी दूर?"

"तो यहाँ क्या करूँगी! बैरा, एक टैक्सी बुलाओ!"

मनोरमा भूषण को सैण्डहर्स्ट रोड पहुँचा कर टैक्सी में लौटी। दस बज रहे थे। सुतलीवाला अब भी नहीं लौटा था। वह कपड़े बदल कर बिस्तर में लेट गई। खूब चलने-फिरने और बातचीत करने से मन कुछ हल्का हो गया था। उसे झपकी आ गई। आहट से उसकी नींद खुली।

सुतलीवाला होंठों से सीटी बजा कर कोई तान गा रहा था। मनोरमा आँखें मूँदे चुप लेटी रही। पति के कपड़े बदलने की आहट आई और वह पलँग पर लेट गया। बाहर बरामदे से क्लाक में दो बजने की आवाज सुनाई दी।

दूसरे दिन प्रातः मनोरमा नहा-धो चुकी थी। सुतलीवाला तब भी गहरी नींद में सो रहा था। मनोरमा की इच्छा हुई एक प्याली चाय ले ले। फिर सोचा, एक साथ रहते हैं तो यों एक दूसरे से कतराने और भागने से कैसे चलेगा! सैकड़ों लोगों की, अधिकांश लोगों की जिन्दगी ऐसे ही रोते-झगड़ते ही बीतती है। हमारी भी बीत जायेगी। वह चाय के लिये पति की प्रतीक्षा करती रही। सुतलीवाला गुसलखाने से निकला तो मनोरमा ने पूछ लिया—"नाश्ता करके बाहर जायेंगे न?"

"बहुत अच्छा।"

सुतलीवाला और मनोरमा आपस में अंग्रेजी में ही बात करते थे। नाश्ते के समय सुतलीवाला ने कहा—"मुझे खेद है, मुझे बिलकुल ध्यान नहीं रहा कि तुम्हें खर्चे के लिए जरूरत होगी। घर का सामान है, आने-जाने में टैक्सी भाड़ा होता है। चाहो तो गाड़ी तुम रख लिया करो। मैं तो स्वयं ही गाड़ी चलाता हूँ। चाहो तो ड्राइवर रख लो।"

"क्या जरूरत है? मुझे कहाँ जाना होता है! टैक्सी सदा ही मिल सकती है।" मनोरमा ने उत्तर दिया।

"यह रख लो।" सुतलीवाला ने बटुये से निकालकर डेढ़ सौ रुपया मनोरमा की ओर बढ़ा दिया।

मनोरमा ने इनकार किया—"अभी तो मेरे पास हैं।"

"फिर भी हाथ में कुछ रहना अच्छा होता है।" उसने आधे नोट मनोरमा के सामने रख दिये और बोला, "मैं भयंकर संघर्ष का सामना कर रहा हूँ, पूँजीवादी संघर्ष का। फिल्म-उद्योग के यह बड़े-बड़े जमे हुए ठेकेदार नये उठते लोगों को अपने हाथी पाँव के नीचे कुचल देना चाहते हैं। मेरी पिछली फिल्म 'रैन बसेरा' का बाजार खराब करने में इन लोगों ने कोई कसर नहीं छोड़ी। यह लोग चाहते हैं, मैं इनकी ही फिल्मों की एजेंटी करता रहूँ। इनके लिये बड़े-बड़े मुनाफे कमाकर दूँ लेकिन मेरे पास रुपया लगाने वाले पूँजीदार हैं, गाहक हैं और आर्टिस्ट हैं। मैं रुपये में से एक आना क्यों लूँ? मैं मेहनत करता हूँ, कम से कम चार आना लूँगा।"

मनोरमा ने उत्तर दिया—"रैन-बसेरा फिल्म मैंने देखी नहीं, कैसी है?"

सुतलीवाला ने उत्साह से बताया—"बहुत कामयाब फिल्म है। बाक्स-पिक्चर है, तुम जरूर देखो। बम्बई से तो अब चली गई है। यहाँ तीन महीने चली थी। उसमें मधु का

घरेलू नाच है। नवकलो, शेरजंग, नूरअहमद ने काम किया है। तीन डांस और नौ गाने; नॉट बैड?''

''लेकिन हमारी फिल्मों में प्रायः कला कम और कुरुचि अधिक रहती है।'' सहमते हुए मनोरमा बोली। उसकी बात काटकर सुतलीवाला ने गम्भीरता से समझाया, ''किताबी आर्ट के ख्याल से बिजनेस नहीं चल सकता। यह तो बिजनेस का आर्ट है।''

''असली आर्ट को लोग पसन्द नहीं करेंगे?'' मनोरमा ने पूछा।

''कर सकते हैं; न भी करें। मैं दूसरे के चार लाख रुपये बाजी पर कैसे लगा दूँ? मैं तो चालू सिक्का चलाऊँगा। अनजाने माल का सट्टा कौन करे! दो-चार जाने हुए ऐक्टर, दो चार फड़कते गाने; जो चीजें पसन्द हो चुकी हैं, उनका ही नया मेल। बस!''

''मैं कुछ सहायता कर सकती हूँ?'' मनोरमा ने अनिच्छा से पूछा।

''जरूर, समय आने पर बताऊँगा। तुम्हारा स्वभाव और प्रवृत्ति दूसरी है परन्तु फिर भी सहायता कर सकती हो। अवसर पर कहूँगा। तुम जानती हो मैं पूर्ण समानता, स्वतंत्रता और परस्पर सहयोग में विश्वास रखता हूँ। किसी भी तरह की मजबूरी में नहीं। आज संध्या क्लब चलोगी? चलना हो तो मुझे फोन कर देना।''

सुतलीवाला अपने काम पर चला गया। मनोरमा फिर उदास हो गई। उसे कम्यून की याद आ रही थी, वहाँ काम करने का अवसर मिले तो खूब मेहनत से काम करे। बार-बार मन में आता, भूषण को फोन करे, उसे कम्यून में कोई काम मिल सकता है या नहीं परन्तु संकोचवश कर न पायी।

मनोरमा तीन दिन मन मारे रही। चौथे दिन उसने दोपहर बाद पार्टी आफिस में भूषण को फोन कर दिया—''मैं मिलना चाहती हूँ, तुम्हें संध्या फुर्सत होगी?''

''छः बजे के बाद फुर्सत होगी।'' भूषण ने उत्तर दिया, ''सात बजे तक पहुँच सकूँगा।''

मनोरमा ने कहा, ''वह छः बजे फोन करेगी। यदि भूषण को फुर्सत हो गई तो वह टैक्सी लेकर, भूषण को पार्टी आफिस से ले लेगी।''

मनोरमा पार्टी के दफ्तर के सामने पहुँची तो भूषण दरवाजे पर प्रतीक्षा कर रहा था। टैक्सी ड्राइवर ने प्रश्न किया—''किस तरफ?''

भूषण ने उत्तर के लिये मनोरमा की ओर देखा।

''मैं कुछ आवश्यक सलाह लेना चाहती हूँ। किसी ऐसी जगह चलो जहाँ बैठकर बात कर सकें।'' मनोरमा ने कहा।

''बालकेश्वर।'' भूषण ने ड्राइवर को बता दिया।

बालकेश्वर सड़क पर, एक ईरानी रेस्तोराँ के समीप मोड़ पर भूषण ने टैक्सी रुकवा दी। मालाबार-हिल के ऊपर जाती सड़क की ओर संकेत कर भूषण ने कहा—''इधर चलें।'' कुछ दूर पेड़ों की घनी छाया में जाकर दोनों चमेली की लता कुंज के नीचे पड़ी बेंच पर बैठ गये।

''मैं कुछ काम करना चाहती हूँ। चाहे अखबार में काम मिल जाये या कोई और दूसरा काम हो।'' मनोरमा ने कह दिया।

''तुम्हारा मतलब है, पार्टी का काम?'' भूषण ने पूछा।

"हाँ।"

"मुश्किल है। पार्टी मेम्बर और वह भी अपने प्रांत या जिले से खास सिफारिश से भेजे गये मेम्बर के सिवा कम्यून में जगह नहीं मिल सकेगी।"

"मैं रहने के लिये नहीं कह रही हूँ।"

"मैं समझ रहा हूँ, काम करने के लिये ही वही बात कह रहा हूँ।"

"आपको मेरे लिए कुछ करना ही होगा।" अपनी उँगली पर रूमाल लपेटते हुए मनोरमा ने आग्रह किया, "मेरी शादी की बाबत पूछ रहे थे न; मैं खाईं में गिरने के डर से भागी थी, कुएँ में गिर पड़ी हूँ।"

"क्यों क्या बात है?"

'क्या बताऊँ! मैं इस आदमी को जानती ही कितना थी। मेरे भाई का दोस्त है। एक बार हमारे यहाँ ठहरा था। फिर मसूरी में हम लोग एक ही होटल में थे। व्यवहार में बहुत सज्जन है, बात भी अच्छी करता है। इसने भाई को पत्र लिख कर विवाह का प्रस्ताव किया था। उसी समय घर की स्थिति से इतनी विक्षिप्त थीं कि कहीं भी भाग जाने के लिये उतावली हो गई थी। मेरी किस्मत फूटी थी, मैंने इसे तार दिलवा दिया की स्वीकार है। खुद ही पन्द्रह दिन के भीतर सिविल मैरेज का प्रबन्ध कर लिया लेकिन अब देखती हूँ, हम लोगों में कोई मेल नहीं है। उस घर में रहना मेरे लिए असह्य है। यदि दिन भर के लिए कोई संतोष के लायक काम पाऊँ तो समझ लूँगी, रात होटल में काट रही हूँ।"

"मेरी बात को अन्यथा तो नहीं समझोगी?"

"ऐसी शंका क्यों है?"

"केवल असह्य परिस्थितियों से भागने के लिये, दिल-बहलाव के लिए पार्टी का काम करना चाहती हो?"

"क्यों; लाहौर में मैं पार्टी का काम नहीं कर रही थी? आप मेरे विचार तो अच्छी तरह जानते हैं।"

"पर तुम पार्टी मेम्बर नहीं बनी।"

"आपने नहीं बनाया। आपको मुझ पर विश्वास नहीं था।"

"क्या कह रही हो?" भूषण का स्वर पिघल गया।

"ठीक कह रही हूँ। अब पुरानी बातें न उठाओ, नहीं तो यह सब क्यों होता?" मनोरमा भूषण की ओर से आँखें बचाये कहती जा रही थी, "तब कहते थे कि मेरे लिए जीवन में संघर्ष के अतिरिक्त और कुछ नहीं है। उस दिन कह रहे थे, कम्युनिस्ट स्वस्थ, साधारण जीवन पाकर ही आजीवन संघर्ष निबाह सकता है। समझ आ गई है न?"

"मैने कुछ और भी तो कहा था।"

"क्या?"

"कि कोई भी व्यक्ति समझा-समझाया पैदा नहीं होता।"

मनोरमा रो पड़ी।

"मन्नो क्या कर रही हो?" भूषण ने उसका हाथ थाम लिया।

"बस मेरे लिये पार्टी आफिस में काम का प्रबन्ध कर दो।"

"तुरन्त कैसे हो सकेगा? मेरे चाहने पर भी बहुत जल्दी नहीं हो सकेगा।"

"क्यों नहीं हो सकेगा? तुम जोशी से कहो, मैं भी कहूँगी। सब लोग जानते हैं, मैं लाहौर में पार्टी का काम करती थी, वहाँ से पूछ लें।"

"जोशी नियमों के विरुद्ध क्या कर सकता है?"

"तो फिर मैं मर जाऊँ, बिना किसी प्रयोजन के अपने आपको गलाती जाऊँ, यातना सहती जाऊँ?"

"हो जायगा लेकिन पहले बम्बई सिटी पार्टी में तीन-चार महीने काम करो। लोग तुम्हें जान जायें।"

"मैं तो उन लोगों को जानती नहीं।"

वहाँ मैं कह दूँगा परन्तु अगर सुतलीवाला को कोई एतराज हुआ तो?"

"हुआ करे, मैं क्या करूँ! मैं उससे चोरी क्यों करूँ? अपने आपको यों मारने से अच्छा है, मैं इस पहाड़ी से कूद पड़ूँ, समुद्र में समाप्त हो जाऊँ। मैं स्वयं अपने से घृणा करके जीवित नहीं रह सकती। मैं उन लोगों के बीच रहना चाहती हूँ जिनसे विचारों का मेल हो।"

"खैर, वह हो जायगा। इसी भावना से मंगलमय और पारो अपनी रियासत के उत्तराधिकार पर लात मारकर पार्टी का काम कर रहे हैं। इसी सवाल पर सकीना का पति से विच्छेद हो गया। व्यक्ति की न्याय की बुद्धि इन सब व्यवधानों से बड़ी है लेकिन तुम मेरे प्रति अन्याय कर रही हो।"

"मैं अन्याय कर रहा हूँ?"

"तुमने कहा, मुझे तुम पर विश्वास नहीं था।"

मनोरमा ने प्रतिकार के स्वर में कहा—"सन् ३६-३८ में तुम्हारा क्या व्यवहार था? ३९ और ४० में कैसा रहा? तुम मुझे शत्रु श्रेणी में समझने लगे।" मनोरमा भूषण की ओर देखे बिना अपनी चप्पल के नीचे पड़े पत्थर को दबाकर बोली, "व्यक्ति क्या श्रेणी से अलग नहीं हो सकता? क्या सोमा...."

"सोमा बैरिस्टर का खिलौना ही तो बनी, और क्या हुआ? मैं ऐसी मूर्खता नहीं कर सकता था। उस अवस्था में तुम्हारी श्रेणी तुम्हें ठुकरा देती या मुझे खरीद लेने की कोशिश करती या हम दोनों व्यवस्था के विरुद्ध व्यक्तिगत रूप में लड़ने के मजाक में शहीद बन जाते!"

"आप फिर वही बातें कर रहे हैं। आप जानते हैं मैं उस श्रेणी से घृणा करती हूँ, उससे बचना चाहती हूँ; मैं क्या कुछ नहीं भोग रही हूँ?" मनोरमा झुँझला उठी।

भूषण हँस दिया— 'वह बचपन का अल्हड़पन था। जो सुन्दर खिलौना देखा, उसी के लिये मचल गये।"

"व्हाट डू यू मीन! आपने मुझे खिलौना ही समझा था?" मनोरमा ने चुटिया कर प्रश्न किया।

"नहीं भाई उस समय मैं स्वयं हवाई महलों और कल्पनाओं के लोक में था। अनुभव में बता दिया कि मेरे जीवन की वास्तविकता क्या है। हम दो पृथक श्रेणियों के व्यक्ति थे। लोगों में अमीरों की लड़कियों से प्रेम करने की महत्वाकांक्षा प्रायः ही होती है। इसे वे आत्मोन्नति का उपाय समझते हैं।"

"अब भी वह द्वेष बना है?" मनोरमा ने निराश के स्वर में पूछा "अब तो मैं अमीर नहीं हूँ।"

"द्वेष के कारण को मिटाना हो तो उसकी उपेक्षा नहीं करनी चाहिये। उस कारण को दूर कर देना चाहिये। भूषण ने बहुत आश्वासन के स्वर में उत्तर दिया।

× × ×

सुबह के नाश्ते के समय मनोरमा ने सुतलीवाला से कहा—"मेरी इच्छा है, किसी सार्वजनिक कार्य में भाग लूँ। लाहौर में भी कुछ न कुछ किया ही करती थी।"

सुतलीवाला ने समर्थन किया—"मैं स्वयं ही सोच रहा था कि तुम्हें कहूँ। सोच रहा था कि बम्बई के समाज में तुम्हारा कुछ परिचय हो जाये। सामाजिक स्थिति के लिये यह बहुत आवश्यक है। कारोबार और व्यवसाय में भी व्यक्ति और परिवार की सामाजिक और सार्वजनिक स्थिति का बहुत प्रभाव पड़ता है। एक जाने-माने आदमी की बात का मूल्य होता है। परिचय के लिये कभी क्लब में चला करो। कोई सभा वगैरह होगी तो उसके लिये निमंत्रण मँगवाने का भी खयाल रखूँगा।"

मनोरमा उस सप्ताह दो बार क्लब गई। सुतलीवाला ने उसे गरीब बच्चों के लिए दूध का प्रबन्ध करने के लिये बनाई गई सम्मानित स्त्रियों की कमेटी का मेम्बर बनवा दिया। उस कमेटी में भी वह चली जाती परन्तु नियमित रूप से वह भूषण से पाये परिचय के आधार पर चर्नीरोड स्टेशन के समीप गिरगाँव में एफ० एस० यू० (सोवियत मित्र संघ) के पत्र और संगठन में काम करने के लिये संघ के कार्यालय में जाती थी।

संघ के पाक्षिक पत्र के प्रकाशन की तारीख समीप होने के कारण कार्यालय में काम अधिक था। मनोरमा दोपहर के खाने के लिये घर न लौटी थी। संध्या समय कार्यालय की अध्यक्षा कामरेड नीता से केवल एक घण्टे की छुट्टी लेकर वह मकान पर आई थी। भूषण ने आने के लिये कहा था और मनोरमा भूख से भी बेचैन हो गई थी। उसके पहुँचते ही भूषण आ गया और बैरे ने खबर दी—"साब कई बार फोन कर चुके हैं। बोले हैं कि मेम साब आये तो दफ्तर में फोन कर लें।"

मनोरमा ने फोन कर सुतलीवाला से बात की। सुतलीवाला ने कहा—"खुशकिस्मती है कि तुम लौट आई। मैं मुसीबत में पड़ जाता। आज मैंने पाँच बजे एक्ट्रेस मधु और सेठ वदानिया को चाय के लिये 'ताज' में निमंत्रण दिया है। मैं उन लोगों से तुम्हारा परिचय कराना चाहता हूँ। अभी पैंतालीस मिनट हैं। तुम टैक्सी मँगवा कर यहाँ आ जाओ।"

भूषण ने देखा, फोन का चोंगा कान पर रखे मनोरमा के चेहरे पर चिन्ता झलक आई थी। सिर खुजलाते हुए बोली—"मैं आती तो अवश्य परन्तु मैं एक बहुत जरूरी काम के लिये कुछ आदमियों से वायदा कर आई हूँ। यदि मैं वहाँ न पहुँचूँगी तो स्थिति बहुत खराब हो जायगी। मैं उन्हें क्या उतर दूँगी? मुझे बहुत दुःख है।"

सुतलीवाला ने आग्रह किया—"मुझे तुम्हारी अपाइन्टमेण्ट के बारे में कुछ मालूम नहीं था। मैं उनसे कह चुका हूँ कि तुम आओगी। सोचो, मेरी क्या स्थिति होगी? इसका असर दूसरी बातों पर भी गहरा पड़ सकता है।" मनोरमा ने निरुत्तर होकर फोन रख दिया। भूषण चाय का प्याला होंठों के सामने थामे कौतूहल से उसकी ओर देख रहा था।

मनोरमा ने रुआँसे स्वर में कहा—"बताओ क्या करूँ? किसी तरह नहीं मानता। उस पार्टी में मेरी क्या जरूरत है? एक्ट्रेस मधु और सेठ वदानिया को मैं जानती भी नहीं। यह बिलकुल असह्य है। कामरेड नीता क्या कहेगी?"

"नीता प्रसन्न होकर तारीफ तो नहीं करेगी परन्तु तुम कर क्या सकती हो? वह पति के अधिकार का उपयोग कर रहा है।"

मनोरमा खिन्न हो गयी थी। वह कपड़े बदलने के लिये दूसरे कमरे में जा रही थी, भूषण की बात सुनकर वह विरोध में फिर कुर्सी पर बैठ गई—"क्यों दुखाते हो, अपमान क्यों करते हो!" उसने आँचल से मुँह ढक लिया।

"अपमान कैसा?" भूषण ने भौवें ऊपर उठाकर पूछा।

मनोरमा उत्तर दिये बिना उठ गई और आँखें पोछती हुई भीतर चली गई। भूषण ठंडी हो चुकी चाव से घूँट भरता रहा।

मनोरमा बाहर आई। वह बहुत सादी परन्तु कीमती सफेद साड़ी और गहरे लाल रंग का ब्लाउज पहने थी। कपड़े पहनने में अनुत्साह, अनिच्छा और बेपरवाही झलक रही थी। केश भी कुछ उड़े-उड़े से थे। चेहरे से आँसुओं के दाग दूर करने के लिये उसने मुँह धोकर पाउडर और आँखों में सुरमा लगा लिया था। देखकर भूषण मुस्करा दिया।

"क्यों?" मनोरमा ने पूछा।

"हम लोगों के यहाँ आती हो तो संतनी बनकर!"

'तो?"

"अब अप्सर बनकर जा रही हो। पैसे का सम्मान है न!"

"तुम लोगों के यहाँ ऐसे जाऊँ तो आँखें उठाना मुश्किल हो जाये....क्यों, क्या बहुत वल्गर (भड़कीली) लग रही हूँ?"

"क्या कह रही हो; वेरी चार्मिंग!"

"पागल हो रहे हो,....टैक्सी तक मेरे साथ चलो।"

टैक्सी में बैठ मनोरमा ने कहा—"फोर्ट तक साथ चलो, वहाँ से इसी टैक्सी में तुम कम्यून चले जाना। यह लो," उसने दस रुपये का नोट भूषण की कमीज की जेब में खोंस दिया और फिर संकोच में पूछा, "सच कहो, मैं झुँझलाहट में थी, बहुत बेतुकी तो नहीं लग रही हूँ इन कपड़ों में?"

मैं इससे अधिक अच्छी पोशाक की कल्पना नहीं कर सकता। बचकर रहना सेठ लोगों से!"

"धत्त!" और फिर कह दिया, "तुम नहीं जानते पशु को बलि के लिये सजा-धजाकर ले जाते हैं।"

"पशु को बलि के लिये ले जाते देखें तो बचा लेना चाहिये।"

"जो ऐसा करेगा उस पर समाज का धर्म, नीति, आचार, संस्कार और व्यवस्था टूट पड़ेंगे।"

ताज होटल में चाय पीते और बातें करते साढ़े छः बजे गये। चाय के समय सुतलीवाला, मधु और वदानिया को अपनी नयी फिल्म कम्पनी की योजना समझाता रहा। कम्पनी में एक्ट्रेस मधु, एक्टर शेरजंग और नूरुल की पत्ती रखना चाहता था। सुतलीवाला

का सुझाव था, वदानिया दो लाख रुपये लगाये, मधु का पचास हजार का, शेरजंग और नूरुल के पच्चीस-पच्चीस हजार के हिस्से हों। मधु नकद न देकर पहली फिल्म में काम करने के कंट्रेक्ट से रकम कटा दे। शेरजंग और नूरुल भी यही करें। इस तरह कम्पनी की पूँजी अपने आप चार लाख हो जायगी। सुतलीवाला मैनेजिंग डाइरेक्टर का काम करेगा। उसके काम का हिस्सा पचास हजार होगा। चाय के कुछ देर बाद सेठ वदानिया और सुतलीवाला ने इतनी गम्भीर बातचीत करने की थकावट दूर करने के लिये ह्विस्की ली, मनोरमा और मधु के लिये शैम्पेन मँगाई गई। सेठ जी, सुतलीवाला और मधु के बहुत आग्रह करने पर मनोरमा ने दो घूँट पिये परन्तु बुरा न मालूम होने पर भी अधिक न ली।

सेठ जी ने प्रस्ताव किया—"डिनर एक साथ हो।"

मधु ने भयार्त स्वर में कहा—"यह कैसे हो सकता है, मेरा तो आठ बजे से शूटिंग है।" वह खड़ी हो गई।

"हम आपको स्टूडियो पहुँचा देते हैं।" सुतलीवाला ने आश्वासन दिया।

"भई हम अकेले रह जायेंगे?" सेठ जी ने आतंक प्रकट किया।

"सेठ जी यह कैसे हो सकता है।" सुतलीवाला ने मनोरमा की ओर देखकर कहा, "तुम सेठ जी के साथ ठहरो। हम मधु को छोड़ आते हैं।" सुतलीवाला मनोरमा के उत्तर की प्रतीक्षा न कर जेब से गाड़ी की चाभी निकाल कर चाभी को उँगली पर घुमाते हुए उठ खड़ा हुआ।

"तो फिर डिनर कहाँ हो?" सेठ जी ने सुतलीवाला को सम्बोधन किया, हमारा ख्याल है, हमारे यहाँ मेरीन ड्राइव पर कैसा रहेगा?" उन्होंने मनोरमा की ओर देखा, "आप हमारी जगह भी देख लेंगी।" सेठ जी ने सुतलीवाला की ओर देखा, "आप वहीं लौटिये।"

"बहुत ठीक फर्माया सेठ जी आपने।" सुतलीवाला ने समर्थन कर दिया।

मनोरमा सेठ जी के साथ उनकी गाड़ी में मैरीन ड्राइव पहुँची। तीसरी मंजिल में जाने के लिये लिफ्ट था। सेठ जी के मकान पर ऐसा लगा कि नौकर मालिक की प्रतीक्षा नहीं कर रहे थे। सेठ जी ने आते ही उन्हें आवश्यक हिदायतें और आज्ञायें दे दीं। मनोरमा ने ड्राइंगरूम में काउच पर बैठते ही पूछा—"सेठानी जी से नहीं मिलाइयेगा?"

"वो लोग, बाल-बच्चे तो काल्बादेवी में रहते हैं।" उत्तर दे कर सेठ जी मनोरमा के समीप काउच पर बैठ गये।

मनोरमा सेठ जी को जगह देने के लिए दूसरी ओर हट गई। उसे इतना निस्संकोच अच्छा न लगा। उसने पूछा—"आप यहाँ अकेले रहते हैं?"

"अकेले कैसे, आप तो हैं। आपके साथ यहाँ भीड़ लाने से क्या फायदा?" सेठ जी मुस्करा दिये।

मनोरमा चुप रह गई। कुछ बोली नहीं। कमरे से बाहर निकली और लिफ्ट पर पहुँच कर बटन दबा कर नीचे उतर आई।

सेठ जी देखते रह गये।

× × ×

मनोरमा अपने मकान में पहुँच कर दो घण्टे तक बरामदे में बैठी सुतलीवाला की प्रतीक्षा करती रही। सुतलीवाला आया तो आधा मिनट तक दोनों एक-दूसरे के बोलने की प्रतीक्षा में चुप रहे। मनोरमा से रहा न गया—"मैं नहीं समझती थी, कोई आदमी रुपये के लिये इतना गिर सकता है।"

"क्या मतलब है तुम्हारा?" सुतलीवाला ने कड़े स्वर में पूछा।

मनोरमा ने उसकी ओर घूर कर उत्तर दिया—"मतलब नहीं समझते! मुझे अकेली उस आदमी की बैठक में भेजने का क्या अभिप्राय हो सकता था? वहाँ उसकी स्त्री भी नहीं थी। आप चाय पर मुझे साथ ले गये थे, वह अपनी स्त्री को क्यों नहीं लाया?"

"अकेली से क्या मतलब है! तुम्हें नहीं मालूम था कि मैं पाँच-दस मिनट में लौट रहा हूँ? मुझे क्या मालूम था कि रास्ते में पहिये से हवा निकल जायगी!" सुतलीवाला स्वर ऊँचा करके बोला, "तुम क्या अब तक पर्दे में रहती आई हो? तुम क्या दूसरे आदमियों के साथ कभी नहीं उठी-बैठी? तुमसे मिलने के लिए यहाँ आदमी नहीं आते। दिन भर तुम अपने मित्रों के साथ रहती हो। आज मैंने एक मित्र को निमंत्रण दिया तो तुम उस पर बवंडर खड़ा कर रही हो। क्या किया उसने; बताओ? मैं वहीं से आ रहा हूँ। तुम्हारे घूमने, लोगों से मिलने पर मैंने कभी रोक नहीं लगाई। तुम मेरी कोई बात सहन नहीं कर सकतीं तो साथ रहने का फायदा क्या है?" उसका स्वर बहुत कड़वा और कड़ा हो गया, 'या यह तरीका था अपने दोस्तों से मिलने के लिये बम्बई आने का?"

मनोरमा ने बहुत कुछ कहने के लिये सोच रखा था परन्तु पति की आखिरी बात के बाद उसके मुँह से शब्द न निकल सका। उसने बरामदे के जंगले पर सिर रख दिया और आँखें झुका लीं। सुतलीवाला क्रोध में जीना उतर कर वापिस चला गया। नीचे गाड़ी के चलने की आहट हुई और गाड़ी बँगले के बाहर चली गई।

मनोरमा बरामदे में बैठी रही। रात के दो बज गये। वह उठी और कपड़े बदले बिना, कुछ ओढ़े बिना आँखें मूँदें पलंग पर लेट गई। उसे मालूम न हुआ, सुतलीवाला कब लौटा। सुबह उसकी आँख खुली तो सुतलीवाला गहरी नींद में अपनी पलँग पर सो रहा था।

मनोरमा नहा-धोकर बाहर बरामदे में बैठी अपनी किस्मत की बात और बचाव की राह सोच रही थी। सुतलीवाला उठा और उसकी ओर ध्यान न दे, नाश्ता किये बिना नीचे उतर कर चला गया। बैरे ने मनोरमा के लिये नाश्ता लगा दिया। रात उसने कुछ नहीं खाया था। शरीर में निर्बलता जान पड़ रही थी। उसने कुछ खाया और चाय पी ली। खयाल आया, मैं यहाँ क्यों खाऊँ-पीऊँ? वह तो कहता है, मैं दोस्तों से मिलने के लिये उससे शादी का जाल रच कर बम्बई आ गई हूँ!

मनोरमा सोच रही थी—पिताजी और भाई-बहन सुनेंगे तो क्या कहेंगे? मैं तो अपनी इच्छा से शादी करके आई हूँ। तार देकर शादी करके आई हूँ। उन्होंने मुझे घर से निकाल कर, मेरे सिर स्वयं शादी कर लेने का अपराध डाल दिया है। अब यह आदमी भी मुझे अपने प्रयोजन का न समझ घर से निकाल कर मुझ पर कुलटा होने का लांछन लगा देने का उपाय कर रहा है। वाह रे समाज के कुचक्र!····मुझसे चाहे जो भूल हुई हो, यहाँ से

निकलना मेरे लिये मुक्ति ही है। लेकिन जाऊँ भी तो कहाँ? कम्यून में भी मेरे लिये जगह नहीं है। मूर्खता से ठोकरें खाने वालों को वे लोग क्यों रखेंगे? वहाँ तो समझदार चतुर लोगों की जरूरत है।

मनोरमा को याद आ गया, कल संध्या उसके एफ० एस० यू० के दफ्तर में न लौट सकने से काम पड़ा रह गया होगा; कामरेड नीता क्या कहेगी? नीता की गहरी नीली साड़ी, उड़ते-उड़ते रूखे केश, गर्दन से सामने लटकता थैला और उसके लम्बे साँवले चेहरे पर अपनी ओर घूमती हुई आँखें मनोरमा को दिखाई दे गईं। नीता का सर्कस में हाथियों को नचाने वाले हंटरबाज मास्टर जैसा व्यवहार, ठीक और सही से रत्ती भर की कमी पर भी जिसका हंटर तड़ाक से बोल उठता है।....नीता क्या कहेगी?

मनोरमा ने सोचा, घर में बैठकर रोने के सिवाय क्या करेगी? कई दिन से वह घर से औपेरा तक पैदल ही जा रही थी। ट्राम और बस पर या पैदल चलने वाले साथियों के यहाँ टैक्सी पर जाने में उसे संकोच अनुभव होता था लेकिन बहुत निर्बलता अनुभव हो रही थी। वह टैक्सी पर गई और दफ्तर से पचास कदम इधर ही उतर गई। दफ्तर में घुसते ही नीता दिखाई दी और उसकी निर्मम आवाज सुनाई दी—''यह दिखाई दिया है अब ईद का चाँद! जिसके लिये हैडआफिस के बहुत जिम्मेदार लोगों की बड़ी-बड़ी सिफारिशें और तारीफें सुनी थीं। आपकी मेहरबानी से अखबार चौबीस घंटे लेट हो गया!''

नीता कहती गई—'कल मदनपुरा में मीटिंग के बाद आठ बजे घर पहुँचकर ख्याल आया कि बेचारी लड़की अकेली प्रूफ देख रही होगी। आकर देखती हूँ तो यहाँ कोई था ही नहीं। जयराम के यहाँ जाकर जनाब के घर फोन किया। मालूम हुआ कि जनाब पाँच बजे घर से गई हैं। मुझे डर लगा, कहीं कोई दुर्घटना न रास्ते में हो गई हो। कम्यून में भूषण को फोन किया। मालूम हुआ, बेगम साहिबा अपने शहनशाह खाविन्द की पार्टी की शोभा बढ़ाने गई हैं। खाविन्द की पार्टी की शोभा में कमी न रहे, हजारों पब्लिक अखबार के लिये इंतजार करती रह जाये! जब मुझसे जवाब माँगा जायगा कि अखबार क्यों पिछड़ गया, मैं ईद के इस चाँद को दिखाऊँगी कि मुझे इनकी मदद से काम करना था। मन की मौज से काम करने वालों से यहाँ काम नहीं चलता। लेडी साहिबा, यह ड्यूटी है, स्वयं स्वीकार की हुई ड्यूटी की जिम्मेवारी आप नहीं समझतीं!'' नीता बोलती ही जा रही थी। गनीमत यह थी कि साथ काम करने वाले दूसरे लोग छुट्टी का दिन होने के विश्वास में दफ्तर में नहीं आये थे। नीता स्वयं ही प्रूफ देख रही थी।

मनोरमा स्कूल की निर्दय अध्यापिका के सामने अपराधी लड़की की तरह चुप खड़ी थी। नीता ने कागजों पर आँखें झुका लीं। मनोरमा खड़ी रही। नीता कागजों में ऐसे आँखें गड़ाये रही जैसे सामने कोई न हो। कुछ मिनट बाद उसने मनोरमा की ओर देखा—''लेडी साहिबा, आप क्या खड़ी रहने के लिये आई हैं? शायद आप प्रतीक्षा में हैं कि मैं आप से बैठने के लिये अनुरोध करूँ और क्षमा माँगूँ। यह नहीं होगा, मैं अनुशासन पर चलती हूँ।''

मनोरमा ने आँचल से मुँह ढक लिया। उसका शरीर रुलाई से काँप रहा था। नीता मेज के उस ओर कुर्सी से उठकर मनोरमा के समीप आ गई। उसके दोनों हाथ कमर पर थे जैसे हाथा-पाई के लिये तैयार हो—''तुम बोलती क्यों नहीं जी, बात क्या है? किसी ने

तुम्हें परेशान किया है?" वह अब भी उसी स्वर में बोल रही थी, "तुम मुझे बताती क्यों नहीं जी?"

नीता मनोरमा को बाँह से पकड़कर गुसलखाने में ले गई। उसका बटुआ लेकर एक ओर रखकर हुक्म दिया—"मुँह धोओ!"

मनोरमा सम्भल नहीं पा रही थी। नीता उसे दीवार के साथ नल के नीचे लगी चिलमची की ओर ले जाकर स्वयं उसका मुँह धो देना चाहती थी।

मनोरमा ने कहा—"ठहरिये" और मुँह धोने लगी। मनोरमा गुसलखाने से निकली तो देखा नीता मेज पर प्रूफ देख रही थी।

"यहीं आ जाओ।" नीता का स्वर बदल गया था, थोड़े से कागज और रह गये हैं। इन्हें झटपट समाप्त कर दूँ। बड़ी खुशामद से प्रेस खुलवा लिया है वर्ना आज रविवार है। बाकी सब प्रूफ मैं भेज चुकी हूँ।"

नीता ने चपरासी की ओर देखा—"छोकरा, चाय लाओ!"

चाय आने तक प्रूफ समाप्त हो चुके थे। नीता ने चपरासी को आदेश दिया—"यह प्रूफ प्रेस में ले जाओ और पूछो, कितना हो गया?"

मनोरमा ने चाय की प्याली की ओर आँखें लगाये बीती रात की पूरी घटना नीता को सुना दी—

अंग्रेजी में गाली देकर बोली—"वह रुपये का कुत्ता कौन होता है तुम पर लांछन लगाने वाला?"

"मनोरमा ने दीर्घ निश्वास लेकर कहा—"मेरा खयाल है, वह मेरे और अपने दृष्टिकोण में कोई समता न देखकर मुझसे पीछा छुड़ाना चाहता है।"

"पीछा छुड़ाने का क्या मतलब?" नीता क्रोध से बोली, "देखूँगी मैं पीछा छुड़ाने वाले का? उसे तुम्हारा मेन्टेनेंस (गुजारा) देना होगा। तुम्हे दहेज वगैरह में कुछ मिला होगा, वह भी लौटाना होगा! तुम्हारे पिता की आर्थिक हालत कैसी है?"

मनोरमा ने बताया—"दहेज कुछ नहीं मिला था। केवल पन्द्रह हजार रुपये के चेक थे।

नीता को और भी क्रोध आ गया—"देखूँगी पीछा छुड़ाने वाले को! उसे मेन्टेनेंस देना पड़ेगा।"

नीता के मन में मनोरमा के प्रति और अधिक ममता और कौतूहल जगा। मनोरमा ने घर की स्थिति से परेशान होकर उतावली में सुतलीवाला से शादी कर लेने की अपनी भूल भी उसे बता दी।'

नीता सहानुभूति से खिन्न होकर बोली—"तुम्हारी जैसी कायर लड़कियों के साथ ऐसा ही होना चाहिए। तुम्हें चाहिये था, घर वालों के अन्याय का मुकाबिला करती। ऐसे आदमी के साथ रहने का मतलब क्या है? तुम्हें तलाक ले लेना चाहिए और ईमानदारी और इज्जत से जीवन बिताना चाहिये। तुम मेरे साथ यहाँ इसी मकान में रहो। देखूँगी तुम्हें कौन परेशान करता है?"

नीता ने मनोरमा के सामने ही उसकी करुण कथा अपने कामरेड पति वासेकर को सुना दी और स्वयं ही निर्णय दे दिया—"इसका पति चाहता है तो तलाक ले लेना ही इसके लिए सम्मानजनक उपाय है, मानते हो न तुम?"

वासेकर ने चिंता से हाथ की उँगलियाँ चटखाते हुए कहा—"तलाक के मुकदमे में हमेशा परेशानी होती है। तलाक के लिये कारण क्या बतायेगी। राजनैतिक या सैद्धान्तिक मतभेद के कारण तलाक नहीं हो सकता। तलाक के लिए तीन कारणों में से कोई एक चाहिये; या तो पति का दूसरी स्त्री से सम्बन्ध हो या वह नपुंसक हो या पत्नी पर मारपीट करता हो!"

नीता ने मनोरमा की ओर देखा।

मनोरमा ने आँखें झुकाये अंग्रेजी में उत्तर दिया—"मेरे विचार में तो आखिरी बात छोड़कर सभी कुछ है।"

"क्या?" विस्मय और आतंक प्रकट करने के लिए नीता ने बहुत लम्बा साँस खींच वासेकर की ओर देखा और बोली, "है न जुल्म; असह्य जुल्म लड़की पर। मनोरमा तुम्हें हर हालत में इस अपमान और गन्दगी से पल्ला छुड़ाना है; जब एक दम सब तथ्य सामने हैं।" उसने हाथ फैला दिये, जैसे तथ्य उसकी हथेली पर रखे हों।

तथ्य से काम नहीं बनता, अदालत में तथ्यों को प्रमाणित करना होगा। प्रमाण और गवाही चाहिये।" वासेकर ने पूछा, "मनोरमा अदालत में जाकर यह सब कहेगी।"

"क्यों नहीं कहेगी!" नीता ने जोर से मेज पर हाथ पटक दिया।

मनोरमा ने इनकार से सिर हिला दिया।

नीत का क्रोध बढ़ गया—"तो तुम्हें मुसीबत से कौन बचा सकता है? तुम स्वयं मुसीबत के गले से चिपटी रहो तो तुम्हें कौन बचा सकता है।"

नीता के क्रोध के कारण मनोरमा के असंतुष्ट जीवन की चर्चा पार्टी क्षेत्र में फैल गयी। मनोरमा इस बदनामी से संकुचित होकर सिमटी जा रही थी। नीता की दृष्टि में यह संकोच पूँजीवादी संस्कृति का पाखण्ड मात्र था। वह निरन्तर जोर दिये जा रही थी कि मनोरमा इस गंदगी से मुक्ति प्राप्त करे।

भूषण की राय थी कि मनोरमा उतावली न करे। ऐसी स्थिति आ सकती है कि अदालत में छीछालेदर हुए बिना इस झगड़े से मुक्ति मिल जाये।

"मैं नहीं चाहता," भूषण ने कहा, "अखबारों में मोटे अक्षरों में खबर छपे कि कम्युनिस्ट युवती द्वारा नपुंसक पति को तलाक! और फिर नीता के पास कौन डाक्टर है जो आवश्यक सर्टिफिकेट दे देगा?"

सुतलीवाला और मनोरमा में बातचीत बन्द थी। खाने का समय दोनों का अलग-अलग हो गया था। सुतलीवाला पन्द्रहवें दिन बैरे को मनोरमा के लिए एक लिफाफा दे देता था। लिफाफे में सौ रुपये रहते थे। इसी तरह महीने बीते, एक वर्ष बीत गया और दूसरा बीत रहा था। मनोरमा पार्टी की मेम्बर बन गई परन्तु काम उसका नीता के साथ ही रहा। नीता का साथ छोड़कर किसी दूसरे काम में हाथ लगाने की इच्छा भी उसे न थी।

●

शरण का मूल्य

लाहौर स्टेशन पर सोमा बुरका पहने हुए गाड़ी में बैठ गई तो उसने आँखें पोंछ लीं। उसने निश्चय कर लिया, अब नहीं रोयेगी। बरकत ने उसे समझा दिया था कि गाड़ी में रोती हुई जायगी तो साथ के मुसाफिरों को संदेह होगा और कहीं पुलिस बीच में आ पड़ी तो दोनों हथकड़ियों में बँधे फिरेंगे।

सोमा अब रोती तो किसे दिखा कर और किसके लिए? जो कुछ वह छोड़ आई थी, जहाँ से उसे निकाल दिया गया था, जिसे छोड़ते समय मर जाने के अतिरिक्त उसे कोई उपाय न सूझता था, उसकी ओर लौटने के लिए वह अब तैयार न थी। उस बीते हुए, सहे हुए भयान्क अनुभव की अपेक्षा अनजाने का भय कहीं अधिक था। कोई आशा या कल्पना भबिष्य के सम्बन्ध में उसके मन में न थी। वह केवल सिर पर आ पड़े संकट में शरण चाहती थी।

सोमा को याद आ रहा था—बैजनाथ तहसील की कचहरी में पुलिस धनसिंह को जेल में डाल देने के लिए पकड़ ले गई थी तो वह सड़क पर बैठ कर सब लोगों के सामने फूट-फूट कर रो पड़ी थी। उसे याद आ रहा था, लोग उसे घेर कर उसका तमाशा देख रहे थे। अब चाहे जान निकल जाय, वह उस तरह का तमाशा नहीं बन सकती थी। गाँव की सोमा मर चुकी, अब दूसरी सोमा थी; भले घर की गृहस्थ, धोखा खाई हुई, परिवार से निकाल दी गई विधवा!

बरकत सावधानी के लिए सोमा को लेकर लाहौर स्टेशन से रात के समय चला था। गाड़ी में बैठते समय और उसके बाद एक घण्टे तक सोमा बुरका पहने रही। बरकत ने कहा था, लाहौर से निकल जाने के बाद फिर किसी पहचानने वाले का डर नहीं होगा। तुम बुरका उतार कर कपड़ों में लपेट लेना। डाक गाड़ी अपनी तेजी और उतावली प्रकट करने के लिए धुआँधार चाल से अनेक प्रकार के शब्द करती हुई लोहे की पटरियों पर थिरकती, फिसलती, अजाने अँधेरे को चीरती चली जा रही थी। छोटे-छोटे स्टेशन पलकों की झपक की तरह निकलते जा रहे थे। गाड़ी के एक बार चलने और थमने में दिनों का सफर तय होता जा रहा था परन्तु गाड़ी चलती ही जा रही थी। गाड़ी रुकती तो स्टेशनों पर प्रकाश में दिखाई देने वाले लोगों के चेहरों और भाषा में पंजाब से अंतर आता जा रहा था परन्तु सोमा की पथराई हुई आँखें कुछ देख न रही थीं। उसका सुन्न मस्तिस्क कुछ सोच नहीं रहा था।

बरकत ने सोमा से कहा था कि वे दोनों बम्बई जा रहे थे। सोमा ने सुना था कि बम्बई बहुत दूर था; कितनी दूर, यह वह नहीं जानती थी। जितनी भी दूर हो। उसे दूर और समीप से क्या लेना था! उसे कौन लौट कर आना था।

गाड़ी में भीड़ बहुत अधिक, धक्कम-धक्का थी। लगभग दो बरस पहले सोमा धर्मशाला से लाहौर आई थी तो दूसरी तरह की गाड़ी थी। उसे मनोरमा ने सेकेंड क्लास में अपने साथ बैठाया था। सब लोगों के लिये लेटने-सोने के लिये गद्दे थे, कोई किसी को धक्का न देता था, भलमनसाहत थी। इस गाड़ी में धक्के ही धक्के थे, झगड़ा था। बरकत ने उसे बिलकुल एक कोने में, काठ बेंच पर कपड़ा डालकर बैठा दिया था और साथ खुद बैठ गया था। सोमा उसके स्पर्श से बचने के लिये सिमटी हुई थी। बरकत औंघाने लगा परन्तु सोमा आँखें मूँदे या आँखें खोले, सजग सिमटी बैठी रही। बरकत ने अपनी बाँई ओर धक्के दे दे कर कुछ जगह बना ली थी। उसने सोमा से लेट जाने को कहा। सोमा घुटने समेटे लेट गई। बरकत स्वयं बैठा रहा। नये मुसाफिर आते और धक्के देकर साथ बैठना चाहते। बरकत आस्तीन चढ़ा कर लड़ने के लिये तैयार हो जाता— ''देखते नहीं हो, जनाना है।'' सोमा बरकत की रक्षा में जा रही थी। बरकत उसे ले जा रहा था।

दिन निकल चुका था। कोई बहुत बड़ा स्टेशन था। बरकत ने बताया, दिल्ली है। सोमा ने कुछ भी ध्यान नहीं दिया, जो भी होता। भीड़ चढ़ी चली आ रही थी। बरकत चौकसी पर था कि कोई सोमा के लिये सुरक्षित जगह पर बैठकर उसे परेशान न करे। इन बारह घण्टों में सोमा अपनी जगह से हिली न थी। बरकत ने पूछा, कुछ खाओगी? सोमा को कुछ खाये-पिये दो दिन-रात बीच चुके थे फिर भी उसने इनकार में सिर हिला दिया। बरकत ने उसके कान में ममता से समझाया—''क्या पागल हो। आदमी क्या बिना खाये जिन्दा रह सकता है! हाथ मुँह धोओगी?''

सोमा ने स्वीकार कर लिया। बरकत टोंटीदार लोटा साथ लाया था। वह प्लेटफार्म से जल ले आया था। उस लोटे को देखकर ही सोमा का मन मिचक गया। याद आया, किसी मुसलमान के हाथ बिक जाने की कल्पना से उसके प्राण निकलने लगे थे। अब वह मुसलमान का ही हाथ थामे रक्षा की भिक्षा माँग रही थी। उसके लोटे से क्या परहेज करती?

सोमा ने गाड़ी की खिड़की के बाहर सिर निकालकर हाथ-मुँह धो लिया परन्तु उस लोटे से कुल्ला न कर सकी। बरकत उसके लिये मिट्टी के कुल्हड़ में चाय ले गया। मुसलमान का छुआ कुल्हड़ था। मन ही मन बहुत बुरा लगा परन्तु चाय पी ली। मझेरा में उसे मुसलमानों से असीम भय और घृणा थी। उसने मुसलमानों को गूजरों के रूप में ही देखा था। सुना था, उन्हें छू लेने से धर्म भ्रष्ट हो जाता है, वे लोग सभी बुरे काम करते हैं परन्तु लाहौर में साहब की कोठी पर उनके कई मुसलमान दोस्त आते थे। उनसे कोई परहेज न किया जाता था। वे घर के बरतनों में खा-पी जाते थे। केवल माँ जी और भाभी को यह अच्छा न लगता था। सोमा भीड़ में दबी, झकोले खाती चली जा रही थी। कुछ और स्टेशन बीत गये। बरकत ने एक हिन्दू पूरी वाले को बुला लिया। सोमा ने पूरी खाई। फिर वही बदने का पानी। उसका गला सूख रहा था। मन ने कहा, मेरा क्या बिगड़ जायेगा! पराजित की उपेक्षा से सोमा ने पानी पी लिया।

गाड़ी का काठ का डिब्बा लोहे की पटरियों पर तेजी से दौड़ता चला जा रहा था। खेत, गाँव, जंगल, पहाड़ विपरीत दिशा में दौड़ते चले जा रहे थे। सोमा ने एक बार भी नहीं पूछा कि बम्बई कब पहुँचेंगे, बम्बई कितनी दूर है? वह काठ के संकरे तख्ते पर

सिमटी बैठी रही। फेर रात आई। सोमा घुटने समेटे गहरी नींद में सो गई। फिर दिन चढ़ा। काठ का डिब्बा चलता ही जा रहा था। अब सोमा का मन कुछ-कुछ चेतने लगा था। सोचने लगी, वह क्या करेगी? उत्तर सीधा था, जो कुछ करना पड़ेगा, करेगी। बरकत उसके समीप बैठा था। उसका इतने समीप बैठना सोमा को अच्छा नहीं लग रहा था परन्तु दुनिया के और सब आदमियों में वही उसका जाना-पहचाना था। दुनिया के भय और उसके बीच वही तो एक आड़ और संबंध था।

बरकत लाहौर में जैसा छिछोरापन किया करता था वैसी कोई बात उसने गाड़ी में न की। सोमा से केवल आवश्यकता की ही बात पूछता था। कभी खिड़की से सिर निकालकर रेल की चाल पर गुनगुनाने लगता और कभी बिलकुल चुप गंभीर बैठा रहता। शायद वह भी सोच रहा था। बम्बई पहुँचकर क्या करना होगा?

मझेरा से धर्मशाला में आने पर आदमियों की भीड़ देखकर सोमा को विस्मय हुआ था। लाहौर में वह विस्मय आतंक के रूप में अनुभव हुआ था। बम्बई में 'विक्टोरिया' गाड़ी पर चढ़कर बाजारों में से गुजरते समय दोनों ओर बहुत ऊँचे-ऊँचे मकान, भीड़ भरी सड़कें, गलियाँ और असंख्य रूपों के स्त्री-पुरुष देखकर उसकी विचार और कल्पना शक्ति जड़ हो गयी थी। इस जमघट में वह केवल बरकत को ही पहचानती थी। भीड़ के धक्कों में खो जाने की आशंका से वह उसके घृणित हाथ को पकड़े न रहती तो क्या करती?

बरकत ने सोमा को नल-बाजार के पास एक छोटे से हिन्दू होटल में टिका दिया था। समझा दिया था, पूछने पर अपने आपको बरकतराम की बीबी बताये और कहे कि बीमार थी, इलाज के लिये पंजाब से आये थे। उसे चोरी-चकारी की आशंका से सावधान कर बरकत रहने के लिये जगह का प्रबन्ध करने चला गया था। दो रातें सोमा को होटल के तंग कमरे में गुजारनी पड़ी। बरकत दिन में दो बार घंटे-घंटे भर के लिये और रात में भी काफी देर से आता। सोमा प्रतीक्षा कर रही थी, क्या होगा? बरकत उसके लिये तीन चमकीली साड़ियाँ सस्ते दामों की ले आया था। उसने रात में बैठकर सोमा को समझाया कि वह सोमा के लिये सिनेमा की नौकरी ढूँढ़ रहा था। ऐसी नौकरी मिल जायगी तो सैकड़ों रुपये तनख्वाह मिलेगी। कोठी-बंगला मोटर-गाड़ी, नौकर-चाकर हो जायेंगे। सोमा राज करेगी। बरकत सांत्वना देता—घबराओ मत दो चार दिन की बात है। वह सोमा से नम्रता और खातिरदारी से पेश आ रहा था।

× × ×

बरकत बम्बई में पहले भी तीन वर्ष रह चुका था। नगर से काफी परिचित था।

बरकत ने स्कूल में पढ़ते समय ही निश्चय कर लिया था कि सिनेमा का एक्टर बनेगा। उसे विश्वास था कि एक्टरों के लिये आवश्यक गुण—सुन्दर रूप, सुगढ़ डील-डौल, चुस्ती-फुर्ती, अदा और लियाकत—सब उसमें मौजूद थे। जब वह सिनेमा के गाने हूबहू तर्जों में गाता था, लड़के उस पर फिदा हो जाते थे। घर पर जब वह अपनी कोठरी में गाने लगता तो पड़ोस की लड़कियाँ और औरतें चिकों या खिड़कियों की आड़ से सुनने लगती थीं। उसने एक्टरों का रूप अपनाने के लिये सिर पर केश भी बढ़ा लिये थे। कलमें कनपटियों से उतरी हुईं, लम्बी-लम्बी कटवा लेता था। मूँछें, जितनी कुछ उस समय उगी थीं, ऊपर से साफ करके होंठों के किनारे पर महीन रेखा सी बना लेता। उसने

मुहर्रम के मातम के समय काले कपड़े की कमीज सिलवा ली थी। उस कमीज को मौके-बेमौके सफेद पतलून के साथ पहन लेता था। शरीर उसका यों भी अच्छा था, तिस पर कंधे जरा पीछे खींचकर चलता था। सैर-सपाटे के समय कलाई पर रूमाल बाँध लेता और हाथ भर का एक डण्डा हाथ में लिये रहता। बात करते समय गर्दन जरा तिर्छी हो जाती और सिर को हलका सा झटका दे जुल्फें माथे पर छितरा लेता।

बरकत का पिता बिजली घर में दफ्तरी था। तरक्की होते-होते गुजारे लायक तनख्वाह, पैंतालिस रुपये माहवार मिलने लगी थी। उसे आशा थी, लड़का कायदे से एन्ट्रेंस पास कर लेगा तो मेहरबान अफसरों की दया से उसे अच्छी नौकरी पर लगवा देगा।

बरकत के शरीर की उठान और रूप अच्छा होने के कारण उसका ब्याह आठवीं कक्षा में पढ़ते समय ही हो गया था। उस ब्याह से बरकत संतुष्ट न हुआ था। उसकी कल्पना के अनुसार उसका ब्याह, फिल्म में शहजादी से ब्याह करने वाले लकड़हारे की तरह होना चाहिये था या किसी लखपति की लड़की को उस पर फिदा होना चाहिये था। वह लड़की को मोटर साईकिल पर लेकर फट-फट करता हुआ भाग जाता। लोग पीछा करते, मार-पीट होती, लखपति की लड़की उसके सिवा दूसरे से ब्याह करने से इन्कार कर देती। तब लखपति अपनी एक कोठी दहेज में देकर अपनी लड़की से उसकी शादी कर देता।

बरकत का ब्याह स्वयं उसके निर्णय से नहीं, उसके माँ-बाप से निर्णय से हुआ था। तब बरकत उन्नीस बरस का था। उसकी एक छोटी बहिन थी और दो छोटे भाई थे। माँ की तबीयत खराब रहती थी। बरकत की बहिन जोहरा घर का काम संभालती थी। पन्द्रह बरस की उम्र में जब जोहरा ससुराल चली गयी, घर का काम संभालने के लिये बरकत की माँ को बहू घर में लाने की चिंता ने परेशान कर दिया। बहू भी उसने ऐसी चुनी जो घर का काम सँभाल सके।

सकीना का बाप अमजद अली चार बरस पहिले जीविका के लिये अफ्रीका चला गया था। गाँव लौटकर उसने देखा, लड़की माँ से ऊँचा सिर निकाले हुए थी। बेटी के संबंध में कितनी ही बातें भी अस्पष्ट रूप से सुनीं। उसे लकड़ी के ब्याह की जल्दी थी। अमजद को अमृतसर में अपने साले के चचेरे भाई मियाँ लियाकत का लड़का बरकत पसन्द आ गया। शादी हो गयी। अमजद ने अपनी विदेश की कमाई से लड़की को अच्छा दहेज भी दिया।

बरकत पहली रात सकीना से मिला तो उसके दिल में कई अरमान और प्रोग्राम थे। सकीना सुस्त और उदास थी। वह चाहती थी उसे छेड़ा न जाये। छलकती जवानी से भरी लड़की को पहली बार पाकर बरकत के लिये मन मारे बैठे रहना उसकी सब कल्पनाओं का खून होता। उसने सिनेमा के पैंतरों से अपने अधिकार का उपयोग करना चाहा। वह सकीना को चुटकी काट कर मुस्करा रहा था कि सकीना के अँगूठियाँ पहने हाथ का उलटा थप्पड़ उसके गाल पर आ पड़ा और साथ ही दबे स्वर में गाली भी सुनाई दी।

बरकत और सकीना दोनों ही जवान थे। सकीना देहात की सत्रह बरस की जवान लड़की और बरकत शहर का उन्नीस बरस का नौजवान था। फिर भी बरकत मर्द था और सकीना औरत। बरकत ने उसे गालियाँ देकर खूब पीटा। सकीना ने भी दबी आवाज में

गालियों और लातों से जवाब दिया। बरकत की गाल की हड्डी पर अँगूठी की चोट से निशान बन गया था। वह कई दिन तक पगड़ी बाँध कर शमले से गाल ढके रहा। साथियों को उसने कहानी गढ़ कर सुना दी कि अंधेरे में एक अनजाने बदमाश से उसकी मार-पीट हो गई थी।

बरकत का दिल सकीना से फट गया था। उसने अनुमान कर लिया—'हरामजादी' बदचलन है उसका कत्ल कर देने का निश्चय कर लिया। फिर सोचा, एक और बीबी ऊपर से लाकर बैठा देगा और सकीना को सारी उम्र बाँदी बना कर रखेगा। बरकत के दिल में औरत के सम्बन्ध में मिठास और रहस्य की जो कल्पना थी, वह विकृत हो गई। वह स्त्रियों के बारे में सशंक हो गया। उसके विचार में स्त्री से खेलना साँप से खेलना था। स्त्री को छूने के बजाये दूर से ही पुचकारने-चटकारने में ही उसे अधिक संतोष होता था।

सन् १९३९ में बरकत के वालिद का अंतकाल हो गया था। ऐन्ट्रेंस पास कर सकने में अभी एक बरस बाकी था। स्कूल के मास्टरों को मानो उससे बैर था, बरकत को पास हो जाने की उम्मीद न थी। पास होकर मुंशी जी बन जाने और दिन भर दफ्तर में बिताकर साँझ को रूमाल में तरकारी बाँधे, सिर लटकाये, टाट के परदे से ढके दरवाजे पर लौटने के सिलसिले की जिन्दगी बरकत को मंजूर न थी।

वह मुंशी बनने के लिये नहीं बल्कि फिल्म के संसार में 'मजनू' और 'देवदास' बनने के लिये पैदा हुआ था। वह विचारक की भाँति सोचता था—एक्टर दुनिया में शहनशाह की जिन्दगी का मजा भी ले सकता है और घसियारे की जिन्दगी का भी। एक जिन्दगी में बीसियों जिन्दगियाँ! दुनिया को साथ उठाकर तो कोई ले नहीं जायगा; जो खा-पी, पहन-ओढ़ लेंगे, मजा कर लेंगे, वही अपना है। मेरे पीछे सौ हवेलियाँ भी छोड़ गये तो वह अपने किस बात कीं? बढ़िया से बढ़िया मकान, हसीन औरतें पोशाकें एक्टर के लिये हैं। कितनी हसीन और कमसिन औरतों को उसका बगलगीर होना पड़ता है। एक्टर की अदायें और दिलेरियाँ कितनी पर्दापोश रानियों और बंगलों में रहने वाली मेम साहिबाओं के चित्त चुरा लेती हैं। जिन्दगी के कितने दौर एक साथ, भरपूर और तेज......! बरकत को प्रायः सभी प्रसिद्ध और सफल अभिनेताओं और अभिनेत्रियों के नाम याद रहते थे और उनकी आमदनी के सम्बन्ध में अफवाहें भी। उसका मन चाहता था, एक बार किसी तरह उड़कर बम्बई पहुँच जाय; फिर वह होगा और सिनेमा की दुनिया!

बरकत का सबसे घनिष्ठ और विश्वस्त मित्र रेलवे के मिस्त्री मियाँ नसीरुद्दीन का लड़का जमील था। बरकत ने अपने सुख स्वप्न जमील को सुनाये थे। जमील भी उस स्वप्न लोक में पहुँचने के लिये बेचैन था। उसकी भी आर्थिक स्थिति अच्छी न थी। बरकत ने माँ की खुशामद करके, हजारों रुपये कमा कर घर भेजने का वायदा करके, रूठ कर और घर से भाग जाने की धमकी देकर १०५) ले लिये। अपनी बीबी के कुछ जेवर भी हथिया लिये और जमील के साथ बम्बई चला गया। दोनों मलाड, सांताक्रूज और दादर में सिनेमा स्टूडियो के चक्कर लगाते रहे परन्तु स्टूडियो के पठान और गोरखा दरबान, बहिश्त के दरबानों—इजरयाल और जिब्राइल—से भी अधिक चौकस और बेमुरव्वत थे। अपना सब रुपया खत्म करके भी वे लोग स्टूडियो के भीतर पाँव न रख सके परन्तु दोनों नौजवान अपनी तपस्या में दृढ़ रहे। आखिर उन्हें भीतर जाने का अवसर

मिल गया। दोनों को सिनेमा के रेस्तोरां में जगह मिल गई थी। महीनों ह्विस्की-सोडे के गिलास और चाय की प्यालियाँ और तश्तरियाँ धोते रहने के बाद उन्हें समझ आया कि अभी लोगों की नजरों में उनकी उम्र कम थी और सिनेमा की दुनिया का फरिश्ता बन सकने के लिये एक हूर का साथ होना निहायत जरूरी था। सिनेमा की दुनिया में हूरों की कीमत फरिश्तों से कहीं ऊँची पड़ती है।

सिनेमा कम्पनी के मालिक की गाड़ी का ड्राइवर मुरीदखाँ पंजाबी राजपूत मुसलमान था। उसने एक दिन बरकत और जमील को बहुत फटकारा—"पठान के बेटे होकर यहाँ भड़ुओं और रंडियों का जूठन धोते हो!" उसने दोनों को मोटर मरम्मत के एक कारखाने में नौकर करा दिया। जमील तो मिस्त्री का काम सीखने लगा परन्तु बरकत को वह काम पसंद न आया। कुछ दिन उसने कारखाने में मजदूरी की और एक टैक्सी वाले का क्लीनर बनकर उसने ड्राइवरी सीख ली। बरकत को बस कम्पनी में नौकरी मिल गयी थी परन्तु वह उससे निभ न सकी।

बरकत को टैक्सी चलाना पसंद था; आजादी रहती और मित्रों में बैठकर शेखी मारता—"यार, आज एक दिलफेंक लेडी सवारी मिल गयी थी। इतनी फिदा हो गयी कि टैक्सी से उतरना नहीं चाहती थी। किराया देने लगी तो हमने आँख मारकर मुस्करा दिया। दस-दस के दो नोट दे गयी। अपने बंगले पर आने को कहती थी!······ऐसी कहानी सुना कर उसे सचमुच ऐसा सुख पाने का संतोष होता। वह सिनेमा से संबंध रखने वाले लोगों के यहाँ भी चक्कर लगाता रहता। कभी एक्सट्रा ऐक्ट्रसों को मुफ्त सवारी दे देता था।

बरकत बीमार हो जाने के कारण पंजाब लौट आया था। घर की हालत अच्छी न थी। एक भाई मिल में 'गेट-कीपर' की नौकरी कर रहा था। छोटा भाई एक रिश्तेदार के करघों के कारखाने में पंद्रह रुपये पाता था और काम सीख रहा था। माँ पहले से अधिक बीमार थी। उसकी बीबी के कारण काफी झगड़ा था। सकीना के माँ-बाप कहते थे—"······दामाद बदचलन और आवारा है। लड़की को ससुराल वाले तंग करते हैं।"

सकीना चचेरे भाई के ब्याह में अपने गाँव गई तो फिर लौटी ही नहीं। अफवाह थी कि बड़े चचेरे भाई ने उसे 'चादर डाल' कर घर में बसा लिया था और कहता था, जिसे हिम्मत हो ले जाय! बरकत को अमृतसर में रहना अच्छा न लगा। लाहौर जाकर नौकरी की तलाश में उसने बैरिस्टर सरोला को कई सर्टिफिकेट दिखाये। उन्होंने उसे ड्राइवर रख लिया। बरकत का बम्बई लौटकर सिनेमा में काम करने का अरमान दिल में रह गया था।

होटल में दो दिन रह कर बरकत सोमा को 'महीम' ले गया। जमील ने उसे अपने पड़ोस की खाली 'खोली' (कोठरी) दिलवा दी थी और राशन कार्ड भी बनवा दिया था। युद्ध के दिन थे। बम्बई में राशनकार्ड के बिना आटा-दाल भी न मिल सकता था। मुहल्ले में कई तिमंजली चालें (इमारतें) आमने-सामने समानान्तर बनी हुई थीं। नीचे की मंजिलों में प्रायः नागरा जूती बनाने वाला जेसलमेरी मोची रहते थे। एक-एक खोली में कई-कई परिवार थे। जब तक सूर्य का प्रकाश रहता, मोची और मोचिनें बरामदों में बैठकर जूतियाँ सीते रहते। संध्या मर्द जूतियाँ बेचने चले जाते पर स्त्रियाँ पकाने-राँधने में व्यस्त हो जातीं। एक-एक खोली में दो-दो तीन-तीन चूल्हे जलते थे। पूरी चाल धुएँ से काली थी।

नहाने-धोने और बर्तन माँजने में जल बहकर चाल के सामने सदा कीचड़ बना रहता था। हर मंजिल में साझे गुसलखाने और संडास थे। सामने मोचियों के कपड़े पशुओं की खालों की तरह और मोचिनों के बड़े-बड़े लाल-काले लहँगे बहुत बड़ी-बड़ी छतरियाँ की तरह सूखते रहते थे। इन कपड़ों और कच्चे चमड़े की बदबू से चाल गंधाती रहती थी।

चालों की ऊपर की मंजिलों में मोचियों से अच्छी आर्थिक और सामाजिक स्थिति के, कारखानों में काम करने वाले मजदूर, गरीब क्लर्क और ड्राइवर आदि रहते थे। इन खोलियों में कई-कई आदमी और परिवार एक साथ रहते थे। वहीं मनुष्य जन्म लेते रहते, बीमार और बूढ़े पैदा होने वालों के लिये स्थान छोड़कर मरते रहते।

अमील, बरकत के लिये तीन परिवारों वाली खोली रहने का प्रबंध सस्ते में कर सकता था परन्तु बरकत ने सोमा की सुविधा के विचार से अधिक किराया देकर पूरी खोली ले ली।

सोमा महीम की इस खोली में आकर बहुत घबराई। पहले दिन तो बरकत ने नल से पानी और समीप की दूकान से रसद लाकर दे दी लेकिन नित्य यह सब करना उसके लिये सम्भव न था। बरकत ने समझाया—"आटा, दाल, चावल, चीनी लेने के लिये मोदी की दूकान के सामने राशनकार्ड लेकर घंटों खड़े रहना पड़ता है। मैं काम की तलाश में जाऊँ या मोदी की दूकान के सामने 'क्यू' में खड़ा रहूँ? पड़ोस में ही तो दूकान है। औरतों को सामान जल्दी मिल जाता है। तुम्हीं ले आया करो।"

लाहौर में सोमा घर की रसद लेने मोटर में जाती थी। बम्बई में महीम की राशन की दूकानों के सामने फर्लांग-फर्लांग लम्बे क्यू लगते थे। एक-एक कदम सरकते-सरकते सोमा को घंटे बीत जाते थे। मन में सोचती, इस राशन से तो आदमी महँगा खरीद ले, या बिना खाये रह जाये। खाना तैयार करके वह बरकत की प्रतीक्षा में बैठी रहती। बरकत आकर आश्वासन देता—घबराओ मत। मैं जल्दी ही तुम्हारे लिये सिनेमा में काम का प्रबंध कर लूँगा। मैं आदमियों से मिल रहा हूँ।

पड़ोस की खोलियों की औरतों ने सोमा से बात करनी चाही। ये लोग दो-दो, तीन-तीन परिवार एक-एक खोली में रहते थे। उन्होंने सोमा को अपने यहाँ बैठने और बात करने के लिये बुलाया परन्तु वह उनके यहाँ पल भर से अधिक के लिये नहीं गई। बाईं ओर की कोठरी के लोग दक्खिनी थे। सोमा उनकी भाषा भी न समझ सकती थी। दाईं ओर के लोग हिन्दुस्तानी बोलते थे। सोमा उनकी बात कुछ-कुछ समझ पाती थी। इन लोगों के पूछने पर उसने बता दिया कि वे पंजाबी हैं। उसका आदमी ड्राइवर है। काम की तलाश में है। पड़ोसियों ने भी उसे अकेले खोली लेकर पैसे का गुरूर दिखाने वाली समझ कर अधिक बात नहीं की।

सोमा सोचती थी सिनेमा का काम मैं कैसे करूँगी? बैरिस्टर जगदीश के प्रति मन में घृणा हो जाने पर भी उससे पाया अपने सौंदर्य का विश्वास मौजूद था। उसे अपने गले के मिठास पर भी भरोसा था परन्तु संदेह था, ऐसे काम सबके सामने कैसे कर सकेगी। सिनेमा उसने कई बार देखा था, देखने से अच्छा भी लगा था परन्तु स्वयं लोगों के सामने जाना, गाना उसे अपमान और लज्जा-जनक जान पड़ता था। सोमा चाहती थी, बरकत कमाये और वह घर सम्भाले परन्तु बरकत से यह बात किस अधिकार से कहती?

महीम की चाल में आ जाने पर बकरत सोमा से संकोच छोड़कर अधिकार से बात करने लगा था। दिल बहलाने के लिये छेड़-छाड़ भी करने लगा था। वह चुप रह जाती। बरकत को सोमा की वही मुद्रा याद आ जाती जब लाहौर में बरकत ने एक बार साहस करके मजाक किया था—'हुजूर, गरीबों पर भी कुछ नजरे इनायत हो जायें।' और सोमा ने माथे पर त्योरियाँ डाल कर उसे डाँट दिया था—'क्या बकता है! तुम्हें जो बोलना है, साहब से बोलो!' बरकत अब भी सोमा के मौन से सहम जाता, डाँट न दे।

सोमा न झुँझलाती, न मुस्कराती। चाय या खाना तैयार करने के बहाने कतरा जाती। किसी बात के लिये बरकत को सम्बोधन करने की आवश्यकता होती तो अनुनय से 'भाई' कहकर बात करती। झुँझलाने और इनकार करने लायक स्थिति सोमा की न रही थी। स्वयं ही तो सब कुछ स्वीकार करके बरकत के साथ, उसकी शरण आई थी। वह सब तरह से उसकी दया की मोहताज थी। बरकत ही उसके लिये सब कुछ कर रहा था। बरकत के सामने किस मुँह से अकड़ती या इंकार करती! मर्द, औरत को अपने संतोष के लिये ही तो पालता और सहता है। केवल एक उपाय सोमा के पास था, बरकत को भाई कहकर, उसके हृदय में किसी बदले की इच्छा के बिना सहृदयता का विचार जगाये रहे। सोमा काम-काज की बात करने लगती—"भाई" सिनेमा का काम मुझसे कैसे होगा? मुझे इतनी समझ कहाँ है? भाई, तुम दिन भर परेशान होते थक जाते हो। न हो, मुझे किसी के घर के काम-काज की हो नौकरी दिलवा दो। भाई, यह तो बहुत बड़ा शहर है। यहाँ तुम्हें अच्छी नौकरी मिल सकेगी।"

बरकत रात को लौटता तो शराब पिये रहता था। उस शराब की दुर्गन्ध से सोमा का दिल मतलाने लगता। बैरिस्टर कभी-कभी पीता था तो उस शराब से वैसी बुरी गंध न आती थी। कई बार तो वह सोमा को भी अपने गिलास से घूँट भर लेने के लिये विवश कर देता था। पीकर वह कैसी बातें और हरकतें करता था। उस समय उससे मस्ती का सुख बरसता था। सोमा को वह स्मृति अब बहुत कटु और अपमानजनक लगती थी। सोचती, वही सब क्या फिर होने को है? नहीं, अब तो पतंग कट कर नीचे नाली में गिर चुकी है, और क्या गिरेगी। पतंग कितनी ऊँची चढ़ गई थी······

सोमा बरकत को खिलाकर स्वयं खाती और बरतन मलने बैठ जाती। इतने में बरकत सो जाता। सोमा बिजली की बत्ती बुझाकर अंधेरे में आँखें खोले पड़ी रहती; ऐसे कब तक निबहेगा, मेरा क्या होगा? बरकत को सोमा के लिये स्टूडियो में जगह ढूँढ़ते तीन सप्ताह बीत गये थे। वह जमील से भी चालीस उधार लेकर खा चुका था। वह जहाँ भी जाता, कोरा उत्तर मिल जाता—"ऐक्टर एजेंसी से बात करो।"

बनवारी बरकत का पुराना परिचित था, उस समय से जब बनवारी ने अपनी मुसीबत के दिनों में 'एक्स्ट्रा एजेंसी' की मारफत काम किया था। बरकत उस पर हँसता था—"साले, हम पारट करेंगे तो अपने बूते पर!"

बनवारी अब 'दारेफ़ैज़' कम्पनी में डायलाग लिखने का काम करने लगा था। बरकत को मालूम नहीं था कि वह इतना पढ़ा-लिखा था। बरकत ने बनवारी से सोमा के हुस्न और लियाकत की प्रशंसा करके कहा—"दोस्त, एक गौहर ले आया हूँ पंजाब के पहाड़ों से! उसे स्टूडियो में कहीं जगह दिला दो।"

बनवारी ने उत्तर दिया—"भाई, एजेंसी से कहो वर्ना एजेंसी वाला बिगड़ जायगा। आज एक को तुम ला दोगे, कल पच्चीस की जरूरत होगी तो कौन बटोरेगा? यह सिर दर्दी कौन मोल ले, भैया!"

बरकत एक्स्ट्रा-एजेंसी वालों से घबराता था—जो उनके बस पड़ा, उम्र भर एक्स्ट्रा रहा। साले खून पीते हैं। कम्पनी से दस रुपये औरत के लेंगे तो गरीब को पाँच थमायेंगे। औरत पर एक बार उनकी मोहर लग गई तो कोई कम्पनी उसे सीधे अपने स्टूडियो में नहीं लेगी। साले एजेंसी वाले अच्छा नाचनेवालियों को दस-पन्द्रह रुपये से टरकाते हैं। सोमा तो अभी कुछ जानती नहीं। मुसीबत है कि ये साले स्टूडियो का दरवाजा घेरे रहते हैं। कमीशन पाये बिना किसी को भीतर जाने नहीं देते। कोई डाइरेक्टर या ज़ोरदार आदमी ही किसी को जगह दिला सकता है।

बरकत निराश होकर दारेफैज स्टूडियो के रेस्तोराँ वाले जीवा भाई के यहाँ पहुँचा। पाँच बरस पहले बरकत ने उसके यहाँ बरतन धोने का काम किया था। उस समय उसका रेस्तोरां भी ऐसा-वैसा ही था। अब जीवा भाई के अपने दो मकान थे, एक टैक्सी थी। स्टूडियो में रेस्तोराँ तो चलता ही था। इसके साथ अब वह एक्स्ट्रा की एजेंसी भी करता था। बरकत जीवा भाई को अपना पुराना परिचय न देना चाहता था परन्तु जीवा भाई की पैनी दृष्टि और अधिकार पूर्ण प्रश्नों के सामने वह कुछ छिपा न सका।

जीवा भाई ने पूछा—"………कहाँ से लाये हो?"

बरकत ने उत्साह से उत्तर दिया—"सेठ, पंजाब के पहाड़ों का गौहर है, देखोगे तो समझोगे!"

"कितनी उम्र है?"

बरकत ने खूब घटा कर बताया—"होगी, उन्नीस-बीस बरस!"

"क्या कुछ जानती है?"

"आप देखिये तो उसे! सब जान जायगी।"

"अच्छा देखेंगे।" जीवा भाई ने पता पूछ लिया लेकिन उपेक्षा कर गया।

बरकत जीवा भाई के यहाँ दोपहर तक प्रतीक्षा करके दोपहर बाद उसे महीम की ओर ले जाने में सफल हुआ और झेंपता-झेंपता उसे अपनी खोली में ले गया।

सोमा को उसने परिचय दिया—"ये हमारे मिलने वाले सेठ जी हैं।"

सोमा एक ओर सिमटी बैठी रही। जीवा भाई कनखियों से उसके चेहरे और शरीर को आँकता रहा। लौटते समय बरकत ने जीवा भाई को आश्वासन दिया—"यह कोठियों और साहब लोगों में रही है। अभी सहमी हुई है। मौका आने पर खुलेगी तो देखोगे! स्टेज पर रोशन, मधु और चन्द्रा को फीका न कर दे पेशाब से मूँछ मुड़ा दूँगा!"

जीवा भाई ने बरकत को भाईचारे के व्यवहार से गाड़ी में बराबर बैठा लिया और एक सिगरेट देकर समझाया—"देखो मियाँ, लादी की घोड़ी रेस में नहीं दौड़ सकती। यह औरत स्टूडियो में भीड़ बाँधने के सिवा और क्या करेगी? कुछ जानती नहीं। दो बरस इसको कुछ सिखाने में लगेंगे। तब तक तुम इससे कमाओ फिर कोई दूसरी ले आना। इसे स्टूडियो वाले पाँच नहीं, दस रुपये देंगे। हम तुम्हें इसके बीस-पच्चीस दिला सकते हैं।

बरकत बहुत मजबूर हो गया था। उसे जीवा भाई का प्रस्ताव मान लेना पड़ा। जीवा भाई ने उसे 'खड़ा-पारसी' के पास एक चाल दिखा दी। कि रात दस बजे औरत को वहाँ ले आये। दस रुपये का एक नोट भी बरकत के हाथ में पेशगी दे दिया और शाम को गाड़ी भेज देने का आश्वासन भी दिया।

बरकत प्रायः सुबह जाकर आधी रात बीते लौटता था। उस दिन वह सूर्यास्त के समय ही आ गया। बदामी कागज की एक थैलीं उसके हाथ में थी। थैली सोमा को थमा कर उसने कहा—"पकाना-खाना जल्दी कर लो। नौ बजे एक जगह चलना है। सेठ की मोटर आयेगी। सिनेमा के काम के लिये तुम्हें दो-चार आदमियों से मिलाना है। वे लोग बड़े आदमी हैं। बड़ी मुश्किल से यह इंतजाम किया है। बहुत खुशामद की है तो माने हैं। उन लोगों से जरा खातिर और समझदारी से बात करना। सिनेमा में अच्छी नौकरी आसानी से नहीं मिलती।"

कागज की थैली में चेहरे का पाउडर और होंठों की सुर्खी थी। धर्मशाला में धनसिंह ने भी उसे पाउडर-क्रीम लाकर दिया था। लाहौर में भी वह पाउडर और काजल लगाने लगी थी। मनोरमा और दूसरी परिचित स्त्रियों को देखकर सिर के केश नये ढंग से बाँधने लगी थी परन्तु इस तरीके से कि दूसरों को मालूम न हो कि उसने बनाव-सिंगार किया था। रात में साहब के पास जाते समय वह बिन्दी भी लगा लेती थी। बिन्दी को देखकर साहब के चेहरे पर कितनी प्रसन्नता झलक आती थी। आज उसके लिये सिंगार की इतनी व्यक्तिगत, उसके शरीर से संबंध रखने वाली चीजें बरकत इस ढंग से लाया था।

सोमा घुटने पर ठोड़ी टिकाये बहुत देर तक खोयी बैठी रही। लगभग नौ बजे बरकत ने याद दिलाया तो उठकर साड़ी बदली। बरकत की लाई चमकीली साड़ियाँ उसने घर में नित्य के व्यवहार के लिये लगा ली थीं और लाहौर से जो सफेद साड़ी पहनकर आई थी, उसे धुलवा कर आवश्यकता के समय के लिये रख लिया था। बड़े आदमियों के सामने जाने के लिये उसने वही साड़ी उपयुक्त समझ कर पहन ली। उसका हृदय काँप रहा था पर दूसरी राह नहीं थी। जीवा भाई की गाड़ी आ गई। बरकत गाड़ी में उसके साथ बैठकर उसे समझदारी से व्यवहार करने की नसीहत देता रहा।

अमीर, बड़े आदमियों के लायक बड़ा-सा मकान था। नौकर वर्दी पहने हुए थे। सेठ भी दिखाई दिया। सेठ ने बरकत से पूछा—"आ गये?" सेठ ने जीने के पास एक बहुत से छोटे कमरे की ओर हाथ से संकेत किया; "आइये।" सेठ और एक आदमी भी उनके साथ कमरे में हो गये। सोमा समझ न सकी आदमी ने दीवार में कुछ किया। कमरे का जंगलेदार दरवाजा खटाक से बन्द हो गया और उन लोगों के पाँव के नीचे फर्श उठने लगा। चारों ओर की दीवारें तेजी से नीचे सरकती जा रही थीं। सोमा की बगल में खड़ा सेठ चैन से सिगार पी रहा था। सोमा घबराकर चीखना ही चाहती थी कि पिंजरे जैसा कमरा रुक गया। सामने बरामदा दिखायी दिया। साथ के आदमी ने दीवार को छुआ। दरवाजा खटाक से खुल गया। सेठ ने बाहर आने के लिये संकेत किया, "आइये!"

सेठ सोमा को एक अच्छे, सोफा- कुर्सी लगे कमरे में बैठाकर चला गया। वह घबरा रही थी, यह क्या जाल है? वहाँ से तो वह निकल भी नहीं सकती थी। जमीन से जाने कितना ऊपर आ गई थी। पुकारने से बरकत सुन नहीं सकता था·······यह तो बैजनाथ के

थाने से भी भयंकर जगह थी। कमरे के बाहर हँसने और बोलने के स्वर सुनाई दिये! किसी ने जरा किवाड़ दबाकर झाँका और पीछे हट गया। दो मिनट बाद सेठों जैसे कपड़े पहने एक आदमी भीतर आया और सोफा पर बिलकुल सोमा से सटकर बैठ गया। सोमा घबराकर सरक गई। इस सेठ ने उसे संबोधन किया—"अरे, ऐसा सरमाती हो!" और मुस्करा दिया।

सेठ के चेहरे पर शराब का भारीपन और सुर्खी जान पड़ रही थी। सोमा उसकी ओर देख न सकी परन्तु सेठ के श्वास से विलायती शराब की गन्ध आ रही थी। सेठ ने अपनी बाँह सोमा की कम्र में डालने के लिए उसकी पीठ के पीछे बढ़ा दी। सोमा हाथ भर परे सरक गई। "अरे, बात भी नहीं करोगी, हमने तो बहुत तारीफ सुनी थी!" सेठ मुस्करा दिया।

सोमा ने सिर झुका लिया। वह पसीना-पसीना हो रही थी। सेठ ने जेब में हाथ डाला और सौ रुपये का एक नोट निकाल कर सोमा की गोद में डाल दिया—"ले, बस अब तो ठीक है!"

सोमा ने काँपती हुई उँगलियों से साड़ी की खूँट के धागे बँटते बहुत धीमे स्वर में कहा—'मैं नौकरी की बात करने के लिये आई थी।"

सेठ शायद सोमा की बात नहीं समझा। वह उत्साहित होकर सोमा के शरीर से आ सटा और उसने कुचेष्टा से सोमा का सीना मसल दिया।

सोमा तड़प कर खड़ी हो गई।

कमरे के बन्द दरवाजे पर जोर के धक्के की आहट सुनाई दी और क्रुद्ध ललकार—"हमने पैसा जमा किया, हमारा पैसा फोकट का है?"

सेठ उठ खड़ा हुआ। सोमा के सहसा उठ खड़े होने से नोट फर्श पर गिर पड़ा था। सेठ ने नोट उठा लिया और दरवाजे के समीप जाकर भर्राये स्वर में पूछा, "कौन है?"

"कौन है का बच्चा!" बाहर से बहुत क्रुद्ध ललकार सुनाई दी, "इस नम्बर का पैसा हमने दिया। हमसे पैसा लिया कि बिलकुल नया, शरीफ घर का औरत आया है। बुलाओ अपने सेठ को! साला, धोखा करता है। हमारा पैसा फोकट का है?"

सेठ ने किवाड़ की चिटखनी खोल दी—"लो, लो, तुम अपना पैसा वसूल लो!" कह कर सेठ बाहर निकल गया। बाहर से झगड़े की बात ऊँचे स्वर में और भी साफ सुनाई दी, "......हमने सबसे पहले का पैसा दिया है, अब क्या! हमारे साथ धोखा! सेठ को बुलाओ!"

सोमा भीतर खड़ी काँप रही थी। भीतर के दरवाजे से एक नौकर आया। उसने सोमा को सम्बोधन किया—"बाई, इधर से आओ!"

नौकर सोमा को एक गुसलखाने की राह छज्जे पर ले गया और एक कमरे में से गुजर कर सोमा को जीने से नीचे ले चला। सोमा के पाँव काँप रहे थे। जीना समाप्त होने में न आ रहा था। नौकर ने सोमा को एक छोटे सूने से कमरे में कुर्सी पर बैठा दिया। ऊपर भीषण झगड़ा चल रहा था—'पैसा......पहले फोकट...धोखा......'बेईमानी' आदि शब्द जोर-जोर से और बार-बार सुनाई दे रहे थे।

सोमा दोनों हाथों में सिर थामे सुन्न-सी बैठी थी। बरकत का स्वर भी सुनाई दे रहा था। सोमा समझ न सकी, वह क्या कह रहा था। दूसरे व्यक्ति का क्रोध भरा स्वर सुनाई

दिया—"साले, तुम हमको ठगता है!·····तुम्हारी लाश समुन्दर में फिंकवा देगा!" सोमा की जड़ता कम्पन में बदल गई।

नौकर ने आकर उसे पुकारा—"चलो बाई।"

सोमा बाहर निकली तो बरकत दिखाई दिया। बरकत के चेहरे पर घबराहट और क्रोध दोनों ही दिखाई दिये। उसके साथ एक अपरिचित, दुबला-पतला आदमी कुर्त्ता-धोती पहने था। आदमी ने सोमा को ध्यान से देखा।

बरकत क्रोध से दाँत पीस कर सोमा से बोला—"चलो!"

बरकत के साथ का आदमी भी उनके साथ हो लिया। कुछ कदम चल कर बरकत ने आशंका से कहा—"मालूम नहीं, अब बस भी मिलेगी कि नहीं?"

साथ के आदमी ने उत्तर दिया—"बस इस समय कैसे मिलेगी; ग्यारह कब के बज गये। औरत का साथ है। यह लो, टैक्सी कर लो, अच्छा फिर मिलना।"

युद्ध के दिन, १९४४ का साल था। शत्रु के हवाई जहाज रात में पृथ्वी पर रोशनी देखकर, जगहें पहचान कर बम न फेंक जायें, इसलिये बम्बई में 'ब्लैक-आउट' रहता था। सड़कों पर से बिजली की बत्तियाँ हटा दी गई थीं। दुकानों में भी ढका हुआ धुँधला-सा प्रकाश रहता था। रात में सड़कों पर प्रकाश न होने के कारण लोग-बाग भी बहुत कम निकलते थे। मोटरें भी अपनी लाइट पर कागज लगा कर रोशनी धुँधली किये रहती थीं। बरकत सोमा को लिये सूनी, अँधेरी सड़क पर टैक्सी की तलाश में आगे बढ़ता जा रहा था और दाँत पीस-पीस कर दबे स्वर में धमका रहा था—"घर चल, तुझे ठीक करता हूँ।" अँधेरे में बरकत की यह धमकी सोमा को बिजली से जगमगाते, सोफा से सजे कमरे में, सेठ के प्यार की अपेक्षा कम भयानक लग रही थी।

बरकत को कुछ दूर जाकर टैक्सी मिल गई। गाड़ी में सोमा आँखें मूँदे चुप बैठी थी। बरकत टैक्सी में अपनी बाँहें सीने पर बाँधे, भरा हुआ बैठा रहा। वे लोग भूखों मरने की नौबत परे पहुँचे हुए थे। उसे सोमा पर भरोसा था कि समझदार औरत है, अवसर के अनुसार सब कुछ सम्भाल लेगी। साहब को उँगलियों पर नचाती थी लेकिन उसने वहाँ उलटा नखरा दिखाया। सीधे मुँह बात नहीं की। मादर·····मुझे उल्लू बनाती है। मैं क्या इसका मजदूर हूँ! सरासर बेईमानी और धोखा है।·····वह अपनी कोठरी में पहुँचने की प्रतीक्षा में था।

अपनी खोली में पहुँच कर सोमा का इतने समय से सम्भला धैर्य बह गया। वह फफक-फफक कर रो उठी और मुख आँचल से ढँक कर दीवार से पीठ टेक कर बैठ गई।

बरकत ने क्रोध में आस्तीनें समेट लीं। कमर पर हाथ रख कर सोमा के सामने खड़ा हो गया और दाँत पीस कर बोला—"मैंने तुझे उन लोगों की खातिर करने को कहा था और तूने उनसे सीधे मुँह बात नहीं की?"

सोमा ने चेहरे से आँचल हटा कर भीगी आँखें ऊपर उठाईं—"तुम्हें क्या मालूम, वह क्या कर रहा था!" उसने फिर आँचल से मुँह ढँक लिया और रोने लगी।

सोमा की बगल में पूरे जोर से लात पड़ी और साथ ही दो-तीन थप्पड़ उसके सिर और कंधों पर पड़ गये।

सोमा का हृदय धक से रह गया। उसका रोना बंद हो गया। बरकत क्रोध की झल्लाहट में बकता जा रहा था। "हरामजादी वहाँ उस साहब के बच्चे के सामने टुकड़ों पर टांगे फैलाती थी तो शरम नहीं आती थी।····बड़ी बनी है शरमाने वाली। मादर······ चली है पारसा बनने, हया दिखाने बाप की! सौ का पानी पीकर! साली की····चीर डालूँगा। मेरे सामने बनती है मैं····जैसे हरामजादी को जानता नहीं!"

सोमा मार खाकर सुन्न, घुटने पर सिर रखे निश्चल निर्वाक बैठी रही।

"अब बोलती क्यों नहीं?" बरकत ने एक लात और मारी।

"क्या बोलूँ भाई" दबे स्वर में सोमा ने उत्तर दिया। उसकी रुलाई रुक गई थी, "मैं तो तुम्हारा हाथ पकड़ कर आई हूँ।"

बरकत और भी झल्ला उठा—"आई है बड़ा भाई बनाने वाली। वहाँ तो गले पड़ गई थी कि मुझे ले चल! यहाँ मैं तुझे अपनी हड्डियाँ खिला कर पालने के लिए लाया हूँ? आज······का गरूर तोड़ता हूँ। तू यों सीधी नहीं होगी।"

बरकत खोली के किवाड़ बन्द करके चला गया। सोमा को बाहर से सांकल में ताला लगाने की आहट भी आई। वह शरीर और मस्तिष्क से सुन्न बैठी रही। आधे घण्टे से अधिक उसी प्रकार बैठे रहने पर उसकी चेतना और विचार शक्ति लौटी। एक बात बार-बार मन में उठ रही थी कि वह व्यर्थ ही जीवित रहने का यत्न कर रही है? उसे मझेरा में ही मर जाना चाहिये था, धर्मशाला में मर जाती, नहीं तो लाहौर में मर जाती। उसके साथ सभी ने दगा किया था और अभी जाने क्या होने को था? घुटने पर ठोढ़ी टेके निस्पन्द बैठी वह कुछ सुध में और कुछ स्वप्न में सोचती रही। सह जाने के अतिरिक्त कोई राह नहीं थी। बच नहीं सकती थी। उसकी आँखों से अविरल धारायें बह रही थीं।

किवाड़ की साँकल गिरने की आहट सुनाई दी। सोमा ने आँसू पोछ लिये। समझा, आहट पड़ोस की खोली में भीतर की साँकल खुलने की थी। पड़ोसी मर्द रात की पाली में काम करके मिल से लौटा था। सोमा ने सोचा बरकत भी आता होगा। शायद शराब ढूँढ रहा होगा।

दीवार के परे से मर्दाने गले के गाली देने और धम्म-धम्म मारने और एक स्त्री के रोने की आवाज आई। दो स्त्रियाँ परस्पर गालियाँ देती सुनाई दीं। जवान स्त्री बूढ़ी को झूठी चुगली खाने के लिये गाली देकर कोस रही थी। बुढ़िया उत्तर में उस पर छिनाल होने का लांछन लगा रही थी। मर्द सिर काट लेने की धमकी दे रहा था।

पड़ोस की खोली में सन्नाटा हो गया। बरकत नहीं लौटा था। गहरी साँस लेकर सोमा ने सोचा, उधर छिनाल होने के कारण मार पड़ रही है इधर छिनाल बनाने के लिये मार पड़ रही है। सोमा को धर्मशाला में धनसिंह के हाथों खाई मार याद आ गई। उस मार की स्मृति बड़े गर्व की थी। धनसिंह ने उसे मारा था।······उसी बात पर तो उसने दो कत्ल कर दिये थे, अपनी उम्र बरबाद कर दी। मर्द जिसे अपनी औरत समझता है, उस पर दूसरे की नजर नहीं सह सकता। बरकत मुझे रंडी बना कर बेचने के लिये लाया है। उसकी अपनी औरत की ओर कोई देखे तो मरने-मारने के लिये तैयार हो जायगा।

सोमा ने अपनी प्रतारणा की, रोने से क्या लाभ?·····कौन सुनेगा तेरा रोना? उसे ध्यान आया—वह कह गया है, तेरा मिजाज आज तोड़ूँगा। शराब पीने ही गया होगा। साहब भी शराब पी कर बहुत रंग में आ जाता था, कैसी-कैसी बातें करता था! सोमा को

उस स्मृति से घृणा हुई। बरकत के शराब पीकर धमकी पूरी करने के इरादे से भी ग्लानि और घृणा हुई। फिर ख्याल आया, बरकत यदि उसे अपनी स्त्री समझेगा तो रंडी बना कर तो नहीं बेचेगा! सैकड़ों के हाथ पड़ने से तो कोई बुरे से बुरा एक आदमी भला। एक मर्द की आड़ तो जरूरी थी। मर्द की आड़ बिना औरत कैसे रहे। सोमा को पड़ोस की खोली में अपने मर्द से मार खाने वाली औरत से ईर्ष्या होने लगी।

सोमा को अपनी खोली के ताले में कुंजी घूमने की आहट सुनाई दी। बरकत आया और साथ ही सस्ती शराब की तीखी, दिल मचलाने वाली गंध आई। उसके कदम लड़खड़ा रहे थे। सोमा को उसका मिजाज तोड़ने की धमकी याद आई। मन घृणा से भर गया परन्तु साथ ही सोचा—यदि यह सह कर भी वह रंडी बनाई जाने से बच कर घरवाली बन सके?

बरकत के होंठ नशे की विवशता में फैले हुए थे। वह सोमा की बगल में गिर सा पड़ा—"अब बोल!" कठिनता से उसने कहा और सोमा की बाँह पकड़ ली।

सोमा ने मन की घृणा दबा कर कुछ सिमटते हुए मुस्कराकर उत्तर दिया—"तुम्हारे साथ ही तो आई हूँ।" वह निर्विरोध मुस्कराते हुए मर जाने के लिये तैयार हो गई।

बरकत जड़ से उखड़े हुए पेड़ की तरह लुढ़क गया। सोमा को ऐसी ग्लानि हो रही थी कि नाबदान में डूब रही हो। वह उठ कर दीवार के सहारे बैठ गई। गहरी साँस ली, यह भी सही।......आखिर अन्त तो हुआ। वह वैसे ही बैठी रही।

सुबह के सन्नाटे में मंजिल के साझे गुसलखाने में नल से पानी की धार गिरने की आहट सुनाई दी। सोमा उठ कर नहाने चली गई। नहा कर वह फ़िर दीवार से पीठ सटा कर बैठ गई। समीप शराब से गंधाता, धीमे-धीमे खर्राटे लेते बरकत का शरीर पड़ा था। सोमा को उससे घृणा हो रही थी परन्तु अब वही उसका सहारा और सर्वस्व था। सोमा की इच्छा हुई, मर जाय। सोचा—मरना था तो पहले मरती, धनसिंह के चले जाने के दिन ही।

दिन काफी चढ़ जाने पर सोमा ने चाय तैयार करके बरकत को पुकारा। उसकी नींद न टूटी तो वह फिर दीवार के सहारे बैठ गई। बरकत दोपहर में उठा। उठते ही उसने जोर से सिर दर्द होने की शिकायत की। सोमा ने फिर से चाय गरम कर एक प्याला उसे देकर कहा—"सिर में दर्द है तो चार पैसे दो, पड़ोसिन के लड़के से सिर दर्द की गोली मँगवा दूँ।"

बरकत शरीर को मैले चादर में ढँकते हुए उठा। "किस मादर......" गाली देकर वह बोला, "किस मादर.....के पास अब अफीम की गोली के लिये भी चार पैसे बचे हैं। तू मुझे ऐसे खायेगी, वैसे भी खायेगी। कल उस हरामी से बात बनी थी। मादर.......तूने दुलत्ती न मार दी होती तो इस वक्त जेब में बीस-पच्चीस रुपये होते। बहन.....मुझे क्या मालूम था, तू इतनी ठग है? ऐसा ही मिजाज है तो तू अपनी राह देख! हमारा क्या है; हम आज जाकर फौज में भरती हो जायेंगे। रोटी-कपड़ा सरकार देगी। सड़क पर हाथ पसारती फिरना। तब पारसाई का मजा आयेगा!"

सोमा ने भय से काँप कर आँखें मूँद लीं। उसने सोचा था, इतना गिर जाने के बाद तो उसके पाँव धरती पर टिक गये हैं परन्तु वह उसका भ्रम था। उसने बरकत से आँखें मिलाकर दृढ़ स्वर में कहा—"खैर जो हो गया, हो गया; अब सही।"

बरकत नरम पड़ गया—"सम्भाल लेगी तो मलका बन जायेगी, लोग तेरे कदम चूमेंगे। तुझ पर अशर्फियाँ लुटायेंगे। आखिर तेरा यह हुस्न टुकड़ों पर बिकने की चीज है? तू तो बेवकूफ है। या तो साले साहब को ही ऐसा काबू किया होता कि उससे चालीस-पचास हजार ऐंठ लेती। अलग कोठी लेकर रहती। अब यहाँ भी वैसी ही बेवकूफी करेगी तो क्या होगा? अमाँ फूल का क्या है, मेज पर रख दो गुलदस्ता; धरती पर गिर पड़ा तो कूड़ा; तू तो पढ़ी-लिखी है। यहाँ हजारों गधियाँ कमा रही हैं। अब तो जमाना ही औरत का आ गया है। समझ ले, तेरी बदौलत हम भी रोजी पा जायेंगे। यह तो मौका मिलने की बात है। वह साला बनवारी जीवा भाई की ड्राइवरी करता था। सेठ ने डायरेक्टर से कह दिया तो अब साला डायलाग लिखता है, मजाकिया पारट करता और हजार रुपया पीट लेता है। साले की बगल में जब देखो नयी औरत और विलायती शराब की बोतल! डायरेक्टर की नाक का बाल बना हुआ है साला। बस यह है कि गिट-पिट मार लेता है। उसे तो जब चाहूँ, बुला लाऊँ; साथ का पीने वाला था।"

× × ×

बरकत अपने सभी परिचितों से थोड़ा बहुत उधार ले चुका था। उधार लौटा सकने का कोई मौका न था। वह इस अवस्था में पहुँच चुका था कि निर्लज्जता ही उसका सहारा थी। पिछली रात बनवारी ने बरकत को 'फुलमून' होटल में परेशानी में देखा था। वह एक स्त्री की भलमनसाहत के कारण संकट में पड़ गया था और 'ब्लैक आउट' में स्त्री को लेकर छः मील पैदल चलने के लिये विवश था। बनवारी को स्त्री के प्रति दया आ गई। बरकत ने पहला उधार नहीं लौटाया था, तिस पर भी, बनवारी ने उसे दस रुपये दे दिये थे।

बरकत बनवारी के सौजन्य से उत्साहित होकर, विवशता में, दोपहर बाद फिर दारेफैज स्टूडियो में बनवारी से मिलने अंधेरी गया। बनवारी ने उसे देखते ही पूछ लिया—"उसी औरत को फिल्म में रखाने को कहते थे? दोस्त, वह कहीं डायरेक्टर के ही चप्पल जमा दे तो?" और उसने मजाक किया, "वाह, मियाँ, घोड़ी को रास किये बिना ही सवारी के लिये ले आये; ऐसी उतावली? निपट अनाड़ी हो! किसी के करारी दुलत्ती तो नहीं जमा दी उसने?"

बरकत ने मूँछ ऐंठ कर कहा—"उस्ताद, कोई लद्दू टट्टू तो है नहीं। पानीदार घोड़ी तो सवार की रान पहचान लेती है।"

"हम भी देखें?" बनवारी ने आँख मार कर पूछा।

"भई, तुमसे तो हमने पहले ही कहा था। तुम समझदार, पढ़े-लिखे आदमी हो, साहिबे कलम हो।"

"आयेंगे।" बनवारी ने कहा और बरकत के माँगने पर उसे पाँच रुपये और दे दिये। उस दिन संध्या समय दारेफैज में शूटिंग नहीं था। बनवारी भूल न जाय, इस आशंका से बरकत स्टूडियो के बाहर प्रतीक्षा करता रहा। बनवारी बाहर निकला तो बरकत ने याद दिलाया, "चलते हो?"

अंधेरा हो गया था, चालों में रोशनियाँ जल चुकी थीं। सोमा ने दाल, चावल राँध कर एक ओर रख दिये थे और फर्श पर दरी बिछा कर लेटी हुई थी। बरकत एक आदमी

को साथ लिए पहुँचा। सोमा ने उन लोगों के लिये दरी छोड़ दी और दीवार से पीठ टिका कर एक ओर बैठ गई।

बरकत ने परिचय कराया—"यह हमारे पंजाबी दोस्त हैं। सिनेमा का डायलाग लिखते हैं, बहुत इलमदार आदमी हैं। इनको फिल्मों के डायरेक्टर और मालिक लोग बहुत मानते हैं।"

बनवारी सोमा के उदास चेहरे की ओर देख रहा था। उसने भाँप लिया, सोमा बरकत का अभिप्राय समझ कर, इच्छा न होने पर भी उसके स्वागत में मुस्कराने का यत्न कर रही थी।

बरकत, बनवारी की योग्यता और प्रभाव का बखान किये जा रहा था। बरकत को चुप कराने के लिये बनवारी उसके मुँह के सामने हाथ करके पंजाबी में बोला—"बस बस, बहुत बक लिया, अब रहने दे!"

"इनके लिये चाय बनाओ।" बरकत ने कहा, "अपने वतन के आदमी हैं।" वह फिर बनवारी की प्रशंसा करने लगा।

बनवारी ने चाय के लिये इनकार कर दिया और दूसरी बातें करने लगा। बरकत ने सोमा को सावधान किया—"अच्छा, मैं इनके लिये कुछ फल-वल ले आऊँ, तुम चाय तैयार करो! ठीक से, समझ गयी!"

बनवारी ने बरकत का हाथ पकड़ कर उसे रोकने की चेष्टा की परन्तु बरकत—"यह कैसे हो सकता है?" कह कर चला गया।

सोमा के चेहरे पर उदासी की छाप बनवारी की आँख से छिपी न रही। उसने सहानुभूति में परन्तु बेतकल्लुफी से सोमा को पंजाबी में सम्बोधन किया—"जान पड़ता है, आपको बम्बई आये अभी अधिक दिन नहीं हुए?"

"थोड़े दिन हुए हैं।" सोमा ने मुस्कराने का यत्न किया।

बनवारी ने कहा—"अपनी तरफ के लोगों को यहाँ का हवा-पानी ठीक नहीं बैठता। खुराक भी ऐसी ही मिलती है। बहुत दुबला गयी लगती हैं?"

बनवारी के व्यवहार से सोमा ने मुस्कराने की आवश्यकता नहीं समझी और उसकी ओर देख कर चुप रह गयी। बनवारी ने दीवार से पीठ सटा ली और पूछ लिया—"क्या यह आदमी आपके यहाँ नौकर था?"

सोमा ने बनवारी के अनुमान से सहम कर उसकी ओर देखा और उत्तर न देकर सिर झुका लिया।

बनवारी—"सिनेमा में काम करना चाहती हैं?"

सोमा ने मुस्कराहट से उत्तर दिया—"जी।"

बनवारी अनुभव कर रहा था कि वह स्त्री अपने हृदय के दुख को पूरे यत्न से छिपा रही थी। बनवारी आराम के लिये दीवार के सहारे और नीचे खिसक, सिगरेट से लम्बा कश खींच कर बोला—"सिनेमा बहुत भले लोगों की जगह नहीं है पर दूसरी तरह की बरबादी से बहुत अच्छी है। दुनिया में नेक बने रहना बहुत मुश्किल है, आदमी मिट जाता है।" उसने समाप्त सिगरेट फेंक दिया, "अच्छा मैं चलूँ, बरकत तो जाने कब आयेगा।"

सोमा अपनी उदासी से जागी। सोचा, मेहमान की खातिर तो कुछ भी नहीं हुई। यह भी अनुभव किया, बरकत की अपेक्षा उस आदमी का खोली में रहना कहीं अधिक निरापद और सांत्वना का कारण था। सोमा ने कहा—"नहीं, जरा तो बैठिये, मैं चाय बनाती हूँ।"

"नहीं-नहीं!" बनवारी ने हाथ हिला कर इनकार किया, "चाय मैं इस समय नहीं पियूँगा। रहने दो, चिन्ता न करो। हाँ एक बात है, सिनेमा में जाओगी तो वहाँ अपने आपको क्या बताओगी? दुनिया में एक आदमी की आड़ होना अच्छा रहता है, यह सोच लेना।" बनवारी उठ खड़ा हुआ।

सोमा ने कातर स्वर में अनुरोध किया—"कुछ देर तो बैठिये। चाय जरूर पीजिये, दो मिनट में बन जायेगी।" सोमा को कई दिन बाद एक आदमी मिला था जिसे वह सज्जन समझ सकी थी।

सोमा के स्वर की कातरता से बनवारी फिर बैठ गया, सोमा चाय बनाने लगी। चाय की प्याली बनवारी के सामने रख कर वह एक ओर सिमिट कर बैठ गयी और सिर झुकाये ही साहस करके पूछा—"मुझसे सिनेमा का काम हो जायेगा?"

"करोगी तो सब हो जायेगा।" बनवारी ने उत्तर दिया, "जो आदमी दिल रोता रहने पर भी मुस्करा सकता है, वह सिनेमा का काम बहुत अच्छा कर सकता है।"

बनवारी ने चय पीकर उठने से पहले कहा—"सुनिये, आप मुसीबत में हैं बरकत को मैं जानता हूँ, आदमी अच्छा नहीं है। यह दो नोट रख लीजिये अपने पास।"

बनवारी ने दस-दस रुपये के दो नोट जेब से निकाल कर सोमा के सामने डाल दिये—"बरकत तुम्हें भूखा भी मार सकता है, वह सब कुछ कर सकता है। कोई भी जरूरत पड़ सकती है। दुनिया में रुपये का बड़ा सहारा होता है। ऐसे रखिये कि बरकत देख न पाये। अब चलता हूँ।"

सोमा ने नोटों को छुआ नहीं। इनकार भी नहीं किया।

बनवारी चला गया तो सोमा आँचल में मुँह छिपा कर रो पड़ी, खूब रोयी, फिर उसने नोटों को उठा कर छिपा लिया। सोच रही थी, अगर यही भला आदमी मुझे आड़ दे दे तो अब भी बच जाऊँ। बनवारी चाल से कुछ कदम ही गया था कि बरकत मिल गया। बरकत की उत्सकुत भाँप कर बनवारी ने उसका हाथ पकड़ कर कहा, "दोस्त, बड़े जोर का माल लाये हो! पीछे-पीछे वारंट तो नहीं आ रहे हैं?"

"उस्ताद, तुम एतबार रखो!" बरकत ने सिर हिला दिया, "कुछ काम दिलाते हो!"

बनवारी ने एक सिगरेट बरकत को दी और दूसरी स्वयं लगा ली। सोच कर उत्तर दिया—"सुबह ग्यारह बजे स्टूडियो में आ जाना, कुछ सोचेंगे।

× × ×

सिनेमा जगत में बनवारी की अच्छी साख थी। वह आवारापन और सूझ दोनों के लिये ही प्रसिद्ध था। आयु उसकी कम न थी और अपनी आयु से अधिक भी जान पड़ता था। वह जीवन के दूसरे क्षेत्रों और सिनेमा जगत के बहुत से पापड़ बेल चुका था।

बनवारी ने १९१९ के सत्याग्रह असहयोग आन्दोलन में सैकड़ों दूसरे विद्यार्थियों की तरह कालेज छोड़ दिया था और देश की स्वतन्त्रता के लिये राजनैतिक संघर्ष में

स्वयंसेवक बन गया था। कुछ दिन बाद कांग्रेसी नेताओं ने असहयोग को सहयोग का रूप दे दिया। कांग्रेस युद्ध के मोर्चे के बजाय वैधानिक आन्दोलन बन गयी और अवैतनिक स्वयंसेवक सिपाहियों की आवश्यकता नहीं रही। समय और रुपया खर्च कर सकने वाले कार्यकर्त्ताओं का ही महत्व रह गया।

बनवारी के परिवार की आर्थिक स्थिति अच्छी न थी। उसने निर्वाह के लिये पत्रों के कार्यालयों में नौकरी की। पत्रों में वह अपनी इच्छा से लिख न सकता था। आवश्यकता भर पैसा भी न मिलता था। वह अपने कुचले हुए जीवन से असंतुष्ट था। वह आर्थिक स्थिति से निम्न मध्यम श्रेणी में था परन्तु विचारों से उच्च वर्ग में रहता था। लेखक होने के नाते सम्पन्न परिवारों में भी उसका आना-जाना हो जाता था।

बनवारी ने अपनी चतुरता का भरोसा किया था और धोखा खाया था। वह एक सम्पन्न परिवार की सुशिक्षित विधवा से प्रेम करने लगा था। सम्पन्न विधवा ने उसके प्रेम को स्वीकार किया परन्तु उसके साथ जीवन का सम्बन्ध बाँध लेना स्वीकार न किया। उस प्रेम ने एक झगड़े का रूप ले लिया। प्रेम का मोहक आवरण उनके जीवन की वास्तविकता को छिपा रहा था परन्तु झगड़े ने उस विषमता को स्पष्ट कर दिया। बनवारी विचारों, कल्पनाओं से मानसिक संतोष अनुभव कर रहा था परन्तु जीवन के भौतिक सामर्थ्य और सफलता के तराजू पर उसका वजन कुछ भी न था। बनवारी को यह सत्य स्वीकार करना पड़ा। जीवन का नया अध्याय आरम्भ करने के लिये वह लाहौर छोड़ कर बम्बई चला गया था।

बनवारी जीवन के साधनों और सामर्थ्य के तराजू पर हल्का उतरा था परन्तु उसे अपनी कला के सामर्थ्य का भरोसा था। उसने कला के सबसे प्रकांड क्षेत्र सिनेमा के व्यवसाय में स्थान पाने का यत्न किया। वह अपनी कलापूर्ण कहानियाँ बगल में दबा कर सिनेमा व्यवसाय के ठेकेदारों के यहाँ घूमता रहा। कला के व्यवसायी और इंजीनियर उसके भोलेपन पर मुस्करा देते थे। एक अज्ञानी प्रतिभा की सूझ पर पाँच-दस लाख रुपये का दाँव त्याग देने की मूर्खता कौन करता?

बनवारी के भूखे रहने की नौबत आ गयी पर उनका आत्म-सम्मान और बौद्धिक अहंकार बना था। उसने निश्चय किया, अपनी कला बेचने की अपेक्षा वह अपने शरीर का श्रम बेचेगा। उसने अपने आपको अशिक्षित बता कर चपरासी की नौकरी कर ली परन्तु उसे निबाह न सका। उसे निरन्तर ज्वर रहने लगा, खाँसी आने लगी। आईने में अपना चेहरा देख कर स्वयं अपने ऊपर तरस आने लगा। उसे मानना पड़ा, उसकी बुद्धि, कल्पना और मन का सन्तोष शरीर की परिस्थितियों की उपेक्षा नहीं कर सकता। आवश्यक भोजन-वस्त्र और कुछ पढ़े-लिखे बिना वह जिन्दा नहीं रह सकता।

बनवारी ने सोचा वह एक्सट्रा-एक्टर ही बन जाये। इसके लिए भी उसकी योग्यता के परिचय की आवश्यकता थी। उसने अपने अनुभव से विवश होकर स्वीकार कर लिया कि सिनेमा के क्षेत्र में खुशामद में बड़ी योग्यता दूसरी नहीं है। वह एक्सट्रा की एजेन्सी करने वाले मोतीराम की मार्फत एक फिल्म में सेना का कैम्प दिखाने के लिए इकट्ठी की गयी भीड़ में शामिल होकर स्टूडियो में गया था।

बनवारी ने आत्मसम्मान का अहंकार छोड़ कर डायरेक्टर साहब का खिलौना बन जाने में, अपनी क्षुद्रता की तुलना से डायरेक्टर साहब की महत्ता दिखाने में अपनी प्रतिभा

दिखायी। वह डायरेक्टर को पसन्द आ गया। बनवारी स्टूडियो में मूर्ख का अभिनय करने लगा। दूसरे की मूर्खता देख कर दर्शकों को अपनी बुद्धिमानी के अहंकार का संतोष होता है। बनवारी के इस काम का बहुत मूल्य समझा गया।

बनवारी चमक गया। अब सिनेमा क्षेत्र में उसका मंत्र था, तुम क्या चाहते हो...जो कहो, मैं बनकर दिखा सकता हूँ। बनवारी मजाकिया एक्टिंग के साथ-साथ मजाकिया डायलाग भी सुझाने लगा। डायरेक्टर के सामने वह अपनी बात सदा उनकी ही सूझ के रूप में रखता था। यदि डायरेक्टर कोई बेतुकी बात कह देते तो वह उत्साह से उनका समर्थन करता। डायरेक्टर मिस्टर महंत उसे अपना दाहिना हाथ मानने लगे। बनवारी कला के प्रति भक्ति और सच्चाई का अहंकार छोड़ चुका था। अब उसके लिए वही चीज कला की थी जो उसे जीविका दे सकती थी। पहले वह अपने आपको कलाकार समझता था, अब वह अपने आपको कलाबाज कहने लगा।

दारेफैज कम्पनी में 'जलता घोंसला' फिल्म बन रही थी। फिल्म की कहानी डायरेक्टर साहब की सूझ से, दो खूब सफल अंग्रेजी फिल्मों के प्लाट के मिश्रण का भारतीय संस्करण करके गढ़ी गयी थी। नाच-गाना उसमें भरपूर था। डायरेक्टर साहब 'सोशल हिट' तैयार कर रहे थे। फिल्म में घरेलू जीवन के रहस्यपूर्ण दृश्य दिये जा रहे थे। आधी फिल्म का शूटिंग हो चुका था, शेष कहानी अभी डायरेक्टर साहब या बनवारी के मस्तिष्क में ही थी।

फिल्म में दृश्य बनाया जा रहा था कि नायक अपनी साली के विवाह में ससुराल जाता है और वहाँ नायिका की एक सहेली के रूप पर मुग्ध हो जाता है। नायिका मणि के लिए डायरेक्टर महन्त ने मँजी हुई एक्ट्रेस चन्द्रा को चुना था। नायिका की बहिन के सीन अधिक नहीं थे। इस पार्ट के लिए उन्होंने गोमती से दो हजार पर ठेका कर लिया था। वह तीन दिन रिहर्सल कर गई थी पर ड्रेस रिहर्सल के दिन नहीं आई। नायिका की सहेली का पार्ट रहीमा कर रही थी, उसका भी ठेका था। गोमती और रहीमा दोनों कई जगह थोड़ा-थोड़ा समय काम करती थी। गोमती के न आने से कम्पनी को तो नुकसान था ही, उस सेट के दूसरे सब एक्टरों और स्टूडियो का किराया व्यर्थ सिर पड़ रहा था परन्तु रहीमा को भी नुकसान था। उसे 'आर्केट' कम्पनी वाले दो गानों के लिये बुला रहे थे। उसने दारेफैज ने अपने ठेके का ख्याल करके उन्हें इनकार कर दिया था। रहीमा ने डायरेक्टर से चुगली कर दी, गोमती आपके यहाँ नहीं आई, वह आर्केट में गई है।

डायरेकटर महन्त को एक्ट्रेस की इस बेईमानी पर क्रोध आ गया। आर्केट वाले दारेफैज को नुकसान पहुँचाने की अन्य भी हरकतें कर चुके थे। बनवारी ने अवसर देख कर डायरेक्टर महन्त से कहा—"सुना है, गोमती को बीमारी लग गई है, गरीब हकीमों के यहाँ घूमती फिरती है। पर दो दिन में उसके चेहरे पर छाले फूट आयेंगे तो कमबख्त का मेकअप कैसे होगा? हुजूर, उसकी आवाज में कितना फर्क आ गया है। हुजूर जो बात चाहते थे, वह तो उसमें रही नहीं।"

महन्त ने अपना सिगरेट केस बनवारी की ओर बढ़ा कर पूछा—"यानि?"

बनवारी ने सिगरेट लेते हुए कहा—"हुजूर, गोमती असिता बनी है। वह ऐसी तो जँचती नहीं कि मणि यानि चन्द्रा के मुकाबले में हीरो का दिल छीन ले, यानि कि पब्लिक का दिल थाम ले। आप उसका मेकअप कुछ और सोच डालिये! 'साइलेंट लार्क' में

'विनसत' में 'डोरा' काफी ज्यादा हसीन है। एक्टिंग चाहे अच्छा न हो, शक्ल में तो पकड़ हो।''

''हूँ!'' महन्त सिगरेट के धुएँ से चरचराती आँखें सिकोड़ कर सोचने लगा।

''हुजूर, कल एक औरत देखी है। स्टेज पर आ जाय और आपका डायरेक्शन हो तो 'जलता घोंसला' सब फिल्मों को मात दे दे। औरत जहीन भी काफी है, बिलकुल 'साइलेंट लार्क' (खामोश बुलबुल)। आपके डायरेक्शन को समझेगी भी खूब। हुक्म हो तो बुलवा कर देखा जाय। गोमती की रिहर्सल भी कौन पूरी हो गई है। हुजूर, एकाध नया चेहरा भी तो आना चाहिये!''

महन्त ने कुर्सी की पीठ का सहारा लेकर कहा—''अभी आ सकेगी, बुलवा लो। फैसला करो।''

× × ×

सोमा सिनेमा कम्पनी की मोटर में महीम से अँधेरी आ रही थी। बरकत उसकी बगल में बैठकर अनुनय में नसीहत कर रहा था—''......बड़ी मुश्किल से यह मौका हाथ आया है। इस वक्त सम्भाल लोगी तो जिन्दगी सम्भल जायेगी।''

सोमा दाँत दबाये बरकत से आँखें चुराये सोचती जा रही थी—तुझसे बचने के लिए तो मैं कुएँ में कूदने के लिए तैयार हूँ। अब रह ही क्या गया है, जिसके लिए डरूँगी? कल वाला वह भला आदमी जरा सहारा दे दे। परमेश्वर करे वह वहाँ हो!

स्टूडियो में सबसे पहले बनवारी ही उसे मिला। उसने सांत्वना दी—''घबराना नहीं किसी बात से।''

सोमा कुएँ में कूदने का साहस बाँध कर आई थी। उसे जान पड़ा यह आदमी हाथ का सहारा देकर कुएँ पर से पार कूद जाने में सहायता देगा। डायरेक्टर ने बिना किसी संकोच के उसके चेहरे को गहरी निगाह से घूर कर देखा। सोमा उस निगाह से संकुचित न हुई जैसे अपरिचित डाक्टर के सामने कपड़ा हटाने से कुछ नहीं होता।

डायरेक्टर ने उसके माथे, नाक, आँखें, होंठ, गाल, ठोड़ी, सब पर तेज निगाह डाली और बनवारी की ओर घूम कर गम्भीरता से कहा—''नॉट बैड'' (बुरी नहीं है); जैसे किसी औजार को परख रहा हो, ''कैन शी स्पीक (बोल लेगी)।''

डायरेक्टर ने सोमा को सम्बोधन किया—''रास्ते में आपको तकलीफ तो नहीं हुई?''

सोमा ने बेमालूम इशारे से सिर हिला कर पलकें झपक कर धन्यवाद सहित इनकार कर दिया।

महन्त मर्मज्ञ के स्वर में बनवारी की ओर देख कर अंग्रेजी में बोला—''यह तो आँख से बात करती है। आँखें खूब हैं।''

बनवारी ने अंग्रेजी में समर्थन किया—''इसकी अदा के साथ 'चम्पा एंड पार्टी' का बैकग्राउन्ड म्यूजिक जुड़ जाय तो 'जलता घोंसला' बम्बई में एक बरस चले।''

सोमा को रिहर्सल के लिए स्टूडियो में बुलाया। वहाँ आठ और स्त्रियों को भी देख कर सोमा को भरोसा हुआ परन्तु यह समझते देर न लगी कि उन स्त्रियों की आँखों में सहानुभूति नहीं, ईर्ष्या थी।

मेकअप रूम में ले जाकर सोमा के कपड़े बदलाये गये और उसके चेहरे को रंग लगा कर नये ढंग से सँवारा गया। फोटोग्राफर ने लेंस ले उसके चेहरे को समीप से देखा कि कैमरे के चित्र में त्वचा कैसी आयेगी।

स्टेज पर स्त्रियाँ दुल्हन को घेर कर गीत गाने के लिए बैठी हुई थीं। सोमा को भी उनके साथ बैठाया गया। डायरेक्टर हाथ भर की छड़ी से इशारे कर के सब लोगों को हुक्म दे रहा था। सोमा को दुल्हन के समीप बैठाया गया। नायक एक खिड़की से झाँक रहा था।

डायरेक्टर ने सोमा को सम्बोधन किया—"देखिये!" और दुल्हन की ओर छड़ी से संकेत किया, "इनकी ठोड़ी छूकर कहिये—हाय, इन्ननी उदास क्यों हो?"

सोमा ने हुक्म पूरा किया।

डायरेक्टर ने कहा—"जरा ऊँचा बोलो।"

सोमा ने ऊँचे स्वर में दोहराया।

डायरेक्टर ने छड़ी अपनी जाँघ पर मार कर हुक्म दिया—"मुस्कराकर!"

सोमा ने यत्न किया पर डायरेक्टर को संतोष नहीं हुआ। साथ बैठी स्त्रियाँ सोमा की असफलता पर मुस्करा दीं।

बनवारी ने रूखे स्वर में टोका—'बीबी जी, यहाँ मुस्कराने के दाम दिये जाते हैं, शर्माने के नहीं!"

सोमा ने एक बार पलक झपक कर मुस्कराने का यत्न किया और मुस्करा कर दिखा दिया।

डायरेक्टर गुणग्राही था। "गुड!" तारीफ में हाथ उठा उसने शाबाशी दी। कैमरामैन को सम्बोधन किया, "घुरघुरे, याद रहे, यहाँ क्लोजअप होगा!"

डायलाग डायरेक्टर के बताने से दुल्हन आँसू भरे स्वर में बोली—"बहिन, तुम लोगों के साथ बचपन बीत है, तुम लोगों को छोड़ कर जा रही हूँ।"

सोमा से मुस्कराकर कहलाया गया—"अभी ऐसा कह रही हो, वक्त आयगा कि हम लोग तुम्हारी खबर को तरसेंगी और तुम्हें खत लिखने की फुर्सत न होगी।"

सोमा ने आदेश पूरा किया।

बनवारी ने टोका—"वक्त नहीं वक्त बोलो!" साथ की स्त्रियाँ हँस दीं। सोमा को कई दूसरे शब्दों—'इंनजार' को 'इंतज़ार', 'सबर' को 'सब्र', 'बशक' को 'बेशक' बोलने के लिए कहा गया। दूसरी स्त्रियाँ हर बार हँस देतीं परन्तु सोमा उस हँसी की उपेक्षा कर जाती।

पहले ही दिन कानों-कान बात फैल गई कि औरत पंजाब के पहाड़ों से आई है। उसका नाम पहाड़न पड़ गया।

सोमा दूसरे दिन बरकत के साथ समय पर स्टूडियो पहुँच गई। देखा, झगड़ा हो रहा था। जीवा भाई नाराजगी से कह रहा था—"एक्टर-एक्ट्रेस लाने का ठेका आपने हमें दिया है तो आप खुद एक्ट्रेस कैसे ला सकते हैं। गोमती नहीं आ रही थी तो आप हमें खबर देते। हम आप की जरूरत के मुताबिक दूसरी एक्ट्रेस सप्लाई करते। जो औरत आपने रखी है, उसके लिये हम उसके आदमी को पेशगी दे चुके हैं।"

जीवा भाई ने क्रोध से बरकत की नाक के सामने उँगली उठा कर चुनौती दी—"तुम बोलो, तुमने हमसे इसके दस रुपये एडवांस लिये कि नहीं?"

बरकत साफ इनकार कर गया। जीवा भाई ने इस बेईमानी पर बहुत गालियाँ दीं। जीवा भाई ने बनवारी से गवाही माँगी—"तुम बोलो जी; तुमने उस रात औरत को हमारे होटल में देखा था कि नहीं····वो हमारी आसामी है। हमारे आदमी को आप सीधे कैसे काम पर लगा सकते हैं? हमारा कमीशन कहाँ जायेगा? यह बिजनेस है कि डकैती है!"

बनवारी ने देखा जीवा भाई अपने कमीशन के लिये सोमा की फजीहत कर डालेगा। बनवारी जीवा भाई को बाँह से पकड़ कर एक ओर ले गया। जीवा भाई तैश में आ रहा था—"जब पचास औरत की जरूरत हो तब हम परेशान हों और जब आपको कोई औरत पसन्द आ जाये, आप हमारी आसामी उड़ा लें! यह बिजनेस है! वह हमारी आसामी है, हम चाहे उसे स्टेज पर भेजें, चाहे दूसरे काम में। आप हमारा बिजनेस बिगाड़ेंगे तो हम आपकी मदद कैसे करेंगे? सिनेमा वाले एजेंसी के बिना फिल्म बनाना चाहते हैं तो बनायें! हम एजेंसी खत्म किये देते हैं। कल आप कहेंगे, एक्टर हमारा पैसा मार कर ले गया तो हम जिम्मेदार नहीं, समझ लीजिये!"

बनवारी ने समझाया—"सेठ, तुम कारोबारी आदमी हो। अक्खड़पने में क्या रखा है? एक चिड़िया जाल से उड़ ही गई तो क्या; जाल को तोड़ डालोगे? और सैकड़ों फँसेंगे! यह औरत तुम्हारे बस की नहीं है।"

"हमने सैकड़ों ऐसी माँ······बेच डालीं!" सेठ ने मूँछ पर हाथ रखा।

"होगा।" बनवारी ने धीमे से कहा, "डायरेक्टर महन्त को यह औरत बहुत पसन्द है! खुद उसी ने बुलवाया है। उससे बिगाड़ क्यों करते हो! दूसरी जगह कसर निकल जायेगी। हमारी बात मानो।"

सोमा टाट की दीवार के पीछे से यह सुन कर काँप रही थी।

पहाड़न डायरेक्टर महंत की आशा से तेज निकली। वह जी जान से सब कुछ ठीक ढंग से कर पाने कर यत्न कर रही थी। संध्या समय फुर्सत होने पर बनवारी बरकत को सलाह देकर पहाड़न को प्रायः सिनेमा ले जाता। एक्ट्रेसों के भिन्न-भिन्न प्रकार के व्यवहारों की ओर संकेत करके पूछता—"क्या समझीं?·······कैसा रहा! तुम ऐसा नहीं कर सकती?"

सोमा ने लाहौर में मनोरमा और भाभी जी के साथ कई बार सिनेमा देखा था। सिनेमा उसे अच्छा लगता था। लेकिन वह एक्ट्रेसों का व्यवहार देखकर सोचती थी—हाय कैसी हैं यह लोग! सबको दिखा कर ऐसा करती हैं। इन्हें शरम नहीं आती? अब वह सोचती, यह तो मैं भी कर सकती हूँ·······बनवारी और बरकत भी विश्वास दिलाते, तुम्हारे लिये कुछ कठिन नहीं! दो फिल्मों में अच्छी तरह काम कर लो, फिर सिनेमा वाले तुम्हारी खुशामद करते फिरेंगे। वे उसे मधु, चन्द्रा, हेमा और बालो की बातें सुनाते, कितने-कितने हजार रुपये महीने वे कमा रही थीं।

बनवारी ने एक फिल्म में पहाड़न को देहाती नाच दिखाकर पूछा—"तुम नहीं ऐसा नाच लोगी?"

पहाड़न ने स्वीकार दिया, सिखाने से नाच लेगी। वह गाने के लिये भी तैयार थी, सब कुछ करने के लिए आतुर थी।

पहाड़न को केवल तीन सीन के लिये बुलाया गया था। आरम्भ में कहानी यों बनाई गई थी—नायक, रेणु (पहाड़न) पर मुग्ध होकर उसके प्रेम में अपनी पत्नी की उपेक्षा करेगा और नायिका अपनी बहिन रेणु को विष देकर मार डालेगी। फिर जासूसी प्लाट चलेगा परन्तु पहाड़न की सफलता देखी तो डायरेक्टर ने उसे स्क्रीन पर कुछ और समय रखना उचित समझा उसके रूप से लाभ उठाने के लिये कहानी में दो सीन और जोड़ लिये। बनवारी यू०पी० में प्रचलित 'खोड़िया' का एक गाना कहीं से लिख लाया। उसने डायरेक्टर को सुझाया—हुजूर, इस पर पहाड़न का एक नाच हो जाय। डायरेक्टर इस सूझ पर उछल पड़े।

उस्ताद भूरे को हुक्म हुआ कि साज इस तरह से बजे कि पहाड़न ताल सम्भाल सके। पहले उसे गीत गाकर सुनाया गया। फिर एक-एक कड़ी बीस-बीस बार गवाई गई। डायरेक्टर और साउन्ड इंजीनियर चोखे रिकार्डिंग रूम से बार-बार स्वर ऊँचा-नीचा किये जाने के लिये संदेश दे रहे थे। साउन्ड इंजीनियर गीत को पास नहीं कर रहा था। पहाड़न के चेहरे पर सुर्खी आ गई और पसीने की बूँद छलक आई।

बनवारी ने डायरेक्टर के कान के पास मुँह कर कहा—''हुजूर अगर इस वक्त टैकनीकलर कैमरा होता!''

साउन्ड इंजीनियर चोखे कई बार पहाड़न की आँखों में देखकर मुस्करा चुका था। बात करने की कोशिश भी की थी परन्तु पहाड़न आँखें झुकाकर टाल गई थी। बनवारी ने भाँपा और अकेले में पहाड़न को समझाया—''पहाड़न, यह सिनेमा का अखाड़ा है। समझ लो, यह आदमी चाहे तो तुम्हारा गला बंशी का बोल बन जाये और न चाहे तो फटा बाँस बना रहे। कैमरे का मोर्चा तुमने जीत लिया। महन्त भला आदमी है, कैमरे को खूब समझता है। कैमरामैन उसे चरा नहीं सकता लेकिन चोखे दूसरे ढंग का आदमी है, इसे सम्भालो!''

पहाड़न को उदास होते देख बनवारी ने डाँट दिया—''तो फिर घर पाँव क्यों रखा था; हमने पहले ही कह दिया था। अभी सम्भाल लोगी तो फिर हम लोग तुम्हारी जूतियाँ सीधी करेंगे।''

दूसरे दिन रिहर्सल से पहले चोखे ने पहाड़न की आँखों में झाँका तो वह लजाकर मुस्करा दी—''आप तो हमसे नाराज रहते हैं।''

चोखे ने कहा—''नहीं तो; आज शाम हमारे साथ खाना खाइये।''

पहाड़न ने उत्तर दिया—''आप तो हमें बहुत डरा देते हैं। हमारा गाना आपको अच्छा नहीं लगता। डर के मारे भूख मर गई है, खायेंगे क्या!''

उस संध्या पहाड़न के गाने की काफी तारीफ हुई। संध्या समय वह चोखे के साथ 'ग्रेट मोगल' में खाना खाने गई। रात एक बजे चोखे ने उसे टैक्सी में महीम पहुँचा दिया। सोमा आधी रात में घर लौटी तो डर रही थी कि बरकत झगड़ा करेगा, बकेगा; शायद हाथ चला बैठे। उसने क्रोध में निश्चय कर लिया बोले तो सही। साथ ही खोली में कुछ दिन पहले पिटने वाली स्त्री की बात याद आई…इस कमबख्त का मुझ पर क्या हक है!

सोमा के काफी साँकल खटखटाने पर बरकत नींद से उठा पर उसने कुछ कहा नहीं। चुपके से फिर अपनी चादर में लिपट कर सो गया। सोमा को बहुत देर तक नींद नहीं आई………यह क्या हो रहा है? जो हो, पाँव रखने की जगह तो उसे मिली। डेढ़ मास से

स्टूडियो में जा रही थी। आठ सौ रुपये मिल चुके थे...... शायद कुछ दिन बाद वह अपनी इच्छा से चल सकेगी, इस कोठरी से छूट सकेगी।

पहाड़न के गाने का रिकार्डिंग बहुत ही बढ़िया हुआ था। गाने का रिकार्ड बजता था और उसके नाच की रिहर्सल हो रही थी। फर्श पर लकीरें खींच कर बता दिया गया था किस बोल पर उसे कहाँ पाँव रखना है। फुल ड्रेस-रिहर्सल में पहाड़न को लहँगा और चोली पहनाया गया था। उसका पतला पेट उघड़ा हुआ था। उसके अच्छे-खासे गोरे शरीर पर जहाँ बदन उघड़ा था, और सफेदी लगा दी गई थी कि कैमरे में रोम छिद्र न दिखाई दें। चोली खूब कसी हुई थी। चोली यों भी भरी हुई थी, कुछ रुई भर कर उसे और नोकीली बना दिया गया था।

रिकार्ड बार-बार दोहरा रहा था—'दोपहरिया का मामला, मेरा गोरा बदन कुम्हलाये।'

डायरेक्टर ने सोमा को समझाया कि 'दोपहरिया का मामला' कहते समय भोलेपन से दोनों हाथ फैलाये और 'मेरा गोरा बदन' कहते समय अपने कंधों को छूकर कमर को बल दे। 'कुम्हलाये' बोलने के साथ आँचल से हवा ले ले। इस कड़ी का भाव पूरा करने में प्रायः अढ़ाई घंटे लग गये। कभी पहाड़न के पाँव फर्श पर बने निशानों से आगे-पीछे हो जाते, कभी फोटोग्राफर रोशनी बदलवाते। पहाड़न हाँफ गई थी। बीस बार इस पद के भाव का अभिनय कर चुकने पर 'टेक' लिया गया। उसे चाय पिला कर कुछ देर विश्राम का अवसर दिया गया।

गीत के दूसरे पद पर नाच आरम्भ हुआ—'सासुरी, तेरा बेटा री, तेरा बेटा री मेरे जोबन को हाथ लगाये!' इस पद में पहले की अपेक्षा और भी देर लगी। मुस्करा कर घूँघट खींचते समय पाँव फर्श पर बने निशान से आगे-पीछे हो जाते थे। पहाड़न ने दमतोड़ मेहनत की और डायरेक्टर का हुक्म पूरा कर दिखाया। डायरेक्टर पूर्ण रूप से संतुष्ट था। सोमा का 'क्लोजअप' और नाच की मुद्रा का 'स्टिल' लिया गया है। उस दिन दारेफैज कम्पनी के प्रोड्यूसर एम० पालीत अपने यहाँ आई नई एक्ट्रेस की तारीफ सुनकर उसक़ा काम देखने आये थे। डायरेक्टर महंत और सभी लोग उनके आगे-पीछे घूम रहे थे। पालीत ने शूटिंग समाप्त होने के बाद पहाड़न को बधाई दी और चाय का निमंत्रण भी दिया।

पहाड़न अपनी कीमत समझने लगी थी। उसके चेहरे और चाल में अन्तर आ गया था। उसने बहुत थके होने के कारण प्रोड्यूसर से क्षमा चाही। प्रोड्यूसर के लिये कुर्सी से उठी भी नहीं।

पालीत साहब ने विनय से मुस्करा कर कहा—''अच्छा कल सही।'' और चले गये।

बनवारी आकर बोला—''पहाड़न, गजब कर दिया तुमने! यही तो सबसे बड़ा साँप है। यही तो मालिक है। इसके चाहने से डायरेक्टर और दूसरे लोगों को, गोबर की औरत को भी हाथी दाँत की मूरत मानना पड़ेगा। कम से कम यह फिल्म पूरी होने तक ही इसे फँसा कर रखना है!'

दूसरे दिन पहाड़न पालीत के साथ डिनर के लिये ताज में गई और वहाँ से टैक्सी में महीम लौटी। प्रोड्यूसर ने पहाड़न को तीसरे दिन फिर ताज में मिलने के लिये बुला लिया।

पालीत ने डायरेक्टर साहब को राय दी—और किसी दूसरी फिल्म कम्पनी में न जाने पाये। अब तक पहाड़न पच्चीस रुपये रोज पर काम कर रही थी। पालीत के समझाने से महन्त ने उससे छः मास का शर्तनामा लिख देने के लिये कहा। पहाड़न ने बनवारी से राय चाही।

बनवारी ने समझाया—पन्द्रह सौ महीना माँगना और हर महीने की तनख्वाह पेशगी!

पहाड़न को बनवारी की राय पागलपन लगी थी परन्तु उसने डायरेक्टर से यही कह दिया था और उसकी बात मान ली गई थी।

पहाड़न के हाथ में काफी रुपया आ गया था। उसने महीम की चाल छोड़ दी। बनवारी की सहायता से उसने दादर में एक फ्लैट दो सौ रुपये माहवार पर ले लिया। बरकत के साथ एक ही कमरे में रहना उसके लिये असह्य यातना थी। अब तक स्टूडियो से जो कुछ मिलता था, उसका अधिकांश बरकत के हाथ चला जाता था। बनवारी ने पहाड़न को नकदी लेने से मना कर दिया, "चेक लिया करो और बैङ्क में जमा करो!"

सोमा की इस हरकत पर बरकत बहुत बिगड़ा—"अभी से हमें आँख दिखाने लगी?" उसने सोम को बहुत गालियाँ दीं और पीटने की धमकी दी।

पहाड़न बरकत के सामने तन कर खड़ी हो गई, माथे पर त्यौरियाँ थीं। बरकत को घूर कर धमकाया—"खबरदार, बकवास किया तो! अभी पुलिस में भिजवा दूँगी! रहना है तो सीधी तरह रहो, बाहर के कमरे में!"

बरकत को पहाड़न में फिर लाहौर वाली सोमा, दस गुने उग्र रूप में दिखाई दी! वह सहम गया। अपनी आवश्यकता के लिए कभी खुशामद से और कभी गुस्सा दिखाकर पहाड़न से रुपये ऐंटने लगा। उसका खर्च कम न था। उसे आठ-दस रुपये रोज चाहिये थे।

× × ×

गोमती दो दिन तकलीफ अधिक होने के कारण दारेफैज में न पहुँच सकी थी। तीसरे दिन आई तो उसे मालूम हुआ की उसकी जगह दूसरी औरत रख ली गई थी।

गोमती ने डायरेक्टर की खुशामद की—"......आदमी को सुख-दुख हो ही जाता है। वह किसी दूसरी जगह काम करने नहीं गई थी।....कोई साबित करके दिखाये!" परन्तु दारेफैज को उसकी जरूरत नहीं रही थी। उसे उत्तर मिला, "जो पेशगी तुम खा गई, सो तुम्हारा। अब हमें छुट्टी दो।"

दारेफैज से गोमती को हटाये जाने की बात फैली तो उसकी बीमारी की बदनामी भी फैलने लगी। दूसरी जगह उसे काम मिलना असम्भव हो गया। इलाज होते रहने से उसकी बीमारी दबी हुई थी जब इलाज के लिये पैसा न रहने से बीमारी भी भड़क उठी।

गोमती को पहाड़न पर क्रोध था कि पहाड़न को रखने के लिये ही उसे निकाला गया था। वह कहती फिरती थी—"पहाड़न जानती क्या है, एक्टिंग क्या करेगी। जंगली बकरी की तरह आँखें निपोर कर मिमिया देती है। कम्पनी वाले सफेद रंग का गद्दर अमरूद देखकर लपक पड़े हैं हरामजादी को चार दिन में कुचल कर फेंक देंगे।"

गोमती डायरेक्टर, प्रोड्यूसर और कम्पनी का कुछ बिगाड़ न सकती थी। दिल की जलन से वह लड़ने के लिए पहाड़न के फ्लैट पर पहुँची। उसके दरवाजे पर खड़ी होकर गाली देने लगी—"तूने हम पेशे के पेट पर लात मारी है तेरा सत्यानाश हो! जिस हुस्न

का तुझे गुमान है, भगवान तेरे उसी हुस्न को बरबाद करे! जिसकी तू कमाई खाती है, तेरी·······में कीड़े पड़े! बरस भर में तुझे बीमारी न लग जाये तो मुझे सड़क पर सौ जूती मारना।''

पहाड़न घबड़ा कर भीतर के कमरे में जा छिपी और किवाड़ मूँद लिये। उसकी महराजिन गोमती का मुकाबला करने लगी। गोमती को चुप होते न देखकर बरकत जूता हाथ में लेकर सामने आ गया और गोमती को गर्दनिया देकर फ्लैट के नीचे उतार दिया। गोमती गालियाँ बकती चली गई।

पहाड़न का दिल बहुत देर तक जोर से धड़कता रहा। वह किवाड़ मूँदे, आँखें मूँदे, पलंग पर लेटी अपने भविष्य की कल्पना करती रही।

गोमती के इस विरोधी प्रचार से दूसरी कम्पनियों में भी पहाड़न की चर्चा होने लगी थी। 'जलता घोंसला' फिल्म खत्म होते ही मणिमाला ने भी पहाड़न के विरुद्ध प्रचार शुरू कर दिया था। पहाड़न को खामुखाह हीरोइन बनाकर उस पर लाद दिया गया था। फिल्म के इश्तहार में तो मणिमाला का नाम था परन्तु फिल्म में थी पहाड़न! सब जानते थे, अब आगे की फिल्मों के इश्तहारों में पहाड़न का नाम सबसे ऊपर होगा। डायरेक्टर और प्रोड्यूसर चाहे जिसे चढ़ा दें, जिसे गिरा दें।

बरस बीतते-बीतते पहाड़न की तीन फिल्में बम्बई में दिखाई जा रही थीं। 'मासूम चोर' और 'मन का सौदा' में पहाड़न ने नायिका की भूमिका में काम किया था। बम्बई का आकाश पहाड़न के नाम से गूँज रहा था। उसके चेहरे के दस-दस गुना बड़े चित्र दीवारों पर सब ओर दिखाई दे रहे थे। मकानों में और चाय-पानी की दूकानों पर, पान-बीड़ी की दूकानों पर ग्रामोफोन और रेडियो से उसके गानों के रिकार्ड सुनाई देते रहते थे। वह हर समय अपना ही चेहरा देखती और अपना ही सुर सुनती थी '·······मेरे जोबन को हाथ लगाये।'·········'मन पंछी भूल न जाना।' 'बसाये प्रीत का संसार।'

पहाड़न चार फिल्मों में एक साथ काम कर रही थी। कम्पनी वालों को अपना शूटिंग और रिहर्सल उसकी सुविधा के अनुसार निश्चित करने पड़ते थे। बैंक में उसके पास तीस हजार रुपया जमा था। रुपये को वह फूँकती नहीं थी। बनवारी उसे बार-बार समझाता रहता—''असल चीज यही है·······एक्ट्रेस की जिन्दगी पाँच नहीं सात बरस!''

पहाड़न का मिजाज काफी तेज हो गया था। वह कम ही लोगों से मिलती थी। उससे प्रेम निवेदन करने वाले लोग अनेक थे। उन्हें वह मुँह न लगाती थी। बनवारी का उपदेश था—''········इस जंजाल में न फँसना। प्रेम तुम्हारा हथियार है। इस खंजर को अपने ही पेट में न भोंक लेना।''

पहाड़न पर सफलता का नशा चढ़ रहा था परन्तु अपना गत जीवन भी उसे खूब याद था। उसकी तुलना में अपनी क्षमता और सफलता उसे संतोष दे रही थी। कभी सोचती—वह सब न झेला होता तो यह भी न होता। जो हुआ ठीक ही हुआ। वह दुनिया के लिये मन-बहलाव और आनन्द बिखरेती थी परन्तु स्वयं गम्भीर होती जा रही थी।

पहाड़न बरकत से बहुत परेशानी अनुभव कर रही थी। बरकत को कई बार एक्सट्रा में काम मिला परन्तु उसे दो-तीन रुपये से अधिक कोई न देता था। वह चाहता था कि पहाड़न उसे अपने साथ हीरो का पार्ट दिये जाने की जिद्द करे! पहाड़न यह कैसे कर

सकती थी। बरकत इसे पहाड़न की बेवफाई समझता था। इस बात पर वह झगड़ा करता था। पहाड़न के पास एक ही जवाब था—"मुझे माफ करो; तुम्हें मुझसे जो लेना है, एक बार ले लो और यहाँ से चले जाओ।"

बरकत जुआ खेले बिना न रहता। पहाड़न उसे दो बार डेढ़-डेढ़ हजार रुपया इस शर्त पर दे चुकी थी कि वह उसके यहाँ से चला जायेगा परन्तु बरकत रुपया लेकर भी नहीं गया। एक्टर बनने की महत्त्वाकांक्षा छोड़ कर उसने अपने रहने-सहने का ढंग भी बदल लिया था। कमीज, पतलून छोड़ कर वह रेशमी कुर्त्ता और तहमत पहिनने लगा। मूँछें भी बढ़ा ली थीं और उन्हें ऐंठ कर रखता था। एक छोटा डंडा हाथ में लिये रहता। हर समय ताल ठोंक कर धमकी देता रहता—"कहो तो दो हाथ लगवा दें?" चार-पाँच आदमी अपने साथ लगाये रखता। उनके नशे-पानी का खर्च भी उसी के जिम्मे था। एक बार वह कोकीन के मामले में फँस गया। पहाड़न ने अपनी बदनामी के डर से बनवारी को भेज कर, पुलिस को दो सौ रुपया देकर उसे छुड़वाया। इसके बाद कोतवाली के लोगों से बरकत की मित्रता हो गई थी।

पहाड़न की ख्याति बढ़ती जा रही थी और उसी परिमाण में आमदनी भी। दादर का फ्लैट छोड़कर वह एक बंगले में रहने लगी थी। एक बड़ी मोटर ले ली थी। वह पहले से भी अधिक चुप रहने लगी थी। बरस भर उसने न दिन देखा, न रात। एक साथ छः-छः कम्पनियों में काम करती थी। दूसरी कम्पनियाँ भी उसे काम देने के लिये आतुर थीं। उसे फुर्सत न होने से इनकार कर देना पड़ता। बनवारी के उपदेशों का अब उल्टा प्रभाव हो रहा था। पहाड़न सोचती थी, मैं कितने दिन तक लट्टू की तरह नाचती रहूँगी? आखिर मेरा क्या है? रुपया काफी है। क्या चंडाल बरकत के लिये कमाती जाऊँ? दूसरे एक्टर-एक्ट्रेसें रुपया कमाते थे और उसका अधिकांश रेस और शराब में उड़ा देते थे। पहाड़न ऐसा न करती थी। बैङ्क में उसकी जमा खूब बढ़ रही थी।

बरकत ने अफवाह सुनी थी कि कई लोग, प्रोड्यूसर सेठ पालीत भाई, प्रोड्यूसर सुतलीवाला और डायरेक्टर जमान पहाड़न के पीछे पड़े हैं कि वह उनसे विवाह कर ले। उसने यह भी सुना कि पहाड़न प्रोड्यूसर सुतलीवाला और असिस्टेंट डायरेक्टर बनवारी से प्रेम करने लगी है। ......जल्दी ही किसी को लेकर बस जायेगी। उसक मन सिनेमा से फट रहा है।

बरकत अफवाह सुनकर आशंकित हो गया। उसे बनवारी की ईमानदारी पर विश्वास था। उसने पहाड़न की बेलाग मदद की थी। बरकत उन लोगों से सतर्क रहने लगा। वे लोग पहाड़न के यहाँ आते तो बरकत उत्पात करने लगता, उनसे झगड़ता। पहाड़न बाहर जाती तो रखवाली के लिए ड्राइवर के साथ आगे की सीट पर बैठ कर साथ जाना चाहता।

बरकत ने प्रचार करना शुरू कर दिया—"पहाड़न मेरी निकाह की बीबी है।....कोई साला उसकी तरफ आँख उठायेगा तो आँख फोड़ दूँगा।"

पहाड़न के लिये बरकत का व्यवहार असह्य हो गया था। सोचती, यह मुझे कब तक नोच-नोच कर खायेगा? मैं क्या इसकी दुधार गैया हूँ? मुझे कुछ हो जाय या मैं कमाना बन्द कर दूँ तो यह यहाँ से ऐसे भागेगा जैसे आग लगे घर से चूहे भागते हैं। यह कौन होता है मुझ पर चौकीदारी करने वाला? यदि मैं बस जाना चाहूँ तो यह मुझे

रोकने वाला कौन है? क्या मैं सारी उम्र यों ही बेआसरे, ठगी जाने के भय से काँपती रहूँ?

संध्या समय स्टूडियो से लौट कर पहाड़न थकी हुई और खिन्न बरामदे में बैठी थी। 'नवोदय' कम्पनी की नयी फिल्म 'रंगीली कनकैया' में वह पचास हजार के ठेके पर हीरोइन का पार्ट कर रही थी। उस दिन स्टूडियो में उसके नदी में नहाने के दृश्य का शूटिंग हुआ था। डायरेक्टर प्रसन्न था। नहाते समय उसका शरीर अधिक से अधिक दिखाया गया था। आशंका थी सेंसर के एतराज की।

स्टूडियो की व्यस्तता और अनुशासन में सोमा डायरेक्टर जमान के आदेशों पर चल रही थी परन्तु गाड़ी में लौटते समय उसे याद आ गयी पाँच वर्ष पूर्व की घटना।......वह बावड़ी पर चादर में लिपटी कपड़े धो रही थी और धनसिंह आ गया था। वह लज्जा और भय के मारे कैसे सिमिट गई थी! फिर लाहौर की कोठी में मन्नो बीबी और बैरिस्टर अच्छे कपड़े पहन कर बाजार चलने के लिये कहते तो वह लज्जा से सिमिट जाती थी। रात में सब लोगों के सो जाने पर साहब के कमरे में जाती थी तो बत्ती जलाने से पहले सतर्कता से देख लेती थी कि सब खिड़कियों पर पर्दे हैं। उस समय उसे गर्व था कि उसे कोई नहीं देख सकता था। अब उसे उघाड़-उघाड़ कर सबको दिखाया जाता था।

पहाड़न के बंगले के दाईं ओर चौराहे के पार एक ऊँची दीवार पर उसका विराट चित्र बाँहें फैलाये सीने का उभार दिखा रहा था। रेडियो की तीखी आवाज में उसे अपना ही स्वर सुनाई दे रहा था—"कस गले डालो बहियाँ, मोरे सैयां इस घिध करो प्रीत।" सोमा सोच रही थी, मेरा प्रेम दुनिया भर के लिये बाजारू चीज है। मन में टीस सी उठी। बैरिस्टर से गुप्त प्रेम की बात याद करके उसने एक गहरी साँस खींची....यह भी कितने दिन तक चलेगा? फिर सोचा, उसे क्या मिल रहा है....पैसा पर पैसा तो संतोष के लिये होता है, संतोष कहाँ था? क्यों न सब छोड़ कर किसी के साथ बस जाये? इस समय तो लोग उसकी खुशामद कर रहे हैं, चार बरस बाद कौन पूछेगा! पर कौन था ऐसा! किसका भरोसा और विश्वास कर सकती थी? प्रेम में अपने आपको दे डालने की बात वह नहीं सोच रही थी, वह जीवन के लिये सहारा चाहती थी। प्रोड्यूसर पालीत, डायरेक्टर जमान उसकी ओर हाथ बढ़ा रहे थे परन्तु जिन आदमियों के स्पर्श से छिपकली को छूने की सी मिचलाहट होती थी, उनके हाथों अपने आपको कैसे सौंप देती! अपने आपको बेचने की जरूरत उसे नहीं रही थी।

दूसरे लोग पहाड़न का विश्वास पाने की चेष्टा कर रहे थे परन्तु बनवारी उसे किसी का, स्वयं अपना भी विश्वास न करने की नसीहत देता था। इसलिये उसे बनवारी पर ही विश्वास था। बनवारी ने उससे कभी अपना मतलब पूरा करने की चेष्टा न करके सदा उसकी सहायता ही की थी। कभी उधार लिया तो जिद्द करके लौटा दिया। सोमा कल्पना करती, यदि बनवारी से ब्याह कर ले? उस समय समाज में उसी स्थिति बनवारी से ऊँची थी। कुछ लोग हँसते, सोमा को किसी के हँसने की परवाह नहीं थी। सोचती, हम लोग कहीं दूर पहाड़ों में जा बसेंगे।

बनवारी सोमा के यहाँ बैठ कर घंटों बात करता रहता, शराब मँगवा कर भी पी लेता परन्तु उसकी निगाहों में वह बात कभी न आई जो पुरुष की आँखों में औरत समझ कर आ जाती है। पहाड़न बनवारी के सम्मुख आत्मसमर्पण के स्पष्ट संकेत कर चुकी थी।

वह याद करके पहाड़न को झेंप अनुभव होने लगती। बनवारी की यह उपेक्षा उसे और अधिक आकर्षित करती थी।

पहाड़न ऐसी अप्रिय उलझनों में फँसी हुई थी कि सामने सड़क पर बनवारी पैदल चला आता दिखाई दिया था। उसके भीतर आ जाने पर एक दीर्घ श्वास ले पहाड़न ने निश्चय कर लिया, आज इससे आखिरी बात हो जाये।

बनवारी अपने दुबले शरीर को एक बड़ी कुर्सी के आधे से भी कम भाग में समेट कर बैठ गया और उसने पूछ लिया—"कुछ सुस्त हो; क्या बात है? हमारी तो आज पीने की तबीयत है।"

"मैं तो अब तंग आ गई हूँ।"

"किससे?"

"जिन्दगी से, प्यार करने वालों से। कल शाम पालीत भाई ने सिर खाया आज जमान साहब ने।"

"बधाई है! निकलवाओ बोतल इसी बात पर। अभी तुम्हारा भाव बढ़ रहा है।"

"मैं भाव-बाजार की चीज हूँ?" पहाड़न ने उसकी आँखों में घूर कर पूछा, "शरम नहीं आती? तुम भी ऐसा ही समझते हो?"

"आज तुम बिगड़ी बैठी हो!" बनवारी झेंप गया।

"मैं दुखी हूँ।' पहाड़न ने आँचल से मुँह ढँक लिया।

"बात क्या है पहाड़न?" बनवारी ने सहानुभूति से पूछा।

"तुम बताओ मैं क्या करूँ? तुम खुद ही कहते हो, यह रंग-ढंग बहुत चलेगा तो चार-पाँच बरस चल जायेगा।"

"सचमुच ब्याह की बात सोच रही हो? तुम्हें किस पर भरोसा है?"

"तुम पर।" पहाड़न ने फिर आँचल से मुँह ढँक लिया।

"तुम धोखे में हो।" बनवारी हँस दिया, "तुमसे एक्ट्रेसी नहीं निभ रही तो किसी गहरे आसामी को पकड़ो, जिसकी उम्र काफी हो। और सुनो, पहले अदालत में ब्याह कर लेना तब प्रेम! अच्छा हम चलते हैं।" बनवारी उठ खड़ा हुआ।

"ठहरो मैं मँगवाती हूँ।" पहाड़न ने आँखें पोंछ लीं।

"नहीं, अब नहीं पियेंगे। हम दिल बहलाने के लिये आये थे, तुम अपना गम सुना रही हो।" बनवारी चला गया।

पहाड़न कटुता से दाँत पीसकर रह गई—यह एक आदमी है जिसे मैं भरोसे लायक समझती हूँ। वह ईमानदारी से कह रहा है कि मुझसे दिल बहलाने आया था। आग लगे इसकी ईमानदारी में।

पहाड़न का ध्यान चौराहे से आती अपने रिकार्ड की आवाज की ओर चला गया—'कस गले डालो बहियाँ, मोरे सैयाँ इस विध करो प्रीत।'

पहाड़न ने सोचा, दुनिया मेरे गले में बाँहें डालकर खेलना चाहती है परन्तु बाँह थामकर सहारा देने के लिये कोई तैयार नहीं।

●

मालिकों की अदला-बदली

धनसिंह सरकार से प्राण बचाने के लिये भागता हुआ सिपाही की वर्दी पहनकर सरकारी आदमी बन गया। सब कार्यवाही नियमानुसार हुई। उसके शरीर को ठोक-बजाकर देखा गया कि उसका स्वास्थ्य सरकार का महत्वपूर्ण काम करने योग्य है या नहीं। फौजी दफ्तर से, उसके बताये हुए गाँव के काल्पनिक पते पर पूछताँछ के लिये थाने में कागज गये कि वह सरकारी नौकरी के लिये विश्वास योग्य है या नहीं। जाब्ते और नियम के विराट आडम्बर के नीचे सभी जगह पोल थी। सरकार को उस समय आदमियों की आवश्यकता थी। स्वास्थ्य की परीक्षा करने वाले डाक्टर ने उसके कपड़े उतारते ही छोटे आदमी के मैले शरीर को छुए बिना नाक सिकोड़कर उसे अंग्रेजी सरकार के दुश्मन की गोली सहारने योग्य पूर्ण स्वस्थ समझ लिया। जिला होशियारपुर में चिन्तपुर्नी के थाने से उसके विश्वास योग्य होने के प्रश्न पर तहकीकात की गई थी। थाने के मुंशी ने सिपाही को गाँव में जाकर तहकीकात करने का हुक्म दिया। सिपाही ने बिना किसी लाभ की आशा के चौदह मील एड़ियाँ रगड़े बिना ही दूसरे दिन उत्तर दे दिया कि एतराज के लिये कोई वजह नहीं थी।

धनसिंह का ट्रायल लिया गया। धनसिंह ने प्रायः बरस भर बाद मोटर के स्टियर, क्लच और ब्रेक का स्पर्श पाया, इंजन की गमगमाहट की गूँज सुनी। उसने अनुभव किया, उसका जीवन स्वाभाविक अवस्था में लौट आया था। भरपेट खाना, बैरक में पूरी नींद, मोटर चलाने का काम—जो उसके शरीर के लिये स्वाभाविक हो चुका था। वह दूसरे ही देश और समाज में पहुँच गया था। वहाँ सभी वर्दी पहनते थे। हुक्म, चुस्ती-फुर्ती और सिपाहियाना बोलचाल थी। वहाँ सब जवान थे; आओ जवान! जाओ जवान! खाओ जवान! मरो जवान! यहाँ इज्जत और बेइज्जती का रूप भी दूसरा था।

खाकी वर्दी पहने सभी लोग देश के भूखे-नंगे, सिकुड़े-सिमटे लोगों की अपेक्षा सशक्त और सम्मानित थे। इस समाज में सिपाही से नायक, नायक से जमादार और जमादार से सूबेदार गाली और बूट की ठोकर के बिना बात नहीं करता था। गाली और ठोकर का कोई विरोध भी नहीं था। सब ओर हुक्म का राज था। छावनी के इस समाज में मनुष्यों की अनेक श्रेणियाँ थीं। यह श्रेणियाँ वर्दी से पहचानी जाती थीं। जिस वर्दी पर फीते की एक कत्तर या पीतल की एक फुल्ली बढ़ जाती, उसकी शक्ति और हुक्म बढ़ जाता। साधारण सिपाहियों को स्त्री साथ रखने का अधिकार नहीं था लेकिन बड़े अफसर, कीमती कपड़ों में सजी, गोरी-गोरी, लचकीली स्त्रियों को साथ लेकर गर्व से चलते थे और बंगलों में रहते थे। धर्मशाला में भी लाला जी, बैरिस्टर साहब, मन्नो बीबी, उनके भाई-बन्द बड़े लोग, जिनके पास रुपया था, ऐसे ही रहते थे। अफसर हुक्म देते थे और सिपाही हुक्म पूरा करते थे।

मोर्चे पर सिपाही के जीवन में एक अस्वाभाविकता थी, एक तनाव था। वहाँ विचार और इच्छा की बात न थी, केवल हुक्म था। वहाँ स्त्रियाँ नहीं थीं, बच्चे नहीं थे। स्वराज्य के लिये अंग्रेजों से लड़ने वाले हिन्दुस्तान की कोई बात न थी; न इन्कलाब जिन्दाबाद था, न महात्मा गाँधी की जय, न सुभाष बाबू की जय, न जेल जाने की बातें। छावनी की बैरकों की यह दुनिया शेष हिन्दुस्तान की दुनिया से बिलकुल पृथक थी। यहाँ कांग्रेस, सोशलिस्ट, कम्युनिस्ट और राजनीति की कोई बात न थी। कभी पढ़े-लिखे बाजार जाते तो अखबार पढ़ लेते, दूसरी दुनियाँ की बातें जान पाते और दूसरों को बता देते थे। साधारणतः कांग्रेसी अखबार पढ़ना मना था। यहाँ बातचीत परेड, राशन और फ्रंट की होती थी। कभी स्त्री दिखाई दे जाने पर उसके सम्बन्ध में वैसे ही चर्चा होती थी जैसे खेत से मूली या ईख चोरी से उखाड़ लेने की बात होती है।

धनसिंह का बाहरी रूप बदल गया था। परन्तु उसके मन की भावना नहीं बदली थी। उसका वास्तविक जीवन अंग्रेजी सरकार के टूट जाने और स्वराज्य मिल जाने पर ही सम्भव था। तभी वह अपने पहाड़ों में लौट कर सोमा को पा सकता था। उसे सोमा की आँसू भरी सूरत दिखाई देती रहती—बेचारी मेरी प्रतीक्षा में लाला जी की कोठी में मजदूरनी का काम कर रही होगी। उसे अपनी जैसी वर्दी पहने सभी लोग अपने देश और जनता के शत्रु दिखाई देते थे जो अंग्रेजी सरकार को देश में जमाये हुए थे, जो देश भर में रेल की पटरियों पर खड़े होकर अंग्रेजी सरकार की रक्षा के लिये पहरा दे रहे थे। वह सुनता—तीन-चार लाख आदमी ऐसे हैं तो निराश हो जाता; अंग्रेजों का राज कैसे हटेगा! सबको अपने पेट की फिकर है, आजादी कोई नहीं चाहता। लोग खुद, अपनी इच्छा से ही गुलाम बने हैं।

धनसिंह अच्छा ड्राइवर था। उसकी ड्यूटी स्टाफ कार चलाने पर लगी थी। साधारण सिपाही छावनी से बाहर नहीं जा सकते थे, अफसरों के लिये यह बाधा न थी। बरसात के दिन थे। रात में मूसलाधार बारिश होने पर भी मेजर साहब आधी रात तक क्लब में नाचते रहते थे। धनसिंह क्लब की ड्योढ़ी में बौछार के कारण गाड़ी में सिमटा हुआ, उनका खेल समाप्त होने की प्रतीक्षा करता रहता था। वे कभी एक मेम को, कभी दूसरी को साथ लिये बजारों और होटलों में घूमते रहते थे। मेजर लोगों को साहब और उनके साथ घूमने वाली स्त्रियों को चाहे वे हिन्दुस्तानी हो, मेम साहब पुकारा जाता था। धनसिंह सोचता था, इन्हें स्वराज की क्या जरूरत है? बल्कि यह लोग स्वराज क्यों होने देंगे? यह तो अंग्रेजों के ही भाई-बंद हैं। बड़े लोगों, अमीर लोगों को स्वराज की क्या जरूरत है? उन्हें कौन तकलीफ है? अंग्रेजों ने अपना राज चलाने के लिये काफी लोगों को अपनी ओर समेट लिया है।

धनसिंह और मेजर साहब के अर्दली सिपाही यारमुहम्मद की मित्रता हो गई थी। यारमुहम्मद बहुत हँसोड़ आदमी था। साहब के सामने वह बहुत चुप और आज्ञाकारी बना रहता परन्तु पीठ पीछे उनका खूब मजाक बनाता था। वह अर्दली के काम के लिये बहुत योग्य समझा जाना था। कोई अफसर बदल कर आये, अर्दली वही रहता था।

यारमुहम्मद धनसिंह को समझाता था—बेवकूफ, अकड़खाँ लोग अर्दली की ड्यूटी पसन्द नहीं करते। इस ड्यूटी में बहुत मजा और आराम है। कवायदपरेड से छुट्टी, बस तन कर सलाम करो। साहब के जूते, पेटी पालिश कर दिये तो क्या, चार घण्टे की परेड में कौन जिस्म तोड़े।

यारमुहम्मद खिलाफत और कांग्रेस के आन्दोलनों में काम कर चुका था। वह कहता था, हमें उसमें भी मजे थे। वालंटियरों को खूब हलवा-पूरी मिलती थी। उसमें भी हम अपनी ड्यूटी लीडरों की चाकरी में लगवा लेते थे। खिलाफत-कांग्रेस दब गई तो हम इधर आ गये। इसी में अक्लमन्दी है। खुदा ने गीदड़ बनाकर पैदा किया है, शेर तो बन नहीं जायेंगे पर शेर के पीछे लगे रहो। शेर की जूठन भी अपने लिये बहुत है। धनसिंह उसकी बातों पर खूब हँसता परन्तु एकान्त में यारमुहम्मद की बातों से उसे निराशा होती।

धनसिंह की कम्पनी की बदली पहाड़ी सड़कों पर गाड़ी चलाने का अभ्यास करने के लिये रानी खेत छावनी में हो गई थी। पहाड़ों को देख कर धनसिंह को अपना देश और सोमा और भी अधिक याद आने लगे। कुमाऊँ के पहाड़ बहुत कुछ काँगड़ा के पहाड़ों जैसे ही थे परन्तु भिन्नता भी थी। इन पहाड़ों के पुरुष और स्त्रियाँ भिन्न थे। सबसे बड़ा भेद कि वे लोग काँगड़ा की बोली नहीं बोलते। धनसिंह अभ्यास के लिये खाली ट्रक सड़कों पर चलाते समय मुसाफिरों से भरी गाड़ियों को देखता तो उसे उन ड्राइवरों से ईर्ष्या होती। छावनी में प्रायः ही अंग्रेज और अमरीकन जख्मी सिपाही गाड़ियों पर आते रहते थे। कभी हिन्दुस्तानी सिपाही भी आते थे।

सड़क के किनारे और पहाड़ों पर सब जगह फौजी इंतजाम थे। सिपाही पहाड़ों में लड़ाई की शिक्षा पा रहे थे। धनसिंह ने कभी नहीं समझा था कि यह देश इतना बड़ा है और अंग्रेजी सरकार की शक्ति इतनी विस्तृत। हजार, दस हजार सिपाहियों का मर जाना अंग्रेज सरकार के लिये कोई बात नहीं। धनसिंह को अपना अस्तित्व बिलकुल निरर्थक जान पड़ता। लड़ाई के मोर्चे से हजार मील दूर भी अंग्रेज, अमरीकन और हिन्दुस्तानी जख्मी सिपाही गाड़ियों से भरे चले आ रहे थे। जल्दी ही उसे भी मोर्चे पर जाना था। छावनी में सिपाहियों को फौजी अखबार दिया जाता था। उस अखबार में अंग्रेजों की जीत के ही समाचार रहते थे। रानीखेत के बाजार में वह लोगों को दूसरे अखबार पढ़ते देखता था। सिपाहियों को वे अखबार पढ़ने की इजाजत नहीं थी लेकिन उनके कानों में भनक पड़ती कि अंग्रेज हार रहे थे।

धनसिंह की कम्पनी मोर्चे पर भेज दी गई। तीन रातें लगातार रेल में रहने के बाद और जहाज पर नदी पार करके वह गोहाटी पहुँचा। गोहाटी से दीमापुर। दीमापुर स्टेशन के साथ ही खूब चौड़ी सड़कों के दोनों ओर बाँस की टट्टियों और छप्परों का एक शहर बसा हुआ था। छप्पर बहुत करीने से, लाइनों में थे। बस्ती केवल खाकी वर्दी पहने सिपाहियों की थी। दस मील तक सिपाही ही सिपाही थे। हजारों सिपाही, मोटरें और तोपें प्रतिदिन आ रहे थे। धनसिंह इतना सरंजाम देखकर चकित रह गया, इतनी बड़ी शक्ति को कौन गिरा सकता था!

धनसिंह कनवाय में लारी चलाता था। चार मोटरें एक साथ चल सकने लायक चौड़ी सड़क पर कनवाय मनीपुर आते-जाते थे। लारियों पर जाल डालकर जालों में वृक्षों की टहनियाँ और झाड़ फँसा दिये जाते थे ताकि आकाश में उड़ने वाले जापानी जहाज लारियों को न देख सकें। सिपाहियों से भरी हुई या सामान से लदीं हुई लारियाँ एक दूसरे के पीछे धीमे-धीमे, सम्भल-सम्भल कर, आगे-पीछे से इशारे लेकर चलती थीं। सड़क पर पचासों लारियों के एक साथ चलने से और सिर पर मँडराते हवाई जहाजों की गूँज से

पहाड़ी घाटियाँ थर्राती हुई जान पड़ती थीं। जान पड़ता था, प्रलयकाल में आकाश और पृथ्वी काँप रहे थे।

कोहिमा की ऊँची चढ़ाइयों के पार मनीपुर के समीप पहुँचने पर तोपों और बंदूकों की आवाजें ऐसी सुनाई पड़तीं मानों गोलियों की वर्षा हो रही हो और तोपों की गड़गड़ाहट बादलों की निरंतर गर्जन बन गई हो। घने जंगलों में आधीरात का अँधेरा, मूसलाधार वर्षा, कोई भी अड़चन सिपाहियों के मोर्चे की ओर जाने और मोर्चे से जख्मियों के लौटने के काम में रुकावट न डाल सकती थी। केवल आकाश से बमों की वर्षा होने पर कनवाय के आगे या पीछे चलने वाली गाड़ियों से संदेश मिलने पर लारियाँ रुक जाती थीं। जब तक रुक जाने का हुक्म न मिलता, ड्राइवर आकाश में उड़ते हवाई जहाजों को अपने जहाज समझे रहते थे।

धनसिंह निरंतर प्राणों के भय में रह कर, हुक्म से प्राणों का भय न करने वाले सिपाहियों में रहकर उस भय को जीवन का साधारण क्रम समझने लगा था। कई बार सड़क पर बमों की वर्षा से लारियाँ उड़ जातीं, सड़क टूट जाती। बम वर्षा रुकने पर सड़क फिर ठीक कर दी जाती और लारियाँ चलने लगतीं। प्राणों के इस संकट में एक साथ चलने वाले लोग एक दूसरे के लिये माँ-बाप और सहोदर भाई-बहिनों से भी सगे बन गये। वे प्राणों पर आतंक देखकर भी दूसरों को संकट में छोड़कर भाग जाने की बात नहीं सोचते थे। आपस में भेद-भाव और पर्दा न था; किसी भी प्रकार का पर्दा नहीं; शारीरिक न मानसिक। जीवन के सभी व्यवहार वे एक दूसरे के सामने और एक साथ कर सकते थे। बिना झिझके सब बातें कह-सुन लेते थे। मर्दान, जवाहर, पहलवानसिंह, खेमसिंह, धनसिंह आपस में सगे भाइयों से हो गये थे। वे लोग मस्तिष्क और शरीर में निरंतर बने रहने वाले तनाव की उपेक्षा करने के लिये और शक्ति अनुभव करने के लिए सदा गाली देकर बात करते थे, प्यार-क्रोध, सुख-दुख सब गाली से ही प्रकट करते थे।

दीमापुर से ट्रकों में मोर्चे के लिये सिपाहियों को लेकर या गोला-बारूद लादकर या मोर्चे पर लड़ने वाले सिपाहियों के लिये खाने-पीने का सामान लेकर मनीपुर की ओर जाने में और वहाँ से ज़ख्मी सिपाहियों को लेकर लौटने में चालिस, अड़तालिस और कभी साठ घण्टे तक लग जाते थे। इतना समय धनसिंह और उसके काफिले के लोग तलवार की धार पर रहते परन्तु उन्हें अपनी वीरता पर गर्व करने का भी अवसर न था। कोई एक ही आदमी तो ऐसा साहस कर नहीं रहा था, सभी लोग ऐसा कर रहे थे। उन्हें सोने और खाने के लिये फुर्सत न मिलती थी, चबैना फाँकते रहते थे। आकाश से गोले गिरते समय गाड़ियों को रोक देने का हुक्म मिलने पर, आकाश से बरसती मृत्यु के नीचे ड्राइवरों को नींद आ जाती। किसी को ख्याल न आता कि वे साठ-सत्तर रुपये माहवार के लिये सब कुछ सह रहे थे। वे अपनी ड्यूटी पूरी कर रहे थे।

मोर्चे से लौटने पर कम्पनी कमाण्डर के हुक्म से ड्राइवरों को छटांक-छटांक भर (शराब) मिल जाती थी। कैम्प में प्रायः चौबीस, बत्तीस घंटे सुस्ताने के लिए मिल जाते थे। गाड़ियों को समीप के नाले पर ले जाकर धोना और साफ करना होता था। फुर्सत के समय वे कैन्टीन में अपने पैसे से सस्ती शराब पी सकते थे। उससे भी मन न भरता तो बस्तियों में जाकर 'जूंग' (देहाती शराब) पी लेते। कैम्पों में अनन्नास, नारंगी और उबले हुए अंडे बेचने वाली औरतों से खरीद कर कुछ खाते और उनसे दिल्लगी करते। चोरी से आस-पास की बस्तियों में टहलने चले जाते।

जगह-जगह बड़ी-बड़ी तसवीरें लगी हुई थीं जिनमें बहादुर हिन्दुस्तानी सिपाही जापानी राक्षस को कुचल रहा था। जगह-जगह मलेरिया, आतशिक और सूजाक से सावधानी की सूचनायें लिखी हुई थीं। सिपाहियों के मन और शरीर की थकावट दूर करने के लिये अफसर लोग ग्रामोफोन पर रिकार्ड बजवाते थे। सिनेमा भी दिखाया जाता था। कभी-कभी गाने और नाचने वाले लोग भी बुला लिये जाते थे परन्तु सिपाहियों का सबसे बड़ा मनोरंजन स्वेच्छा से समीप की बस्तियों में घूमने से होता था। कैम्प से बाहर जाने पर रोक थी। फौजी पुलिस पहरा देती थी। हुक्म न मानने पर गोली भी मार दी जा सकती थी परन्तु सभी जानते थे कि इतनी कठिनाई और जोखिम में काम करना था तो कानून को कहाँ तक माना जा सकता था? सिपाहियों को डराना और असंतुष्ट करना भी उचित नहीं समझा जाता था।

सिपाही निरंतर भय में रहने से भय की उपेक्षा करना सीख गये थे। तबीयत में आवारापन उमगता तो वे सूर्यास्त की हाजिरी के बाद चोरी-चोरी कैम्प से निकलकर बस्तियों में चले जाते। ऐसे अपराध के लिये कभी दो-एक को सजा भी दे दी जाती, प्रायः उपेक्षा भी कर दी जाती। केवल एक बात की उपेक्षा नहीं थी। सिपाही आपस में युद्ध की गतिविधि के बारे में समीप आते शत्रु से भय के बारे में और जापानियों या 'आजाद हिन्द सेना' के बारे में तो बात नहीं करते। इस अपराध के लिये क्षमा नहीं थी। जापानियों के तेजी से बढ़ते चले आने की बात उन्हें कोई न बताता था। ऐसी बातें केवल बहुत ऊँचे अफसर जानते थे।

कैम्प में सतर्कता अधिक बढ़ती जा रही थी। जख्मी सिपाही अधिक संख्या में आ रहे थे। कन्वाय छोटे-छोटे बना दिये गये थे। सिपाहियों को आशंका हो रही थी कि दुश्मन बढ़ा चला आ रहा था। एक दिन धनसिंह ने अपने पीछे लारी में जख्मी सिपाहियों को बात करते सुना……लाइन से पचास कदम पर खड्ड थी। खड्ड के पार से 'आ० हि० से०' के सिपाहियों ने गाली देकर ललकारा—मादर……अंग्रेजों के कुत्तो, अपने भाइयों पर गोली चला कर अपनी जान दोगे? हमने जवाब में और जोर से गोली चलाई। धनसिंह ने सुना। उसके मन की गुप्त इच्छा ने सिर उठाया परन्तु यह बात वह किसी से भी नहीं कह सकता था।

अप्रैल के दूसरे सप्ताह में धनसिंह चालीस ट्रकों के काफिले में कोहीमा से जख्मियों को ला रहा था। शत्रु के हवाई जहाज सिर पर आकर चीलों की तरह झपट-झपट कर बम डाल रहे थे। संकेत मिला और काफिला घने पेड़ों की आड़ में खड़ा हो गया। सड़क पर काफिले के आगे-पीछे बमों के विस्फोट का भयंकर शब्द हुआ। काफिला छः घण्टे तक दम साधे खड़ा रहा। अंधेरा घना हो जाने पर काफिला चला और रात भर बिना रोशनी किये सरकता रहा। सुबह के समय फिर शत्रु के हवाई जहाज घिर आये। काफिला फिर रुक गया। फिर बम गिरने लगे। अंतिम दो ट्रक उड़ गये थे। तीसरे पहर काफिला दीमापुर पहुँच गया। दीमापुर पहुँच कर ड्राइवर बमों के गिरने की घटना पर हँस रहे थे। मर्दानसिंह और हातूसिंह अंत के दो ट्रकों के साथ उड़ गये थे।

काफिले ने जख्मियों को हस्पताल में उतार कर ट्रकों को लाइन में खड़ा कर दिया था। कप्तान साहब ने सब ड्राइवरों को अपने हाथ से पीठ पर शाबाशी दी। बड़े अंग्रेज अफसर भी ड्राइवरों की ओर देख कर प्रशंसा से सिर हिलाकर मुस्कराये। सब सिपाहियों

को गोदाम से एक-एक छटांक रम, बिस्कुट और मिठाई का राशन मिला। ट्रक धोने का काम दूसरे दिन के लिये स्थगित कर दिया गया।

धनसिंह और तोतासिंह सिगरेट सुलगा कर टहल रहे थे। तोतासिंह ने सलाह दी—"चल कैन्टीन में और शराब पियें।"

धनसिंह ने अनिच्छा प्रकट की। तोतासिंह ने गाली देकर कहा—"पैसा साथ ले जायेगा साले! परसो मर्दान और होतू की तरह सड़क पर रह जायेगा तो पैसा क्या···में रख लेगा!"

'चल·······" धनसिंह ने आत्मीयता से गाली देकर स्वीकार कर लिया। दोनों ने कैन्टीन से एक-एक छटांक शराब और पी ली। वे और भी पीना चाहते थे परन्तु कैन्टीन वाले को एक समय इससे अधिक देने का हुक्म न था। दोनों टहलते हुए उधर चले गये जहाँ बस्तियों से औरतें अनन्नास, नारंगी और दूसरी चीजें बेचती थीं। तोतासिंह धनसिंह की बाँह में हाथ डाले, टहल-टहल कर औरतों में से जवान छोकरियों को देखकर अपनी राय प्रकट कर रहा था। वह थोंगमा को ढूँढ़ रहा था। उसने धनसिंह से कहा—"मादर····· बिलकुल पटाखा है, फूटने के लिये तैयार!"

थोंगमा कटे हुए अनन्नास में नमक मिर्च लगा केले के पत्तों पर रख कर बेच रही थी। दो आने में एक-एक पत्ता दे रही थी। थोंगमा के फूले-फूले होंठ पान से लाल थे। चौड़े गोल-गोल चेहरे पर दबी-दबी लम्बी-लम्बी आँखें। धनसिंह के लिये इन चेहरों की आयु पहचान लेना कठिन था। ठोस, गदगदे शरीर से बीस-बाइस की लगती थी। थोंगमा रंगीन धारीदार चादर में लिपटी-सिमटी हुई बैठी थी। तोतासिंह धनसिंह की बाँह में हाथ डाले, पंजों पर बोझ देकर थोंगमा के सामने उकड़ूँ बैठ गया। अनन्नास के दो पत्ते लिये, एक धनसिंह के लिये और एक अपने लिये।

तोतासिंह ने एक रुपये का नोट दिया था। थोंगमा ने बारह आने उसकी ओर बढ़ा दिये। तोतासिंह ने पैसे लेने के लिये हाथ बढ़ाया और थोंगमा का हाथ अपने हाथ में दबा लिया।

थोंगमा मुस्करा दी। उसने हाथ पैसों सहित खींच लिया।

तोतासिंह ने पूछा—"जूंग है?"

"गाँव में है।' थोंगमा ने उत्तर दिया।

तोतासिंह ने एक रुपया और थोंगमा को थमा दिया। थोंगमा ने अपने शेष पाँच-सात पत्ते डलिया में समेट लिया और उठ गई। उससे बीस कदम पीछे-पीछे तोतासिंह और धनसिंह टहलते हुए चलने लगे। थोंगमा का गाँव कैम्प से अढ़ाई मील था। तोतासिंह ने दो कुल्हड़ 'जूंग' पी। धनसिंह को भी पिलाई। तोतासिंह ने धनसिंह से भी एक रुपया दिला दिया। तोतासिंह थोंगमा से अश्लील मजाक करने लगा।

थोंगमा ने मुस्कराकर कहा—"हम चीनी लेगा, कपड़ा लेगा!"

तोतासिंह ने दोनों हाथ फैला कर वचन दिया—"इतना चीनी देगा, कम्बल देगा।"

सूर्यास्त हो रहा था। तोतासिंह ने धनसिंह को याद दिलाया—"माँ हाजिरी का वक्त हो रहा है।" दोनों लौट पड़े। राह में देर हो जाने के भय से उन्हें दौड़ना भी पड़ा।

दूसरे दिन नाले पर ट्रक धोते समय तोतासिंह ने धनसिंह से कहा—"साली को सेर भर चीनी और एक कम्बल थमा देंगे। दोनों मज़ा ले लेंगे।"

धनसिंह को बात अच्छी नहीं लगी। चीनी कम्बल दे देने में कुछ भी कठिनाई नहीं थी। कोहिमा में उसने सड़क किनारे मोदी की दुकान से चार पैकेट सिगरेट के बदले एक फौजी कम्बल लारी में से निकाल कर दे दिया था। सरकारी माल का क्या था? वह सोचने लगा—तोता बड़ा बदमाश है, रंडीबाजी करता है। ऐसे झगड़े में मैं दो की जान लेकर आया हूँ। यहाँ तो दुनिया ही ऐसी है।

दो दिन की छुट्टी के बाद भी तीन दिन तक धनसिंह और उसके साथियों की ड्यूटी काफिले में नहीं लगी। ड्राइवरों ने आपस में गुप-चुप किया—शायद सड़क जापानियों ने ले ली होगी। इस बात से उन्हें न कोई चिंता थी, न भय! धनसिंह दिन में खूब सोता और टहलता रहता इसलिये रात में उसे नींद न आती। लेटा-लेटा सोचता, जापानी जीत जायें तो अच्छा हो? जाने कितने दिन लगेंगे? थोंगमा।

पूरे तीन सप्ताह गुजर गये। काफिले कोहीमा, मनीपुर की ओर नहीं गये बल्कि दीमापुर से गोहाटी की ओर जख्मियों को लेकर जाते थे और नये सिपाहियों को ला रहे थे। बहुत बड़ी संख्या में रेल से भी और मोटरों से सिपाही आ रहे थे। अफवाह थी कि मोर्चे पर बंगाल से हवाई जहाजों में सिपाही जा रहे थे। लड़ाई बहुत जोर पर हो रही थी। बरसात भर धनसिंह गोहाटी की ओर काफिले में जाता रहा, बरसात से सड़क टूट जाती थी तो काफिला रास्ते में दो-दो दिन रुका रह जाता था।

सितम्बर में जापानी और आजाद-हिन्द-सेना पीछे हट गये। धनसिंह का काफिला फिर मनीपुर की ओर जाने लगा। काफिला दीमापुर लौट रहा था। उसकी गाड़ी सबसे आगे थी। उसके साथ वायरलेस का आदमी बैठा था। गाड़ियाँ ढलवान पर ब्रेक लगा कर धीमे-धीमे उतर रही थीं। सहसा धनसिंह की गाड़ी के बोनेट पर-गोलियाँ आ पड़ीं और एक गोली उसकी बाँह को छेद गई। साथ बैठे वायरलेस वाले आदमी की कनपटी पर गोली लगी। वह मुख से शब्द निकाले बिना लुढ़क गया। गाड़ी के एक पहिये का टायर गोली से फट कर बैठ गया था। गाड़ी सड़क के किनारे खाई में गिर रही थी। धनसिंह ने एक ही हाथ से बहुत कठिनता से उसे बचाया।

सड़क के किनारे से स्टेनगन (बन्दूक) की कई नालियाँ उसकी ओर उठ गयीं। कीचड़ में लथ-पथ हिन्दुस्तानी सिपाहियों के चेहरे सामने आ गये, उन्होंने ललकारा—''अपने मुल्क और कौम के लिये हमारी तरफ आते हो तो गाड़ी रोक दो!''

धनसिंह ने समझ लिया—आजाद-हिन्द-सेना के सिपाही थे। उसने आत्म-समर्पण के लिये हाथ उठा दिये। उसके पीछे आने वाले ट्रक भी रुक गये, सब ड्राइवर हाथ उठा कर गाड़ियों से उतर गये। ट्रकों में अंग्रेज जख्मी सिपाही भरे हुए थे। आ० हि० से० के अफसर के हुक्म से ड्राइवरों ने फुट बोर्ड पर खड़े हो गाड़ियों को चालू करके खड्ड में लुढ़का दिया। ट्रक सड़क से गिर कर उछलते हुए लुढ़कते नीचे चले गये। उनमें पड़े जख्मी अंग्रेज और अमरीकन बिखर गये। ड्राइवरों ने राइफलें ले लीं और आ० हि० से० के साथ 'जयहिंद' का नारा लगा कर खड्ड में उतर कर जंगलों में पूरब की ओर चले गये।

× × ×

काफिले के बीस ड्राइवर और बीस संतरी आ० हि० से० के बारह आदमियों के घेरे में घने जंगल में चले जा रहे थे। आठ मील पैदल चल कर वे एक छोटे कैम्प में पहुँच गये। कैम्प में फूस के छप्पर थे। आ० हि० से० के अफसर ने ब्रिटिश-भारतीय सेना के ड्राइवरों और संतरी सिपाहियों की राइफलों से गोलियाँ निकलवा लीं और चेतावनी दे दी—"आप लोग देश के दुश्मन का साथ छोड़कर अपनी कौमी-फौज में शामिल हो रहे हैं। हम आपका स्वागत करते हैं। हमें आप पर एतबार है कि आप भागने की कोशिश नहीं करेंगे। भागने की कोशिश करेंगे तो हमें मजबूरन आप लोगों को गोली मार देनी पड़ेगी।"

धनसिंह ने अपनी जख्मी बाँह को दर्द से बचाने के लिए, गले से पट्टी लटकाकर सहारा दे दिया था। एक हाथ से राइफल को कंधे पर संभाले था। दूसरे दिन धनसिंह और उसके साथियों को बड़े कैम्प में जाना पड़ा। एक हिन्दुस्तानी अफसर ने, चपटे चेहरे वाले, उस्तरे से सिर मुँड़े जापानी अफसर के सामने एक-एक सिपाही को अलग-अलग बुलाकर ब्रिटिश-भारतीय सेना की स्थिति के विषय में प्रश्न पूछे। ड्राइवर लोग जितना जानते थे, बता देने में उन्हें आपत्ति नहीं थी। उन्होंने यह अनुभव नहीं किया कि वे विश्वासघात कर रहे थे। अपने दुश्मन की नौकरी से छूटकर अपनी कौम की सेना में जाने से उन्हें संतोष था। वे आ० हि० से० में शामिल होकर अंग्रेज से लड़ने के लिए तैयार थे।

आ० हि० से० के हिन्दुस्तानी डाक्टर ने धनसिंह की बाँह पर दवाई लगाकर पट्टी बाँध दी। वह तीसरे कैम्प की ओर चला। कई जापानी और हिन्दुस्तानी सिपाहियों को खच्चरों पर या बरमी-कुलियों के कंधों पर स्ट्रेचरों में ले जाया जा रहा था। चल सकने वाले पैदल चल रहे थे। जख्मी सिपाहियों के लिए अंग्रेजी फौज के कैम्प में जितना सामान और आराम था वैसा यहाँ न था परन्तु धनसिंह को शिकायत न थी। वह अंग्रेज की नौकरी थी, यह देश का काम था। घने पेड़ों और चट्टानों की आड़ में छोटा-सा अस्पताल था, जख्मी फूस के बिस्तरों पर लेटे हुए थे। जापानी और हिन्दुस्तानी सिपाही अलग-अलग थे। धनसिंह अपनी बाँह को सँभाल कर थोड़ा-बहुत घूम-फिर सकता था। उसने तुरंत ही भाँप लिया, सामान की कमी थी। जापानी सिपाहियों की खातिर ज्यादा थी और हिन्दुस्तानी सिपाहियों की दुर्दशा थी।

हिन्दुस्तानी डाक्टर परेशान था। सिपाहियों के शरीर से गोलियाँ निकालने के लिये, दर्द रोकने वाले इंजेक्शन की दवाई बहुत कम थी। यह दवाई केवल जापानी सिपाहियों के लिये ही दी जाती थी। डाक्टर ने धनसिंह को तसल्ली दी—"बहादुर आदमी हो, हौसला रखो!" कम्पाउण्डर और हिन्दुस्तानी अर्दली ने धनसिंह की बाँह थाम ली। उसने दाँत भींच लिये। गोली निकाल दी गई। धनसिंह की बाँह ठीक होने में पूरा एक मास लग गया।

अस्पताल में एक कम्पाउंडर काँगड़ा जिले का था। सिंगापुर में जिस समय अंग्रेजी सेना ने हथियार डाल दिये थे, वह कम्पाउण्डर सिंगापुर छावनी में था। उसने धनसिंह को बताया—जापानियों ने सिंगापुर को घेर लिया था और पूरा कैम्प उड़ा देने की धमकी दी तो अंग्रेज कमाण्डर ने हुक्म दे दिया हम तुम्हें जापानी फौज के कमाण्डर के हाथ में सौंप रहे हैं। अब तुम्हें जापानी सेना के कमाण्डर का हुक्म मानना होगा। जैसे कोई अपनी बकरियों का गोल बेच देता है। उसके बाद नेता जी आ गये।

कम्पाउण्डर नेतराम नेता जी की बातें करता था तो उसकी आँखें उत्साह और आशा से चमक उठती थीं—जापानियों की मदद है परन्तु हम अपने देश से अंग्रेजों को भगाकर स्वराज्य कायम करेंगे। वह पहाड़ी बोली में जापानियों को भी गाली दे देता, यह····लोग आदमी थोड़े ही हैं, बड़े दगाबाज, बड़े राक्षस हैं। अंग्रेज फिर आदमी है, राज करना जानता है। नौकर को पेट भर खाना देकर, फुसलाकर, खुश रखकर काम लेता है। जापानी तो बदन में संगीन घुसेड़ कर काम लेता है। नेताजी का हुक्म है, जापान की मदद चाहे मिले न मिले, हमें अपनी जान देकर अपना देश लेना है।

धनसिंह सोचता—हिन्दुस्तान में बर्मा की तरह अंग्रेजों के खिलाफ बगावत हो जाये तो महीने भर में हम लोग काँगड़े के किले तक पहुँच जायें। मोर्चे पर जाकर लड़ें। मैं पंजाब की ओर सबसे आगे बढ़ने वाली फौज के साथ चला जाऊँ।

धनसिंह की बाँह हिलने-डुलने लायक होते ही उसे ड्यूटी पर भेज दिया गया। आजाद हिन्द सेना में मोटरों के काफिले न चलते थे। फौज का राशन या सामान पहुँचाने और जख्मी सिपाहियों को पीछे ले जाने का काम प्रायः खच्चरों और कुलियों के कंधों पर होता था। धनसिंह को दो खच्चरों पर एक तोपची रिसाले के लिये राशन लाने ले जाने का काम दिया गया था।

राशन की बहुत कमी थी। अंग्रेजों की छावनियों की तरह चीनी और बिस्कुटों की बोरियाँ इधर-उधर नहीं पड़ी रहती थीं। धनसिंह को याद आता था—दीमापुर और कोहिमा के कैम्पों में सिपाही राशन को बूटों तले रौंद कर चले जाते थे और सड़क के किनारे बच्चियाँ और स्त्रियाँ अपने पेट और शरीर दिखा-दिखा कर मुट्ठी भर चीनी, नमक और कम्बल के लिये अपना शरीर देने के लिये तैयार रहती थीं। आ० हि० सेना में वह आधा पेट खाकर भी लड़ने में गर्व अनुभव करता था। अब वह जनता का दमन करने वालों का नौकर नहीं, जनता का सिपाही बन गया था। उसे नहीं मालूम था कि क्या तनखाह मिलेगी, कब मिलेगी; मिलेगी भी या नहीं? सोचता—एक बार आ० हि० सेना का सामना दीमापुर की हिन्दुस्तानी सेनाओं से हो जाये। सभी लोग अंग्रेजों से जले बैठे हैं, फिर तो अंग्रेजों का अन्त दिनों की बात होगी।

सात नम्बर कैम्प में राशन समाप्त हो गया था। साँझ तक राशन न आने के कारण कैम्प कमाण्डर ने धनसिंह और कालेखाँ अर्दली सिपाही को बेस कैम्प से राशन लाने का हुक्म दिया था। धनसिंह आठ मील पीछे गया। उसने गोदा के जापानी अफसर को चिट्ठी दी। जापानी अफसर ने चिट्ठी देखी और अपने साथ के दूसरे दो जापानी अफसरों से चिड़चिड़ा कर बात करता रहा। इन लोगों से पहले आया अर्दली भी समीप खड़ा था। उसने धनसिंह और अर्दली कालेखाँ के कान के पास मुँह करके कहा—"पाँच घण्टे से खड़ा हूँ। बहन····जापनियों को राशन दे रहा है। साले ने मेरी चिट्ठी फाड़ कर फेंक दी।"

जापानी अफसरों का ध्यान आकर्षित करने के लिए धनसिंह से पहले आये अर्दली ने फिर सलाम किया। अफसर के माथे पर त्योरियाँ गहरी हो गईं। उसने धनसिंह और कालेखाँ को संकेत से अपने पीछे बुला लिया। अफसर एक गढ़े में उतर गया। गढ़े में बीस-पचीस बोरियाँ ऊपर-नीचे रखी हुई थीं। यह बोरियाँ भारतीय फौज से छीनी हुई थीं। उन पर भारतीय फौजी चिह्न थे। अफसर के इशारे से धनसिंह और कालेखाँ एक-एक

बोरी उठा कर अफसर के सामने रख रहे थे। अफसर बोरी में हाथ डाल कर देखता जा रहा था कि उसमें क्या था। चावल और आटे की बोरियाँ उसने एक ओर रखवा दीं। एक बोरी में काली मिर्च थी।

अफसर ने काली मिर्च हथेली पर लेकर इशारे से पूछा—"यह क्या है।"

कालेखाँ ने उत्तर दिया—"काली मिर्च।" अफसर ने इशारा किया, क्या काम आती है?

कालेखाँ ने मुख की ओर हाथ कर बताया, खाई जाती है।

अफसर ने बूट की ठोकर से इशारा किया, बोरी ले जाओ!

कालेखाँ और धनसिंह ने समझाना चाहा कि ऐसी चीज खाकर पेट नहीं भरा जाता। जापानी अफसर ने नाराज होकर घुड़क दिया। काली मिर्च की बोरी न छोड़ते बनता था और न ले जाने से कुछ लाभ था। वे लोग काली मिर्च की बोरी खच्चर पर लादे उदास लौट रहे थे।

कालेखाँ ने धनसिंह को फटकारा—"अबे घबराता क्यों है? हम लोग तो जानवर सिपाही हैं। पहले हमें अंग्रेज जोतता था, उसके पास अच्छा चारा था। वह खूब लड़ाने के लिये हरी-हरी घास और दाना चराता था। अब जापानी के बस हैं। कभी नेता जी की दया से रूस जैसा राज होगा तो हम लोगों के भी दिन फिरेंगे। नेता जी का हुक्म है कि मुल्क की आजादी के लिये सब कुछ सह लो। नेता जी आते हैं तो यह लोग हमसे हँस-हँस के बात करते हैं; नहीं तो जो हाल बर्मियों का है सो अपना है। यह लोग तो हमें कच्चे खा जायें।"

दो घण्टे पहिले दो अंग्रेजी हवाई जहाज बम फेंक गये थे। पगडंडियाँ टूट-टूट कर बिखर गई थीं। राह पहचानी न जा रही थी। चतरसिंह, धनसिंह और कालेखाँ अनुमान से दक्षिण-पश्चिम की ओर चले जा रहे थे। कालेखाँ बार-बार कह रहा था, राह भूल गये हैं, अँधेरे में और भटक जायेंगे। दिन निकलने तक कहीं रुक जायें। काली मिर्च का बोरा जल्दी पहुँचा देंगे तो क्या होगा? चत्तरसिंह और धनसिंह ने बन्दूकें चलने की आहट की ओर चलते जाना निश्चय किया और दक्षिण-पश्चिम की ओर चलते गये। पूर्व की ओर पौ फटने का आभास होने लगा। यह लोग राह निश्चय अब भी न कर पाये थे। थका हुआ खच्चर बार-बर लड़खड़ा जाता था। तीनों एक घने वृक्ष के नीचे, चट्टान की आड़ में बैठ गये। बैठे तो कमर सीधी करने के लिये लेट गये और सो गये।

धनसिंह ने साँस रुकने के कष्ट से छटपटा कर उठने का यत्न किया पर हिल न सका। आँखें खोलने का यत्न किया परन्तु आँखों पर भी कपड़ा दबा हुआ था। उसके हाथ पीठ पीछे बाँध कर आँखों पर से कपड़ा हटाया गया। उसने देखा, उसके दूसरे दोनों साथियों की भी वैसी ही अवस्था थी।

उन्हें पिस्तौल दिखा कर चेतावनी दे दी गयी—"अगर चिल्लाओगे तो गोली मार दी जायेगी! उनके मुख से कपड़ा हटा कर पूछा गया, "तुम्हारी शेष सेना कहाँ छिपी है?"

धनसिंह और उसके साथी अंग्रेजी सेना के स्काउटों के हाथों गिरफ्तार हो गये थे। उन्होंने कोई भी खबर देने से इनकार कर दिया। उन्हें कैम्प में ले जाकर अलग-अलग कैद कर दिया गया और छः घण्टे का समय सोच कर निश्चय कर लेने के लिए दिया गया कि

शत्रु का सब भेद बता दें नहीं तो गोली मार दी जायेगी। छः घण्टे बाद धनसिंह को फिर एक हिन्दुस्तानी और एक अंग्रेजी अफसर के सामने पेश किया गया। वह भय से काँप रहा था परन्तु उसका उत्तर था—"मैं कुछ नहीं जानता।"

धनसिंह को गोली न मार कर दूसरे सैनिक कैदियों के साथ कैद कर दिया गया। दूसरे दिन कालेखाँ भी आ गया। चत्तरसिंह तीन दिन बाद आया। उसके शरीर पर चोटों के निशान थे। चत्तरसिंह को खूब पीटा गया था। उसने बताया, वह अपनी चालाकी के कारण पिटा था। डर कर उसने झूठ बोला था कि उसे आ० हि० सेना ने जबरदस्ती सिपाही बनाया था। वह अंग्रेजी सेना में मिल जाने के लिये भाग कर आ रहा था। अफसर ने उसकी वफादरी की तारीफ की। उसे साथ चल कर आ० हि० सेना के मोर्चे और कैम्प की राह बताने के लिये कहा। वह स्काउट पार्टी को चौबीस घण्टे तक भटकाता रहा। उसे बार-बार गोली मारने की धमकी दी गई। वह गिड़गिड़ा कर कह देता, हुजूर रास्ता नहीं मिल रहा। उसे पीटा गया और फिर अफसर के सामने लाकर पेश किया गया। अफसर ने कह दिया—"हटाओ, डरपोक आदमी है। शायद भूल ही गया हो। दिमाग में गोबर होता है इन सिपाहियों के।"

धनसिंह और उसके साथियों को पन्द्रह दिन तक प्रायः सौ सिपाहियों के साथ तारों से घिरे फूस के झोपड़ों के कैम्प में रखा गया। बाद में सैनिक कैदियों को गोरखा सिपाहियों की गारद की चौकसी में दीमापुर की राह सिलीगुड़ी कैम्प में भेज दिया गया। आ० हि० सेना के सिपाही हिन्दुस्तानी थे और हिन्दुस्तानी सिपाही ही संगीनें चढ़ा कर उन पर पहरा दे रहे थे। पहरेदार सिपाहियों और कैदी सिपाहियों को आपस में बात करने की बिलकुल मनाही थी। पहरेदार सिपाही अपनी राजभक्ति और स्वामिभक्ति के अभियान में आ० हि० सेना के कैदी सिपाहियों को नमक-हराम समझ कर घृणा करते थे और आ० हि० सेना के सिपाही पहरेदार सिपाहियों को अंग्रेजों के टुकड़ाखोर कुत्ते, टुकड़े के लिये देश को बेचने वाले गद्दार समझते थे। आ० हि० सेना के सिपाहियों को आशा थी, शीघ्र ही उनकी विजय होगी और वे अपने आजाद देश के भाइयों से गले मिलेंगे।

शनैः-शनैः पहरेदार और कैदी सिपाहियों में जाति और भाषा का सामीप्य प्रकट होने लगा था। कायदे की सख्ती के बावजूद बाहर से कैम्प में खबरें आने लगीं। छिपा कर अखबार भी आने लगे थे। अंग्रेजों की नीति से सिपाहियों के दिल मुर्झाने लगे थे। आ० हि० से० के सिपाही अपने अंधकारमय भविष्य के लिये तैयार होने लगे थे। उन्हें एक ही सान्त्वना थी कि वे देश के लिये लड़े थे, उसका परिणाम जो हो........।

× × ×

युद्ध में ब्रिटेन की विजय हुई। जेल-कैम्पों में बंद आ० हि० से० के सिपाही निराश हो गये थे परन्तु उन्हें समाचार मिलने लगे कि देश की जनता उनकी मुक्ति का आन्दोलन कर रही थी। कैम्पों में छँटनी और जाँच पड़ताल होने लगी। सिपाहियों के पुराने लेखे और हिसाब देखे जाने लगे कि वे किस अवस्था में आ० हि०. से० में जा मिले थे, विवशता में अथवा अपनी इच्छा से। जो सिपाही भय और विवशता से आ० हि० से० में सम्मिलित हुए थे, उन्हें निर्दोष माना गया। जो अपनी इच्छा से, कर्त्तव्य समझ कर आ० हि० से० में गये थे, वे अविश्वास के योग्य और अपराधी माने गये। धनसिंह के छूटने

की बारी नहीं आ रही थी क्यों कि वह डरपोक न होने के कारण विश्वास योग्य न समझा गया था।

देहली में आ० हि० से० के नेताओं का मुकदमा चल रहा था। सम्पूर्ण देश और आ० हि० से० के कैदी उत्सुकता से मुकद्दमे के परिणाम की प्रतीक्षा कर रहे थे। जनता की प्रबल माँग के सामने अंग्रेज सरकार को झुक जाना पड़ा। आ० हि० से० के नेताओं के छूटने के तीन मास पश्चात् धनसिंह भी बाँकीपुर सैनिक जेल कैम्प से रिहा कर दिया गया।

अपनी-अपनी राहें

प्रोड्यूसर सुतलीवाला 'गरीब की आह' फिल्म में नायिका की भूमिका करने के लिये पहाड़न से अनुरोध कर रहा था। उस समय पहाड़न तीन फिल्मों में काम कर रही थी। उसने कहा—''मेरे पास समय कहाँ है?'' सुतलीवाला ने उसकी सुविधा से सब प्रबन्ध करने का आश्वासन दिया तो पहाड़न ने पचहत्तर हजार माँगा।

सुतलीवाला मुस्करा दिया—''वाह, गरीब की आह के इतने दाम हो गये तो अब गरीबी शेष न रहेगी?''

पहाड़न परिहास पर मुस्करा कर चुप रह गई।

सुतलीवाला ने गंभीरता से कहा—''असलियत तो है कि 'गरीब की आह' सुनी ही नहीं जाती। नहीं तो उसकी आह में इतना बल है कि मौजूदा सम्पूर्ण सामाजिक व्यवस्था भस्म हो जाये!'' सुतलीवाला ने समाज के प्रति भयंकर क्रोध प्रकट करने के लिये मुख से सिगार के धुएँ का बहुत बड़ा बादल छोड़ दिया और हाथ में थमे गिलास पर आँखें गड़ा कर उसे हिला दिया। ह्विस्की मिले सोड़े में से सैकड़ों बुलबुले फूट पड़े, जैसे बड़े भारी विक्षोभ का विस्फोट हो गया हो।

सुतलीवाला पहाड़न से आँखें मिलाये कहता गया—''जानती हैं आप, इस युद्ध में एक अरब रुपया रोजाना खर्च हो रहा है। इसलिये कि एक राष्ट्र दूसरे राष्ट्रों के शोषण का अधिकार चाहता है परन्तु यदि संसार में गरीब की आह सचेत रूप से संगठित हो जाये तो संसार भर के समाज से शोषण की समस्या एक दिन में, एक ही दिन में हल हो जाये।''

पहाड़न सुतलीवाला की बुद्धिमत्ता के प्रभाव से मौन हो गई। उसने स्वीकृति में पलकें झपक लीं।

सुतलीवाला अपनी बात जमती देख कर हाथ के गिलास की उपेक्षा कर बोला—''गरीब कौन है? गरीब स्वयं नहीं जानता कि वह लुट रहा है।'' और उसने पहाड़न की आँखों में आँखें गड़ा कर कहा, ''आप इस फिल्म के पचहत्तर हजार चाहती हैं। आप कहेंगी तो मैं दूँगा। आप समझेंगी बहुत ले लिया पर मैं दूँगा कहाँ से? रुपया पूँजी लगाने वालों का है। कुछ आपको दूँगा, कुछ दूसरे एक्टरों को दूँगा। मैं दिन-रात सिर तोड़ परिश्रम करके फिल्म बनावाऊँगा। उसे बेचने की जहमत उठाऊँगा, कुछ मैं लूँगा। इसमें पूँजीपतियों की बैंकों में पड़ी हुई प्रायः चार लाख की पूँजी लगेगी। आप जानती हैं, इस फिल्म से कितना रुपया कमाया जाना चाहिये?''

सुतलीवाला ने हाथ उठा कर उसे बताया—''बारह-चौदह लाख! वह जायेगा पूँजीपतियों के पास। मैं और आप अपनी कला से, अपने परिश्रम से पूँजीपतियों को कमा

कर देते हैं। उनके पास हमारी मेहनत के रूप में और अधिक पूँजी जमा हो जाती है। हम पर उनका कब्जा और अधिक मजबूत हो जाता है।''

सुतलीवाला रहस्य के स्वर में बोला—''मैं सोशलिस्ट हूँ, इसलिये यह सब भेद आपको बता रहा हूँ। मैं चाहता हूँ, हम इंटलेक्चुअल (बुद्धिजीवी) लोगों का शोषण न हो। आप कम्पनी से पचहत्तर हजार नहीं, एक लाख माँगिये, दिलाना मेरा काम है।'' उसने अपने सीने पर हाथ रख लिया। स्वर धीमा करके कहा, ''आपको खर्च चलाने की तो तंगी है नहीं, दूसरी कम्पनियों में आपका काम चल रहा है। आपको जरूरत होगी तो उसका प्रबन्ध हो सकता है। आप कम्पनी से कहिये, इस फिल्म में पार्ट करने के लिये कम्पनी में आपके एक लाख के 'शेयर' होंगे। मुनाफे में आपको मिलेगा तीन लाख!''

पहाड़न की आँखें विस्मय से फैल गईं। सुतलीवाला ने उसके सामने हाथ फैला दिये—''कम्पनी के प्रबन्ध में आपका हाथ होना चाहिये। आप पचहत्तर हजार रुपये की नौकर बन कर अपना शोषण क्यों करायें? आप मेहनत करती हैं, आपको मालिक होना चाहिए। जो मेहनत करता है, उसी को मालिक होना चाहिये।'' सुतलीवाला की उँगलियों में थमा हुआ सिगार बुझ गया था। उसने हाथ मेज पर पटका तो उपेक्षित पड़ी ह्विस्की के गिलास में से महीन बुलबुलों का भँवर उठने लगा।

सुतलीवाला ने समझाया—''इसी तरीके से हम समाज में वैधानिक और शांत क्रांति कर सकते हैं। कम्युनिस्ट लोग तो मजदूरों को भड़का कर शोर कर देते हैं। मजदूर पिट कर चुप हो जाते हैं। क्रांति मजदूरों के हाथ की बात नहीं है। आप इकनामिक्स और पालिटिक्स में गहरे जाइये तो देखेंगी कि क्रान्ति मिडिल क्लास के बुद्धिजीवी लोगों का ही काम है। वही लोग तो वास्तव में समाज को चला रहे हैं। आज वे समाज को पूँजीपतियों के लिए चला रहे हैं। वे सचेत हो जायें तो समाज को अपने हित में चला सकते हैं।''

सुतलीवाला पहाड़न की विस्मय से फैली हुई बड़ी-बड़ी आँखों में देख मुस्करा कर बोला—''आप सोच लीजिए, आपको जैसे भी सुविधा होगी, दो-चार इधर या दो-चार उधर में निश्चय हो जायेगा। बात अपने ही हाथ में है। असल बात मैंने आपके सामने रख दी है।''

पहाड़न ने सुतलीवाला के प्रस्ताव के अनुसार 'गरीब की आह' में काम करने के विषय में कई दिन तक सोचा। मन में आया, बनवारी को बुला कर राय ले परन्तु वह बनवारी के व्यवहार से चिढ़ी हुई थी......अपने आपको जाने क्या समझता है?'' मेरा काम क्या उसके बिना चल नहीं सकता?

सुतलीवाला पहाड़न से मिलता रहता था। प्रत्येक मुलाकात पर सुतलीवाला का प्रभाव बढ़ता जा रहा था। सुतलीवाला स्वयं ही उसके भविष्य की समस्या पर बात करता रहता। पहाड़न ने उनका प्रस्ताव मान लिया। अपनी ओर से उसने बनवारी को शिल्प का असिस्टेन्ट डाइरेक्टर बनाने का अनुरोध किया।

'गरीब की हाय' फिल्म का प्रचार बहुत जोर से किया जा रहा था। प्रोड्यूसर सुतलीवाला ने सबसे प्रसिद्ध एक्टर मुनव्वर को भी पचास हजार के ढेके पर नायक की भूमिका में ले लिया था। उसके भी पचास हजार के शेयर थे और पचीस हजार नकद लेने की बात थी। मुख्य एक्टर और एक्ट्रेस उस फिल्म में काम कर रहे थे इसलिए शेष एक्टर और एक्ट्रेसें सुतलीवाला को काफी सस्ते दामों और उधार मिल गये। दूसरे दर्जे के

एक्टर, एक्ट्रेसों को लोभ था कि प्रसिद्ध अभिनेताओं के साथ काम करने से उनका नाम चमकेगा।

फिल्म शूटिंग तेजी से हो रहा था। बम्बई के 'मधुबन' सिनेमा ने लाहौर, दिल्ली और कलकत्ता आदि के कई सिनेमाओं में फिल्म के बुकिंग के लिए पाँच लाख पेशगी जमा कर दिया था। पहाड़न संतुष्ट थी कि उसने भूल नहीं की थी। सुतलीवाला उसके यहाँ आता रहता था। कभी वह पहाड़न को अपनी गाड़ी में संध्या समय के लिए ले जाता। बातचीत कम्पनी के प्रबन्धक तक ही सीमित न रहती थी। सुतलीवाला की सज्जनता और चतुरता से प्रभावित होकर पहाड़न ने उससे अपनी बैंक में जमा रकम के विषय में भी राय ली थी। सुतलीवाला ने उसे स्टील और दूसरी चीजों के शेयर खरीदवा दिये थे।

एक दिन सुतलीवाला ने दस हजार रुपये पहाड़न के सामने रख दिये।

पहाड़न ने विस्मय से पूछा—"यह कैसे?"

सुतलीवाला ने उत्तर दिया—'आप दूसरे व्यक्ति की मार्फत शेयर खरीदतीं तो यह उसका कमीशन होता। मुझे कम्पनियों ने कमीशन दिया है परन्तु आपके काम पर मैं कमीशन नहीं लूँगा। यह काम मैंने अपना समझ कर किया है।"

पहाड़न की आँखों में कृतज्ञता की तरलता आ गई। उसने अनुरोध किया—"नहीं यह आपका है, आप रखिये। मुझ पर आपके और काफी एहसान हैं।"

सुतलीवाला ने उदासी से कहा—"मैं रुपये का क्या करूँगा? मेरा जीवन बहुत संक्षिप्त और महत्वाकांक्षी है। मैं तो केवल चाहता हूँ, दूसरों के साथ अन्याय न हो। अपने निर्वाह के लिए मैं पर्याप्त कमा लेता हूँ। क्यों व्यर्थ जमा करूँ?" उसने दुखित स्वर में अपनी व्यथा सुनाई, "विवाह किये डेढ़ बरस हो गया था परन्तु पत्नी से उसकी एक दिन के लिए भी न बनी थी। पत्नी के विचार, स्वभाव और प्रकृति दूसरे ढंग के थे और उसके दूसरे। हम लोग एक ही मकान में रहते हैं परन्तु एक दूसरे को देखे सप्ताह बीत जाता है। अपना नैतिक कर्तव्य समझ कर निबाह रहा हूँ। यदि मेरा मकान देखो, तो वहाँ किसी स्त्री की छाया दिखाई न देगी। वह कभी दोपहर में अकेले जाकर कुछ देर बैठ जाती है और कभी रात भर नहीं आती। उसकी अपनी सोसायटी है, अपने मित्र हैं। वह समझती है, मैं उसके योग्य नहीं हूँ; मुझसे भी उसका तीखा स्वभाव और अहंकार सहन नहीं होता।"

पहाड़न को बहुत विस्मय हुआ, इतने सज्जन के साथ जिस स्त्री का निर्वाह नहीं हो सकता, वह कैसी होगी? उसने समवेदना की उत्सुकता में कई प्रश्न पूछे। सुतलीवाला ने बिना संकोच बता दिया—दो बरस पूर्व वह मंसूरी पहाड़ पर था। उस समय उसका एक पंजाबी मित्र भी अपनी बहिन के साथ उसी होटल में था। वहीं मिसेज सुतलीवाला से परिचय हुआ था। उस समय बहुत सज्जन जान पड़ी थी। सप्ताह भर में कोई आदमी किसी को क्या पहचान सकता है? दोनों ही एक-दूसरे को भले लगे थे। मित्र लाहौर लौट गया तो उसकी बहिन से पत्र-व्यवहार होता रहा। एक दिन सहसा उसकी बहिन का पत्र आया कि मुझसे विवाह करना चाहती थी। फिर तार आया कि विवाह की तारीख निश्चित कर दी गई थी। वह वचनबद्ध था। विवाह के तीसरे दिन उनमें लड़ाई हो गई थी।

पहाड़न ने सुतलीवाला के प्रति सहानुभूति से एक गहरा साँस लेकर कहा—"ऐसी औरत को देखना चाहती हूँ परन्तु मैं तुम्हारे यहाँ जाऊँ तो मुझसे लड़ेगी तो नहीं?"

"नहीं, कभी नहीं। शायद वह प्रसन्न होगी कि उसे मुझे तलाक दे देने का बहाना मिल गया।" सुतलीवाला हँस दिया।

पहाड़न लजा गई। उसने विरक्ति से कह दिया—"तुम्हीं तलाक क्यों नहीं दे देते?"

"व्यर्थ में एक स्त्री का जीवन खराब हो जायेगा।" सुतलीवाला के स्वर में करुणा थी।

पहाड़न ने उस करुणा का विरोध किया—"वाह!"

× × ×

पहाड़न अपनी विक्षिप्त मानसिक अवस्था में सहारे के लिये बनवारी की ओर झुकी थी। बनवारी ईमानदारी से या कायरता से पीछे हट गया था। पहाड़न अपमान पाकर आश्रय की खोज में भटक रही थी तो सुतलीवाला उदार हृदय और दूरदर्शी बुद्धि लेकर उसके सामने आ गया था। वह सदा निस्वार्थ रह कर पहाड़न के हित की चिन्ता करता था। पहाड़न को लगता, ऐसे उपकारी व्यक्ति के लिए वह कुछ नहीं कर सकती।

सुतलीवाला पहाड़न के भविष्य की बात करते समय कहता—हम लोग ऐसा कर सकते हैं, वैसा कर सकते हैं। पहाड़न को लगा, अच्छा हुआ कि वह बनवारी से बच गई।

बनवारी आता तो अब पहाड़न उससे उतनी आंतरिकता से बात न करती। यदि वह पहले की तरह कह देता, 'पहाड़न हम पीयेंगे' तो पहाड़न को कमीशन और असभ्यता जान पड़ती। वह चुप रह जाती, जैसे सुना नहीं। अब वह स्वयं भी नींद लाने के लिये पी लेने की आवश्यकता न समझती थी। नींद आने से पहले सुतलीवाला की बात सोचती रहती। उस मिठास की तुलना में नशे की जड़ता अच्छी न लगती। बनवारी कम ही आता था। पहाड़न मन में कुढ़ती, असिस्टेन्ट डायरेक्टर बना दिया, इसे मिजाज हो गया!

एक दिन सुतलीवाला के उपकार की बात सोचते-सोचते पहाड़न को बनवारी पर क्रोध आ गया—इसने मेरा निरादर किया है। मुझे सदा ऐसे सम्बोधन करता है जैसे मेरी कोई हैसियत नहीं। यह मुझे रंडी समझता है। उस दिन से पहाड़न को बनवारी की सूरत से घृणा होने लगी। सुतलीवाला उसे सम्मानित महिला का व्यवहार करता था। बनवारी ने उससे खोद-खोद कर सब बातें पूछ डाली थीं परन्तु सुतलीवाला ने कभी एक भी प्रश्न पहाड़न के दुर्भाग्य के दिनों की बाबत न पूछा था, सदा उसके प्रति सम्मान का व्यवहार करता।

पहाड़न ने शनिवार रात दो बजे तक स्टूडियो में काम किया था। रविवार दिन में ग्यारह बजे उसकी नींद टूटी। उतावली में नहा कर कपड़े बदले। सुतलीवाला ने साढ़े ग्यारह बजे आने के लिये कहा हुआ था; छुट्टी के दिन कहीं चलेंगे, दोपहर का खाना बाहर खायेंगे। सुतलीवाला बारह बजे तक भी नहीं आया था। पहाड़न उसके यहाँ न कभी फोन करती थी, न कभी जाती थी। उसे झगड़ालू मिसेज सुतलीवाला से बहुत भय लगता था कि वह सुतलीवाला को परेशान करेगी।

पहाड़न परेशानी में इस कमरे से उस कमरे में भटक रही थी। उसकी दृष्टि सड़क पर थी और कान सुतलीवाला की मोटर के हार्न की प्रतीक्षा में। सुतलीवाला पौन बजे आया। पहाड़न को लगा, वह उदास था और मुस्कराहट से उदासी छिपाने का यत्न कर रहा था। पहाड़न ने उसकी गाड़ी में बैठ कर पूछा—"क्यों बात क्या है?"

सड़क पर काफी भीड़ थी। सुतलीवाला शहर से निकल जाने के लिये गाड़ी को सावधानी से तेज चला रहा था। पहाड़न भी साँस रोके शहर से बाहर निराले में पहुँच जाने की प्रतीक्षा में थी।

पहाड़न ने कई बार आग्रह किया तो सुतलीवाला ने उत्तर दिया—"वह मेरी जिन्दगी दूभर किये हैं।"

"क्यों क्या कहती है?" पहाड़न ने आशंका से पूछा।

"तलाक चाहती है।"

"तो मरने दो चुड़ैल को!" पहाड़न ने क्रोध में गहरा साँस छोड़ कर कहा।

"सोच लो!" सुतलीवाला ने उत्तर दिया।

"क्यों?" पहाड़न ने विस्मय से आँखें फैला कर पूछा।

"लोग कहेंगे मैं पहाड़न से ब्याह करने के लिये तलाक दे रहा हूँ।"

पहाड़न की आँखें झुक गईं। पल भर सोच कर उसने सुतलीवाला की ओर देख कर दुखी स्वर में प्रश्न किया—"तुम इसमें अपना अपमान समझते हो?"

"मैं? मुझे केवल तुम्हारे सम्मान का ख्याल है।"

पहाड़न आँचल मुख पर रख कर रो पड़ी।

सुतलीवाला ने पहली बार साहस किया। उसने पहाड़न को बाँहों में लेकर पूछा—"रोती क्यों हो; क्या मेरी बात बुरी लगी?"

"मुझे रोने दो।" पहाड़न ने उत्तर दिया, "एक उम्र के बाद आज सुख से रो रही हूँ।"

पहाड़न कई मिनट तक रोती रही। सुतलीवाला उसका सिर अपने सीने पर दबाये रहा। पहाड़न ने आँसू पोंछे बिना अपना मुख सुतलीवाला की ओर उठा कर उसके गले में बाँहें डाल कर कहा—"आज मैंने जीवन में......सच कहो, तुम मुझे कभी नहीं छोड़ोगे?"

सुतलीवाला ने अपने ओठों के दबाव से उसके होंठों से निकलते शब्द रोक दिये।

× × ×

मनोरमा को प्रति दूसरे सप्ताह बैरे के हाथ से लिफाफे में सौ रुपये के नोट मिल जाते थे। यह रुपया लेने में उसे बहुत ग्लानि अनुभव होती थी। यह बात उसने भूषण के अतिरिक्त किसी दूसरे को न बताई थी। भूषण ने उसे समझाया था—"उसमें लज्जा या ग्लानि की बात क्या है? तुमने पन्द्रह हजार रुपया नकद दिया हुआ है। उसके यहाँ खाना ही तो खाती हो।"

सुतलीवाला से रुपये मिलते रहने के कारण मनोरमा को बस और ट्राम के टिकट खरीदने में कठिनाई न होती थी, आवश्यकता होने पर टैक्सी भी ले सकती थी। भोजन के लिये मालाबार हिल लौटना आवश्यकता न होता। वह भूषण को सस्ते चारमीनार सिगरेट के बजाये अच्छे सिगरेट खरीद देती। कभी वे दोनों या दूसरे कामरेडों के साथ सिनेमा भी देख लेते थे। भूषण को देशी फिल्में देखने का शौक न था; मनोरमा को तो उनसे चिढ़ थी। यहाँ तक कि स्वयं सुतलीवाला की बनवाई फिल्म 'दिन और रात' भी वह कभी देखने न गयी थी।

सोमवार को मनोरमा घर से चल रही थी तो बैरे ने उसे रकम का लिफाफा दे दिया। मनोरमा ने लिफाफा खोल कर देखा। दस-दस के दस नोटों के साथ टाइप किया हुआ एक पत्र भी मिला। मनोरमा तिबत्ती से ढलवाँ सड़क पर उतरते हुए पत्र पढ़ने लगी। ज्यों-ज्यों पत्र पढ़ती जा रही थी, उसकी चाल धीमी होती जा रही थी। सड़क पर एक ओर खड़ी होकर उसने पत्र को दुबारा पढ़ा। वह विस्मित और परेशान हो गयी। पल भर सोच में खड़ी रही। पैदल चल सकना कठिन हो गया। उसने खाली जाती टैक्सी को संकेत से बुला लिया।

मनोरमा पार्टी दफ्तर के सामने टैक्सी से उतरी। उसने कलाई की घड़ी देखी, दो बज चुके थे। खाने की छुट्टी का समय पूरा हो चुका था। उस समय भूषण को बुलाना ठीक नहीं था। टैक्सी का भाड़ा चुका कर वह पैदल 'सोवियत मित्र-संघ' के कार्यालय की ओर लौट गई।

साप्ताहिक पत्र के प्रूफ मनोरमा की प्रतीक्षा कर रहे थे। काम में उसका ध्यान न जमा। सुतलीवाला के पत्र की पंक्तियाँ बार-बार आँखों के सामने नाच जाती थीं। सोच रही थी—उसका मतलब क्या है? गनीमत थी कि कामरेड मिसेज नीता दफ्तर में न थी। कामरेड आवरे अगले संस्करण का मैटर तैयार कर रहा था। वह बार-बार पुकार लेता था—"कामरेड यह देखोगी? वंडरफुल, बड़े काम की चीज मिली!"

मनोरमा झुंझला उठी—"प्लीज डोंट डिस्टर्ब!" वह उठी और भूषण को फोन पर बुला कर कह दिया, "एक बहुत जरूरी काम है। छः बजे सीधे यहाँ आ जाना।"

मनोरमा के स्वर में उतावली अनुभव कर भूषण ने पूछा—"कोई खास बात है?"

मनोरमा को कहना पड़ा—"नहीं, बस तुम आ जाना।"

भूषण ने कहा—"यदि खास बात नहीं है तो साढ़े-सात बजे रखो। काम खत्म करके, खाना खाकर आऊँगा।"

मनोरमा झुंझला उठी—"खाने से पहले ही आना।"

मनोरमा छः बजे भी प्रूफ समाप्त न कर सकी थी। उसने आवरे से सहायता माँगी।

आवरे ने मजदूरी माँग ली—"एक प्याला चाय और एक पैकेट चारमीनार देना होगा।"

मनोरमा ने झुंझला कर एक रुपया फेंक दिया। रुपया लेकर आवरे ने सलाम किया और सब प्रूफ मनोरमा के सामने से उठा लिये।

मनोरमा मुस्करा दी—"थैंक्यू, गुड कामरेड!"

मनोरमा फिर पार्टी दफ्तर पहुँच गई। उसे भूषण के कमरे में जाकर पुकारना पड़ा। भूषण ने नीचे सड़क पर आकर पूछा—"घबराई हुई हो, क्या बात है?"

"बताऊँगी।" मनोरमा ने उत्तर दिया और एक टैक्सी को संकेत से बुला लिया। भूषण ने टैक्सी में बैठ कर अपना प्रश्न दोहराया। मनोरमा बटुए को दोनों हाथों से दबाये चुप रही। संकेत कर दिया, अभी ठहरो। बालकेश्वर के समीप मनोरमा ने टैक्सी छोड़ दी। चढ़ाई पर चढ़ कर कुंज के नीचे वे उसी बेंच पर बैठ गये जहाँ दो बरस पहले मनोरमा ने अपने विवाह की भूल भूषण को बताई थी। मनोरमा ने अपने ब्लाउज में से पत्र निकाल कर भूषण को दे दिया, "पढ़ो!"

"रोशनी के नीचे जाना होगा।" भूषण ने कहा।

"यहीं बैठो, मैं बताती हूँ अच्छा जाओ, पढ़ लो।"

भूषण पत्र पढ़ कर लौटा। उसने पूछा—"तो फिर?"

"तुम बताओ?" मनोरमा के स्वर में कम्पन था।

"उपाय ही क्या है? यदि तुम तलाक के लिये अर्जी नहीं दोगी तो वह दे देगा। तुम क्या तलाक नहीं चाहतीं?"

"हाय, चाहती क्यों नहीं, परन्तु कारण क्या बताया जायेगा?"

"कानून में तो कारण तीन ही हैं, किसी दूसरे से सेक्स सम्बन्ध, मारपीट या नपुंसकता। लेकिन अदालत में प्रमाण चाहिये। किस बात का प्रमाण दिया जा सकता है?"

मनोरमा ने चिंता से कहा—"ऐसी बात मैं अदालत के सामने कैसे कह सकती हूँ? पहली दो बातों में से कोई है नहीं, कम से कम मुझे मालूम नहीं है। प्रमाण क्या है?"

"हूँ" भूषण बोला, "उसने लिखा है, वह अदालत में सफाई नहीं देगा। एकतरफा डिग्री हो जायेगी परन्तु ऐसी बात वह केवल दुराचार या क्रूरता का अभियोग लगाने के मामले में ही सहन कर सकता है। तुम दरखास्त नहीं दोगी तो वह दरखास्त दे देगा। उसे गवाह पेश करने में भी कोई दिक्कत नहीं होगी। वह दस झूठे गवाह तुम्हारे दुश्चरित्र होने के सम्बन्ध में पेश कर सकता है परन्तु ऐसा करने से उसकी अपनी बदनामी होगी। वह नपुंसक कहलाने की अपेक्षा दुष्चरित्र कहला कर अपनी मर्दानगी का ढोल पीटना अधिक पसन्द करेगा। आजकल वह कर क्या रहा है?"

"शायद फिल्में प्रोड्यूस कर रहा है। अखबारों में विज्ञापन तो निकल रहा है कि एक्ट्रेस पहाड़न के सहयोग से कोई फिल्म बना रहा है।"

"किसी एक्ट्रेस को तो नहीं फँसा रहा?"

"सभी कुछ सम्भव है।"

"यही बात है, तभी अपना रास्ता साफ करना चाहता है। सुनो, वह तलाक चाहता है तो उसे ही इसका प्रबन्ध करना चाहिये। उसने लिखा तो है 'यह जीवन न तुम्हारे लिये सह्य है, न मेरे लिये, न हम लोग पति-पत्नी का जीवन निबाह रहे हैं। तुम पर बन्धन क्यों हो?' परन्तु इसमें उसका अपना प्रयोजन और कोई चाल अवश्य है। तुम उसे कहो कि वह स्वयं तुम्हारी ओर से दरखास्त बनवा दे और गवाहों के नाम दे दे। हाँ सावधान! तुम अपने हाथ से लिख कर कुछ मत देना। देखो, उसने भी पत्र पर दस्तखत नहीं किये हैं।"

"हूँ।"

"इसके बाद?" भूषण का स्वर बदल गया था। उसने मनोरमा की पीठ पर हाथ रख दिया।

मनोरमा ने एक दीर्घ निश्वास लिया। उसकी आँखें मुँद गईं और उसका सिर भूषण के कंधे पर टिक गया।

"बोलती क्यों नहीं?" भूषण ने अधीरता से पूछा।

"क्यों; अभी क्या कम सताया है?"

भूषण उसका मुँह अपनी ओर उठाना चाहता था।

"अब इतने बेसब्र क्यों होते हो?" मनोरमा मुस्करा दी।

भूषण झेंप गया।

भूषण को विश्वास न था कि सुतलीवाला केवल अपने और मनोरमा के जीवन से पाखण्ड दूर करने के लिए अपने विवाह सम्बन्ध को समाप्त कर देना चाहता है। उसे सन्देह था, सुतलीवाला कोई और बड़ा पाखण्ड रच रहा है। सिनेमा संसार से सम्बन्ध रखने वाले लोगों से बातचीत करने पर उसे मालूम हुआ कि सुतलीवाला पहाड़न के प्रति बहुत अनुरक्त है। पहाड़न के साथ साझे में फिल्म बना रहा है। चोटी के दो एक्टरों को लेकर अपनी कम्पनी बना रहा है। भूषण ने समझ लिया, सुतलीवाला मनोरमा को विवाह के बन्धन से मुक्ति दे देने के लिए क्यों आतुर है।

सुतलीवाला का पत्र पाने के बाद मनोरमा के लिये उसके मकान वेव्स क्रेडल में पाँव रखना भी असह्य हो गया था। वह भोजन के लिये न लौटती थी परन्तु रात बिताने के लिए उसे आना ही पड़ता था। रात में किसी दूसरी जगह कैसे रह जाती? कोई भली स्त्री रात अपने घर के अतिरिक्त और कहाँ बिता सकती है? वह घर चाहे उसका न रहा था परन्तु उसका घर और कहाँ था? समाज की दृष्टि में तो वही उसका घर था। तलाक के विचार से उसे मुक्ति और अपमान दोनों ही अनुभव हो रहे थे। वह अपने आपको समझाती, वह परम्परागत संस्कारों का प्रभाव है। मुक्ति के लिए कुसंस्कारों से भी मुक्ति आवश्यक है। परन्तु अपमान अनुभव होता था कि वह दूसरी स्त्री की तुलना में ठुकराई जा रही थी। मनोरमा मन को समझाती—क्यों; मैं तो स्वयं छोड़ रही हूँ!...... परन्तु दूसरी बात की भी उपेक्षा न कर पाती थी।

मनोरमा सोचती—यह पहाड़न कौन है? सुतलीवाला की वास्तविकता नहीं जानती होगी......एक्ट्रेस हो तो है। दोनों एक-दूसरे से मतलब पूरा करना चाहते होंगे। पति-पत्नी के विचार से न इसे कोई प्रयोजन होगा न उसे। इन दोनों की निभ जायेगी। दोनों मिल कर दुनिया को ठगेंगे।

पहाड़न के बड़े-बड़े चित्र, शहर भर में लगे हुए थे। उसके कामुकता पूर्ण गाने भी रिकार्डों पर जहाँ-तहाँ सुनाई देते रहते थे परन्तु मनोरमा ने उसे फिल्म में एक बार भी न देखा था। उसके चित्रों की ओर भी ध्यान न दिया था। भूषण ने मजाक में कहा भी था—'देखें तो सही, यह हमारे पंजाब की कौन पहाड़न है, कैसी है?"

"मरने दो, हम क्यों देखें", कह कर मनोरमा झुँझला उठी थी, "होगी कोई तुम्हारी पहाड़न बहन, तुम पहाड़ी हो! जाओ देखो उसे?" और मुस्करा देती, "तुम्हारी पहाड़नें खूबसूरत तो होती ही हैं, चालाक भी। वह सोमा ही क्या कम थी......!"

मनोरमा को रास्ते में पहाड़न का बड़ा-सा, दैत्याकार चित्र दीवार पर दिखाई दे जाता तो आँख उस पर उठ जाती। मन ही मन वह कहती—'उस' के लिये तुम्हीं ठीक हो! तुम 'उस' के कान काटना, वह तुम्हारे काटेगा। इसके साथ ही खयाल आ जाता, वेब्स क्रैडल को छोड़ कर वह कहाँ जायेगी?

मनोरमा उदास हो जाती। अपमान और बहिष्कार में लिपटी हुई मुक्ति का बोझ हृदय पर अनुभव हुए बिना न रहती मैं कहाँ जाऊँगी? सोचती, पार्टी आफिस में चली जाऊँगी, फुटपाथ पर सो जाऊँगी; नहीं तो क्या सुतलीवाला से कहूँगी कि मुझे चरणों में से न

हटाओ, मेरा चाहे जो करो! मैं तुम्हारी दासी हूँ, पतिव्रता दासी! उसका मुख कड़वा हो जाता कि सड़क पर थूक दे।

सुतलीवाला ने मनोरमा की ओर से वकील से दरखास्त बनवा दी थी। गवाही में घर के बैरे का नाम दे दिया था। दरखास्त में सुतलीवाला पर दुराचार और क्रूरता का आरोप था। अदालत में एक मास बाद की तारीख पड़ी थी। सुतलीवाला सफाई के लिए न पहुँचा तो अदालत ने पन्द्रह दिन बाद की तारीख डाल दी।

मनोरमा को अदालत जाना मौत मालूम होता था परन्तु मजबूरी थी। उसने यह भेद किसी पर प्रकट नहीं किया था। वह लज्जा के मारे मरी जा रही थी। अदालत के सामने उसे अपनी दरखास्त की बात दोहरानी पड़ी। बैरा सुलेमान गवाही में पेश हुआ। उसने वकील की जिरह के उत्तर में मनोरमा की बातों को कुछ उलट-फेर से दोहरा दिया। जज साहब नहीं चाहते कि बसा हुआ परिवार टूट जाये। उन्होंने एक बार फिर सुतलीवाला को सम्मन भेज दिये। सुतलीवाला ने अपना मोहरबन्द लिखित बयान भेज दिया था कि वह कोई सफाई नहीं देना चाहता था। तलाक मंजूर हो गया।

मनोरमा ने अदालत में सुतलीवाला से गुजारा दिलवाये जाने के लिए प्रार्थना नहीं की थी। अदालत ने स्वयं ही उसे तीन सौ रुपया माहवार का गुजारा दिया जाने का आदेश दे दिया था। मनोरमा दुबारा विवाह न कर ले तो सुतलीवाला को उसे आजीवन प्रति मास तीन सौ रुपया देते रहना होगा।

कामरेड नीता मनोरमा के साथ अदालत गई थी। नीता ने अपने स्वभाव के अनुसार अदालत का फैसला सुन कर, अदालत के सामने ही मनोरमा को अत्याचार से मुक्ति पर बधाई दे दी। मनोरमा संकोच से चुप थी परन्तु नीता उत्साह से उतावली हो रही थी। वह झेंपती हुई मनोरमा को बाँह से पकड़े सीधे पार्टी-दफ्तर में ले गई और उसने मनोरमा की मुक्ति की घोषणा कर दी। नीता मनोरमा को ऐसे सम्भाले हुए थी कि नई बहू को गृह-प्रवेश करा रही हो। मनोरमा भी संकोच से नई बहू की तरह सिमटी हुई थी।

बहुत से कामरेड अपना काम छोड़ कर संकोच से सिमटी हुई मनोरमा को घेर कर खड़े हो गये थे। उमेश ने गर्दन ऊँची करके बहुत जोर से पुकार कर कहा—"तो फिर····· अब?" उसने प्रेमाहत की मुद्रा से हृदय पर हाथ रख लिया।

पारो ने उमेश के कन्धे पर धक्का देकर फटकारा—"हट, पागल।"

मंगल बोला—"आखिर कोई तो आशा कर सकता है! किसी के लिए तो अवसर होगा!"

कामरेड ओक ने कहा—"नहीं-नहीं, यह तिकड़म नहीं चलेगी। बाकायदा स्वयम्बर होगा। हम भी धनुष उठायेंगे। ढलती उम्र में एक बार आजमा कर देखेंगे। अपने मजाक पर प्रसन्न होकर उसने अपने खिचड़ी केशों पर हाथ फेरा।

मिसेज गोगरे इस कोलाहल से परेशान हो गई थी। वह अपनी जगह पर बैठे-बैठे चश्मे के ऊपर से घूर कर पुकारा उठी—"यह क्या बेवकूफी है काम के समय!"

भूषण और नीता मनोरमा को सेक्रेटरी के सामने ले गये। सेक्रेटरी की मिची हुई आँखें कागजों से उठीं, उसके हजामत से ढके चेहरे पर मुस्कराहट आ गई। नीता की बात सुनते-सुनते वह हथेली पर सुरती की चुटकी तैयार करने लगा।

सेक्रेटरी ने अनुनति दे दी—"मनोरमा जन-नाट्य-संघ में काम करने वाली लड़कियों के साथ अँधेरी में रह सकेगी। दूसरी लड़कियों के साथ नित्य ट्रेन से अपने काम पर आ सकेगी।"

नीता ने ऊँचे स्वर में कहा—"कामरेड, देखो इस पागल को। अदालत ने उसे तीन सौ रुपया माहवार गुजारा दिलाया है। यह कहती है, मैं नहीं लूँगी। क्यों नहीं लेगी...... तुमने नहीं माँगा पर कोर्ट देता है तो क्यों नहीं लेगी! उस बदमाश से इतनी मुहब्बत अभी बाकी है तुम्हें!"

सेक्रेटरी ने सुत्ती की चुटकी निचले होंठ के नीचे दबा कर उत्तर दिया—"इसके कहने से क्या होता है? इसे पार्टी को ४० रु० माहवार वेतन देना पड़ेगा। इसकी जो आमदनी है, पार्टी की होगी। अच्छा!" उसने आँखें अपने काम की ओर कर लीं।

मनोरमा इस कोलाहाल से छुट्टी पाकर टैक्सी ले अपना व्यक्तिगत सामान लेने वेव्स क्रैडल में पहुँची। वापस लौट कर आई तो याद आया, भूषण ने पार्टी के कुछ गुप्त कागज उसे सम्भाल कर रखने के लिये दिये थे और उसने एक बड़ी आलमारी के पीछे छिपा कर रखे हुए थे, उन्हें भूल आई थी। वह तुरन्त लौट पड़ी।

पहाड़न के मन में मिसेज सुतलीवाला को एक बार देखने का कौतूहल तो अवश्य था परन्तु आशंका भी थी कि जो औरत इतने सज्जन पुरुष के साथ सदा कलह किये रहती है, उसे देखते ही जाने क्या बक बैठे या कर बैठे। इस आशंका में पहाड़न ने सुतलीवाला का घर देखने की उत्सुकता को भी दबा लिया था। सुतलीवाला को अपना और मनोरमा का तलाक स्वीकृत हो जाने का समाचार मिल गया था। उसने घर पर फोन कर बैरे सुलेमान से पूछ लिया कि मेम साहब अपना सामान लेकर जा चुकी थीं। उसने पहाड़न से अनुरोध किया कि उसके साथ वेव्स क्रैडल में चले और उसके साथ भोजन भी करे। पहाड़न कब से इस दिन की प्रतीक्षा में थी। पहाड़न ने उमंग में उस दिन की रिहर्सल आधे में छोड़ दी और सुतलीवाला के साथ तीसरे पहर मालाबार हिल चली गई।

सुतलीवाला ने गाड़ी मकान के बरामदे के साथ खड़ी की और पहाड़न को सहारा देकर गाड़ी से उतार कर बरामदे में ले जा रहा था कि भीतर से मनोरमा कुछ कागज और पुस्तकें लिये साम्ने वाले कमरे में आती दिखाई दी। सुतलीवाला ने सोचा, यह क्या फिर आई है? उसने मनोरमा को देख कर भी अनदेखा कर दिया।

पहाड़न उस कलहन स्त्री को अब भी वहीं खड़ी देख कर आशंका से सिटपिटा गई। अपनी बाँह सुतलीवाला के हाथ से छुड़ा कर पहाड़न ने उस स्त्री से आँखें फेर लीं। मनोरमा भी अपनी जगह संकुचित हो गई थी परन्तु उसने पहाड़न की ओर देखा तो स्तब्ध रह गई और पुकार बैठी—"सोमा!"

पहाड़न अकस्मात बिजली के स्पर्श से चौंक पड़ी। उसने मनोरमा की ओर देखा। मनोरमा सुतलीवाला की उपेक्षा कर उसके समीप आ गई थी।

पहाड़न ने मनोरमा को पहचाना और काँप उठी। मनोरमा एक कदम और आगे बढ़ी और उसने पहाड़न के गले में बाँह डालकर पुकार लिया—"सोमा बहिन!"

पहाड़न के पाँव लड़खड़ा गये। मनोरमा ने उसे संभालने की चेष्टा की परन्तु वह फर्श पर बैठ गयी और मूर्च्छित हो गयी। मनोरमा घबरा गयी। अपने हाथ के कागज और पुस्तकें उसने एक ओर रख दीं और पहाड़न को उठाने का यत्न करने लगी। सुतलीवाला

आगे बढ़ आया। उसने पहाड़न को कन्धे से सम्भाला और मनोरमा ने घुटनों से। दोनों ने उसे उठा कर भीतर पलंग पर लिटा दिया।

मनोरमा ने बैरे को पुकार कर पानी मँगाया, पहाड़न के मुख पर छींटे दिये और अखबार से हवा करने लगी। दो मिनट और बीत गये। पहाड़न को सुध न आयी। मनोरमा चिन्ता से पलंग पर झुकी हुई थी। उसे सुतलीवाला का स्वर सुनायी दिया—

"तुम जाओ, मैं डाक्टर बुला लूँगा।"

मनोरमा सुतलीवाला की ओर देखे बिना पलँग से हट गयी। उसने अपने कागज और पुस्तकें उठा लीं और मकान से चली गयी। सिर झुकाये सोचती चली जा रही थी— सोमा ही पहाड़न है····इतना परिवर्तन सम्भव है? आदमी क्या है, और उसके कितने रूप हो सकते हैं! एक दिन धर्मशाला में उसके यहाँ भूषण सोमा को कुत्तों के भय से काँपती हुई बकरी की सी अवस्था में लाया था। वह धनसिंह के लिये जान दे देना चाहती थी। पुलिस के भय से उसका गर्भपात, उसका बाजार जाने से डरना! भैया की उस पर ज्यादती, बड़ी भाभी का अन्याय! आज वह दुनिया को अँगूठा दिखा रही है! अपना बदला ले रही है·····क्या वह सुतलीवाला के साथ सुखी रह सकेगी? क्या इतनी चालाक हो गयी है?

मनोरमा के कदम अभ्यासवश रास्ते पर तिबत्ती की ओर उठते जा रहे थे परन्तु तिबत्ती पहुँच वह दूसरी राह कैण्डी बीच की ओर लौट पड़ी और समुद्र किनारे बनी हुई दीवार पर बैठकर सोचने लगी—सोमा ही पहाड़न है। मनुष्य को कोई समझ सकता है, पहचान सकता है?·····सूर्यास्त होकर अँधेरा छा गया परन्तु मनोरमा बैठी रही।

मनोरमा ने होंठों से सीटी बजाने की आवाज सुनी। घूम कर देखा कोई आदमी उसे देख कर सीटी बजा रहा था। उसने अपनी घड़ी देखी, साढ़े आठ बज रहे थे वह उठी और तेज चाल से सैण्डहर्स्ट रोड की ओर चल दी।

× × ×

पहाड़न के मूर्च्छित होने के आधे घंटे बाद डाक्टर पहुँचा। डाक्टर के प्रायः पन्द्रह मिनट तक उपचार करने के पश्चात पहाड़न ने आँखें खोलीं। उसका रंग सूखे पत्ते की भाँति पीला पड़ गया था। उसने चकित आँखों से चारों ओर देखा। डाक्टर की ओर देखा। उसे न पहचान कर प्रश्नात्मक दृष्टि से सुतलीवाला की ओर देखा।

सुतलीवाला ने मुस्कराकर उसे आश्वासन दिया······"घबराइये नहीं। यह हमारे मित्र डाक्टर साहब हैं। अब आप बिलकुल ठीक हैं।"

डाक्टर पहाड़न को गरम दूध या चाय देने और बिलकुल चुपचाप लेटे रहने का आदेश देकर चला गया। डाक्टर के जाते ही पहाड़न ने पूछा—"वह कहाँ है?"

"वह तो तभी चली गयी थी।" सुतलीवाला ने पहाड़न के केशों पर हाथ रख कर उतर दिया, "अभी चुप रहो।"

"कहाँ गयी है वह?"

डाक्टर पहाड़न के लिये नींद की दवाई दे गया था। सुतलीवाला ने कहा—"अभी गरम दूध से यह दवाई ले लो, चिंता न करो। चिंता की कोई बात नहीं है।" पहाड़न अधिक न बोले इसलिये सुतलीवाला पलंग के समीप से हट गया था। उसे दो बार पहाड़न की धीमी पुकार सुनायी दी, "सुनिये! सुनिये!"

सुतलीवाला पहाड़न को बोलने के श्रम से बचाने के लिये भीतर नहीं आया परन्तु स्वयं उलझन भरी उत्सुकता से जेबों में हाथ डाले बालकनी में टहलता हुआ स्थिति का अनुमान करने की चेष्टा कर रहा था······ये क्या आपस में परिचित हैं? शायद बचपन की सहेलियाँ हैं य सम्बन्धी हैं। पहाड़न छिप कर घर से भागी हुई होगी! जो भी हो! दोनों मिलेंगी तो म्नोरमा इसे मेरी बाबत क्या कहेगी? पहाड़न उसका विश्वास करेगी या मेरा? इसके लिए मैंने इतना कुछ किया है, इस फिल्म में इसकी काफी रकम लगी हुई। महीने ही दिन का और मामला है।······मैं सब संभाल लूँगा। मेरी अवस्था भी अब ठीक है। इसमें और उसमें फरक भी तो है। वह बिलकुल जवान थी। उसके लिये वैसे ही आदमी की जरूरत थी······।

सुतलीवाला ने अपनी चिन्ता में दबे पाँव भीतर जाकर देखा, पहाड़न दवाई के प्रभाव से सो गयी थी। उसकी कलाई छूने पर ज्वर मालूम हुआ। पहाड़न की नींद दो घंटे बाद टूटी। उसने सुतलीवाला से पूछा—"क्या बजा है?"

सुतलीवाला ने बताया—"नौ बज रहे हैं। घबड़ाओ नहीं, मैंने आर्केट स्टूडियो में फोन कर दिया है कि तुम्हें ज्वर है, स्टूडियो नहीं आ सकोगी।"

"मैं अपने म्कान पर जाऊँगी!" पहाड़न ने कहा।

"यह भी तुम्हारा ही मकान है। तुम्हारा शरीर कुछ गरम है। ऐसी व्यवस्था में हवा लगने का डर है। तुम्हारे लिये नर्स बुला दूँ?"

"नहीं, मैं ठीक हूँ।·······तुम्हारा तलाक इसी से हुआ है?" पहाड़न ने सुतलीवाला की आँखों में देख कर पूछ लिया।

"हाँ, तुम इसे कैसे जानती हो?"

पहाड़न ने सुतलीवाला की बात का उत्तर न देकर पूछा—"ब्याह कब हुआ था?"

"तुम्हें बताया तो था, दो बरस पहले।"

"दो बरस पहले?" पहाड़न ने सोच कर पूछा, "यह तुमसे झगड़ती रहती थी?"

"तुम चिन्ता न करो।" सुतलीवाला ने पहाड़न के सिर पर हाथ फेरा।

"अब वह यहाँ आयेगी?"

"कभी नही। क्यों, तुम उससे मिलना चाहती हो?"

पहाड़न ने सिर हिला कर इनकार कर दिया।

पहाड़न चाहती थी कि अँधेरी में अपने मकान पर चली जाये परन्तु ज्वर अधिक होने के कारण डाक्टर ने उसे बिस्तर से हिलने की अनुमति नहीं दी। सुतलीवाला ने उसे जाने न दिया और चिन्ता न करने का आश्वासन देता रहा। सुतलीवाला ने पहाड़न को ज्वर की अधिकता में नींद के समय धीमे-धीमे बड़बड़ाते सुना—"नहीं, मैं सोमा नहीं हूँ, मुझे रहने दो।·····मुझे रहने दो! बरकत मेरा कोई नहीं!"

सुतलीवाल भाँप गया, पहाड़न अपनी पिछली बातों को खोलना नहीं चाहती थी। उसने वह सब जानने की इच्छा भी प्रकट न की। मन में सोचा, यदि आवश्यकता होगी तो पहाड़न के नौकर बरकत से मालूम हो जायेगा।

× × ×

पहाड़न रात भर स्टूडियो से न लौटी तो उसकी आया और महाराजिन चिंतित हो गईं। उन्होंने चिन्ता बरकत के सामने प्रकट की। बरकत भी आशंकित हुआ। रात में देर

चाहे जितनी हो जाये, तीन बज जायें या चार, पहाड़न घर अवश्य लौटती थी। बरकत पहाड़न का पता लेने के लिये आर्केट स्टूडियो में गया। वहाँ मालूम हुआ, रात पहाड़न आई ही नहीं थी। फोन आया था कि बीमार है। स्टूडियो नहीं आई। वह कंचन स्टूडियो में गया। वहाँ पता चला कि पिछले दिन पहाड़न आधा काम छोड़ कर सुतलीवाला के साथ चली गई थी। बरकत का माथा ठनका। लोग कह रहे थे—दोनों की बहुत घुट रही है, शादी करायेंगे······बरकत ने सोचा, अगर सुतलीवाला पहाड़न को लेकर उड़ गया तो उसका क्या होगा? "हमने उस मादर······के लिये जान लड़ा दी है, खतरा सिर लिया है।"

बरकत सुतलीवाला के दफ्तर का पता लगा कर 'फोर्ट' पहुँचा। दफ्तर के दरवाजे पर आ० हि० सेना के गढ़वाली सिपाही चौकीदार ने बरकत की पोशाक देख कर उसे भीतर न जाने दिया और कह दिया—"साहब अभी मकान में नहीं आया।"

बरकत अपनी बाँहों और जाँघों के पुट्ठों पर हाथ फेरता हुआ परेशानी से दफ्तर के सामने चक्कर काटता रहा। लगभग एक घण्टे बाद सुतलीवाला की सुरमई रंग की गाड़ी आई।

"पहाड़न कहाँ हैं?" बरकत ने उद्धत स्वर में सुतलीवाला को सम्बोधन किया।

सुतलीवाला ने उसकी उग्र मूर्ति देख कर उत्तर दिया—"मेम साहब की तबीयत खराब है।"

बरकत दोनों हाथ कमर पर रखकर बोला—"हम उसे घर ले जायेंगे।"

"अभी नहीं। डाक्टर ने मना किया है। हम उन्हें घर पहुँचा देंगे, फिकर मत करो।"

बरकत ने सुतलीवाला की राह रोककर मूँछों पर ताव देते हुए कहा—"हमसे मत बनो, हम सब समझते हैं। किसी और ख्याल में मत रहना; पहाड़न हमारी निकाह की औरत है। हम तुम्हारी सब साहबी झाड़ कर रख देंगे!" बरकत की साँस से शराब की बू आ रही थी, आँखें भी लाल थीं।

सुतलीवाला ने अपने चौकीदार की ओर देखा। चौकीदार ने आगे बढ़ कर बरकत को दोनों बाँहों से थाम एक तरफ ढकेल दिया—"पीछे हटो!"

सुतलीवाला दफ्तर में जा छिपा। बरकत मूछों पर ताव दे-दे कर गाली देता हुआ चला गया—"······समझेंगे!"

सुतलीवाला ने पहाड़न की आया और महराजिन को खबर दे दी थी कि पहाड़न को स्टूडियो में सहसा बहुत ज्वर हो गया था, दो-चार रोज में घर आ जायेगी, चिंता न करें। वे लोग ममता और चिंता से पहाड़न की प्रतीक्षा कर रही थीं। उन्होंने पहाड़न की बीमारी की खबर बरकत को देकर आश्वासन दिया परन्तु बरकत को विश्वास न हुआ। उसे शंका थी कि सुतलीवाला ने पहाड़न को उड़ा लिया है, उसे छिपाये हुए है। उसका अनुमान था—शायद इन मादर····ने उसके साथ ऐसा दुर्व्यवहार किया है कि वह उठने लायक नहीं है। आया और महराजिन को मालकिन के बीमार होने की चिन्ता थी, बरकत को अपना एक मात्र आधार उड़ा लिये जाने का क्रोध था।

× × ×

मनोरमा कैण्डी-बीच से लौटी तो उसे पता लगा कि पार्टी दफ्तर से अँधेरी जाने वाले सब लोग सात बजे की गाड़ी से जा चुके थे। वह अकेली कहाँ जाती? 'रेड-फ्लैग हाल'

में पारो के यहाँ ही ठहर गयी। उसे ध्यान न था कि कुछ खाया है या नहीं। पारो ने पूछा तो याद आया। पारो उसे एक ईरानी होटल में ले गयी और कुछ खिला दिया। मनोरमा अब तक सोमा के ध्यान में खोयी हुई थी।

पारो ने अनुमान किया मनोरमा तलाक की चोट से अवसंन्न थी। पारो ने उसे सांत्वना तो दी परन्तु कुसंस्कार के कारण दुखी होने के लिए फटकारा भी।

मनोरमा को रात भर नींद न आयी। वह चुप लेटी रही। सोमा के धर्मशाला में उसकी कोठी पर आने से लेकर लाहौर में बड़ी भाभी और माँ जी द्वारा घर से निकलवा देने तक सोमा का जीवन, सोमा में शनैः-शनैः आते परिवर्तन स्मृति में घूमते रहे। इससे पहले मनोरमा उन परिवर्तनों को स्पष्ट नहीं देख पायी थी। जब भूषण लाहौर में अंतिम बार आया था, मनोरमा ने सोमा को उसके सामने बुलाकर बैठा दिया था। वह सोमा को पहचान न पाया था और जाते समय कह गया था, अब धन सिंह आये भी तो क्या यह उसके साथ रह सकेगी? अब वह स्वयं कितना परिवर्तन देख रही थी। उसे सहसा पहचान न सकी थी। अब वह दीवारों पर मुस्कराने वाली, रिकार्डों में कूकने वाली पहाड़न है।

मनोरमा सुबह आठ बजे पार्टी आफिस पहुँची। उसने गत रात की घटना भूषण को सुनायी।

भूषण ने विस्मय से भवें सिकोड़ कर पूछा—"सच! पहाड़न ही सोमा है?"

मनोरमा और भूषण ने उस संध्या 'मन का चोर' फिल्म देखी और सोमा को पहाड़न के रूप में पार्ट करते देखकर विस्मित रह गये। भूषण बार-बार कह उठता था—"आदमी क्या है; उसके कितने रूप हो सकते हैं, कोई नहीं कह सकता।"

मनोरमा और भूषण सिनेमा से लौट रहे थे। मनोरमा सुतलीवाला के यहाँ सोमा से भेंट होने की घटना दोहराने लगी। भूषण ने टोककर पूछा–"तुम यह सोचो, यदि अब धनसिंह लौटकर उसके सामने आये तो क्या होगा?"

मनोरमा ने गहरी साँस ली—"उस बेचारी का क्या कसूर है?"

"कसूर न सही," भूषण ने प्रश्न किया, "परन्तु होगा क्या?"

"वह न ही आये!" मनोरमा ने फिर निश्वास लिया।

मनोरमा कुछ ऐसी व्यथा अनुभव कर रही थी कि सोमा उसकी बेटी या छोटी बहन हो। वह सोमा के जीवन के लिये स्वयं उत्तरदायी हो।.........वह बेहोश क्यों हो गयी? वह सोमा को गले लगाकर सांत्वना देना चाहती थी, उसकी बात सुनना चाहती थी। लाहौर में घर से निकाल दिये जाने पर क्या हुआ था; अब कैसी बीत रही है? बेचारी ने बहुत धोखा खाया है, अब तो बचे। मैं उसे बता देती कि सुतलीवाला कैसा आदमी है।

मनोरमा ने सोचा कि वेव्स क्रैडल में जाकर पता करे परन्तु सुतलीवाला ने जिस स्वर में कहा था—"अब आप जाइये!' वह वहाँ कैसे जा सकती थी। मनोरमा ने दो बार वेव्स क्रैडल में टेलीफोन करने का यत्न किया परन्तु सुतलीवाला ने फोन को जाने क्या कर दिया था कि घंटी ही न बजती थी। सोमा से मिलने की उत्सुकता में मनोरमा ने बम्बई में उस समय चालू पहाड़न की सभी फिल्में देख डालीं। मनोरमा ने विवश होकर सुतलीवाला को अंग्रेजी में एक पत्र लिखा—

''प्रिय, मिस्टर सुतलीवाला,

मैं यह जानने के लिए बहुत उत्सक हूँ कि पहाड़न का क्या हाल है। आशा है, उसे अधिक कष्ट न हुआ होगा। उससे कहियेगा कि मैं एक बार उससे मिलने के लिए बहुत उत्सुक हूँ। यदि सम्भव हो तो मैं उसकी सहायता करना चाहती हूँ।''

तीसरे दिन उत्तर आया—

''प्रिय महोदया,

आपके पत्र के लिए धन्यवाद। मिस पहाड़न मजे में हैं। आपके संदेश के उत्तर में उनका निवेदन है कि आप उनकी चिन्ता न करें; वे इसे ही विशेष कृपा समझेंगी। धन्यवाद।''

मनोरमा के मन पर आघात लगा। सोचा—यह सुतलीवाला की करतूत है पर हो सकता है, सोमा अब मुझसे न मिलना चाहती हो। कितना परिवर्तन आ गया है उसकी स्थिति में····और बेहोश क्यों हो गयी थी? जो हो, वह प्रसन्न रहे। मनोरमा को सुतलीवाला के उत्तर से इतना अपमान अनुभव हुआ कि उसने इसकी चर्चा भूषण से भी न की।

मनोरमा को मालूम हो गया था कि पहाड़न अँधेरी में ही रहती थी परन्तु सुतलीवाला का वह पत्र पाकर उसे पहाड़न के यहाँ जाने की इच्छा न हुई। सोचा—सम्भव है, सोमा ने ही ऐसा पत्र लिखवाया हो। वह बीती दुखद स्मृतियों से दूर रहना चाहती हो। इसमें उसका क्या दोष? मैंने उसका कभी कुछ बिगाड़ा नहीं परन्तु वह तो पूरे समाज से डरी हुई है। अपने नये जीवन को प्राणपण से बचाना चाहती होगी। उसे पूरे अतीत से आशंका होगी।

सुबह अँधेरी में चाय पीकर दफ्तर जाना, दोपहर का भोजन कम्यून में, संध्या समय सात बजे की गाड़ी से सबके साथ अँधेरी लौट जाना। मनोरमा की दिनचर्या ऐसी थी कि भूषण से मिलने का समय कम ही मिलता था परन्तु सन्तोष था, दोनों समीप थे। संध्या समय यदि दोनों घंटे, दो घंटे साथ रहना चाहते तो मनोरमा अपने दल से पिछड़ जाती थी। कोई कुछ न कहता था परन्तु साथियों का ध्यान इस ओर जाता तो मनोरमा को संकोच होता।

पार्टी के स्त्री-पुरुष साथियों में परस्पर प्रणय न चलता हो, ऐसी बात न थी। साथी लोग वैंकटा और पारो के विवाह की मिठाई खाने की उत्कट प्रतीक्षा में थे। रमेश और सुमति का प्रेम भी चल रहा था, यह सभी लोग जानते थे। भूषण और मनोरमा भी आपस में उनकी बात करके प्रसन्न होते थे परन्तु नौजवान लड़के-लड़कियों की बात और थी। मनोरमा अपने पत्र की सहकारी अध्यक्ष थी और भूषण भी बुज़ुर्ग कामरेड समझा जाता था। वे ऐसे परिहास की स्थिति पैदा नहीं कर सकते थे। यदि हो तो बाकायदा पार्टी को सूचना देकर विवाह हो। तलाक के तुरन्त बाद विवाह भी ठीक नहीं जान पड़ता था। इतनी जल्दी मनोरमा के हृदय से उस घटना की कटुता भी दूर नहीं हो पायी थी। कभी वह सोचती, कितनी यातना सह कर भूषण का सामीप्य पाया है, अब भी क्यों तरसती रहे? फिर उस तीव्र सुख को कल्पना से काँप उठती····हाय इतनी जल्दी कैसे हो सकता है!

× × ×

पहाड़न का ज्वर तीसरे दिन संध्या समय उतर गया था परन्तु सुतलीवाला ने उसे दो दिन और अपने यहाँ रोक रखा। उसे आशंका थी कि बरकत के उद्धतपने से सोमा को दूसरा मानसिक आघात न लगे। पहाड़न को सावधान करने के लिए उसने बरकत के अपने दफ्तर पर आने की घटना बता दी थी। पहाड़न को उससे कुछ विस्मय न हुआ था।

"वह बड़ा कमीना है। कुछ भी कर सकता है। तुम उससे बचकर रहना।" पहाड़न ने सुतलीवाला के प्रति चिन्ता से कहा।

सुतलीवाला ने उसे आश्वासन दिया—"तुम चिन्ता न करो। वह हम लोगों का कुछ नहीं बिगाड़ सकता। उसका प्रबन्ध कर दूँगा।"

पहाड़न अँधेरी लौट स्टूडियो जाने लगी थी। सुतलीवाला से स्टूडियो में मुलाकात हो जाती थी या कभी स्टूडियो से वेव्स क्रैडल होकर लौटती थी। सुतलीवाला को उसने अपने यहाँ आने से मना कर दिया था। आवश्यकता होती तो सुतलीवाला फोन पर बात कर लेता था।

पहाड़न और सुतलीवाला के बीच में बरकत ही व्यवधान बना हुआ था। दोनों चितिंत थे, कैसे उसका निपटारा किया जाये? पहाड़न उस दुष्ट को अब सह न सकती थी। सुतलीवाला ने आश्वासन दिया—"घबराओ मत! या तो वह उम्र भर के लिए जेल चला जायेगा या फिर अनन्त समुद्र है। इसमें बम्बई की लाखों लाशें खप चुकी हैं।"

पहाड़न काँप उठी—"न, कहीं ऐसा न कर बैठना कि लेने के देने पड़ जायें। तुम पर किसी तरह की आँच न आये। मैं ऐसे ही अच्छी हूँ।"

बरकत का उद्धतपना बढ़ता ही जा रहा था। उसने अपने एक और साथी को बुला कर साथ रख लिया था। नये आने-जाने वालों को टोक बैठता—"कौन हो? कहाँ से आये हो?" उसे संदेह था, सुतलीवाला दूसरों के हाथ संदेश भेजता है। पहाड़न के लिए यह अपमान और विवशता सर्वथा असह्य हो गये थे।

पुनः परिचय

धनसिंह आजाद हिन्द सेना के पैंसठ सिपाहियों के साथ बाँकीपुर जेल कैम्प से रिहा हुआ था। उसने मुआफी न माँगी थी और न गिरफ्तार होने पर जबरन आजाद हिन्द सेना में भरती कर लिए जाने की फरियाद की थी। उसकी सब तनख्वाह जब्त कर ली गयी थी। रिहा होने पर उसे केवल पचीस रुपये किराये और खुराक के लिए मिले थे।

पटना पहुँचने पर जनता ने आजाद हिन्द सेना के लोगों को हार पहना कर उनका खूब स्वागत किया। सभा में उनकी वीरता और त्याग की प्रशंसा की गयी। संध्या समय कांग्रेस की ओर से सिपाहियों को दावत दी गयी। दूसरे दिन भी दोनों समय दो बड़े आदमियों ने दावतें दीं और सभाओं में आजाद हिन्द सेना के वीरों को आजादी के अगुआ कह कर उनकी प्रशंसा की गयी।

वह सब आदर और प्रशंसा पाते समय धनसिंह जल्दी से जल्दी पंजाब धर्मशाला लौट कर सोमा को ढूँढ़ने की चिन्ता कर रहा था। अब भी अंग्रेजी राज था, अंग्रेजी राज की पुलिस का राज था। पंजाब धर्मशाला वह केवल नाम और भेष बदल कर जा सकता था। धनसिंह मन ही मन निश्चय किया कि पहले पटने में ही अपने लिए कोई सुरक्षित स्थान बना ले। फिर चुपके से काँगड़ा जाकर सोमा को ले आयेगा। लोग कहते थे, कांग्रेसी राज हो गया है परन्तु उसे कोई अन्तर दिखायी न दे रहा था। उसने उदासी से मन ही मन कहा—जैसी आजादी देश भर को मिल गयी है, वैसी हमें भी मिल गयी है। जैसे सब लोग निर्वाह करेंगे, वैसे ही हम भी कर लेंगे।

आदर और जलसों का बवन्डर जल्दी ही समाप्त हो गया। धनसिंह अपने प्रति आदर और श्रद्धा प्रकट करने वालों के पास सहायता माँगने पहुँचा। वह दान की सहायता नहीं चाहता था। चाहता था, उसे नौकरी दिला दी जाये। आदर और श्रद्धा प्रकट करने वालों को नौकरी और रोजी ढूँढ़ने का झमेला पसन्द न आया। उसे राय दी गयी—अपने देश, अपने लोगों में जाकर ही नौकरी ढूँढ़ना अच्छा होगा। नौकरी में जान-पहचान जमानत की जरूरत होती है। यहाँ तुम्हारे घर-बार को कौन जानता है?

धनसिंह ने आदर और सत्कार के खोखलेपन से निराश होकर सोचा, वह क्या करे? जानने-पहचानने वाले लोग तो काँगड़ा, धर्मशाला में ही थे परन्तु वहाँ जाने का साहस उसे न था। इस संकट में याद आया, अर्जुनलाल!

धनसिंह कानपुर पहुँचा। कानपुर में आ० हि० सेना के सिपाहियों के आदर-सत्कार और उनके ठहरने के लिए कैम्प में अच्छा-खासा प्रबन्ध था। धनसिंह वहाँ न जाकर अर्जुनलाल का पता लगाने के लिये परेड समीप, कम्युनिस्ट पार्टी के दफ्तर में गणेश से मिला। गणेश ने अर्जुनलाल का पता बता दिया। अर्जुनलाल कांग्रेस के नये चुनाव में

व्यस्त देहातों में घूम रहा था। धनसिंह गणेश के पास लौट आया और नौकरी की बात करने लगा। संध्या समय गणेश उसे सिनेमा दिखाने ले गया।

कानपुर में 'जलता घोंसला' फिल्म चल रही थी। धनसिंह ने दीमापुर कैम्प में दो-चार बार सिपाहियों को दिखाई जाने वाली फिल्में देखी थीं। आ० हि० सेना में और बाद में लगभग एक वर्ष तक जेल कैम्प में उसे फिल्म देखने का कोई अवसर न मिला था। वह उत्सुकता से फिल्म देख रहा था। पर्दे पर पहाड़न को देखते ही जैसे उसे बिजली सी छू गई। उस संदेह से आँखें फैला कर फिर देखा, और फिर बहुत ध्यान से देखा। बाँई गाल के नीचे जबड़े पर तिल भी साफ दिखाई दे रहा था। कंठ स्वर भी बिलकुल वही।

फिल्म में पहाड़न ने गाया—'सासुरी तेरा बेटी री, मेरे जोबन को हाथ लगाये।' आवाज सोमा की ही लगी। धनसिंह के लिये शान्ति से बैठ कर फिल्म देख सकना सम्भव न रहा। पर्दे पर नायक एकांत में पहाड़न को अपनी बाँहों में ले रहा था और पहाड़न सकुचा कर मुस्करा रही थी।

धनसिंह का सिर घूम गया, उसे पसीना आ गया।

धनसिंह की बेचैनी लक्ष्य कर गणेश ने पूछा—"क्या बात है साथी? तबीयत ठीक नहीं है क्या?"

धनसिंह ने लम्बी साँस छोड़कर उत्तर दिया—"बहुत जोर से सिर में दर्द हो गया है।"

गणेश उसे सिनेमा से आधे में ही उठा लाया। धनसिंह रात में खाना नहीं खा सका। पार्टी दफ्तर में लौट कर चटाई पर लेट गया।

धनसिंह ने गणेश से पूछ लिया—"यह, सिनेमा कहाँ बनता है?"

"यह फिल्म बम्बई में बनी है····क्यों?" गणेश ने पूछा। धनसिंह कुछ उत्तर न देकर चुप रह गया।

गणेश ने अपना प्रश्न दोहराया तो धनसिंह ने पूछ लिया—

"बम्बई की गाड़ी किस समय जाती है?"

"सुबह ग्यारह-साढ़े ग्यारह बजे। क्या बम्बई जाना चाहते हो, क्यों?"

"सोच रहा हूँ। बम्बई का किराया कितना होता है?" धनसिंह ने पूछा।

गणेश ने किराया बता कर फिर पूछा—"क्या बम्बई में तुम्हारे अपने आदमी हैं?"

धनसिंह चुप था। गणेश ने फिर प्रश्न किया—"साथी बोल नहीं रहे।"

"सिर में दर्द है, नींद आ रही है।" उत्तर देकर धनसिंह चुप रह गया परन्तु सोचता रहा, क्या दो स्त्रियाँ बिलकुल एक ही रूप-रंग की हो सकती हैं। क्या यही सब देखने के लिए मैंने कत्ल किया और बरबाद होता रहा।

बम्बई के नर-सागर में धनसिंह ऐसे आ मिला जैसे जल की एक बूँद अथाह प्रवाह में आ मिले और वह बूँद अपनी राह खोजने की चेष्टा करे। बम्बई में उसके लिये कहीं पाँव टिकाने के लिए जगह न थी, कोई उसकी ओर ध्यान न देता था। वह फौजी वर्दी पहने बगल में अपनी सम्पत्ति, एक चादर दबाये प्रकाण्ड अट्टालिकाओं के नीचे, प्रशस्त सड़कों पर, मोटरों के अनवरत प्रवाह में, फुटपाथ पर भीड़ की निरंतर ठेलमठेल में सोमा को, पहाड़न को खोजने के लिये घूम रहा था।

धनसिंह जानता नहीं था, पहाड़न को कहाँ खोजे और कैसे खोजे? दीवारों पर सोमा के नाचते हुए, मुस्कराते हुए चित्र सभी जगह उसका परिहास कर रहे थे—देखो, यहाँ हूँ मैं! यहाँ हूँ मैं! पकड़ो मुझे! चाय की दूकानों पर जगह-जगह सोमा की आवाज ग्रामोफोन से सुनाई दे जाती थी—'कस गले डालो बहियाँ, मोरे सैयाँ, इस्र विध करिये प्रीत।' मानो वह सब ओर से धनसिंह को पुकार-पुकार कर चुनौती दे रही थी—यहाँ हूँ मैं, यहाँ हूँ मैं, पकड़ो मुझे!

धनसिंह ने भले दिखाई देने वाले दस-बारह व्यक्तियों को रास्ते में रोक-रोक कर पूछा—"भाई, पहाड़न कहाँ रहती है?"

धनसिंह के प्रश्न के उत्तर में या तो उत्तर ही नहीं मिला या हाथ हिला कर इनकार मिला। अधिकांश में परिहास की मुस्कराहट मिली। वह खेतवाड़ी के एक सिनेमा हाल के पास पहुँच गया। साँझ का शो आरम्भ होने वाला था। दीवारों और बड़े-बड़े तख्तों पर पहाड़न के तिर्छी चितवन से देखते चित्र लगे हुए थे। लाउडस्पीकर पर उसके गाने बज रहे थे। धनसिंह ने सोचा, यह लोग सोमा का सिनेमा दिखाते हैं। इन्हें उसकी जगह अवश्य मालूम होगी। उसने अपना प्रश्न कई आदमियों से पूछा। लोग मुस्कराकर या झुँझलाहट से मुँह फेर लेते थे।

एक आदमी ने धनसिंह को उत्तर दे दिया—"अबे क्या करेगा पहाड़न कर घर पूछ कर! यहाँ पाँच आने के टिकट में पहाड़न से दो घण्टे मौज करो और अपने घर जाओ!" धनसिंह के शरीर में इस अपमान से बिजली नहीं कौंधी, एक जड़ता सी आ गई। वह होंठ दबाये चुप खड़ा रहा, कुछ उपाय न था। उसने फिर भले दिखाई देने वाले चेहरों से अपना प्रश्न दोहराना शुरू कर दिया।

धनसिंह को एक सज्जन मिल गया। उसने बता दिया—"पहाड़न अँधेरी में रहती है।" भले आदमी ने उसे अँधेरी की राह भी बता दी, "चर्नीरोड स्टेशन से गाड़ी पकड़ो। चार पैसा में अँधेरी पहुँच जायेगा।"

धनसिंह ने अपना निश्चय नहीं छोड़ा। स्टेशन का रास्ता पूछकर वह बिजली की गाड़ी में जा बैठा, जो सर-सर करती आती है और खड़ी होने से पहले चल भी देती है। वह प्रत्येक स्टेशन को ध्यान से देख रहा था, कहीं अँधेरी निकल न जाये। दूसरे ही स्टेशन पर पाँच-छह लड़कियाँ और तीन लड़के सादे से कपड़े पहने, आपस में बातचीत करते उसके डिब्बे में आ गये।

धनसिंह को एक स्त्री का चेहरा पहचाना सा लगा। उसने ध्यान से देखा, चेहरा बहुत बदल गया था परन्तु निश्चय ही मनोरमा बीबी, लाला जी की लड़की थी। दुबली हो गयी थी और चेहरे पर कुछ थकावट और रुखाई सी जान पड़ी। शायद बीमार हो परन्तु उदास न थी। धनसिंह धर्मशाला में सोमा को उनके ही घर पर छोड़ आया था। सोचा, शायद यह सभी लोग बम्बई में आ गये हैं। सोमा इन्हीं के यहाँ सिनेमा का काम करती होगी। उसका हृदय धक-धक करने लगा—मनोरमा की ओर से उसने आँखें नहीं हटाईं, कहीं फिर न राह से भटक जाये। अँधेरी में मनोरमा दूसरे साथियों के साथ गाड़ी से उतर गई। धनसिंह भी उतर गया। धनसिंह की हिम्मत न हुई कि मनोरमा को पुकार लेता। वह दूसरी लड़कियों के साथ बातचीत करती मनोरमा के पीछे-पीछे चल रहा था। धनसिंह उन लोगों के पीछे स्टेशन के पुल से पार हो गया। कुछ अन्तर से वह उन लोगों के पीछे-

पीछे चला जा रहा था। स्टेशन के समीप की घनी बस्ती लाँघ कर वे लोग पेड़ों से घिरे एक बड़े से बँगले में पहुँचे। धनसिंह को आश्वासन था, यह लोग धर्मशाला में भी बँगले में रहते थे। मनोरमा भीतर चली गई। धनसिंह बँगले के बरामदे के नीचे खड़ा चारों ओर सोमा को खोजता रहा। किसी ने उसे टोका नहीं पर सोमा उसे कहीं दिखाई न दी।

धनसिंह ने बरामदे में एक मर्द को देखकर पुकार लिया—''जरा, सोमा को भेज दीजिये।''

''कौन सोमा?'' उस व्यक्ति ने विस्मय से पूछा।

''सोमा, पहाड़न''

''पहाड़न? इधर पहाड़न नहीं है उधर दूसरी बाजू जाओ।'' वह व्यक्ति भीतर चला जा रहा था कि धनसिंह ने फिर पुकार लिया, ''मनोरमा बीबी जी को बुला दो!''

''मनोरमा को···· तुम्हारा क्या नाम बोलेगा?''

धनसिंह ने सहमते हुए अपना नाम बता दिया।

मनोरमा आयी; घबरायी हुई थी; जैसे साँस रुक रही हो। उसने आँखें फाड़-फाड़ कर धनसिंह की ओर देखा और पहचाना। कुछ बोल नहीं पा रही थी।

धनसिंह धीमे और आशंकित स्वर में बोला—''सोमा·····।''

मनोरमा उसे हाथ के संकेत से भीतर बुला ले गयी। फर्श पर बिछी दरी पर धनसिंह को बैठा कर उसके समीप बैठ गयी—''तुम कहाँ थे?''

धनसिंह ने निस्संकोच संक्षेप में सब कुछ बता दिया और फिर पूछा—''सोमा कहाँ हैं?''

मनोरमा ने उसके प्रश्न का उत्तर न देकर प्रश्न किया—''पहाड़ गये थे?''

धनसिंह ने सिर हिला इनकार कर दिया।

मनोरमा ने पूछा—''लाहौर गये थे?''

धनसिंह ने इनकार में सिर हिला दिया।

मनोरमा ने सोचकर पूछ लिया—''सिनेमा देखकर उसका पता लगा।''

''हाँ·····उसे खबर कर दीजिये।'' धनसिंह ने भरोसे की साँस ली।

मनोरमा ने उसके प्रश्न का उत्तर टालने के लिये कहा—''सुनो धनसिंह, तब से तो क्या से क्या हो गया। मैं अब यहाँ कम्युनिस्ट पार्टी में, एक अखबार में काम कर रही हूँ। इतने बरस से लाहौर नहीं गयी। वहाँ की कुछ भी खबर नहीं।'' वह जानती थी, धनसिंह के लिये यह सब व्यर्थ बातें थीं।

मनोरमा ने कहा—''सोमा लाहौर में तो हमारे यहाँ ही थी। अब बम्बई में है। कामरेड भूषण को जानते हो न, तुम्हें वही तो धर्मशाला में लाये थे?''

''जी।''

''भूषण यहाँ बम्बई में है। सोमा का मकान शायद उन्हें मालूम होगा। आज यहाँ ठहरो। कल तुम्हें उनसे मिलाऊँगी। तुमने खाना खाया है।''

धनसिंह ने इनकार में सिर हिला दिया।

"ठहरो।" मनोरमा भीतर चली गयी। लौट कर धनसिंह को भीतर ले गयी। कई मर्द और स्त्रियाँ चटाइयों पर पाँत में बैठ कर खाना खा रहे थे। धनसिंह को उनके साथ बैठा दिया।

मनोरमा ने धनसिंह को लेटने के लिए एक दरी और चादर दे दी थी। दिन भर का थका धनसिंह बरामदे में लेटने पर तुरन्त सो गया। मनोरमा दूसरी लड़कियों के साथ भीतर, कमरे में बिजली बुझा दी जाने के बाद भी, अपनी मसहरी में बहुत देर तक आँखें खोले पड़ी रही।

मनोरमा दूसरे दिन नौ बजे धनसिंह को साथ लेकर पार्टी दफ्तर में भूषण के पास पहुँची। सोमा के लिये धनसिंह की उत्कट परेशानी स्पष्ट थी। दोनों बहुत परेशान थे, किया क्या जाये?

भूषण और मनोरमा दोनों अंग्रेजी में बातें कर रहे थे। धनसिंह आशंका से कभी एक की ओर देखता और कभी दूसरे की ओर। दोनों की ही राय थी कि धनसिंह को सोमा के पास पहुँचाना ठीक नहीं परन्तु इनकार करते न बनता था। धनसिंह को क्या कहते? मनोरमा ने भूषण से कहा—"वह मुझे देख कर बेहोश हो गयी थी तो इसे देख कर उसकी क्या अवस्था होगी?"

भूषण ने धनसिंह को समझाया—"तुम उसे छोड़ गये थे तो उसके लिये कोई सहारा नहीं था। उन लोगों ने उन्हें बदनाम करके घर से निकाल दिया था। तुम जानते हो, जवान औरत को सहारा न हो तो दुनिया उसके पीछे पड़ जाती है। तुम थे तभी उसे लोग परेशान करते थे। तुम्हारे पीछे क्या हालत हुई होगी? रोटी-कपड़े की परेशानी, रहने की जगह नहीं, दर-दर ठोकरें खाती रहती, जने-जने के हाथ बिकती फिरती। उसने अब यह काम कर लिया है। उसका बहुत नाम है। सुना है, एक लखपती से उसका ब्याह हो रहा है। तुम सोचो, जाओगे तो उसकी क्या हालत होगी? वह बेचारी अब कर भी क्या सकती है? उसे तुम्हारा कभी कोई समाचार नहीं मिला। तुमने भी कभी चिट्ठी तक नहीं लिखी जो उसे कोई आशा होती। वह करती क्या? उसे कोई क्या दोष दे!"

धनसिंह की आँखें लाल हो गयीं—"आप मुझे उसका ठिकाना बता दीजिये। मैं एक बार उसके यहाँ जाऊँगा। मैं एक बार उससे मिलूँगा जरूर।"

भूषण ने समझाया—"लाभ क्या होगा! तुम्हें बुरा लगेगा, उसे बुरा लगेगा। बहुत होगा, वह दुखी होकर जहर खा लेगी। तुम क्या यही चाहते हो?"

धनसिंह और भी उद्विग्न हो गया—"आप जानते हैं, मैंने उसके लिये क्या नहीं किया? नौकरी से गया, जेल काटी, खून किये, फिर जेल काटी, फिर बन-बन का पानी पिया, फिर जेल काटी। मैं देखूँ तो सही मुझे वह क्या जवाब देती है?"

मनोरमा ने भूषण को अंग्रेजी में कह दिया—"यह आदमी अब भी उसे इतना प्रेम करता है। एक दिन सोमा भी इसके लिये प्राण देने पर उतारू थी। सम्भव है, वह सब कुछ मजबूरी में कर रही हो। उसके मन में इसके लिए प्रेम जीवित हो तो वह इसके लिये सब कुछ छोड़ सकती है। इसका फिर से मिल जाना सोमा सबसे बड़ा सौभाग्य समझ सकती है। तुम इनके मार्ग में अड़चन क्यों बन रहे हो?" मनोरमा एक साँस में कह गई।

भूषण ने दाँत से होंठ काट कर इनकार से सिर हिला दिया।

मनोरमा ने रुँधे हुए कंठ से आग्रह किया—"आखिर इस आदमी के साथ तुम इतना बड़ा अन्याय क्यों कर रहे हो? इसे एक अवसर दो!"

भूषण ने मनोरमा की कातर आँखों से आँखें बचा कर उत्तर दिया—"परिणाम के लिये जिम्मेदार तुम होगी!"

"हाँ," मनोरमा ने स्वीकार कर लिया, "लेकिन मेरा अनुरोध है कि तुम इसके साथ जाओ। कोई भी बात होगी तो तुम स्थिति सम्भाल सकते हो। तुम्हीं ने सन् ४१ में इन्हें मिलाया था।"

भूषण अनिच्छा होने पर भी दोपहर बाद धनसिंह को लेकर अँधेरी गया।

× × ×

बरकत को आशंका थी कि सुतलीवाला पहाड़न को उड़ा ले जाने के प्रयत्न में है और उसे आजाद हिन्द सेना के सिपाही अपने चौकीदारों से पिटवाने की तिकड़म कर रहा है इसलिए बरकत ने अमीन को बुला कर अँधेरी के बंगले में अपने साथ टिका लिया था। उसे ज़हर न खिला दिया जाये, इस भय से अब वह पहाड़न की रसोई का खाना भी नहीं खाता था। बरकत और अमीन में से एक आदमी सदा पहरे पर बैठा रहता था।

अमीन चौकनी के लिये. बरामदे के कोने में खाट पर बैठा था। वह एक को फौजी वर्दी में और दूसरे को मामूली खद्दर के कपड़े पहने बंगले के भीतर आते देख कर चौंका।

भूषण ने अमीन को सम्बोधन किया—"भैया, मिस पहाड़न से मिलेंगे।"

"बड़े आये मिलने वाले।" अमीन ने उत्तर दिया, "खबरदार, चले जाओ उल्टे पाँव।"

धनसिंह अभद्र आदमी की भूषण के प्रति गुस्ताखी देखकर आगे बढ़ गया और डाँट कर बोला—"जबान सम्भाल कर बोल!" धनसिंह उत्तेजना में बरामदे में चढ़ गया।

अमीन समीप पड़ा डण्डा लेकर खाट से उठ खड़ा हुआ। उसने पुकारा, "बरकत मियाँ, जल्दी आना!" और आगे बढ़ कर अपने डंडे से धनसिंह के सीने पर एक हुचका दे दिया, "पीछे हटो!"

धनसिंह ने एक हाथ से अमीन का डण्डा छीनकर दूसरे हाथ का करारा तमाचा उसकी कनपटी पर जड़ दिया। अमीन का शरीर ऐसा-वैसा ही था, नशे से उसके पाँव डगमगा रहे थे। वह तमाचा खाकर लुढ़क गया। सिर पत्थर के फर्श पर टकराने से अमीन चिल्ला उठा—'मार डाला! मार डाला!"

भूषण दो-तीन कदम पीछे था। वह धनसिंह और अमीन में बीच-बचाव करने के लिये आगे लपका कि बाईं ओर की कोठरी से बरकत निकल आया। अपने साथी को मार से गिरा देख कर उसने अपने तहमत से एक छुरा खींच लिया और धनसिंह पर टूट पड़ा। धनसिंह उसका हाथ रोकने के प्रयत्न में फर्श पर फिसल गया। बरकत धनसिंह पर छुरे का वार कर चुका था। भूषण के बीच में आ जाने से छुरा भूषण के कंधे पर पड़ गया।

धनसिंह सम्भल उठा और डण्डा लेकर बरकत पर झपटा परन्तु बरकत खून बहता देख कर पकड़ लिये जाने के भय से बंगले के फाटक से बाहर भाग गया।

धनसिंह भूषण की सहायता के लिये झुका। छुरा हँसली के पास चार उँगली गहरा धँस गया था। बहुत सा खून बह गया। पहाड़न की आया झगड़ा सुन कर बरामदे में आ गई थी। खून देख कर वह चिल्ला उठी। आया की चीख से पहाड़न बाहर निकल आई। एक आदमी को सिपाही की वर्दी पहने और दूसरे को खून से लथ-पथ देख कर उसके चेहरे का रंग उड़ गया।

धनसिंह भूषण के जख्म पर हाथ रख कर खून रोकने का यत्न कर रहा था। खून बह जाने से भूषण का सिर चकरा गया था। वह खम्भे का सहारा लेकर बैठ गया था।

भूषण ने पहाड़न की घबराहट देखकर उसे सम्बोधन किया—"सोमा, घबराओ नहीं, तुमने पहचाना नहीं? ...... मैं भूषण हूँ, वह धन सिंह है।"

पहाड़न ने सहारे के लिए दोनों हाथों से किवाड़ को थाम लिया। गहरे श्वासों से उसका सीना ज्वार-भाटे की लहर की तरह उठ बैठ रहा था।

भीतर के कमरे में टेलीफोन की घंटी की आवाज आई। घंटी रुकने पर आया ने पहाड़न को पुकारा—"मेम साहब, साहब बोल रहे हैं।"

आया ने पहाड़न को घबराहट में स्तब्ध देखकर फोन में उत्तर दे दिया—"हुजूर, बरकत बँगले पर खून करके भाग गया है। मेम साहब बहुत घबराई हुई हैं।"

"यह धनसिंह है, सोमा!" भूषण ने पीड़ा के बावजूद मुस्कराने की चेष्टा की।

धनसिंह आँखें फैलाये सोमा की ओर देख रहा था।

सोमा की दृष्टि फर्श पर थी और उसका श्वास तीव्र चल रहा था। उसने किवाड़ को और भी जोर से पकड़ लिया था।

"पहचाना नहीं सोमा?" भूषण ने फिर प्रश्न किया।

सोमा ने पथराई आँखें भूषण की ओर उठाकर उत्तर दिया—"आप लोग क्यों मेरे पीछे पड़े हैं? मैं सोमा नहीं हूँ? मैं नहीं हूँ सोमा!" उसकी आँखें लाल हो गई थीं। गालों पर दो बूँद आँसू बह गये थे।

"ठीक कहती हो, तुम सोमा नहीं हो।" भूषण का स्वर कड़ा हो गया।

पहाड़न भीतर जाने के लिए घूम गई।

"मिस पहाड़न!" भूषण ने फिर पुकारा, "यह दुर्घटना तुम्हारे यहाँ हुई है। तुम व्यर्थ मुसीबत में फँसोगी। अगर अपनी गाड़ी दे दो तो यह आदमी मुझे अस्पताल पहुँचा देगा।

"गाड़ी ले जाइये।" पहाड़न ने कहा और दीवार का सहारा लेकर भीतर चली गई।

धनसिंह ने आया से पूछा—"गाड़ी कहाँ है?"

आया ने ड्राइवर को गाड़ी लाने के लिए पुकारा।

धनसिंह भूषण को सम्हाले गाड़ी की प्रतीक्षा कर रहा था। उसी समय एक बड़ी-सी सुर्मई रंग की गाड़ी बँगले में आई।

सुतलीवाला ने गाड़ी से उतरकर सरसरी नजर घटना पर डाली और भीतर चला गया। उसने आया से बात की और पहाड़न से सब ब्योरा पूछा। पतलून की जेबों में हाथ डाले सोचते हुए कमरे के दो चक्कर लगाये। उसने आया को पहाड़न की गाड़ी देने के लिए मना कर दिया और पुलिस को फोन कर दिया—"मिस पहाड़न के मकान पर गुण्डों में मार-पीट हो गई है। छुरा चल गया है। एक आदमी जख्मी पड़ा है। कृपया जल्दी आकर स्थिति सम्भालिये।"

कुछ मिनट मे पुलिस आ गई। इंस्पेक्टर ने आया का बयान लिया। पहाड़न का भी बयान लिया गया। सुतलीवाला दारोगा को सब बात अंग्रेजी में समझा रहा था।

भूषण ने अंग्रेजी में विरोध किया—"यह सब बकवास है, झूठ है।"

दारोगा ने उसे सांत्वना दी—"मैं अपका बयान भी लूँगा। ठहरिये।"

पुलिस ने भूषण को गाड़ी में अस्पताल पहुँचा दिया और धनसिंह को हिरासत में ले लिया।

मनोरमा और दूसरे लोग फोन पर खबर पाकर अस्पताल पहुँचे। डाक्टरों की राय थी, चोट लगने से खून का स्राव बहुत देर तक होते रहने से भूषण की स्थिति चिंताजनक हो गई थी। घाव से रक्त में किसी प्रकार का विष भी चला गया था। भूषण अर्धमूर्च्छित अवस्था में था। उसे इंजेक्शन लगाये जा रहे थे परन्तु अवस्था सुधर नहीं रही थी।

मनोरमा मानसिक आघात से नितांत निर्जीव और विक्षिप्त-सी अवस्था में थी। वह दो साथियों के साथ भूषण के पलंग के समीप बैठी थी। भूषण अर्द्धमूर्च्छित अवस्था में बार-बार दोहरा रहा था—"मैंने तो पहले ही कहा था।" कभी वह कुछ और बड़बड़ाने लगता। भूषण की बात दूसरों के लिए अस्पष्ट थी परन्तु मनोरमा को याद था, भूषण ने कहा था—परिणम के लिये जिम्मेदार तुम होगी।

डाक्टरों ने भूषण के शरीर में खून दिये जाने का प्रस्ताव किया। कामरेड और मनोरमा अपना खून देने के लिए तैयार हो गये। डाक्टर ने एक साथी का खून ले लिया परन्तु खून भूषण के शरीर में दिया जा सकने से पहले अचानक उसकी अवस्था बहुत खराब हो गई। डाक्टरों ने खून देना व्यर्थ समझा परन्तु साथियों के अनुरोध से खून दे दिया गया।

पार्टी-मंत्री जोशी और बी०टी० खबर पाकर दफ्तर से अस्पताल पहुँचे। वे मनोरमा से घटना का कारण और ब्योरा जानना चाहते थे परन्तु मनोरमा बोल नहीं सकती थी।

भूषण को अन्तिम उपचार के रूप में आक्सीजन गैस दिया जा रहा था। कम्युनिस्टों से सहानुभूति रखने वाला एक डाक्टर भूषण की नाड़ी हाथ में लिए देख रहा था। उसने भूषण का हाथ पलंग पर रख दिया और सिर झुकाकर धीमे से बोला—"समाप्त!"

मनोरमा भूषण के पलंग के पैताने बैठी थी। वह उठी और वार्ड के बरामदे की ओर झपटी। वार्ड दूसरी मंजिल पर था। जोशी ने उससे तेज चाल से बढ़कर बरामदे के जँगले की ओर जाती मनोरमा की बाँह जोर से थाम ली और पीछे खींच लिया। जोशी ने अपनी मिची हुई आँखें फैला कर डाँटा—"साथी, इससे बड़े काम के लिये तुम्हें जिन्दा रहना है।"

मनोरमा मूर्च्छित हो गयी।

मनोरमा को सुध आई तो धनसिंह की चिन्ता हुई। पार्टी से संबंध रखने वाले वकीलों द्वारा उसने धनसिंह को जमानत पर रिहा कराने का यत्न किया। वकीलों को पुलिस से पता लगा कि धनसिंह ने भूषण पर किसी प्रकार की आँच न आने देने के लिए अपनी पूरी सच्ची कहानो बयान में कह दी थी। बम्बई की पुलिस बरकत की खोज कर रही थी और धनसिंह पाँच वर्ष पहले पंजाब-धर्मशाला में कत्ल का अपराध स्वीकार करने के कारण हिरासत में था। उसकी जमानत पंजाब-धर्मशाला की अदालत से ही हो सकती थी।

मनोरमा की मानसिक और शारीरिक अवस्था के कारण उसे पार्टी क्वार्टर में एक कमरे में चारपाई पर लिटा दिया गया था। सुमति ने उसकी शुश्रूषा का एक भार लिया था। पार्टी का डाक्टर उसे बार-बार दवाई दे रहा था। उसे मंत्री का संदेश दे दिया गया था कि जब वह स्वस्थ अनुभव करे, मंत्री उससे मिल कर घटना का पूरा ब्योरा जानना चाहता है।

मनोरमा से जैसे भी बना, उसने भूषण को धनसिंह के साथ पहाड़न के यहाँ भेजने और पहाड़न और धनसिंह की पुरानी कहानी भी पार्टी मंत्री को बता दी। मनोरमा के सामने कोई साथी कुछ न कहता था परन्तु बरामदे से बातचीत उसके कानों में पड़ती थी। पार्टी के नेता लोग बहुत खिन्न थे। उनकी राय में पार्टी के भूषण जैसे जिम्मेदार व्यक्ति का पार्टी की राय लिए बिना ऐसे काम में फँसना उचित न था। पार्टी के विरोधी किसी भी पार्टी मेम्बर के जीवन की किसी भी घटना को लेकर पार्टी पर लांछन लगाने से बाज न आयेंगे। नवम्बर मास में पार्टी के दफ्तर पर हमला होने के समय से कम्युनिस्ट विरोधी पत्रों ने क्या-क्या नहीं लिखा था! मेम्बरों के वैयक्तिक व्यवहार से भी पूरी पार्टी की स्थिति में प्रभाव पड़ता है। मनोरमा सुनकर चुप थी।

प्रातः दैनिक पत्रों को बाँटने का काम साथ भोंसले करता था। भोंसले ने बीमार मनोरमा के प्रति सहानुभूति से एक पत्र सबसे पहले उसे दे दिया था। कट्टर कम्युनिस्ट विरोधी पत्र के पहले ही पृष्ठ पर समाचार था—

'प्रसिद्ध कम्युनिस्ट नेता कामरेड भूषण एक गुण्डे से झगड़े में ज़ख्मी होकर अस्पताल में।' नीचे विवरण था—

'ज्ञात हुआ है कि एक्ट्रेस मिस पहाड़न के लिये स्थानीय गुण्डों और कामरेड भूषण में बहुत समय से झगड़ा चल रहा था। कामरेड भूषण ने अपने एक मित्र गुण्डे को पंजाब से बुलाकार स्थानीय गुण्डों पर हमला किया और स्वयं जख्मी हो गया। प्रोड्यूसर श्री सुतलीवाला ने घटना की खबर पाकर पुलिस को बुलाने और स्थिति सम्भालने में चतुरता और साहस का परिचय दिया है। भूषण अस्पताल में है। स्थानीय गुंडे फ़रार हो गये हैं। भूषण का मित्र हिरासत में ले लिया गया है। कम्युनिस्टों ने भूषण के मित्र की जमानत करानी चाही परन्तु जमानत स्वीकार नहीं हुई।' समाचार पढ़कर पत्र मनोरमा के हाथ से गिर गया।

साथी सुमति ने आकर देखा मनोरमा अचेत पड़ी थी परन्तु डाक्टर को बुलाया। पत्र देखकर मनोरमा के अचेत होने के कारण का अनुमान हो गया। डेढ़ घंटे बाद मनोरमा ने आँखें खोलीं। पहली बात उसके कान में पड़ी। बाहर बरामदे में कोई भोंसले पर नाराज हो रहा था—

"तुमने उसे अखबार दिया क्यों?"

भोंसले ने कातर स्वर में उत्तर दिया—"साथी बीमार है उसका दिल बहलाने के लिए अखबार दे दिया था।"

मनोरमा फिर अचेत हो गई थी। डाक्टर परेशान था, उसे कब होश आयेगा? आयेगा भी या नहीं? बीमारी की अवस्था में मानसिक चोट घातक हो सकती थी।

●